L'AFFAIRE DE SALISBURY

DU MÊME AUTEUR
CHEZ POCKET

L'ÉNIGME DE RACKMOOR
LE CRIME DE MAYFAIR
LE VILAIN PETIT CANARD
L'AUBERGE DE JÉRUSALEM
LES CLOCHES DE WHITECHAPEL
LA JETÉE SOUS LA LUNE
LE MYSTÈRE DE TARN HOUSE
LES MOTS QUI TUENT

MARTHA GRIMES

L'AFFAIRE DE SALISBURY

PRESSES DE LA CITÉ

Titre original
Rainbow's End

Traduit par Katia Holmes

ISBN 2-266-08774-6

A Diane

REMERCIEMENTS

Mes plus sincères remerciements au Dr Elizabeth Martin, pathologiste au Northern Virginia Doctor's Hospital, pour son aide précieuse en matière médicale.

PREMIÈRE PARTIE

Salisbury, au soleil levant

1

1

Les hommes, il pouvait imaginer comment ils s'y prenaient, mais les femmes ? Voilà qui le faisait sourire, Trevor, pour le coup. De grands puits carrés que c'était, ces garde-robes, et sans petite affiche pour indiquer « Hommes » ou « Dames ». Ça le faisait marrer, Trevor, grillant sa première cigarette de la journée tandis qu'il arpentait le chemin de ronde de la forteresse, au-dessus des remparts. Il essayait de se rationner, pas plus de dix par jour. Dur-dur. Mais ça aide un peu de prendre les choses avec humour, alors il se remit à penser aux cabinets. Tous pour un, un pour tous, et tant pis s'il fallait baisser le pantalon ou relever les jupes. Trevor s'en faisait une sorte de jeu : chaque fois qu'il s'arrêtait près de la poterne ou du Palais de l'Évêque, il se transportait au temps des Romains, s'imaginant tantôt en garde du palais, tantôt en mitron à la boulangerie. Il savait vraiment se projeter dans ces rôles-là. A la perfection. Car Trevor se piquait d'être un passionné d'histoire : s'il avait connu des circonstances plus favorables dans sa jeunesse, il se serait bien vu étudiant l'histoire à l'université. Peut-être même qu'il se serait fait un nom. Bah, c'est comme ça... pas la peine de pleurer sur les pots cassés. Tout ce qu'il pouvait faire maintenant, c'était se cultiver par lui-même. Largement le temps pour ça, quand on est à la retraite. Il vendait des billets ici, deux jours par semaine, et menait de petites visites guidées le reste du temps. De quoi vous occuper un bonhomme. Le sortir de ses quatre murs et des pattes de bobonne. Ah, être en dehors de la maison : une bénédiction !

Il arrivait au-dessus du Palais de l'évêque Roger, assez haut pour attraper le vent du nord de plein fouet. Il releva son col et fourra dans ses poches ses mains mal protégées par des mitaines. Février, et un froid de canard qu'il faisait à c't'heure-ci. Oh, rien ne l'obligeait à être là à pareille heure, bien sûr que non. Sale mois, février, pas vrai ? De quoi vous déprimer, pour peu qu'on se laisse aller.

Il y avait de l'orage dans l'air. Trevor sentait la pluie bien avant d'entendre le premier coup de tonnerre. On était à cette drôle d'heure, juste avant les prémices du jour. Il aimait voir le premier filon d'or matinal s'étirer sur l'horizon et faire briller les lointaines collines, comme si elles étaient de glace. L'ère glaciaire, songea Trev. Dire qu'il y a cent mille ans, la majeure partie de la surface du globe n'était que glace ! Il essaya de se représenter un monde pris sous les glaces, de réfléchir à la notion de temps. Mais ça lui flanquait le vertige, sa pauvre caboche en avait le tournis, incapable de concevoir de tels ordres de grandeur. Tout juste s'il pouvait se faire une image mentale de la distance entre ici et Salisbury !

Freddie Lake, qui partageait la billetterie avec lui, n'aimait pas ce travail, il le trouvait rasoir : toujours la même chose, jour après jour. Rien à voir, rien que ces foutues ruines et ces crétins de touristes. Ça, c'est sûr qu'il faut une sacrée dose d'humour et un beau brin d'imagination pour s'en tirer dans le boulot — et dans celui-ci tout particulièrement. Voilà pourquoi il répétait toujours à Freddie : De l'imagination, qu'il te faut, mon gars !

Un éclair fendit le ciel dans le lointain. Spectaculaire. La pluie était encore loin. Mais elle ne tarderait pas. Un autre zigzag illumina le clocher de la cathédrale de Salisbury. Superbe, si on aime le genre artistique, et c'était son cas. A défaut d'histoire, il aurait dû étudier les arts, car ces levers et ces couchers de soleil, il savait vraiment les apprécier. Fausse promesse de lumière, le trait d'or pâlit et se fondit en une lueur laiteuse avant de presque disparaître. Trev, il était de ceux qui aiment la nature, pour ça, oui. Et depuis toujours.

Il éteignit sa cigarette, regrettant de ne pas avoir attendu plus longtemps pour l'allumer, et souffla dans ses mains. Il allait se geler les doigts en tendant les billets aux gens. Cela dit, il n'y aurait sûrement pas des masses de touristes aujourd'hui.

Trevor arrivait près d'une des causes de son hilarité, ces fameuses garde-robes, selon le drôle de mot qu'on employait au Moyen Age pour désigner les fosses d'aisances. Le site en comportait plusieurs, mais celle-ci, qui se trouvait juste à l'intérieur des remparts, était sans doute destinée aux gardes. Ça ne manquait jamais de le faire rigoler un bon coup, ces cagoinces. Il fit quelques pas pour descendre jusqu'à la balustrade de fer érigée autour du gros trou carré afin d'empêcher les gens de tomber dedans. Ou de pisser dedans, allez savoir... Tordant, quand même, leur machin !

Penché au-dessus de la rambarde, il plongea le

regard aussi loin qu'il put. Bon Dieu, imaginez-vous au saut du lit par un petit matin de février, obligé de traîner vos pieds gelés sur les chemins de pierre avant d'arriver sur les lieux ! Trev se demanda pourquoi il avait fallu si longtemps pour inventer la plomberie. Quoique, la plomberie, c'est pas si fantastique que ça : on est obligé de tirer comme un bœuf sur c'te saloperie de chasse ! Et plutôt deux fois qu'une, s'agissant des toilettes de chez lui...

Il se pencha encore un peu et lorgna au fond du trou. Pouvait se tromper, sa vue n'étant plus tout à fait ce qu'elle avait été.

Mais il ne se trompait pas : il y avait quelque chose tout en bas, par terre. Non, ça peut pas être un corps, pas là-dedans, essaya-t-il de se persuader, bien que la vision s'imposât à lui comme une évidence.

Il recula si brusquement qu'il faillit tomber à la renverse. Il commença à crier mais se rendit vite compte que ça ne servait à rien, puisqu'il n'y avait personne à des lieues à la ronde. Il se mit alors à tourner en rond, une fois, deux fois, comme si ce rituel allait lui permettre de savoir que faire. Voyons, mon gars, un peu de jugeote, un peu de nerf ! Tu vas tout de même pas te mettre à craquer comme une p'tite vieille. La billetterie, bien sûr ! Y a un téléphone, là-dedans. Appeler l'hôpital. Non, la police : çui qui est dans le trou, il a plus guère besoin d'une ambulance, à l'heure qu'il est...

Il prit ses jambes à son cou, s'arrêtant juste une seconde pour glisser une cigarette entre ses lèvres, main tremblante. Finiront par avoir ma peau, ces saloperies...

2

Trevor Hastings savait que son heure de gloire était arrivée et il entendait bien en profiter au maximum, une fois passé le choc et les tremblements du début. Mais il redevint nerveux quand apparut le commissaire Rush de la police du Wiltshire, en voiture et imperméable noirs. Et dans les minutes qui suivirent, les choses ne firent que s'aggraver.

Après avoir subi un interrogatoire serré, Trevor prit soudain conscience qu'il faisait lui-même figure de suspect. Alors, comme ça, sa présence ici était louche, hein ? Drôle de façon de le remercier d'avoir fait son devoir de citoyen en appelant la police, alors qu'il aurait aussi bien pu déguerpir sans crier gare !

N'empêche qu'on lui demandait de rester, à Trevor. Ou plutôt, non, on le lui ordonnait. Comme à un vulgaire cabot. « Ici, couché ! » Le médecin légiste n'avait pas encore terminé son examen ; il avait fallu une éternité pour remonter le corps de la fosse. « Des cabinets », leur avait expliqué Trevor. Et c'était la forteresse Old Sarum de l'époque romaine. Ils connaissaient pas ? Seigneur, dire que le destin du pays est entre les mains de gens qu'entendent rien à l'histoire ! Le commissaire Rush lui dit de se « tenir à disposition », une de ces expressions que les flics vous balancent avant de vous expédier en taule. Putain de merde !

Trev était allé se réchauffer dans sa billetterie. Si ces cocos qui piétinaient l'herbe gelée voulaient attraper des engelures, libre à eux ! Toujours à donner des ordres aux honnêtes citoyens... Alors que le pauvre tas d'os brisés aurait dû leur faire comprendre que la petite dame, elle était morte depuis un bout de temps, et que par conséquent personne ne l'avait poussée par-dessus la rambarde de fer ce matin-là.

Trevor éprouvait plus de rage que de peur. Salement gonflés, quand même, ces gorilles en bleu qui voient pas plus loin que le bout de leur nez ! P't'être bien que le cadavre, il était là depuis des jours. On était en février, après tout, et le peu de gens qui se baladent à cette époque-là se contentent d'aller admirer Stonehenge, sans se donner la peine de visiter Old Sarum, pourtant bien plus intéressant aux yeux de Trev. Sa vindicte se déchaînait à présent contre les touristes : s'ils étaient venus voir Old Sarum, ceux-là, au lieu d'aller batifoler du côté de ce Stonehenge de merde, hein, ça lui aurait au moins évité les stupides insinuations du commissaire du Wiltshire !

Trev souffla dans ses mains, songeant déjà à l'histoire qu'il allait pouvoir raconter, avec bibi dans le rôle principal. Tiens, de quoi faire dresser l'oreille à sa bonne femme qui l'écoutait jamais ! « Au fait, j'ai oublié de te dire : j'ai trouvé un cadavre sur le site. Qu'avait dû tomber dans une des fosses d'aisances. » Il lui lâcherait ça sans même lever les yeux de son *Daily Mirror*. Parfaitement détaché, comme s'il y avait tous les jours des cadavres qui se pointaient à Old Sarum. Peut-être que là, elle se dirait que ça valait la peine de l'écouter. Pour une fois.

De toute évidence, le commissaire Rush ne s'estimait pas redevable de quoi que ce soit envers Trevor : que dalle, et surtout pas d'excuses, bien que le légiste eût clairement établi que la femme était morte depuis douze heures au moins. Trevor l'apprit de la bouche de Rush, planté devant la billetterie, toujours engoncé dans son imperméable noir, le regard sombre. Dur comme du vieux pain, çui-là, se dit Trev, tandis que le commissaire lui demandait :

— En supposant qu'elle soit venue ici pour visiter les lieux, vous souvenez-vous d'elle ?

— Ben, je pourrais guère vous dire, puisque je l'ai pas encore vue, rétorqua Trev, se félicitant de sa repartie.

Ils pouvaient être deux à jouer au plus fin. Sauf que le commissaire Rush n'avait pas l'air de jouer, lui. Il semblait mesurer le risque qu'il y aurait à laisser voir le cadavre à un non-flic.

— Bon, allez, venez.

Trev regretta d'avoir ouvert la bouche.

Bizarre, songea-t-il, le regard fixé sur le cadavre dans la lueur grise du petit matin. Bizarre qu'elle ait pas l'air plus, euh, plus morte. Après une chute pareille ! Elle gisait face contre terre, ou plutôt de profil, laissant voir un côté de son visage. À part les ecchymoses à la joue et l'avant-bras bizarrement tordu, on l'aurait crue... endormie.Trevor détestait entendre les gens se servir de mots pareils pour décrire les cadavres, comme faisait toujours Mavis : « L'aurait pu dormir, à voir son air si naturel. » Pourtant c'était vrai, la morte avait bien cet air-là, même si ses habits ne contenaient plus qu'un tas d'os brisés. Trevor hocha la tête et s'éclaircit la voix, tâchant de rester aussi calme que le policier.

— L'est arrivée juste avant la tombée de la nuit, dit-il.

— Vous n'avez pas remarqué qu'elle n'était pas repartie ?

— Y avait pas de raison que ça me frappe. On est là pour leur vendre des billets, pas pour leur torcher le derrière, répondit Trev, sur la défensive.

Rush fronça les sourcils mais ne dit mot.

— Voyez, là, ces traces de piétinement ? reprit Trevor. Les gens aiment prendre ce raccourci pour monter en haut des remparts, mais croyez-moi, c'est dangereux. Ça m'étonne qu'y en ait pas plus qui glissent et qui perdent l'équilibre. Même que ça a failli m'arriver à moi, une fois ou deux.

Rush examina les empreintes de pas sur le gazon et déclara après quelques instants de concentration :

— Je ne crois pas. Ou bien elle est tombée dedans, ou bien on l'y a poussée.

Oh, va te faire foutre ! pensa Trev. D'où qu'tu sors ça, d'abord ? Mais comme dit toujours Mavis : « Autant garder mon souffle pour refroidir mon porridge ! » Et Trev était d'accord avec elle, pour une fois. Il croisa les bras sur son torse, bien serrés, défiant le commissaire Rush d'oser lui poser une autre question.

Celui-ci ne s'en priva pas :

— Vous souvenez-vous d'autres personnes qui auraient acheté un billet à peu près au même moment ? Ou de quelqu'un avec une carte du National Trust[1] ?

— Les Amis du Trust, vous voulez dire ? répéta Trevor en jetant de nouveau un regard à la silhouette gisant à terre. Bof, il devait bien y avoir une poignée de gens, je suppose, mais je peux pas vous dire comme ça, de but en blanc. Non, j'peux pas dire qu'y en a un dont je m'souviens plus particulièrement. Peut-être que Freddie s'en rappelle, lui ?

Bon sang, ces gars-là semblaient bien décidés à prouver un « acte criminel », comme ils disaient !

1. Organisme privé qui veille à la présentation des sites historiques. *(N.d.T.)*

Pauvre fille ! Un pas de travers, et pfftt, une vie qui s'éteint. Du moins c'est ce qu'il supposait, n'en déplaise à ces joyeux drilles. Comme quoi... on ne sait jamais quand ça va vous tomber sur le coin du nez. Vous vous levez le matin, en pleine forme, le soleil brille, et puis le soir, plus personne...

Justement le soleil se levait. Il contempla la ville en contrebas, comme nimbée de fumée dans le lointain tandis qu'une brume montait de la ligne de crête des toits pointus, hérissés de cheminées. Le soleil drapait une étole de lumière autour du clocher de la cathédrale de Salisbury et la flèche parut ruisseler d'argent.

Magnifique, pensa Trev qui n'entendit qu'à moitié le commissaire Rush.

— Pardon. Comment ?

— Elle était américaine.

Trev s'étonna que le flic ait pris une voix songeuse pour énoncer une telle banalité.

— Ben, à Sarum, on voit plus facilement une Américaine qu'un brontosaure ! Il en passe des tas, par ici.

Rush réfléchit un moment avant de déclarer :

— Nous ne vous retiendrons pas plus longtemps.

Trevor n'eut pas le temps de répondre que Rush s'était déjà retourné pour parler au médecin légiste. Une femme, constata Trevor, incrédule.

Les rayons du soleil auréolaient à présent la silhouette des policiers qui se tenaient autour de la garde-robe. On dirait qu'ils font la queue pour aller pisser un coup, se dit Trev qui remonta le col de son anorak et se mit à descendre la pente. Bon, on vendra pas de billets aujourd'hui. Fallait avouer qu'il était presque triste de partir, de quitter les lieux du drame pour aller retrouver sa mini, son cottage inscrit dans une rangée de maisons mitoyennes de la rue Sans-Fin, et la chiche lumière de sa lampe de lecture où Mavis collait invariablement une ampoule de faible puissance... Elle et ses économies de bouts de chandelle !

Il s'arrêta pour allumer sa troisième cigarette, s'en octroyant une ou deux de plus pour aujourd'hui : après tout, ç'avait été une sacrée matinée, non ? D'une chiquenaude, il envoya valser l'allumette brûlée et, chemin faisant, se répéta l'histoire qu'il allait raconter à Mavis. Ça allait drôlement la botter d'apprendre que le médecin légiste était une dame.

Les bonnes femmes, ça fait vraiment des trucs insensés, de nos jours !

2

— Eh bien, figurez-vous que Janet Leigh n'a plus jamais repris de douches, après !

Diane Demorney, fournisseur d'informations absconses, ajusta sa cigarette entre ses lèvres, signalant ainsi qu'elle attendait qu'on lui donne du feu. Elle se pencha en avant, et ses cheveux noir corbeau lui tranchèrent le visage à hauteur des pommettes. Diane avait une beauté d'oiseau de proie, de rapace. Elle veillait à ce que son corps de mannequin restât tout en angles et en plats, se faisait des lèvres rouge sang et des ongles aussi acérés que des griffes.

Levant les yeux de la liste de noms à laquelle ils travaillaient, Melrose Plant et Marshall Trueblood échangèrent un regard avant de le braquer, de concert, sur Diane.

— Janet Leigh ? questionna Marshall Trueblood en levant un sourcil aussi bien dessiné que le reste de sa personne.

Il avait égayé son costume Armani d'une chemise turquoise que soulignait une cravate à rayures vert pâle et bleu ciel. Un véritable festival de couleurs, jusqu'au rose bonbon de sa cigarette Sobranie.

Elle soupira. Ils n'avaient donc pas écouté ?

— Janet Leigh n'a plus jamais repris de *douches*.

Seulement des bains. Personne ne se décidera donc à m'allumer ma cigarette ?

Trueblood s'exécuta.

— Janet Leigh, l'actrice ?

Diane le regarda comme si elle avait affaire à un simple d'esprit :

— Mon Dieu ! Si vous vous étiez fait poignarder à mort sous la douche, même une douche de cinéma, vous ne croyez pas que vous aussi, vous préféreriez les bains ?

— Moi, de toute façon, je préfère les bains, répondit Melrose. Mon canard en caoutchouc refuse de flotter, sous la douche.

— Ah, vous voulez parler de *Psychose* ? Le film d'Hitchcock ? s'enquit Trueblood.

— Évidemment ! dit-elle, avec un regard circulaire sur la salle du *Jack and Hammer*, cherchant Dick Scroggs pour qu'il lui serve sa vodka préférée, au nom imprononçable.

Mais elle ne trouva pas trace du patron.

— Il est encore en train de barbouiller de la peinture partout ?

Le *Jack and Hammer*, qui avait d'ordinaire l'allure d'une de ces bâtisses faux Tudor blanc crème, avait été récemment retapé par Dick Scroggs. Qui avait tartiné la façade de peinture bleu marine pour l'assortir au pantalon du Jack mécanique perché tout en haut d'une poutre. Heureusement, l'esprit de concurrence de Dick (ou son amour du travail) n'allait pas jusqu'à bouleverser l'intérieur du pub, resté identique depuis des lustres : tables rondes en bois, chaises bancales et une énorme cheminée dans la partie salon, et dans la partie bar, une étroite banquette le long du mur et un jeu de fléchettes. Les touristes auraient adoré, s'ils avaient jamais eu l'occasion de voir ça. Mais Long Piddleton, comme tout le Northamptonshire, d'ailleurs, figurait en bien mauvaise position sur la liste des « lieux à visiter ». Si, parmi les habitants, les riches et les retraités se félicitaient de cet état de fait, les commerçants, eux, n'auraient pas craché sur la visite d'un ou deux autocars de temps en temps. Dieu sait que Dick Scroggs aurait été ravi de transformer son jardin en parking, au besoin.

— Il est dehors, indiqua Vivian Rivington.

Assise près de Melrose dans l'embrasure du bow-window, elle fixait les petits carreaux de la fenêtre comme si elle pouvait hâter la venue du printemps à coups de soupirs et de regards languissants. Des soupirs dont Melrose connaissait la cause réelle : elle était sur le point de boucler ses valises pour repartir à Venise. Seigneur, il y avait combien de temps qu'elle était fiancée au comte Dracula ? Six ans ? Sept ?

Trueblood ajouta « Janet » à sa liste et gratta une autre allumette pour allumer une autre cigarette, bleu nuit cette fois. Après tant d'années à fumer des Sobranie, il aurait dû avoir les doigts aux couleurs de l'arc-en-ciel, songea Melrose en louchant sur les notes de Trueblood :

— « Janet » ? Tu plaisantes ! Impossible qu'elle s'appelle Janet.

— Occupe-toi donc de ta liste, bon sang ! protesta Trueblood en cachant prestement la feuille sur laquelle il écrivait.

— Elle ne peut pas s'appeler Janet, insista Melrose qui ajouta avec une petite moue : Je me demande quel âge ils ont.

Trueblood griffonna quelques mots avant de répondre :

— Le même que nous. La quarantaine.

— Je vous demande bien pardon ! s'indigna Diane qui n'allait pas laisser passer ça. Parlez pour vous, fit-elle avec un geste désinvolte pour envoyer l'antique compagnie aux oubliettes, mais moi, je n'en suis qu'à la trentaine, et au tout début, encore ! Évidemment, on lui donnerait n'importe quel âge, à Melrose, il ne change jamais, lui. Il est probablement venu au monde avec ses cheveux vieil or et ses petites lunettes. Eh bien, il était temps, dites donc : ouh ouh, Dick !

Dick Scroggs, la cinquantaine corpulente, rentrait enfin, un pot de peinture à la main. Diane dessina dans l'air la forme d'un verre à cocktail avant de déclarer :

— Alors, vous deux, vous êtes encore en train de potasser vos listes ? Il y a une éternité que j'ai fini les miennes, ajouta-t-elle en tapotant l'enveloppe posée sur la table. C'est demain matin, la date limite ; c'est vous-mêmes qui l'avez fixée.

— Je sais. Mais je n'arrête pas de changer d'avis quant au nom de la femme, fit Marshall Trueblood qui se remit à mâchonner son crayon, les yeux dans le vague, content des prénoms qu'il avait choisis pour les enfants des gens de Chelsea, mais pas de ceux de la mère.

— J'espère que le fait que cette famille vienne s'installer ici ne signifie pas que Londres a découvert Long Piddleton, pour l'amour de Dieu ! reprit Diane. On avait échappé à ce genre de faune, jusqu'à présent.

Diane Demorney étant arrivée elle-même tout droit de Londres, sans passer par un sas de décompression pour « ce-genre-de-faune », on aurait eu peine à voir en elle autre chose qu'une *émigrée** londonienne, autrement dit un membre de « ce-genre-de-faune ». Ce que s'empressa de lui rappeler Melrose.

— Ne soyez pas ridicule ! Je ne venais ni de Chelsea, ni de Sloane Square, ni même de South Kensington. J'étais du fin fond de King's Road, tout à fait au bout, pratiquement du côté de Parson's Green, ce qui est loin d'être branché. (Diane avait récemment lancé la mode de ne pas être à la mode.) Et puis, de toute façon, je n'ai pas l'énergie nécessaire pour me transformer en résidente secondaire. Je croyais qu'ils devaient emménager à Watermeadows il y a des mois. Où sont-ils donc passés ?

— Sans doute en train de jouer au plouc quelque part, suggéra Trueblood.

Melrose inscrivit un nom sur son bloc.

— Eh bien, ils seront déçus, il n'y a guère de quoi jouer au plouc, par ici.

Renonçant à faire venir le printemps, Vivian Rivington tourna le dos au bow-window.

— Vous êtes bêtes ou quoi ? Il n'y a plus moyen de jouer au plouc *nulle part*, maintenant.

Ses joues avaient perdu leur belle couleur naturelle, et son affreux twin-set artichaut ne flattait pas plus son teint que ses cheveux auburn.

— Mais si, le résident secondaire en est capable, lui. Jouer au plouc, c'est un état d'esprit, qui se fiche autant des frasques et des divorces royaux que de la géographie, expliqua Trueblood.

Diane Demorney bâilla, tout en frottant une petite

* En français dans le texte. Tous les mots en italique suivis d'un astérisque dans la suite du livre désigneront des termes français figurant dans le texte anglais. *(N.d.T.)*

gousse d'ail sur le rebord de son verre. Dick Scroggs, qui s'était enfin décidé à réapparaître, s'employait à préparer le spécial Demorney ou cocktail « Capitaine Nemo » — opération qui consistait plus à satisfaire aux convenances qu'à faire preuve de doigté puisqu'il s'agissait de verser un peu de vodka à l'herbe de bison, une trouvaille Demorney, dans un verre tout spécialement fourni à cet effet par la même Demorney.

Le résident secondaire que décrivait Trueblood était en réalité une famille qui avait, semble-t-il, loué Watermeadows, une propriété de campagne située entre Long Piddleton et Northampton. L'ennui, c'est qu'on n'arrivait pas à tirer le moindre renseignement de Mr. Jenks, l'agent immobilier. Sexagénaire maigrichon, Mr. Jenks possédait une panoplie de vices : avidité, avarice et un tempérament manipulateur que cachait un air affable, comme la croûte d'un bœuf Wellington[1] peut masquer une viande pleine de nerfs. Mais il s'était surtout rendu impopulaire pour avoir bouleversé l'équilibre des magasins de la Grand-Rue en annexant le local voisin de celui de Trueblood. Seule qualité à son actif : il refusait de divulguer des informations relatives à ses clients, si tant est que ce refus pût compter pour une vertu. Car il se pouvait fort que ce ne fût qu'une autre facette de ses vices : appétit du gain et esprit cachottier.

Mr. Jenks s'était installé dans un magasin arborant une enseigne à double face signalant d'un côté l'agence immobilière, de l'autre son agence de voyages. Il portait donc la double casquette de

1. Spécialité anglaise, pièce de bœuf tendre cuite en croûte de pâte feuilletée. *(N.d.T.)*

patron de ces deux affaires. Cette boutique à deux visages, tel Janus, était un bâtiment de style georgien attenant à celui des Antiquités Trueblood. Marshall Trueblood fut d'autant plus irrité par l'occupation de ce local qu'il avait lui-même songé à l'acquérir pour agrandir son propre magasin. Mais il encaissa avec cette grâce élégante qui le caractérisait en toute chose, allant jusqu'à écouter avec une belle patience lorsque Mr. Jenks l'entretenait des caprices du marché, de taux d'intérêt variables, de rachats de crédits immobiliers. Mr. Jenks était en effet toujours à l'affût de pauvres hères incapables de payer leurs traites.

— Les enfants doivent avoir des noms dans le genre Alistair et Arabella. Tu as bien dit qu'ils en avaient deux, hein, Viv-viv ? demanda Trueblood en mâchouillant son crayon.

— Non.

Le menton appuyé sur ses poings, elle s'était de nouveau tournée vers la fenêtre. La couche de neige irrégulière qui habillait le rebord de la fenêtre refusait de fondre au soleil de février Melrose nota que le vilain vert de sa jupe faisait encore ressortir son affreux twin-set artichaut. La belle Vivian semblait bien décidée à tout faire pour s'enlaidir.

— Je le vois en imper caoutchouté avec capuchon et des pièces aux coudes, reprit Trueblood. Et elle, avec des cheveux blonds, coupe au rasoir, et une veste en tweed. Et deux labradors chocolat, naturellement. Ils lancent des « Sa-lûût ! » tonitruants à la ronde et, d'après eux, tout est « simplement divin ! ». Ah, et puis une Land-Rover. N'oublions pas la Land-Rover ! Les labradors à l'arrière, avec peut-être aussi un chat roux. Le chat appartient à Arabella qui a insisté pour l'amener, alors que Maman aurait préféré qu'il reste à la maison avec la cuisinière. Pensez, il perd ses poils partout ! Il s'appelle...

Vivian se détourna de la fenêtre :

— Pour l'amour du ciel, cessez vos élucubrations !

Il n'y avait pas de rancœur dans sa demande, juste une pointe d'ennui. Ça faisait des semaines qu'ils n'en finissaient pas de discuter de ces gens-là !

Vivian était sur le point de repartir pour Venise. Combien de fois y est-elle déjà allée depuis ses fiançailles avec le fameux comte italien ? songea Melrose. Combien de fois le mariage a-t-il été retardé et remis à une date ultérieure, généralement à cause de quelque subterfuge concocté par Plant et Trueblood ? La dernière fois, c'était la mort d'une des tantes de Giopinno qui avait fourni le sursis. Mais c'était terminé, la famille ayant remarquablement survécu à ce deuil. Comme Melrose l'avait fait remarquer à Vivian venue prendre le thé à Ardry End, épouser le comte Franco Giopinno était apparemment devenu une sorte de violon d'Ingres pour elle. Un passe-temps, tels le tennis ou les mots croisés du *Times*, auquel elle pouvait s'adonner quand elle n'avait rien de mieux à faire. Vivian l'avait bombardé d'un canapé au cresson.

— Bon, peut-être que je me trompe, pour le chat, concéda Trueblood, en se retournant pour appeler Dick et commander une autre pinte de l'exécrable bière que fabriquait le patron pour rivaliser avec Trevor Sly, le propriétaire du *Blue Parrot*.

— A vrai dire, je suis contente qu'ils ne viennent que pour le week-end, remarqua Diane Demorney. Au moins, on n'aura pas à les supporter à longueur d'année !

— Franchement, à vous entendre tous les deux, protesta Vivian, on dirait que Long Piddleton vous appartient. Voire tout le Northamptonshire !

— Mais c'est le cas, répondit Melrose, enchaînant à mi-voix : Enfer et damnation ! Voilà Agatha !

Sa cape noire voltigeant autour d'elle, lady Agatha Ardry fit son entrée.

— Eh bien, figurez-vous qu'il y a au moins une chose certaine sur eux, claironna-t-elle sans avoir à préciser l'identité de ce « eux » qui était devenu le principal sujet de conversation des jours derniers.

Marshall Trueblood se dressa sur son séant.

— Ah, vous les avez vus ? fit-il, un tantinet contrarié qu'elle pût être la première à avoir aperçu les nouveaux locataires de Watermeadows. Ils sont combien ? A quoi ils ressemblent ? Et les chiens ? Les chats ? Les voitures ?

Agatha prit son temps pour s'installer, rajustant le col d'un tailleur jaune brunâtre qui transformait son corps râblé en botte de paille. Ses cheveux d'un gris terne avaient dû subir récemment un traitement de choc pour apparaître tout en boucles ciselées et empesées. Elle appela Dick Scroggs pour lui passer commande avant de déclarer d'un ton sentencieux :

— Ils ont tout de même droit au secret de la vie privée, Mr. Trueblood. Nous sommes quelques-uns à ne pas passer la moitié de la sainte journée à boire de la bière en cancanant.

« Droit au secret de la vie privée » voulait simplement dire qu'elle ne savait rien, traduisit Melrose.

— Vous les avez vus ? demanda Diane.

— Pas... exactement.

— Ce qui veut dire, commenta Melrose, pas *in*exactement non plus.

Dick Scroggs ignora délibérément le geste royal

de la main d'Agatha dans sa direction et continua à lire le *Bald Eagle* tout en faisant rouler un cure-dents entre ses lèvres. Là-dessus, milady haussa le ton — pratique dont elle était de toute façon coutumière — et cria :

— On aimerait bien un sherry, par ici !

— Ce qui veut dire, reprit Melrose, qu'en fait vous ne les avez pas vus.

Agatha arrangea les plis de sa cape avec un air d'importance.

— Navrée de détruire vos illusions, Mr. Trueblood... mais votre famille de résidents secondaires *n'est pas* de Chelsea !

Trueblood s'alarma :

— Mais, ils viennent bien des bons quartiers... de SW3 ou SW4, non ?

— Ou de W1, à la rigueur, ajouta Melrose.

Agatha était aux anges de voir les habitués du pub littéralement pendus à ses lèvres.

— Je constate que je n'ai pas encore mon verre. Mr. Scroggs m'ignore, comme d'habitude, fit-elle en se tournant vers le bar où Dick demeurait impassible.

Trueblood héla Scroggs, qui leva les yeux de son journal et fit oui de la tête.

— Mais alors d'où sont-ils ? D'où viennent-ils ?

Agatha attendit que Scroggs eût bruyamment posé son sherry sur la table pour déclarer :

— Du E11 !

Trueblood faillit s'étrangler :

— De ces fichus quartiers de l'East End[1] ? Vous plaisantez ?

1. Traditionnellement, les quartiers chics se trouvent dans le West End, les quartiers populaires dans l'East End (« patrie » des *cockneys*, les « titis » londoniens). Les nouveaux quartiers

— Whitehall ou Shoreditch, précisa Diane en émettant une colonne de fumée. Bien que Shoreditch tombe peut-être dans le E13.

Diane avait à une époque mémorisé tous les codes postaux pour impressionner un facteur qui lui plaisait.

— Mais bien sûr ! s'écria Trueblood. (Il se donna une tape sur le front, et tout son visage s'illumina.) Là, il s'agit du quartier des docks[1] ! Et c'est une tout autre histoire. Il y a des tas de gens de Chelsea et de Sloane Square qui sont allés s'y installer depuis que c'est devenu respectable.

— Ils l'ont eu pour une bouchée de pain, si j'en crois Jenks, ajouta Agatha. Et ils ne lui sont pas totalement inconnus.

Les yeux rétrécis à la taille de fentes, Melrose la nargua :

— Mr. Jenks vous a dit ça ? Mr. Jenks, l'homme à la bouche cousue ? Ne me faites pas rire ! Vous devez tenir ça de Mrs. Oilings (la femme de ménage d'Agatha). Autant dire qu'on peut laisser tomber, parce que Oilings ne sait rien non plus.

— Ah, oui ? Vraiment ? lança Agatha d'un ton sarcastique. Permets-moi de te rappeler que Mrs. Oilings *fait aussi le ménage chez Mr. Jenks* !

Elle se radossa, triomphante — jusqu'à ce qu'elle se rende compte qu'elle s'était fait avoir.

— Le samedi après-midi. Quand il n'y a personne à la maison... remarqua Melrose, un sourire aux lèvres.

Agatha s'empressa de changer de sujet :

— Je peux aussi vous dire qu'ils aiment bien boire un petit coup.

créés sur le site des docks ont la réputation d'avoir été investis par des « yuppies » argentés. *(N.d.T.)*

— Qui n'aime pas ça ? lança Diane Demorney.
— Et comment le savez-vous ? s'enquit Vivian.
— Parce que l'un d'eux passe beaucoup de temps, fit-elle, haussant de nouveau le ton pour crier la suite en direction de Dick Scroggs, au *Blue Parrot*.

Scroggs réagit au quart de tour en entendant mentionner le nom de son rival. Il délaissa son journal pour rejoindre leur table.

— Qu'est-ce que vous avez dit, là ?

Agatha buvait du petit-lait, ravie d'avoir de mauvaises nouvelles pour Dick Scroggs, et des nouvelles tout court sur les nouveaux locataires de Watermeadows.

Scroggs restait planté là, les mains sur ses hanches rembourrées.

— Depuis quand fréquentez-vous le *Blue Parrot* ?
— Moi ? Ne soyez pas ridicule, je ne supporterais pas de m'y voir en peinture. Juste que j'ai remarqué par hasard leur voiture qui filait sur le chemin de terre. Et la seule chose qu'il y a par là-bas, c'est le *Blue Parrot*.
— Et comment saviez-vous, poursuivit Melrose, que c'était la voiture des gens de Watermeadows ?
— Ma foi, elle est sortie de leur allée, non ?
— Oui ou non ?
— Oui. L'allée qui rejoint la route de Northampton.
— Et vous avez suivi la voiture ? questionna Vivian, l'air désapprobateur.
— Je ne l'ai pas *suivie*. Il se trouve qu'elle roulait devant moi sur la route de Northampton, c'est tout, conclut Agatha qui esquissa une petite moue, pesant le dernier détail : Et, moi, j'allais justement à Northampton.

— Non, certainement pas, protesta Melrose. Vous n'allez jamais à Northampton en voiture, vous me demandez toujours de vous y conduire. Vous deviez donc être postée à l'affût au bout de l'allée, au cas où quelqu'un sortirait.

— A espionner ? J'ai mieux à faire de mon temps !

— Bon, eh bien, je vois déjà d'ici la tournure que vont prendre les choses, ronchonna Dick Scroggs. Ceux qui veulent donner leur clientèle à Trevor Sly, faites donc, je vous en prie ! lâcha-t-il, écœuré, avant de repartir d'un pas courroucé vers le bar où il s'employa à faire un raffut de tous les diables avec ses verres et ses bouteilles.

— Ne vous en faites pas, Dick ! lança Melrose. Ils n'auront qu'à goûter une fois sa Flamme du Caire et ils se précipiteront vers la sortie en crachant le feu par les oreilles !

Le fait que Trevor Sly fabriquât sa propre bière n'était guère une consolation pour Dick Scroggs : ça faisait un certain temps qu'il essayait d'en faire autant, sans grand succès. Il cassa un verre et jura.

Vivian soupira et laissa son regard errer sur la demi-douzaine d'enveloppes étalées sur la table. Elle en prit une, lut le nom inscrit dessus : « R. Jury », puis la laissa retomber en hochant la tête.

— Jusqu'à lui que vous avez corrompu ! Il est en passe de devenir aussi bête que vous.

Trueblood fronça les sourcils :

— Il ne s'est vraiment pas donné beaucoup de mal pour établir sa liste. Vous n'avez pas remarqué ? Il s'est planté là et l'a griffonnée d'un seul jet.

Vivian reprit, plus à l'intention du bow-window que de la tablée :

— Mais qu'est-ce qu'il a à toujours aller à Stratford-upon-Avon ? Il en revenait juste, constata-t-elle d'un ton grognon.

— Des amis, répondit Melrose, considérant qu'il valait mieux omettre de préciser qu'en fait d'amis, il eût fallu répondre par le singulier, et du genre féminin, qui plus est.

Melrose n'avait jamais compris les rapports qu'entretenaient Vivian et son ami Jury. Il subodorait qu'il avait dû se passer quelque chose entre eux il y avait longtemps, quand Jury était venu pour la première fois à Long Piddleton.

Revenant à son propos, Trueblood répéta :

— Ça ne lui a pas pris plus de deux ou trois minutes.

— Il était pressé, ajouta Melrose qui barra « Fiona » pour le remplacer par « Polly ». (Ça, c'était un prénom qui sentait bon son Chelsea !) Il devait aller à Exeter.

— A Exeter ? Je croyais qu'il allait à Stratford ? s'étonna Vivian.

— Et à Exeter, ensuite.

— Vous ne croyez pas qu'il était déjà au courant ? s'inquiéta tout à coup Trueblood. Après tout, il est de Scotland Yard. Il n'aurait eu aucun mal à entrer chez Jenks en exigeant de voir ses dossiers.

— Tu es dingue, non ! s'indigna Plant. Jury n'est pas du genre à tricher.

N'empêche que c'est d'un œil inquiet que Trueblood considérait maintenant l'enveloppe marquée R. Jury.

— Ça ne vaudrait guère la peine, juste pour soixante livres, remarqua Diane. (Il fallait parier dix livres pour concourir et ils étaient six à avoir participé.) Et la prochaine fois que vous filez à Northampton, Agatha, prévenez-moi donc, voulez-vous ? Il y a là-bas un magasin de spiritueux où vous pourriez me trouver de la vodka à l'herbe de bison.

Agatha lui aurait plus volontiers fourni un bison, songea Melrose. Agatha détestait cordialement Diane Demorney.

— Mais vous ne nous avez toujours pas dit, très chère, de quelle marque de voiture il s'agissait, s'enquit Trueblood, le crayon en arrêt au-dessus de sa liste.

— Je n'ai pas fait attention.

— Ha, ha ! s'exclama Trueblood, abattant la main sur l'enveloppe d'Agatha alors que celle-ci essayait de la récupérer en douce. Ah, non, pas question !

Visiblement, Diane Demorney venait de réfléchir, activité à laquelle elle ne s'adonnait guère en temps normal.

— Exeter. Cette histoire à la cathédrale d'Exeter, c'est ça, non ? Celle pour laquelle ils lui ont téléphoné ici ?

— C'est ça, confirma Melrose, pliant sa feuille de papier et la glissant dans une enveloppe.

— C'est le syndrome de Stendhal, déclara Diane, les yeux sur la fumée bleue lavande qui montait de sa cigarette. Vous vous souvenez, je vous ai raconté que Stendhal s'évanouissait devant les œuvres d'art, non ?

— Et Stendhal n'a plus jamais repris de douche, ensuite, conclut Melrose en lissant le dos de l'enveloppe qu'il venait de fermer.

3

Il n'y avait pas longtemps que Richard Jury avait vu Elsie mais il s'était attendu, sans savoir pourquoi, à la trouver grandie. Peut-être simplement parce que c'était une petite fille et que les enfants poussent comme par enchantement, tels ces êtres de contes de fées qui ont la taille d'un petit pois aujourd'hui et qu'on retrouve le lendemain aussi grands que les statues grecques du jardin.

— Bonjour, Elsie. Tu te souviens de moi ?

— Ah, oui ! répondit-elle avec un bel enthousiasme. Vous étiez à Scotland Yard. Vous y êtes toujours ?

Comme si « Scotland Yard » était une adresse de vacances qu'on abandonnait à la fin de l'été.

— Est-ce que j'y suis toujours ? Absolument. Richard Jury, commissaire principal. CID [1].

Levant son visage vers lui, Elsie lui sourit, visiblement impressionnée. Elle portait un grand tablier blanc mal accroché à la taille, de sorte que l'ourlet balayait le plancher par endroits. De la cuisine éma-

1. *Criminal Investigation Department :* équivalent britannique de la police judiciaire. *(N.d.T.)*

naient des fumets délicieusement piquants, riches d'odeurs d'oignons, de vin et d'herbes aromatiques.

Elsie ouvrit grand la porte. Elle devait se rappeler qu'il s'était montré excellent public lors de sa dernière visite et s'attendre à ce qu'il en fît autant aujourd'hui.

— Je suppose que tu es très occupée. J'ai peut-être mal choisi mon moment ? lui demanda-t-il le plus sérieusement du monde.

Jouant le jeu, Elsie tempéra son enthousiasme en laissant échapper un soupir :

— Oh, ça va. Faut juste que je remue un peu mon bouillon pour la « coque-à-vigne [1] ». Entrez donc !

Installé dans un fauteuil, Jury tenta de deviner ce que pouvait bien être cette fameuse « coque-à-vigne », tout en contemplant le petit jardin et les feuilles, ruisselantes de pluie. Il laissa son esprit vagabonder et réalisa bientôt que si l'image des statues grecques lui était venue à l'esprit en arrivant ici, c'était parce que Jenny Kennington avait autrefois habité une grande demeure, avec une cour intérieure entourée d'arcades, au centre de laquelle se dressait une statue de ce style. Une statue dont le souvenir lui revenait chaque fois qu'il se trouvait dans un lieu habité par Jenny.

Lissant son tablier, Elsie l'informa que lady Kennington était « au pub ». Et, dans le plus pur style jeune maîtresse de maison désœuvrée, elle tira un magazine posé sur la table du fond et se mit à le feuilleter distraitement. Elsie avait dix ans et ça se voyait, mais elle s'efforçait d'afficher cet air d'ennui désinvolte si commun aux gens de la bonne société.

1. C'est ainsi qu'Elsie, la petite Anglaise, prononce « coq au vin ». *(N.d.T.)*

Cette image qu'elle cherchait à donner d'elle fut cependant ternie quand elle reposa le magazine : ce n'était ni *Majesty*, ni *Country Life*, mais *Tom et Jerry*. Se levant d'un bond, elle s'écria soudain, affolée, qu'elle avait oublié de mettre à rafraîchir « l'enfant d'ombre[1] ».

Se retrouvant seul, Jury retourna cette déclaration dans sa tête sans parvenir à une conclusion. Mais déjà Elsie était de retour :

— Lady Kennington est en train d'acheter un pub, je suppose que vous êtes au courant, dit-elle sans autre forme de procès.

Jury se dit qu'Elsie devait bien se douter qu'il n'en savait rien et qu'elle lui signifiait ainsi que tout le monde n'était pas dans le secret de lady Kennington.

— Non, je n'en savais rien. Mais je me souviens qu'elle a un jour parlé d'ouvrir un restaurant. Où il se trouve, ce pub ?

— Un peu en dehors de la ville.

— Comment s'appelle-t-il ? Il se peut que je l'aie aperçu.

Elle esquissa une petite moue tout en fixant le plafond :

— Je suppose qu'elle va changer le nom.

Autrement dit, Elsie ne se rappelait plus comment s'appelait le pub.

— Tu vas y travailler ?

— Oh, oui ! Je m'occuperai sans doute des thés et des collations.

— Des thés ? Dans un pub ?

— Oui, y aura un peu de tout, expliqua Elsie,

1. « *Shadow child* », au lieu de « château *(shadow)* rothschild (*...-child*) ». *(N.d.T.)*

écartant largement les bras pour embrasser ce « tout ». Un restaurant, un salon de thé, un pub et peut-être même une librairie.

— Ça m'a l'air terriblement ambitieux.

— Y a plein de pièces. Il y aura même peut-être une boutique de cadeaux, fit-elle, avant d'ajouter après un temps de réflexion : Et une disco. Ça, c'est mon idée, précisa-t-elle avec un regard en coulisse vers Jury pour voir comment il réagissait à cet incroyable accès d'esprit d'entreprise.

— Seigneur Dieu, Elsie, mais tu ne vas plus savoir où donner de la tête !

L'aventure du pub semblait partir dans tous les sens, comme l'imagination d'Elsie. Il ne manquait plus à la liste qu'une salle de théâtre pour accueillir la troupe de la Royal Shakespeare Company !

— Eh bien, si lady Kennington compte s'occuper de tout ça, je suppose qu'elle ne va pas rentrer avant un an ou deux, conclut Jury.

— Oh, non, elle ne va *quand même* pas tarder tant que ça ! Non, c'est pas possible, parce qu'elle attend un coup de fil de Mr... euh...

La frimousse d'Elsie se tordit en toutes sortes d'amusantes mimiques tandis qu'elle essayait de se souvenir. Mais ses efforts restèrent vains.

— Enfin, c'est grâce à lui qu'elle va pouvoir acheter le restaurant. Elle est allée le voir dans le Lincolnshire.

Jury sentit son cœur se serrer. Elsie, qui n'en savait rien, continuait à débiter les mauvaises nouvelles :

— Il est très riche. Il va lui donner des tonnes d'argent pour acheter le pub, et encore plein pour le faire tourner.

Là-dessus, d'un geste étudié, elle regarda sa

montre au cadran rond et Jury crut apercevoir les oreilles noires de Mickey Mouse.

— Je sais pas pourquoi elle est pas encore rentrée...

Se sentant soudain fort las, Jury se leva. Elsie ne voulait pas le laisser partir et semblait désemparée :

— Mais je crois qu'elle aurait aimé vous voir.

Il esquissa un sourire.

— Dis-lui que je l'ai attendue un moment et que je la rappellerai.

Des années auparavant, il avait fait cette même promenade, habité par ce même sentiment de frustration. Il venait de quitter la maison de Jenny Kennington après avoir fumé une dernière cigarette avec elle. Jenny partait pour un long voyage. Il s'était promené au bord de l'Avon, entre le théâtre et l'église où est enterré Shakespeare. Il faisait nuit, cette fois-là. Aujourd'hui, l'après-midi tirait à sa fin et la lumière vespérale éclaboussait tout de son vernis. Les couleurs étaient si pâles qu'elles en devenaient presque diaphanes. Le ciel avait des lueurs d'opale. Et puis le soleil perça la couverture de nuages et, comme à un signal convenu, une ribambelle de canards gagna la rive. Un cygne qui naviguait sur la rivière inondée de soleil semblait glisser sur des poignées de sequins.

Jury resta là à contempler le cygne, songeur. Dire qu'il avait presque été tenté de soutirer des renseignements à Elsie à propos du mystérieux donateur ! Mais il avait résisté à la tentation par peur d'entendre ce qu'il n'avait pas envie d'entendre et de voir sortir tout droit de l'imagination d'Elsie cet homme riche, séduisant et intelligent, connaisseur de

« coque-à-vigne » et d' « enfant d'ombre ». Il soupira et se dit qu'il était ridicule.

Il connaissait Jenny Kennington, c'était quelqu'un de très sérieux : pas la moindre trace de malice chez elle, rien d'irréfléchi ni de manipulateur. Si cet homme-là comptait pour elle, elle lui en aurait parlé. Sûrement. Tout aussi sûrement qu'il aurait dû l'avertir de sa visite.

Un rayon de soleil pourfendit la rivière. Ce terme archaïque était le seul qui convînt pour bien dépeindre ce que Jury perçut comme un coup violent, tel le choc d'une épée contre une armure : une lumière si intense qu'elle changea le cygne en blanche incandescence. Perdu dans la contemplation du noble oiseau qui glissait sur la langue de feu, il se rappela un vieux poème où il est question d'une jeune fille qui traverse une foire et d'un narrateur qui la suit du regard.

« ... sous une étoile qui veillait au firmament
Tel le cygne glissant sur le lac au soleil cou-
[chant. »

Des vers qui lui semblaient d'une tristesse inexprimable, sans qu'il sût très bien pourquoi.

Il tira de son portefeuille la photo d'une fillette de onze ou douze ans. Tout ce qu'il connaissait d'elle, c'était son surnom : Jip.

Tels les vers orphelins qui lui étaient venus à l'esprit, cette petite n'avait pas de contexte. Sur la photo, elle posait sans affectation ni sourire, grimaçant à la lumière qui projetait sur son visage et sur le décor des ombres épaisses. Une enfant d'ombre...

4

En proie à l'envie irrésistible de boire une bonne tasse de thé, Jury s'arrêta au petit restaurant juste en face de la cathédrale. Il choisit une table avec vue sur le parvis et commanda un thé à la bergamote et un petit pain aux raisins. Des écoliers en uniforme — blazer bleu marine, chemise blanche et cravate — marchaient en procession sur le chemin pavé qui entoure la cathédrale d'Exeter. Une vingtaine d'enfants de différents âges et différentes tailles.

C'était un spectacle auquel Jury avait assisté maintes fois, avec toujours beaucoup d'émotion. Il les voyait marcher, sauter, se retourner, longs cheveux flottant dans le dos de certaines filles et, quand bien même il ne pouvait les entendre, il savait qu'ils riaient en traversant le parvis. Il ne pouvait s'empêcher de s'imaginer parmi eux, pas plus qu'il ne pouvait réprimer cette nostalgie qui s'emparait de lui alors qu'il regardait la petite troupe défiler dans l'enceinte de la cathédrale.

Il n'avait pas vécu ça dans son enfance. A cause de la guerre, qui l'avait laissé orphelin. Son père, chef d'escadron de la Royal Air Force, était parti en mission et son avion avait été abattu au-dessus de

Munich. Sa mère était morte quelque temps plus tard, avant même qu'il eût atteint l'âge scolaire.

Il se revoyait assis sur les marches, devant l'appartement qu'il habitait avec elle, quand ils n'étaient plus que tous les deux. Il restait là à rêver pendant que sa mère cousait, à l'intérieur.

Il entendait encore les commentaires élogieux de ses « dames », qui descendaient l'escalier. Certaines clientes de sa mère étaient riches, la plupart fort corpulentes en tout cas, ce qui exigeait pour les habiller qu'on sût habilement jouer du drapé et du tombé d'étoffes sombres. Sa mère avait une prédilection pour le noir, même pour elle, bien qu'elle ne fût pas grosse mais mince, jeune et jolie. Il avait l'impression qu'elle ne se défaisait jamais de ce coussinet retenu par un ruban à son bras et tout hérissé d'épingles, qui lui faisait penser à un porc-épic.

Il restait assis sur les marches à manger ses tartines grillées, le matin, ou à siroter de la limonade, l'après-midi, tout en regardant défiler les écoliers qui se rendaient à la Boswell School, juste au coin de la rue. La Boswell School lui semblait un monde enchanté dont les élèves appartenaient à un cercle magique auquel il n'aurait pas accès tant qu'il ne posséderait pas un de ces fameux uniformes.

— M'man, quand est-ce que je pourrai aller à l'école ? M'man, s'te plaît ! la tarabustait-il, comme si c'était l'obstination de sa mère et non le système éducatif qui l'empêchait de franchir les grilles sacrées de la Boswell School.

Le temps s'étirait à n'en plus finir, comme la bande de pâte à berlingot[1] que sa mère nouait sur la

1. La pâte à berlingot doit être longuement étirée avant qu'on puisse la débiter en morceaux. *(N.d.T.)*

poignée de la porte. Le ruban de sucre avait beau devenir de plus en plus mince et étroit, il ne rompait pas mais s'allongeait toujours plus. Quand même, entre la Pentecôte et le mois de juillet, il avait bien dû grandir de quelques années et pousser de plusieurs centimètres, non ?

Il lui était d'autant plus douloureux de rester à l'écart que l'élue de son cœur, Elicia Deauville, sa voisine de palier qui avait sept ans et demi, avait rejoint le défilé dans son uniforme de chasseresse, flambant neuf. Elicia passait devant lui à toute allure, dégringolant les marches avec un petit mouvement de tête presque dédaigneux pour rejeter en arrière sa longue crinière, mais non sans esquisser un sourire, comme si elle avait du mal à conserver tout le sérieux requis par l'uniforme vert.

Un jour qu'il ramassait les épingles éparses sur le kilim lui vint une idée lumineuse (pensait-il) : si sa mère lui faisait un uniforme, il pourrait peut-être se glisser à la dérobée dans la procession qui passait devant chez lui et simplement se fondre aux autres, sans que personne n'en sache rien.

— Fais-moi un uniforme, m'man !

L'ennui, avait objecté sa mère, c'est que le maître risquait de lui demander combien font douze fois quatre-vingt-deux. Et alors là, que dirait-il ?

Il était resté coi.

Le maître pourrait aussi bien lui demander d'épeler le mot « agape ».

Il ne l'avait jamais entendu et n'avait pas la moindre idée de comment l'écrire. Ce mot-là, et la plupart des autres, d'ailleurs.

— Qu'est-ce que c'est, « agape », m'man ?

Délaissant l'ourlet qu'elle était en train de coudre, sa mère s'était retournée vers lui en souriant et lui avait fait un petit baiser sur la joue. L'amour, le vrai, c'était ça.

C'est peu de temps après que la bombe était tombée, tard dans la nuit, ensevelissant sa mère sous les décombres.

Devant la cathédrale d'Exeter, le dernier uniforme bleu tourna le coin, ou plutôt l'avant-dernier car il restait encore une petite fille qui courait à toutes jambes pour rattraper les autres, cheveux au vent. Et qui ressemblait comme deux gouttes d'eau à Elicia Deauville, dans l'esprit tourmenté du pauvre Jury.

— Vous désirez une autre tasse de thé, monsieur ?

Jury dut cligner des yeux plusieurs fois avant que le visage de la jeune serveuse ne s'imposât à lui.

— Comment ? Oh, non merci, je dois partir. Si vous voulez bien m'apporter l'addition.

Il y a soixante-quatre grandes villes en Angleterre, donc soixante-quatre cathédrales[1]. Mais Jury aurait été bien incapable d'en citer plus d'une demi-douzaine. Seules lui revenaient Exeter, Ely, Salisbury, Lincoln. Debout dans la nef de la cathédrale d'Exeter, les yeux levés, il admirait la claire-voie[2], les cintres élaborés, l'architecture complexe des corniches de la voûte. Se pouvait-il que, parmi les soixante-trois autres cathédrales, il y en eût une plus spacieuse et plus imposante que celle-ci ?

1. Le terme de *city*, grande ville, ne s'applique théoriquement qu'aux villes possédant une cathédrale, parce que siège d'évêché. *(N.d.T.)*

2. Rangée de fenêtres de la partie haute d'une nef d'église. *(N.d.T.)*

Comme il était en avance, il décida de s'intéresser aux médaillons en suivant les explications d'une cassette. Ces coussins de tapisserie, appelés « médaillons », étaient exposés tout le long de la nef de la cathédrale, et c'est pour apprendre l'histoire de leur confection que Jury paya une livre. Il s'arrêta longuement, émerveillé par la finesse des motifs, devant celui qui dépeignait le Grand Incendie de Londres, déclenché par « une étincelle jaillie d'un fournil de boulanger »...

— Eh bien, tu y as mis le temps !

Jury faillit laisser choir le petit lecteur de cassette en entendant la voix qui lui claironnait dans le dos. Brian Macalvie se tenait juste derrière lui, les mains dans ses poches de pantalon. Plusieurs fidèles agenouillés sur leur prie-Dieu levèrent les yeux. Partout où il passait, Macalvie attirait l'attention des gens.

Dieu, semble-t-il, tourna son regard vers ce bas monde et un rayon de soleil transperça la rosace : à croire que ce rai de lumière n'avait jailli que dans le seul but d'auréoler la tignasse cuivrée de Macalvie.

— Désolé, j'ai dû m'arrêter en route pour vivre un peu.

Macalvie feuilletait déjà un carnet à spirale.

— Ce qui n'aurait pas dû prendre très longtemps, lâcha-t-il en tournant les pages. On a trouvé le corps presque exactement à l'endroit où tu es, le savais-tu ?

— Toi seul jouis du don de double vue. Non, je ne le savais pas.

— La femme, Helen Hawes, que ses amis appelaient toujours Nell, avait soixante-douze ans. Selon les témoins, elle se tenait le ventre et puis, tout d'un coup, elle s'est effondrée. Raide morte. C'est arrivé il y a une semaine, fin janvier, pendant que tu te baladais aux États-Unis.

— Merci.

— Pas grand monde ici à ce moment-là, juste avant la fermeture...

Les yeux de Macalvie suivaient des mots écrits dans son calepin, mais Jury savait qu'il ne lisait pas, il récitait par cœur. Comme il avait emmagasiné toutes ces informations dans sa tête, c'était visiblement autre chose qu'il cherchait.

— Nell Hawes habitait Exeter, poursuivit-il. Une vieille dame sans histoire. Tranquille et très agréable, dit-on. Elle vivait seule et, comme je te l'ai dit au téléphone, c'était une tapissière qui travaillait aux médaillons.

— Dis donc, ça fait deux ans qu'on ne s'est pas vus, Macalvie. Tu ne vas pas me dire bonjour?

— Bonjour. A en croire ses amis, Nell Hawes n'était pas malade. Quelques petits problèmes cardiaques, mais rien de grave. Dans l'ensemble, elle jouissait plutôt d'une bonne santé pour une personne de son âge.

— Raison de plus pour penser qu'elle est décédée de mort naturelle, remarqua Jury, sèchement.

Macalvie l'ignora.

— Il devait y avoir une demi-douzaine de pèlerins qui circulaient dans la nef avec des écouteurs aux oreilles. Les témoins ont tous raconté la même chose, fit-il, un doigt dans le carnet pour marquer la page qu'il avait retrouvée. Personne n'a rien vu, rien remarqué avant qu'elle s'effondre par terre, là, devant ces fameux médaillons.

De sa main libre, celle qui ne servait pas de marque-page dans le carnet, Macalvie enfourna une tablette de chewing-gum dans sa bouche avant de poursuivre :

— Nell Hawes habitait un cottage dans Lucky

Lane, près de la rivière. Pas de famille ni de parents hors du Devon, sauf deux cousins qui vivent dans le Lake District. Son carnet d'adresses semble assez neuf, il contient quelques numéros de téléphone au Nouveau-Mexique... (Là, il ouvrit son calepin et lut :) Héron d'Argent, Canyon Road, Santa Fe. Et puis une autre référence à un « Coyote Village », au sujet duquel je n'ai encore rien trouvé. En tout cas, il semble que Nell Hawes ait fait un voyage là-bas en novembre. Ses collègues tapissières disent qu'elle avait l'habitude de partir en voyage tous les deux ou trois ans, généralement en hiver.

— Tu as joint cette adresse ?

— Oui. Ou plutôt, j'ai essayé. Personne. Selon les flics de là-bas, qui ont vérifié, le propriétaire est absent, peut-être même à l'étranger, pensent-ils. Bon, viens avec moi.

Macalvie descendit la nef jusqu'à une longue table où trois femmes aux cheveux gris étaient courbées sur des cadres à tapisserie.

— Ces dames confectionnent des habits sacerdotaux, des chasubles, des manipules et des étoles, expliqua-t-il. Elles appartiennent à la guilde de tapissiers qui s'est occupée des médaillons.

Prenant en main un écheveau de fils colorés, il les laissa couler entre ses doigts.

— Essaie de voir les couleurs séparément : ça ne marche pas. Le mécanisme de l'arc-en-ciel...

— Deux douzaines, précisa une des dames dont le teint frais brillait d'un éclat plus vif sous l'effet de la présence de ces messieurs de la police.

Ceux-ci s'éloignèrent de la table et Jury demanda, impatient :

— Tu ne m'as pas dit que le légiste attribuait le décès de cette femme à un infarctus du myocarde ?

— Il y a beaucoup de choses qui peuvent ressembler à un infarctus.

— Y compris un infarctus, répliqua Jury en hochant la tête. Où donc veux-tu en venir, Macalvie ?

— La police du Wiltshire a une drôle d'affaire sur les bras, annonça-t-il en guise de réponse. Tu as lu quelque chose là-dessus ? On a trouvé le corps d'une femme à Old Sarum.

— Je n'ai pas lu un seul journal.

De fait, ce n'était pas exact, Jury en avait tenu plusieurs en main, mais sans pouvoir se concentrer sur les nouvelles. Le visage de Jenny Kennington se superposait toujours aux lettres imprimées sur le papier.

— Old Sarum ? Drôle d'endroit pour dénicher un cadavre.

— Ravi que tu sois de cet avis.

— Et que s'est-il passé ?

— Infarctus du myocarde, répondit Macalvie en lui décochant un regard qui en disait long. On a comme l'impression d'avoir déjà entendu ça quelque part, non ?

Jury leva les yeux vers la voûte :

— Certainement. Combien de décès dus à une occlusion coronaire ou tout autre problème cardiaque avons-nous enregistrés, ne serait-ce que le mois dernier ?

— Très drôle, rétorqua Macalvie. Cette femme venait de Santa Fe, Nouveau-Mexique, au cas où tu l'aurais oublié.

Voilà qui en bouchait un coin à Jury. Pourtant...

— Bah, une coïncidence !

— Ah, je t'en prie ! Je me trouvais hier à Salisbury...

— C'est dans le Wiltshire, ça, Macalvie. Pas ton territoire.

— Un fait que le commissaire Rush n'a pas manqué de souligner. Faut dire qu'il ne m'a jamais aimé, depuis son passage ici comme inspecteur.

Jury ne pipa mot.

Macalvie était terriblement exigeant, c'est le moins qu'on puisse dire. Depuis dix ans que Jury le côtoyait, il l'avait vu batailler avec des légistes, des spécialistes des relevés sur les lieux du crime, des experts en empreintes digitales et même avec un anthropologue de la police scientifique. Et le plus souvent c'était Macalvie qui gagnait. Pas seulement parce qu'il faisait preuve d'une grande intelligence, mais parce qu'il était entièrement dévoué à sa tâche. Tout divisionnaire qu'il fût (un grade équivalent à celui de Jury[1]), il considérait qu'aucun travail de police n'était indigne de lui.

— Moyennant quoi, je n'ai rien pu tirer de Rush à propos de la dame, enchaîna-t-il. Tout ce que je sais, je l'ai lu dans le journal. Ça, plus le fait que j'ai entendu dire qu'un membre de la famille — une cousine, je crois — est arrivé avant-hier par avion pour identifier le corps. J'y retourne cet après-midi. A Old Sarum.

Le soleil qui se déversait par la rosace déposait des fragments de motifs colorés à leurs pieds et changeait la tignasse cuivrée de Macalvie en petites langues de feu.

— Alors, qu'est-ce que tu en penses ? Tu vas y aller ?

1. Jury est commissaire principal à la prestigieuse P.J. de Scotland Yard, ce qui lui donne un rang sensiblement équivalent à celui d'un divisionnaire de province. *(N.d.T.)*

— Dans le Wiltshire ? Je ne...

Macalvie l'interrompit, une note d'impatience dans la voix :

— A Santa Fe, pour l'amour de Dieu !

Jury se borna à le dévisager.

— Il faut bien que *quelqu'un* y aille ! Et moi, je ne peux pas, je suis déjà débordé avec cette affaire.

— Tu pourrais réduire ta charge de travail en oubliant le Nouveau-Mexique. Contente-toi donc du Devon et des Cornouailles. Quant à moi, pas question que j'aille à Santa Fe !

Macalvie ne répondit pas et resta planté là, abîmé dans la contemplation silencieuse du médaillon dépeignant le meurtre de Thomas Becket. Bizarrement, Jury se crut obligé de se justifier :

— C'est une pure coïncidence, Macalvie. Tu n'as rien, à part une adresse dans le carnet de Mrs. Hawes et le fait que l'autre morte soit une Américaine qui, par hasard, habitait Santa Fe. Quoi ? Tu penses que quelqu'un l'a tuée ? Des druides, peut-être ?

— Allons-y.

Jury lui emboîta le pas à contrecœur. Ça ne lui disait rien qui vaille, cette histoire-là.

5

Macalvie se gara sur le petit parking, encombré déjà de quatre voitures de la police du Wiltshire.

— Old Sarum. Une forteresse perchée sur une colline à l'âge de fer, dit-il alors qu'ils franchissaient la passerelle enjambant les douves. Salisbury, tel que c'était à l'origine. Difficile à croire.

— On se sent bien petit tout à coup, non ?

— Parle pour toi.

Le lieu de l'accident était délimité par des rubans de marquage. Une bande jaune d'or ondulait au vent, tout autour des ruines du Palais de l'Évêque.

Macalvie s'approcha du petit groupe de policiers en tenue qui se tenait sur les remparts et présenta sa carte. L'un d'eux le gratifia respectueusement d'un « monsieur le divisionnaire » malgré l'étonnement provoqué par sa présence ici, en dehors de son comté de juridiction.

— J'ai demandé à Rush son accord, expliqua Macalvie, négligeant allégrement de répercuter la réponse de l'intéressé. Et voici le commissaire principal Jury, CID de Scotland Yard.

Voilà qui était une vraie surprise, pour le coup. Mais ils se bornèrent à acquiescer d'un signe de tête lorsque Macalvie manifesta le désir d'aller jeter un œil sur les fameux cabinets où l'on avait trouvé le corps.

— Une « garde-robe », ça s'appelle, rectifia un des hommes de Rush avec une élégance de prononciation dont Macalvie se moquait éperdument.

— Là en bas, monsieur le divisionnaire, suggéra un autre, plus coopératif, pointant un doigt en direction d'un profond puits de pierre, à cinq ou six mètres en contrebas.

Macalvie et Jury avancèrent précautionneusement sur le sentier abîmé par le temps et les multiples passages. Parvenu tant bien que mal à l'endroit indiqué, Macalvie passa un certain temps à fixer les cabinets, avec presque autant de concentration que si le corps se fût trouvé *in situ*.

Jury avait de la patience avec les gens, Macalvie avec les faits. Il pouvait passer un temps infini à examiner un objet sous toutes les coutures. Malgré son tempérament irascible et ce que ses collègues prenaient pour de l'arrogance — à savoir ses manières tranchantes avec quiconque lui faisait obstruction —, il possédait une grande sûreté de jugement et sa ténacité était quasi proverbiale.

Mais cette patience légendaire commençait sérieusement à déprimer Jury, qui n'avait pas la moindre envie de se laisser entraîner dans cette galère.

— Dis-moi au juste quelle théorie tu es en train d'échafauder.

— Aucune. Je me contente de noter.

— C'est quand tu commences à noter que, moi, je commence à m'inquiéter.

Pour toute réponse, Macalvie se contenta de lui lancer un regard en coin.

— Tu n'as pas suffisamment de faits pour élaborer la moindre théorie, Macalvie. Et inutile de compter sur Rush pour partager avec toi le peu qu'il sait ! Résumons-nous : qu'est-ce que tu as, comme renseignements sur la victime ? Rien, si ce n'est qu'elle est américaine, la trentaine, et du Nouveau-Mexique.

— De Santa Fe. Elle s'appelle — s'appelait — Angela Hope.

Le regard de Macalvie se perdit dans le lointain, vers la ville de Salisbury. La Salisbury moderne. A l'ouest, où le bleu commençait à pâlir, brillait une masse vieil or.

— Tout ce que Rush a bien voulu me communiquer, c'est son identité. Les autres détails, je les tiens de quelqu'un qui me devait une faveur. D'après le légiste, Angela Hope s'est sentie très mal avant de mourir. Des traces de vomi. Qu'est-ce que ça évoque pour toi ?

— Rien. Bon Dieu, elle a eu la nuque brisée ! Ça suffit bien à causer la mort, non ?

— Tu sais quoi ? Tu es exactement comme Rush, soupira Macalvie. En tout cas, il n'a rien voulu me dire de plus.

— A sa place, tu n'aurais pas tellement envie qu'un autre flic vienne marcher sur tes plates-bandes.

— Mais il ferait ça pour toi.

— Il ferait *quoi* pour moi ? demanda Jury, perplexe.

— Il partagerait ses renseignements. Il a parlé à la cousine d'Angela qui est venue identifier le corps, et j'aimerais bien savoir ce que ça a donné.

— Mais la police du Wiltshire n'a pas sollicité l'aide de Scotland Yard, remarqua Jury.

— Certes, mais Scotland Yard pourrait demander à la police du Wiltshire de l'aider.

Macalvie avait mis un genou en terre pour examiner le sentier qui menait jusqu'au bord de la garde-robe. Jury tenta d'ignorer une pensée qui lui chatouillait les méninges.

— Pourquoi donc ?

— Ta dame de la Tate.

Jury commença à rebrousser chemin, puis revint sur ses pas.

— Macalvie ! Existe-t-il une raison plausible d'établir un rapport entre une Américaine qui se casse le cou à Old Sarum et une Anglaise qui clamse dans un musée londonien ?

Macalvie continuait à inspecter le sentier.

— Tu en oublies une, Jury.

— Qui ça ?

— Helen Hawes. Naturellement, pas question de la mêler à ça quand tu parleras à Rush, il comprendrait tout de suite que je cherche à m'informer.

— Je risque d'autant moins de la mêler à ça que je n'ai pas la moindre intention de parler à Rush.

Macalvie enchaîna comme si Jury n'avait rien dit.

— Sans doute vaudrait-il mieux aussi ne pas mentionner un éventuel rapport entre le décès de Nell Hawes et celui de ta petite dame.

— D'abord, ce n'est pas *ma* petite dame, c'est celle de la Division A.

— Ça ne t'ennuierait pas de me mettre un peu au parfum ? Tout ce que je sais pour le moment, c'est qu'elle était assise sur une banquette dans la salle des préraphaélites quand elle s'est affaissée sur le quidam à côté d'elle.

— Eh bien, tu sais tout.

Macalvie n'en croyait pas ses oreilles.

— Comment je pourrais *tout* savoir, bon sang de bois ! Je n'étais pas à la Tate Gallery, moi, et j'étais loin d'être le premier à arriver sur place.

Macalvie avait la ferme conviction que quatre-vingt-dix pour cent des pièces à conviction se volatilisaient dans la stratosphère quand un autre débarquait sur les lieux du crime avant lui.

— D'accord, concéda Jury en souriant, je vais te décrire ça avec un luxe de détails époustouflant. Mais, souviens-toi, je n'ai pas été le premier à arriver sur les lieux ! Le musée était noir de monde.

— Ce qui veut dire qu'ils ont tout piétiné, lâcha Macalvie d'un air écœuré, fourrant une autre tablette de chewing-gum dans sa bouche.

— J'étais à la boutique du musée quand la panique s'est déclenchée. J'ai interrogé un gardien qui m'a répondu qu'une femme venait de mourir subitement. Ils ont prévenu le commissariat central du West End, mais comme je me trouvais par hasard sur les lieux, je suis arrivé avant eux.

— Coup de veine.

— Pas pour moi.

— Pour la Division A, je voulais dire.

— Seigneur ! Serait-ce un compliment ?

Comme Macalvie prenait un air neutre, tournant son regard vers les ruines de la tour, à l'autre bout du rempart, Jury poursuivit :

— La femme — une dénommée Frances Hamilton — était assise sur une des banquettes de la salle des préraphaélites quand elle est brusquement tombée sur le côté. Sa voisine a tout d'abord cru que la dame la poussait pour prendre ses aises ou qu'elle s'était endormie. Bref, quelque chose dans ce genre-là. Comme elle était occupée à bécoter son petit ami, elle n'avait absolument pas fait attention à Frances Hamilton, et le petit ami non plus, d'ailleurs, jusqu'à ce qu'elle s'écroule sur elle. D'après ce que j'ai pu voir et ce qu'on m'a raconté, personne n'a rien remarqué qui sorte de l'ordinaire. Mais, rappelle-toi, ce n'est pas moi qui ai mené l'interrogatoire. Je n'ai fait qu'observer, après l'arrivée de la Division A et de l'ambulance. Occlusion coronaire. Ou congestion cérébrale.

— Laquelle des deux ?

Oh, merde ! pensa Jury.

— Le légiste n'était pas sûr à cent pour cent. Une chose est certaine, en tout cas : elle prenait de la nitroglycérine.

Macalvie planta son regard dans les yeux de Jury.

— Occlusion coronaire et congestion cérébrale, ce sont deux choses bien différentes, Jury.

— Sans blague ?

— Continue donc.

— Quoi ? Mais c'est tout ce qu'il y a.

— C'est ça, ton « luxe de détails époustouflant » ? Et les tableaux ? Lequel ou lesquels regardait-elle ?

Jury se souvint qu'il s'était fait la remarque que le tableau devant lequel Frances Hamilton était assise devait lui rappeler son neveu.

— *La Mort de Chatterton*, le tableau d'Henry Wallis.

— Une toile superbe. Mais comment sais-tu qu'elle la regardait ?

— Je ne le sais pas. Tu crois que ça a de l'importance ?

— Jury, j'ignore ce qui a de l'importance. Nell Hawes s'est écroulée devant des coussins brodés au petit point, ça ne veut pas dire que c'est le fait de les regarder qui l'a tuée. Mais ça ne signifie pas non plus que ça *n'a pas pu* la tuer.

— Le tableau d'à côté était un Holman Hunt. Un homme et sa maîtresse au piano. Triste... remarqua

Jury, s'efforçant d'émerger de ce souvenir. Cela dit, il se pourrait aussi que Fanny Hamilton n'ait pas été en train d'admirer un tableau quand elle est morte. Elle s'était peut-être simplement assise là pour se reposer.

— Mmmoui.

Quand Macalvie avait l'air d'accord, c'est qu'il ne l'était pas, Jury le savait.

— Je suppose que la police a clos le dossier de cette affaire-là, poursuivit-il. Je ne m'en suis occupé que pour rendre service à une amie, lady Cray. La fameuse Frances Hamilton venait de perdre son neveu, assassiné à Philadelphie.

— Tu me l'as raconté, c'est pour ça que tu es parti là-bas.

— Frances Hamilton est allée aux États-Unis pour voir si elle pouvait aider la police. Elle était rentrée depuis deux mois quand c'est arrivé — je veux dire, quand elle est morte.

Ils restèrent debout, silencieux, dans la pâle lumière d'un après-midi finissant.

— Quelle partie des États-Unis ? s'enquit Macalvie.

— Que veux-tu dire ?

— Ta petite dame — oh, excuse-moi, fit Macalvie en esquissant le geste de battre sa coulpe —, la dame de la Division A. Tu dis qu'elle est allée aux États-Unis. Dans quels États, au juste ?

— La Pennsylvanie et le Maryland.

— Uniquement ? insista Macalvie tout en étudiant attentivement le morceau de silex qu'il venait de ramasser.

Une image fugitive traversa l'esprit de Jury, mais elle s'évanouit.

— Macalvie, je suis prêt à jurer devant Dieu que

tu mets autant d'ardeur à construire ce dossier qu'il en a fallu aux bâtisseurs de Stonehenge pour hisser les linteaux des monolithes.

— Elle s'est rendue ailleurs ?

Jury eut de nouveau l'impression qu'un souvenir cherchait à s'imposer à lui. Il se sentait mal à l'aise. Il revit la main de lady Cray, faisant tourner le bloc de turquoise ceint d'un bandeau d'argent sur lequel était gravé un flûtiste. « Il s'appelle... » Comment donc s'appelle-t-il ? Jury tenta d'exhumer le nom du fin fond de sa mémoire. Lady Cray avait tenu l'objet comme on le ferait d'un talisman, d'une amulette, d'une chose dont on tire de la force.

Un peu comme Macalvie retournait son morceau de silex entre ses doigts.

— Il y a quelque chose qui te revient, remarqua-t-il comme pour lui-même.

— Oh, rien d'important.

Kokepelli, se souvint-il, tout à coup.

— Quelque chose sans importancc, vraiment ?

— Oh, arrête donc d'essayer de lire dans mes pensées !

— Avec toi, c'est un jeu d'cnfant, Jury !

Ce dernier fit quelques pas et se posta devant la garde-robe. La chute lui avait brisé la nuque. C'était sûrement la chute qui l'avait tuée.

— Au fond, Jury, qu'est-ce que tu as à perdre ? Du temps, peut-être. Mais ça, on le perd de toute façon.

— Je déteste courir après les feux follets.

— Mais tu ne fais que ça ! s'esclaffa Macalvie.

Là, Jury ne put s'empêcher de sourire.

— Je n'ai toujours pas de bonne raison de me mêler de l'enquête de Rush. Racer me boufferait tout cru au petit déjeuner et le grand patron finirait les restes pour le dîner.

— Mais tu ne te mêlerais pas de son enquête, tu ne ferais que tenter d'éclairer la nôtre. Que diable, laissons Rush mener son enquête, autant de sale boulot que j'aurai pas à me coltiner ! De toute façon, tu n'as absolument rien à foutre de Racer, pas plus que du grand patron. N'essaye pas de me faire avaler des couleuvres !

— *Notre* enquête ?

— Bien sûr que ce serait notre enquête. Tu as bien dit que tu avais envie d'un transfert, non ? Alors, on peut travailler ensemble sur cette affaire. Tu serais à l'essai, bien entendu.

— Je ne crois pas que mon envie de transfert soit pressante à ce point-là, répondit Jury avec un sourire amusé. Je fais dans l'évidence, moi, pas comme toi. Je serais plutôt « Rushien ».

— Ça, c'est sûr ! Mais dis donc, tu m'as l'air sacrément de mauvais poil. Tu dois avoir faim. En tout cas, moi, oui. Allez, viens, je connais un pub qui fait de la bonne tambouille à quelques kilomètres d'ici.

Les silhouettes sombres des policiers du Wiltshire se fondaient dans les ombres des remparts. Ils semblaient avoir oublié les deux autres policiers venus d'ailleurs.

— Il est où, ton pub ?

— A Steeple Langford. Il s'appelle *Au bout de l'arc-en-ciel.*

— Alors, il sera là ou pas ?

— Le pub ?

— Le chaudron plein d'or[1].

1. Allusion au *Magicien d'Oz* dans lequel il est dit que si l'on arrive au bout de l'arc-en-ciel, on y trouve un plein chaudron d'or. *(N.d.T.)*

6

Au bout de l'arc-en-ciel était un pub tranquille. La salle arrière, spacieuse et refaite à neuf, donnait sur la large rivière qui traverse les Langfords, deux hameaux jumeaux situés à une trentaine de kilomètres de Salisbury.

Macalvie et Jury étaient installés dans le petit salon-bar de la partie ancienne du pub : décor de brique et de bois, fauteuils Queen Anne disposés autour de petites tables et profusion d'appliques murales en forme de tulipes rehaussées de dorures. Jury lisait une coupure de journal encadrée au mur où il était question d'adeptes du New Age qui traînaient leurs guêtres dans les Langfords. Passer directement d'Old Sarum au New Age lui fit l'effet d'un bond dans une autre dimension !

— Quinze millions de livres sterling pour transformer le paysage et lui donner l'allure qu'il avait en 2000 avant J.-C. ! remarqua Macalvie. Y a pas quelque chose là-dedans qui te semble un peu délirant, non ?

Il râlait après le projet du National Trust and English Heritage, un programme fort coûteux de mise en valeur de Stonehenge.

— Plutôt, si, répondit Jury avec un sourire.

— Comment est-ce qu'ils peuvent savoir à quoi ça ressemblait, ces architectes, hein ? ronchonna Macalvie, maussade.

Étant ensuite passés à la salle à manger, ils avaient commandé une truite de la rivière et une autre pinte de bière chacun.

Macalvie déclara, au bout d'un moment :

— Le plus dur, ce sera d'amener Rush à faire rechercher un éventuel poison. Et à faire exhumer le cadavre de Londres.

— Bon sang, mais de quoi parles-tu ?

— Tu le sais très bien. Passe-moi le pain !

Jury lui tendit la corbeille d'un geste automatique.

— Non, à vrai dire, je ne sais pas. Un poison ?

— Ça, je te garantis que ma petite dame aura droit à un examen complet. Puisque là, au moins, j'ai le contrôle de la situation.

— Et quel poison recherches-tu ?

Macalvie examinait son verre vide comme s'il s'apprêtait à y relever des empreintes.

— Tu ne réponds pas à ma question, insista Jury. Parce que tu ne connais pas la réponse, voilà pourquoi. Eh bien, il ne devrait pas falloir plus d'un ou deux millénaires pour identifier ton présumé poison, lança-t-il avec un sourire qui manquait nettement de sincérité. Tu sais comme c'est difficile, quand on ne sait pas quel poison on recherche...

— Je peux déjà éliminer les poisons les plus évidents — ou plutôt, le légiste le pourra. Ensuite, les examens toxicologiques permettront d'en éliminer un tas d'autres. Une bonne analyse de sérum et d'urine devrait révéler de quoi il s'agit, ou au moins écarter des centaines de poisons possibles.

Jury commençait à s'impatienter.

— Je ne comprends pas, Macalvie. Voilà une

touriste qui a eu un accident et qui s'est retrouvée au fond d'un puits. Victime de sa chute. Alors, pourquoi tiens-tu tant à y voir autre chose ?

De fait, Jury savait pourquoi. Mais donner à Macalvie le moyen de faire un rapport entre Angela Hope et Helen Hawes, c'était lui permettre d'en établir un autre, encore plus ténu, avec Frances Hamilton.

— Si tu essaies de trouver pourquoi cette Mrs. Hope a vomi avant de mourir, peut-être que c'était tout simplement pour cause d'intoxication alimentaire.

— Possible. Mais guère probable, à moins qu'elles n'aient toutes pris le thé ensemble.

Jury en avait assez de ces réponses évasives :

— Tu *supposes* a priori que c'est la même chose qui les a tuées toutes les trois.

— Bien sûr, fit Macalvie, surpris qu'il pût en douter.

Jury hocha la tête et se tourna vers les fenêtres. Il regarda la surface de l'eau, mouchetée par la lumière qui filtrait à travers les arbres. Près de la rive opposée, un cygne enfouit la tête sous l'aile et se laissa dériver au fil de l'eau. Et tout naturellement, il repensa à Stratford. Et à Jenny.

De son côté, plongé dans ses pensées, Macalvie laissa son regard filer dans la même direction que celui de Jury, vers la berge où flottait une brume mouvante.

La lumière se concentra au-dessus de la rivière au cours tranquille, perça le couvert de branches noires et s'y faufila. On aurait dit que le soleil au lent déclin était tombé tout d'un coup et s'était rattrapé aux arbres pour s'étaler en éventail et se répandre en une glorieuse poussière lumineuse. Jury contemplait le cygne, aussi immobile qu'une silhouette en carton posée sur l'eau. La mort paraissait bien loin.

— Où veux-tu en venir ? demanda-t-il.

— Au temps profond, répondit Macalvie.

Ils furent interrompus un court instant par l'arrivée de la serveuse qui déposa devant chacun d'eux une magnifique truite au bleu en leur souhaitant bon appétit.

— Qu'est-ce que c'est que ça, « le temps profond » ?

— L'échelle de temps à laquelle on pense quand on voit Old Sarum ou Stonehenge.

— Eh bien, voilà qui est clair, fit Jury en enlevant délicatement l'arête de son poisson.

— C'est comme lorsqu'on essaie de penser en années-lumière. On n'y arrive pas.

Jury observait Macalvie, apparemment plus occupé à savourer ses pensées que son plat.

— Pense au *yard* du roi, Jury.

— Je le ferais volontiers si je savais ce que c'était. Ton poisson va refroidir.

— Le *yard* du roi correspondait à la distance entre le bout du nez du roi et l'extrémité de son doigt. D'accord ? dit-il, se décidant enfin à découper les filets de son poisson.

— Si tu le dis... La truite était délicieuse.

— Eh bien, si on traduisait cette mesure en termes de « temps profond », notre civilisation disparaîtrait dans le temps qu'il faut pour se limer un seul ongle.

— Dans ce cas, espérons que le roi ne se fera pas faire les ongles !

Macalvie lui jeta un regard noir.

— Je parle sérieusement, rétorqua-t-il, ignorant de nouveau son assiette. Le mouvement dans le temps est une chose trompeuse, Jury. Parce qu'on n'est pas dans le bon cadre temporel. Tu sais quelle impression j'ai ? Celle d'avancer à cent soixante à l'heure, en tenant dans la main une de ces photos prises en pause, à intervalles longs, et qui décomposent les images, comme au ralenti. Oh, une photo de n'importe quoi... par exemple, les pétales d'une fleur qui s'ouvrent, lentement, sous mon regard. De quoi te déphaser complètement ! T'est-il arrivé de penser qu'il pourrait y avoir deux mondes qui évoluent côte à côte, mais dans des temps différents ?

— Seulement quand je suis avec toi, Macalvie, répondit Jury avec un sourire.

— Très drôle ! Stonehenge, Sarum, Avebury : autant de lieux qui me donnent cette impression-là. Tout ce qui se fait à l'heure actuelle se passe en accéléré. L'obturateur est au contraire réglé sur des intervalles très courts. J'aime la patience qu'impose la science, la manière dont un scientifique peut répéter une expérience à l'infini. Comme Denny Dench, par exemple.

La seule fois que Jury avait rencontré ce brillant anthropologue, Dench était en train d'analyser les os d'une caille qu'il venait de déguster.

— A ton avis, Jury, quel est le plus puissant motif de meurtre ? L'amour ? L'argent ?

— La vengeance, répondit sans hésiter Jury, avec force conviction. Les Grecs le savaient bien.

Les deux hommes restèrent silencieux, le regard tourné vers la fenêtre. Le halo du soleil, orange vaporeux, débordait juste de la lisière des arbres. Le ciel était presque pourpre.

— C'est le mécanisme de l'arc-en-ciel, dit Macalvie au bout d'un moment. Apparemment, il y a des couleurs, des arcs de couleurs différentes, mais, en réalité, les teintes se fondent les unes dans les autres... Elle n'avait que trente ans... Si on vit jusqu'à cinquante ou soixante ans, on a au moins eu une chance de démêler un peu les choses. Non qu'on l'ait toujours saisie, mais, au moins, on l'a eue. On a fait son petit tour de piste.

Son petit tour de piste, songea Jury, absorbé dans la contemplation du cygne sous les branches ruisselantes de l'autre rive : l'oiseau semblait dériver doucement, sous l'effet du courant.

— « Tendrement, je la regardai aller de-ci delà... »

Macalvie leva un sourcil interrogateur.

— C'est un vieux poème, une vieille chanson peut-être, expliqua Jury.

« Et puis elle rentra chez elle sous une étoile qui veillait au firmament,
Tel le cygne glissant sur le lac au soleil cou-
[chant. »

Il se sentit soudain plongé dans un abîme de tristesse. Il s'efforça d'en sortir en se concentrant sur la réalité.

— Je reparlerai à lady Cray. Et à la Division A, dit-il.

— Je savais bien que tu entendrais raison, Jury.

7

Les roues arrière de la Bentley projetaient des tourbillons de poussière jaune sur le passage de Melrose Plant et Marshall Trueblood. Ils roulaient sur le chemin cahoteux qui traverse les terres incultes, entre la route de Northampton et le pub du *Blue Parrot*.

— Je me demande qui diable oserait s'aventurer par ici, à part nous. C'est à plus de deux kilomètres de la grand-route et il n'y a rien que des champs desséchés.

— Tout cela est très étudié, dit Melrose. Sly fait tout ce qu'il peut pour donner l'illusion qu'on traverse des sables brûlants, et qu'on se dise : « Bon Dieu, je crève de soif ! », alors que ce n'est pas du tout le cas. Comme ça, il vend plus de bière.

Le *Blue Parrot* était une banale bâtisse carrée, plantée au diable vauvert, et que personne n'aurait jamais trouvée si Trevor Sly n'avait eu l'idée de planter une grande pancarte criarde au bord de la route de Northampton. Le pub était peint en bleu vif, en l'honneur de son nom. L'enseigne représentait une femme voilée au front orné de joyaux, flanquée de deux brigands enturbannés, et près d'eux, à travers une porte ouverte, on apercevait une danseuse du ventre qui se livrait à son art dans quelque bouge infâme.

Depuis la dernière visite de Melrose au pub, tout un nouveau décor de désert avait été installé pour parfaire l'évocation du Maroc. Il n'y avait jamais eu de gazon vert autour du *Blue Parrot*, mais une sorte de paillasson d'herbe brunâtre autour d'une fontaine de pierre sans une goutte d'eau. A présent, non seulement la fontaine demeurait à sec, mais elle était entourée de sable, ainsi que le pub. Et sur un perchoir de fer installé au-dessus d'une fenêtre se balançait le portrait d'un volatile bizarroïde, bleu-vert au bec jaune, qui aurait aussi bien pu être un faucon qu'un vautour.

Les lueurs orangées du couchant éclaboussaient tout alentour mais la lumière s'arrêtait net devant la porte. Et il faisait noir comme dans un four dès qu'on franchissait le seuil.

— Je n'y vois rien, je suis aveugle ! gémit Trueblood en s'accrochant à la manche de Melrose.

— Oh, la ferme !

Une fois passé le rideau de perles, on pénétrait dans une pièce aux volets clos. Les pales des ventilateurs tournaient avec un ronron discret, des palmiers en pot laissaient élégamment pendre leurs feuilles, et des volutes de fumée tournoyaient au plafond, se formant puis s'effilochant sans discontinuer.

— Il y a quelque chose qui brûle ? s'enquit Trueblood en reniflant.

— Fais attention au chameau !

Trueblood, dans sa prétendue cécité, avait failli culbuter la silhouette de chameau qui servait à afficher le menu du jour, lequel ressemblait fort à ceux que Melrose avait vus quand il était venu là avec

Jury, deux ans plus tôt. Qu'un troquet ordinaire serve les mêmes assiettées d'œufs, flageolets sauce tomate et frites pendant des millions d'années, ça se comprenait, mais combien de temps peut-on tenir à cuisiner chaque jour du *Kibbi Bi-Saniyyi* ? C'est alors que Melrose se rappela que tous les plats principaux présentaient une étonnante ressemblance entre eux, et avec le steak haché.

— Bon sang, qu'est-ce donc que le *Kifta Mishwi* ? demanda Trueblood.

— Ça et le *Kibbi Bi-Saniyyi*, c'est kif-kif.

— Voilà qui m'éclaire !

Trueblood continua à étudier la partie du menu contenue dans la bosse du chameau-tableau noir, pendant que Melrose jetait un regard autour de lui, ses yeux s'étant accoutumés à une obscurité dont il n'avait pas souvenir. Melrose se fraya un chemin entre des tables et des chaises qui paraissaient bien trop délicates pour des hordes de Berbères, et ouvrit un des volets pour faire entrer un peu de lumière.

A part ça, le *Blue Parrot* était bien tel qu'il se le rappelait : petits chameaux en fer-blanc sur chaque table, pots de moutarde en forme de *howdah* [1], *Branston pickle* et ketchup. Les lampes-palmiers à lumière verte étaient cependant de nouvelles acquisitions. De même que les machines à sous, dont les combinaisons gagnantes n'étaient pas représentées par des cerises, des cloches, des oranges et des citrons, comme d'habitude, mais par des dunes, des turbans, des palmiers et — encore ! — des chameaux.

Les murs étaient tapissés de photos de scènes exo-

1. Nacelle qui sert de siège sur les chameaux ou les éléphants. *(N.d.T.)*

tiques — pyramides, sables brûlants, portes poussiéreuses ouvertes sur des ribambelles d'enfants sérieux aux yeux noirs comme des olives — entre lesquelles s'inséraient des affiches de vieux films : celle de *Casablanca*, bien sûr, la caravane de chameaux de *La Route des Indes*, et Lawrence d'Arabie avançant fièrement à côté d'un train.

Plant se demanda quel décor avait voulu camper Trevor Sly : un poste avancé en Arabie ? Calcutta ? Los Angeles, ou Las Vegas ?

Le client aurait pu supposer que le propriétaire venait d'une contrée lointaine ou de quelque endroit romantique en diable, mais le maître des lieux n'avait rien d'un aventurier.

Originaire de Todcaster, Trevor Sly arriva en se faufilant comme une ombre entre les perles d'un autre rideau qui séparait le long bar ciré de l'arrière du pub — la cuisine et ses appartements. Il était grand et mince, d'une minceur telle qu'il donnait l'impression d'avoir été étiré, comme de la pâte à berlingots. Et il avait la manie de frotter ses mains maigres et noueuses dès qu'il ouvrait la bouche. Ce à quoi il était justement occupé.

— Messieurs, messieurs, messieurs... fit-il d'une voix qui mourut progressivement, tel un jouet mécanique dont le ressort se serait grippé, puis il repartit de plus belle : Mais c'est Mr. Plant, si je ne me trompe ! Quel plaisir de vous revoir ! Et votre ami ?

L'accent circonflexe des sourcils remonta, une lueur s'alluma dans un œil — l'autre était légèrement décentré —, et Sly se frotta les mains en signe de satisfaction.

— Mr. Trueblood.

— Une pinte de ma Flamme du Caire ? Ou de la Tanger ? s'enquit Trevor Sly avec un sourire qui fendait son menton fuyant.

S'il fabriquait sa bière, ce n'était pas par adhésion aux objectifs de la Campagne pour une Bière Authentique, mais parce que ça revenait moins cher et que c'était un exutoire à son imagination fertile.

— La dernière fois que j'ai goûté votre Flamme du Caire, je me suis retrouvé au Caire en revenant à moi. Je prendrai juste de la vraie, fit Melrose, ajoutant devant l'air étonné de Sly : Vous savez, le liquide brun avec un peu de mousse dessus. Et pourquoi pas une Old Peculier ?

Trevor Sly pinça les lèvres et hocha la tête, l'air de dire « il en faut pour tous les goûts ! ».

— Je vais prendre une pinte de Tanger, annonça Trueblood.

— De la lave en bouteille ! s'exclama Melrose. Ou plutôt non, de la lave à la pression, rectifia-t-il en voyant la main de Trevor Sly se refermer sur une des manettes. Et buvez donc un verre avec nous.

Trevor Sly acquiesça d'un large sourire et commença à s'affairer. Ses longs bras s'agitaient parmi les doses-verseuses et les manettes à bière, les bols de fruits secs, les paquets de chips et de cigarettes, les bocaux d'œufs durs en saumure. Ils semblaient faire des quantités de choses à la fois, bien plus qu'on ne peut en accomplir normalement avec deux bras. On aurait d'ailleurs pu se faire la même remarque à propos de ses jambes, qu'il enroula comme du lierre autour des pieds de son haut tabouret. Trevor Sly était partout à la fois et perpétuellement animé d'un mouvement saccadé, même lorsqu'il était assis.

— Qu'est-ce que c'est que ce drôle de dépôt, au fond ? demanda Trueblood en levant sa chope à la lumière.

— Je t'avais prévenu, répliqua Melrose, caressant

sa bonne vieille Old Peculier. Ils ont le même truc au Vésuve. Eh, Mr. Sly, où avez-vous trouvé les machines à sous ?

— Un pote à moi, qui habite Liverpool. Je crois qu'il est dans les meubles d'occasion, précisa Sly en étudiant le ventilateur au plafond et les mouches qui paressaient alentour.

— Du pur style camion, hein ? ironisa Trueblood qui prit enfin une gorgée de sa Tanger et faillit s'étrangler. Bon Dieu, suffoqua-t-il, c'est fort, ce truc-là !

— Je t'avais prévenu, répéta Melrose, ajoutant pour Trevor qui poussait un menu vers lui : Non, rien à manger. On a pris du chameau pour le déjeuner.

— Vous alors, vous valez votre pesant de cacahuètes ! gloussa Trevor.

Melrose esquissa un sourire, puis en vint au sujet qui constituait le motif de leur visite.

— A propos de camions, je pourrais jurer que j'en ai vu un, en passant devant Watermeadows. Un camion de déménagement, à ce qu'il m'a semblé. Lady Summerston serait-elle de retour ?

— Pour autant que je sache, oui, répondit Trevor qui se mesurait soigneusement une dose de gin.

La réponse était si totalement inattendue que Plant et Trueblood en restèrent bouche bée.

— Pourtant, on... je croyais que la propriété avait été louée...

— A une famille, d'après ce que j'ai entendu dire, ajouta Melrose. Le père, la mère et deux enfants.

— Et deux labradors, précisa Trueblood.

Melrose lui décocha un coup de pied à la cheville. C'était eux qui avaient inventé les labradors, pour l'amour du ciel ! De fait, ils avaient pratiquement tout inventé, non ?

— Bah, je ne sais pas où vous avez entendu raconter ça, lâcha Trevor en tirant sur sa cigarette avant de la poser sur le rebord du bar, le bout incandescent tourné vers la salle.

— Je crois bien que c'est... Mr. Jenks. Oui, c'est ça ! s'exclama Melrose en claquant des doigts comme s'il venait juste de s'en souvenir. Vous le connaissez, le nouvel agent immobilier de Long Pidd.

Trevor eut un petit rire qui tenait plutôt du ricanement.

— Pour ça oui, je le connais, celui-ci. Même qu'il bossait pour une boîte de Sidbury et qu'il a fichu le camp en emportant leurs fichiers ! Une belle canaille, oui !

— Vraiment ? dit Melrose, feignant de s'intéresser à cette canaille de marchand de biens, alors que tout ce qu'il voulait savoir, c'était qui diantre habitait Watermeadows !

Trueblood, resté en dehors de la conversation le temps de s'étrangler avec une autre gorgée de Tanger, renchérit :

— On n'a pas vu une Land-Rover qui remontait l'allée, près de la fontaine ?

— La fontaine, on la voit pas depuis la route de Northampton, releva Trevor, entrecroisant ses doigts avec une agilité d'araignée. Je doute sérieusement que vous ayez vu une Land-Rover, Mr. Trueblood.

Bon sang de bois, le bonhomme était fort sur le doute et la négation mais, question renseignements, que dalle !

— Ainsi vous dites que c'est le retour de lady Summerston ?

— Non, c'est pas exactement ce que j'ai dit, je pense pas, répondit Trevor qui se hissa de nouveau sur son perchoir et sourit.

— Je ne crois pas qu'elle ait tellement envie de vivre là toute seule, avec juste son majordome, riposta Trueblood. Pas après ce meurtre, il y a quelques années.

Ce qui avait le plus intéressé Trueblood, dans cette affaire, c'était le rôle qu'y avait joué son superbe *secrétaire à abattant**.

— Mais elle n'est pas seule !

— Ah bon ? fit Melrose en se penchant en avant.

— Pas seule ? répéta Trueblood, vivement intéressé.

Trevor Sly examinait les ongles de sa main posée à plat devant lui.

— Bah, vous savez, ils aiment rester dans la discrétion. Et moi, je suis pas du genre pipelette.

Oh, mais si, justement, et c'est bien pour ça que Melrose et Trueblood étaient là !

— On nous a dit qu'ils venaient de Londres. Du quartier des docks, plus précisément. Ils ont loué pour un an.

— Ah oui, je crois que c'est ça.

— Et il paraît que le *Jack and Hammer* leur a beaucoup plu, remarqua Trueblood.

Ah, voilà qui suscitait enfin une réaction : prenant le torchon qu'il avait jeté sur son épaule après avoir essuyé des verres, Sly le fit claquer en l'air comme pour chasser des essaims de mouches qui l'auraient empêché de respirer.

— Oh, pas de risque qu'ils s'embêtent à aller là-bas alors que le *Parrot* est à deux pas et qu'ils peuvent y boire de la *vraie* bière, au lieu de cette bibine que sert Dick Scroggs ! Tenez, pas plus tard que l'autre jour, miss Fludd m'a dit...

— Miss Fludd ? s'exclamèrent en chœur Plant et Trueblood, courbés sur le bar, les yeux pétillants d'excitation.

— Oui, c'est ça. Miss Fludd me disait donc... eh bien, eh bien, ça alors ! Bonjour, bonjour, bonjour !

Ce salut bredouillé leur frôla les oreilles puis suivit sa trajectoire jusqu'à la porte.

Melrose se retourna.

La jeune fille qui venait d'entrer dans le pub portait un imperméable noir. Elle avait des cheveux tout aussi noirs, mais pour ce qui était de ses yeux — couleur, expression — rien ne transparaissait car elle se trouvait à contre-jour. Elle avança avec difficulté, traînant une jambe droite maintenue par un appareil orthopédique lourd et malcommode.

— Bonjour, Mr. Sly, dit-elle, en adressant un sourire à la ronde.

Elle se hissa un peu gauchement sur l'un des tabourets, puis se débarrassa de son imper informe. Elle déposa sur le comptoir le petit paquet qu'elle avait apporté, et lissa d'un air satisfait les plis de sa robe gris perle.

Elle avait un visage calme et doux, un sourire presque béat. D'un petit signe du doigt, elle invita Trevor à venir près d'elle, et entama aussitôt avec lui une conversation à mi-voix. Tout en discutant, elle ouvrit son paquet, et lui donna à goûter quelque chose qui ressemblait à un biscuit maison. Quand il se retourna pour lui servir à boire, elle sourit à Plant et Trueblood comme si elle venait de réussir un bon tour.

Melrose la dévisagea, totalement déconcerté. Difficile de deviner son âge : la souffrance peut vieillir une jeune frimousse autant que l'endurance au mal peut rajeunir un visage mûr. Melrose la situa d'abord vers le début de la trentaine, mais se dit qu'elle pourrait aussi bien avoir seize ans. Assise là dans sa robe grise, elle promenait son regard angélique sur les manettes de bière pression, le miroir, les étagères où étaient rangés chopes et verres. Elle souriait.

Et ce fut cela qui conquit Melrose : son sourire de gosse, et l'air de satisfaction de quelqu'un dont les labeurs vont enfin trouver récompense. Pour lui, c'était parfaitement incongru de la voir débarquer dans ce *Blue Parrot* perdu au bout d'un chemin poussiéreux. (Au fait, comment était-elle arrivée là ?) C'était aussi étonnant que de trouver un coquillage au beau milieu du Strand[1].

Trueblood la taquina à propos de la demi-pinte que Sly venait de lui servir.

— De la Tanger ! Mon Dieu ! Et vous aimez peut-être aussi crapahuter dans les volcans en éruption ?

Trevor Sly partit de son petit rire bête et haut perché :

— Voyons, Mr. Trueblood, vous exagérez un brin. Je suis sûr que ce n'est quand même pas si fort que ça.

— Ah, voilà qui nous changerait un peu, un volcan ! soupira miss Fludd. Ce ne serait pas chouette de visiter, euh, disons, le mont Saint-Helens ?

Là-dessus, elle se laissa glisser de son tabouret et, sa demi-pinte de bière à la main, elle traversa la pièce pour aller regarder les posters aux murs, comme si la collection de Sly eût été une exposition de tableaux dans une galerie.

1. Élégante rue de Londres dans le West End et jeu de mots sur ce nom qui signifie « rivage », berge de la Tamise en l'occurrence. *(N.d.T.)*

Miss Fludd...

Melrose se répéta silencieusement ce nom en prenant son verre et en allant se poster à côté d'elle.

— Miss Fludd, dit-il alors, à haute voix cette fois.

— Oui, fit-elle, sans vraiment décoller son regard de l'affiche publicitaire de *Sheltering Sky* : une silhouette sombre, plus ou moins en surimpression sur une autre, toutes deux agitées par le vent. Elle l'examina un moment, Melrose aussi. Puis elle passa à une autre, Melrose la suivant toujours dans ce silencieux circuit des affiches de cinéma, représentant pour la plupart le désert, ou suggérant tout au moins qu'on s'était perdu à proximité d'un tel lieu.

Miss Fludd déclara que, décidément, elle aimait bien le *Blue Parrot*. C'était tellement exotique...

Stupéfaction de Melrose qui rougit comme une tomate et se félicita de l'éclairage tamisé qui ne laissait rien paraître de son trouble. Ils se trouvaient à présent devant *La Route des Indes* : la petite silhouette de Peggy Ashcroft se dressait sur un *howdah*, à la tête d'une longue procession de chameaux, au milieu d'hectares de sable auquel le soleil couchant donnait la couleur de l'ambre.

— J'adore Peggy Ashcroft. Ou plutôt, je l'adorais, puisqu'elle est morte, rectifia-t-elle.

Près de cette affiche, il y en avait une de Lawrence d'Arabie en vêtements blancs flottants, marchant à côté d'une procession de wagons noirs. Melrose repensa au commentaire de Jury au sujet de ces deux affiches mises côte à côte : la caravane de chameaux et le train semblaient avancer l'un vers l'autre, bien qu'étant destinés à ne jamais se rencontrer. Serais-je devenu désabusé ou manquerais-je simplement d'imagination ? se demanda-t-il en lui rapportant la remarque de Jury.

— Ça doit être un homme très romantique. Et qui a dû connaître des déceptions, ajouta-t-elle après un bref silence tandis que son regard allait d'une affiche à l'autre.

Melrose médita là-dessus un petit moment.

Plantée devant l'affiche de *Casablanca*, elle lui demanda :

— Vous êtes déjà allé à Paris ?

La question le surprit, une fois de plus : tout le monde ne connaissait donc pas Paris ? Mais il se garda bien de lui répondre ça, évidemment. Pour elle, Paris devait être aussi inaccessible qu'Alger. Il lui était très difficile de voyager, expliqua-t-elle, indiquant d'un air chagrin sa jambe cachée par sa robe gris perle.

— « Il nous restera toujours Paris », fit-elle, citant le film et soupirant. Ce n'est pas ce qu'ils disaient ? « Il nous restera toujours Paris. »

La franchise était une des qualités qui la rendaient désarmante. Ses pensées, élaborées ou non, sortaient tout de suite sous forme de mots, comme s'il n'y avait pas de temps à perdre. Melrose éprouva un choc en se rendant compte que lui-même disait rarement ce qu'il pensait. Rien à voir avec le fait d'être franc ou retors. C'était plutôt que ses pensées se bornaient à ne rester que cela — des pensées, sans traduction verbale.

Ils achevèrent la visite en regardant une vieille affiche abîmée de *The Desert Song*, suivie d'une photo de Rudolph Valentino. Quand ils eurent regagné le bar, elle posa sa chope contenant les dépôts laissés par la Tanger, dit au revoir à Trueblood occupé à fumer une de ses cigarettes rose bonbon, et décréta qu'il fallait qu'elle parte.

Melrose l'aida à enfiler son manteau et l'escorta dehors.

Près de la fontaine asséchée, elle ouvrit son petit paquet.

— Je viens de les recevoir de Tchécoslovaquie. Ils viennent de Marienbad. Ou de ce qui fut Marienbad. Je me demande s'ils vont revenir à l'ancien nom. Vous en voulez un morceau ? proposa-t-elle en lui tendant une grande galette ronde à la vanille, mince comme une gaufrette.

Melrose en cassa un morceau et le goûta :

— Délicieux !

— Si vous habitez à côté, vous devriez passer nous voir.

Melrose sourit. A l'entendre, on aurait cru que les domaines d'Ardry End et de Watermeadows étaient deux petites maisons mitoyennes.

— Avec plaisir.

— Bon, eh bien alors, au revoir.

Il jeta un regard alentour : il n'y avait pas d'autre voiture que la sienne et il ne se souvenait pas d'en avoir entendu une arriver.

— Mais, comment êtes-vous venue ici ?

— A pied.

— Je serais plus que ravi de vous reconduire.

— Non, merci.

Melrose fit la grimace : ça devait faire pas loin de deux kilomètres jusqu'à Watermeadows, et le chemin de terre menant à la route était dur et criblé de nids-de-poule.

— C'est bon pour moi, il faut que je marche, assura-t-elle.

— Je comprends. Bon, eh bien au revoir, alors.

Péniblement, elle traversa la cour sablée, gagna le chemin de terre, et se retourna pour lui adresser un salut de la main.

— Merci pour le biscuit ! lui cria Melrose.

En la regardant avancer sur le sentier cahoteux, il repensa au premier instant où il avait posé les yeux sur elle. Sa surprise n'eût pas été plus grande si la déesse Diane en personne était apparue à sa porte, la lune sous le bras.

Miss Fludd.

— Alors ? interrogea Trueblood, tout excité. Alors, alors ?

Puis, chuchotant comme au théâtre quand on feint de ne pas vouloir se faire entendre :

— Qui sont-ils ? Combien ? Le petit frère et la petite sœur ? Alistair et Arabel...

— Oh, tais-toi donc ! lança Melrose, sur un ton irrité. Elle s'appelle... miss Fludd.

— Mais ça, bordel, je le sais, vieille branche ! C'est Sly qui nous l'a dit.

Au même moment, les perles du rideau tintèrent et Trevor Sly réapparut en se frottant les mains.

— Quelque chose à boire, messieurs ?

Grognon, Melrose poussa sa pinte le long du bar :

— Tenez, donnez-moi une Tanger.

Marshall Trueblood posa une main amicale sur l'épaule de son compère. Melrose ne pipa mot, se contentant de rester assis là, malheureux comme les pierres, sans trop savoir pourquoi.

— Dis donc, et les labradors chocolat ?

8

C'est une petite servante timide en uniforme noir et à l'air mal assuré qui ouvrit à Jury les portes de la maison de Belgravia.

Dans un salon rempli de fort belles pièces et très élégamment décoré dans un camaïeu de bleu et de gris, lady Cray était en train de disposer des flûtes à champagne sur un plateau d'argent, voisinant avec un seau à glace du même métal. Elle portait l'une de ces toilettes qu'elle affectionnait tant, une longue robe avec un drapé de mousseline au col et des poignets rehaussés de petites perles. La robe était parfaitement assortie au salon, de ce même bleu-gris indéfinissable que prend le cristal de Waterford quand il reflète la lumière sous certains angles. Lady Cray avait toujours évoqué le cristal ancien à Jury.

Le champagne était la boisson préférée de milady : très peu pour elle, le thé à onze heures du matin !

— Je vous préviens que si vous me dites que vous êtes en service et que vous ne pouvez boire que du sirop de cassis, vous ne tirerez rien de moi.

Il accepta la flûte qu'elle lui tendait.

— Je m'apprêtais à vous demander un grand verre de gin.

— Ah, je suppose que l'enquête piétine. Quelle que soit l'enquête en question. Allez, santé ! fit-elle, levant son verre dans sa direction et l'invitant d'un geste ample à s'asseoir sur le divan.

Jury s'enfonça dans une masse de coussins scandaleusement moelleux et épais. Il aurait pu passer des jours entiers affalé sur ce sofa à siroter du champagne en écoutant lady Cray.

— C'est encore à propos de Fanny, non ?

Frances Hamilton (alias Fanny) était sa meilleure amie. Elle séjournait justement ici, à Belgravia, quand elle était morte à la Tate Gallery. Avait-il raconté à lady Cray que le portrait de Chatterton était la dernière image que la défunte avait eue sous les yeux ? se demanda-t-il en survolant du regard le superbe salon et remarquant au passage que les meubles avaient changé de position. Un grand secrétaire et un paravent oriental d'ivoire sculpté avaient remplacé le petit divan et les fauteuils Queen Anne, désormais installés devant les portes-fenêtres qui donnaient sur un patio entouré d'arbustes ornementaux et de jardinières en terre cuite. En même temps qu'on avait déplacé les meubles, on avait changé la disposition des bibelots et des petites babioles dans les vitrines et sur le secrétaire. Et Jury ne voyait plus l'objet de turquoise et d'argent.

— Je ne crois pas que le verdict d'arrêt cardiaque vous ait satisfaite, commença Jury.

— Je ne pense pas qu'il ait satisfait votre légiste, non plus.

Jury sourit. Décidément, ils avaient tous la manie de lui faire endosser la responsabilité de cette enquête !

— En réalité, ce n'était pas notre légiste, lady Cray.

Elle eut un léger haussement d'épaules et laissa filer son regard par les portes-fenêtres.

— En tout cas, que je sois satisfaite ou non, son cœur s'est bel et bien arrêté. Et c'est précisément pour ça que je n'ai pas insisté. Et vous ? demanda-t-elle en le regardant par-dessus sa flûte en forme de tulipe.

— Voilà une bonne question !

Jury reposa son verre sur le plateau d'argent et se pencha en avant :

— Vous m'avez dit que Mrs. Hamilton était allée dans l'ouest des États-Unis.

— Oui, c'est exact. L'année dernière, en novembre, après la Pennsylvanie.

— Texas, vous m'avez dit. Ou Arizona ?

— Vous avez meilleure mémoire que moi. Les ans en sont la cause, je suppose, fit lady Cray avec un soupir théâtral avant de se verser une autre coupe de champagne. Ou l'abus d'alcool... ajouta-t-elle, en remettant la bouteille dans le seau à glace. Je ne devais pas faire très attention quand Fanny se lançait dans ses récits de voyage.

— Parce que vous aviez l'esprit ailleurs ?

Le verre qu'elle s'apprêtait à reposer entrechoqua le plateau avec une certaine force.

— Je vous demande pardon ?

— Eh bien, vous avez déclaré à l'inspecteur Wiggins que vous rentriez du rayon comestibles de chez Harrod's et qu'il y avait eu une petite altercation à propos d'une boîte de chocolats belges. C'est votre neveu, Andrew, qui a réglé l'affaire et qui vous a ramenée à la maison. Est-ce bien cela ? demanda Jury en la regardant avec de grands yeux innocents.

— Très habile ! Vous allez me faire chanter jusqu'à ce que je me souvienne dans le moindre détail du voyage de Fanny ?

— Non, pas exactement. Ce qui m'intéresse, c'est de savoir où s'est rendue Mrs. Hamilton.

— Pourquoi ?

— M'en voudrez-vous si je ne vous réponds pas tout de suite ?

— Bien sûr que oui.

— C'est probablement sans rapport, mais je me souviens qu'elle vous a rapporté une sculpture, turquoise et argent. Elle était sur cette table, le jour où nous sommes passés vous voir, Wiggins et moi.

— En effet. Elle est là, dans le secrétaire. Pourquoi ?

— Ça ne vous ennuie pas que j'y jette un coup d'œil ?

Elle se dirigea vers le meuble fermé par une porte vitrée, et en sortit un bloc de turquoise, qu'elle tendit à Jury.

Qui le tourna et le retourna, examinant avec attention le petit flûtiste d'argent.

— Savez-vous où elle l'a acheté ?

— Au Texas, je crois. A Albuquerque ou Abilene. Ou bien était-ce Austin ? Ça commençait par un A, en tout cas.

— Albuquerque, ce n'est pas au Texas. Les deux autres villes, si, mais pas Albuquerque. C'est au Nouveau-Mexique.

— Vous en savez des choses ! Futé, en plus !

— A-t-elle parlé de Santa Fe ?

Lady Cray pencha la tête de côté.

— De fait, oui. Et vous avez raison, c'était bien Albuquerque ou, du moins, c'est là que se trouve l'aéroport. Commissaire, enquêtez-vous sur la mort de cette jeune femme à Salisbury ?

Les journaux avaient publié un bref compte rendu. D'une brièveté due, sans nul doute, au commissaire Rush. Ça ne fait pas très bon effet, des étrangers qui passent de vie à trépas dans une propriété du National Trust.

— Ah, vous êtes au courant ?

Le regard argenté de lady Cray glissa sur lui.

— Un cadavre qui apparaît à Old Sarum, ça a plutôt de quoi attirer l'attention, non ?

— Cette affaire-là n'est pas de mon ressort. Je ne fais que donner un coup de main à un divisionnaire de là-bas.

— Vous voulez-dire que les deux affaires ont un rapport entre elles ? Fanny et cette autre jeune femme ?

— C'est en tout cas l'avis du divisionnaire en question, dit-il, ajoutant avec un haussement d'épaules : Oh, une intuition de sa part.

Il entendait presque Macalvie protester : « Intuition, mon cul ! »

Il y eut un silence. Ils dégustèrent leur champagne à petites gorgées.

— Alors, vous me racontez ? C'est quoi, cette intuition ?

Un ange passa.

— Quelque chose à voir avec ça ? demanda-t-elle, en prenant en main la sculpture de turquoise.

— Oui, mais je ne sais pas quoi. Fanny Hamilton était originaire de Philadelphie ?

Lady Cray opina du bonnet.

— Rappelez-vous, nous avons évoqué sa famille à propos de Philip. Vous connaissez la toile de fond de son histoire.

— Le premier plan, maintenant. Il y avait deux mois qu'elle était rentrée des États-Unis quand elle est morte. Avait-elle changé ?

— Seulement dans le sens où elle pleurait la mort

de Philip. A vrai dire, elle ne s'est guère répandue en paroles sur son voyage.

— Et des cartes postales ? Elle en a envoyé ?

— Oui, mais il y a de fortes chances que je les aie jetées, répondit-elle, l'air ennuyé.

— Tout de même, pourriez-vous vérifier ?

Elle fit oui de la tête et s'apprêtait à se lever quand elle se ravisa.

— Et les gens qui se trouvaient à la Tate quand elle est morte ? Ceux qui étaient près d'elle ? Est-ce que quelqu'un aurait pu... ?

Elle esquissa des gestes vagues de la main, à la faveur desquels un gros diamant taillé en marquise glissa sur son doigt maigre.

Jury repensa au couple assis sur la banquette où Fanny était morte. Béa et Gabe.

Il se souvenait de leurs noms parce qu'il avait trouvé ironique que les deux jeunes fussent en train de flirter devant le tableau de Rossetti intitulé *Beata Beatrix*. A ce propos, il faudrait qu'il appelle Wiggins en rentrant chez lui, et qu'il lui demande de se renseigner auprès de la Division C pour savoir où trouver Béa et Gabe, ainsi que les autres témoins.

— Oui, elle s'est plus ou moins effondrée sur une jeune femme et son petit ami.

— Je suppose que si on les avait questionnés, on n'y aurait pas mis la poigne qu'on réserve aux témoins d'un meurtre, remarqua-t-elle en lui décochant un sourire.

— Parce que c'est le genre de traitement auquel vous avez droit ? Castagne ? Fouille à nu ?

— Non, je me contente généralement d'avouer. J'ai remarqué que vous regardiez ma bague. Vous

vous demandez peut-être si je suis allée faire un tour à Bond Street[1], ces temps-ci ?

Jury lui assura que non et sourit. Lady Cray avait eu plus d'une fois affaire à la police : elle était cleptomane. Mais ces derniers temps, les choses s'étaient améliorées, du fait même qu'elle concentrait ses vols sur un certain type d'objets. En tout cas pas sur les diamants.

— Cette turquoise, si ça vous intéresse, poursuivit-elle en prenant la pierre en main, c'est du vrai. D'Iran, sans doute, car c'est de là qu'elles viennent, pour la plupart. Il ne reste pas beaucoup de mines de turquoise aux États-Unis. Il faut faire attention de ne pas se laisser abuser par le toc. Du genre qui se fabrique par injection de plastique.

— Vous êtes sacrément bien renseignée, lady Cray !

— Mieux vaut l'être, dans mon style de négoce. Sinon, Dieu sait quelle sorte de saleté je risquerais de ramasser ! lança-t-elle en le gratifiant d'un autre sourire étincelant. Écoutez, là, j'ai sérieusement envie de sortir dévaliser un buraliste ou autre chose. Votre « enquête » commence à me fatiguer.

Elle ouvrit l'abattant du secrétaire et s'empara d'une pile de papiers — lettres, cartes — qu'elle fit rapidement défiler sous ses yeux.

— En voilà une ! s'exclama-t-elle. Malheureusement, Fanny appartenait à cette catégorie de gens pour qui une carte postale se résume à : « Je passe un moment merveilleux, dommage que tu ne sois pas là. »

— Que dit-elle exactement ?

1. Rue où se trouvent les grands bijoutiers et diamantaires de Londres. *(N.d.T.)*

— « Je passe un moment merveilleux, dommage que tu ne sois pas là », je viens de vous le dire.

Jury tendit la main.

— Ah, vous ne me croyez pas, soupira-t-elle. Bon, eh bien voilà : « Vraiment un pays enchanteur. On se prendrait presque à espérer... — là, c'est illisible — ... fardeau du passé. » Oh, de toute façon, ça me paraît bien trop profond pour moi, fit-elle en grimaçant pour essayer de déchiffrer le cachet de la poste. Nouveau-Mexique, mais je n'arrive pas à lire le reste. Et en bas, il y a plein de lettres minuscules. Tenez ! dit-elle, et la soie de sa jupe bruissa doucement tandis qu'elle avançait vers Jury.

Il commença par regarder la photo. Une explosion de formations rocheuses. D'immenses blocs de roche rouge, des montagnes de roche rouge. On aurait dit un décor sorti des studios Disney, un machin futuriste style Hollywood. C'était beau, impressionnant, bien sûr.

— Tao... non, Taos, déchiffra-t-il.

Lorgnant par-dessus son épaule, lady Cray s'écria :

— Mais oui, je suis bête ! C'est écrit là, dans le coin, en bas.

— Puis-je la garder ?

— Vous voulez lui faire cracher tous ses secrets, c'est ça ?

— C'est cela, oui.

— Mais comment Fanny aurait-elle pu être assassinée, commissaire ? Pas d'arme, pas de blessure — ça reste un mystère, non ? Fanny avait une santé de fer. Comment imaginer qu'elle ait pu avoir un accident cardiaque ?

— Je ne sais pas. Mais il me semble que sa mort mérite qu'on y regarde d'un peu plus près.

Elle attrapa le morceau de turquoise sur la table et le brandit sous les yeux de Jury.

— Et ça ? Vous n'allez tout de même pas me dire qu'on en a trouvé un pareil près de la femme qui est morte à Old Sarum ?

— Non. A vous entendre parler de Fanny Hamilton, elle m'apparaît comme une personne frivole. Un peu comme une meringue : délicieux, mais un peu léger. Vous ne la preniez pas très au sérieux.

Lady Cray eut l'air triste.

— Si c'est l'impression que j'ai donnée en parlant d'elle, je le regrette. On a parfois tendance à parler un peu légèrement des choses ou des gens qui comptent plus pour vous qu'on ne veut bien se l'avouer. Et, oui, c'est vrai que Fanny était, comme vous dites, « une meringue », admit-elle avec un sourire. Mais croyez-moi, à mon âge, je prends *tout le monde* au sérieux, enfin, tous les gens que j'aime bien. Quand on est jeune, on peut se permettre de laisser tomber ses amis ou sa famille, de les ignorer, ou même de les insulter. C'est le propre de la jeunesse d'être insouciant. Oh, ce n'est pas qu'on devienne plus gentil en vieillissant, mais on est plus attentif. Je n'aurais sans doute pas fait grand cas de Fanny quand j'étais jeune. Mais, sincèrement, aujourd'hui elle me manque.

Jury s'apprêta à prendre congé. Il glissa la carte postale dans sa poche.

— Vous avez raison, on se soucie bien peu des autres. Bon, il faut que je retourne à Scotland Yard.

— J'aurais aimé que vous restiez boire encore un verre de champagne avec moi. Je pensais qu'Andrew, mon neveu, serait déjà là. Il devait venir aujourd'hui. Avec Adrienne, sa fiancée. Vous savez, soupira-t-elle, vous devriez peut-être parler à

Andrew. Pourquoi ne pas repasser un peu plus tard ? En attendant...

Tandis que lady Cray tournait rêveusement la bouteille de champagne entre ses doigts, Jury jeta un regard nostalgique sur le seau d'argent :

— J'essaie de m'arrêter de fumer, dit-il.

— Pour ma part, je n'ai jamais fumé de champagne.

— Je veux dire qu'à rester assis là, à bavarder en buvant un verre, on n'a qu'une envie, c'est d'en griller une, non ?

— Ah ça, c'est bien vrai ! Fanny, elle, fumait comme un pompier... ce qui ne devait guère lui faire de bien. Mais que voulez-vous, nous faisons rarement ce qui est bon pour nous, n'est-ce pas ?

— Bon, eh bien, sur ces bonnes paroles, je vous laisse. Au revoir, lady Cray.

9

POUR : RJ
DE LA PART DE : JK
MESSAGE : QUE DALLE

Jury lut le message à haute voix à l'intention de celle qui l'avait noté sur le bloc « En mon absence » et qui était présentement vautrée sur le divan, chez lui. Les bras gracieusement croisés sur la poitrine, Carole-Anne Palutski était plongée dans ses « méditations ». Pourquoi ce pluriel ? lui avait un jour demandé Jury. Parce qu'il y a plus d'un sujet de méditation, avait-elle répondu d'un ton signifiant : *évidemment !*

Ses yeux, capables de prendre les couleurs de toute une gamme de pierres précieuses, étaient clos. Sans crispation aucune, d'une manière presque méditative.

Le regard de Jury alla du message au visage paisible et diaphane.

— Carole-Anne, qu'est-ce que ça veut dire exactement, « que dalle » ?

— Ça veut dire : rien.

Il la fusilla du regard, elle et son petit sourire satisfait.

— Quand quelqu'un est au bout du fil, il ne peut pas ne rien dire. A moins qu'il ne donne dans le genre cochon, avec respiration lourde et suggestive.

— Oh, mais tu vois ce que je veux dire, fit-elle avec un geste léger, comme si elle chassait des mouches du bout de ses doigts aux ongles fraîchement manucurés.

— Non, pas du tout.

Carole-Anne bâilla, se dressa sur son séant et attrapa son nécessaire à ongles pour continuer le travail. Jury nota que la couleur du vernis s'appelait Baiser corail.

— Elle voulait juste savoir si tu étais déjà rentré à Londres.

Posant le menton sur un genou replié, elle entreprit d'étendre une couche de Baiser corail sur ses ongles de pieds.

— Et tu as répondu... ?

— Que je savais pas. C'est vrai, non ? fit-elle avec un haussement d'épaules qui fit glisser sa blouse de soie, dénudant une desdites épaules.

Roxane se serait retrouvée vieille fille si Christian avait dû compter sur Carole-Anne, au lieu de Cyrano, pour transmettre ses messages.

— « J'savais pas, c'est vrai, non ? » singea Jury. Eh bien, maintenant, il faudrait que je te rende compte de tous mes faits et gestes ?

Jury avait fait un saut rapide dans ses pénates d'Islington avant d'aller voir Lady Cray à Belgravia. Juste le temps de vérifier son courrier et de prendre les messages. Le plus important étant celui qu'il venait de lire à sa belle voisine du deuxième étage de la petite maison dont il occupait le rez-de-chaussée, Mrs. Wassermann vivant à l'entresol. Il y avait entre Carole-Anne et lui un appartement vide, au premier, dont la jeune fille « s'occupait », c'est-à-dire qu'elle avait réussi à persuader le propriétaire de lui confier le soin de le louer. (« On n'a pas envie d'avoir de la racaille sur les bras, Mr. Mosh, n'est-ce pas ? Vous verrez, je vous trouverai quelqu'un qui a de la classe, comme nous. Avec qui vous n'aurez pas d'ennuis. »)

Pauvre Mr. Mosh ! Carole-Anne avait déjà éconduit des douzaines de locataires potentiels pour toutes sortes de raisons : bébés braillards (« Tu voudrais de ça au-dessus de chez toi, commissaire ? »), putes de Shepherd Market, voleurs ou adeptes du New Age. Ceux-là surtout, elle ne pouvait pas les encadrer, avec leurs minéraux, leurs pierres exotiques, leurs expériences de sortie du corps. Cette condamnation des gens férus de mystique et d'astronomie ne manquait pas d'une certaine hypocrisie, sachant que Carole-Anne officiait comme diseuse de bonne aventure et principal élément du décor sous une tente en soie, à Covent Garden. Cela dit, il eût été vraiment dommage que Carole-Anne quittât son corps. D'ailleurs, pourquoi prenait-elle la peine de peinturlurer ses lèvres, ses yeux, ses ongles ? C'était pour lui le comble de l'acte inutile, comme de tremper des étoiles dans une boîte de poudre brillante.

Jury prit un ton caustique pour énumérer les signes de son passage chez lui :

— Des sacs pas défaits près de la bibliothèque, le courrier rentré et ouvert, idem pour le lait. Une tasse de café et les restes d'un petit pain sur la table, un mot pour Mrs. Wassermann scotché sur ma porte : « De retour de la campagne, à ce soir, R.J. » Autant d'indices d'une présence humaine en général, et de la mienne en particulier. Alors, comme ça, tu n'as rien remarqué de tout cela ?

Carole-Anne le regarda en plissant les yeux, comme si elle était atteinte de cécité temporaire :

— Je suis pas du genre à fouiller.

Ce qui était vrai, curieusement. Il lui avait donné une clé de chez lui en lui demandant de répondre au téléphone si elle l'entendait sonner — plus pour lui faire plaisir, du reste, que par réel besoin. Mais de toute façon, qu'aurait-elle pu trouver chez lui, même en fouillant ? Avait-il seulement une vie privée ? Il en arrivait à se le demander.

Jury s'abattit comme une masse dans son fauteuil.

— Allons, dis-m'en un peu plus sur le « que dalle » ou tu le regretteras.

Levant le pinceau plein de vernis à ongles, elle remua les doigts de pied et prit du recul pour juger de son œuvre.

— Je suppose que la ligne était mauvaise.

Tout appel provenant d'une femme serait forcément victime d'une mauvaise ligne si c'était Carole-Anne qui répondait.

— Dis-moi, pendant qu'elle te parlait, tu n'aurais pas posé le combiné pour aller à la cuisine te préparer une de tes fameuses fritures ?

Carole-Anne leva les yeux au ciel dans son meilleur numéro de : « Mon Dieu, accordez-moi la patience ! »

— Non. Voyons, voyons... elle a parlé de soupe.

— De soupe ? répéta Jury, se souvenant tout à coup du délicieux potage que Jenny Kennington lui avait servi, la dernière fois qu'il l'avait vue. Velouté de melon et de menthe, lisse comme du verre.

— C'est une cuisinière, remarqua-t-il sans y penser.

— Ah bon ? Bah, faut bien gagner sa croûte, je suppose, fit-elle, pleine de condescendance.

— Il se trouve qu'elle n'a pas besoin de gagner sa croûte. C'est simplement une excellente cuisinière.

— Vraiment ? On dirait pas, à l'entendre. Elle a raconté ce qu'elle met dedans. Dans la soupe, je veux dire.

Jury scruta le visage de Carole-Anne, soupçonnant une ruse.

— A vrai dire, je vous vois mal en train d'échanger des recettes, Jenny Kennington et toi.

— Très peu pour moi, commissaire. J'ai mieux à faire de mon temps. J'avoue que j'ai pas fait trop attention. L'a dit quelque chose à propos d'un pub.

— Elle va s'occuper prochainement d'un pub.

Carole-Anne afficha un air désapprobateur :

— J'ai toujours eu des doutes sur les femmes qui dirigent des pubs.

— Quels doutes ? s'enquit Jury, sûr que le problème ne l'avait même jamais effleurée.

D'un geste précautionneux, elle reboucha le flacon de Baiser corail tout en agitant les doigts de l'autre pied. Puis elle croisa les mains derrière sa tête couronnée d'un or roux flamboyant, exalté par le rose vif de son gilet : on aurait dit un coucher de soleil sur la plaine de Salisbury.

— Ça rend vulgaire, voilà ce que je pense.

— Ça, ma belle, ça ne risque pas d'arriver à la dame en question !

— Non, je suppose que non. Je veux dire, pas à quelqu'un avec un accent aussi snob.

Impossible de coiffer Carole-Anne au poteau, pour ce qui était de changer de sujet.

— Snob ?

— Ça fait très chochotte, sa façon de parler.

— Ah tiens, la mémoire te revient, on dirait ?

— J'ai jamais dit que j'avais oublié. Seulement, elle a rien dit qui vaille la peine qu'on s'en souvienne.

Elle soupira et hocha la tête d'un air de profonde lassitude, signifiant par là qu'elle trouvait intolérable que d'autres femmes puissent faire gaspiller son temps et ses forces à Jury.

— De toute façon, tu as pas le temps de bavarder des masses. Tu as des choses plus importantes à faire, décréta-t-elle, en mettant ses deux pieds sur la table basse pour examiner son travail de pédicure.

— Comme compter tes orteils, par exemple ? Eh bien, puisqu'il en est ainsi, je vais m'acheter un répondeur ! lâcha-t-il sur le ton de la menace.

« Je vais m'acheter un répondeur » faisait partie de l'arsenal courant des vieilles menaces, au même titre que « je vais faire changer mes serrures » ou « j'ai trouvé une jolie locataire pour le premier étage ».

Maintenant, elle le dévisageait comme si c'était lui la cause de ce petit éclat.

— Pas besoin de t'énerver ! Ni de m'interrompre sans arrêt.

Avec une infinie patience, Carole-Anne leva ses doigts fraîchement manucurés et les agita en l'air d'un geste qui exigeait le silence.

— La raison pour laquelle j'ai pas noté le message, si tu tiens à le savoir — ici, pause calculée pour l'effet —, c'est que je savais que tu serais fatigué, épuisé après ton voyage, et que je pensais que tu aimerais te reposer un petit peu avant de rappeler les gens.

Elle replia ses bras blancs qu'elle tapota du bout

de ses ongles couleur Baiser corail, une petite moue aux lèvres, attendant que Jury redevînt raisonnable.

— Ça y est, je me suis reposé, ici, avec toi. Alors, qu'est-ce qu'elle a dit ?

Carole-Anne haussa les épaules avec toute l'élégance dont elle était capable.

— Eh bien, c'est tout, juste son histoire de soupe.

— Et rien d'autre ? insista Jury, à bout de nerfs.

Nouvelle moue. Concentration profonde.

— Ah ! Elle veut que tu l'appelles, c'est tout. Mais je suppose que ça, tu l'aurais deviné.

Avec un autre bâillement feint et pour faire diversion, elle se leva d'un bond, se dirigea vers la fenêtre où l'on aurait pu la croire occupée à prendre des mesures en vue de confectionner des rideaux.

— Tiens, tes carreaux ont besoin d'un bon nettoyage. Tu devrais prendre une femme de ménage, tu sais. Je peux quand même pas tout faire !

— Reste devant la fenêtre et continue à fulminer : la buée suffira à les nettoyer.

— Eh là, mais qui c'est ça ? s'exclama-t-elle, collant son visage à la vitre. Là, en bas, regarde !

Jury s'approcha : il y avait un couple en conversation sur le trottoir d'en face. Des gens d'âge moyen, plutôt empâtés.

— Ces deux-là ? Je ne sais pas, moi.

— Non, non, pas eux. Mrs. W. est sur le pas de sa porte avec un type. Tiens, viens voir par ici !

Jury accomplit la manœuvre nécessaire pour venir se planter près d'elle — proximité plutôt agréable, il fallait en convenir — et appuya la tête contre le carreau. Mrs. Wassermann était effectivement en train de parler à un grand jeune homme qui n'arrêtait pas de lever les yeux sur la maison.

En un rien de temps, Carole-Anne avait rassemblé ses affaires et filait vers la porte.

— Bon, faut que je me prépare pour aller travailler. Merci !

Il crut d'abord qu'elle allait se précipiter en bas, mais il l'entendit grimper les marches quatre à quatre pour monter chez elle. Sans doute pour enfiler une tenue plus étincelante encore, songea-t-il, avec un petit sourire.

Il sortit à son tour et descendit.

— Mr. Jury ! Ah, je ne savais pas que vous étiez rentré. Tenez, voilà quelqu'un qui vient visiter l'appartement.

Approchant de la trentaine et presque aussi grand que Jury, l'homme était habillé de cuir noir de pied en cap. Blouson noir, pantalon noir, moulant. Yeux noisette, cheveux blond foncé, carrure d'athlète, pommettes saillantes.

Randy Tyrone.

C'est tout au moins le nom que lui donna Mrs. Wassermann pour faire les présentations. Personne ne pouvait vraiment s'appeler Randy Tyrone, se dit Jury, tandis qu'il se voyait gratifié d'une poignée de main qui lui écrasa quelques osselets.

— Mrs. Wassermann m'a parlé de vous. On doit être drôlement en sécurité, dans cette maison !

Très fin. Jury ne lui rendit pas son sourire, occupé à reluquer la moto garée le long du trottoir — une Norton de collection, excusez du peu. Une belle machine racée, d'un noir luisant. Comme son propriétaire.

— C'est à vous ?

Randy Tyrone acquiesça d'un signe de tête, en même temps qu'il affichait un sourire supérieur.

— Ça me permet de me déplacer plus vite qu'en voiture.

— Vous faites quoi, comme métier ?

— Je suis acteur. Je me repose, en ce moment. Juste quelques photos de mode entre deux tournages.

— Un acteur ! gloussa Mrs. Wassermann, tout émoustillée.

Ce n'est pas avec sa paye de comédien qu'il a pu s'acheter sa Norton. Il ferait du business à Soho que ça ne m'étonnerait pas, songea Jury qui hocha la tête et prit un air désolé pour déclarer :

— Quel dommage, Randy ! L'appartement vient juste d'être loué. Il n'y a pas un quart d'heure.

— Mais... Carole-Anne ne m'a pas avertie que quelqu'un venait visiter. Mon Dieu... Je n'ai vu personne, se lamenta Mrs. Wassermann, abasourdie par la nouvelle.

Jury désigna d'un geste le couple en conversation sur le trottoir d'en face :

— Les voilà. Vous avez dû les rater de peu, je suppose.

Comme il leur adressait un signe de la main, les deux passants le dévisagèrent, se regardèrent, et lui rendirent son salut d'un geste incertain.

Randy Tyrone contracta plusieurs fois les muscles de sa joue, remit son casque noir, balbutia un vague au revoir et enfourcha son monstre noir. Il démarra en trombe à l'instant même où Carole-Anne sortait de la maison.

— Qui était-ce ? lança-t-elle plaintivement.

— Oh, juste un coursier, répondit Jury en faisant signe à Mrs. Wassermann de se tenir coite.

L'intéressée opina du bonnet : il y avait suffisamment de temps qu'elle était sa voisine et celle de Carole-Anne pour savoir à quoi s'en tenir.

— Il venait pour qui ?

— Pour moi, affirma Jury.

— A moto ? Eh bien, dis donc, ça devait être drôlement important !

— Non, pas vraiment.

— Alors, qu'est-ce que c'était ?

Jury bâilla :

— Oh, que dalle !

10

Encore heureux que le thé ait été découvert avant la naissance de Wiggins !

Telle fut la première pensée de Jury en entrant dans son bureau de Scotland Yard à quatre heures de l'après-midi. Il trouva l'inspecteur en plein geste arrêté, la main en attente au-dessus de la bouilloire électrique qui tentait laborieusement de parvenir au chuintement final.

— Je savais que vous rentreriez à peu près à cette heure-ci, annonça Wiggins en versant l'eau dans la théière.

Comment il le savait, Jury l'ignorait mais il s'abstint d'autre commentaire que :

— Moins de sucre, cette fois-ci, merci.

— Vous savez bien que je ne prends plus de sucre, mais du miel.

— Hum. Alors moins de miel.

Jury posa son regard sur la masse de papiers qui avait atterri sur son bureau, les effleura de la main, comme si ce geste pouvait révéler un document important parmi le fatras, puis il repoussa toute la pile sur le côté.

— Qu'est-ce que vous avez trouvé sur les amateurs d'art de la Tate ?

— Béatrice et Gabriel ? Encore rien pour l'instant. J'attends un coup de fil de la Division C. Combien de lait ? s'enquit Wiggins, qui avait le sens des priorités.

— Comme d'habitude.

Wiggins ayant servi Jury, il passa enfin aux choses sérieuses : ajouter à son thé l'une ou l'autre des médications contenues dans les fioles alignées sur le bureau. Il prit une petite bouteille brune, puis une autre, l'étudia avec soin, fit la moue et passa à la fiole suivante.

Le suspense était insoutenable, pour Jury. Depuis le temps qu'il connaissait le sergent Wiggins, celui-ci avait toujours distribué à la ronde force pilules, sirops, herbes, potions, biscuits, capsules, calmants et amulettes en tout genre. Pratiquement tout, sauf une tresse d'ail pour chasser les mauvais esprits. Car le monde des esprits n'avait rien de terrifiant pour Wiggins : s'il avait peur de ce qui rampe et se traîne à la surface de la Terre, les entités mal définies qui peuplent le Ciel et les Enfers ne lui inspiraient en revanche aucune crainte. La planète Terre avait engendré suffisamment de maladies physiques pour occuper Wiggins — qu'il les subît ou qu'il les étudiât. De sorte que les maladies de l'âme ne l'intéressaient pas le moins du monde. Jury le regarda fixer une fiole de verre transparent contenant quelque mixture verdâtre et visqueuse.

— Qu'est-ce que c'est que cette saloperie ? demanda-t-il malgré la promesse qu'il s'était faite de ne jamais s'enquérir des médications de Wiggins.

— Ça ? Oh, c'est pour ma poitrine, fit Wiggins qui émit quelques *rr-rrks* et *ah* à titre expérimental. La poitrine prise, que j'ai eue, monsieur, ces derniers jours, à cause de ce temps que nous avons !

Jury buvait à petites gorgées le thé trop sucré.

— Toujours le même sale temps de février : humide, avec une petite pluie.

Ayant inspecté sa rangée de fioles, Wiggins les écarta au profit d'un de ses palliatifs préférés : le biscuit noir, censé donner sa pleine efficacité au système digestif et qu'il aimait prendre à l'heure du thé.

Ces préparations terminées, il questionna Jury sur l'affaire. Quand le commissaire lui eut résumé les conclusions de Macalvie, Wiggins déclara en brossant les miettes tombées sur sa chemise :

— Probablement raison. Souvenez-vous du Dr Dench, monsieur.

Macalvie avait eu un bras de fer avec son ami Dennis Dench, quelques années plus tôt, à propos d'une identification d'ossements.

— Et c'est Macalvie qui a eu raison, là aussi, rappela Wiggins. C'était Dench l'expert, mais c'est pourtant lui qui avait tort.

Jury écarta une pile de paperasses et s'installa de façon plus décontractée, les pieds sur son bureau.

— Et en plus, il parle bizarrement. Il donne dans le philosophique, il disserte sur des notions de temps abstraites et tutti quanti...

— Oh, mais il l'a toujours fait, déclara Wiggins avec une calme assurance.

Jury ouvrit de grands yeux.

— Macalvie ? Macalvie a toujours été un des types les plus pragmatiques que je connaisse. Il adore les faits, froids et durs. Ce n'est pas un philosophe.

— Ce n'est pas non plus un anthropologue de la police scientifique. Mais il a su l'être quand il le fallait.

— Oh, pour l'amour du ciel ! marmonna Jury, à l'instant même où le téléphone se mettait à sonner.

Wiggins décrocha, déclina son identité, écouta, puis posa la main sur le combiné pour informer Jury que c'était la Division C, à propos de la Tate Gallery. Il s'intéressa de nouveau à son correspondant et répéta à voix haute les informations qu'il notait en même temps sur un bloc de papier.

— Slocum, c'est comme ça qu'elle s'appelle ? S-L-O-C-U-M... Oui... Gabriel Merchant... Mm-mm. Bethnal Green, d'accord... Tous les deux ? Mm-mm...

C'est alors qu'un changement spectaculaire affecta l'expression du sergent Wiggins, qui lâcha un « merci beaucoup » et raccrocha.

Jury attendit. Wiggins se taisait.

— Qu'est-ce qui se passe, nom de nom ! Qu'est-ce qui ne va pas ?

— C'est ces deux-là, Béa Slocum et Gabriel Merchant.

— Il leur est arrivé quelque chose ? s'inquiéta Jury.

— Non, il ne leur est rien arrivé. C'est l'endroit où il habite, lui, monsieur. Dans l'East End.

— Et alors ? s'étonna Jury. Il y a des tas de gens qui habitent l'East End.

— Oui, mais pas Catchcoach Street !

Si le nom rappelait vaguement quelque chose à Jury, il était de toute évidence bien connu de Wiggins.

— Catchcoach Street ?

Jury rumina le nom, sourit, puis éclata de rire :

— Seigneur, Wiggins, vous ne voulez pas dire...

Wiggins fit oui de la tête, l'air aussi sidéré que si la couche d'ozone venait de se trouer quelque part. Son ton de voix laissait augurer du pire :

— Les Cripps, monsieur ! Ellie la Blanche, Ash.

Et ces... *gosses*, dit-il, parcouru par un frisson involontaire.

Il se recroquevilla sur sa chaise et ajouta, d'une voix plaintive :

— J'ai la poitrine encore bien prise, monsieur. Je comptais rentrer à la maison un peu plus tôt et prendre un petit repos au calme.

Jury enfilait déjà sa veste :

— Pas de repos, sergent. Deux hommes : vous connaissez la règle. Racer dit toujours qu'il faut suivre la procédure réglementaire. Prenez juste vos biscuits noirs, ajouta-t-il, hilare.

11

Tout change, tout passe : on ne trempe pas la main deux fois dans la même rivière, et on ne pisse pas deux fois dans la même vasque où s'ébattent les oiseaux.

Sauf quand on s'appelle Cripps...

Dans le maigre coin de terre poussiéreuse faisant office de jardinet devant la maison de Catchcoach Street, un petit garçon de quatre ans, peut-être, visait la vasque plantée au milieu d'un paradis bon marché peuplé de canards en plastique et de nains teigneux.

Les oiseaux, par contre, brillaient par leur absence. Pour avoir sans doute goûté une fois de trop à l'infâme breuvage, songea Jury, planté sur le trottoir à contempler la scène en compagnie du sergent Wiggins.

Une fenêtre s'ouvrit à la volée. Apparut la masse blême d'un visage sur un corps obèse.

— Petey ! Arrête donc tes saloperies de pisse-partout et rent'e dîner !

VLAN ! La fenêtre à guillotine s'abattit d'un coup, faisant trembler les carreaux et tressauter la poussette garée sur le seuil de la porte. Sans se soucier de ramasser son short, Petey s'engouffra par la porte qu'il laissa grande ouverte.

— Je suppose qu'on n'a pas besoin de frapper, dit Jury, jetant un coup d'œil au bébé dans la poussette.

Un retour dans le passé pour Jury que de revoir cette poussette. La première fois remontait à près de dix ans, quand Wiggins et lui étaient venus à Catchcoach Street en quête de renseignements sur un suspect impliqué dans une sinistre affaire de meurtre. S'ils n'avaient guère eu de succès sur ce plan, ils avaient cependant réussi à exhumer le bébé enfoui sous une tonne d'habits sales, la poussette servant également de panier à linge. Jury écarta une serviette et quelques gants de toilette pour dégager la frimousse de l'actuel occupant et s'assura qu'il respirait toujours.

Wiggins s'efforçait d'émerger de son propre cauchemar Cripps.

— Seigneur ! marmonna-t-il avant de jeter lui aussi un œil dans la poussette. Dites donc, monsieur, ça ne peut pas être le même bébé que la dernière fois ?

— Bah, il y en a sans doute toujours un qui traîne par là, répondit Jury en agitant le hochet cabossé.

L'enfant émit un gargouillis et bava, inconscient du sombre destin qui l'attendait. Pas aujourd'hui, peut-être, mais demain. Ou après-demain.

Ils pénétrèrent dans ce qu'on aurait pu appeler à tort « le salon », et Wiggins faillit mettre le pied dans une cuvette d'eau où trempaient des fils électriques. Un raffut de tous les diables émanait de la cuisine : ronflement de bouilloire, cliquetis de vaisselle, jurons, rires, et la voix d'Ellie la Blanche dominant les autres par la simple vertu de son volume sonore. Puis Ellie apparut en personne, tout sourire.

— Ah, ça, par exemple, si c'est pas les Deux Ron[1] que revoilà ! Attendez un peu que j'raconte ça à Ash, dit-elle, levant les yeux au ciel avant d'ajouter : Entrez donc vous rincer un peu la dalle !

Sans attendre de réponse, elle fila dare-dare, ou plutôt se dandina lourdement en direction de la porte de la cuisine.

Pour une fois, Wiggins n'avait pas refusé son offre de leur servir à boire, toute son attention étant mobilisée par la cuvette d'eau.

— Mais qu'est-ce que c'est que ce truc-là ? Regardez, monsieur, c'est dangereux. De quoi faire brûler la baraque.

— Probablement, acquiesça Jury en jetant un œil sur les images colorées qui se bousculaient sur l'écran de télé — un genre de dessin animé.

— Hé, vous bouchez la vue ! cria une voix de femme depuis l'autre bout de la pièce.

Jury se retourna : le personnage vautré sur le divan disparaissait presque sous une douzaine de coussins.

— Béatrice Slocum, je suppose, dit-il en lui adressant un sourire. Je suis de la police de Scotland Yard.

Béa Slocum afficha un air d'ennui. Ne s'intéressant qu'aux personnages du dessin animé, elle pouffait derrière sa main. Autant essayer d'avoir une conversation avec Carole-Anne Palutski...

— Je m'appelle Richard Jury, et voici le sergent Wiggins...

— Eh ben, à la télé, c'est Ren et Stimpy. Alors, bougez-vous de là, voulez-vous ?

1. Allusion à un duo comique de la télévision anglaise. *(N.d.T.)*

Ses cheveux avaient cette couleur extraordinaire qu'on voit parfois dans les publicités, un roux fulgurant avec des reflets aile de corbeau. Son visage était plutôt joli, mais gâché par un arc-en-ciel d'ombre à paupières où une demi-douzaine de teintes se disputaient la vedette. Et sa bouche légèrement tombante laissait craindre que son sourire ne se mue en un rictus cynique au fil des ans. Vêtue d'une espèce d'affreux blouson vert et d'un jean grossièrement taillé en bermuda, elle avait les pieds chaussés de boots. Télécommande en main, elle remonta le son. Une ribambelle de petits Cripps jaillit aussitôt de la cuisine, apparemment attirés par la bande sonore de leur dessin animé préféré. Manquant de renverser Wiggins au passage, ils s'égaillèrent à droite et à gauche comme une volée de plombs de chasse, et commencèrent à se pousser et se pincer, à peine assis par terre.

Haussant la voix pour se faire entendre, Jury déclara :

— Si Ren et Stumpy...

— Stimpy, monsieur, corrigea Wiggins. Les gens en sont fous.

Wiggins aussi, de toute évidence, à voir la manière dont il fixait l'écran.

Ren (ou Stimpy) ressemblait à un long caramel mou avec des dents. L'autre avait l'air d'une esquisse que Picasso aurait jetée à la corbeille. Apparemment, ils passaient leur temps à pousser des hurlements sanguinaires ou à inventer des façons de détruire tout ce qu'ils approchaient, usant de toutes les manœuvres qui sont l'apanage des personnages de dessin animé : crier, hurler, tourner sur soi-même comme une toupie.

Ren et Stimpy étaient de toute évidence une

source d'inspiration pour les gosses Cripps. Ainsi, quand Ren (ou Stimpy ?) étrangla Stimpy (ou Ren ?), le plus âgé des gamins, celui aux cheveux de hérisson, entreprit d'en faire de même avec sa petite sœur, la secouant comme une poupée de son jusqu'à ce que Jury l'attrape et le tire en arrière. S'il y avait une règle à laquelle adhérait les Cripps mâles, c'était de ne jamais s'attaquer à quelqu'un de la même taille, du même âge ou du même sexe que soi. Comme ça, on risquait moins d'y laisser des plumes. L'impression que les gosses n'avaient pas changé depuis dix ans était bien sûr une illusion, entretenue cependant par le fait que de nouveaux petits Cripps venaient toujours remplacer ceux qui avaient grandi. Et ce grand gamin-là, ce doit être Friendly, se dit Jury. Il suffit de voir son air rusé et la façon dont il glisse subrepticement sa main dans sa braguette. A moins que le geste ne fasse partie du patrimoine génétique des Cripps...

— Hé, m'sieur ! Donne-nous dix pence. Hé, m'sieur ! quémanda une des fillettes en agrippant la manche du sergent entre ses petits doigts boudinés pleins de purée et de ketchup.

— Ta gueule, Alice !

A défaut de la voix de la sagesse, ce fut celle d'Ellie la Blanche qui se fit entendre. Elle rentra dans la pièce d'un pas pesant, portant deux chopes de thé ébréchées qu'elle tendit à Jury et à Wiggins.

— Allez, à la bonne vôtre !

Les remerciements de Jury se perdirent dans le vacarme que faisaient Alice et Petey. Quant au sergent Wiggins, c'était la première fois que Jury le voyait jeter un œil irrespectueux sur une tasse de thé.

— Allons, allons ! gourmanda Ellie, jetant un

regard à toute sa marmaille. Où qu'il est donc, le p'tit Robespierre ? Vous l'avez encore laissé dehors ?

Ellie la Blanche se dirigea vers la porte pour aller récupérer le bébé.

— Petey, t'as encore pissé dans c'te bac à oiseaux, hein ?

— Non, m'dame, non, m'dame, non, m'dame, scanda Petey.

— Y tient de son père, çui-là. Dégoûtant, que j'me tue à lui répéter. Y finira comme lui, à brailler dans les rues. Tenez, pas plus tard qu'la semaine dernière, la Menteuse qu'en finissait pas de délirer, comme quoi que Ash, il lui aurait fait son affaire dans le garage de Mervin. « Foutaise ! » que j'y ai dit, moi. Elle prend ses désirs pour des réalités, celle-là, si vous voulez mon avis. Dites donc, z'avez pas fait connaissance avec notre Amy, fit-elle, attrapant une gamine de cinq ou six ans qu'elle sortit de la nichée pour la planter devant Jury. C'était encore qu'un bébé, la dernière fois que vous êtes passés. Et celle-là, c'est Alice.

Alice, d'un ou deux ans plus jeune que sa sœur, salua en relevant sa jupe de coton pour faire voir aux policiers qu'elle n'avait pas de petite culotte. Son sourire était appauvri par l'absence de plusieurs dents.

Ellie la Blanche tapa sur la main de la gamine et lui remit sa jupe en place. Après quoi, elle se dirigea droit sur la télévision et l'éteignit d'une autre tape, comme si la télé s'adonnait, elle aussi, à de lubriques exhibitions.

— On a de la visite ! décréta-t-elle.

Pendant ce temps-là, Béa s'était livrée à toutes sortes de contorsions pour essayer de ne pas perdre l'écran de vue. Enfin, vaincue, elle s'affala contre la cretonne passée du divan. Jury n'était pas sûr que ce fût une si bonne idée de bannir Ren et Stimpy. Le dessin animé avait au moins le mérite de fixer un peu l'attention des mouflets. Alors que, maintenant, ils en étaient de nouveau réduits à s'amuser entre eux. Formant une ronde, ils se mirent à scander en chœur :

« Pete-le-Pisseur, Pete-le-Pisseur,
Qui pisse tout partout sur le siège des cagoinces ! »

Le refrain les amusait tous follement, sauf Pete, bien sûr, qui gueulait, entouré du cercle de lutins.

— Vos gueules, merde ! ordonna Ellie la Blanche sans résultat, poursuivant à voix basse, pour des raisons qui échappaient à Jury. Cru qu'vous étiez l'assistante sociale qui venait à cause d'Ashley. Là-haut, fit-elle en levant les yeux au plafond, avec l'autre bonne femme qu'habite au coin d'la rue : tous les deux, la semaine dernière. Dégoûtant ! La sauter sous mon prop' toit...

Ellie la Blanche n'arrivait pas à croire que New Scotland Yard n'était pas un réseau de surveillance policière organisé pour démasquer les frasques de son mari, Ash Cripps.

— Eh ben, Ashley, que j'y ai dit, t'as sacrément d'la chance qu'c'est la Menteuse qu'a raconté c't'histoire de garage de Mervin, pasque de toute façon, personne la croit, elle. Voyez ce que j'veux dire ?

Non, Jury ne voyait pas, mais il profita de l'occasion pour annoncer :

— C'est pas Ash qu'on est venus voir, Ellie. En fait, c'est Béatrice.

Béatrice touillait le ragoût de mioches avec un manche à balai, aiguillonnant la ronde. Elle leva des yeux étonnés.

— Débarrassez-moi le plancher et donnez un siège à m'sieur le commissaire ! tempêta Ellie. Toi, Aurora, enlève les culottes et les collants du fauteuil, là.

Aurora — laquelle était-ce ? — ne fit pas attention, pas plus que les autres, du reste, bien trop captivés par leur jeu.

Jury se débrouilla seul, balayant quelques nippes pour se faire une place sur le divan, à côté de Béa Slocum.

— Vous étiez à la Tate Gallery avec votre ami Gabe. Où est-il donc, lui ? C'est lui que je m'attendais à trouver ici.

— Y dort ici sur le divan, expliqua Ellie la Blanche. L'a plus d'appart', alors Ash, il y a dit qu'y pouvait crécher chez nous, l'temps d'se retourner. Et Béa, elle est juste passée pour l'dîner. Béa, elle a un boulot à Bethnal Green. Elle travaille, Béa.

Le mot prenait une vie nouvelle dans sa bouche, Ellie étant peu accoutumée à la notion d'emploi rétribué.

— J'ai pensé qu'il vous était peut-être revenu un détail à propos de la morte, dit Jury. Frances Hamilton, elle s'appelait.

— Il faudrait demander à Gabe. En fait, on s'est séparés à un moment donné, pour qu'il puisse visiter l'expo des Portraits de Fanfarons pendant que je regardais les J.M.W.

— Les quoi ? demanda Wiggins qui avait sorti son calepin, semblant avoir momentanément renoncé à en apprendre davantage sur la cuvette remplie de fils électriques.

Béa taquinait un vestige de vernis rouge resté sur un ongle.

— Les Turner, vous savez.

Interprétant les regards étonnés de Jury et de Wiggins comme un aveu d'ignorance, elle ajouta :

— J.M.W. Turner. Un peintre. Et Gabe aime bien la Tate, on y va souvent. Gabe est peintre, lui aussi.

Ellie la Blanche éclata de rire :

— Çui-là ? L'a jamais rien peint, en dehors de Ash !

— Oh, ramène pas ça sur le tapis, Éléphant. C'était juste une blague.

— Qu'a failli envoyer Ash au trou, oui. Tu parles d'une blague ! Écoutez, fit Ellie, braquant toute son attention sur Jury et étalant ses formes généreuses sur le linge propre. Soûls comme deux lords en goguette, qu'ils étaient, Ash et Gabe. Et Gabe, v'là-t-y pas qu'il sort ses pots de peinture...

— Mes pots de peinture, Éléphant. Les miens ! Il les a piqués dans mon appart', à Bethnal Green.

— Alors Gabe, reprit Ellie, il t'lui colle un p'tit coup de peinture par-ci, un p'tit coup par-là. Et pis, qu'ils se disent, bon, à quoi que ça sert d'être juste un p'tit peu bleu. Alors Ash, il se fiche à poil complètement et Gabe, il le peint en bleu. Du bleu partout, à part que'ques p'tits coins pour qu'la peau, elle respire. Et v'là-t'y pas que Gabe, il lui parie : t'es pas cap' de courir comme ça jusqu'au coin de la rue ! Moi je suis là en train de donner le biberon à Robespierre, et qu'est-ce que je vois quand je lève les yeux : un machin bleu qui passe devant la fenêtre à fond de train et puis, v'là qu'un des gosses rapplique et m'dit qu'il vient de voir son p'pa qui passait en courant, même qu'il était tout bleu...

Et là, les gosses fournirent un contrepoint à l'histoire en improvisant de nouvelles paroles à leur chanson :

« Ash est bleu, Ash est à poil,
Ash est toujours au chômdu. »

— Allons, allons ! réprimanda Ellie la Blanche. C'est de vot' p'pa que vous vous moquez, là. Un peu de respect !

Puis elle poursuivit :

— Eh ben, figurez-vous que j'avais même pas eu l'temps de reprend' mon souffle et de courir jusque là-bas que la Menteuse, elle était d'jà au téléphone, à appeler les flics.

— Eh, dis donc, Éléphant ! Laisse tomber, tu veux ? intervint Béa, en piquant une cigarette dans le paquet de Jury.

Celui-ci en profita pour revenir au sujet qui le préoccupait :

— Est-ce que Gabe pourrait avoir aperçu Mrs. Hamilton — la morte — pendant qu'il visitait l'exposition des Portraits de Fanfarons et que vous vous trouviez dans la Galerie Clore ?

— Ça se pourrait, répondit-elle en crachant un nuage de fumée. Il sera là d'une minute à l'autre, vous pourrez lui poser la question vous-même.

— Vous regardiez les Turner, à ce moment-là ?

— Oh, vous savez, répondit-elle d'un ton impliquant que la question était idiote et que la réponse le serait forcément aussi, quand on a vu un Turner, on les a tous vus, s'pas ? Combien y a de façons de reproduire la lumière, hein, je vous l'demande ? lança-t-elle, observant Jury pour voir comment il allait réagir.

En fait de réaction, Jury éprouvait un étonnement

croissant : Béatrice Slocum n'était pas telle qu'il l'avait imaginée. Ou telle qu'elle voulait qu'on l'imaginât.

On perçut les bruits d'une échauffourée et Béa se pencha par-dessus le dossier du divan pour écarter un voilage d'une propreté douteuse.

De l'autre côté de la rue, un homme âgé et sans menton, une femme en ciré qui avait sans doute paru toute sa vie cinquante ans, un grand type, plutôt jeune, en qui Jury reconnut Gabe, et Ashley Cripps, se livraient une bataille en règle : le type sans menton poussait des cris d'orfraie, Ash gesticulait comme un beau diable et la bonne femme jouait d'une canne qui la classait bien au-delà de l'âge mûr.

— Oh, putain de merde ! R'voilà la Menteuse qui rapplique ! Elle est avec Freddie le Connard, annonça Béa.

Ellie ouvrit la fenêtre d'un geste sec :

— Sors de là, Ashley ! Ramène-toi donc ici !

L'intéressé, de toute évidence furieux de cette interruption, cria à Ellie d'aller se faire foutre — il était occupé, merci beaucoup — et revint à ses moutons en envoyant son poing dans la figure du type sans menton.

Écœurée, Ellie la Blanche se dandina jusqu'à la porte et traversa la rue comme une furie. Maintenant, ils étaient cinq. Jury se dit que s'il voulait que son enquête aboutisse cette année, il avait intérêt à intervenir, ou au moins à aller chercher Gabe. Et il sortit à son tour.

— Il a p-pi-pissé sur mes primevères ! expliquait le type sans menton à Ellie la Blanche.

— Oh, ta gueule ! hurla Ash. J'ai jamais fait ça.

— Même que j'l'ai vu de mes prop' z'yeux, renchérit celle qui devait être la Menteuse.

Le grand jeune homme prit fait et cause pour Ash : la Menteuse en était bel et bien une sacrée, et elle avait rien vu de tel. Jury lui demanda s'il s'appelait Gabriel Merchant.

— Ouais, c'est bien ça, chef, mais pour l'instant fous-moi le camp, tu veux ?

Le mot de passe, apparemment, et dit d'un ton aimable.

La cacophonie de voix atteignait un tel paroxysme que les passants s'arrêtaient pour observer la scène avec leurs chiens en laisse et leurs cabas à roulettes.

— ... et, v'là-t-y pas qu'il descend sa p-p-p-putain de b-b-braguette et...

— C'est pas vrai ! Éléphant, dis-y, toi ! Dis-y que j'pourrais pas faire une chose pareille.

La femme se mit à fouetter l'air avec sa canne :

— Si, tu l'as fait, j't'ai vu, j't'ai vu...

— Menteuse ! Menteuse ! Menteuse ! vociféra Ellie la Blanche. Y pourrait pas, vu que j'y ai cousu sa braguette !

Ashley, qui trouvait hilarant de voir ses voisins confondus, se cambra dans un geste provocant.

— Eh ben, vas-y, vas-y donc, la Menteuse, ouvre-la !

L'intéressée en eut le souffle coupé : la braguette était en effet solidement fermée par des points de couture. Le visage presque aussi rouge que le pendentif de grenat qu'elle avait au cou, la femme tourna les talons et partit d'un pas lourd. Le type sans menton — le dénommé Freddie le Connard, apparemment — bredouilla quelques mots incompréhensibles et la suivit.

Ash et Gabe riaient si fort qu'ils en pleuraient dans les bras l'un de l'autre.

— Je regrette de devoir interrompre ces réjouissances.

— Ben, ça alors, j'veux bien aller m'faire foutre si c'est pas Scotland Yard qui r'vient nous voir! s'exclama Ashley, secouant la main de Jury avec un bel enthousiasme. Dis donc, Gabe, c'est la police que t'as là devant toi. Tu t'souviens que je t'ai causé de c't'affaire oùsqu'on les a aidés? Alors, de quoi qu'il s'agit, ce coup-ci? lança-t-il gaiement à l'adresse de Jury.

— Si on pouvait juste rentrer chez vous, j'aimerais dire deux mots à Gabe.

— A Gabe? Qu'est-ce que t'as foutu, toi, hein? C'est-y que t'aurais pissé sur les primevères de Freddie? Ah, vos gueules, vous, les mômes! ordonna Ash en passant devant les gosses qui s'étaient massés dehors pour profiter du spectacle.

Gabe et Béa papotèrent et se tripotèrent un brin avant que le jeune homme trouve une position confortable à côté d'elle. Il avait des yeux d'un bleu d'azur qui rachetaient ses cheveux longs un peu gras.

— Alors, chef? fit-il.

Wiggins sortit son calepin et résuma les faits tels qu'il les avait notés, avec le soin méticuleux dont il était coutumier.

— Ce qu'on aimerait savoir, c'est tout ce que vous pouvez vous rappeler à propos de l'incident de la Tate.

— Eh, file-moi un clope, cocotte, demanda Gabe à Béa.

Elle lui passa une boîte de tabac et un paquet de papier à cigarettes. Ayant soigneusement réparti le tabac sur la feuille, il la roula, pinça les deux extrémités, l'alluma et prit l'air songeur. Comme il se taisait, Jury le relança :

— Avez-vous aperçu Mrs. Hamilton dans une autre salle du musée?

— De fait, ouais. A l'expo des Fanfarons. Béa n'était pas venue avec moi.

La tête posée sur une cuisse de Gabe, Béa étira le cou en arrière pour le regarder dans les yeux :

— Et pourquoi que j'paierais quarante balles pour voir des tas de bonnes femmes assises sur des petits nuages, les pieds sur des crânes ?

Gabe émit un petit bruit exprimant son dégoût le plus complet.

— Vous souvenez-vous si elle était seule ?

— Autant que je sache, ouais. Mais comment en être sûr ? Y a un sacré peuple dans ces expos.

— Vous rappelez-vous ce qu'elle faisait ?

— Voyons... Je m'souviens que c'était après les Van Dyck et que j'étais en train de regarder ce portrait de Reynolds, çui d'une danseuse italienne. Des sacrés yeux, qu'elle a ! Et c'est là que je l'ai remarquée. L'avait pas l'air dans son assiette. Enfin, c'est ce que je m'suis dit, pasqu'elle s'est dépêchée de sortir — vous savez, comme quand les gens filent pour... fit-il en faisant mine de vomir.

De la cuisine parvint un bruit de casse et un brouhaha. Au même moment, les gosses envahirent la pièce.

Et puis on vit émerger Ash, assiette et fourchette à la main mais souriant aux anges, totalement oublieux du fait qu'il était poursuivi par un fait-tout en aluminium lancé avec une force époustouflante, qui vint érafler le papier peint brunâtre et défraîchi avant de s'écraser sur le plancher dans un fracas métallique.

Ash s'effondra sur le divan à côté de Wiggins, et, grand prince, lui offrit de partager sa pitance : une assiettée de côte d'agneau, saucisse, frites, oignons et flageolets, qui fit blêmir le sergent.

— Et vous, les jeunes ? Z'avez dîné ? demanda-t-il, la bouche pleine.

Gabe et Béa répondirent qu'ils iraient au pub dès que « l'interrogatoire » serait terminé.

— Mr. Jury ? Bah, il est pas mauvais bougre. Même qu'y m'a filé un coup de main, un jour que l'assistance sociale passait par là. A ce propos, il a fermé, c'te pub, le vieil *Anodyne Necklace*. Ah, tout fout le camp ! déplora-t-il en prenant un air pathétique.

Ellie la Blanche, remontée à bloc, fit son entrée avec elle aussi une assiette à la main : des œufs au plat avec une montagne de flageolets-sauce tomate, servis sur des toasts.

— Alors, que j'y ai dit, à çui-ci, fit-elle, agitant vers son mari sa tête aux cheveux couleur jaune d'œuf et reprenant la conversation là où ils l'avaient laissée, la verve homérique, Ashley, que j'y ai dit, tu te dégottes vingt sacs pour t'payer un ticket quand le Criterion ouvrira, et tu pourras t'exhiber d'vant tout le gratin d'Londres !

— Oh, hé, arrête ton char, Éléphant ! lança Ash qui taquinait le vieux terrier en laissant pendre l'os de sa côte d'agneau par-dessus l'accoudoir du divan.

— Ben, ce serait mieux que de t'exhiber dans les cagoinces dégueulasses de Mile End !

Ashley Cripps s'était retrouvé en tôle tellement de fois qu'il avait toujours son sac prêt, à côté de la porte, comme les top-models. Il avait été inculpé de pratiquement tous les petits délits possibles et imaginables : cambriolage d'un kiosque de presse, recel de marchandises volées, trafic en tout genre. Mais sa spécialité, c'était l'exhibitionnisme. Qui lui avait valu son surnom d'Ash l'Exhibe.

Wiggins interrompit la discussion, apparemment incapable de contenir plus longtemps sa curiosité :

— Je me demandais, Mr. Cripps, quelle, hum, quelle idée avait inspiré ce dispositif, dit-il en désignant la cuvette d'eau où trempaient les fils électriques.

Ash s'essuya la bouche avec son mouchoir sale.

— C'te truc-là, c'est ma prop' invention, Mr. Wiggins. Et drôlement fier, qu'j'en suis. Voyez, quand une souris elle vient boire, eh ben, elle s'fait griller sur place. Y a d'la fumée partout.

Contribution d'Ellie la Blanche au débat :

— Faudrait p'têt' voir à met' un p'tit bout de fromage d'dans, Ashley. Elles font les difficiles, tes souris.

Ellie alluma la cigarette qu'elle s'était roulée et s'installa sur le divan parmi les monceaux de linge — propre ou sale, allez savoir ! L'onde de choc qu'elle provoqua en s'écrasant sur le matelas aux ressorts cassés eut pour contrecoup de faire surgir une frimousse à l'autre bout du canapé.

— Ah, tiens, te v'là, toi ! J'te croyais partie chez l'Paki[1] chercher d'la bière, dit-elle en voyant émerger, tel Lazare ressuscité, ce visage rond comme la lune, tout hérissé de cheveux raides.

La gamine se frotta les yeux, puis se leva et s'étira, comme si elle se sentait de nouveau prête à affronter les événements. Ce qu'elle fit en commençant par réclamer cinquante balles pour la bière, avant de sortir en attrapant au vol une écharpe.

Béa était maintenant obligée d'élever la voix à cause des mouflets qui riaient comme des fous, tous empilés sur Petey.

— On passe pas mal de temps à la Tate, Gabe et

1. Allusion à un duo comique de la télévision anglaise. *(N.d.T.)*

moi. Le Victoria and Albert Museum et la National Gallery, on aime bien aussi mais, le mieux, c'est la Tate, parce qu'elle est sur l'Embankment et qu'on aime bien se balader sur les quais.

Jury sourit à la nouvelle image de Béa et de Gabe qui prenait forme dans son esprit. Un étrange mélange d'anticonformisme des gens de l'East End — cheveux couleur de néon et contestation de l'ordre établi — et de chic branché des amateurs de cappuccino du Chelsea Embankment.

— Frances Hamilton aussi, remarqua Jury. Je veux dire qu'elle aussi passait beaucoup de temps à la Tate, d'après l'amie chez qui elle habitait. Elle aimait les musées.

Béa prit un air pensif, front plissé, qui lui donnait des allures de petite fille. Elle avait tourné la tête pour regarder dehors : il faisait beau, le soleil brillait.

Wiggins nota leurs coordonnées : l'appartement de Gabe, que celui-ci espérait réintégrer la semaine suivante, se trouvait près de Catchcoach Street. Béatrice habitait Bethnal Green, où elle travaillait, au Musée de l'Enfance.

Jury se leva, Wiggins lui emboîtant le pas.

— Merci de votre aide, Béa, Gabe. Et tout le reste de la compagnie, conclut Jury, embrassant la pièce d'un regard circulaire.

Il s'arrêta un instant devant la poussette qui, à présent, maintenait la porte d'entrée ouverte. Lequel des gosses qui braillaient sur le trottoir avait été le bébé qu'il avait jadis vu dans ce même landau ? Aurora, qui devait avoir neuf ou dix ans, était un candidat plausible. Mais il n'avait guère envie de poser la question : des fois que le fameux bébé n'eût pas survécu...

Jury sentit son cœur se serrer à la pensée du petit Robespierre aux poings minuscules et aux joues de pivoine, qui serait bientôt assez grand pour avoir la même tignasse hérissée et les mêmes yeux sans cils que les autres, et pourrait prendre sa place dans la ronde de moutards crasseux, là-dehors.

Comment le temps pouvait-il jouer de si sales tours ?

Il pensa à la rivière Avon, coulant entre ses rives verdoyantes sous un ciel bleu cobalt. Avec les canards, les roseaux, les cygnes. Elle ne changeait jamais, elle. Mais non, ce n'était pas vrai. Tout change, rien n'est jamais pareil.

Sauf les Cripps...

12

1

Jury avait dit à Wiggins qu'il le retrouverait à Scotland Yard mais qu'il voulait passer avant chez lady Cray pour parler à son neveu. Ce ne fut pas la petite bonne timide qui ouvrit la porte de la maison de Belgravia, mais un jeune homme en pardessus de lambswool d'un écossais subtil. Il semblait sur le point de sortir.

— Ah, bonjour. Vous cherchez ma tante ? Elle vient de partir faire un saut chez Harrod's, malheureusement.

Jury lui adressa un sourire aimable et se présenta, expliquant — pour éviter au jeune homme de pâlir davantage — qu'il était un vieil ami de sa tante.

On appela du salon. Une voix féminine au timbre juvénile.

— Qui est-ce, Andrew ? On va rater le début !

Andrew ignora la voix.

— Lady Cray m'a parlé de vous avec beaucoup d'enthousiasme.

Andrew se dérida considérablement :

— Oui, on s'entend très bien tous les deux.

— Puis-je vous dire deux mots, juste quelques minutes ? Je ne vous retiendrai pas, parole !

— Mais naturellement. Entrez donc. Vous avez rencontré ma tante à Castle Howe, n'est-ce pas ? poursuivit-il tandis qu'ils traversaient le hall de marbre. Mon Dieu, ça devait être terriblement excitant de se trouver sur les lieux du crime, de participer à l'arrestation du meurtrier ! Ah, si seulement j'avais été là ! Permettez que je vous présente Adrienne Armitage. Adrienne, je te présente le commissaire principal Jury, de Scotland Yard.

Si Andrew semblait maintenant ravi d'avoir trouvé un commissaire de Scotland Yard sur le pas de sa porte, Adrienne Armitage l'était beaucoup moins. Elle poussa un énorme soupir en abandonnant les pages glacées du magazine de mode qu'elle feuilletait et leva les yeux au ciel — de jolis, grands yeux bleus au regard un peu vide. Et c'est sans se donner la peine de répondre aux présentations qu'elle lança :

— Andrew ! On va être en retard !

— Tant pis, rétorqua l'intéressé, apparemment de taille à faire face à sa vibrante impatience. En quoi puis-je vous être utile, commissaire ? Mais, je vous en prie, prenez donc un siège.

Un poing sur la hanche, Adrienne retenait ouvert le long manteau de fourrure qu'elle portait sur un tailleur anthracite visiblement griffé — un Armani, peut-être —, un foulard Hermès rehaussant l'éclat de son décolleté avantageux. Les chaussures et les gants sentaient leur Upper Sloane Street, et les cheveux blonds à la coupe nette, qu'elle rejeta en arrière comme un pur-sang sa crinière, avaient récemment connu les ciseaux d'un coiffeur sans doute installé fort loin des endroits que fréquentait Jury. Elle fit les cent pas dans la pièce avant d'aller se planter devant la cheminée, sur laquelle elle posa une main gantée tout en pointant le menton d'un air contrarié et en tapant du pied. Jury décida de ne pas s'asseoir.

— Je procède simplement à une enquête de routine sur la mort de Frances Hamilton...

— Alors, c'est vraiment comme ça que vous parlez ?

Adrienne Armitage referma avec un claquement sec l'étui en argent dont elle venait de sortir une cigarette.

— Oh, ça m'a échappé, miss ! s'excusa Jury.

Il la suivit du regard tandis qu'elle se dirigeait vers la longue table de verre chargée de revues, en tirant nerveusement sur sa cigarette.

— Voulez-vous boire quelque chose ? Du café ? Quelque chose d'un peu plus fort, peut-être ? proposa Andrew, déjà en route vers le bar.

Jury l'arrêta d'un geste.

— Ça, par exemple ! s'exclama la promise d'un ton théâtral. Dire que ça fait des heures que j'attends que tu me serves un cocktail au champagne, chéri !

— Tu en as bu quatre au déjeuner. Navré, commissaire. Vous vouliez parler de Frances Hamilton, n'est-ce pas ? Je sais, poursuivit-il, l'air préoccupé, que ma tante pense qu'il y a quelque chose de bizarre là-dedans, mais...

— Écoute, Papa va être furieux si on ne file pas tout de suite. Oh, regarde ça, chéri ! s'exclama-t-elle en lui tendant un magazine ouvert sur la photo d'un mannequin tenant les rênes d'un cheval. On dirait le portrait craché de Gipsy, non ?

C'est à cet instant précis que Jury comprit à qui lui faisait penser Adrienne : à son ancien amour Susan Bredon-Hunt. Certes, Susan était moins maniérée, mais elle aussi était dotée d'un « Papa » et d'un cheval.

Andrew soupira :

— Tu veux bien arrêter un peu, Adrienne, s'il te plaît ? Le commissaire essaie de recueillir des renseignements.

Jury sourit en la voyant faire la moue. Tout ce qu'elle voulait, cette pauvre petite, c'était garder l'attention d'Andrew rivée sur sa personne — signe d'une douloureuse insécurité.

— Connaissiez-vous Frances Hamilton, miss ?

— Moi ? Euh, oui, enfin suffisamment pour déjeuner avec elle.

L'intimité, chez Adrienne Armitage, semblait se mesurer au type de repas qu'on était susceptible de partager avec une autre personne.

— Sa mort a été attribuée à des complications d'origine cardiaque alors que Mrs. Hamilton, elle-même, prétendait ne pas avoir de tels problèmes.

— C'est vrai qu'elle n'en avait pas, confirma Andrew.

— Mais si, rétorqua Adrienne. C'est du moins ce qu'elle m'a raconté.

— Comment ça ? s'étonna Andrew.

— Eh bien, c'est ce qu'elle m'a dit, répéta Adrienne, toujours occupée à feuilleter les pages glacées du magazine qu'elle tenait maintenant à bout de bras et considérait, la tête sur le côté, comme pour se demander quelle allure elle aurait dans l'ensemble que portait le mannequin.

— Adrienne, pose donc ça et fais un peu attention !

Avec un soupir, elle jeta le magazine sur la table.

— On était en train de déjeuner au Savoy. Elle s'est tapoté la poitrine en disant qu'elle portait un de ces timbres diffuseurs de nitroglycérine[1]. Je lui ai demandé pour quoi c'était, et elle a répondu pour le cœur. Ma foi, je pense que lorsqu'on a un certain âge, on n'a guère envie de mettre tout le monde au courant de ses petites maladies, dit-elle en allumant une autre cigarette.

Futé, comme remarque, pensa Jury, s'étonnant cependant que Fanny Hamilton ait choisi de se confier à une femme aussi dépourvue de capacité d'empathie qu'Adrienne Armitage semblait l'être. Était-ce un appel de la vanité à la vanité ? Jury se demanda ce qu'Andrew pouvait lui trouver : elle était belle mais sans profondeur.

— Oh, une tache ! s'écria-t-elle soudain, les yeux fixés sur sa veste de tailleur.

Jury s'amusa de l'expression qui se lisait sur son visage : un air de totale stupéfaction à la pensée qu'une si petite chose risquait de détruire une image qu'elle s'était donné tant de mal à créer ! Tout était à reconstruire, avec autant de peine qu'il en avait fallu pour tout construire, à l'instar de la mise en scène des photos de mode qu'elle avait en main tout à l'heure. La zibeline, la coiffure, le cheval, le titre nobiliaire : autant de morceaux de sa vie devenus épars et attendant d'être rassemblés, recollés à leur place. « Oh, une tache ! » Le sourire de Jury s'élargissait en regardant Adrienne. Mais il est vrai qu'il avait suffi d'une petite tache pour faire vivre un enfer à lady Macbeth.

A cette différence près qu'Adrienne Armitage n'était pas lady Macbeth, loin de là. Et Jury se demanda s'il n'entrevoyait pas maintenant ce

1. La nitroglycérine s'utilise en médecine comme vasodilatateur. *(N.d.T.)*

qu'Andrew appréciait en elle : cette naïveté capable de resurgir à l'improviste, malgré les années d'éducation qui avaient presque réussi à l'effacer. Plus qu'un fragile égoïsme, une douloureuse insécurité qui la poussait à veiller à ce que la poupée de papier fût toujours bien habillée et impeccable.

— Si elle n'a pas voulu le dire à lady Cray, pourquoi pensez-vous qu'elle vous en ait parlé ? demanda Jury.

— Oh, c'est facile, répondit-elle en rejetant un mince filet de fumée bleuâtre.

Jury prit l'air étonné. Andrew aussi :

— Comment faut-il interpréter ça ?

— Chéri, tu sais bien que je fume comme un pompier. J'arrêterai peut-être le jour où ce sera convenable pour une femme de priser ou de chiquer, mais pas avant. Et Fanny était encore pire que moi. Alors qu'évidemment elle n'aurait pas dû fumer du tout. A côté de ça, il y avait ta tante qui essaie d'arrêter et qui estime que le monde entier devrait en faire autant, à plus forte raison quand on a des problèmes cardiaques.

— Oui, je peux comprendre ça, fit Jury.

Gagnée par l'ennui ou voulant en donner les apparences, Adrienne faisait danser sa chevelure blonde. Elle restait plantée là, exaltée par la lumière, qui baignait ses cheveux et ruisselait sur son manteau, jusque sur la table de verre, donnant à sa peau une teinte plus dorée, à sa zibeline des reflets plus chauds et prêtant un reflet bleu métal au verre de la table. Jury se remémora les paroles de Brian Macalvie, dans la nef de la cathédrale, tandis qu'il faisait glisser entre ses doigts l'écheveau de fils multicolores : « Essaye de distinguer les couleurs séparément : ça ne marche pas... Le mécanisme de l'arc-en-ciel. »

2

Il y avait une petite cuvette d'eau par terre, sous la fenêtre du bureau de Scotland Yard. Et non loin de là, Wiggins, en train d'examiner attentivement un fil électrique.

Le manteau toujours sur le dos, Jury s'assit dans son fauteuil pivotant. Pourquoi s'embêter à poser la question ? Il prit donc un ton aussi calme que possible pour déclarer :

— Wiggins, il n'y a pas souris qui vive que Cyril ne soit capable de sentir de l'autre bout d'un terrain de rugby. Alors, maintenant vous me virez votre foutu machin !

— C'est juste une expérience. Vous avez peur que Cyril y mette la patte ?

— Moi, m'en faire pour Cyril ? Alors qu'il n'y a aucun piège qu'il ne puisse déjouer en deux secondes ? expliqua Jury d'un ton dangereusement égal.

Wiggins esquissa une petite moue.

— Franchement, je ne crois pas que ça marchera, bien sûr. Je voulais juste...

— Pas question de négocier ! Virez-moi cette saloperie de cuvette hors de notre bureau ! Allez, ouste !

Usant de toute la maîtrise de soi dont il était capable, Wiggins se leva avec raideur tout en faisant remarquer que la grossièreté des Cripps semblait avoir déteint sur le commissaire.

— Hum hum. Vous mesurerez mieux à quel point quand je vous aurai peint en bleu et que vous galoperez à poil devant la porte de Racer ! lança Jury en ôtant son manteau. Et faites attention à ce satané fil électrique !

Mais le sergent se dirigeait déjà vers le petit évier dans le coin du bureau, la cuvette dans une main et le fil dans l'autre, visiblement mécontent de voir ainsi avorter son expérience.

— Ça vous dirait, de la soupe ? demanda-t-il en se rasseyant devant son bol fumant. Du bouillon de poulet-vermicelle instantané.

De la soupe. Jury repensa tout à coup à Jenny Kennington et au message — enfin, au semblant de message — qu'elle avait laissé à Carole-Anne. Il attrapa le téléphone et composa le numéro de Stratford. Il laissa sonner onze coups avant de raccrocher avec un soupir.

— Non merci, répondit-il enfin.

— Moi, c'est à peu près tout ce que je peux avaler après la visite chez les Cripps. De quoi vous couper complètement l'appétit, cet endroit, fit Wiggins avant d'ajouter en baissant la voix, comme si Ellie la Blanche risquait de l'entendre : Vous savez ce que j'ai trouvé quand j'ai mis le nez à la cuisine ? Une demi-miche de pain avec un trou au milieu. Et quand j'ai demandé à... comment donc, Batty ?

— Petey.

— ... oui, pourquoi le pain avait un grand trou au milieu, il m'a répondu : « Fallait bien enlever le moisi, non ? », rapporta Wiggins avec un frisson rétrospectif.

Jury éclata de rire en l'entendant imiter à la perfection la petite voix couineuse de Petey. Après avoir empilé les papiers qui jonchaient son bureau, il jeta un coup d'œil sur les messages. Rien du grand patron du Yard, rien d'un tueur à la hache, rien de Jenny. Bon, sans intérêt. Il les fourra dans un tiroir. Maintenant son bureau était net. Il sourit.

— Vous avez parlé à lady Cray ? demanda Wiggins.

— Non, à son neveu. Et à la fiancée du neveu. Il s'avère que Frances Hamilton prenait un médicament pour le cœur.

— Ce qui correspond au rapport du légiste. Causes naturelles. Vous pensez que l'infarctus aurait pu être provoqué par autre chose ? Un choc, par exemple ?

— C'est ce que pense Macalvie pour la femme d'Exeter, Helen Hawes.

— Mais quel est le rapport ?

— Le sud-ouest des États-Unis. Les deux femmes s'y trouvaient à la même époque.

— Un peu léger, non ? remarqua Wiggins d'un air perplexe.

Jury opina du chef. Mais il était en train de penser à la description que Gabe avait faite de Frances Hamilton quittant précipitamment l'exposition des Portraits de Fanfarons. Comme pour aller vomir.

— Lavage d'estomac, dit-il.

— Pardon ?

— On provoque des vomissements pour expulser les poisons du système, expliqua Jury qui soupira et se pencha en avant. Bon, je suppose que je ne mourrai pas d'aller tailler une bavette avec le dénommé commissaire Rush.

Wiggins avala une autre gorgée de potage avant de déclarer :

— Quant à moi, je pensais prendre un petit congé.

Une perspective qui ne semblait guère le réjouir, constata Jury.

— Vous me semblez un peu cafardeux, Wiggins.

— Franchement, monsieur, quand vous n'êtes pas là... eh bien, je n'ai pas grand-chose à faire, dit-il en promenant sa main libre au-dessus de son bureau encombré de dossiers. Oh, de la paperasse, voilà à peu près à quoi ça se résume. Les trucs dont personne d'autre ne veut se charger.

Il n'avait pas besoin d'expliquer que Jury était à peu près le seul policier de Scotland Yard à vouloir de ses services. On ne l'appréciait pas à sa juste valeur, Wiggins. Mis à part Jury, tout le monde le considérait comme un fardeau irritant, avec ses pilules et ses remèdes maison, alors que c'étaient justement ses excentricités qui le rendaient précieux. Les témoins acceptaient de parler à Wiggins parce qu'ils oubliaient qu'il était flic. Quand un policier au regard glacial vous fiche sa carte sous le nez, on n'a guère envie de lui raconter comment on a arnaqué la Sécu. Pas plus qu'on n'aimerait discuter de son genou bancal avec Arnold Schwarzenegger.

Le téléphone sonna, Wiggins s'en saisit, écouta et répondit :

— Je lui dirai.

— Alors ?

— C'est encore Fiona, elle est vraiment inquiète. Le patron menace de se débarrasser de Cyril.

— Ça fait des années qu'il dit ça.

— Sauf que cette fois il a enfermé le chat dans une cage et ne veut pas le laisser sortir. Il a dit à Fiona d'appeler la SPA pour qu'ils viennent le chercher. Je vous ai laissé un message, vous l'avez eu ?

— Je suppose qu'il était dans le tas de papelards que j'ai jetés. J'ai cru que ça venait de Racer qui voulait me voir, et pas de Fiona.

Racer semblait toujours posté à l'affût de Jury, tel un motard de la police attendant de le coincer en flagrant délit d'excès de vitesse. Et il avait le chic pour le détecter avec son radar.

Jury mit les pieds sur son bureau et demanda :

— Ainsi, vous allez à Manchester ?

Manchester était le seul point de chute de Wiggins quand il partait quelque part.

L'air sombre, Wiggins acquiesça d'un signe de tête.

— Pas vraiment des vacances.

Wiggins aurait droit à sa sœur et aux gosses de la sœur. Et Jury connaissait la chanson, ayant lui-même sœur et neveux à Newcastle — qui n'a rien à envier à Manchester, comme port de mer... Les collègues de Wiggins essayaient bien de le persuader de prendre ses vacances au soleil ou à la neige. « Nagez donc, Wiggins ! Faites du ski, Wiggins ! » Autant lui donner à choisir entre un cancer de la peau et une jambe cassée. Vraiment, les gens vous prennent pour des cons, songea Jury, comprenant le cafard de Wiggins, l'imaginant seul sur une plage ou au sommet d'une montagne, en pays étranger.

Jury se leva et attrapa sa veste sur le dossier de son fauteuil.

— Je file au *Starrdust*, Wiggins, voir Carole-Anne. C'est-à-dire, si Sa Splendeur travaille aujourd'hui. (L'inspecteur Wiggins adorait le *Starrdust*, à Covent Garden.) Pas en mission officielle, mais vous pouvez venir, si ça vous chante.

— Non, monsieur. J'ai toute cette paperasserie à faire sur le restaurateur de Soho. Mais, pour Cyril, vous n'allez pas faire quelque chose ? demanda Wiggins, inquiet.

— Et comment que si ! fit Jury, s'approchant de l'évier pour examiner le fil électrique et le suivre sur toute sa longueur afin de voir où il était branché.

— Bon sang de bois, mais qu'est-ce que vous fichez là, Jury ? s'exclama le commissaire divisionnaire Racer. Et qu'est-ce que fout ce bol de flotte sur mon bureau ?

— C'est un piège à souris, répondit Jury qui posa à côté le fil électrique lové sur lui-même, et s'éclaircit la gorge. Pas un simple bol de flotte, non. Invention de l'un de mes amis. Voulez voir comment ça marche ?

— Non ! Je ne veux pas voir comment marche votre foutu bazar ! Enlevez-moi ça d'ici !

— D'accord.

Jury se leva, s'apprêtant à enlever le bol.

— Hé, à quoi sert ce cordon électrique ? Mais les fils sont dénudés, pour l'amour du ciel ! s'indigna Racer, penché sur le bureau.

Jury reposa le bol et déroula les fils :

— Vous placez une extrémité là... et l'autre, vous la branchez sur le secteur. Et *voilà**, au revoir la souris !

Le regard de Racer alla de l'engin à Jury.

— C'est ridicule ! dit-il, dubitatif.

— Les souris adorent l'eau. C'est un fait mal connu.

Et pour cause ! Jury resta assis là à regarder Racer tricoter des méninges. Si tant est qu'il en eût, des méninges, car il n'avait pas l'air d'en tricoter très souvent.

Et puis, lentement, un sourire se forma sur les lèvres de Racer. Un méchant sourire. Il enfonça le bouton de l'interphone d'un doigt rageur.

— Miss Clingmore, vous pouvez annuler l'appel à la SPA. Ah, et après la pause-thé que Sa Majesté a jugé bon d'octroyer à tous les tire-au-flanc de l'administration, apportez-moi une bouteille de lait, dit-il, coupant l'interphone d'un geste sec. Eh bien, qu'est-ce que vous voulez, vous ? Je vous croyais mort.

— L'espoir fait vivre... dit Jury en ressortant.

13

1

Covent Garden.

Il n'y avait pas si longtemps — une douzaine d'années peut-être — que les anciennes halles aux fruits et légumes avaient déménagé en emportant avec elles le vacarme, la saleté et les forts des halles.

Quand Jury était gamin et qu'il habitait Fulham Road, il venait là le samedi matin à l'aube pour les regarder décharger les camions et dresser les étals, les écouter jurer en arrachant les couvercles des cageots.

Maintenant, il y avait là tout un ensemble de magasins, commodément répartis sur plusieurs niveaux : produits diététiques, herbes et tisanes, librairies et boutiques de mode, cafés, restaurants et l'inévitable salon de dégustation de glaces. Si je vois un Häagen-Dazs de plus, je vomis, se disait parfois Jury.

Il traversa l'esplanade, où trois acrobates au visage peint amusaient le badaud, et se réjouit de constater qu'il y avait aussi place pour des spectacles vivants à Covent Garden. Dans le genre galerie marchande à plusieurs niveaux, Covent Garden est sans doute une des mieux, songea-t-il, un peu plus originale que la plupart, mais ça reste malgré tout un centre commercial.

Ayant trouvé le magasin Crabtree & Evelyn, il y acheta un pot-pourri et un récipient en terre cuite.

Sur le chemin du retour, il passa près du marché aux fleurs mais ne s'arrêta pas.

Meg et Joy, les jumelles du *Starrdust*, contemplaient le ciel. Un ciel qui était en réalité le plafond du petit établissement d'Andrew Starr. De brillants éclairs de lumière jaune fusaient de derrière les nuages artificiels suspendus au ciel de tempête qu'elles venaient de peindre. On entendait un roulement de tonnerre quelque part.

Noir, lumière, noir, lumière : des éclairs zébraient le plafond par intermittence. Meg applaudit, Joy joignit les mains sous le menton et bondit de joie : ça y est, ça marchait !

La vitrine principale du *Starrdust* était devenue une attraction dans la petite rue : elle regorgeait de merveilleuses inventions mécaniques et électriques sorties de l'imagination de Meg et Joy, et bien plus amusantes que les spectacles de Covent Garden. Pour entrer, Jury avait dû jouer des coudes parmi une douzaine de gosses bouche bée devant la devanture, récemment modifiée. Jury leva les yeux pour admirer le splendide plafond :

— C'est magnifique ! Andrew est là ?

Sans détacher les yeux du plafond, les jumelles désignèrent du même geste les ténèbres de la boutique. Le petit magasin était très sombre. Mais ça faisait partie de son charme, car les lumières semblaient flotter à la rencontre des clients : voilées, brumeuses et mouvantes.

Mouvant, aussi, le rideau de la tente de soie de Mme Zostra (alias Carole-Anne Palutski) d'où émergea une femme lancée à la vitesse d'un bolide et qui fonça droit sur Jury avec à peine un « pardon » discourtois. Elle se précipita vers la sortie en écartant Meg et Joy de son passage, tel Moïse ouvrant les eaux de la mer Rouge.

Carole-Anne sortit à son tour de la tente et s'approcha de Joelly, une nouvelle recrue chargée des stocks et qui venait généralement travailler avec un chien à trois pattes, répondant au nom de Joe. Sur le comptoir trônait un gâteau au chocolat, coiffé de la plus épaisse couche de glaçage au chocolat qu'on pût imaginer.

— Commissaire ! Un peu de Péché au chocolat ?

— Non merci, répondit Jury, fasciné par le charme sexy de Mme Zostra. Ta cliente avait l'air fâchée.

Carole-Anne disait la bonne aventure. Quelquefois avec les lignes de la main, d'autres fois avec des cartes, ces derniers temps avec des crânes, mais jamais avec exactitude.

— C'est honteux ! déplora-t-elle en acceptant de Joelly une énorme part de gâteau.

— Qu'est-ce qui est honteux ?

— Son Jules a une liaison, expliqua-t-elle en mordant goulûment dans son pavé au chocolat. Abec ude pedide pouviasse de s'crédaire.

— Une pouffiasse de secrétaire ? C'est bien ça ? Et pourquoi te l'a-t-elle raconté ?

— Oh, mais c'est moi qui y ai dit, naturellement.

Jury paraissait de plus en plus perplexe.

— Et où as-tu pêché cette perle de vérité ?

— Sur les ondes. Je suis extralucide, tu sais.

« Abstiens-toi de commentaire », souffla une petite voix que Jury ignora allégrement :

— Non, je ne sais pas.

— Et pourtant, c'est vrai. Paraît même que quand j'étais toute gosse, je voyais des choses que personne d'autre voyait, confia-t-elle en léchant sa fourchette.

— C'est toujours le cas actuellement.

L'ironie de la remarque passa complètement inaperçue.

— C'est bien ce que je te dis. J'imagine que tu ne sais rien du New Age ?

« Abstiens-toi de commentaire ! » répéta la voix avec plus de conviction. Jury savait pertinemment qu'en ignorant l'avertissement, il s'exposait à se perdre dans le labyrinthe de détours qu'empruntait toujours la conversation de Carole-Anne. Qu'il s'entête à suivre le fil de cette absurde digression sur le New Age, et il ne pourrait s'en prendre qu'à lui s'il se retrouvait nez à nez avec le minotaure. Son regard alla des yeux lapis-lazuli de la belle au plafond parcouru d'éclairs, se demandant si Zeus risquait de le foudroyer. Mon Dieu, voilà qu'elle le faisait déjà tourner en rond ! « Abstiens-toi de commentaire ! Mais abstiens-toi donc de commentaire ! » insista la petite voix.

Et il y alla de sa remarque :

— Ce que je sais du New Age, c'est que les adeptes ont les cheveux longs, qu'ils voyagent en caravanes et qu'ils se retrouvent du côté du Wiltshire ou de Sedona, Arizona, dit-il, repensant à la coupure de journal affichée au mur du restaurant *Au bout de l'arc-en-ciel.*

Le minotaure en jupons se resservit une autre part de gâteau qui tomba sur l'assiette avec un plop ! sonore.

— Tu vois, les gens du New Age, eux, ils savent

tout sur l'élévation du niveau de conscience. Nous sommes tous un peu extralucides, à condition de s'exercer. Même toi, concéda-t-elle. Enfin... plus ou moins.

— Autrement dit, même moi j'aurais pu dire à ta pauvre cliente que son Jules s'envoyait sa sténodactylo ?

— Non. En tout cas, on ne le dirait pas comme ça.

— Ah bon ? En tout cas, « on » a bel et bien embrouillé le message de lady Kennington.

— Ohhh ! s'indigna-t-elle, écœurée. Tu en es encore à cette histoire-là ?

— Est-ce qu'elle ne t'aurait pas dit par hasard — réfléchis bien — qu'elle était « dans la panade » ?

La lumière se fit dans le cerveau de Carole-Anne. Jury le constata en la voyant bouche bée, la fourchette arrêtée à mi-course, les yeux bleus éclairés d'un éclat soudain : elle s'était réellement trompée, en toute honnêteté. De toute façon, il la connaissait suffisamment bien pour savoir qu'elle n'aurait pas omis de lui transmettre un message laissant supposer des ennuis (même émanant d'une jolie femme).

— Attends une seconde... Mais, oui, c'est bien ce qu'elle a dit. Ça alors, commissaire ! se lamenta-t-elle, levant les yeux au plafond comme pour invoquer ces fameux pouvoirs psychiques qui l'avaient momentanément désertée.

— Ça ne fait rien, ce n'est pas grave.

Elle répondit à son sourire en lui adressant un regard plein de sympathie mêlée d'un soupçon de condescendance :

— Eh bien, finalement, peut-être que tu l'es.

— Que je suis quoi ?

— Extralucide.

Un coup de tonnerre les fit sursauter tous les deux. Sans doute un commentaire de Zeus.

2

Au lieu de défaire sa valise pour la refaire (perte de temps absurde aux yeux de Jury), il décida simplement de l'ouvrir pour en aérer le contenu. Et pendant ce temps, il éplucha son courrier, tout en se disant qu'il avait beau détester les répondeurs, il faudrait vraiment qu'il en achète un. Oh, ce n'était guère un temple de la technologie, chez lui : pas de magnétoscope, de chaîne stéréo ni de platine laser, pas de service de messagerie vocale ou de télécopie. Il n'avait même pas de télévision en ce moment. Pas parce qu'il snobait les programmes, mais parce qu'il l'avait prêtée à Carole-Anne. Il y avait à peu près un an, calcula-t-il en allant se faire du café à la cuisine.

De retour dans le séjour, il essaya encore d'appeler Jenny. Toujours pas de réponse. Il but son café qui avait le goût d'une décoction de pièces de cuivre, en fixant le téléphone pour le décider à sonner. L'appareil n'en fit rien. Alors Jury s'assit et déplia le journal, cherchant un article sur la morte du Wiltshire. Voilà qui aurait dû donner du grain à moudre aux médias, à défaut de sang à la une. Or, quelle ne fut pas sa surprise de constater que pas un journaliste n'avait fait ses choux gras de l'affaire et disserté sur l'étrangeté du lieu où avait été retrouvé le corps. Juste une colonne en page intérieure, pas grand-chose. En tout cas, rien de neuf. Le nom du commissaire Gordon Rush y figurait en bonne place, assorti de son seul commentaire : « Pas de commentaire. »

Pointant le nez par-dessus le journal, Jury jeta un regard assassin au téléphone. Ce salopard qui refusait de lui livrer ses secrets, ses messages cachés, les voix qu'il avait captées. Il ferma les yeux et la turquoise sculptée de lady Cray lui revint en mémoire. Turquoise et argent, peu commun dans cette partie du pays. L'an dernier, Harrod's avait décoré ses vitrines avec des objets de l'Ouest américain : blousons à franges, bottes, couvertures indiennes, bijoux et fermoirs de ceinture en argent. Jury regarda la photo du commissaire Gordon Rush publiée dans le journal et se dit qu'il avait l'air d'un type bien, intelligent et abordable, avec un brin d'humilité, même, la tête légèrement penchée sur le côté.

Il était indéniable que les trois femmes s'étaient trouvées en même temps à Santa Fe, ou dans les environs. On pouvait toujours attribuer la mort des deux plus âgées à une histoire cardiaque, mais la plus jeune ? Fort peu vraisemblable, dans son cas. A vrai dire, il n'y avait pas grand-chose qui permît de relier les trois décès, si ce n'est un ou deux fils ténus. Mais il suffit parfois de tirer sur un fil pour que tout un pan de tissu se défasse.

Il regarda de nouveau le téléphone : il faudrait qu'il s'arrête à Stratford-upon-Avon si elle n'appelait pas. Une perspective qui ne lui déplaisait pas. Il sourit en repensant à la première fois qu'il avait vu Jenny Kennington. L'inquiétude l'avait rendue irritable, agressive, fermée, voire un brin discourtoise. Et tout ça à cause d'un chat de gouttière ! Jenny donnait l'impression d'habiter son corps complètement : elle était résolument présente, tellement « là ». Mais où donc était-elle passée, sacrebleu !

Un son inhabituel lui parvint à travers la torpeur de ses réflexions. Pas exactement de la musique, non, des grappes de notes. Il n'aurait peut-être pas réussi à les identifier s'il n'avait pas su qu'il y avait un vieux piano à queue dans l'appartement du dessus. Celui qui était vide. Le piano avait toujours été là, depuis qu'ils habitaient la maison tous les trois — Mrs. Wassermann, Carole-Anne et lui. Nul ne savait d'où venait cet instrument qui était le seul meuble de l'appartement.

Plinc! Des notes dans l'aigu. *Planc!* Un peu plus bas. *Plonc, plonc!* Silence. Mr. Moshegeiian aurait-il envoyé quelqu'un faire le ménage et aérer les lieux? Jury se gratta la tête. Le propriétaire n'intervenait jamais, il laissait faire Carole-Anne dont les bons soins se limitaient à interroger les éventuels futurs locataires. Tuyaux bruyants, robinets qui fuient, lames de parquet qui craquent — autant de choses qui n'étaient pas de son ressort puisqu'elles n'étaient pas régies par des télescopages d'étoiles ou des collisions de planètes.

Plinc. Plonc, plonc, plinc! Jury leva de nouveau les yeux. On aurait dit un enfant essayant de trouver les notes d'une mélodie. Au bout d'un moment, n'y tenant plus, il sortit de chez lui et grimpa les marches. Il resta un moment planté devant la porte, à écouter. Plus rien. Il frappa, doucement. Pas de réponse. Il frappa encore une fois. Puis une autre : toujours pas de réponse. Jury se gratta de nouveau la tête, réussissant une parfaite imitation d'un personnage de dessin animé prenant l'air perplexe. Il écouta, l'oreille collée à la porte.

Mystère.

— Du piano? s'étonna Mrs. Wassermann, le considérant avec curiosité avant d'abaisser le regard sur les pieds de Jury. Vous avez oublié vos chaussures !

Comme si les fous déchaussés étaient les seuls à entendre du piano !

— Je suis monté et j'ai frappé à la porte. Personne n'a répondu et la musique s'est arrêtée.

Elle tordait ses mains aux doigts grassouillets, réfléchissant sérieusement au problème :

— Vous croyez que c'est le chien ?

— Euh, non, ça ne m'est pas venu à l'esprit. Maintenant non plus, du reste. (C'était peine perdue de faire de l'ironie avec Mrs. Wassermann.) Je ne sais pas de quoi vous parlez.

— Le chien de l'appartement du premier, fit-elle, se dirigeant vers sa cuisine comme si la question était réglée. Mr. Jury, j'allais justement sortir du four mes petits gâteaux aux noisettes et au gingembre. Vos préférés. Venez donc les goûter !

Mrs. Wassermann voyait partout des « choses préférées » de Jury.

— Et pourquoi y a-t-il un chien au premier ?

Il ne voulait pas demander pourquoi le chien jouait du piano, c'était le chien même qui l'intéressait.

— Carole-Anne ne vous a rien dit ?

— Dit quoi ? Qu'elle avait loué l'appartement du dessus à un chien ?

Mrs. Wassermann, qui se penchait pour ouvrir la porte du four, éclata de rire, elle qui n'était guère coutumière de la chose.

— Il appartient au nouveau locataire, naturellement. Celui qui a emménagé ce matin, pendant que vous étiez au travail.

Stupéfaction de Jury, suivie d'un accès de colère.

— Quel nouveau locataire ? Il n'y a pas deux

heures que je lui ai parlé, à Carole-Anne, et elle ne m'en a pas soufflé mot...

— Je lui ai bien dit qu'elle ferait mieux d'attendre votre retour. « Attendez donc que Mr. Jury rentre, Carole-Anne », je lui ai dit. Mais elle a dit que ça ne poserait pas de problème, vu que l'idée était de vous.

— L'idée était de moi ? De moi ? Mrs. Wassermann, je ne sais pas de quel sacré bon sang de — oh, excusez-moi ! —, je ne sais pas de quoi vous voulez parler, conclut-il lentement et d'un ton égal, comme si le calme pouvait avoir la vertu de rendre à la maison d'Islington son précédent statut de logement occupé par trois locataires. Sans chien.

— Ça par exemple, c'est bizarre ! Puisqu'il paraît que c'est votre ami — à ce qu'elle prétend. « Stanley est un ami du commissaire », qu'elle a dit.

— Je ne connais pas âme qui vive qui s'appelle Stanley.

Mrs. Wassermann avait l'air furieuse à présent.

— Vous ne le connaissez pas ? Pourtant Carole-Anne m'a bien dit, ici même... s'indigna-t-elle, hochant tristement la tête. Pourquoi mentir là-dessus ?

— A quoi il ressemble ? Je veux dire, à part le fait qu'il est très séduisant, qu'il a entre vingt-cinq et trente ans, qu'il est libre et, disons, très original ?

Un crétin qui en jette : ce serait sans doute plus proche de la vérité, songea Jury. Dire qu'il venait juste de réussir à se débarrasser de Randy Tyrone ! Et que l'appartement était resté inoccupé pendant des années parce que Carole-Anne avait éconduit Dieu sait combien de personnes qui ne satisfaisaient pas aux critères Palutski !

— Oh, alors vous le connaissez quand même, en

fin de compte ? s'exclama Mrs. Wassermann en lui tendant une assiette de petits gâteaux.

Jury en prit un machinalement, tout en faisant non de la tête.

— Je n'ai fait qu'énoncer la liste de ses références. C'est à Piccadilly ou dans Oxford Street qu'il racole avec son chien de cirque, ce dénommé Stanley ?

Il fulminait intérieurement, et continua à maugréer dans sa barbe pendant qu'elle lui servait un verre de lait.

— Voyons, voyons, Mr. Jury ! Ça ne vous ressemble guère de perdre patience. Votre patience, c'est ce qu'on aime le plus en vous, dit-elle en lui tapotant le bras.

— Je ne comprends pas. Pourquoi a-t-elle dit que c'était mon ami ?

— Parce que c'est vous qui les avez présentés l'un à l'autre.

— Moi ? Écoutez, Carole-Anne a perdu les pédales. Elle a dû trop regarder les étoiles. Je crois qu'on devrait s'inquiéter pour elle.

— On n'a encore jamais eu de chien, remarqua Mrs. Wassermann. Un labrador. Stanley dit qu'il fera un bon chien de garde pour nous tous.

— Ah, parce que si un voleur se pointe, il le fera fuir en jouant du Mozart ? Ou bien il nous dira : « Écoutez, si vous entendez l'Adagio en *sol* mineur, ça veut dire qu'ils ont des flingues ! »

— Vous ne le prenez pas très bien, hein ? J'avais bien dit à Carole-Anne que vous seriez fâché.

— Et qu'est-ce qu'il fait pour gagner sa vie, ce type-là ? Je veux dire, à part la retape ?

— Il fait des gags. Oh, je n'ai plus de lait ! soupira-t-elle en inspectant son frigo. Ce n'est pas grave, le chien va arriver d'un instant à l'autre.

Jury, qui allait prendre l'assiette de biscuits, suspendit son geste. Pas vrai, il était en train de perdre gentiment la boule, là, dans la cuisine de Mrs. Wassermann ! Était-il vraiment là, participant à cette conversation ? Ou bien s'était-il endormi chez lui et il rêvait ?

On frappa à la porte. Enfin, d'une certaine manière.

Mrs. Wassermann se dirigea vers ladite porte, sa bouteille vide à la main, et l'ouvrit sans même se donner la peine de vérifier qui c'était dans le judas. De toute évidence, le visiteur était attendu. Et bienvenu.

— Entre, entre donc, viens faire la connaissance de ton nouveau voisin !

Apparut au beau milieu de la cuisine un grand chien, d'une jolie couleur caramel, qui portait un bandana rouge autour du cou. Aussitôt Mrs. Wassermann se pencha pour lui donner la bouteille, qu'il prit dans sa gueule.

Jury concentra toute son attention sur l'animal. Où donc avait-il déjà vu ce labrador ?

— Stone ! s'exclama-t-il tout à coup.

— Ben, vous voyez, Carole-Anne n'a pas menti.

— Est-ce que c'est Keeler, le nom de famille de Stanley ?

— Voyez que vous le connaissez !

— Stan Keeler est un musicien professionnel. Il joue de la guitare.

— Mais c'est bien ce que j'ai dit, fit-elle en agitant le doigt en signe de remontrance amicale.

— Vous avez dit qu'il faisait des gags [1] !

1. Mrs. Wassermann, pas très versée dans l'argot des musiciens, a confondu « gags » avec « *gigs* », qui signifie prestation, concert, créant un quiproquo que Jury vient seulement de comprendre. *(N.d.T.)*

Elle acquiesça, contente de voir que Jury semblait redevenu aussi charmant qu'à l'accoutumée.

— Stan Keeler !

Jury se pencha pour caresser le dos de Stone. Stan faisait des gags et Stone jouait du piano...

14

Jenny n'était pas dans sa maison de Ryland Street. Jury avait commencé par s'en inquiéter puis s'était raisonné : pourquoi aller s'imaginer qu'il lui était arrivé quelque chose, alors que son absence pouvait tout simplement être liée à ses nouvelles occupations professionnelles.

Sam Lasko réfléchit un moment et hocha la tête, comme s'il n'arrivait pas à croire ce que contenait cette pauvre caboche.

— Comme si je n'avais pas assez de boulot comme ça ! Il faut en plus que je suive quelqu'un pour le compte des flics de ce putain de Lincolnshire ! pesta-t-il.

Jury ne savait pas de quoi il parlait, mais voyait bien que Lasko attendait qu'il lui donne un coup de main.

— Écoute, je regrette, Sammy, mais je n'ai vraiment pas le temps...

Ignorant délibérément la cause de cette indisponibilité, Sammy ouvrit un dossier en le tournant de façon que Jury le voie. Et, tandis qu'il parlait, Jury repensa à cette affaire pour laquelle Sammy lui avait demandé d'enquêter à Stratford, huit ans plus tôt. Il s'agissait aussi d'Américains, cette fois-là.

— Tu m'écoutes ?

— Non.

Lasko eut l'air si navré que Jury se sentit coupable sans raison.

— Je suis en route pour le Wiltshire, Sammy. Je me suis juste arrêté pour voir une amie.

— Ah oui ?

— Quelqu'un que je connais depuis des années. De toute façon, je pars pour le Wiltshire.

— Quand on est si bien ici !

Lasko ne mettait jamais les pieds hors les murs de sa bonne ville de Stratford-upon-Avon, sauf pour les besoins d'une enquête.

— Tu ne veux pas parler de cette Américaine ? Celle qu'ils ont retrouvée à Old Sarum ? Tu veux dire que la police du Wiltshire a demandé de l'aide ? Difficile à croire.

— C'est plutôt compliqué, Sam. Non, ils n'ont pas demandé notre aide. Je suis même persuadé qu'ils n'en veulent pas !

Surtout le commissaire Gordon Rush, songea-t-il, en se laissant glisser du bureau de Lasko où il s'était perché.

15

— Des cabinets romains, expliqua Gordon Rush. Sale endroit pour casser sa pipe. Drôle, non ? dit-il, mais, visiblement, ça ne l'amusait pas du tout.

Jury faisait glisser un collier entre ses doigts. Un des objets trouvés sur Angela Hope : un pendentif d'argent en forme de demi-cercle rappelant un croissant de lune aux pointes tournées vers le bas, orné de turquoises et serti d'un oiseau de turquoise sur un petit perchoir d'argent. Son regard quitta le bijou pour se tourner vers le dossier et les clichés de la morgue étalés devant lui.

— Vous ne pensez pas qu'elle ait pu simplement glisser ? Par exemple en essayant de descendre par ce raccourci dans l'herbe, au-dessus de la garde-robe ? s'enquit-il.

— Non, elle aurait griffé la terre en essayant de se raccrocher à quelque chose, elle se serait agrippée à n'importe quoi pour arrêter la dégringolade. Mais elle ne l'a pas fait, dit Rush, esquissant un geste d'impuissance.

— Hum, hum. Alors... ?

— On a pu la pousser, la tuer avant de l'amener ici. Enfin, il y a des tas de scénarios possibles.

— Personne n'a rien vu ?

— Y avait personne dans le coin pour voir quoi que ce soit ! Les rares touristes étaient déjà repartis et on ne peut rien voir depuis la billetterie — les employés du National Trust qui vendent les billets se trouvaient à l'intérieur.

— Et c'est l'un d'eux qui l'a trouvée. Mais, bon sang, qu'est-ce qu'il fichait sur le site à cinq heures du matin ?

— Paraît qu'il aime bien venir là, qu'il aime se balader tôt le matin et regarder le soleil se lever. De toute façon, la mort remontait à six heures. Probablement au moment du coucher du soleil, c'est-à-dire à peu près vers l'heure de fermeture.

Il alluma une cigarette, tandis que Jury continuait d'examiner le collier.

— Elle est orfèvre. Ou plutôt, elle l'était, nota Rush.

— Turquoise et argent, c'est assez commun dans le sud-ouest des États-Unis.

— Tiens, vous aussi ? Il y a un divisionnaire d'Exeter — un dénommé Macalvie — qui a une idée qui le turlupine. J'ai travaillé sous ses ordres à une époque. Macalvie, le « Chien fou », on l'appelait.

Jury ravala une envie de pouffer.

— Et c'est quoi, cette idée qui le turlupine ?

— Un rapport entre ma petite dame et la sienne...

Seigneur, mais c'est qu'ils seraient aussi possessifs que des amants ! songea Jury.

— ... sous prétexte qu'il y a une adresse de Santa Fe dans le carnet de sa petite dame. Un endroit ou une route qui s'appelle... (Rush parut feuilleter les pages de sa mémoire comme un agenda.)... ah, Canyon Road ! C'est là qu'Angela Hope avait sa boutique.

Le croissant d'argent dansait au bout de la chaîne

passée autour du doigt de Jury qui l'examinait toujours.

— Mais ça serait quand même une sacrée coïncidence, non ?

— Une coïncidence, c'est précisément le terme qui s'impose.

Jury tira de sa poche d'imperméable la sculpture de turquoise de lady Cray.

— Ça, c'est ma petite dame qui l'a rapporté du Nouveau-Mexique. D'Albuquerque, peut-être. Ou de Taos, ou de Santa Fe. Le touriste qui s'est débrouillé pour arriver jusqu'à Albuquerque n'hésite pas à faire soixante-dix bornes de plus pour pousser jusqu'à Santa Fe. C'est en tout cas ce qu'on m'a dit.

Rush prit le bloc de turquoise en main.

— Qui c'est, le petit bonhomme ? s'enquit-il, tapotant du doigt le joueur de flûte avec son instrument d'argent.

— Kokepelli. Un dieu quelconque. Indien, j'imagine. Pourrait-on supposer, histoire de discuter...

Rush ne le rata pas :

— Je n'ai pas la réputation de faire grand-chose « histoire de discuter », commissaire, lâcha-t-il avec un sourire un rien supérieur que Jury ignora ostensiblement.

— Frances Hamilton est morte en janvier, il y a une quinzaine de jours. Cause annoncée du décès : problèmes cardiaques. Comme Angela Hope. Et elle s'était rendue au Nouveau-Mexique en novembre dernier. Probablement à Santa Fe, bien que je n'aie pas vérifié ce point-là. Car, à l'époque, il n'y avait pas de raison de s'interroger sur les raisons de sa mort.

— Alors, qu'est-ce qui a changé depuis ?

Une femme du nom d'Helen Hawes : voilà ce que

Jury avait envie de répondre. Mais Rush en déduirait aussitôt qu'il se trouvait là à la demande instante de Macalvie, et le bonhomme se refermerait comme une huître. Jury ne supportait pas que l'ego des gens vînt entraver la bonne marche d'une enquête. Macalvie même, malgré l'ego démesuré qu'on lui prêtait, se serait sans doute bien plus intéressé au rapport entre ces femmes qu'au fait de savoir si, oui ou non, une autre police « se mêlait » de son enquête.

— La question s'est posée de savoir si elle avait pu être empoisonnée.

— Pourquoi ça ?

Faisait-il exprès de ne pas comprendre ?

— Apparemment, elle s'est sentie très mal avant de mourir. Les symptômes semblent être les mêmes que ceux de l'Américaine.

— Alors, vous allez faire exhumer le corps ?

— C'est possible. Naturellement, vous n'auriez pas ce problème !

— Les symptômes d'un infarctus sont les mêmes que ceux d'un certain nombre d'empoisonnements : nausée, vomissements. Mais on ne peut pas dire ce qu'elle a eu, puisque personne n'était là. A-t-elle eu des convulsions ? Un coma ? Dans ces conditions-là, difficile de dire si la mort était naturelle ou provoquée par une drogue ou un poison quelconque.

— Vous avez dit qu'une cousine était venue identifier le corps ?

— Dolores Schell. Elle vient juste de repartir. Il y a deux jours.

— Pas de famille plus proche ? Parents ? Frères et sœurs ?

— Une sœur plus jeune, oui. La cousine s'est portée volontaire parce qu'elle a pensé que ce serait trop pénible et douloureux pour la sœur, qui est encore toute jeune.

Jury se cala dans son siège.

— Quel âge ?

— Treize ans. S'appelle Mary, dit-il en survolant du regard les papiers étalés devant lui.

Jury prit la photo d'Angela Hope, étendue face contre terre.

— Mary. Qui va s'occuper d'elle, à présent ? Sa cousine ?

— J'sais pas. Nous ne sommes pas assistantes sociales, dit-il avec un petit sourire contraint.

Jury resta coi, attendant d'autres renseignements. Rush prit la chaîne d'argent et lui imprima un mouvement de balancier.

— D'après la cousine, c'est Angela Hope qui a fabriqué ce bijou. Elle était orfèvre, comme je vous ai dit. Sa boutique s'appelait le Héron d'Argent.

— Dans Canyon Road.

Rush opina du bonnet.

— Mr. Jury, si les seuls éléments dont vous disposez pour établir un lien entre l'Américaine et la British sont la ville de Santa Fe, du vomi, la turquoise et un vague dieu indien, eh bien... conclut-il avec un haussement d'épaules.

Jury comprit qu'il ne tirerait rien de plus de lui. Il en savait de toute façon plus qu'en arrivant. Il sourit :

— Ça vous ennuierait de me donner un exemplaire de cette photo d'Angela Hope ?

— Pourquoi voulez-vous que ça m'ennuie ? répondit-il en haussant de nouveau les épaules.

Jury se leva et rempocha la turquoise sculptée.

— Merci de votre aide !

Il le dit sans ironie. Il n'en voulait pas à Rush, qui lui tendit une copie de la photo de la morgue. Il y en avait au moins six dans le dossier, comme un jeu de photos prises lors d'une fête de remise de diplômes. Une pensée qui attrista Jury.

— Probablement une histoire qui va finir en eau de boudin, une sorte de chasse au dahut, remarqua Jury avec un sourire destiné à dissiper d'éventuelles ondes négatives qui auraient circulé entre eux.

— Chasse au héron, plutôt ! répondit Rush, dans un rictus macabre.

16

1

Deux heures plus tard, Jury regardait par la fenêtre les toits d'Exeter pendant que Macalvie téléphonait à un membre de sa brigade des télécommunications.

— Police d'État du Nouveau-Mexique et... Brigade criminelle de Santa Fe, ajouta-t-il après un temps de réflexion.

Jury abandonna la fenêtre pour se tourner vers lui, haussant un sourcil interrogateur :

— Criminelle ?

Macalvie lança le carnet d'adresses sur son bureau et resta silencieux, les bras croisés sur son torse, les mains glissées sous les aisselles. Comme à l'accoutumée, il avait gardé son pardessus sur le dos, malgré les radiateurs qui répandaient une douce chaleur. Reconnaissant un des fameux silences de Macalvie, Jury se tourna de nouveau vers la fenêtre pour contempler les toits et le segment de rivière qu'il apercevait au loin et s'interroger sur Jenny. Le silence se prolongeait.

Et puis, avec ce don de prescience qui le caractérisait (il aurait pu en apprendre long à Carole-

Anne !), Macalvie fit le geste de s'emparer du téléphone au moment même où celui-ci se mettait à sonner.

— Macalvie. (Pause.) Hmm-hmm, allez-y, je note... Angela Hope, hmm-hmm, c'est bien ça... Le Héron d'Argent, Canyon Road, Santa Fe. Téléphone domicile ? (Grognement de Macalvie qui nota.) Et qu'est-ce que c'est que cet autre numéro qui commence par 5-0-5 ?... Code régional, ouais... Où se trouve Española, alors ? Ils la connaissent pas ?... Rien ?... Bon, merci.

Il raccrocha et resta là à faire la grimace, et puis tout à coup il se leva et se dirigea vers la porte.

— Allez, on y va !

— Où ça ? J'ai déjà donné, tu te rappelles ?

— A Saint-Pierre.

— Ça t'ennuierait de me dire pourquoi ?

La secrétaire de Macalvie, martyre de longue date, était à son bureau, la tête penchée sur des papiers. Profitant du passage de son patron, elle demanda :

— Puis-je enlever les décorations de Noël, maintenant ? Les guirlandes sont pleines de poussière, dit-elle, ajoutant à l'adresse de Jury : On est en février, après tout, non ?

— Vous avez mieux à faire, répondit Macalvie.

La voix de la secrétaire leur parvint tandis qu'ils sortaient :

— Ce n'est pas ce que vous avez dit quand vous avez voulu que je les accroche !

Une bonne douzaine d'autocars étaient garés sur le parking de la cathédrale. Encore des écoliers, mais sans uniforme, ceux-ci, s'amusaient sur la pelouse. Sans doute les avait-on amenés là pour élargir leurs horizons par une expérience éducative, un voyage aux sources historiques. Un énorme gamin était poursuivi par trois filles en pull-over. Jury doutait que le martyre de saint Boniface ou l'incendie de l'abbaye les passionnât. D'autres enfants restaient plantés à regarder une vieille femme avec une bicyclette chargée de sacs de grain qu'elle éparpillait à la ronde pour nourrir un nuage de pigeons. On avait l'impression qu'elle faisait un discours, pas aux enfants mais aux oiseaux. Sans doute le seul avant-goût de saint François d'Assise qu'auraient jamais ces gosses-là, songea Jury.

Macalvie était maintenant en fort bons termes avec les trois dames installées à une longue table en face du chœur. Ces dames, qui brodaient des coussins de chaise, lui réservèrent un accueil chaleureux. Elles auraient pu être sœurs : bien en chair, le teint rose et les cheveux grisonnants.

Helen Hawes ayant le cœur fragile, son décès n'avait pas été perçu comme un événement très surprenant. Seules les circonstances l'étaient. Cela dit, c'était sans doute bien mieux pour elle d'avoir trépassé ici à Saint-Pierre, en examinant les médaillons qui étaient dans une modeste mesure le fruit de son propre labeur, que d'être morte dans un lit d'hôpital. Si bien que le côté pénible d'une mort subite était compensé par le fait qu'elle s'était éteinte les armes à la main, pourrait-on dire. Et à tout cela s'ajoutaient maintenant l'intrigue et le mystère, en la personne de Macalvie et de Jury. Le mystère avait viré du sacré au profane.

Macalvie avait apporté la photo versée au dossier, et prit le soin d'expliquer à ces dames, avant de la leur montrer, qu'elles n'étaient pas obligées de la regarder si elles ne voulaient pas, mais que ça n'avait rien de sinistre, que l'on voyait juste un visage aux yeux clos.

La curiosité avait de toute évidence vaincu toute réticence de leur part et elles opinaient déjà du bonnet avant que Macalvie eût fini son préambule.

— Nous nous demandons s'il se peut qu'Helen Hawes ait connu cette dame, Angela Hope, une Américaine de Santa Fe, poursuivit-il. Ça nous rendrait bien service que chacune d'entre vous regarde la photo et que vous en discutiez ensuite ensemble. Je ne m'attends pas vraiment à ce que vous la reconnaissiez, mais s'il y a le moindre détail qui puisse vous suggérer un rapport avec Helen Hawes...

Docilement, les trois femmes se passèrent la photo et l'examinèrent à tour de rôle. Sans parler. Sans échanger un regard. Et, chose plus impressionnante encore, sans tiquer. Gertie, Ruth et Vi avaient l'habitude du détail, d'une vision microcosmique de la vie, comme en attestait la patience qu'elles mettaient à réaliser médaillons, coussins et chasubles. Elles étaient également capables de suivre des instructions et d'apporter une grande concentration à ce qu'elles faisaient. Ayant examiné la photo, chacune tourna son regard dans une direction différente — qui vers la chapelle de Notre-Dame, qui vers le tombeau d'en face, qui vers le bout de la nef. Mais force leur fut de constater que ça ne leur évoquait rien. Et c'est presque à l'unisson qu'elles firent non de la tête, l'air de s'excuser. Non, elles ne voyaient pas le moindre rapport entre cette femme et Nell Hawes, leur compagne tapissière.

Jury et Macalvie avaient déjà tourné les talons quand Vi demanda s'ils avaient déjà parlé à Annie Landis.

— Non, répondit Macalvie. Elle est tapissière aussi ?

— Oui. Elle doit être chez elle, je pense, dit Vi qui donna l'adresse à Macalvie, et ajouta : Elle file un mauvais coton. C'est vraiment triste.

— « Un mauvais coton » ?

Toutes trois baissèrent le nez sur leur canevas ; on aurait pu croire qu'elles priaient. C'est Vi qui reprit :

— Il n'y a pas longtemps qu'elle a reçu les résultats de ses analyses et...

Sa voix mourut. Vi se taisant, ce fut Gertie qui poursuivit. La tête toujours penchée, comme les autres, un fil de soie rouge au doigt, tel un filet de sang, elle expliqua :

— On règle toujours nos montres sur Annie. Je repense au monsieur qui s'occupe de l'horloge de la cathédrale, eh bien, je me rappelle qu'un matin il a vu arriver Annie Landis et il a levé les yeux sur l'horloge en disant : « Mon Dieu, elle retarde de deux minutes ! » Oui, on règle toujours nos montres sur elle. L'heure, la marée et Annie Landis : c'est ce qu'on a toujours dit et qu'on continue à dire.

Jury sourit, charmé par la poésie de sa phrase, mais assez frappé par cette évocation qui hésitait entre présent et passé. Comme si Annie avait déjà disparu. Il regarda Macalvie plier lentement une tablette de chewing-gum et l'enfourner dans sa bouche : il avait l'air de réfléchir aux paroles de Vi et de Gertie.

— Merci de votre aide, mesdames, déclara Macalvie, avant de remonter la nef, entraînant Jury dans son sillage.

— Chez Annie Landis. En vitesse ! annonça-t-il quand ils furent dehors.

Jury protesta tout en le suivant vers l'endroit où était garée la voiture :

— Mais, si elle est malade, gravement malade...

— Eh bien, elle sera probablement contente d'avoir de la compagnie, répliqua Macalvie en ouvrant la portière d'un geste énergique.

— De la compagnie ? Macalvie, on ne fait pas exactement partie de cette catégorie d'âmes bienveillantes qu'on appelle « de la compagnie ».

— Toi, peut-être pas. Sûrement pas, même, avec ce genre d'attitude.

Quoi ? Quelle attitude ? se demanda Jury, en s'installant sur le siège du passager, l'air renfrogné.

— Tu es vraiment trop aimable, Chien fou !

— Ah, maintenant je sais que tu as parlé à Rush !

Macalvie enclencha la marche arrière d'un méchant coup de patte au levier de vitesses et démarra dans un nuage de poussière.

2

Jury n'avait encore jamais vu les quais de l'Exe, avec le canal et les nouveaux appartements vendus en copropriété. La rivière, qui coule jusqu'à Topsham, passe par des barrages, longe des entrepôts, des discothèques et des pubs.

Le cottage d'Annie Landis se dressait un peu en retrait, en haut d'une série de marches de pierre qui serpentaient le long de la falaise. Il était blanchi à la chaux, propret et pas très grand. Macalvie s'apprêtait à frapper à la porte avec le heurtoir en forme de dauphin lorsqu'il entendit des éclats de voix à l'intérieur. En fait, il n'y avait qu'une personne qui criait — un homme. Celle qui lui répondait — une femme — parlait bas.

La dispute, qui avait lieu très près de la porte

d'entrée, semblait tourner autour du problème de savoir si l'homme allait sortir ou rester à la maison. Ou plutôt, il était clair qu'il voulait sortir et qu'elle aurait aimé qu'il restât.

— Juste un tour au pub, pour l'amour du ciel ! Juste histoire de prendre un pot avec les copains.

La voix de femme, bien moins distincte, remarqua que le pot risquait fort de se prolonger des heures et qu'après tout elle venait juste de recevoir ces mauvaises nouvelles...

— M'man... tu ne peux pas toujours t'attendre...

— Une tasse de thé, proposa-t-elle d'un ton plaintif.

— Non, je n'ai pas envie de thé. Tu ne comprends donc pas ? C'est *ma* vie.

Bizarre, pensa Jury, j'avais plutôt l'impression que c'était de la vie de sa mère qu'il était question pour l'instant. Il regarda Macalvie fourrer une tablette de chewing-gum dans sa bouche, de cet air songeur qu'il prenait en pareil cas — c'est-à-dire quand quelque chose le contrariait et que, pour une raison ou pour une autre, il ne pouvait se permettre de le manifester.

La porte s'ouvrit brusquement. Ils se trouvèrent nez à nez avec un jeune homme en colère qui ressemblait étonnamment à la femme qui se tenait derrière lui.

— Oh... Qui êtes-vous ?

La question n'était pas posée d'un ton agressif mais pour se renseigner. Il jeta un coup d'œil à sa mère par-dessus son épaule :

— Quelqu'un pour toi, m'man. Allez, à demain ! lança-t-il avec un sourire avant de descendre les marches quatre à quatre, d'un pas agile.

Elle hocha la tête, retournant dans ses mains un

tambour à broder. La pièce de lin tendue sur le cadre était traversée de brillants fils de soie. De toute évidence, Annie Landis avait pleuré, et abondamment. On aurait dit qu'elle avait été frappée de plein fouet par un poids énorme. Sa tenue était tout de travers : l'encolure de son pull en cachemire béait d'un côté, sa ceinture de cuir tombait sur une hanche, une mèche de cheveux roux pointait de sa tempe, telle une flamme. Elle avait l'air tout de guingois, en ligne brisée, comme le reflet d'un objet dans un miroir en deux parties.

Macalvie sortit sa carte, fit les présentations, s'excusa de la déranger et expliqua le but de leur visite.

— Nous aimerions vous poser quelques questions à propos d'Helen Hawes. Ça ne prendra pas longtemps.

Le regard d'Annie Landis se posa sur Macalvie, puis sur Jury.

— Nell ? Ah, pauvre Nell ! Entrez !

Elle les précéda au salon, et, quelque peu gênée, désigna d'un geste vague de la main deux fauteuils recouverts d'une housse de cretonne, où de grandes roses pastel achevaient de se faner en un flou monochrome.

Annie Landis avait un peu le même air. Elle avait dû avoir une peau rose et ivoire, dans le temps, des cheveux parcourus de reflets dorés, des yeux d'un vert éclatant. Et, bien qu'il ne restât plus que l'ombre de ces couleurs, elle était de cette beauté que le temps s'efforce d'éroder sans jamais tout à fait y parvenir.

— Vous n'auriez pas par hasard une petite tasse de thé ? demanda Macalvie, à la grande surprise de Jury.

Le visage et la silhouette d'Annie Landis se transformèrent instantanément. Ce qui, l'instant d'avant, évoquait une image qui se défait dans l'eau, se recomposait sous les traits d'une très jolie femme.

— Ah, oui, bien sûr. Il se trouve justement que je viens d'en faire.

C'était une vraie Anglaise après tout, toujours prête à servir une tasse de thé. Et avec plaisir, à ces messieurs du commissariat du Devon et des Cornouailles, sans parler de Scotland Yard ! Elle sortit d'un pas presque alerte et, moins de deux minutes plus tard, elle réapparaissait en poussant devant elle une table roulante à deux plateaux sur laquelle étaient disposés des tasses en fine porcelaine et un plat de verre bleu contenant des gâteaux secs.

— C'est votre fils qui vient de sortir ? demanda Macalvie comme s'il faisait écho aux pensées de Jury.

Elle s'était assise pour servir le thé.

— Oui, c'est Jimmy.

Elle arborait même un petit sourire à présent. Y a-t-il une chose au monde plus réconfortante que ce rituel du thé ? songea Jury. Il la remercia en acceptant une tasse de thé agrémenté d'une fine tranche de citron.

Sa tasse posée en équilibre sur la cretonne de l'accoudoir du fauteuil, Macalvie dégustait un gâteau.

— Il vit avec vous ?

— Non, il n'habite pas chez moi. Depuis des années déjà. Ils ont besoin d'espace, les jeunes. C'est fatigant de vivre avec ses parents, conclut-elle d'un ton sans rancœur, faisant repasser le plat à la ronde.

Macalvie ne se fit pas prier et la félicita pour le

moelleux de ses gâteaux. Lui qui ne prenait normalement jamais le temps de dire « bonjour » ni « au revoir », voilà qu'il était confortablement calé dans un fauteuil à siroter du thé en mangeant des biscuits... C'est Jury qui ramena la conversation sur Helen Hawes.

— Entre nous, on l'appelait Nell, pas Helen.

Elle portait sa tasse de thé à sa bouche quand elle arrêta brusquement son geste. Elle reposa la tasse sur la desserte et se frotta les bras comme si, tout d'un coup, il faisait froid dans la pièce.

— Ça a été si soudain...

— Mais elle souffrait d'une maladie de cœur, d'après ce qu'on nous a dit.

— Non, pas exactement. Une maladie de cœur, ce n'est pas pareil que des problèmes cardiaques. Ce qu'elle avait, ce n'était pas le genre de chose à provoquer de telles conséquences. Quoique... c'est peut-être possible, j'imagine.

— Vous pourriez nous en dire un peu plus sur son état de santé ? demanda Macalvie.

Annie Landis reprit sa tasse en main puis la reposa.

— J'étais habituée aux troubles cardiaques de Nell. De la « fibrillation ventriculaire », je crois. Elle prenait des médicaments depuis des années. Il lui arrivait d'oublier ou de refuser de faire renouveler sa prescription. Elle pouvait être obstinée, Nell. « Oh, je me porte comme un charme, à quoi me sert ce truc-là ? » Je lui répondais que, justement, si elle se portait « comme un charme », c'était grâce à « ce truc-là ». Et que si elle ne le prenait pas, elle tomberait malade. Mais, apparemment, elle en avait sur elle, ajouta-t-elle en fixant Macalvie d'un œil vif. La petite bouteille était là, dans son sac.

— Vous êtes observatrice, Mrs. Landis.

— Oui, nous le sommes tous, dans notre guilde. Peut-être est-ce que ça vient de tout ce travail de précision.

Macalvie s'agita dans son fauteuil.

— Ça ne fait guère de doute que c'est son cœur qui a lâché. Telle est du moins la conclusion du rapport du légiste. Y avez-vous repensé, à sa mort ?

Incroyable, que Macalvie puisse poser une question qui jouait sur la corde sensible.

— Naturellement, dit-elle, appuyant la tête sur l'oreille de sa bergère Queen Anne et fermant presque les yeux. Ce fameux jour ! Nous étions cinq, assises à la table, celle qui est près du chœur, là où on s'installe toujours pour travailler. Nell a dit qu'elle était fatiguée de tirer l'aiguille et qu'elle voulait regarder un peu les médaillons, qu'elle n'avait pas vraiment bien vu tous ceux de la partie ouest de la nef. Elle a laissé son sac qui est resté ouvert : c'est comme ça que je sais qu'elle avait son médicament, parce que le petit flacon a roulé hors du sac. Et Nell s'est éloignée de la table.

— C'est la dernière fois que vous l'avez vue avant qu'elle ait son malaise et qu'elle s'effondre ?

Annie Landis fit oui de la tête.

— Moi, je trouve ça bizarre. Et je suppose que vous aussi, sinon vous ne seriez pas là, conclut-elle, avec un sourire à l'attention de Macalvie puis de Jury.

Il y eut un silence. Puis Macalvie, rarement enclin à révéler le moindre détail d'une enquête, surprit Jury en demandant :

— Avez-vous entendu parler de ce corps de femme qu'on a retrouvé à Old Sarum ?

— Oui. Pourquoi ? Y aurait-il un rapport ?

Macalvie leva les yeux au plafond, apparemment absorbé dans ses réflexions.

— Mrs. Hawes était allée en vacances aux États-Unis assez récemment, n'est-ce pas ?

— Oui, il y a quelques mois. Elle aimait bien les voyages. Elle partait à l'étranger tous les deux, trois ans. Généralement en Europe. Trois ou quatre fois aux États-Unis.

— Dans le Sud-Ouest.

— La dernière fois, oui, dans le Sud-Ouest. C'était en octobre... non, en novembre dernier, je crois bien. Nell préférait toujours voyager pendant les mois où il y a moins de touristes et où c'est moins cher.

Novembre, songea Jury. Le mois où Fanny était allée aux États-Unis.

— En a-t-elle parlé ? A-t-elle fait connaissance de quelqu'un ? Vous a-t-elle semblé la même que d'habitude à son retour ? Et depuis ?

— Vous pensez qu'il se serait passé quelque chose aux États-Unis ? Je crois qu'elle est allée... en Arizona. Oui, elle a parlé de... attendez, comment s'appelait le coin ? fit Annie Landis qui, s'efforçant de se souvenir, fronçait les sourcils. Ça ressemblait plus à un nom de carrefour que d'État... Ah, ça y est, j'y suis ! Les « Quatre Coins ». Il me semble qu'elle a raconté qu'en se tenant à cet endroit-là, on avait le pied dans quatre États à la fois. Utah, Arizona... Nouveau-Mexique ? J'oublie le quatrième, dit-elle en hochant la tête. C'est à peu près tout ce que je me rappelle. Nell n'était pas du genre à papoter indéfiniment, comme font beaucoup de gens. Enfin, comme j'ai tendance à le faire.

Jury en doutait fort.

— Mais vous n'avez pas eu de raison de penser

qu'il lui était arrivé quelque chose? Son comportement n'avait pas changé, elle n'était pas anxieuse ou...

— Non, rien. Rien du tout.

— Et votre fils?

La question de Macalvie prit les deux autres par surprise.

— Mon fils?

— Je suppose qu'il la connaissait, non?

— Oui, un peu. Mais il n'a jamais que vingt-quatre ans, Mr. Macalvie, précisa-t-elle avec un sourire. Je doute qu'elle ait suscité un grand intérêt chez lui.

— Quel genre de relations avait-il avec elle?

Son sourire indiquait que la question lui semblait plutôt inutile, mais elle y répondit néanmoins :

— Très limitées. Il lui arrivait de la conduire quelque part, à l'occasion. Pour faire des courses ou ce genre de choses.

Macalvie avait sorti son calepin.

— Où allait-il ce soir, votre fils?

Le visage d'Annie Landis s'assombrit au souvenir de la dispute de tout à l'heure.

— Au pub. Probablement au *Pélican* : c'est là qu'il a des chances de retrouver ses amis.

Macalvie nota le tout avec soin, comme s'il s'agissait d'une condamnation, songea Jury.

— Mais je ne pense pas que Jimmy puisse vous aider beaucoup, commissaire.

— Peut-être pas, répondit Macalvie avec un bref sourire, éclair blanc dans la pénombre. Mais j'aimerais quand même lui parler.

— Je ne comprends toujours pas quel rapport il peut y avoir entre Nell et cette femme — cette jeune fille, non? — qu'on a trouvée morte à Salisbury. C'est vraiment difficile à croire.

— Nous ne savons pas. Mrs. Hawes a-t-elle parlé d'un endroit qui s'appelle Coyote Village ?

D'abord étonnée, puis songeuse, Annie Landis réfléchit un moment avant de hocher la tête en signe de dénégation.

— Il y avait ce nom-là inscrit dans son carnet d'adresses.

Macalvie tira de sa poche un petit carnet à couverture de cuir, qu'il lui tendit par-dessus la table roulante. Annie Landis le feuilleta lentement tandis que Macalvie poursuivait :

— Mon hypothèse, c'est que Mrs. Hawes a dû acheter ce carnet aux États-Unis, compte tenu du fait que les seuls numéros qui s'y trouvent sont, paraît-il, des numéros du Nouveau-Mexique.

— Non.

— Pardon ? s'étonna Macalvie, relevant le sourcil.

— Ce que je veux dire, c'est qu'elle ne l'a pas acheté là-bas.

— Oh, mais je crois bien que si, Mrs. Landis ! Vous n'avez qu'à regarder sur la face intérieure de la couverture, vous verrez un bout de l'étiquette du prix qui est resté collé dessus et il y a le symbole du dollar. Preuve qu'il a bel et bien été acheté aux États-Unis.

— Je ne dis pas qu'il n'a pas été acheté là-bas, je dis que ce n'était pas le carnet d'adresses de Nell.

— Elle aurait pu en avoir plus d'un.

— Bien sûr, mais celui-ci n'était pas à elle. Regardez-le !

Macalvie l'examina et plissa le front, l'air perplexe.

— C'est du cuir, commissaire. Nell n'achetait jamais d'objets en cuir ou en peau. Elle était très à cheval là-dessus. Et elle était végétarienne, en plus. L'exploitation des animaux est une des rares choses à propos desquelles je l'aie vue vraiment en colère.

— Il est si petit qu'elle n'a peut-être pas remarqué...

Annie Landis ne chercha pas à déguiser son irritation :

— Pas remarqué ! Commissaire, même pour les chaussures, elle n'achetait pas de cuir ! Et ça, croyez-moi, ce n'est pas facile. Il faut vraiment se donner du mal pour trouver des souliers totalement exempts de cuir. Pas remarqué ! s'exclama-t-elle en hochant la tête devant une telle erreur d'interprétation. Si je puis me permettre de vous donner mon avis, vous devriez peut-être ne pas trop chercher à interpréter les faits pour les faire coller à tout prix à votre théorie.

La mâchoire de Jury faillit se décrocher et il toussa pour masquer un fou rire naissant.

Elle ôta une boucle d'oreille pour se frotter le lobe, et ajouta :

— Ce ne serait pas plus raisonnable d'accepter l'évidence, non ?

C'était la première fois que Jury voyait Macalvie regarder un témoin avec un air d'admiration non dissimulée.

— Et c'est quoi, l'évidence, dans le cas présent, Mrs. Landis ?

— C'est que ce carnet appartient à quelqu'un d'autre. Mais appelez-moi donc Annie.

Une chose que Jury admirait chez Macalvie, c'est que le bonhomme ne gaspillait jamais d'énergie à se justifier — que ce soit à propos de ses théories, ses hypothèses ou ses erreurs. S'il avait été surpris par la clairvoyance d'Annie Landis, il ne s'en offusqua pas pour autant. Il y avait cependant un point sur lequel elle se fourvoyait : jamais Macalvie n'escamoterait des faits pour justifier une théorie. Ses théories avaient beau être parfois délirantes, les plus étranges finissaient par ne plus sembler bizarres du tout, vues sous un autre angle.

Arrivés au bas des marches, ils longèrent les quais. Les brumes qui montaient de l'Exe s'étiraient sur les berges et sous les ponts. Ils marchèrent un moment avant que Macalvie ne revînt sur ce qu'avait dit Annie.

— Pourquoi ai-je donc supposé que ce carnet était à Nell Hawes ?

— Tout simplement parce qu'on l'a retrouvé chez elle. Le fait est qu'il n'y avait aucune raison d'imaginer qu'il puisse appartenir à quelqu'un d'autre.

— Mais, alors, à qui est-ce ? A qui ? Si elle l'a ramassé, trouvé ou quoi que ce soit, ça ne peut être qu'aux États-Unis. Du moins, c'est là-bas qu'il a été vendu. Et les numéros sont de là-bas...

Jury distinguait maintenant des éclairages nimbés de brouillard, vacillant telles de vieilles lampes à gaz. Un groupe de maisons, des gens.

— Où va-t-on ?

— Au *Pélican*.

Comme s'il ne s'en était pas douté...

3

Le premier réflexe de Jury en pénétrant dans le pub fut de cligner des yeux et de se plaquer contre la porte. La fumée, le bruit, les lumières — rouge, or, bleu — lui paraissaient autant d'agressions insupportables.

Jimmy Landis buvait au bar avec un ami.

— A quoi ça rime, Macalvie ? Tu ne crois tout de même pas que ce gamin-là peut nous aider ? s'enquit Jury qui connaissait la réponse, mais s'acharnait malgré tout à poser la question.

Macalvie se borna à lui dire de trouver une table et se dirigea vers le bar, où il présenta sa carte à Jimmy avant de l'inviter à le suivre. Pas moyen d'échapper au vacarme : la seule table libre que Jury avait dénichée se trouvait à côté du juke-box. Mais Macalvie aimait ça, les juke-box. Enfin, il les aimait tant qu'ils jouaient « sa » musique : Elvis, les Beatles, Frank, Patsy. Un chanteur de country-western était présentement occupé à massacrer une chanson où il était question de sa nana qui prenait ses cliques et ses claques et filait en voiture. C'est toujours le même scénario dans la musique country américaine : des histoires de bonnes femmes qui plaquent leur mec ou de types qui plaquent leur nénette, qui fourrent leurs affaires dans une bagnole et qui filent à travers les grands espaces. Seraient-ce tous ces kilomètres de macadam qui inspirent ces pérégrinations aux cœurs brisés ?

— Commissaire principal Jury, dit Macalvie en le présentant à Jimmy Landis. De Scotland Yard.

Jimmy Landis esquissa l'ombre d'un soupçon de sourire, salua de la tête et s'assit avec sa canette de bière, qu'il vida presque aussitôt. Les lumières multicolores du juke-box se reflétaient sur son visage.

— Mrs. Hawes ? fit-il, répétant le nom qu'avait mentionné Macalvie dans sa question. Une amie de maman. Je la connaissais à peine.

— Vous la conduisiez en voiture ici et là.

— Quelquefois. Comment le... ?

— Vous lui serviez de chauffeur, en quelque sorte.

— Ben, oui. Elle vivait seule.

— Comme votre mère.

Macalvie parlait d'un ton égal. Jimmy Landis, sans doute mû par un sentiment de culpabilité — pensa Jury —, baissa la tête sur sa canette de bière tandis que ses doigts s'employaient à en arracher l'étiquette.

— Quelque chose qui ne va pas ? s'enquit Macalvie.

Jimmy. Vingt et quelques années, avait dit sa mère, mais qui faisait si jeune. Peut-être à cause de la peur qui se lisait dans son regard, ou de la pâleur de son teint qui lui donnait l'air encore plus vulnérable. Jury avait vu la même chose dans le visage de sa mère et ça lui rappelait ces instants fugitifs, entre aurore et levant, où le ciel de Londres est lavé de toute couleur. A regarder Jimmy assis là, la tête dans les épaules, Jury pensa aux mornes petits matins d'hiver à Newcastle, et aux silhouettes voûtées de jeunes gars prématurément vieillis par la bouteille et les allocs du chômdu.

Et puis il se rendit compte que cette association d'idées était due à un autre Jimmy, le marquis joueur de billard. Lui aussi grand, mince et les cheveux noirs. D'ici, on n'était qu'à un triste bout de route d'Old Washington et de ce lit où Jury avait trouvé Helen Minton gisant, le bras pendant, la main frôlant le sol. Il ne lui était encore jamais venu à l'idée qu'Helen, morte, ressemblait au portrait de Chatterton. Et il avait suffi de quelques secondes passées à scruter le visage de Jimmy Landis pour susciter ce déferlement d'images...

Le jeune homme explosa :

— Je ne pige pas ! De quoi il s'agit au juste, là ? Vous me parlez de maman, vous me parlez de Nell. Qu'est-ce qui se passe ? C'est son cœur qui a lâché. Pourquoi faudrait faire appel à Scotland Yard pour ça ? Merde ! ajouta-t-il pour souligner vigoureusement son propos.

— On vient de prendre le thé avec votre mère, enchaîna Macalvie.

Pas de réaction. Jimmy, l'air sombre, continuait à arracher l'étiquette de la canette.

— Votre mère est malade, paraît-il.

— Et qu'est-ce que ça a à voir avec le reste ?

Le visage de Jimmy faisait déteint, maintenant que ne s'y reflétaient plus les éclairs de couleurs du juke-box.

— Pour vous, mon grand, je pense que ça a beaucoup à voir avec le reste. Dites-nous donc ce que vous savez d'Helen Hawes.

— Rien. Je l'ai juste emmenée plusieurs fois faire ses courses en voiture.

— Dans le silence le plus total ? Vous ne parliez jamais tous les deux ?

— Mais, nom de Dieu, bien sûr qu'on parlait !

— Alors ?

— Mais pas de trucs qui aient la moindre importance...

— Comment le sauriez-vous ?

Le cri de frustration de Jimmy éclipsa, et de très loin, l'interprétation de *Walkin' After Midnight* du chanteur de country.

— Le temps, ma mère, mon boulot... Écoutez, à quoi ça rime, tout ça ? Où voulez-vous en venir ?

Jury s'interposa :

— Des fois on entend des choses qui ne semblent

pas avoir de sens particulier, sur l'instant. Elle a pu parler d'elle-même, de gens qu'elle connaissait, de ses voyages. C'est tout ce qu'on veut dire, Jimmy.

— J'ai besoin de boire un coup, dit Macalvie en se levant.

Jimmy regarda Macalvie, puis Jury et, trouvant la force d'ironiser, lança :

— Mais qu'est-ce que vous me jouez là ? Méchant flic et gentil flic ?

— Non, méchant flic et méchant flic, répondit Macalvie. Attention, celui-là, il a vite fait de tourner à l'aigre !

Le regard de Jimmy se posa sur Jury, comme s'il le voyait effectivement se durcir à vue d'œil, puis il reposa la seule question qui comptât encore pour lui :

— Où voulez-vous en venir ? On me soupçonne de quelque chose, ou quoi ?

— Non. Juste que ce décès ne s'explique pas complètement, c'est tout, lui apprit Jury d'un ton neutre.

— Vous voulez dire que ce n'était pas son cœur ?

Jury jeta un œil en direction du bar, où Macalvie faisait la queue parmi trois rangées de clients quémandant l'attention de l'unique serveuse qui officiait aux manettes à bière. Il régnait une chaleur torride au *Pélican* avec la foule qui s'y pressait : on avait l'impression de baigner dans un mélange d'haleines chaudes et de bière tiède. Pourtant Jimmy Landis n'avait pas encore enlevé son manteau. Macalvie non plus. Jury le soupçonnait d'ailleurs de dormir avec. Bon, ça faisait au moins un point commun entre eux !

Jury répondit à la question de Jimmy.

— Si, probablement que c'est le cœur. Mais il y a

des tas de choses qui peuvent provoquer une attaque. Vous la connaissiez suffisamment, Nell Hawes, pour que sa mort vous affecte ?

— Si vous voulez dire : est-ce que j'ai été triste, oui, bien sûr. Elle était sympathique, Nell, dit-il, levant brièvement les yeux et les rabaissant aussi vite. Mais quelle sacrée bavarde !

— Ah bon ? Votre... enfin, tout le monde dit qu'elle était plutôt réservée.

— Ouais. Eh bien, pour une raison ou pour une autre, à moi, elle me parlait. Quand je la conduisais chez Sainsbury ou ailleurs. Le chauffeur, vous comprenez. Anonyme, fit-il en souriant pour la première fois depuis qu'il s'était assis à leur table.

Jury lui rendit son sourire sans rien ajouter.

Jimmy haussa les épaules, comme s'il méprisait sa propre faculté de déduction.

— Sauf que c'était sans doute autre chose. Nell n'avait pas d'enfants, voyez.

Jury, lui, ne doutait pas des capacités de Jimmy, mais il fut surpris par cette remarque. Et par la reconnaissance implicite qu'elle contenait : il avait rempli auprès de Nell Hawes un rôle qu'il n'arrivait pas à tenir auprès de sa mère. Si Jury s'était appelé Macalvie, il aurait immédiatement interrogé Jimmy sur ces fameux trajets en voiture et sur ce que Nell Hawes avait pu lui raconter. Mais voilà, il n'était pas Macalvie et c'est sans même savoir pourquoi qu'il raconta :

— Quand j'étais gamin, ma mère avait une amie avec qui j'allais au parc toutes les semaines ; un de ces petits squares privés entourés de maisons et réservés à l'usage des résidents qui ont une clé pour y accéder. Et j'ai toujours trouvé ça... je ne sais pas, incroyable, merveilleux, d'avoir une clé qui ouvre la porte du parc...

Jimmy avait arrêté de gratter l'étiquette avec l'ongle du pouce et fixait le visage de Jury d'un œil attentif. Jury qui n'avait pas encore vu la couleur des yeux du garçon, jusque-là resté la tête penchée. D'un vert plus foncé que ceux de sa mère, plus intense.

— Cette femme-là adorait les fleurs mais elle était presque aveugle, les formes dansaient et se mélangeaient devant ses yeux quand elle les regardait. Elle ne pouvait pas différencier les petits bancs du parc des arbres qui les surplombaient, et encore moins les différentes sortes de fleurs des massifs. Et cette dame avait été peintre, une aquarelliste de premier ordre. Elle s'appelait Amy et elle était connue pour son courage. Jamais personne ne l'avait entendue se plaindre ou se mettre en colère. Jamais on ne l'avait vue pleurer. Je ne pouvais pas croire que le Destin joue un tour si horrible à quelqu'un. Comme si un pianiste se retrouvait les doigts paralysés, un coureur les jambes amputées, une chanteuse sans voix...

A ces mots, Jury désigna le juke-box d'un hochement de tête et Jimmy suivit son regard, tous deux hypnotisés par les couleurs mouvantes que diffusait la machine — telle de l'huile se mélangeant à l'eau — et par la voix palpitante de Patsy Cline, toujours elle.

— ... comme si Patsy Cline devenait muette du jour au lendemain. Eh bien, ce qu'aimait Amy, c'est que je lui décrive les fleurs, que je lui dise quelles espèces poussaient là aux différentes saisons. Et ensuite, elle les peignait. Ses fleurs étaient extraordinaires, on aurait cru des vraies. Elle disait souvent : « La main se souvient. » Et après, elle peignait ce qu'elle voyait vraiment : des taches de couleur. Un jour, elle a éprouvé une telle frustration qu'elle a jeté ses peintures et ses pinceaux par terre, qu'elle a pris son album d'aquarelles et l'a envoyé valser à l'autre bout de la pelouse. « Oh, mon Dieu ! C'est tout ce que je vois ! Rien qu'un fouillis de couleurs qui se mélangent ! » Elle criait, elle gémissait presque. « Je voudrais voir des bords, je voudrais voir des contours, mais tout ce que je vois, c'est des couleurs qui se mélangent ! » Alors quelque chose en moi a explosé. Je me suis mis à pleurer, pas par sympathie ou par empathie, non. Mais parce que j'étais furieux, de plus en plus furieux : pas contre elle, mais contre la vie. J'ai crié : « Si seulement moi, je pouvais voir ce que vous voyez ! » Et ça l'a arrêtée net. Elle m'a regardé — enfin, autant qu'elle le pouvait, voyez, un peu bizarrement, les yeux tout plissés. « Voir quoi ? », elle m'a demandé. « Des tas de couleurs qui se mélangent... plutôt que d'être obligé de tout voir ! » Après ça, on s'est mis à pleurer comme des Madeleines, tous les deux, et puis à rire aux éclats. Je lui ai demandé de ne pas le dire à ma mère, je ne sais pas pourquoi. Et je ne saurai d'ailleurs peut-être jamais pourquoi.

Jury repensa à ce petit parc, au vert profond des feuillages de septembre, des fougères fraîches et des mousses humides. La même nuance de vert que les yeux de Jimmy, exactement. Il était à deux doigts d'y faire allusion, mais s'abstint.

Ils écoutèrent ensemble quelques mesures de *Crazy*, puis Jury reprit :

— Nell Hawes. Tout ce qui vous revient à l'esprit, n'importe quoi, racontez-moi.

— Ça lui avait vraiment plu, son voyage dans l'ouest des États-Unis. Ou plutôt le Sud-Ouest. Le Colorado, le Nouveau-Mexique... Santa Fe et... comment s'appelait donc cet autre endroit ?

— Et, à propos de Santa Fe ? lança Macalvie qui revenait, porteur de deux demis et d'une canette de bière blonde.

Il s'assit, toujours vêtu de son manteau, et vida d'un trait près de la moitié de sa chope.

— Je crois que ça lui plaisait bien parce que c'était mystique. Elle me parlait de « canaux », d'« auras » et de machins de ce genre. Santé, fit-il en levant sa canette. Ah, Taos ! Voilà l'autre endroit qu'elle aimait bien. Ça veut dire « la voie », d'après ce qu'elle m'a raconté. En chinois ou autre chose. Très mystique à son avis, le Sud-Ouest, répéta Jimmy. Elle donnait dans le religieux, Nell. Ou le spirituel. « Tout coule dans le même flot », elle disait. Et aussi que les Indiens d'Amérique ont des tas de choses à nous apprendre. Elle m'a parlé d'un « chemin de l'arc-en-ciel », un truc auquel ils croient, dans une des tribus. Il me semble qu'elle a dit que c'était comme un chemin entre la terre et le ciel.

Macalvie prit une pièce de vingt pence dans la pile de monnaie qu'il avait posée sur la table, puis la glissa dans la fente du juke-box. La voix de Patsy Cline emplit la salle d'une nouvelle dose de *Walkin' After Midnight* et Macalvie demanda :

— Et les autres touristes ? Est-ce qu'elle a parlé de rencontres qu'elle aurait faites ?

— Non, rien de particulier.

— Et de pas particulier, alors ? Un compatriote, par exemple ?

— Elle a surtout vu des Américains. Ce qui n'a rien d'étonnant, remarqua-t-il sèchement en gratifiant Macalvie d'un regard plutôt insolent. Mais personne dont je me souvienne — oh, sauf qu'elle a dit qu'elle avait dîné avec une famille de New York et, oui, elle a mentionné une dame avec qui elle avait « fait équipe » pendant quelques jours. Pour visiter les endroits intéressants.

Macalvie avait sorti son petit carnet à spirale et enlevé le capuchon de son stylo.

— Et à propos de cette fameuse dame ?

Jimmy plissa le front, tâchant de se rappeler, puis fit non de la tête.

— A-t-elle parlé des endroits où elle avait séjourné ? En général, les gens qui reviennent de voyage n'en finissent pas de se lamenter sur le prix de la nourriture et des hôtels.

Jimmy réfléchit un instant, avala une gorgée de bière.

— Non, elle n'a pas mentionné d'endroit en particulier. Mais elle a bien dit que tout était cher, surtout à Santa Fe. « Même ce petit *bed and breakfast*, tout proche du centre-ville », a-t-elle précisé.

— Assez facile à vérifier, nota Macalvie. Les noms de Coyote Village ou Héron d'Argent vous rappellent-ils quelque chose ?

— Non... Ah, Canyon Road ! s'écria tout d'un coup Jimmy. Je m'en souviens parce que le nom m'a plu. C'est là qu'elle l'a rencontrée, la dame. Peut-être qu'il me reviendra encore autre chose, ajouta-t-il en hochant la tête.

Ils restèrent assis tous les trois sans parler, pendant que Patsy Cline poursuivait sa balade[1] avec toujours plus d'émotion dans la voix.

— Bon, Jimmy. On a l'adresse de votre mère, mais pas la vôtre. J'ai cru comprendre que vous

1. La chanson de Patsy Cline qui n'arrête pas de passer dans le pub s'intitule *Walking After Midnight* : Balade après minuit. *(N.d.T.)*

n'habitiez pas chez elle, dit Macalvie, qui réussit à instiller un maximum de reproche dans sa remarque.

Jimmy lui donna son adresse d'un air presque absent, l'œil rivé au stylo en attente au-dessus du carnet.

— Ça y est ! Je me souviens, maintenant.

— Quoi donc ?

— Le carnet d'adresses. C'était un lundi, on allait chez Sainsbury, et Nell cherchait quelque chose dans son sac. Elle s'est mise à farfouiller et à sortir tout un tas de trucs, comme font les femmes, vous savez. Et c'est là qu'elle est tombée sur un petit carnet d'adresses. Elle a dit : « Ah, zut alors ! j'ai oublié de lui renvoyer ça ! » « A qui ? », je lui ai demandé. A la dame avec qui elle s'était si bien entendue pendant le voyage. Apparemment, cette femme — Frances, il me semble — avait passé son carnet à Nell pour qu'elle lui note son adresse et son numéro de téléphone, mais il s'est passé autre chose dans l'intervalle et Nell a oublié de le lui rendre. Elle avait l'intention de le lui poster, à ce qu'elle m'a dit.

Macalvie sortit un petit carnet d'un sac plastique et le posa sur la table.

— C'est celui-là ?

— Mais oui ! Où vous l'avez trouvé ?

— Dans ses affaires.

— C'est bien le nom qu'elle a dit, Frances ? insista Jury qui, voyant Jimmy confirmer d'un signe de tête, poursuivit : Les gens qu'elle a rencontrés étaient tous américains, d'après ce que vous nous avez dit. Mais est-ce que l'un d'eux, comme cette fameuse Frances par exemple, aurait pu habiter Londres ?

— Ben, elle aurait pu, naturellement. Mais Nell ne m'en a pas parlé.

— Parfait. Temps de rentrer à la maison, Jimmy.

Jimmy posa sa canette sur la table, complètement médusé.

— A la maison ?

— Eh bien, quoi, vous ne voulez pas aller dire bonne nuit à votre mère ?

Jimmy eut un petit rire mal assuré.

— Je n'ai pas encore bu tout mon soûl. A peine eu le temps de dire deux mots à mes potes, puisque j'étais là à tailler une bavette avec vous deux, fit-il, rejouant au dur, mais pas trop.

— Ah, dommage ! Ils ferment ! lança Macalvie en vidant sa chope.

— Mais il n'est même pas neuf heures et demie ! Qu'est-ce que vous racontez ? fit-il en jetant un regard circulaire autour de lui pour s'assurer que les gens ne levaient pas le camp.

— Appelez ça une fermeture anticipée, conclut Macalvie qui se leva, empochant ses cigarettes et sa monnaie. C'est l'heure de rentrer à la maison. A moins que vous ne préfériez nous accompagner au poste ?

— Putain, mais qu'est-ce que c'est que ça ? s'écria Jimmy, retrouvant son style du début.

Malgré tout, il avait vidé sa bière et il s'était levé, prêt à obtempérer.

— Vous avez le choix : une petite tasse de thé avec votre mère ou au poste central avec nous, expliqua Macalvie qui haussa les épaules, l'air de dire : « Pas difficile. »

La voix de Patsy les accompagna jusqu'à la porte et dans l'air froid de la nuit.

— Je ne crois pas que je pourrai le supporter, maugréa Jimmy.

Il y eut un silence. Macalvie fit un mouvement vers le jeune homme. Jury crut que son collègue s'amadouait et devenait plus compréhensif, mais la main qu'il posa sur l'épaule de Jimmy avait l'air à peu près aussi réconfortante qu'une serre d'oiseau de proie.

— Ah, espèce de petit imbécile ! lâcha Macalvie.

— Bon sang, quand est-ce que vous allez foutre la paix aux gens ? s'insurgea Jimmy. Vous débarquez là, comme pour le Jugement dernier, alors que vous ne me connaissez pas, vous ne savez rien de moi. Rien de moi, ni de ma mère !

Dans cette voix pleine d'une rage proche des pleurs, Jury reconnaissait la sienne, ce fameux jour où il était allé au parc avec Amy. Et il comprit pourquoi il avait parlé d'elle à Jimmy.

Macalvie encaissait le torrent d'insultes de Jimmy, exactement comme lorsqu'il attendait qu'un policier sorte de l'état de quasi-hystérie dans lequel il l'avait mis à force de le frustrer à mort. Quand la rage de Jimmy eut baissé de quelques crans et qu'il n'en fut plus qu'à tempêter et à postillonner, Macalvie conclut :

— Eh bien, bonne nuit. On va juste vous regarder monter les marches pour être sûrs que vous ne vous faites pas attaquer.

Jimmy les grimpa d'un pas rageur, se retournant à mi-chemin pour lancer une dernière insulte à Macalvie :

— Allez vous faire foutre, commissaire !

— Il n'a pas totalement tort, Macalvie, constata Jury, la main sur le bras de son collègue.

Mais Macalvie s'obstinait à fixer le haut des marches :

— Tu crois qu'il est rentré ou est-ce qu'il traîne dans le noir en attendant le moment de filer ?

— Eh, dis donc, tu n'es pas sa nounou ! protesta Jury en le tirant vers le quai et la rivière.

— Bon, faut qu'on trouve les dates de séjour de ta bonne dame — Fanny Hamilton — dans le Sud-Ouest, et les endroits où elle est descendue. Relativement facile. Ensuite, Nell Hawes et Angela Hope toutes les deux à Santa Fe. Fanny — ou Frances — Hamilton, idem. Ah, si je pouvais prendre des vacances, enchaîna-t-il avec un soupir théâtral, j'irais là-bas. Mais trop de pain sur la planche en ce moment.

— Tandis que moi, je n'ai rien de mieux à faire que de m'envoler pour le sud-ouest des États-Unis !

— Ça m'en a tout l'air, lâcha Macalvie en étirant le cou pour scruter l'obscurité.

— Oh, que non !

— Comme tu voudras.

— On a retrouvé Angela Hope dans le Wiltshire. Nell Hawes est morte ici, dans le Devon. Fanny Hamilton, à Londres. L'ambassade et les flics américains ne vont pas s'intéresser aux deux dernières. Même chose pour le commissariat du Wiltshire.

— Évidemment. Et c'est bien pour ça qu'il faudrait qu'on aille là-bas.

— Ce « on » m'a tout l'air d'une tentative de refiler l'affaire à un autre. A moi, en l'occurrence. Mais tu sembles oublier que j'ai aussi une vie, dans ce pays ! s'indigna Jury qui pensait à Jenny qu'il n'arrivait pas à joindre.

— Oh, pas grand-chose qui mérite le nom de vie... persifla Macalvie.

Jury leva les yeux sur la falaise. Le ciel était tout constellé d'étoiles, bien plus nombreuses que d'habitude, comme si une mitraillette stellaire avait vidé son chargeur sur la voûte céleste. Un sourire inattendu s'inscrivit sur son visage : l'image venait de lui rappeler Covent Garden et le *Starrdust*. Il y eut quelques instants de silence total, puis il commença à s'irriter de l'insistance de Macalvie à rester le nez en l'air.

— Mais, bon sang ! Qu'est-ce que tu regardes là ?

— La matière sombre.

Jury regretta aussitôt d'avoir posé la question.

— Ça a un rapport avec la force de gravitation, expliqua Macalvie. La première masse qu'on a trouvée, on a calculé qu'elle faisait des trillions de kilomètres de long. Des trillions, Jury ! De la matière si immense qu'elle en est inimaginable. C'est ça qui me fascine : on ne peut pas l'imaginer, mais on peut la calculer.

— Et nous revoilà partis pour un autre discours sur le « temps profond » !

— Je ne te parle pas de temps profond, mais de matière sombre. Un être humain ne peut-il donc pas observer l'univers sans s'exposer à tes persécutions ?

— Un être humain, si. Mais tu n'en es pas un. Allez, viens. Je n'ai pas du tout envie de rester planter là à discourir sur l'univers, en plein milieu de la nuit !

Macalvie plissa les yeux pour regarder l'heure à sa montre :

— Il n'est que dix heures ! C'est ça que tu appelles le plein milieu de la nuit ?

— Comment est-ce qu'un type qui prend tout au premier degré peut rester là à disserter à perte de vue sur le temps profond et la matière sombre ? Qu'est-ce qui ne tourne pas rond chez toi, hein ? Toi qui, d'habitude, ne vois pas autre chose que ce qu'il y a à l'autre bout d'un flingue, d'une lampe de poche ou d'un microscope. A quoi rime tout ce laïus philosophique ?

Tout en sachant que la question était purement formelle, Macalvie tenait à y répondre.

— La matière sombre, je te l'ai dit.

— Si je comprends bien, tu es en train d'essayer de me dire qu'il existe des crimes insolubles ?

— C'est exact. Réfléchis une seconde : physiciens, chimistes, astronomes. Ils ont assez de données pour faire tous les calculs. Qui serviront, je suppose, de preuve. Mais une « preuve » à mettre entre guillemets. Parce que comment prouver une chose qu'on ne peut pas imaginer ?

Jury se mit à arpenter le quai, dans la nuit froide.

— Arrête les frais, Macalvie ! Tu sais aussi bien que moi qu'il n'y a que deux raisons qui puissent justifier qu'une affaire reste insoluble : soit on manque d'informations, soit on en a, mais on n'arrive pas à les interpréter. C'est tout. *Fini**.

Macalvie haussa les épaules et fourra les mains dans ses poches de pantalon.

— Oh, voyons, Macalvie ! Tu es bien obligé d'être d'accord avec ça. Si on n'arrive pas à trouver de rapport entre Fanny Hamilton, Nell Hawes et Angela Hope, c'est bien parce qu'on manque d'informations ou qu'on est incapables de réfléchir correctement. Il y a plein d'affaires que je n'ai pas résolues. Bon Dieu, il se pourrait même qu'il y en ait une que toi, tu n'aies pas résolue ! Manque de renseignements. Erreur de jugement. Dans ton cas, il ne peut s'agir que d'une carence d'information, bien sûr. Mais il n'y a rien de métaphysique là-dedans.

Macalvie se contenta de hocher la tête d'un air dubitatif.

— Peut-être que si. Parce que c'est... insondable. Au fait, pourquoi il n'avait « pas totalement tort » ?

— Qui ça ? De quoi parles-tu, là ? s'inquiéta Jury

dont le cerveau restait branché sur la métaphysique.

— Jimmy. Tu as dit qu'il n'avait pas totalement tort.

Ça, c'était du Macalvie tout craché ! Il n'oubliait rien, même les détails les plus insignifiants.

— Eh bien, répondit Jury, je vais te dire un truc qui ne va sans doute pas te plaire : pour quelqu'un qui est un si bon flic et qui a l'esprit si subtil, tu as parfois une vision sacrément simpliste des choses ! On dirait que tu es incapable d'imaginer que la vie puisse être incroyablement complexe...

— Ah, oui ? Et de quoi je parlais justement, là ?

— ... ou que les gens soient esclaves d'une ambivalence. Ce qu'il a voulu dire, Jimmy, c'est qu'on ne peut pas dire aux gens comment mener leur vie.

— Ah, je voudrais bien voir ça ! Bon, allez, viens. On part.

— Tu es exactement comme lui ! soupira Jury.

Macalvie s'arrêta net.

— Comme Jimmy Landis ? Moi ? *Moi**?, répéta-t-il, la main sur le cœur.

— Oui, *toi**. Vous avez tous les deux si peur qu'on vous annonce la mort de quelqu'un que vous n'enlevez même pas votre manteau.

Ils firent quelques pas en silence.

Jury, lui, pensait à la fillette — la petite sœur. Quel âge ? Douze ou treize ans. Angela Hope lui tenait apparemment lieu de famille. Donc elle n'en avait plus, maintenant.

— Deux ou trois jours, quatre maxi, dit-il, laissant son regard flotter par-delà la rivière. Parce que je veux ces renseignements et que je sais que tu as tort.

Macalvie alluma un cigare. Quand il eut tiré dessus tout son soûl, il jeta l'allumette au loin et demanda :

— Tu peux partir dès demain ?

— Non.

Le lendemain, Jury partait.

17

Melrose en était sûr : aux yeux d'un passant jetant un regard furtif à la fenêtre d'Ardry End, sa tante et lui auraient donné l'image même de la chaleur et de la convivialité, confortablement installés au coin du feu à boire du thé et siroter du sherry, le vieux chien à leurs pieds.

Mais qui se serait aventuré dans les rues sous cette pluie battante ? Il se rendit compte que ça devait faire la centième fois qu'il repensait à miss Fludd. La cent unième n'aurait pas tardé si Ruthven, son domestique, n'était pas venu se planter devant lui, le téléphone à la main. De toute façon, avant même que la sonnerie du téléphone ne retentisse, il avait eu un peu de mal à nourrir sa rêverie. Et pour cause : portée par le flux des trombes d'eau, Agatha était venue s'échouer sur le divan en face de lui, et aucun reflux ne semblait devoir l'attirer de nouveau dehors. Mais avant cela, il avait passé un délicieux moment à écrire un nouveau chapitre de *Gin Lane*, les aventures du commissaire Smithson et de sa femme, Norma. Smithson et Norma étaient eux aussi installés au coin du feu, à Gravely Manor, et prenaient le café (enfin, du champagne pour Norma, comme toujours). Melrose était content de voir que ces deux-là partageaient les mêmes plaisirs et les mêmes distractions que lui.

— C'est le commissaire principal Jury, milord.

Ruthven avait annoncé ça d'un ton satisfait, presque affecté, sachant que toute conversation avec Mr. Jury serait forcément codée, en présence d'Agatha. Ruthven aimait beaucoup Richard Jury, qu'il qualifiait de « gentleman de la vieille école ». Bien que ne possédant pas de titre nobiliaire, le commissaire compensait un peu, à ses yeux, le fait que Melrose eût renoncé à son rang de comte, de duc et de marquis.

Melrose écouta avant de demander :

— Encore ? Grands dieux, mais on vient à peine de rentrer... A l'hôpital ? Wiggins est à l'hôpital ?... Quel genre d'accident ?... Rien de grave, non ? Pour le sergent Wiggins, tout est grave... Ah, bon, d'accord... Oui, je ferai un saut pour aller le voir... Il fallait de toute façon que j'aille à Londres. Hmmm-hmm... attends un instant, je prends un bout de papier...

Il regardait vers la petite table quand Agatha, dans un de ses rares moments d'humeur coopérative, lui passa un petit carnet à couverture d'argent, frappée d'un blason.

— Gabriel Merchant... Les Cripps ? Tu plaisantes, non ?... Je me souviens. Ah, lady Cray ! Je serais ravi de la revoir... Slocum, Béatrice... Le couple de la Tate Gallery, n'est-ce pas ? Mais, si tu leur as déjà parlé... Comment pourrait-il y avoir le moindre rapport entre... Non, je n'ai pas de fax, pourquoi en aurais-je un ? Bon, d'accord, je l'enverrai en exprès. Je m'en occuperai avant de partir. Qu'est-ce que les numéros de téléphone ont à voir... Le commissaire Macalvie... N'est-ce pas toujours le cas ?

Melrose rit mais s'arrêta net en se rendant compte que, sous le coup de la surprise, il avait répété les propos de Jury devant Agatha, vautrée là, les oreilles grandes ouvertes. Il s'efforça donc de rester de marbre jusqu'à la fin de la conversation, alors que Jury lui apprenait qu'il partait faire un saut aux États-Unis.

— De quoi parliez-vous exactement ?

Elle lui épargna la peine de répondre en donnant immédiatement un prolongement à sa question.

— Et tu ne m'avais pas dit que tu allais à Londres !

— C'est pour ma visite annuelle chez Mr. Beaton.

— Qui c'est encore, celui-là ? Je n'en ai jamais entendu parler.

— Mon tailleur. Qui fut celui de mon père. Et ceci, ajouta-t-il en brandissant le carnet à reliure d'argent, appartenait à ma mère, si je ne me trompe.

Agatha ouvrit de grands yeux.

— A qui ?

— A M-A-M-A-N. Lady Marjorie. Vous vous souvenez de lady Marjorie, la comtesse de Caverness, non ?

Comme il n'était pas question de s'en tenir à la vérité, Agatha se borna à lui dire de ne pas faire l'idiot.

Melrose resta un moment à méditer sur le coup de fil de Jury. Il fut tiré de ses réflexions par l'apparition soudaine devant la fenêtre de Mr. Momaday, le nouveau préposé à l'entretien de la propriété. Tel qu'il se dressait là, dehors, trempé jusqu'aux os, on aurait dit un squelette en veste Barbour.

Melrose alla à la fenêtre à guillotine, la remonta prestement et prit une belle giclée de pluie en pleine figure en même temps qu'il subissait un déversement de sons gutturaux, sortis de la bouche de Mr. Momaday.

— Ferme donc cette fenêtre, Plant ! cria Agatha. Il pleut.

Quel fin limier ! songea son neveu.

— Oui, très bien, je comprends, dit-il à Momaday — bien qu'il n'eût rien compris — et il referma la fenêtre.

Ce qui ne rebuta point ledit Momaday, apparemment convaincu que Melrose pouvait parfaitement suivre ses propos à travers une vitre.

— Mais que veut donc ce bonhomme ? Il est complètement cinglé. D'ailleurs, je te l'ai dit quand tu l'as engagé.

Agatha n'avait naturellement rien dit de tel, bien trop ravie d'avoir une nouvelle victime à ses ordres. Si Melrose avait engagé Momaday, c'était moins pour s'occuper de ses faisans et de ses grouses que des braconniers qui venaient rôder sur ses terres. Momaday arpentait la propriété en veste de chasse Barbour et chaussures à semelle de crêpe, le fusil sur le bras, l'air affairé alors qu'il ne faisait rien. Or, c'était précisément ce que Melrose voulait qu'il fît : rien. Rien, sinon donner une impression de danger à qui chercherait à s'approcher.

— Si tu vas à Londres, tu peux passer chez Harrod's et me prendre un peu de leur jambon du Norfolk ?

— Pas question que je mette les pieds au rayon comestibles de chez Harrod's, je n'en ressortirais pas avant des jours, riposta-t-il, contemplant de nouveau sa page de manuscrit, l'air perplexe.

Perdu dans ses pensées, il se mit à dessiner un cochon, le jambon l'inspirant plus que sa propre imagination. Mais son stylo qui courait sur le papier fournit de nouvelles munitions à Agatha.

— Tu écris toujours cette idiotie de truc à suspense ?

— Non, répondit Melrose tout en continuant à noircir sa feuille.

Elle soupira et se cala plus profondément contre les coussins du divan.

— Qu'est-ce que Martha nous prépare à dîner ?

— Du *haggis*[1] et de la purée de navets. Le tout arrosé de whisky pur malt, je pense.

— Du *haggis* ? Seigneur Dieu, tu ne vas pas me dire que tu manges vraiment de ce machin-là ? Ce n'est pas vrai !

— Je mange, je bois et je récite l'*Ode au haggis* de Burns[2]. « Te découperai avec une habileté consommée », cita Melrose, mimant le geste de brandir un couteau, « Trancherai tes entrailles jaillissantes et vives... »

— Mais c'est absolument répugnant !

— Ça ne vous tente pas de partager avec moi ce mets délicat ? demanda-t-il tout en jetant un œil à ce qu'il venait d'écrire.

« Tu sais, tu pourrais prendre rendez-vous, suggéra Norma. Après tout, Jonas ne t'a encore jamais vu. » Oui ! Voilà qui était une excellente idée.

1. Spécialité écossaise faite d'une panse de brebis farcie avec de l'agneau haché aux fines herbes. Le haggis est cuit à la vapeur et servi entier, accompagné de purée de navets. (*N.d.T.*)

2. Robert Burns (1759-1796) : célèbre poète écossais, auteur, entre autres, d'une extraordinaire *Ode au haggis* que, si l'on veut respecter la tradition de la « cérémonie du haggis », l'on déclame solennellement avant de découper ledit haggis après avoir bu un whisky à sa santé. (*N.d.T.*)

D'autant que Jonas était un prénom plutôt à la mode chez les psychiatres, songea-t-il.

— Un horrible plat vulgaire !

Agatha en frissonna de dégoût. Puis elle survola du regard la petite table où l'on avait servi le thé et, y voyant toutes les bonnes choses étalées là pour rien, déclara :

— Je vais dire à Martha de m'envelopper quelques petits fours pour que je les emporte. Je suis sûre qu'elle en a encore des quantités à la cuisine. Ah, je ne sais pas ce que tu t'imagines que tu écris là, Plant ! lâcha-t-elle en levant les yeux au ciel.

Melrose ne répondit pas. Incapable d'imaginer ce que Smithson pourrait bien raconter à un psychiatre, il peuplait sa page de petits dessins. Le nain de jardin qui surgit sous son stylo lui était sans doute inspiré par l'absurde complot qu'ourdissait Trueblood dans l'espoir de s'introduire à Watermeadows.

La bande-son du bavardage d'Agatha continuait à défiler. Il l'ignora, ramenant sa pensée vers les Fludd et Watermeadows. Miss Fludd ne pouvait habiter seule à Watermeadows, de toute évidence. A moins que... Et si elle était venue là pour préparer l'arrivée de lady Summerston ? En tant que dame de compagnie rétribuée, ou quelque chose dans ce goût-là ? Bon sang ! comment avait-il pu être assez stupide pour ne pas la questionner ? Quelle extraordinaire conversation ! On n'avait pas échangé la moindre information pratique...

— Toi, tu as changé depuis ton retour des États-Unis. C'est indéniable, Plant. Et je trouve ça vraiment dommage. *Et patati et patata*...

Melrose s'aperçut qu'il avait dessiné trois poules près d'une fontaine. Il leva les yeux sur le décor néo-classique du plafond. Tiens... mais pourquoi n'avait-il pas pensé à la solution la plus simple : inviter les Fludd — à supposer que ce soit vraiment leur nom — à prendre le thé. C'était un geste de courtoisie naturelle entre voisins, non ?

— Qu'est-ce que tu fabriques ?

Melrose prit soudain conscience que le patati-patata avait pris fin, comme quand une corde cesse soudain de vibrer et de résonner.

— Hein ? Oh, je prépare une liste pour Momaday.

— Une liste ? Quel genre de liste ?

— Des choses dont on va avoir besoin.

Melrose ajouta un minuscule groin à un cochon. Bien que n'ayant jamais eu tellement affaire aux cochons, il les aimait bien. Celui-ci avait un sacré ventre, comme l'espèce coréenne.

— Oh, et de la nourriture pour les bêtes, de l'engrais. Probablement un tracteur.

— Quoi ? Pourquoi aurais-tu besoin d'un tracteur ?

— Pour la ferme. L'embryon de ferme, plutôt. Je ne souhaite pas un développement trop rapide. Il va nous falloir un tracteur pour retourner le limon. Le limon, répéta-t-il, car le mot lui plaisait.

Il y a de si jolis mots pour décrire la terre : sol, limon, mousse, lande...

— Tu as perdu la tête, ma parole ! C'est de Ardry End que tu parles ! Et c'est un manoir, voyons !

— Non.

— Enfin, c'en serait un si la maison était un peu plus grande.

— Si elle l'était, le cottage de Mrs. Withersby le serait aussi.

Agatha était outrée. Outrée au nom de Ardry End, au nom de feu le comte de Caverness, le père de Melrose, au nom de feu la comtesse, la mère de

Melrose, au nom des tapis, des diamants et de la porcelaine de Derby. Elle se leva, remplie d'indignation.

— Je renonce, j'abandonne, je m'en lave les mains ! lança-t-elle, ramassant le carnet à reliure d'argent de lady Marjorie. C'est un psychiatre qu'il te faut, Plant !

« Mais c'est juste pour se renseigner, chéri, dit Norma. »

Melrose eut un petit sourire avisé. Grâce à ça, au moins, il n'aurait pas besoin de voir un psychiatre, lui ! Décidément, l'écriture avait de merveilleuses vertus thérapeutiques.

18

Richard Jury arriva à Heathrow avec une morne heure à tuer avant l'embarquement. Ayant rempli toutes les formalités d'usage, il décida de tenter une nouvelle fois sa chance et se dirigea vers les cabines téléphoniques.

Toujours pas de réponse ! Le combiné de Jenny restait obstinément posé sur son socle.

Après un instant de réflexion, il composa le numéro du commissariat central de Stratford et demanda à parler à Sam Lasko. D'accord, ça ne se fait pas de charger un commissaire de rechercher vos amis fugueurs — quoique... l'image de Jenny Kennington en « fugueuse » l'amusait plutôt —, mais il éprouvait une appréhension croissante : cela faisait trois jours qu'il essayait de la joindre, en vain.

— Ici Lasko, répondit Sammy, parvenant à donner l'impression d'être à la fois fatigué, blasé, et intrigué.

Jury lui expliqua ce qu'il attendait de lui : qu'il envoie quelqu'un chez une de ses amies pour vérifier que tout allait bien.

— Elle s'appelle Jenny Kennington, lady Kennington, et habite Ryland Street.

Il y eut un long silence. Puis on entendit la respiration de Sam. Lourde.

— Tu m'as bien dit Kennington, hein ?

— Oui.

Jury sentit son estomac se nouer, tout son corps se crisper. Il subit une brusque poussée d'adrénaline qui aurait suffi à propulser un coureur olympique à plusieurs mètres de la ligne de départ.

— Attends une petite seconde, Richard.

Oh, mon Dieu ! Une petite seconde était plus qu'il n'en fallait pour qu'un déluge d'images vînt le submerger. Des images de corps brisés, mutilés, gisant près de voitures tout aussi écrabouillées, sur la route de Stratford à Warwick.

— Richard, reprit Sammy, qui semblait farfouiller dans des papiers. Je voulais juste vérifier. C'est vraiment bizarre, je dirais même sacrément bizarre, comme coïncidence !

« Bizarre », ça allait encore, ça ne voulait pas dire « grave », à en juger par la voix de Lasko. Sûrement pas. Il ressentit un profond soulagement.

— Ce qui signifie ?

— Je t'ai parlé de cette affaire du Lincolnshire, mais tu n'écoutais pas. La police de Lincoln m'a demandé de ne pas perdre de vue une dame impliquée dans une affaire criminelle...

Jury avait déjà un métro d'avance. Il serra le téléphone dans sa main.

— Tu ne veux pas dire que...

— Si, Jennifer Kennington. Écoute, d'où est-ce que tu appelles, bon Dieu ? On dirait un aéroport.

— Justement, c'en est un. Tu veux dire que Jenny fait partie des suspects ?

— Des témoins. Témoins ! Ce que j'essaie de te dire, c'est que moi aussi, ça fait un moment que je la cherche, dit-il avant de marquer une pause, apparemment ennuyé. Tu pars quelque part ?

— Aux États-Unis. Hé, qu'est-ce que tu entends par là : « Moi aussi, ça fait un moment que je la cherche » ? Tu n'arrives pas à la trouver ?

— Non. Peut-être qu'elle s'est carapatée, comme on dit joliment par ici. Alors, et toi, où vas-tu ?

— Santa Fe. Mais c'est ridicule, Sammy ! Jenny n'est pas du genre à se « carapater ».

— Peut-être que non, mais en tout cas, elle n'est pas chez elle. Santa Fe, hein ? Pourquoi, moi, on ne m'envoie jamais dans des endroits pareils ? Quand je pense que tu viens à peine de rentrer !

Jury se frotta la tempe, comme si ça pouvait avoir un effet bénéfique sur son cerveau. Le plus terrible, bien sûr, c'est que c'était *lui* qu'elle avait appelé et, manifestement, pour demander son aide. Il ressentit un soudain accès de colère irraisonnée envers Carole-Anne... Oh, et puis non, ce n'était pas sa faute. Après tout, Jenny n'avait fait qu'une seule tentative, et il était absent à ce moment-là. Point final.

— Sammy, rends-moi un service !

Si quelqu'un lui était redevable, c'était bien le commissaire Lasko et celui-ci le savait bien.

— Tu te souviens de Melrose Plant ? Si je te donne son numéro du Northamptonshire, tu peux l'appeler ?

— Plant ? Plant... ah oui, le duc !

— Comte. Ou plutôt ex-comte. Surtout, ne l'appelle pas « lord Ardry ». Il a renoncé à tous ses titres il y a quelques années.

— Pourquoi ? A cause de la politique ? Il a envie

de se présenter à la Chambre des communes[1] ou quoi ?

— Grand Dieu, non ! répliqua Jury, se rappelant un petit topo que Plant lui avait fait un jour sur les titres nobiliaires. Je ne sais pas pourquoi. Demande-le-lui donc, à l'occasion !

Il tira son carnet d'adresses de sa poche et lui communiqua le numéro, que Lasko répéta avec une application d'écolier.

— Mais pourquoi faut-il que je l'appelle ?

— Pour retrouver Jenny, répondit Jury, sa main se crispant de nouveau sur le téléphone. Elle n'est pas en danger, au moins ?

— Je ne vois pas pourquoi elle le serait. Elle est peut-être simplement en visite chez des amis. Ou à Londres. Seulement, j'ai dit à tout le monde de rester sur Stratford.

Jury le remercia et raccrocha. Les haut-parleurs diffusèrent une annonce.

Jenny. Carapatée. Sacré bon sang !

Jury s'appuya contre le plastique peu accueillant de la cabine téléphonique et se lança dans une discussion avec lui-même. Jenny est une amie, elle m'a demandé de l'aider. Alors, je ne pars pas. Mais j'ai promis à Macalvie. Bon, je pars. Oh, et puis merde, autant courir après un mirage ! Eh bien, je n'y vais pas. En plus, ce n'est même pas mon enquête ! Ah non, pas question de partir. Jury se frotta la tête : de sa vie, Macalvie n'avait couru après un mirage...

1. En Angleterre, une personne possédant des titres de noblesse héréditaires siège automatiquement à la Chambre des lords et ne peut donc pas se présenter aux élections pour devenir député à la Chambre des communes. (*N.d.T.*)

Il trouva le numéro de Plant et appela Ardry End. Ruthven informa que Mr. Plant était parti un peu avant midi. Il était profondément désolé et regrettait énormément que lord Ardry ne se trouvât pas chez lui alors que le commissaire principal désirait lui parler.

— Si vous êtes à Londres, monsieur, vous pourrez peut-être le joindre chez son tailleur qui se trouve dans Old Brompton Road. Il arrive que milord passe pas mal de temps chez Mr. Beaton, ce sont de vieux amis. Mr. Beaton était déjà le tailleur de feu...

Jury l'interrompit :

— Si vous pouviez juste lui transmettre un message de ma part, Ruthven, parce que je dois prendre l'avion dans un quart d'heure. Dites-lui simplement que le commissaire Lasko, de la police de Stratford-upon-Avon, va l'appeler à propos d'une affaire dont je voudrais qu'il s'occupe personnellement. C'est important.

Ruthven l'assura qu'il ne manquerait pas de transmettre immédiatement le message. Mr. Plant rentrerait sans doute tard dans la soirée.

Jury était si stressé qu'il plongea automatiquement la main dans sa poche pour y prendre ses cigarettes, mais il n'y trouva que le paquet de pilules que Wiggins l'avait forcé à accepter lors d'une récente épidémie de grippe. Au point où il en était, il aurait volontiers mâché un paquet entier de Players ou de Silk Cut. Il se dirigea vers le kiosque à journaux. Avec une maîtrise de soi impressionnante, il s'interdit ne serait-ce que de poser le regard sur les rayons où la Tentation lui tendait ses rets.

Ayant fait son choix parmi les multiples revues, il n'eut d'autre solution que de passer dans le champ d'attraction de la Tentation, à savoir les rayons de cigarettes juste derrière la caissière et sa machine informatisée. L'employée avait l'air un peu triste; elle esquissa un mouvement de tête pour rejeter ses cheveux blond foncé sur ses épaules. Elle avait des yeux marron clair, mais pas de ce brun sale des taches de nicotine... Il promena sur le présentoir ce même regard d'envie qu'on peut avoir en embrassant l'horizon d'une contrée exotique qui s'éloigne sous vos yeux, de plus en plus séduisante à mesure qu'elle se désincarne, flottant sur le rivage qui s'estompe dans le lointain...

Oh, la ferme ! s'ordonna-t-il. Jenny s'est carapatée et toi, tu ne penses qu'à en griller une ! Est-il absolument indispensable de donner dans le lyrisme à propos d'une habitude assassine ? Mais il s'arrêta en plein milieu de cette belle autocritique en se disant que l'ennui, c'est justement qu'on peut facilement délirer sur le mode lyrique en parlant du tabac. On peut repenser à tant et tant d'occasions où la cigarette a été partie intégrante d'une expérience agréable, d'un bon moment. On peut se revoir sur un balcon dominant une mer couleur de jaspe, un verre dans une main, une cigarette dans l'autre. Se rappeler le réconfort apporté par une cigarette quand on reste planté à la fenêtre à regarder quelqu'un qui s'en va. On perd quelque chose en arrêtant de fumer. Et on a beau se raisonner, essayer de penser à d'effrayantes radios de poumons, une autre image s'obstine à vouloir se superposer à celle de la mort : balcon, mer, cigarette, whisky, coucher de soleil, fenêtre, fumée, pluie. Une perte aussi délicieusement pénible que celle de l'amour ou de la beauté — deux choses sans rapport avec le tabac, mais avec lesquelles il a insidieusement réussi à se marier.

Sacrés démons, pensa-t-il, fusillant du regard les rangées de paquets qui brillaient de toute leur cellophane.

Du moins crut-il l'avoir pensé, car la caissière sursauta :

— Comment ?

Confus, Jury s'empressa de lui présenter ses excuses :

— Désolé, ce n'est pas à vous que ça s'adressait, mais à eux.

Elle suivit son regard, puis se retourna vers lui, le sourire incertain.

— Tiens, vous aussi, alors ? Ça fait si longtemps que j'essaie d'arrêter ! Là, il y a une semaine que j'ai rien touché et je sais pas combien de temps je vais pouvoir encore tenir. Surtout en travaillant ici, pensez ! J'ai même envisagé d'entrer dans un de ces groupes, vous savez, comme les Alcooliques Anonymes, mais pour fumeurs.

— Moi, ça fait deux semaines. C'est l'enfer, dit-il en faisant claquer sur le comptoir un paquet de pastilles de menthe et un étui de chewing-gum

— Je crois pas que j'arriverai à tenir, dit-elle en tapant les achats sur sa caisse. Suffit de me regarder pour voir que je vais pas tarder à craquer.

Elle avait déclaré ça avec tant de gravité que Jury ne put s'empêcher d'éclater de rire. Elle en fit de même.

— Vous savez quoi, proposa-t-il, on va faire un pari. Ou plutôt, disons, un pacte. Je vais être absent trois ou quatre jours. Et à mon retour à Heathrow, on fera le point pour voir où on en est. Mais il faudrait qu'on gagne quelque chose, dit-il, son regard survolant le comptoir pour s'arrêter sur la vitrine dans laquelle étaient exposés des bijoux fantaisie et des parfums. Il y a quelque chose là-dedans qui vous ferait plaisir ?

Toute cette histoire de pacte l'excitait, et elle sentit son cœur s'emballer.

— Eh bien, pour tout vous dire, ça fait un moment que j'ai l'œil sur ce bracelet, répondit-elle, en allant puiser dans la vitrine un anneau de petites pierres multicolores.

Rien de quoi retenir son souffle, aux yeux de Jury. Mais, chacun ses goûts...

— Très bien. Si vous tenez le coup, je vous l'offre.

Son regard s'illumina : chouette d'idée, ça !

— Et vous ? s'enquit-elle. Moi aussi, il faudra que je vous donne quelque chose.

Il doutait, à la voir, qu'elle eût deux sous vaillants.

— Vous pourrez me donner un baiser, proposa-t-il, amusé de voir sa réaction. Vous ne risquez pas grand-chose, je suis de Scotland Yard. Regardez, voilà ma carte.

Maintenant, elle était complètement partante. Elle sourit.

— C'est tout ? Juste un baiser ?

Il confirma d'un signe de tête.

— Oui. Comment vous appelez-vous ?

— Des, répondit-elle, rougissant avant d'ajouter : Mon vrai nom, c'est Desdémone, mais je le déteste, alors je l'ai transformé en Des, tout court.

Jury se dirigea vers le contrôle de sécurité et jeta son sac sur le tapis roulant. Puis il se retourna et la vit qui lui adressait un signe d'adieu. Il songea au but de son voyage : il avait entendu parler de la lumière du Sud-Ouest américain, de ses ciels, de ses levers de soleil et, tout particulièrement, de ses couchants.

Réussirait-il à contempler un coucher de soleil à Santa Fe sans allumer une cigarette ?

Peut-être. Peut-être bien que oui...

19

— Alors, on a fait une petite overdose de biscuits noirs, sergent ? s'enquit Melrose qui s'en voulut aussitôt d'avoir été aussi cavalier.

Il approcha du lit une des chaises en plastique moulé et pieds chromés, qui se trouvait dans la chambre de Wiggins à l'hôpital de Fulham Road.

L'air aussi virginal que neige fraîche, le sergent Wiggins était couché là entre des draps raides d'amidon, les mains croisées l'une sur l'autre. Il répondit dans un soupir :

— Nous, les gens de la police, on est censés continuer à fonctionner, même si on est malades comme un chien. C'est vraiment injuste !

Melrose plongea la main dans le sac qu'il avait apporté et en tira un paquet, qu'il déposa sur le lit.

— Vous avez parfaitement raison, sergent. Je voulais juste m'assurer que vous aviez le droit d'en manger.

Tandis que Wiggins inspectait le paquet de chez Health Ways, Melrose examina la chambre au décor spartiate. Toute de blancheur aseptisée, elle n'avait pour tout ornement qu'un bouquet de marguerites à l'air tristounet, coincées dans un grand verre avec un brin d'asparagus. A part cette délicate attention d'un parent — comme en attestait la carte posée près du vase de fortune —, Melrose ne découvrit aucun témoignage de sympathie de ses collègues. Rien. Pas même de Jury, sans doute trop occupé à filer au Nouveau-Mexique.

Wiggins semblait néanmoins fort satisfait du cadeau de Melrose. Il déballa le contenu du sac brun, une chose après l'autre : tubes de pastilles de menthe, deux paquets de bonbons contre la toux, des tisanes, des biscuits secs et une belle tasse en céramique ornée d'un W.

— C'est drôlement gentil de votre part, Mr. Plant ! dit-il, sincèrement ému. Vous savez, ce n'est pas marrant de rester coincé là toute la sainte journée, sans personne à qui parler et sans rien à faire.

Coincé ? Il n'en donnait guère l'impression, pensa Melrose. Wiggins semblait prendre plaisir à tourner et retourner le rabat du drap, à le lisser soigneusement. Melrose ignorait toujours ce qui avait fait échouer le sergent sur ce lit d'hôpital.

— Alors, s'il ne s'agit pas de mort par ingestion de biscuit noir, pourquoi êtes-vous là ? Des examens ?

— Le commissaire ne vous a rien dit ? demanda Wiggins, mi-surpris, mi-soulagé.

— Non, pas un mot. Juste que ce n'était pas grave.

Tout en arrachant l'emballage de cellophane des biscuits noirs, Wiggins esquissa une moue et parut réfléchir aux paroles de Melrose.

— Oh, ce n'est pas grave, non. Un simple accident. Idiot de ma part. Un petit boulot de bricolage que je faisais pour le commissaire divisionnaire Racer. J'ai pris le jus, expliqua-t-il, tendant le paquet de biscuits noirs à Melrose qui déclina l'offre. Une erreur de montage, je suppose. On penserait qu'un sergent de la police aurait mieux à faire qu'à tripatouiller des fils électriques, non ?

De quoi parlait-il ? Melrose n'en avait pas la moindre idée et ne chercha pas à en savoir plus long. Il préféra plonger la main dans sa poche et en tirer le livre qu'il lui avait apporté.

— Tenez, il y a encore ça. Je crois que c'est tout à fait approprié à la situation.

Wiggins s'essuya soigneusement les doigts avec une serviette en papier, se redressa dans son lit et consulta le livre.

— Voyons voir. *La Fille du temps.*

— Joséphine Tey, précisa Plant.

— Ah oui, un excellent auteur de polars. On ne racontait pas n'importe quoi, à l'époque ! Des détectives francs du collier et qui mettent toujours dans le mille. Des pros, comme moi, ou des amateurs, comme vous, fit-il, inclinant la tête d'un air bienveillant. Mais pas de femmes, pas de « gays », pas de lesbiennes, pas de putes, ni d'animaux. Pas de chats, non plus, dit Wiggins en faisant défiler les pages du livre à toute allure sous son pouce. Vous pourriez retaper un peu mes oreillers, s'il vous plaît ? ajouta-t-il sans transition, le buste penché en avant.

Melrose s'exécuta, et Wiggins se radossa avec un soupir satisfait.

— Ah, maintenant, je me souviens ! C'est celui où son détective est alité à l'hôpital !

— C'est justement pour ça que je l'ai choisi. Une affaire historique. Il trouve une solution plutôt délicate à la question des meurtres des princes dans la Tour de Londres. Avec le roi Richard pour principal suspect. Mais notre détective parvient à blanchir son nom. Enfin, plus ou moins. Son amie, me semble-t-il, lui apporte toutes sortes de livres et de renseignements. Et lui, il fait la synthèse de tout ça. Alors, ce que je me suis dit, c'est que si je vous communiquais les détails de cette histoire de Tate Gallery-cathédrale d'Exeter-Old Sarum, à nous deux on arriverait peut-être à trouver quelque chose.

Wiggins, visiblement excité, s'employait néanmoins à feuilleter lentement les premières pages du livre d'un air assez grave.

— Ce que vous voulez dire, c'est qu'avec le commissaire aux États-Unis, nous pourrions lui être très utiles depuis ici. Et n'oubliez pas qu'il y a aussi le commissaire Macalvie. On pourrait le mettre à contribution.

— Le commissaire Macalvie ne m'a guère donné l'impression d'être le genre d'homme à apporter sa « contribution », remarqua Melrose d'un ton sec.

Wiggins rétorqua que la question ne s'était encore jamais posée et puis, il ne fallait pas oublier que c'était lui, le patient.

— Mr. Macalvie et moi, on se comprend, assura-t-il, apparemment un peu vexé que Melrose ne se fût pas rendu compte que Macalvie ne le considérait pas comme n'importe quel malade à l'hôpital.

— Mmm-mmm, fit Melrose, espérant que son idée de divertissement pour Wiggins ne se transformerait pas en source d'ennuis.

Wiggins caressait *La Fille du temps*, comme pour trouver un réconfort auprès de Joséphine Tey.

— C'est une bonne idée. Alors, racontez-moi tout ce que vous savez sur cette affaire, suggéra-t-il en se calant contre ses oreillers.

— Oh, malheureusement pas grand-chose, pour l'instant.

Et Melrose lui transmit le peu que Jury lui avait

raconté. Principal renseignement : Macalvie avait trouvé sur Nell Hawes un carnet d'adresses avec des numéros de téléphone. Melrose avait donc appelé le commissaire divisionnaire pour lui demander plus de détails à ce sujet.

— Outre le numéro de la boutique d'Angela Hope, il y avait ceux d'une pharmacie, d'un hôtel et d'un particulier — mais la personne que nous avons eue au bout du fil a prétendu n'avoir jamais entendu parler de Frances Hamilton, Helen Hawes ou Angela Hope.

— Angela Hope, c'est la femme qu'on a retrouvée à Old Sarum ?

Melrose opina du bonnet.

Wiggins, l'air très concentré, étudiait les photocopies que Melrose avait apportées.

— Ça paraît bizarre, non ? Je peux imaginer qu'une touriste note un numéro d'hôtel, de restaurant ou de boutique où elle ait envie d'aller...

— Ou qu'elle rencontre un homme qui lui donne son numéro de téléphone. Qu'y a-t-il de bizarre là-dedans ?

Wiggins regarda son livre de poche tout neuf comme s'il voulait l'embrasser pour le remercier de lui avoir fourni cette fantastique idée d'éclaircir des mystères depuis son lit d'hôpital.

— Ben, rien du tout. Si ce n'est que le bonhomme en question nie, par la suite, connaître la touriste, fit Wiggins en lissant soigneusement son drap. Mais comment êtes-vous sûr qu'il s'agisse bien d'un numéro de téléphone ?

Melrose le regarda, stupéfait.

— Parce que... Je viens de vous le dire : la police du Nouveau-Mexique a appelé à ce numéro. Quelqu'un a répondu. Et ce monsieur, qui qu'il soit, a déclaré qu'il n'avait pas la moindre idée de ce dont ils parlaient.

Haussement d'épaules de Wiggins.

— Les gens qui donnent des coups de fil obscènes appellent souvent n'importe quel numéro, au hasard.

— Quel rapport y a-t-il avec des coups de fil obscènes ?

— Aucun. Là n'est pas la question. L'intéressant, c'est le côté hasardeux. Vu le nombre de numéros de téléphone qui doivent exister — Dieu seul sait à combien ça doit se monter ! —, il serait possible de tomber sur un vrai numéro, purement par hasard. Et le fait que ce numéro existe bel et bien ne veut pas dire pour autant que le chiffre ne correspond pas, par ailleurs, à autre chose.

Melrose médita là-dessus. C'était effectivement possible.

— Donc, reprit Wiggins, si ces chiffres — qui représentent on ne sait quoi — sont les mêmes que ceux de ce numéro de téléphone d'un abonné à...

— Española.

— ... à Española donc, il se pourrait malgré tout que ce soit une coïncidence, suggéra Wiggins qui ferma doucement les yeux et croisa les mains sur son livre, prenant l'air du Sage ermite dans sa grotte.

Melrose était décontenancé. Il se rendit compte tout à coup qu'il avait adopté une attitude légèrement condescendante vis-à-vis du sergent, et cela l'ennuyait beaucoup. Car l'idée que celui-ci venait d'avancer valait sûrement la peine d'être prise en compte. Une excellente idée, à vrai dire. Le problème, c'est qu'en dépit de toutes ses qualités, Wiggins n'avait jamais brillé par ses capacités de déduction. La valeur de Wiggins tenait à sa loyauté, à ses notes méthodiques, à son attention au détail et, surtout, à son aptitude à refléter les faiblesses des témoins. On n'avait pas de mal à s'identifier à Wiggins car, en sa présence, personne n'éprouvait le besoin de se montrer infaillible ; on pouvait sortir ses Kleenex, pleurnicher et renifler tout son soûl, avoir mal à la tête et aux articulations, déverser des torrents de larmes. Melrose trouvait déjà Jury assez doué dans ce registre-là, mais Wiggins le surpassait encore, parce que lui, c'était M. Tout-le-monde.

Aussi Melrose était-il complètement déconcerté de voir que Wiggins venait de souligner un point que personne d'autre n'avait remarqué, pas même le commissaire divisionnaire Brian Macalvie. Tout le monde avait supposé d'emblée qu'on avait affaire à des numéros de téléphone.

— Alors, à quoi correspondrait ce numéro, selon vous ? s'enquit Melrose qui se sentait un peu bête.

Le Sage ermite garda les yeux clos, agita la main d'un geste évasif.

— Eh bien, monsieur, il ne nous reste plus qu'à faire fonctionner nos petites cellules grises, déclara-t-il dans un bâillement.

— Oui, en effet, conclut Melrose en se levant. Bon, je vais y aller. Et me mettre à cogiter.

Wiggins ne fit rien pour le retenir, n'ouvrit même pas les yeux.

Arrivé à la porte, Melrose entendit un ronflement monter du lit. Ou plutôt une série de ronflements qui s'étranglaient dans la gorge de Wiggins, bouche ouverte, la tête posée au sommet d'une pile de petits oreillers blancs et moelleux, les mains jointes sur *La Fille du temps*.

L'ermite assoupi dans sa grotte de nuages.

Melrose fit d'abord une halte au poste de garde pour s'entretenir avec l'infirmière-chef de la possibilité de louer les services d'une garde-malade. Oui, bien sûr, ça pouvait se faire. Melrose donna son adresse et son numéro de téléphone, précisant qu'il prenait les frais en charge mais qu'il ne faudrait pas dire au sergent Wiggins que l'infirmière avait été engagée spécialement pour lui. L'infirmière-chef comprit parfaitement.

Il s'arrêta ensuite chez une fleuriste de Fulham Road, proche de l'hôpital. Là, ayant activé ses petites cellules grises, il fit composer plusieurs bouquets par l'aimable vendeuse, prit quatre cartes blanches dans le présentoir et y inscrivit quatre noms, adoptant pour chacun une écriture différente. Il donna ensuite ses instructions de livraison, précisant bien à la fleuriste que les bouquets devaient être livrés séparément, chacun à un moment différent de la journée. Enfin, ayant réglé une note digne de la rançon d'un roi, il s'en fut et descendit Fulham Road en sifflotant.

20

1

Mr. Beaton, le tailleur de Melrose, n'avait pas choisi le voisinage huppé de Mayfair, Regent Street ou Bond Street pour installer son honorable négoce. Chose extraordinaire, Mr. Beaton tenait boutique — un appartement, plus précisément — au premier étage d'une maison sise dans Old Brompton Road, près de l'Oratoire, au-dessus d'un magasin de bonbons.

Melrose l'aimait bien aussi, ce magasin de bonbons, et il s'y arrêtait toujours dans l'espoir de trouver derrière le comptoir une petite dame à cheveux gris en robe d'alépine pourpre à col de dentelle, ornée d'un camée. Une petite dame qui aurait un sourire timide en plongeant sa mesure de métal dans un grand bocal de verre pour y puiser des petits ours de gomme. Une personne qui n'existait que dans son imagination, ou qu'il avait peut-être modelée sur un souvenir d'enfance. Mais la vendeuse d'aujourd'hui ne ressemblait en rien à cette dame ; c'était une gamine aux traits flous, cheveux jaunâtres et frisottés, occupée à lire en mâchant du chewing-gum. A en juger par le regard qu'elle décocha à Melrose, elle se serait trouvée mieux à délivrer du poison dans une pharmacie qu'à servir des pastilles au citron dans une boutique aux parfums si délicats.

Cela dit, une fois qu'elle lui eut lancé son premier regard glaçant, elle ne le dérangea plus. Quant à lui, tout ce qu'il voulait, c'était contempler les rangées de grands bocaux de verre épais, les étalages de boîtes de chocolats Cadbury et d'assortiments Opéra. Lorsqu'il voulut se faire servir, la jeune fille jeta de côté son magazine à cancans, se leva de son siège et tira sur son pull-over. Melrose acheta de petites quantités de Mistral, d'ours piquants, de Smarties, de chauves-souris acidulées, de caramels et de cristaux d'arc-en-ciel. Ce qui l'intéressait, ce n'était pas tant les bonbons que de voir fonctionner la petite machine bien huilée qui se met en marche quand on achète des sucreries : la mesure en aluminium, la pesée et les grimaces qui l'accompagnent inévitablement, le geste de verser les bonbons dans des petits sacs en papier blanc et le revissage rapide des couvercles des bocaux. Il régla le prix de six revissages et demanda qu'on lui mette les six petits sacs dans un grand. La fille refusa, naturellement, sans autre raison que le fait qu'il est précisé dans le scénario de vendeuse qu'elle ne doit jamais se plier aux exigences du client. Ce qu'elle peut lui signifier par une grimace, une attitude, voire directement en paroles. Celle-ci choisit la grimace. Melrose lui adressa un sourire parfaitement radieux qui eut pour effet de l'exaspérer davantage et elle se hâta de dissimuler ses grands yeux sans vie derrière l'armure de sa feuille de chou à scandales.

Melrose sortit de la boutique en essayant de se persuader que le prototype de la vendeuse idéale devait bien se trouver quelque part, que l'élégance et la classe existaient encore et que les ombres dansaient toujours dans la caverne de Platon. Une fois sur le trottoir, il poussa la porte voisine de celle du magasin de sucreries et monta l'escalier un peu sombre jusqu'au premier étage.

L'existence de l'élégance et de la classe se trouva confirmée dans l'appartement de Mr. Beaton, qui lui servait à la fois de domicile et d'atelier. Mr. Beaton avait tout simplement le physique de l'emploi. Si Beatrix Potter[1] s'était autant intéressée aux gens qu'aux animaux, sans doute aurait-elle dessiné Mr. Beaton. Petit, au point de sembler délicat, il avait une tête en forme de dôme qui luisait sous les lampes, portait des lunettes à monture invisible mais ne regardait jamais à travers les verres, seulement par-dessus. Une visière verte lui ceignait parfois le haut du front. Enfin, quoi qu'il arrivât, on ne le voyait jamais sans son mètre en sautoir. Son apprenti avait une tignasse brune, portait lui aussi des lunettes et faisait montre de la même politesse et du même décorum que son patron. On aurait pu mourir de décorum, ici !

D'une année sur l'autre, Melrose oubliait à quel point il soupirait d'aise, chaque fois qu'il pénétrait dans ces lieux. Rien n'avait changé, et rien ne changerait jamais. Mr. Beaton avait été le tailleur de son père, après avoir fait lui-même son apprentissage avec Mr. Beaton père, du temps où celui-ci habillait le grand-père de Melrose. Un noyau de gens si étroitement liés que c'en était quasi miraculeux aux yeux de Melrose. Mr. Beaton, qui n'entretenait que peu de

1. Célèbre auteur et illustratrice de délicieuses histoires d'animaux mis en scène comme des êtres humains, et qui bercent l'enfance des petits Anglais. *(N.d.T.)*

rapports avec le présent, faisait la place belle au passé. Oh, bien sûr, il lisait les journaux, il était au courant de l'alternance des partis (« Conservateurs, travaillistes et "sociopathes" ! » commentait-il avec un petit rire), mais ça ne changeait rien pour lui.

Lady Marjorie, la mère de Melrose, venue accompagner son époux une ou deux fois, restait là sans rien dire, le sourire aux lèvres, tandis que Mr. Beaton prenait les mesures. Elle ne s'immisçait pas dans la conversation, ne parlant que si son mari lui demandait son avis sur un tissu ou une couleur, restant tranquillement assise, les mains jointes, regardant par la fenêtre aux carreaux pleins d'irrégularités et déjà couverts de la même patine de poussière ambrée. Ou bien elle s'installait devant la table ronde, le menton sur une main, à contempler les photos des ancêtres Beaton dans leurs cadres. Et si d'aventure lady Marjorie ouvrait la bouche, c'était invariablement pour vanter les mérites du tailleur.

Si Melrose savait tout cela, c'est parce que Mr. Beaton le lui avait raconté. Lady Marjorie, comtesse de Caverness : ah, ça, c'était une vraie lady, une lady qui méritait son titre !

— Milord, dit Mr. Beaton avec un bref salut de la tête qui, sans être obséquieux, perpétuait les usages et la tradition.

Melrose ne lui avait jamais dit qu'il avait renoncé à ses titres : c'eût été bien trop bouleversant pour Mr. Beaton qui y aurait vu un signe patent que la négligence et la chienlit gagnaient du terrain, que le modernisme prenait le dessus.

— Je viens de recevoir une étoffe d'excellente qualité. Je pense que vous en serez satisfait.

L'apprenti alla chercher dans un renfoncement de la pièce un gros rouleau de lainage anthracite.

Mr. Beaton en déroula une longueur pour que Melrose le voie de près.

— On dirait de la soie, au toucher, ajouta le tailleur.

Melrose palpa l'étoffe, légère comme un souffle d'air.

— Superbe ! Mais comment un lainage peut-il être aussi fin et délicat ?

La question était de pure forme. Le tailleur sourit et haussa les épaules, esquissant un mouvement infinitésimal de la partie supérieure de son buste. Tous les gestes de Mr. Beaton étaient ainsi, gracieux mais parcimonieux, comme si, du fait de sa petite taille, il cherchait à se ménager pour mieux se concentrer sur la tâche qui l'occupait à ce moment-là.

Pour lui, il ne suffisait pas de s'habiller avec une exquise élégance. Encore fallait-il que personne ne s'en aperçût, c'était *de rigueur**. Un homme doit porter ses vêtements comme on porte la sainteté : sans en faire étalage.

L'essayage terminé, l'apprenti servait le thé et des biscuits d'une minceur de gaufrette, aussi insipides qu'une hostie, et on restait là à bavarder, la tasse à la main. Mr. Beaton demeurait debout, la position assise ne servant à ses yeux qu'à vérifier la tension de l'étoffe sur le genou et son tombé sur le galbe du mollet. Et debout, pour lui, ça voulait vraiment dire debout : il demandait toujours à ces messieurs de prendre une posture naturelle, de ne pas rester plantés devant lui, raides comme la justice. Les vêtements, c'était fait pour habiller du concret, pas des fantasmes.

Le thé bu, l'essayage était terminé. C'était un rituel dans lequel chacun évoluait à son aise et connaissait son rôle.

Melrose prit congé, le sourire aux lèvres, descendit l'escalier et ressortit dans Brompton Road. En pleine forme : oui, voilà comment il se sentait, et la journée semblait s'être mise au diapason. En pleine forme : l'expression même vous avait un petit air dynamique, et tout ce qu'il voyait dans Brompton Road lui semblait exubérant, gorgé de vie. Il y avait du soleil, des tas de gens qui faisaient leurs courses. Melrose était environné de couleurs et de sons qui le bousculaient comme autant de coups de coude ou de parapluie. Il se demanda si Old Brompton Road avait connu quelque mutation à la Wordsworth, le béton, le métal et le verre s'alliant pour recomposer une étrange sorte de cadre naturel. L'immense oriflamme blanche qui flottait sur le côté de l'Oratoire prenait des allures de cascade et la route évoquait une rivière contournant ces blocs de rochers représentés par les voitures.

Melrose se sentait en parfaite osmose avec Londres.

2

O, Air ! O, Lumière !

Melrose sortit de la station de métro Pimlico et, un peu hébété, traversa la rue pour rejoindre les quais, la partie Chelsea de l'Embankment, avec la Tamise et Westminster en arrière-plan. Derrière lui se profilait le pont de Vauxhall, et devant, la dentelle sombre du pont de Waterloo, silhouette lointaine.

Son manteau de cachemire bleu nuit (pas un Beaton) ouvert et dansant autour de ses jambes, Melrose marchait sur l'Embankment, de nouveau imprégné de l'esprit de Londres. Euphorique et d'humeur poétique, maintenant qu'il avait émergé des noires entrailles du métro, il contemplait les évolutions d'un hors-bord qui fendait les eaux du fleuve et d'un voilier qui se balançait doucement. Puis, tournant le regard vers les petites feuilles que le soleil transformait en pièces d'or sur la cime des arbres, il bénit l'existence à l'air libre, au-dessus du monde souterrain.

Il entra dans la Tate Gallery, mû par le besoin de renouer avec son corps en regardant celui des autres, sous forme de peintures ou de sculptures. Dans le hall d'entrée de l'exposition des Portraits de Fanfarons (qui avait été prolongée), il s'acquitta du prix de la location d'un baladeur. Melrose aimait les visites guidées enregistrées, parce qu'il adorait qu'on lui raconte des histoires. Celle-ci était narrée par un comédien à la voix claire, qui savait exprimer de l'enthousiasme pour les tableaux sans se croire obligé de prendre un ton pompeux.

Et quels tableaux ! Les premiers représentaient des sujets assis sur des nuages, les pieds posés sur des crânes. On pouvait ensuite admirer de superbes Reynolds et d'élégants Van Dyck, des personnages si pétris de noblesse et de dignité qu'ils paraissaient fort loin des contingences du réel. Un petit tour sur la ligne Jubilee aurait vite fait de vous ramener à la réalité, mes gaillards ! songea Melrose avec un léger sourire supérieur.

Il suivit les instructions et arrêta le défilement de la bande le temps de passer dans la salle suivante. Temps qu'il mit à profit pour jeter un œil aux autres visiteurs : à part une femme d'âge mûr et un jeune maigrichon, la plupart n'avaient pas de baladeur. Des esprits libres. Ou des fauchés, songea-t-il avec un haussement d'épaules. Il remit la bande en marche et écouta les commentaires relatifs à l'École britannique, auxquels il adhérait tout à fait : oui, c'est vrai, les sujets semblaient un peu plus détendus, plus naturels, moins suffisants et fanfarons... Ah, ce portrait de Mrs. Siddons ! Incroyable, la texture et la couleur de ce velours ! Était-il bordeaux ? Ou d'un brun très foncé ?

Et puis soudain, Melrose découvrit un autre portrait, plus stupéfiant encore. Il ignorait qui était le personnage (il s'avéra par la suite qu'il s'agissait d'une certaine Mrs. Chambers), ou même qui l'avait peint (Lawrence, apprit-il aussi plus tard). Mais le tableau était d'une beauté renversante et il ressemblait tant au portrait de sa mère accroché dans la salle à manger d'Ardry End que Melrose en eut le souffle coupé. Ces yeux ! Cette lumière jaune que reflétait la robe et qui nimbait la peau du modèle ! Il avait même d'abord cru qu'il y avait un dispositif d'éclairage particulier pour ce portrait, tant il semblait lui-même source de lumière.

Melrose contempla longuement Mrs. Chambers puis, l'ayant admirée tout son soûl, ressortit en se défaisant de ses écouteurs.

Il avisa alors la salle 9, où étaient exposés les préraphaélites, y trouva la banquette où avait dû s'asseoir Mrs. Hamilton et s'y installa à son tour. Le siège se trouvait bien à l'endroit indiqué par Jury, en face du portrait de Chatterton. Une toile que, de toute évidence, on n'aurait jamais songé à inclure dans l'exposition des Portraits de Fanfarons. Car il n'y avait pas l'ombre de fanfaronnade chez Chatterton. Cependant, ce n'était peut-être pas le tableau que Melrose aurait choisi de contempler dans son humeur présente.

Comment les gens se débrouillent-ils quand ils

ont perdu un être cher ou un lieu aimé ? songea-t-il. On dirait qu'ils s'en sortent mieux que moi, mais allez savoir ! Et puis, pourquoi partir du point de vue qu'il faut absolument faire face à ce qui vous arrive ?

Il repensa à Nancy Fludd. Elle ne s'appelait pas Nancy, mais il trouvait que ce prénom lui allait bien et il en avait assez de dire Miss Fludd. Comment Nancy faisait-elle face à son monde rétréci ? Comment l'habitait-elle, le colorait-elle, l'envisageait-elle ? La plupart des gens, et notamment les jeunes, se projettent tellement dans l'avenir que le passé leur semble presque superflu. Et lui, éprouvait-il des regrets ou des remords quand il était jeune ? Probablement pas. Sans doute était-il aussi immature que ce couple, Béatrice et Gabe, qui n'avaient même pas remarqué cette femme en train de mourir à côté d'eux.

Puis il repensa à ce qu'il avait ressenti à l'entrée de la dernière salle de l'exposition des Portraits de Fanfarons : le souffle coupé, la main qui se porte au cœur. Et se demanda, ramenant son regard sur le portrait de Chatterton, s'il n'y avait pas un point commun entre lui et cette Frances Hamilton qui lui était parfaitement inconnue.

Une vague de tristesse le submergea. De la tristesse mais pas du désespoir, sentiment qu'il avait toujours considéré comme n'ayant pas de cause précise. Alors que la source de sa tristesse en avait une, puisqu'elle remontait à cette sinistre histoire, survenue juste avant la mort de sa mère dans leur maison de Belgravia. Une histoire qui avait duré quoi ? Des mois ? Un an ? En tout cas un temps infini à ses yeux.

Il se revit dans le salon peu éclairé, à l'arrière de la maison : une pièce pleine de meubles et d'objets très jolis dont les formes s'estompaient au crépuscule tandis qu'il contemplait le jardin par les portes-fenêtres. Pourquoi y a-t-il toujours un jardin dans les histoires d'amour et de trahison ? Sans doute à cause de l'Éden, supposait-il. « Telle la feuille qui rejoint la feuille déjà tombée au sol, Éden fut entraîné dans sa chute pour son plus grand malheur. »

Autrement dit, le serpent. Nicholas Grey, en l'occurrence.

L'affable, le séduisant Nicholas Grey. Un ami de son père avec qui celui-ci chassait dans les espaces sauvages des Highlands d'Écosse, ou taquinait la truite dans les ruisseaux glacés du pays de Galles. Ce sont les Nick Grey de ce monde qui pourraient le mieux profiter des talents d'un Mr. Beaton. Mais peut-être que non, après tout. Car les « messieurs » de Mr. Beaton n'étaient pas de simples silhouettes auxquelles accrocher des vêtements. Ses clients étaient des « gentlemen », des personnes de qualité. Et Nick Grey était tout sauf un homme de qualité.

Dans ce salon où Melrose se revoyait en train de regarder fixement par la fenêtre, il pouvait également inscrire la silhouette de Nick Grey au fil des mois — ou des ans, à vrai dire. Affalé dans un fauteuil, un whisky à la main ; appuyé contre le marbre ivoire du manteau de la cheminée, un sourire aux lèvres. Ou assis sur l'échelle de la bibliothèque, un livre ouvert en main, l'air perplexe. Gibbon ou Virgile lui passaient largement au-dessus de la tête. Mais tout, ou presque, le dépassait.

Melrose revit sa mère traversant le jardin, tel un spectre.

Il repensa aux femmes qu'il avait connues, lui. A celles qu'il connaissait actuellement. Il n'était guère critique envers les femmes, c'était même tout le contraire. Son cœur avait tendance à se laisser piéger trop facilement. Mais rien d'étonnant à cela, puisqu'il croyait au coup de foudre. Sans être absolument sûr de la profondeur de cette sorte d'amour, toutefois. Manifestement un choix inconscient, qui ne se réfléchit pas. Ensuite, pour lui, il y avait toujours quelque chose qui coinçait, qui lui barrait la route, comme quand quelqu'un vous bloque le passage ou encombre le trottoir, et qu'on ne peut pas le contourner.

Des femmes, il y en avait eu plusieurs, ces dernières années. Polly Praed, qui l'avait tellement intrigué, la première fois, à Littlebourne. Elle aurait pu être l'élue de son cœur. Ou bien Ellen, très sympathique même dans sa dureté. Et bien sûr, Vivian. Mais il avait peine à croire qu'elle fût attirée par lui, il y avait trop longtemps qu'ils se fréquentaient. N'empêche. Ç'aurait pu être n'importe laquelle de ces dames, s'il s'était donné un peu plus de mal. Mais le mal de quoi faire ? Il ne voyait toujours pas... Sa vision des choses était invariablement brouillée par le fantôme du jardin.

— Euh, excusez-moi, dit une voix de femme.

Melrose sortit de sa rêverie en sursautant. Il leva les yeux pour voir qui était cette femme qui lui parlait et de quoi elle s'excusait. Il avait totalement oublié qu'il se trouvait à la Tate, dans un lieu public.

— Excusez-moi, répéta-t-elle, le visage soucieux. Je déteste que quelqu'un me tombe dessus, comme ça. Mais vous avez l'air, enfin, il y a un instant vous aviez l'air plutôt mal en point. Je me suis dit que vous étiez peut-être malade.

Ça crevait les yeux qu'elle était gênée, pas du tout sûre d'avoir bien fait de lui adresser la parole. Il lui sourit dans l'espoir de la rassurer. Et une pensée lui traversa l'esprit : il se trouvait là, assis sur la même banquette que Frances Hamilton ; une Béatrice arrivait à sa rescousse, alors qu'une autre Béa n'avait pas levé le petit doigt pour aider Mrs. Hamilton.

Cheveux auburn, grande bouche, visage pâle, bienveillante. Pas belle, non, mais mémorable. En n'importe quelle autre circonstance, il aurait fait un trait d'esprit, l'aurait invitée à prendre un café, ou même à déjeuner. Mais pas aujourd'hui.

— C'est le *Chatterton* qui vous fait cet effet ? s'enquit-elle, une main sans alliance rejetant sa sombre chevelure sur ses épaules. Ce tableau met mal à l'aise, je trouve.

Son regard quitta le portrait pour se poser sur Melrose.

Ça aurait pu être vous, pensa-t-il.

Mais il se contenta de répondre :

— Oui, c'est le *Chatterton*.

21

— Pardonnez-moi... si j'ai donné l'impression que Fanny était un peu sotte, dit lady Cray en tendant à Melrose un grand verre de cristal taillé rempli de trois bons doigts de Virginia Gentlemen, la boisson préférée de Fanny Hamilton.

— Santé !

Ils levèrent leurs verres avant d'avaler une petite gorgée de cet alcool riche et onctueux, aussi sucré que de l'hydromel. Melrose était content de boire quelque chose, malgré le goût un peu écœurant de ce whisky, et il apprécia particulièrement l'assiette de canapés au poulet que venait d'apporter la petite bonne. Car il s'était rendu compte, en s'enfonçant dans les coussins soyeux du fauteuil, qu'il était épuisé. Il était quatre heures de l'après-midi et il avait encore d'autres gens à voir.

— Je crains d'avoir donné une fausse idée des choses au commissaire Jury. Ce qui est injuste, de ma part.

Elle s'abandonna sur le divan, tenant son verre à deux mains, les yeux au plafond.

— Jamais trop tard pour rectifier, suggéra Plant avec un sourire.

Ah, quel plaisir d'être assis là, dans un décor

assez semblable à celui d'Ardry End, à converser avec une femme si différente d'Agatha ! Le jour et la nuit, songea-t-il, bien qu'elles aient toutes les deux à peu près le même âge.

— Ce qui intéresse surtout Richard Jury, c'est le voyage de votre amie aux États-Unis, ou plutôt la partie du voyage qu'elle a effectuée *après* son séjour en Pennsylvanie.

Lady Cray, le regard toujours fixé au plafond, plissa le front comme si c'étaient les chérubins de plâtre portant des guirlandes de stuc dans leurs petites mains potelées qui la laissaient perplexe.

— Le commissaire Jury semble croire qu'il y a un rapport avec le décès d'une autre femme à Exeter, soupira-t-elle. Je n'ai pas la moindre idée de ce qui lui permet de faire un rapprochement entre les deux affaires.

— Je ne suis pas sûr que ce soit lui qui ait fait le rapprochement. Apparemment, ce serait un divisionnaire. Un policier qui se trompe rarement.

Un air de flûte suivi d'un chant psalmodié dans des notes basses parvint d'une pièce voisine. Intrigué, Melrose interrogea lady Cray sur l'origine de cette musique.

— Oh, c'est Fanny qui a rapporté ça des États-Unis. C'est très reposant, je trouve.

— Oui, c'est vrai, dit Melrose, marquant une pause avant d'ajouter : Et comment était son neveu ?

Lady Cray réfléchit à sa réponse. Ayant donné une impression fausse de Fanny, peut-être voulait-elle éviter d'en faire autant pour le neveu.

— Sincère. Un homme sincère, c'est ce qui m'a frappée. Vous savez, on ne se fait pas beaucoup d'amis, quand on est comme ça. Les gens vous trouvent dérangeant, et vous, vous les trouvez superficiels. Parce que ceux qui ne sont pas sincères parlent de tout et de rien, sauf de ce qu'ils pensent et sentent vraiment. Une chose qu'on ne fait pas assez, il me semble : pour la plupart d'entre nous, on passe le plus clair de son temps à se gâcher la vie, conclut lady Cray en examinant son verre.

Melrose acquiesça d'un murmure, laissant filer son regard au-delà de la cheminée de marbre, vers les portes-fenêtres et le petit jardin. Le son de la flûte était tour à tour lointain, étrange, clair et proche.

— Et elle est partie aux États-Unis illico, dit-il, regardant les délicates branches d'un saule pleureur se faire décoiffer par une forte brise avant de retomber sur l'ovale de béton d'un bassin vide.

Il repensa à Watermeadows, à Hannah Lean. Pauvre Hannah !

— C'est la pire chose qu'on puisse imaginer ! reprit-il. Perdre l'être qui vous est le plus cher. Je ne sais pas comment j'assumerais ça.

— Vous devez savoir ce que c'est, puisque vos parents sont morts tous les deux.

Il ne se détourna pas de sa contemplation du saule pleureur et du bassin vide.

— Oui, répondit-il simplement.

— Eh bien, alors... dit-elle, en vidant son verre.

Eh bien, alors...

Le jour était devenu laiteux, presque opaque, aussi épais qu'un brouillard. Il pesait sur les dahlias de la bordure qui baissaient la tête, comme écrasés par la lumière. Une lumière qui semblait s'être glissée au salon, dépourvue du brillant d'un rayon de soleil, du bleuté de l'aube, ou des irisations de fin d'après-midi.

— Avez-vous une photo de lui ?

Lady Cray regarda Melrose, interloquée.

— De qui ?

— Oh, pardon. De Philip Calvert. Mrs. Hamilton devait bien avoir des photos de lui, puisqu'elle l'aimait tant.

— Il a été assassiné, dit-elle en guise de réponse à la drôle de question de Plant.

— Une chose m'est venue à l'esprit, tout à l'heure, pendant que j'étais assis à la Tate. Je me suis demandé... dit-il, s'interrompant, pas vraiment sûr.

Lady Cray sourit et lui indiqua le mur qui se trouvait derrière et à gauche du divan sur lequel il était assis.

— Vous n'êtes guère observateur.

Il se retourna et porta son regard sur la partie du mur comprise entre les deux portes à double battant ouvrant sur le grand hall. Des tableaux de toutes tailles, montés dans des cadres différents, étaient accrochés au-dessus des moulures. Le plus grand de la rangée supérieure était un portrait de jeune homme, éclairé par une petite lampe. Melrose se leva.

— Vous permettez ? demanda-t-il, comme s'il eût été inconvenant de traverser la pièce sans son aimable autorisation.

Le portrait représentait Philip Calvert assis sur un fauteuil victorien, près d'un guéridon. Le genre de meubles inutiles qui figurent souvent dans les portraits, trop délicats pour avoir d'autre usage que celui d'y poser un coude ou une main, d'y étaler un couvre-chef et une écharpe. Et l'on retrouvait bien là de tels détails : Philip Calvert avait le coude sur la table, la tête sur une main, l'autre main épousant le bout de l'accoudoir. A côté d'une antique paire de lunettes de voiture, il y avait un bonnet de laine souple en équilibre instable sur le pied de lampe, comme pour suggérer qu'on l'y avait jeté négligemment — ce qui était bien sûr impossible avec une telle lampe. L'écharpe de cachemire foncé que le jeune homme portait à son cou glissait le long de l'accoudoir, donnant une impression de fluidité. Un sentiment d'insouciance, de légèreté : tel était, apparemment, l'effet recherché. Cependant, la composition détonnait complètement avec le personnage de Philip : il souriait, certes, mais d'un sourire éphémère. Cela rappela à Melrose ce ciel pâle et vide auquel il tournait maintenant le dos, où des arabesques d'oiseaux s'étaient envolées à tire-d'aile, comme s'ils fuyaient la lumière envahissante de tout à l'heure. Les couleurs de la toile n'étaient que de mornes variations sur le thème du brun. Le marron du bord supérieur du tableau, si foncé qu'il en était presque noir, s'atténuait peu à peu jusqu'à prendre une teinte café sur l'abat-jour et les tentures. Les seules taches de couleur se trouvaient dans la texture du bonnet — bordeaux, moucheté de vert kaki — mais elles étaient si ternes qu'elles se confondaient avec le reste. Le pâle visage et les yeux marron clair de Philip Calvert semblaient presque translucides dans un cadre aussi sombre.

Un superbe petit portrait, songea Melrose, quoiqu'il y eût une contradiction évidente entre le sujet et son environnement. Ça sentait trop le confort et le privilège, l'élégance décontractée. Trop riche, beaucoup trop. Sachant ce que Jury lui avait raconté, Melrose se demanda si ce n'était pas justement tout ce que Philip Calvert avait tenté de fuir. Et il en fit la remarque à lady Cray.

Celle-ci confirma d'un hochement de tête entendu.

— C'est exactement ça. Il se disputait — gentiment — avec Fanny à ce sujet : sa tante, qui avait beaucoup d'argent, avait naturellement envie de l'en faire profiter. Mais l'argent mettait Philip mal à l'aise. C'est comme ça, chez certaines personnes. Personnellement, je n'en ai jamais eu assez pour risquer de réagir de la sorte.

— En tout cas, il n'a pas l'air heureux, constata Melrose.

— En effet. Mais je ne sais pas pourquoi. Car, à défaut d'avoir l'air heureux, il semblait assez content de son sort, fort de la conviction qu'il faisait ce qui lui convenait.

Ils étudièrent de nouveau le portrait, en silence.

— Mr. Plant, vous n'allez tout de même pas me raconter que ce crime-là aurait quelque chose à voir avec la mort de Fanny ?

— Non. L'assassin de Philip Calvert a été appréhendé. Ce n'est pas ce que je voulais dire.

— Mais quoi, alors ?

Melrose sourit.

— Je peux vous faire part d'une théorie qu'affectionne une de mes amies de Long Piddleton. A condition que vous soyez prête à entendre de belles âneries.

— Allez-y ! Les âneries, mon cher, c'est mon fonds de commerce !

— Voyons, lady Cray ! Je vous connais, et vous êtes tout sauf... !

Avec une petite grimace, elle retira la main qu'elle avait posée sur le bras de Melrose.

— Oh, n'exagérez donc pas tant mes vertus ! Je suis beaucoup de choses sauf... Allons, parlez-moi de cette théorie stupide.

— Elle appelle ça « le syndrome de Stendhal ».

— Qu'est-ce que c'est que ça ?

— Les gens qui sont fous d'art, tel que l'était Stendhal, sont capables de tomber raides devant un tableau de maître.

— Seigneur ! Seriez-vous par hasard en train de suggérer que Fanny, qui n'était pourtant pas du tout aussi impressionnable en matière d'art, en aurait pris trop plein la vue à la Tate ?

Melrose ne répondit pas directement.

— Je suis allé voir l'exposition des Portraits de Fanfarons et, en arrivant devant un des tableaux, j'ai eu l'impression de recevoir un coup violent, comme si un mur de mains m'avait forcé à reculer.

Il crut qu'elle allait l'interroger, lui demander quel portrait l'avait si singulièrement frappé, mais elle n'en fit rien. Peut-être lady Cray respectait-elle son quant-à-soi, bien qu'il se fût aventuré dans son jardin secret à elle, sans le faire exprès.

Les deux arcs fins des sourcils de lady Cray se rejoignirent.

— Quel tableau regardait Fanny ?

— *Chatterton.*

Le regard de lady Cray se posa de nouveau sur le portrait de Philip.

— Il n'y a pas vraiment de ressemblance.

— Oh, moi je trouve que si !

— Chatterton était tout jeune, autant que je m'en souvienne...

— Il avait dix-sept ans.

— ... sans le sou, sans amis et, pire encore, accusé de plagiat. Ou quelque chose de ce genre. Un artiste, certes, et Philip aussi. Mais je ne leur vois pas d'autres points communs.

— Eh bien, moi, je m'interroge sur une certaine similitude de tempérament, suggéra Melrose, appuyant son propos d'un geste destiné à décourager toute objection. De toute façon, la question n'est pas là ; ce n'est pas de ça que je veux parler, mais de quelque chose de bien plus simple, fit-il, désignant la toile d'un signe de tête. Il ne devait guère ressembler à ça, quand il est mort.

— Naturellement, mais Fanny n'a pas vu...

— Je sais. Mais on a dû lui dire comment il était mort. Philip Calvert était couché sur une sorte de divan-lit. Elle ne l'a pas vu, ce qui est d'autant plus terrible, car elle l'a imaginé. Et je crois qu'elle a dû se le représenter couché comme Chatterton, en travers d'un lit étroit. La scène est la même, jusqu'aux livres et aux papiers par terre. Tout au moins d'après la description du cadavre de Philip Calvert que m'a faite Jury.

Elle se tourna vers lui, ses yeux bleu argenté brillant de tous leurs feux.

— Voyons, soyez raisonnable ! Si c'était le cas, le commissaire Jury n'aurait aucune raison de rapprocher la mort de Fanny de celle de cette pauvre femme d'Exeter. Sans parler du cadavre trouvé près de Salisbury. Je suppose qu'elles n'étaient quand même pas toutes là, à admirer le portrait de ce pauvre et cher Chatterton ? lança-t-elle en allant reprendre sa place sur le divan.

— Non. Mais il semble que votre amie, Mrs. Hamilton, et Mrs. Hawes se soient trouvées à Santa Fe au même moment.

— Mrs. Hawes ?

— Helen Hawes était la dame de la cathédrale. Et la morte qu'on a trouvée à Old Sarum venait de Santa Fe, précisa-t-il, plus à l'intention du portrait que de lady Cray.

Melrose s'était quasiment épris de la lumière du

tableau, des minuscules gouttelettes d'or semées sur l'écharpe et sur la table, de l'éclat de la peau du garçon. Il pencha la tête de côté : tout ça le tarabustait fort, sans qu'il pût s'expliquer pourquoi. Puis il se retourna, se rassit et accepta un autre verre.

— Au même moment ? répéta lady Cray avec un petit rire. Ainsi que des milliers d'autres personnes, je suppose.

— Oui, mais qui ne sont pas mortes, elles.

Elle le considéra, haussant légèrement les épaules.

— Évidemment, c'est vrai. Je suis un peu lente...

Melrose tira de la poche intérieure de sa veste les photocopies que Jury lui avait envoyées.

— Voulez-vous jeter un coup d'œil là-dessus ?

Elle prit les papiers, qu'elle examina avec soin avant de demander :

— Suis-je censée les avoir déjà vus ? On dirait des pages d'agenda.

— Un carnet d'adresses. Vous ne l'avez sûrement jamais vu, mais que pensez-vous de l'écriture ?

— Voulez-vous dire que c'est celle de Fanny ?

— C'est ce que je vous demande. Ce carnet se trouvait dans les affaires de la femme morte dans la cathédrale d'Exeter, mais il ne lui appartenait pas. La police d'Exeter en est certaine.

Lady Cray se concentra de nouveau sur le petit carnet.

— C'est difficile à dire... mais on a l'impression qu'il y a deux écritures différentes. Regardez un peu, là, fit-elle en tendant les papiers à Melrose, le *C* et le *o* de « Canyon » n'ont pas du tout la même tête que ceux de « Coyote ». Quel drôle de nom, du reste, Coyote Village ! Mais il y a quelque chose que je ne comprends pas : si on l'a retrouvé dans les affaires de cette autre femme... Combien de fois lui ai-je répété qu'ils étaient parfaitement illisibles, ses petits chiffres ! Avec ses neuf qui avaient l'air de cinq et tout à l'avenant, fit-elle avec un profond soupir en se calant contre les coussins, les yeux mi-clos. Pauvre Fanny !

Comme si c'était ses neuf et ses cinq identiques qui l'avaient tuée !

Oh, et puis peut-être que lady Cray avait raison, après tout. Ce n'était pas plus invraisemblable que le syndrome de Stendhal.

Melrose sourit, la remercia et prit congé.

22

Quand Melrose vit les gosses Cripps occupés à marteler des couvercles de poubelle, il se félicita de ne pas avoir pris la Rolls pour se rendre à Catchcoach Street. Il compta cinq mouflets. Ou plutôt six, car il y en avait un au milieu de la ronde. Naturellement, il ne pouvait pas s'agir des mêmes six que l'autre fois. Ceux-ci devaient faire partie d'un autre lot — car il fallait raisonner en lots, avec les Cripps.

En tout cas, on ne pouvait pas se méprendre sur l'air de famille des Cripps : de génération en génération, ils avaient tous un teint de petit-lait ou de fromage blanc, des cheveux et des sourcils d'un blond oxygéné, des yeux très clairs, presque transparents. Les Cripps donnaient l'impression d'être délavés, comme s'ils avaient subi une lessive de trop à la laverie automatique.

Mais ce manque d'éclat dans le physique était largement compensé par des actes hauts en couleur. Melrose resta planté de l'autre côté de la rue à observer le dernier en date de leurs jeux. Cinq d'entre eux marchaient en rond autour d'un sixième — fille ou garçon, difficile à dire. Le gosse qui se tenait au centre était condamné à l'obscurité par un bandeau sur les yeux et tenait une plante en pot.

Ceux qui formaient le cercle tapaient sur des couvercles de poubelle ou brandissaient des outils normalement destinés à d'autres usages. Un râteau servait de hampe à un drapeau irlandais en lambeaux tandis qu'une sarclette portait un message écrit à la main — avec des fautes, évidemment : A BAT LE PUTIN DE MAJOR ! Le thème de la manifestation était apparemment inspiré par les gros titres du matin annonçant qu'un des participants à une marche de protestation de l'IRA avait été placé en garde à vue. D'où la colère des gosses, dont les sympathies allaient à toute organisation capable de semer le désordre le plus total. Pourquoi avaient-ils pris l'un des leurs pour jouer le rôle du prisonnier ? Ça, c'était moins clair, mais Melrose suspectait les Cripps d'être prêts à ménager la chèvre et le chou pour ne pas perdre une occasion de nuire à quelqu'un ou à quelque chose — famille, patrie comprises.

Melrose s'étonna aussi de la présence des outils de jardin, vu l'état du petit lopin de terre qui séparait l'entrée de la maison des Cripps du trottoir : mottes découpées à la bêche et hérissées de chiendent ; tas de caillasses amassés à côté de trous béants comme des tombes, prêts à engloutir tout ce qui viendrait crever dedans.

Pourtant, Melrose était persuadé que cette terre retournée n'était pas destinée à accueillir quelque hôte distingué sorti d'un poème d'Auden. Car les Cripps ne perdaient pas leur temps à faire du sentiment. Ils n'étaient même pas pragmatiques. Le vieux mot d'enfant, « un trou, c'est ce qu'on creuse », trouvait sa forme ultime chez les Cripps. Parce que les sentiments, c'est une perte de temps quand il y a tellement de choses à faire. Comme de se torturer mutuellement ou de rendre fous les voisins.

Voire un étranger, si c'est vraiment votre jour de chance.

Avisant celui qui traversait la rue dans leur direction, les gosses suspendirent instantanément toute activité pour dévisager l'Inconnu avec toute la voracité que les coyotes du Nouveau-Mexique devaient mettre à lorgner Richard Jury, plus ou moins au même moment.

Plant s'approcha d'eux, le sourire aux lèvres, et leur demanda d'un ton aimable :

— Maman est là ?

Si papa ou maman ne se montrait pas à la porte, il n'aurait pas la moindre chance de franchir le seuil des Cripps avant que la petite bande n'y consente.

— Ou bien papa ? ajouta Melrose, sortant un des paquets de bonbons de sa poche.

Il en tira un ours piquant qu'il s'obligea à mâcher malgré le goût sirupeux de la friandise.

Douze yeux — ou plutôt dix, car le sixième larron semblait trop bête pour enlever son bandeau —, dix yeux, donc, suivirent le mouvement de sa main jusqu'à sa bouche. Le plus jeune bambin se colla comme une sangsue à la jambe de Melrose et se mit à tirer dessus en braillant.

L'aîné de la bande, un garçon de dix ou douze ans, prit le contrôle de la situation. Feignant de dédaigner les ours piquants, il gratifia Melrose d'un regard noir.

— Et qui qu'c'est qui les d'mande, hein ? lâcha-t-il, hurlant à l'intention du bambin : Ta gueule, Spanky !

Là-dessus, il envoya une magistrale fessée sur le derrière du gamin, faisant aussitôt monter le son d'un cran.

— Moi, répondit Melrose, sortant calmement de

sa poche un autre sachet, qui contenait des Mistral, cette fois.

Il se mit à en sucer un et vit deux des gosses se lécher les babines pendant que numéro six continuait à tituber, le bandeau sur les yeux, battant l'air de ses bras.

— Je suis un ami, précisa Melrose.

— Ah, ouais ? P'tête qu'elle est là, p'tête qu'elle est pas là.

— Ça couvre toutes les éventualités, non ?

Melrose sortit de sa poche un troisième sachet dont il examina le contenu : des Smarties. Hmm. Il en enfourna deux dans sa bouche et les mâcha lentement. La gamine d'âge intermédiaire (six ans, peut-être) se mit à bondir sur place en s'étreignant, comme si la simple vue des Smarties lui avait procuré une excitation sexuelle. Elle se mit à danser à reculons en disant :

— J'vais la chercher, j'vais...

— Ta gueule ! cria l'aîné des gosses qui se précipita pour l'attraper et la fit tomber à la renverse dans un des trous fraîchement creusés.

Elle pleura un bref instant mais y renonça vite pour revenir là où il se passait quelque chose et où se trouvaient les friandises. Furieux contre Melrose qui lui avait peut-être fait perdre le contrôle de la petite bande, l'aîné se planta devant lui, mains sur les hanches, et répéta :

— Pt'ête que oui, pt'ête que non.

— Décide-toi donc, je n'ai pas la journée devant moi, riposta Melrose qui sortit le sachet de cristaux d'arc-en-ciel, salués par un concert de « Oh ! » et de « Ah ! ». Le bambin détacha ses petites pattes sales du pantalon de Melrose et tourna vers lui son visage morveux et larmoyant, tout en agitant frénétiquement ses petits bras pour tenter d'attraper le cornet blanc. Melrose prit une pincée de sucre coloré et se la fourra dans la bouche. Il y avait maintenant quatre sachets de bonbons offerts aux regards.

Après avoir tâtonné en tous sens, le gosse aux yeux bandés finit par télescoper le bambin. L'aîné le repoussa violemment, ordonnant à ce « débile de putain de p'tit enfoiré » d'enlever son putain de bandeau. La petite qui avait été jetée par terre envoya un bon coup de truelle à son tortionnaire.

Melrose sortit le cinquième sachet et y plongea le nez. Il en tira un caramel du Devon aussi dur qu'une pierre. Pas question de manger un truc pareil, crénom ! Il le remit dans le sac.

Le gamin qui n'avait plus de bandeau sur les yeux essaya de se saisir du sachet, rata son coup et se mit à uriner, à deux doigts des chaussures de Melrose.

— Regardez ce que vous z'y avez fait faire, à Petey ! claironna une des filles.

La gamine qui avait crié ça et celle qui était ressortie de son trou se prirent par les mains et se mirent à tourner comme des toupies en chantant :

« Pete le pisseur, Pete le pisseur,
Filez-y donc une p'tite douceur. »

Après quoi elles s'effondrèrent, prises de fou rire.

Quand émergea de la poche de Melrose le dernier sac — les chauves-souris acidulées — les gosses devinrent fous furieux. Se rendant compte qu'il y avait *six* sachets et qu'ils étaient *six*, ils se mirent à crier et vociférer en se ruant comme un seul homme sur le visiteur. Melrose se remémora alors une scène d'une pièce de Tennessee Williams, dans laquelle un pauvre diable est attaqué par une bande d'affreux gamins. Bah, il méritait sans doute un si triste sort pour avoir eu le front de taquiner sans vergogne les Cripps.

L'animation était à son apogée quand la porte d'entrée s'ouvrit tout d'un coup, laissant apparaître Ellie la Blanche, maman chérie en personne et en tablier à fleurs.

— Eh, vous aut', rentrez donc ! ordonna-t-elle.

Elle s'interrompit net en découvrant Melrose.

— Ah ça, alors, j'en r'viens pas ! répéta-t-elle plusieurs fois tout en négociant un chemin à travers la terre, les gravats, les jouets et les outils abîmés.

Parvenue à l'endroit où se trouvait le visiteur, elle entreprit alors d'enlever un à un les gosses agglutinés autour de lui, comme si elle étêtait des roses fanées.

— Et maintenant, ouste, du balai : vous rentrez dîner ! décréta-t-elle.

— Un instant, dit Melrose qui arrêta les mioches pour distribuer à chacun un sachet de bonbons.

Ils s'en emparèrent avec avidité et détalèrent comme des lapins, en hurlant et riant à qui mieux mieux. Gare à celui ou celle qui aurait le malheur de ne pas tenir bien serré contre lui son fabuleux cadeau !

Malgré les cris perçants, les bruits de vaisselle brisée et la voix d'Ellie la Blanche qui dominait tout le reste, Melrose se détendait au salon. Non seulement il était fier de l'usage qu'il avait fait de ses friandises, mais il se trouvait même particulièrement astucieux, vu qu'il n'avait pas pensé aux Cripps en les achetant. Qu'est-ce qui avait bien pu le pousser à choisir six sortes de bonbons ? Il y avait manifestement un dieu quelque part. Il se sentait regonflé et retrouva son assurance habituelle, tout au moins ce qu'il en avait perdu en s'apercevant que le sergent Wiggins était peut-être plus malin que lui. Mais Wiggins ne s'était jamais montré plus futé que les Cripps, alors que *lui*, si. Émergeant enfin de l'autosatisfaction dans laquelle il se complaisait, Melrose esquissa une moue dubitative et fronça les sourcils : était-ce vraiment là une prouesse dont un homme rationnel pût s'enorgueillir ? Ou bien n'aurait-il pas peut-être, disons, baissé la barre de ses ambitions ?

En attendant de voir arriver Ellie la Blanche avec le thé, il se remit à tirer sur sa cigarette en faisant des petits ronds de fumée bien réguliers. Au moins un endroit où l'on n'avait pas besoin de se demander si on pouvait fumer : il suffisait de jeter un coup d'œil alentour pour voir qu'ici tout ce qui peut se faire sur cette Terre du bon Dieu était permis. Il y avait une abondance de fauteuils et de divans à larges accoudoirs, coincés les uns contre les autres comme dans une brocante du genre de celle d'Ada Crisp, et couverts de vieux oreillers et de montagnes de linge qui attendait d'être trié par l'opération du Saint-Esprit. Au-dessus de la cheminée sans feu était accrochée une tête de chat sauvage (sans doute la victime d'un des gosses), qui avait dû faire un bref séjour chez le taxidermiste du coin. Il y avait des lampes au sol, avec des abat-jour de traviole, comme pour jeter des taches de lumière sur les grosses roses passées de la moquette. Dans un coin se trouvait une cuvette d'eau qui intrigua Melrose. Se penchant en avant, il aperçut des fils électriques qui semblaient tremper dedans. Il haussa les épaules et se recala contre le dossier du divan pour examiner le papier peint. Un papier assez neuf sans doute (enfin, neuf selon les critères Cripps), dont les motifs représentaient d'énormes fleurs hideuses avec de larges pétales ouverts autour d'étamines ressemblant fort à des phallus. Une ressemblance merveilleusement soulignée ici par les griffonnages des gosses. Cela dit, ça cadrait parfaitement avec le style graffiti qui semblait servir de thème à la décoration, puisque diverses obscénités avaient été barbouillées à l'encre et au crayon sur les portes et les rebords de fenêtres. Il se demanda si les deux baquets installés sous les taches d'humidité au plafond étaient destinés à recueillir les fuites ou les épanchements de Pete le pisseur. Sans doute aux deux...

La voix d'Ellie la Blanche la précéda. Elle entra dans le salon en soufflant comme une locomotive, deux tasses de thé et une petite assiette de biscuits dans les mains, et déjà lancée dans une de ses interminables anecdotes.

— ... et y avait Raspoutine en train de flanquer les fichus meubles par la fenêt' d'en haut, et ça aurait pas encore été trop grave, sauf que... Tenez, fit-elle en tendant une tasse de thé à Melrose. Je vous l'ai sucré.

Melrose murmura un merci et tourna la tasse pour éviter le bord imprégné de rouge à lèvres.

Ellie s'effondra dans un grand fauteuil sombre et profond, réarrangeant les piles de linge autour d'elle et laissant le nuage de poussière retrouver sa place attitrée. Sa cigarette dansait au gré de son babil, mais tenait miraculeusement entre ses lèvres.

— ... Sauf qu'y se met à faire un feu, et v'là-t-y pas qu'y fiche dedans le fauteuil au p'tit point de ma mère, une antiquité ! Alors j'y crie dessus : « Raspoutine, espèce de foutu crétin, tu vas faire rappliquer les pompiers... »

Melrose, tout sourire, attendait patiemment

qu'elle termine sa saga des aventures de Raspoutine, le jour de la fête de Guy Fawkes[1]. Ellie la Blanche avait le chic pour commencer ses récits au beau milieu, de sorte que ses interlocuteurs ignoraient tout des personnages qu'elle évoquait. Elle aurait pu se mesurer à Homère, à ceci près qu'elle, elle n'arriverait jamais au bout de son récit.

— ... la remise, voilà quoi ! Et Raspoutine qui décide que ça serait marrant de brûler la remise qu'est derrière la maison, mais v'là-t-y pas que les pompiers débarquent ! Et la Sécu, par-dessus le marché — ça, c'est signé M'ame Esposito qu'habite dans l'bas d'la rue, celle qu'est toujours à fourrer son nez partout ! « Eh ben, que j'dis, pourquoi qu'les pompiers, y z'ont la Sécu au train ? »

Proche du ronron mécanique d'une scie circulaire, sa voix tantôt grimpait, confinant au grincement, tantôt retombait, telle une plainte, tandis que Melrose dérivait paisiblement au gré de ces intermittences. Il fut violemment tiré de cet état second, d'abord par l'irruption quasi volcanique des gosses sortant de la cuisine pour se précipiter à l'étage, puis par des éclats de voix en provenance de la rue. Se retournant pour regarder, il aperçut deux personnes en train de se quereller au beau milieu de la rue et ignorant volontairement la Morris qui essayait de les contourner. Il y avait là un homme, petit, voûté, la mâchoire si proéminente que le menton disparaissait dans le cou, et une femme au visage anguleux et à la voix de mégère.

Émergeant à grand-peine de son fauteuil, Ellie la

1. Anniversaire du Complot des poudres qu'on fête le 5 novembre en allumant des feux dans lesquels on brûle l'effigie de Guy Fawkes. *(N.d.T.)*

Blanche alla à la fenêtre et cria au couple de « la fermer, j'ai d'la visite ». Ce qui lui valut une bordée d'insultes mais ne les fit pas cesser pour autant. Ellie referma la fenêtre à guillotine d'un coup sec : vlan !

— C'est la Menteuse et Freddie le Connard. Y me débectent, ceux-là. Ça s'engueule à tout bout de champ, et juste sous mes fenêt' ! Bon, alors, où que j'en étais ? Ah, oui, eh bien, figurez-vous que Raspoutine...

Survolant du regard l'assiette de petits gâteaux qu'elle avait posée près de lui, Melrose choisit celui qui avait la plus mince couche de glaçage rose. Les biscuits paraissaient assez propres, bien que d'aspect plutôt écœurant, et il tenait à se montrer à la hauteur de l'hospitalité qu'on lui prodiguait. Il mordait dans un biscuit ramolli quand il eut l'attention attirée par une minuscule souris venue se poster près de la cuvette d'eau. Le rongeur se livrait manifestement à une rapide inspection. Melrose désirant en avoir le cœur net, il interrompit le récit d'Ellie la Blanche pour lui montrer du doigt la petite souris.

— Ah, ça, c'est Narcisse, fit-elle, enchaînant illico sur Raspoutine.

Peut-être que ces gens-là vivaient vraiment au pays des Mangeurs-de-lotus [1], songea Melrose, abasourdi.

— Dites donc : comment est-ce qu'une cuvette d'eau peut piéger une souris ?

— Ben, elle peut pas, dame ! C'est une des inven-

1. Allusion à L'*Odyssée* d'Homère. Il y avait, selon la légende, une île où l'on vivait dans une heureuse oisiveté en se nourrissant de lotus. Ceux qui en mangeaient oubliaient leurs amis et leur pays natal, ne désirant plus que demeurer à jamais sur l'île. *(N.d.T.)*

tions d'Ashley. Voyez, les fils électriques, y servent à électrocuter les souris qui boivent. La seule qui vient, juste histoire de jeter un coup d'œil, c'est Narcisse, celle qu'est là. C'est un ami à nous, Gabe Merchant, qui y a donné ce nom, dit-elle avec un sourire qui laissa entrevoir l'éclat de l'or dans sa bouche.

Ah ! Enfin, une chance, une porte qui s'entrouvre : le nom de Gabe fournissait une bonne transition vers le sujet qui intéressait Melrose. Quoique... on n'avait pas vraiment besoin de ruser avec Ellie la Blanche. Il la regarda se débattre encore une fois pour extraire du fauteuil sa formidable anatomie et se dandiner vers un rayonnage où elle prit un carré de bristol, qu'elle tendit à Melrose.

— Regardez, Gabe, il y a tiré le portrait.

Melrose ne put retenir un sourire à la vue du petit dessin, coloré ensuite à l'aquarelle, représentant une souris devant une cuvette d'eau. C'était parfaitement charmant et plein de caractère, et ça le fit penser à Beatrix Potter. Les deux petits yeux brillants semblaient dire : « Et vous, vous seriez dupe ? » L'artiste avait écrit « Narcisse » au crayon, en bas du dessin.

— Rapport à c'qu'elle passe son temps à se regarder, qu'il a dit, Gabe.

Ainsi Gabe avait de l'imagination. Melrose en était ravi.

— Alors, j'y donne des bouts de biscuit, à c'te souris-là, mais faut rien dire à Ashley ! Y serait trop déçu ! confia Ellie en allumant une autre cigarette. Y avait une souris crevée dans la cuisine et je l'ai mise ici, près de la cuvette. Morte de sa belle mort, qu'elle était, mais Ashley, lui, y savait pas. Ah, qu'est-ce qu'il était content, alors ! « Éléphant, y a du génie là-dedans ! » qu'il m'a fait en se tapant la caboche. Mais not' Ashley, y se pose là, comme génie !

Melrose sourit, puis éclata de rire. Il lui rendit le dessin.

— Ce peintre, Gabriel Merchant ? C'est bien son nom ? (Ellie opina du chef.) Il se trouvait à la Tate avec une amie...

— Béa Slocum, oui.

— Ils se trouvaient tous les deux à la Tate quand une dénommée Frances Hamilton est morte.

— Et comment donc qu'y z'y étaient ! Tenez, y avait Béa assise comme qui dirait là, et v'là-t-y pas que c'te dame, elle y tombe dessus. Ça, par exemple !

Melrose s'émerveilla de constater qu'Ellie ne s'interrogeait pas un instant sur le but de sa visite, sur le sens de ses questions. Dans le monde d'Ellie la Blanche, tout s'inscrivait dans une gigantesque tapisserie qui embrassait la trame et la chaîne, Raspoutine et la Tate Gallery, Melrose et la souris, le jardin en feu et la mort subite. Son approche de la vie était quasi métaphysique.

— Richard Jury m'a demandé de leur parler. Il m'a dit que Mr. Merchant logeait chez vous en ce moment, et j'espérais le trouver là.

— Oh, mais c'est que Gabe, il est au violon, y s'occupe de faire libérer Ashley sous caution. Béa, eh bien, elle doit être encore au boulot. L'est pas encore cinq heures, non ? Béa, elle habite à Bethnal Green. Elle travaille dans c'te musée pour les gosses. J'aimerais bien y emmener les miens, mais y démoliraient tout ! convint-elle avec un soupir. Drôlement intelligente comme fille, Béa. Les gens, y tombent dans l'panneau. Mais j'vois pas ce qu'y pourraient vous dire de plus, l'un comme l'aut'.

L'commissaire et son sergent, y leur ont déjà posé des centaines et des centaines de questions. J'pense que Béa et Gabe, y leur ont tout raconté, fit-elle avant d'ajouter, se penchant vers lui et lui soufflant au nez une riche odeur d'oignons : Dites donc, vous croyez tout d'même pas qu'y z'auraient quelque chose à voir là-dedans, non ?

Melrose hocha la tête en signe de dénégation.

— Non, je suis sûr que ce n'est pas ce que pense le commissaire. Je vais vous dire pourquoi il veut que je leur parle : parce que, avec moi, ça fera une oreille de plus, et parce que, des fois, les gens en savent plus long qu'ils ne le croient, vous devez savoir ça.

Elle acquiesça d'un air entendu.

— De toute évidence, ce Gabe est très observateur. Et son amie est intelligente, comme vous le dites. Ils ont fait tous les deux des... observations qui nous laissent penser qu'ils en ont peut-être vu plus qu'ils ne le croient — comme je viens de vous l'expliquer. (Haussement d'épaules.) Cette dame Hamilton est très probablement décédée de mort naturelle, dit-il, sans pouvoir s'empêcher de jeter un œil sur la cuvette d'eau, mais il y a d'autres éléments, des événements survenus par la suite, qui nous ont amenés à nous demander si la mort de Mrs. Hamilton n'était pas liée à autre chose.

Ellie la Blanche tirait sur sa cigarette tout en étudiant un détail du plafond.

— « Des événements survenus par la suite », murmura-t-elle, jetant un regard circulaire sur la pièce avant de s'inquiéter, tout d'un coup : Mais où sont donc passés les gosses ? Toujours à mijoter un mauvais coup, c'est épouvantab', épouvantab', j'vous dis !

Elle émit un « ttt, ttt » réprobateur entre ses dents, mais ne bougea pas pour autant, se contentant d'allumer une autre cigarette.

— Vous avez bien dit qu'Ash était au violon ?

Melrose se souvint qu'Ash était l'incarnation même du Mec-au-chômdu, l'archétype du chômeur.

— Les poulets, y l'ont pincé à Bethnal Green, ce coup-ci.

— Mais le commissaire Jury l'a bien vu chez vous il y a un ou deux jours, non ?

— Oh, il lui faut pas longtemps pour aller déballer sa camelote dans les WC publics du métro ! s'esclaffa Ellie. Béa, elle était folle de rage, et pardi, j'la comprends. « Tous ces gosses, Ash, qu'elle y a dit, t'imagines une pauv' gamine qui va aux cabinets, et qu'est-ce qu'elle voit, hein ? » Là-dessus, Ashley y se met en pétard pour de bon, comme vous pouvez imaginer. « Ça par exemple, qu'y gueule à Béa, à t'entend', je serais carrément un foutu désaxé ! »

— Combien de temps vont-ils le garder ?

— Pas longtemps. Gabe est allé le rechercher. Seulement, moi je préférerais qu'y reste dans le coin, Ashley ; c'est rudement embarrassant, rudement !

A l'entendre, on aurait cru une commerçante souhaitant que son cher et tendre cesse de se servir dans une boutique concurrente.

Melrose se leva et déclara qu'il devait partir.

— J'aimerais vraiment parler un peu à Béatrice Slocum. Elle travaille au Musée de l'Enfance, c'est bien ça ?

— Oui, c'est bien ça. Mais vous partez déjà alors que vous venez à peine d'arriver ? Ça m'fait drôlement plaisir de tailler une p'tite bavette avec un vieil ami, de temps en temps. Je me disais comme ça qu'on pourrait peut-être aller au pub se boire une chope, non ? proposa-t-elle, en s'extirpant de son fauteuil. Mais le *Necklace*, il est p'us là, maintenant, manque de bol !

Elle voulait parler de l'*Anodyne Necklace*, le vieux pub qui se trouvait au bout de Catchcoach Street.

— Ça, c'est une mauvaise nouvelle, en effet. Que s'est-il passé ?

— Oh, vous savez, les brasseries industrielles, répondit-elle, envoyant lesdites brasseries au diable d'un geste de la main. L'pub, il a été racheté par Charrington's. Deux fois plus cher qu'on paie maintenant, pour moitié moins d'bière dans sa chope ! Et y z'ont fichu une de ces affreuses grosses boules qui brillent, au plafond, comme dans les discos.

Ils étaient parvenus à la porte où le chien à tête de rat attendait de plonger ses crocs dans la jambe de pantalon de Melrose.

— Eh là, Basker ! Secoue tes puces, dis ! s'exclama Ellie la Blanche en lui envoyant un coup de pied qui ne dut pas lui faire grand mal, tant sa savate était avachie.

Le chien ne décollant toujours pas, Melrose l'envoya valser. Mais où étaient donc les gosses ? Ce quart d'heure de silence ne lui disait rien qui vaille.

Une fois sur le trottoir, Ellie la Blanche regarda vers le haut de la rue, puis vers le bas.

— Là, j'pige pas où qu'y sont passés, ces sales mômes.

— Je suis sûr que je ne vais pas tarder à le savoir. Au revoir, Ellie.

Melrose se dit qu'il s'en tirait à bon compte. Six

livres seulement. Ils l'attendaient, embusqués au coin de la rue, et lui avaient déclaré qu'ils l'accompagneraient jusqu'à la boucherie pour la modique somme d'une livre par tête. Comme il les questionnait sur l'intérêt de leur initiative entreprenante, ils lui avaient expliqué que le boucher était fou, et qu'il lui suffisait de voir débarquer une huile de la City pour se précipiter sur son couperet.

— Je ne suis ni de la City, ni une huile, comme vous dites.

— Ah, ouais ? Mais, lui, y sait pas ça, hein ? lui répondit-on avec un bon sens imparable.

C'est ainsi qu'il leur donna à tous de l'argent, même au bambin qui tendait sa menotte poisseuse, et il parcourut le reste de la rue en leur compagnie jusqu'au magasin qui faisait le coin. Une boutique appartenant à un dénommé Mr. Perkins et affichant : « Viandes et Gibier de premier choix. » Il ne devait guère y avoir de clientèle dans le quartier pour des viandes de choix, et encore moins pour du gibier, songea Melrose qui, regardant la devanture, aperçut un monsieur en tablier blanc, figure ronde et mine affable, en train de disposer des petits bouquets de menthe sur un plateau où trônait une superbe pièce de viande. Un gigot, nota Melrose en souriant gaiement au boucher. Celui-ci lui rendit son sourire et adressa un petit signe amical aux Cripps, faisant même le geste d'envoyer un baiser au bambin, menottes et minois écrasés contre la vitre.

— Il a l'air d'un type tout à fait sympathique, constata Melrose quand ils se furent éloignés de quelques pas.

L'aîné des Cripps le regarda en hochant la tête, l'air consterné par tant de bêtise.

— 'videmment ! J'vous avais bien dit que ça craignait pas si que vous étiez avec nous, non ?

Sur ces bonnes paroles, ils s'éparpillèrent comme une volée de feuilles d'automne, leurs petits rires étouffés flottant dans l'air glacé de ce mois de février.

23

Melrose la reconnut aux irréels reflets aubergine de ses cheveux. Elle se tenait devant l'une des vitrines abritant de nostalgiques vestiges de l'enfance, la tête légèrement penchée sur le côté, une loupe d'orfèvre à la main. Son visage se reflétait sur le verre, en surimpression d'un modèle de maison de poupée étonnamment grand et bien meublé. Melrose surprit dans ce reflet l'expression rêveuse, la bouche arrondie en forme de *o*.

— Miss Slocum ? Béatrice Slocum ?

Au moment même où elle fit volte-face, la petite fille qu'elle était l'instant d'avant laissa place à une adulte affichant un air d'ennui.

— On se connaît ? s'enquit-elle, lui lançant un regard où se mêlaient surprise et curiosité.

— Non. Je m'appelle Melrose Plant. Je suis un ami des Cripps.

— Vous êtes un de leurs amis, vous ?

Vachement invraisemblable ! sembla-t-elle vouloir ajouter.

Il confirma d'un signe de tête.

— J'arrive justement de Catchcoach Street. C'est Ellie Cripps qui m'a dit que vous travailliez ici, et je me demandais si je pourrais vous parler quelques minutes. Il se trouve que je suis aussi un ami du commissaire Jury.

— Ah, non, ça va pas recommencer ! gémit-elle. Encore cette fichue bonne femme de la Tate, hein ? Et alors, qu'est-ce qu'on me veut encore ?

Elle s'éloigna et passa derrière un comptoir, où elle entreprit d'examiner de minuscules accessoires de maison de poupée. Melrose la suivit.

— Je ne peux pas vous donner tort. Vous devez en avoir sérieusement marre de toute cette histoire, d'autant que vous n'avez rien vu qui vous semble utile à l'enquête.

Énervée, elle se mit à fourrer des affaires dans son sac.

— Ça, c'est certain. Gabe et moi... je suppose que vous lui avez parlé aussi ?

— Non, il n'était pas là, cet après-midi. Mrs. Cripps m'a dit qu'il essayait de faire sortir Ash de sa garde à vue.

Au moins de quoi la dérider : elle éclata d'un rire aussi frais que celui d'un gosse.

— Ah, mon Dieu, oui ! Je l'ai prévenu, Ash. Je lui ai dit que si jamais je le retrouvais sur mon territoire, je lui collerais une sacrée dérouillée ! Enfin... soupira-t-elle en continuant à bourrer son sac.

— Si vous avez fini votre journée, vous accepterez peut-être de bavarder quelques minutes avec moi, en mangeant un petit quelque chose ou en prenant un verre.

Elle hésita, esquissant une grimace.

— Mmmm. Bon, d'accord. On pourrait aller dans ce nouveau bistrot, près de Vicky Park. Mais il faut d'abord que je range, ici. Profitez-en donc pour vous balader un peu dans le musée.

Et il se balada.

Étrange lieu de travail pour une jeune femme telle que Béa Slocum, songea-t-il. Mais c'est vrai qu'il ne la connaissait guère. Il s'arrêta devant la maison de poupée qui se trouvait à deux pas, sur sa gauche, fasciné par le luxe de détails : les tout petits verres sur la table de salle à manger, les légumes miniatures, prêts à cuire dans des casseroles de la taille d'une pièce de cinq pence. Il passa à la vitrine suivante où se dressait Dingley Hall, un élégant manoir dont les habitants semblaient fort occupés à monter et descendre le grand escalier d'apparat, peut-être pour aller prendre le thé qu'on allait servir sur une table entourée de petits fauteuils de style Queen Anne.

Melrose gravit ensuite quelques marches et se retrouva dans le monde du chemin de fer : les trains électriques, à vapeur, et ceux qu'on traîne au bout d'une ficelle. Des locomotives et leurs tenders, des automotrices, des wagons, des Pullman et des voitures assises — tout ce qu'on pouvait imaginer. Dans une longue vitrine, on avait aménagé un circuit de rails avec des trains, des maisons et des personnages en miniature. Tout un paysage que le train traversait quand on glissait vingt pence dans la fente prévue à cet effet. Melrose regarda un petit garçon de cinq ou six ans mettre sa pièce. Le train s'ébranla. Les mains croisées derrière le dos et oscillant légèrement d'avant en arrière en se balançant sur les talons, le gamin gardait les yeux rivés à la vitre. Mais quand le train s'immobilisa, il se tourna vers Melrose et, d'un simple regard, lui fit comprendre que c'était à son tour de payer.

Melrose poussa sa pièce dans la fente. Le gamin approuva d'un signe de tête et tous deux se tournèrent pour voir la locomotive quitter la gare et gagner la campagne.

Tandis que Melrose regardait le petit train serpenter sous un tunnel, son front se plissa sous l'effet d'une interrogation : avait-il eu ce genre de jouet quand il était gosse ? Il n'en avait pas le souvenir. Mais pourquoi n'en avait-il pas eu ? Tous les gamins dont les parents avaient les moyens possédaient un train, non ? Il se rendit compte au bout d'un moment qu'il avait adopté la même posture que le gamin — les mains derrière le dos, se balançant légèrement d'avant en arrière sur les talons —, et il s'empressa de mettre ses mains dans les poches de sa veste.

Le petit garçon l'ayant quitté, il se dirigea vers les vitrines contenant des magasins miniatures. Il y avait une épicerie, une poissonnerie, le Grand Magasin Tiptop, une boutique de modiste où une vendeuse en porcelaine désignait de ses petites mains blanc perle des tables et des rayons garnis de chapeaux minuscules. Le plus grand magasin était la boucherie, qui offrait une étonnante reproduction de la réalité. Des quartiers de bœuf et des gigots d'agneau étaient suspendus au plafond, sur une seule rangée. Des canards, des poulets et d'autres volailles étaient accrochés la tête en bas. Un boucher en chapeau melon se tenait à la porte tandis qu'un autre aiguisait ses couteaux au fond du magasin.

Il fit quelques pas pour regarder l'exposition de modèles réduits d'anciens jeux. Une fillette avec un cerceau le fit penser à ce tableau fantasque de J.M.W. Turner qui se trouve à la Tate. Et lui, Melrose, avait-il jamais joué à de pareils jeux ? Si oui, il avait sûrement été celui qui doit s'y coller...

Il passa devant des cubes, des jeux de construction, et, une fois encore, il ne se rappela pas en avoir eu dans son enfance. L'air perplexe, il se dirigea vers une grande vitrine comme on en trouve à Brighton, à l'Old Penny Palace[1]. Elle contenait des moutons de bois à tête noire qui, pour vingt pence, donnaient une version bêlée de la vieille comptine *Baa baa black sheep*[2]. Ici, tout était à vingt pence, apparemment, et Melrose n'avait plus de pièces. Il était prêt à parier qu'il avait vu des ribambelles d'automates comme ceux-ci sur la promenade, à Brighton ou à Liverpool...

Mais, pour l'amour du ciel ! se reprit-il, tu n'as jamais mis les pieds à Liverpool de ta vie ! Quant à Brighton, tu n'y es allé qu'une seule fois, et c'était avec Jury. Bien sûr qu'il avait dû passer des vacances au bord de la mer, et pourtant il était incapable d'évoquer une seule image de lui en gamin avec son petit seau, les jambes pleines de sable et de coups de soleil. Pourquoi son enfance avait-elle été placée sous une si mauvaise étoile ? Les rides se creusèrent sur son front. Il faudrait qu'il interroge Ruthven, le dépositaire de tous ces souvenirs. Ce bon vieux et solide Ruthven, quel âge avait-il donc ? Bah, qu'importe, puisqu'il semblait jouir d'une belle santé. Mais, comme souvent quand on se prend à songer à sa propre mort ou à celle des autres, on se dit qu'il vaudrait mieux tout régler avant que les uns ou les autres ne disparaissent. Il en parlerait à Ruthven dès que...

Il fut tiré de ses réflexions par la voix de Béa :

— Alors, la visite vous a plu ? demanda-t-elle sur

1. Paradis des enfants, rempli d'attractions, d'automates, de machines et de jeux qui coûtaient tous 1 penny, d'où le nom de Penny Palace. *(N.d.T.)*

2. « Bêê, bêê, mouton noir » : célèbre comptine que chantent tous les enfants et où il est question d'un mouton noir qui promet de donner trois sacs de laine à son maître. *(N.d.T.)*

un ton enjoué. Est-ce que vous avez aimé les boîtes à lorgnette ?

Melrose étudia son expression en quête d'éventuels signes d'ironie mais n'en trouva pas.

— Oh, vous savez, j'en ai tellement vu quand j'étais gamin !

Elle ignora le ton qu'il avait pris.

— Est-ce que vous les fabriquiez avec des boîtes à chaussures ? Nous, c'est ce qu'on faisait. On mettait des petits objets dans la boîte, et puis on perçait un trou au bout...

— Oui, c'est en gros ce qu'on faisait aussi. Sauf que les nôtres étaient plutôt élaborées. On avait de vrais modèles réduits en guise de... petits objets. Alors, si on allait dans ce fameux bistrot, hein, qu'en dites-vous ?

Elle s'illumina.

— C'est ce qu'il y a de plus près de chez moi. J'habite un de ces blocs que les services sociaux ont fait construire à la va-vite. Je vous préviens, c'est un restaurant français. Dans le genre chic, ajouta-t-elle sur le ton d'une interrogation, pas certaine que Melrose aimât le genre chic. Plutôt cher...

Il sourit.

— Au diable l'avarice ! Allons-y !

L'établissement était bien tel que l'avait décrit Béa : un petit restaurant chic, aux prix sans doute exagérés. En tout cas, chic pour Bethnal Green, qui n'est guère un quartier opulent, avec Shoreditch et Spitalfields à côté, Stepney et Limehouse pas très loin. *Dotrice* annonçait peut-être l'embourgeoisement du quartier, promesse de son invasion prochaine par les « résidents secondaires » de Trueblood.

S'il y avait un signe avant-coureur de ces modes-là, c'était bien les restaurants. Londres adore ses restaurants, peut-être plus encore que ses théâtres du West End. C'est pratiquement une obligation de sortir dîner, et le moindre bistrot qui éclot quelque part est aussitôt remarqué, essayé, critiqué. Tout en examinant l'extérieur de *Dotrice*, Melrose éprouva une certaine tristesse en pensant aux vieux pubs qui ont complètement rénové leurs locaux et leurs cartes pour attirer cette nouvelle clientèle.

Le maître d'hôtel arriva enfin pour les conduire à une table. Étonnant le nombre de gens qui étaient déjà en train de dîner : ils avaient dû arriver avant dix-neuf heures trente. Bon Dieu, serait-ce une nouvelle tendance, de dîner à sept heures du soir ? Melrose en frémit légèrement. Comment remplir sa soirée, si l'on ne pouvait plus tuer gentiment le temps à table entre huit et dix heures du soir ? Le couple voisin en était déjà au dessert ! Ils auraient fini à huit heures moins le quart, s'ils n'y prenaient garde.

— Y a quelque chose qui ne va pas ? s'inquiéta Béa qui avait posé son sac par terre et ouvrait sa serviette pliée en éventail. Vous avez une mine épouvantable.

— Moi ? Non, non, ça va. Je repensais juste à cette femme qui est morte à la Tate. A la mort. Vous savez...

Béa ne s'intéressait pas à la mort mais au menu. Qu'elle étudiait avec grand intérêt, en passant le bout de la langue sur ses lèvres rouges.

Car, enfin, c'est bien une sorte de mort, non, d'avoir déjà expédié le dîner à six ou sept heures du soir ? Melrose imaginait déjà : Agatha se pointant à sa porte le soir — encore ! —, après un repas pris à Plague Alley qui lui laisserait tout loisir ensuite de gagner Ardry End à vélo pour prendre le digestif.

Ah ça, non ! C'est simple, si les choses en arrivaient là, il repartirait droit au *Jack and Hammer* et y resterait jusqu'à la fermeture. Cela dit, le *Jack and Hammer* était l'endroit où il prenait l'apéritif, pas la poire et le porto ! Et il ne tenait pas à bouleverser ses habitudes quotidiennes.

Survolant la salle du regard — lumière tamisée, cadre style art déco, quantité de reproductions de Lichtenstein et de Duchamp aux murs —, il se demanda s'il y avait jadis eu un pub à cet endroit-là. Les vieux pubs disparaissent. Tenez, comme ceux du quartier des docks : le *Town of Ramsgate* et le *Grapes* n'ont plus leur clientèle de pêcheurs, d'agents portuaires et d'ouvriers. Ils ont été entièrement rénovés à l'intention du « professionnel en ascension sociale », venu s'installer dans un entrepôt aménagé en loft. Et le fracas des charrettes de poisson brinquebalant sur les pavés a fait place au crissement de pneus des Jaguar XJ-6 et des BMW sous la pluie.

Le garçon présenta la liste des vins à Melrose. Au moins une chose dont il pouvait s'occuper pendant que Béa s'exclamait en lisant le menu : « Ah, les prix ! La vache ! » Melrose insista pour qu'elle prenne ce qui lui faisait plaisir, sans se soucier des prix. Et il ne fut guère étonné de l'entendre déclarer qu'elle voulait un pavé de rumsteak avec des pommes *frites**.

Étonné, c'est le garçon qui le fut lorsque Béa demanda si *frites** voulait dire que les pommes de terre étaient cuites à la friture. Son nez parut s'allonger à vue d'œil tandis qu'il informait Madame que, oui, en effet. Melrose commanda une demi-bouteille de château-latour et, pour lui, juste une entrée de foie gras au citron vert.

Le garçon repartit avec la commande, tel un cygne hautain glissant sur les eaux calmes.

— Gonflé, ce salaud ! s'exclama Béa, indignée. Serait ravi de me jeter dehors, c'est certain. Mais vous, c'est tout ce que vous prenez, juste une entrée ?

Il expliqua qu'ayant déjeuné très tard, il se sentait incapable d'avaler un plat élaboré. En réalité, il se réservait pour le *boudin blanc** sauce moutarde de Martha, sa cuisinière. Un plat qu'il affectionnait tout particulièrement car il avait le mérite d'éloigner Agatha. Radicalement. Elle appelait ça « cette répugnante saucisse blanche ». Il jeta un coup d'œil furtif à sa montre : avec un peu de chance, il serait à Long Pidd pour dix heures, peut-être même neuf heures et demie, si ça ne traînait pas trop chez *Dotrice*.

Néanmoins, il aimait bien Béa, et il était heureux de l'avoir emmenée là. Elle était ici comme à la fête, dans un cadre ô combien différent des endroits où elle devait avaler ses habituels sandwiches au fromage ou œufs durs mayonnaise. Mais il y avait quelque chose chez elle — chez Gabe, aussi, d'après ce qu'on lui avait dit — qui ne cadrait pas avec l'image caricaturale de deux jeunes en train de se peloter dans un lieu aussi sérieux que la Tate Gallery. Et il lui en fit la remarque.

— Ah, c'est juste le style de Gabe. L'aime voir comment les gens réagissent, dit-elle en repoussant les feuilles de mesclun sur le pourtour de la grande assiette. Vous savez, il veut voir si les gens seront choqués. C'est pour étudier leur comportement, qu'il dit. Ça l'aide pour sa peinture. Je vois pas comment... remarqua-t-elle en buvant une gorgée de vin. Bon, de toute façon, on ne flirtait pas très sérieusement. Je regardais par-dessus son épaule, un tableau sur le mur d'en face, *Une grise aurore* ou quelque chose dans ce goût-là, très triste...

— Mais alors, peut-être que Gabe aussi avait les yeux ouverts ?

— Ça se pourrait, ouais, dit-elle, écartant encore quelques feuilles de chicorée et haussant les épaules. Et alors ?

— Il a pu remarquer quelque chose.

— S'il avait vu quelque chose, il l'aurait dit. Il m'a rien dit.

— Racontez-moi ce que vous avez fait au juste, je veux dire pendant les deux heures qui ont précédé la mort de Mrs. Hamilton.

Elle émit un bruit traduisant son impatience.

— Ah, mais combien de fois il faut que je le répète !

— Peut-être pas mal de fois encore. A force de raconter une histoire, il arrive qu'elle change.

— Ah, pas celle-là, non ! Pas la mienne, d'histoire, déclara-t-elle en pointant le manche de sa fourchette vers sa poitrine.

— Je veux parler de détails, de tout petits riens. De ces petites petites choses qui vous ont échappé jusqu'à présent, comme ce que vous venez de me dire : que vous aviez les yeux ouverts.

Elle se cala contre le dossier de la chaise, prête à lui faire passer un mauvais quart d'heure. Mais sur ces entrefaites le garçon apporta le steak, et elle se dérida.

Tout en coupant son filet de bœuf en petits morceaux, comme si elle s'apprêtait à donner à manger au chat, elle raconta qu'elle était allée « jeter un œil » sur les Turner pendant que Gabe visitait l'expo des Portraits de Fanfarons.

— Et il a vu Frances Hamilton là-bas aussi, releva-t-il.

— Eh bien, c'est à lui qu'il faut parler, pas à moi, d'accord ?

— Bien sûr que je vais lui parler, concéda Melrose en scrutant la lie de vin au fond de son verre. Mais il se peut que vous soyez plus observatrice.

Elle le regarda droit dans les yeux, surprise.

— Absolument pas !

— Ces miniatures et cette loupe d'orfèvre dont vous vous serviez pour les regarder, dit-il en lui souriant, c'était intéressant. C'est vous qui les disposez dans la maison de poupée, non ?

Béa enfourna un morceau de viande dans sa bouche, un cube parfait, découpé par ses soins. Elle regarda Melrose en hochant la tête.

— Vous voulez en venir quelque part, là, ou quoi ?

— Sans doute pas. Je ne sais pas.

— Moi non plus, dit Béa, piquant une petite bouchée de filet sur sa fourchette et la mastiquant pensivement. Bon, y a cette dame qui tombe morte tout d'un coup à cause de son cœur ou quelque chose comme ça, et voilà les flics qui fondent là-dessus comme des mouches. Même Scotland Yard ! Comment ça se fait, hein ? Et pourquoi ce type de la police judiciaire, il s'intéresse tant à Gabe et à moi ? Hein ? conclut-elle sur un ton de défi bien imité, en se penchant vers lui.

Melrose sourit et remplit leurs verres.

— Le commissaire Jury a assez aimé le parallèle entre vous et Gabe, assis devant la Béatrice de Dante Gabriel Rossetti.

— Ah oui, vraiment ?

Ayant mastiqué avec application, elle se frotta le nez avec la main qui tenait sa fourchette.

— Qu'il aille se faire foutre, çui-là ! décréta-t-elle, piquant un autre morceau de filet. Idem pour vous. Hmm, délicieuse, cette viande !

Melrose but une gorgée de vin en regardant les Lichtenstein accrochés au mur, à côté de lui.

— Vous aimez ces reproductions, Béa ?

Elle répondit sans lever les yeux de la petite montagne de *frites** dressée sur son assiette.

— Dans le genre dessins animés, j'aime autant *Ren et Stimpy*. Ah, vraiment pas du tout, dit-elle, survolant les gravures d'un œil dédaigneux.

— Vous aimez l'art ? Avec un grand « A », j'entends ?

— Un peu.

Envoyant balader l'Art d'un haussement d'épaules, elle vida la moitié de son verre et porta à sa bouche une fourchettée de frites.

— Non, plus qu'un peu. *Beaucoup*, et même énormément, je dirais, souligna Melrose. Les gens qui se bornent à faire la queue pour voir une expo ou une salle pleine de tableaux se contentent sans doute de traverser les lieux. Ou de descendre prendre un café au restaurant. Ces gens-là ne vont pas « jeter un œil sur les Constable ».

— Les Turner. J.M.W. Turner. J'aime pas tellement Constable.

— Voilà ! Exactement ce que je cherchais à prouver.

— Vous n'avez rien prouvé. Mais vous pouvez remplir mon verre, merci d'avance.

— Comme vous n'aviez pas dix livres à vous deux, vous avez généreusement laissé Gabe visiter l'expo des Fanfarons.

— Qu'est-ce qu'il y a de généreux là-dedans ? Qui voudrait s'embêter à regarder le portrait enjolivé d'une bande de gros bonnets ?

— Comment saviez-vous que c'était précisément le thème de l'exposition ?

— Plutôt évident, non ?

— Non. En tout cas pas pour moi. Et je ne suis pas stupide...

Elle afficha une expression suggérant qu'il ferait peut-être bien de réviser son opinion.

— ... et le catalogue explique que c'est le curateur de la Tate qui a choisi le terme de « Fanfarons ».

Béa fronça les sourcils.

— Où voulez-vous en venir ?

Melrose fit tournoyer le vin dans son verre, se demanda s'ils étaient dans la partie non-fumeurs du restaurant, décida de ne pas poser la question et alluma une cigarette. Béa fumait, il le savait aux taches de nicotine qu'elle avait sur les doigts, la fumée ne la dérangerait donc pas.

— Vous peignez, n'est-ce pas ? lança-t-il à tout hasard.

— Quoi ? se récria-t-elle, plantant sa fourchette dans le steak. Ne soyez pas idiot, voyons !

Melrose exhala doucement un filet de fumée.

— Et probablement mieux que Gabe.

Sa bouche, ouverte pour recevoir une pleine fourchette de frites, resta béante tandis qu'elle reposait le couvert.

— Oh, ne soyez pas idiot ! répéta-t-elle en s'attaquant aux morceaux de viande sur son assiette avec la fébrilité d'un joueur de billard blousant la bille. Et même si je peignais... (Ce qui voulait dire que c'était bien le cas)... quel rapport ça aurait avec cette dame qui a cassé sa pipe sur la banquette ?

— Je ne sais pas. Sauf que je suppose que vous êtes bien plus observatrice que vous n'aimez le donner à penser. J'imagine que ce qu'un peintre voit reste gravé de manière indélébile dans sa mémoire. Même si, peut-être, il n'en a pas de souvenir conscient.

— Merde alors ! lâcha-t-elle sans véhémence. V'là-t-y pas que du coin de l'œil, j'avise un type en imper noir et en Ray-Ban qui s'approche de Mrs. Hamilton et qui la pique avec une aiguille. Un truc dans ce genre-là, c'est ça ?

— Non, pas exactement. Ce qui m'intéresse plutôt, c'est les réactions qu'une œuvre d'art peut susciter chez une personne sensible au beau.

Elle ouvrit la bouche en une expression d'incrédulité totale qui révéla ses dents de perle.

— Comme détective, vous, vous êtes nul ! lança-t-elle en lui tendant son verre pour qu'il le remplisse.

— C'est vous qui le dites.

— Mais qu'est-ce que l'art a à voir là-dedans, bon sang ?

Melrose resta un moment silencieux, puis leva les yeux, abandonnant la contemplation des profondeurs rouges de son verre pour s'intéresser de nouveau aux gravures.

— Vous aimez Turner. Est-ce que vous aimez les impressionnistes français ?

— Ce que j'aime, c'est la gueule sympathique de ce chariot de desserts. Regardez un peu ce truc chocolat-chocolat. Qu'est-ce que c'est ?

Melrose ne regarda pas, ne répondit pas, mais fit signe au garçon et observa Béa. C'était de toute évidence une fille intelligente — extrêmement intelligente — et perspicace. Il s'étonna que Jury, ou même Wiggins, eussent été dupes de la petite comédie de la jeune punk à tête vide qu'elle jouait en permanence. Un numéro destiné, supposait-il, à donner une fausse idée d'elle à la « société », mais sans doute aussi à son petit ami, Gabe. Voire à elle-même. Pour le moment, elle regardait Melrose, enroulant sur son doigt une mèche de cheveux teints de cette ridicule couleur aubergine. Ses yeux étaient dénués d'expression, comme s'ils n'enregistraient rien de ce qu'ils voyaient. Ils étaient d'un vert frais et clair, qui lui rappela l'océan déferlant sur la plage en un va-et-vient incessant.

Le garçon se présenta à leur table et expliqua que le « truc » au chocolat était un mariage de mousse, de génoise et de pralines concassées, enrobé d'un glaçage de chocolat doux-amer. Béa déclara qu'elle en voulait un morceau « avec une bonne dose de chantilly par-dessus ». Le garçon pâlit devant ce crime de lèse-majesté gastronomique mais s'exécuta. Quant à Melrose, il ne voulait rien, merci. Juste un café.

— Il n'y avait pas très longtemps que son neveu avait été tué, dit-il quand le garçon se fut éloigné pour aller servir d'autres clients.

Interloquée, Béa releva la tête de son assiette.

— Le neveu de Mrs. Hamilton, expliqua Melrose. Il a été assassiné aux États-Unis.

— Mais c'est épouvantable ! Vous croyez que ça a un rapport avec la façon dont elle est morte ?

— Pas directement, non. L'éventualité en a pratiquement été écartée. Mais il y a d'autres choses qui pourraient avoir un rapport avec sa mort.

— Quelles choses ?

— Deux autres décès, peut-être. La police n'est pas certaine.

Il se demanda si elle avait lu quelque chose sur la découverte d'un cadavre à Old Sarum.

— Ça vous arrive de lire les journaux ?

— Pensez ! J'ai jamais appris, moi. Même que je signe avec une croix, ajouta-t-elle, retirant la fourchette de sa bouche et léchant les morceaux de chocolat restés dessus.

— Pardonnez-moi, je me suis mal exprimé. Je voulais juste vous demander si vous aviez lu les journaux ces derniers temps. Un article sur la jeune femme qu'on a trouvée morte à Old Sarum.

— Bon Dieu, vous croyez tout de même pas qu'il y a un rapport avec ça ?

— Je ne sais pas.

Peut-être aurait-il dû se taire. Il ne savait pas bien ce qu'il avait le droit de dire à ces gens qu'il était censé interroger. C'était si vague, le rapport semblait si... improbable, à vrai dire, qu'il ne voyait pas comment il risquait de trahir des secrets.

— Ils n'ont pas raconté comment elle était morte. Comment ça s'est passé ?

— Je n'en sais rien.

Elle ramena son attention sur son dernier petit morceau de mousse.

— Vous ne savez pas grand-chose, hein ?

— Non. Quel genre de chose peignez-vous ?

— Ça ne vous regarde pas. Ça y est, soupira-t-elle, en reposant soigneusement sa fourchette à gâteau sur l'assiette. Ah, c'était un vrai délice ! Je boirais volontiers un cognac, ajouta-t-elle en se retournant pour repérer le garçon.

— Des natures mortes ? Des paysages ? De grands carrés de couleur à la Rothko ?

— Et pourquoi voulez-vous le savoir ? Vous vous empresseriez d'aller le raconter à Gabe.

Melrose leva les yeux au ciel.

— Voyons, ne soyez pas ridicule ! Suis-je du

genre à aller cafarder ? fit-il, levant deux doigts pour attirer l'attention du serveur.

— Est-ce que je sais, moi !

Elle regarda le Duchamp en fronçant les sourcils.

— Je peins en bleu.

— En bleu ?

— En bleu. C'est tout. Tous les bleus qui ont été inventés, plus quelques-uns de mon cru. J'ai des bleus comme vous en avez encore jamais vus.

Melrose resta la bouche ouverte, ne trouvant rien à dire.

— C'est pour ça que le jour où Gabe a barbouillé Ash de bleu, j'ai piqué une de ces rages, fallait voir ! J'ai cru qu'il était venu en douce dans ma piaule et qu'il avait fouillé. Personne n'a le droit de fouiller dans ma piaule ! ajouta-t-elle, en guise d'avertissement.

— Vous avez bien dit qu'il avait barbouillé Ash Cripps de bleu ? C'est bien ça ?

— Ouais. Votre copain de la police judiciaire ne vous l'a pas raconté ?

— Il a oublié.

— C'était un pari, ou une bêtise de ce genre. Ash s'est baladé dehors à poil, sans rien d'autre que du bleu sur lui. Juste pour choquer la Menteuse, sans doute, dit-elle, accueillant avec un sourire serein les deux doubles cognacs que le garçon posait sur la table, dans deux superbes verres pansus où le liquide ambré étincelait, illuminé par le reflet des bougies. En tout cas, vous, vous êtes pas radin, faut reconnaître ! Santé !

Que reconnaîtrait-elle encore, se demanda-t-il, levant son verre en souriant pour trinquer avec elle.

— Merci. Dites-moi : qu'est-ce qui vous attire dans les Turner de la Tate ?

— Je vous l'ai dit : la lumière. Sa façon de représenter la lumière. Quand j'ai pas le moral, je vais les voir ; ça me requinque. Ça aussi, d'ailleurs, fit-elle, dégustant une gorgée de cognac. Mais à quoi ça rime, toutes ces questions sur l'art, hein ?

— Je m'interrogeais juste sur l'intensité de vos réactions devant un Turner. Je me demande... fit Melrose, plissant le front et levant son verre pour voir comment le liquide déformerait l'image de Béa... si l'art peut tuer.

— Vous plaisantez !

Elle eut un petit rire, qui cessa de manière abrupte.

— Vous croyez bien que ça peut avoir un effet curatif. Vous venez de le dire : Turner soigne vos déprimes.

— Merde alors ! C'est pas exactement un remède radical, du genre qui tue ou qui guérit.

Ils finirent leur cognac et il régla l'addition.

Une auréole de lumière jaune nimbait les candélabres de fer forgé, haut scellés sur le mur de brique du restaurant, et la pluie brumeuse devenait gaze légère. Ce n'était qu'une petite bruine, mais capable de vous tremper jusqu'à l'os, Melrose le savait bien. Et, pendant qu'ils attendaient un taxi au bord du trottoir, il enleva son pardessus et le déploya au-dessus de la tête de Béa.

Elle leva les yeux sur lui, étonnée.

— Un vrai gentleman, que vous êtes ! Gabe, lui, il mobilise tout le parapluie pour lui tout seul ! Tenez, voilà un taxi là-bas ! s'écria-t-elle en faisant de grands signes.

Mais le chauffeur ne les avait pas vus. Le taxi amorça un demi-tour pour repartir dans la direction d'où il était venu quand, soudain, retentit un coup de sifflet à crever les tympans. Melrose bondit sur place. Il regarda autour de lui et vit Béa, deux doigts dans la bouche. Un second coup de sifflet déchira la nuit.

Elle haussa les épaules en voyant Melrose froncer les sourcils.

— J'ai appris ça quand j'étais petite.

Le taxi arrivait au pas, la lumière des phares transperçant la pluie.

— Vous, vous n'aurez jamais besoin d'une bombe de gaz paralysant ! déclara Melrose.

La voiture se rangea le long du trottoir et Melrose aida Béa à s'installer à l'arrière.

— Mais, et vous ? Vous ne montez pas ?

Il fit non de la tête.

— Je vais marcher un peu.

— Marcher ? Par ce sale temps de chien ?

— Je ne viens pas souvent à Londres et j'aime bien marcher.

— Comme vous voudrez, conclut-elle avec un rien d'hésitation, lui tendant la main et serrant la sienne avec une force et une fermeté inattendues. Écoutez, merci. C'était vraiment très sympa. Et vous aussi, vous l'êtes... pour une huile. Il y a une éternité que j'avais envie d'aller dans ce restaurant.

— Alors, je suis ravi de vous y avoir emmenée, dit-il, tout en griffonnant son numéro de téléphone sur son agenda et arrachant la page pour la lui donner. Tenez, si quelque chose vous revient, à vous ou à Gabe, passez-moi un coup de fil, vous voulez bien ?

Béa fourra le papier dans sa poche.

— Je n'y manquerai pas.

— Une fois cette affaire résolue — si ça arrive un jour ! —, je reviendrai vous voir et on dînera ici.

Elle le gratifia d'un large sourire.

— D'accord ! Seulement, la prochaine fois, vous mangerez un vrai repas, entendu ?

— Absolument. Bonsoir, Béa.

Elle baissa la vitre du taxi.

— Quand on se reverra, je vous laisserai regarder quelques-unes de mes peintures, si ça vous dit.

— Avec plaisir !

Ça promettait d'être intéressant, si ses tableaux lui ressemblaient. Béa, avec ses cheveux rouges, sa façon d'alterner le langage des beaux quartiers du West End et celui de l'East End populaire, sa vive intelligence et son Turner. Et ses cent nuances de bleu.

— Merci encore, dit-elle.

Il recula, envoyant une tape sur le taxi comme si c'était un jouet qui se contrôle avec une télécommande et qu'il pût le faire partir ou revenir à son gré.

Sauf que non : il ne pouvait pas.

Béa avait appuyé sa frimousse sur la lunette arrière. Tache pâle dans l'intérieur sombre, rapetissant au rythme des signes d'adieu d'une main battant l'air, tel un métronome.

Ou ça aurait pu être vous, pensa-t-il.

Et pour marcher, il marcha. Il rentrerait tard chez lui, en retard pour le *boudin blanc** de Martha, mais il avait perdu l'appétit pendant l'heure qui venait de s'écouler. Ou plutôt, perdu l'envie pressante de retrouver le Northamptonshire.

Alors, il marcha par les rues mouillées de Bethnal Green, la bruine prenant des allures plus agressives, et se muant peu à peu en une pluie atypique pour un Anglais. Une pluie qui tombe dru, comme des cordes, froide et bonne à vous tremper jusqu'à la moelle des os.

Qu'est-ce qui m'arrive ? se demanda-t-il en battant le pavé. Une journée à Londres, et je me sens complètement désemparé, vidé, seul. Et différent. Oui, je me sens différent, voilà tout. Et ça, mon vieux coco, se dit-il, c'est sans doute exactement pour ça que tu ferais mieux de t'en tenir à tes bouquins et à ton porto.

Il passa devant des entrées sombres, une ou deux impasses, quelques magasins — une poissonnerie, un marchand de primeurs, une boulangerie Hovis. Bien qu'il ne fût que neuf heures du soir, le morne calme de Bethnal Green était plutôt celui qu'on s'attend à trouver après minuit. La rue s'était vidée de ses bruits familiers : pas de crissements de pneus, pas de chiens ni de poivrots faisant du raffut en fouillant les poubelles, pas de cris au loin. Rien. La nuit londonienne ne lui aurait pas mieux révélé sa solitude si elle était venue marcher à ses côtés pour l'en informer :

« Désolé, mon petit monsieur. Mais t'es à Bethnal Green, pas dans ta foutue campagne. Ici, pas de sympathique feu de bois, ni de vieux chien ronfleur pour te réconforter. Aie donc la sagesse de t'en tenir à ce que tu connais, sans trop gamberger. »

Melrose continuait à marcher malgré tout. La pluie finit par se calmer, peut-être lassée de son soudain accès de colère, et redevint une bruine brumeuse. Il s'arrêta, tendit l'oreille et, n'entendant rien, repartit. Il ne savait pas très bien où il était et se sentait trop triste pour s'en soucier.

Il était arrivé dans un petit cul-de-sac, fermé par un mur aveugle que décorait une vieille affiche publicitaire pour le cacao Rowntree. Encore une chose qui lui remettait le passé sous les yeux, comme tout ce qui lui était arrivé ce jour-là. « Pas moyen d'y échapper, mon petit monsieur ! »

Melrose baissa la tête, comme si un geste d'humilité de sa part pouvait exorciser tant de tristesse et de remords. Des sentiments dont il ignorait la cause, à vrai dire. Il regardait l'affiche aux couleurs passées, toute en lambeaux et couverte de graffiti, quand resurgirent dans sa mémoire quelques vers de son enfance. Il en resta tout étonné.

« Une éclaboussure de boue sur un homme de
Beggarstaff
Rien qu'une éclaboussure, c'est tout.
Mais elle aveugle l'homme du cacao
Sur un mur mort de Bethnal Green. »

DEUXIÈME PARTIE

Santa Fe, au coucher du soleil

24

Assis sur le toit-terrasse du La Fonda Hotel, Jury regardait le soleil se refléter sur le versant ouest des montagnes Sangre de Cristo. Il respirait l'air sec et léger du Nouveau-Mexique. Le cercle d'or s'élargit, éclaboussa tout alentour, vira au rose et s'élargit encore, fonça et s'étira, orange et rouge, devant les montagnes noires.

Jury se trouvait en compagnie de Jack Oñate, le policier de Santa Fe qui lui avait appris le nom de cette chaîne de montagnes, l'une des soixante-treize de la région. Oñate lui avait raconté que quand il était gamin, à l'école, il avait dû apprendre tous les noms par cœur. Mais il les avait oubliés, maintenant, et ne se souvenait plus de ceux des chaînes du Nord, en dehors du Sangre de Cristo qui se dressait là, devant eux, des Sandias, du Jemez et de l'Ortiz — les plus connues — et deux ou trois autres encore.

Le trajet en voiture depuis l'aéroport d'Albuquerque — quatre-vingts kilomètres environ — lui avait révélé l'existence d'espaces sauvages couverts d'armoise argentée et de peupliers de Caroline, d'une terre constellée du vert profond des pins pignons et des genévriers. Peut-être pas le plus beau paysage qu'il eût jamais vu — après tout, il y avait le Lake District et les Hébrides —, mais sans doute le plus étrange. Irréel : « Le pays de l'enchantement », comme il était noté sur les plaques d'immatriculation des voitures.

Avec d'autres clients de l'hôtel qui bravaient eux aussi le froid de février pour admirer le soleil couchant, Jury et Jack Oñate étaient installés sur des transats, une canette de bière à la main, les yeux sur le Sangre de Cristo. Jury demanda s'il y avait de la neige.

— Elle ne fond jamais complètement sur certains de ces sommets, expliqua Jack Oñate. Je vais quelquefois camper dans les San Juan, et il suffit de creuser un peu pour tomber sur de la glace. De la « neige glaciaire », j'appelle ça.

— A quelle distance elles sont, les montagnes ?

— Je ne sais pas, une trentaine de kilomètres, peut-être.

— Elles semblent si proches.

— Ici, une distance de cinquante ou soixante kilomètres vous donne l'impression qu'on pourrait y aller à pied. C'est l'air, voyez. Il est si pur.

Ils restèrent silencieux un moment, admirant le soleil couchant. Puis, avec un soupir qui voulait dire « revenons à nos moutons ! », Jack Oñate sortit un dossier de sa sacoche fatiguée, et déploya sur ses genoux une chemise en kraft.

Il avala une lampée de bière et posa la canette sur le béton de la terrasse avant de commencer à lire à haute voix :

— Angela Hope. Trente-deux ans, un mètre soixante-dix, yeux marron, cheveux châtain foncé. Angela Hope avait une petite boutique d'artisanat dans Canyon Road. Elle habitait à une vingtaine de kilomètres en dehors de Santa Fe, entre ici et Española. Ça correspond au central 753 qu'on a appelé et où les gens ont déclaré n'avoir jamais entendu ce nom-là. Les centraux 473 et 982 desservent Santa Fe, mais 753, c'est Española. Angela et sa sœur ont une petite maison isolée, sur plusieurs hectares de désert. La sœur n'a que treize ans, mais elle fait plus. Elle s'appelle Mary. Et puis il y a une gouvernante, Rosella Ortiz, qui vit avec elles. C'est une Indienne. Peut-être bien Cochise, ou Zuñi.

— Vous n'avez rien dit de la cousine, Dolores Schell. Celle qui a identifié le corps.

— C'est vrai. La Pharmacie Schell, c'est elle. C'est son père qui tenait la pharmacie et Dolores l'a reprise quand il est mort. C'est du côté d'Old Pecos Trail.

— Elle est pharmacienne ?

Oñate opina du bonnet.

— Ça fait un bon bout de temps que les Schell sont dans le pays.

— Elle est mariée ?

— Non. Elle vit toute seule du côté d'El Dorado, un lotissement un peu sélect, en dehors de la ville. J'ai l'impression qu'Angela et elle n'étaient pas très intimes, releva-t-il, ajoutant en haussant les épaules : Bof, ça n'a rien d'exceptionnel : j'ai bien des cousins que j'ai jamais vus...

— Et les Hope, d'où viennent-ils ?

— De la côte Est. De New York. Hmm. Du fric de New York ou d'ailleurs mais, en tout cas, de la galette. Les parents sont morts dans le crash de leur avion privé, dit-il en reprenant sa canette. Alors, qu'est-ce que vous pensez de tout ça, vous autres ?

— Pas grand-chose, répondit Jury, le regard perdu sur les montagnes qui viraient à la couleur du raisin noir.

— C'est quoi : « pas grand-chose » ?

— Rien.

— C'est pas grand-chose, en effet, confirma Oñate qui se remit à compulser le dossier. Tous les gens qui l'ont bien connue disent qu'elle était : sympa, douée, sympa, branchée sur l'ésotérisme, généreuse et sympa. Pas d'autres qualificatifs que ceux de cette liste. Ce qui veut dire pas d'ennemis, ou tout au moins aucun dont on ait connaissance.

— Et côté hommes ?

— Difficile à dire, mais il y a un type, un dénommé Malcolm Corey, qui aurait pu compter. Lui aussi, il a une petite boutique d'artisanat dans Canyon Road. Une galerie, dans son cas. Il revendique sa qualité d'artiste peintre — qui n'en est pas un, par ici ? — tout en affirmant qu'en réalité il est acteur.

— Comment a-t-il réagi en apprenant sa mort ? demanda Jury en se penchant sur le dossier pour noter l'adresse.

— Plutôt sonné. Il se pourrait bien qu'il ait pâli, mais pas moyen de le voir, avec son bronzage.

— Vous n'avez pas l'air de le porter dans votre cœur, on dirait, releva Jury, les yeux sur une longue traînée magenta qui s'effilochait pour s'étaler en une coulée rose pâle et bleu lavande, ourlée d'or brun en fusion. Vous avez dit que ce Corey est acteur ?

— Non, j'ai répété ce qu'il dit, lui. Il y a des tas de films qui se tournent dans le coin et ils ont toujours besoin de figurants. C'est le genre de choses que fait ce Corey, sauf qu'il essaie de vous faire croire qu'il est vraiment taillé pour les grands rôles. Il prétend que sa boutique est un « passe-temps » et qu'il peint pour « se reposer entre deux rôles ». Ce que racontent toujours les comédiens au chômage.

Autrement dit, on ne se l'arrache pas comme acteur, ce Corey. N'empêche qu'il a un agent qui en jette. Si vous voulez lui parler, vous risquez de le trouver au Rancho del Reposo, un des lieux de tournage, à quelques kilomètres de la ville.

Jury leva sa canette vers les vestiges de la lumière et déplora le fait qu'elle fût vide.

— Alors, on voit pas mal de faune californienne, par ici ?

— Et comment, mais pas seulement à cause du cinéma. Y en a plein qui débarquent du sud de la Californie. Ils adorent, ils s'imaginent qu'ils ont « découvert » Santa Fe.

— Et vous, il y a longtemps que vous êtes dans le coin ? s'enquit Jury, songeant qu'il passerait volontiers le reste de la nuit là, avachi dans son transat, les pieds sur la rambarde de la terrasse.

Il avait l'impression que son corps se vidait d'une accumulation de tensions qui s'écoulaient hors de lui, le laissant desséché, flétri.

— Toute ma vie. Ah, c'était autre chose, dans le temps ! Maintenant, ça s'est « civilisé », si vous voyez ce que je veux dire. C'est sophistiqué, branché, superbe — mais d'une manière putassière. Un coin qu'on paie pour être beau, qu'on paie pour rester attirant.

Rire de Jury.

— Mais ce n'est quand même pas du toc, ici !

— Qui a parlé de toc ? Croyez-moi, s'il y a un endroit aux États-Unis qui n'est pas du toc, c'est bien ici ! N'empêche qu'on peut voir la pourriture s'installer, sur les bords. Vous êtes arrivé en voiture, hein, par Cerrillos Road ?

— L'autoroute avec les motels tout du long ?

— Oui. Cerrillos Road, c'est un peu comme le

placenta qu'on expulse après l'accouchement, c'est la saloperie que génère le tourisme. Ah, mais ne vous y trompez pas, je ne déteste pas les touristes ! En fait, ça me court sur le haricot quand j'entends les propriétaires de boutiques se lamenter. Et où est-ce qu'ils en seraient, putain, sans les touristes ? Qui c'est qui leur laisse son fric, hein ? Non, c'est le concept même de « tourisme » qui me fiche en l'air. C'est comme un monstre que les grandes villes auraient engendré, et maintenant, le monstre court les rues et exige une chambre pour la nuit, fit-il, de la tristesse dans la voix. Bordel, encore dix ans et le vieux Santa Fe aura disparu !

— On pourrait en dire autant de la vieille Albion...

Hochement de tête dubitatif de Jack Oñate.

— Ce serait plutôt difficile de faire disparaître l'Angleterre sous une pile de turquoises, de coyotes et de cactus sculptés ! Je pense pas qu'une culture puisse résister à tant de coups sur la gueule. Une autre bière ? Vous avez pratiquement tout essayé avec votre canette vide, sauf de vous la mettre sur la tête !

Jury sourit. Il était en train d'observer deux femmes qui allumaient leurs cigarettes, en contemplant le coucher de soleil. Elles étaient jolies — dans le style léché, pas un cheveu déplacé — mais c'était leurs cigarettes qui le faisaient saliver.

— J'en prendrais volontiers une autre. Vous fumez ?

— Dans le temps, oui. Mais j'ai arrêté il y a quelques années. Pourquoi ?

— J'essaie d'arrêter, expliqua-t-il en voyant la fumée des cigarettes à peine allumées monter en volutes rose bleuté sur le fond ocre du mur d'adobe.

Mais quand je vois ça, dit-il en désignant les deux femmes qui tenaient leurs cigarettes à quelques centimètres de leurs lèvres rouges et humides, c'est comme... une envie de sexe. Un désir fou, une faim dévorante. Ce ne sont pas les femmes que je convoite, mais leurs cigarettes.

Oñate se leva et posa une main sur l'épaule de Jury.

— M'a fallu des années pour arrêter. J'ai bien dû m'y reprendre une douzaine de fois. Bon, écoutez, mon vieux : on prend une autre bière et on discute de nos trucs, dit-il avant de se diriger vers le bar du toit-terrasse.

« On discute de nos trucs. » Jury sourit, amusé par l'expression et par l'air enfantin qu'avait pris le visage de Jack Oñate. Lui, ça le ramenait loin en arrière, aux années passées chez son oncle, après la mort de sa mère et après l'orphelinat. Il devait avoir neuf ou dix ans. Derrière la maison, il y avait un grand jardin qui donnait sur de verts pâturages appartenant à un agriculteur aisé. Il y avait aussi une grange, assez grande pour servir d'abri aux bêtes quand il pleuvait ou neigeait. Et il y avait surtout Billy Oakley, son meilleur ami, de deux ans son aîné, qui piquait les cigarettes de son père et parfois même son whisky. Ils s'installaient dans la grange tous les deux et se rendaient malades avec leur larcin. Et « truc » était le mot préféré de Billy Oakley, largement suffisant pour exprimer toutes les choses qu'il ne comprenait pas, qui le dépassaient. Son père faisait « de la comptabilité et d'autres trucs », les femmes avaient « des nichons et d'autres trucs ». Il y avait à peu près deux ans qu'ils fréquentaient la grange, tous les deux, quand mourut la mère de Billy. A cause de « la leucémie et d'autres trucs ».

Jack Oñate se rassit, tendit une bière à Jury, et soupira.

— Angela Hope ! Je ne la connaissais pas personnellement. Juste de vue. Elle et sa sœur.

— Je voudrais parler à tous ceux dont vous savez qu'ils l'ont connue. De qui s'agit-il, à part ce Corey et la petite sœur ?

— Quelques personnes installées à Canyon Road. Ça va de soi qu'ils la connaissaient puisqu'elle avait sa boutique là. Il y a une certaine Mrs. Bartholomew. Sukie Bartholomew. Bon Dieu, s'exclama-t-il en regardant Jury, imaginez-vous un nom pareil : « Sukie » Bartholomew ! Elle fait dans le cristal, les tarots, les trucs de ce genre-là. Mais ça se pratique plus à Sedona. D'ailleurs, je crois bien qu'elle vient de là-bas. Ce qui est assez bizarre, parce que la plupart de ces gens-là ont plutôt tendance à quitter Santa Fe pour Sedona. Un endroit plein de spiritualité, qu'ils disent, de « vortex » et d'autres trucs dans ce style. Une histoire de centre magnétique qui serait, paraît-il, vraiment chargé de spiritualité ! Des trous dans le sol : ils appellent ça des « vortex ». Moi, j'appelle ça des conneries mystiques.

— C'est bien de Sedona, dans l'Arizona, que vous parlez, là ?

— Ouais. Même dans votre boulot, là-bas, vous avez entendu parler de Sedona ? s'étonna Jack.

— Coïncidence. Il se trouve que j'ai lu un article là-dessus dans un journal. Les adeptes du New Age, c'est comme ça qu'on les appelle, paraît-il.

Jack consulta encore ses notes avant de reprendre :

— J'ai l'impression qu'aucun des commerçants de Canyon Road ne connaissait vraiment bien Angela Hope. Sauf peut-être la fameuse Sukie : je veux dire qu'elles prenaient le thé ensemble de temps en temps. Probablement cette saloperie de tisane au ginseng ou aux herbes, dit-il en étudiant l'étiquette de sa canette comme pour comparer les ingrédients. Et quant à vos deux Anglaises, Frances Hamilton et Helen Hawes, on a encore moins de renseignements sur elles. Elles sont descendues ici toutes les deux, mais la petite dame Hawes était arrivée avant l'autre. Frances Hamilton a pris une chambre ici deux jours avant qu'elles ne repartent toutes les deux. Mais aucune des personnes à qui j'ai parlé ne les a vues ensemble : ni le réceptionniste, ni la femme de chambre, ni l'hôtesse du restaurant.

— Se pourrait-il que Frances Hamilton ait logé ailleurs, avant cela ?

— Oui, bien sûr. Mais je croyais que vous vouliez seulement savoir à quel endroit elles s'étaient trouvées ensemble. Je peux me renseigner si...

— Merci, je le ferai.

Oñate réfléchit un moment et demanda :

— Elle avait du fric ?

— Frances Hamilton ? Oui, et pas mal, même.

— Dans ce cas, essayez le Rancho del Reposo ; c'est à une quinzaine de kilomètres environ de Santa Fe.

— Très bien, répondit Jury en jetant un coup d'œil sur les notes d'Oñate. Et qui d'autre encore ?

— Eh bien, il y a ce scientifique, un certain Nils Anders. Dr Anders, devrais-je dire. C'était un ami d'Angela Hope. A quel degré d'intimité, encore une fois, je n'en sais rien. Il travaille au Santa Fe Institute.

— Et c'est quoi, le Santa Fe Institute ?

— Un endroit plein de scientifiques de tout poil, en train d'inventer des trucs bizarroïdes.

Jury fit rouler la canette fraîche sur son front.

— Quels genres de trucs bizarroïdes ?

— C'est comme une usine à cerveaux. Des tas de scientifiques — des physiciens, des biologistes, des mathématiciens, des chimistes — qui se réunissent et qui échangent des idées. Ils utilisent beaucoup l'ordinateur, y en a encore plus chez eux que chez Macintosh, déclara Jack qui inclina sa canette et but une longue rasade. Ce qui les intéresse surtout, c'est un truc qu'ils appellent « la théorie de la complexité ».

— Qu'est-ce que c'est que ça ?

— Une théorie sur le fonctionnement de l'univers. Après le « chaos ». Ne me regardez pas comme ça, c'est pas moi qui l'ai inventée ! Ça a quelque chose à voir avec l'ordre. Une sorte d'ordre.

Voilà qui plairait à Macalvie, songea Jury en tournant de nouveau son regard vers les montagnes sombres. Il commençait à avoir faim. Il devait y avoir une centaine de restaurants fantastiques à Santa Fe.

— Où ça se trouve, cet endroit ?

— Hyde Park Road. Vous prenez le même chemin que pour aller à la station de ski ou aux sources thermales.

— Comme je ne fais pas de ski ni de cure thermale, il va falloir que vous m'indiquiez comment y aller.

Jack opina du chef.

— Je suis en train de me dire que s'il y avait eu des endroits comme cet institut du vivant d'Einstein, il y serait allé et ça l'aurait sérieusement refroidi.

— Et le Dr Anders ? Quel est le genre de truc bizarroïde qui l'intéresse ?

— Anders... Anders... Anders... murmurait Jack

tout en feuilletant le dossier. Docteur en psychologie, docteur en sociologie, docteur en mathématiques. Putain, il m'en bouche un coin ! Le bonhomme n'a pas moins de trois doctorats ! s'exclama-t-il. Vous comptez aller le voir ? Et les autres ?

— J'imagine que oui. Et maintenant, si on allait dîner ?

— Bonne idée. Ah, au fait, Richard : ces types du Santa Fe Institute, c'est pas exactement des débiles sourds-muets.

Jack répéta silencieusement : PAS DES DÉBILES.

Jury se pencha vers lui et lui fit part de sa réponse sur le même mode :

— MAIS NOUS NON PLUS.

25

Canyon Road, indiquait la pancarte. Les autres rues n'ayant pas de pancarte en bois turquoise et brun, Jury en conclut que celle-ci devait être une des principales attractions de Santa Fe. Étroite et tortueuse, la rue était bordée des deux côtés par des maisons en adobe, peintes de couleurs vives. Elles avaient l'air si pimpant que Jury aurait aussi bien pu se trouver dans un des « plus jolis villages d'Angleterre ». Les boutiques vendaient de l'artisanat amérindien, des objets d'art ou de la nourriture. Sans doute un véritable enfer touristique en été, c'était en février un endroit calme et baigné de lumière dorée, le soleil se reflétant sur les façades turquoise, bleues ou roses.

Le Héron d'Argent se trouvait dans un virage, à peu près à mi-hauteur de la rue. Comme la plupart des magasins de Canyon Road, la boutique était minuscule : une pièce sur la rue et une derrière, guère plus grande qu'un vestiaire un peu spacieux. C'était là qu'Angela devait travailler l'argent. L'arrière-boutique, sans fenêtre, comportait en tout et pour tout un établi et un tabouret de bar.

Angela ne devait pas être très ordonnée, songea

Jury, en constatant qu'aucun outil n'avait été rangé. Des petits copeaux d'argent étaient éparpillés sur toute la longueur de la table, ainsi que des éclats de pierres précieuses : agate, corail, malachite, azurite, onyx noir, obsidienne, et un bloc de turquoise à peu près de la taille et de la forme de l'objet de lady Cray. Il y avait aussi deux petites machines que Jury ne connaissait pas, ainsi qu'un chalumeau à acétylène, des lunettes de protection, quelque chose qui ressemblait à une meule manuelle et deux loupes d'orfèvre. Le bord extérieur de l'établi présentait des sortes de cicatrices sombres, des taches de bois brûlé, noirci — ce qui laissait supposer qu'on avait dû laisser s'y consumer des cigarettes allumées. Angela Hope devait fumer comme un pompier. Sans doute mû par sa récente conversion, Jury ne put s'empêcher de sourire devant ces signes du tabagisme d'Angela Hope et se demanda combien de fois elle avait vainement tenté d'arrêter. Il se sentit une sorte de parenté avec elle. A voir l'état des lieux, on aurait cru qu'Angela venait à peine de quitter son tabouret pour sortir boire un café. Et en griller une. Il planait encore sur l'atelier une impression d'attente, de retour imminent. Jury prit quelques photos avec le petit appareil qu'il avait apporté, puis retourna dans la partie boutique proprement dite.

Les objets exposés dans l'une des vitrines étaient presque certainement de la main d'Angela, estima Jury, car ils se distinguaient par leur raffinement. De plus, ils étaient en turquoise, ou en turquoise sertie dans de l'argent. Même une personne aussi peu avertie que lui pouvait apprécier la différence criante entre cette vitrine et l'autre, dont les bijoux étaient jolis, certes, mais sans distinction. Des broches en ormeau et corail, des bracelets d'or et d'argent très travaillés, des tours de cou *bolo*[1] et de ces poteries hopi ou en terre noire si prisées des touristes. Le mur d'en face était habillé d'étagères destinées à recevoir des livres, une chaîne stéréo et une collection de poupées *kachina*[2] qui n'étaient pas à vendre. L'ensemble, auquel s'ajoutaient deux fauteuils installés de part et d'autre d'une table en bois de rose, créait une ambiance accueillante que seuls troublaient aujourd'hui la poussière et les pétales de rose fanés qui jonchaient la table. Une cafetière en aluminium et des gobelets en plastique étaient gracieusement mis à la disposition des clients. Le côté commercial des choses était tempéré par cette atmosphère de convivialité qu'Angela s'était ingéniée à créer dans sa boutique. Jury pouvait se l'imaginer assise avec une cliente, en train de discuter de la conception d'un modèle, mesurer un poignet, un annulaire.

Se sentant un peu comme un voyeur, il ouvrit des tiroirs, examina des carnets, fouilla dans des papiers. Tout était fourré pêle-mêle : lettres, factures, livres de comptes. Et cette belle pagaille recelait les signes d'une personne qui essaie d'arrêter de fumer : un paquet de filtres en plastique, du chewing-gum à la nicotine, un autre filtre taché de goudron. Ainsi, il avait vu juste : une âme sœur ! Un léger sourire fleurit sur ses lèvres. Ah, si seulement il l'avait connue !

1. Tour de cou *bolo* : cordelette nouée autour du cou, retenue par un ornement qui ferme devant et que les hommes portent en guise de cravate. *(N.d.T.)*

2. Forme déifiée des esprits des ancêtres qui, selon les croyances des Indiens Hopi et Pueblos, visitent de temps en temps leurs villages, et qu'on représente par des poupées rituelles. *(N.d.T.)*

Jury sortit un des livres de comptes récent et l'ouvrit, espérant qu'Angela était de ces commerçants qui notent le nom et l'adresse des gens qui ont fait un achat chez eux, dans l'espoir de les revoir comme clients quand on leur aura adressé un petit catalogue. Mais Angela n'appartenait pas à cette race de boutiquiers. Elle tenait ses livres pour être en règle avec le fisc, certes, mais, autant que Jury pût en juger, elle ne conservait pas les coordonnées de ses clients. Son sens commercial se bornait sans doute à distribuer des petites cartes de visite portant le nom du magasin gravé en lettres argent. Numéro de téléphone et fax — le même numéro pour les deux —, celui-là même qu'on avait retrouvé dans le carnet d'adresses de Frances Hamilton.

Il quitta le bureau pour examiner les objets d'argent exposés dans la vitrine et sur les étagères du mur de gauche. Le travail d'Angela lui parut très fin et élégant, exempt du tracé géométrique des motifs indiens qu'il avait vus aux devantures des boutiques de la place. Il y avait aussi plusieurs croix qui, chose étonnante, faisaient partie des pièces les plus ouvragées. Elles étaient décorées sur les deux faces de cercles, de pampres et de boucles, minuscules gravures en creux, à peine visibles, puisque les croix ne faisaient guère que deux centimètres pour les plus grandes. Prenant en main un bracelet serti d'une turquoise ovale, Jury fut surpris par la légèreté de cet anneau d'argent.

Sur l'étagère du milieu étaient disposées trois sculptures de turquoise qui ressemblaient à celle de lady Cray. Elles avaient à peu près la taille requise pour un presse-papier et Jury se dit que c'était peut-être l'usage qu'en ferait le client porté sur l'aspect utilitaire des choses. Alors que chez lady Cray, le plaisir était purement esthétique. Ah, si seulement Angela Hope était là pour s'en réjouir !

Si seulement Angela Hope était encore vivante, point final. Saisissant le plus petit bloc de turquoise et d'argent, Jury s'assit dans un fauteuil. La pierre était cerclée d'argent en son milieu, souligné par un petit lézard de bronze. Les deux autres blocs de turquoise n'avaient pas cette touche de bronze. Peut-être Angela avait-elle eu envie d'essayer une variation. Quoi qu'il en fût, Jury était désormais sûr d'une chose : Angela Hope avait un style unique, sa façon bien à elle de marier la turquoise à l'argent. Il n'avait rien vu de tel ailleurs.

Jury en arrivait à la même conclusion que Macalvie. Sauf que pour Macalvie, ç'avait été immédiat. Mais Jury, lui, n'était pas très chaud pour de tels raccourcis : ces sauts dans le vide auxquels il faut croire, sans autre garantie que la ténacité de l'instinct. Cet instinct qui, chez Macalvie, était quasiment surnaturel. Oh, il ne parlerait sûrement pas d'« instinct », évidemment. Il dirait plutôt quelque chose du genre « traitement de l'info à vitesse météorique ». Une assimilation de données si rapide que la conclusion semblait avoir été atteinte « d'instinct ».

Ça faisait maintenant trop de coïncidences pour qu'on pût ignorer la théorie de Macalvie : le bloc de turquoise; la visite de Frances Hamilton à Santa Fe au moment même où Nell Hawes s'y trouvait; leur séjour au La Fonda, toutes les deux en novembre. Jury reposa le bloc de turquoise sur le large accoudoir du fauteuil et sortit de sa poche un jeu de photocopies comme celles qu'il avait envoyées à Melrose. Ce numéro de téléphone attribué à une personne qui n'avait jamais entendu parler de Nell Hawes ni de

Frances Hamilton avait décidément quelque chose de bizarre. Il ne ressemblait pas aux autres et n'était pas, comme eux, inscrit soigneusement dans une des petites cases réservées à cet effet.

Jury se leva, jeta un œil sur la platine, y vit un CD en place et appuya sur le bouton de mise en marche. Une musique emplit la pièce : de la flûte, des notes aussi claires que du cristal. Le genre de truc qui calme et qui détend, songea-t-il. Ça allait bien avec le pays. Évidemment, puisque c'était de la musique amérindienne ! A droite de la chaîne se trouvait une longue rangée de livres. Un mélange éclectique. Quelques ouvrages sur la culture amérindienne et d'autres sur l'archéologie voisinaient avec plusieurs livres de Nancy Drew. Il prit *Le Secret de l'escalier en spirale* et le feuilleta, se régalant au vu des illustrations : Nancy avec sa lampe de poche, Nancy en chaussettes blanches et mocassins bicolores. Vers la moitié du livre, il remarqua la présence de notes dans la marge, des commentaires du style « ça va de soi ! », « mais sers-toi donc de ta cervelle ! ! » ou « ça fait une heure que je le sentais venir ! ! ». Cette dernière remarque apparaissait vers la fin, au moment où le méchant est (semble-t-il) démasqué. Quelqu'un s'était trouvé meilleur détective que Nancy Drew — la petite sœur Mary, peut-être ?

Jury replaça sur le rayon le Nancy Drew et lut les titres et les noms qui figuraient au dos des autres livres. *Sarum*, un livre de fiction sur l'ancien Salisbury et Stonehenge qui semblait, lui aussi, avoir subi plusieurs lectures exhaustives. Quelques ouvrages d'auteurs qui ont popularisé certains types de mysticisme, tel Alan Watts. *Persuasion* de Jane Austen, un polar de Raymond Chandler, deux œuvres d'écrivains du cru.

L'un des titres piqua la curiosité de Jury par son originalité. Écrit par Nils Anders, il était bizarrement intitulé : *La Lumière éclatée*. Bizarre... enfin, pour un scientifique. Jury le prit et se rassit dans le fauteuil. La petite photo figurant en deuxième de couverture montrait un homme qui, visiblement, n'aimait guère se faire tirer le portrait. Il avait la tête légèrement penchée sur le côté, le regard rivé au sol, comme s'il avait repéré quelque chose par terre, infiniment plus intéressant que l'objectif du photographe. Environ quarante ans, peut-être même pas. Plutôt bel homme, à en juger par le peu qu'on voyait de son visage, mais c'était difficile à dire, du fait de l'angle de prise de vue. Cheveux assez clairs, légèrement bouclés. La bouche était entrouverte, comme si le photographe l'avait surpris en train de parler. Et dans le résumé biographique, son nom était suivi d'une pléthore d'initiales représentant une quantité de diplômes encore plus impressionnante que ne l'avait suggéré Jack Oñate. Sans compter deux prix scientifiques. Plusieurs organisations se faisaient un plaisir de financer ses travaux.

Jury ouvrit le livre au hasard et se perdit aussitôt dans une description labyrinthique de la lumière et de ses effets, à laquelle il ne comprenait absolument rien. Il fit une deuxième tentative en commençant par la première page, bien plus accessible puisque le livre était conçu comme une conversation entre le Dr Anders et une femme qui l'avait interviewé quelque temps auparavant. Ils discutaient à bâtons rompus, Anders se servant apparemment de leur échange pour aider le lecteur non spécialiste à entrer dans le vif du sujet. Un procédé d'autant plus efficace que le Dr Anders avait une jolie plume, avec un certain don pour la description des lieux et des gens

— et, en particulier, de la femme un peu insipide qui l'interrogeait. Le livre avait aussi l'avantage de délivrer un message au lecteur : Écoutez, vous n'êtes pas aussi intelligent que moi, c'est vrai, mais, tout de même, vous ne pouvez pas être aussi bête qu'elle ? Jury faillit éclater de rire.

Croyait-il en quelque chose, demandait la femme, sachant qu'il était un scientifique « pur » ? Anders précisait qu'il faudrait d'abord s'entendre sur le sens du mot « pur » et décrivait sa réaction à la question en termes si sardoniques que Jury se dit que la pauvre fille qui l'interviewait avait dû se sentir alors l'envie de disparaître sous terre. La réponse que donnait Anders était cependant fort simple : « A la lumière. » Simple, mais déroutante. « Oui, mais en quoi *d'autre* croyez-vous ? », avait-elle insisté, incrédule, avant de s'entendre dire : « Mais il n'y a rien d'autre ! »

Jury leva les yeux, le front plissé. Il n'y a rien d'autre ?

Il ressentit une impression de vertige, comme si les cellules de son cerveau se dispersaient tous azimuts, et eut le plus grand mal à retrouver ses esprits.

Il referma le livre et resta à contempler la jaquette qui représentait le cosmos, des éclats de nébuleuse argentée sur un fond bleu-pourpre, le tout en surimpression sur une sorte de miroir brisé. La « lumière éclatée », sans doute.

Jury allait remettre le livre en place quand il arrêta son geste pour le glisser dans la grande poche intérieure de son pardessus.

Parmi les recueils de poèmes, il y avait les *Quatre Quatuors* de T.S. Eliot, que Jury avait lu plus d'une fois ; d'un côté, ça l'avait ébranlé au point de l'effrayer, de l'autre, il avait trouvé ça parfaitement incompréhensible. Le plus souvent, il abordait la poésie avec appréhension, voire timidité, mais en tout cas avec des pincettes. Car la poésie a le chic pour vous prendre en défaut. Il ouvrit les *Quatre Quatuors* et s'aperçut que, là aussi, il y avait des sections entières soulignées de traits épais, avec de temps à autre une réflexion dans la marge.

« Qui, alors, inventa le tourment ? L'amour. »

Jury referma le livre avec un claquement sec, pour ne pas voir la suite du texte. Il ne voulait pas lire ce qui était dit sur l'innocence perdue. Sur les roses tombées en poussière. Ou sur les fontaines taries.

Il préférait éviter les profondeurs pour s'en tenir aux eaux de surface, ce qu'Eliot eût sans doute considéré comme un purgatoire auquel on se condamne soi-même. Bah, au moins ce n'était pas l'enfer ! L'amour... L'amour était plutôt terrifiant. Une chose si difficile à trouver ne devrait pas se perdre si facilement. Il repensa une fois de plus à Jenny. En vérité, il n'avait que peu de souvenirs d'elle : Jenny en face de lui, de l'autre côté d'une tombe ; Jenny seule dans la grande maison vide qu'elle avait dû vendre ; et dans ce magasin de prêts sur gages où elle essayait une bague que Jury venait acheter pour une autre. Et puis, récemment, à Ryland Street. Des années s'étaient écoulées entre chacune de ces rencontres, les rendant encore plus emblématiques, riches de non-dits, de significations inconscientes.

Jury préférait de beaucoup patiner sur la mince couche de glace de la conscience.

Il rouvrit le livre et jeta un coup d'œil à la page de garde. Ce recueil de poèmes était un cadeau de Nils Anders à Angela Hope.

La femme qui débarqua dans la boutique en lui demandant ce qu'il y faisait finit par se présenter : Sukie Bartholomew. Elle avait apparemment une posture préférée, qu'elle prit très vite : ses bras dessinaient un L, une main servant de support au coude, l'autre tenant un petit cigare noir. Elle semblait se donner beaucoup de mal pour parfaire son image, sans toutefois y réussir. Elle n'était guère séduisante : osseuse, maigre, la cinquantaine bien sonnée, mais s'obstinant à porter des barrettes bleues pour retenir en arrière des cheveux mi-longs. Des cheveux d'un brun terne et coupés au carré, dont elle avait tenté de raviver la teinte naturelle en se faisant faire des petites mèches qui évoquaient de la poussière d'argent.

Sukie Bartholomew était en conflit avec elle-même quant à son apparence physique. Pas de rouge à lèvres, mais de l'ombre à paupières. Une coupe de cheveux stricte, mais soigneusement agrémentée de reflets. Des vêtements qui proclamaient « je ne me plierai pas aux diktats de la mode », mais qui étaient ceux d'une jeune fille de quinze ans et non ceux d'une quinquagénaire. Jury enregistra ces contradictions et en déduisit qu'il allait avoir affaire à une femme pas commode, mal dans sa peau, insatisfaite, et donc pas satisfaite du reste du monde. On aurait dit qu'elle s'ingéniait à déjouer les pièges de la féminité, à refuser ces petits embellissements qui rendent les femmes attirantes aux yeux des hommes. Jury songea à Fiona, qui trouvait sa jouvence dans sa trousse de maquillage plutôt que dans son armoire à pharmacie. Tiens, et Wiggins, au fait ! Il fallait absolument qu'il pense à lui faire envoyer des fleurs. Dans le bref instant que dura ce déferlement de pensées, il sourit au soleil matinal qui rayait le parquet ciré de la boutique. Il devait avoir souri en direction de Sukie car celle-ci demanda :

— Quelque chose de drôle ?

— Non, pas du tout. Vous me rappelez... quelqu'un, c'est tout.

— Quelqu'un de sympathique, j'espère ?

Elle afficha une mimique de coquetterie agaçante. Le sourire accompagnant ce ton étudié était encore plus désagréable que sa mine renfrognée de tout à l'heure.

— Oui, très sympathique.

D'une main couverte de bagues, elle tapota ses cheveux contre sa joue, comme pour remettre de l'ordre dans une coiffure qui n'en avait pas besoin.

— Vous êtes là à propos d'Angela, je suppose. Quelle tristesse !

Jury doutait fort qu'elle ressentît la moindre tristesse.

— Quand l'avez-vous vue pour la dernière fois ?

— Juste avant son départ. On se voyait souvent. On prenait le café ensemble.

— Vous la connaissiez bien ?

Elle tira lentement sur son cigarillo et exhala de minces jets de fumée par les narines. Jury suivit du regard la spirale qui montait au plafond.

— Elle ne parlait pas beaucoup d'elle-même ou de ses sentiments. Les gens ne le font guère, vous savez. C'est un des problèmes...

Jury ne risquait pas de l'interroger sur ce problème-là, ni sur les autres, d'ailleurs. Il était clair que Sukie aurait eu tôt fait de laisser Angela Hope de côté pour parler d'elle-même. Il la gratifia d'un sourire aussi engageant qu'il le put.

— On m'a dit qu'elle habitait à quelques kilomètres, en dehors de la ville, avec sa petite sœur.

— Mary. Une gamine pas facile ! Angela, elle, était bien plus malléable.

Les sourcils de Jury remontèrent d'un cran. Drôle de qualité à apprécier chez une amie, ou chez n'importe qui !

— Parlez-moi un peu de son voyage en Grande-Bretagne. Avait-elle des raisons particulières d'aller en Angleterre ?

— Angela s'intéressait énormément aux cultures anciennes, aux ruines, aux cercles druidiques, et ainsi de suite. Elle adorait Mesa Verde. Elle était fascinée par la culture anasazi, dit Sukie qui tira sur son cigarillo en fixant le plancher. C'est pour cela que ça ne m'a pas tellement étonnée qu'elle se trouve à Old Sarum.

— Ça a pourtant dû vous étonner qu'elle s'y retrouve morte, non ? demanda Jury en sortant des petites photos de son calepin. Avez-vous le souvenir d'une de ces femmes, miss Bartholomew ?

— Madame, rectifia-t-elle en prenant les photos.

— Excusez-moi.

Au moins, c'était mieux que « Sukie », songea-t-il.

Ayant à peine jeté un œil sur les photos de Nell et de Fanny, elle les lui rendit, avec ce simple commentaire :

— Non.

— Elles sont vraisemblablement venues à Canyon Road toutes les deux, en novembre dernier. Vous êtes sûre de ne pas les avoir déjà vues ? Vous ne voudriez pas jeter encore un coup d'œil ?

Elle s'exécuta à contrecœur.

— On voit défiler tellement de touristes par ici, soupira-t-elle, lui donnant les photos avec un hochement de tête.

— Mais pas en novembre.

— Oh, vous seriez surpris !

— Pourtant, on m'a dit que novembre était un mois creux, tout au moins dans la mesure où le commerce ralentit un peu.

Devant son silence, il poursuivit :

— Ce sont toutes deux des citoyennes britanniques, en fait. Helen Hawes et Frances Hamilton. L'une était de Londres, l'autre habitait Exeter, dans l'Ouest. Je suppose que ça ne veut pas dire grand-chose pour vous ? dit-il, reprenant après qu'elle eut fait un signe de dénégation. Elles se sont trouvées ici toutes les deux en même temps ; l'une d'elles est certainement descendue au La Fonda Hotel et nous avons des raisons de croire qu'elles sont venues à Canyon Road toutes les deux. Et qu'elles ont pu se rencontrer ici, à Santa Fe, ou peut-être ailleurs — en Arizona, éventuellement —, et lier connaissance. Rien de très surprenant, pour des compatriotes.

— Vous voulez dire qu'elles auraient eu affaire à Angela Hope ? Que ça aurait un rapport ?

— C'est possible. Vous connaissiez les amis d'Angela ?

— Non, pas vraiment. Mais je sais qu'elle était très liée à une personne de l'Institut.

— Le Santa Fe Institute ?

— Vous en avez entendu parler ?

Jury acquiesça d'un signe de tête.

— Des scientifiques. Qui travaillent sur des théories plutôt compliquées, à ce qu'on m'a dit. Elle voyait beaucoup le Dr Anders.

— Personne d'autre ?

— Il y a aussi Malcolm Corey. Presque tout le monde ici le connaît, il tient une des galeries.

— Et sa sœur, elle est dans le coin ?

— Non. Du moins, je ne l'ai pas vue ces derniers jours. Elle est probablement à la maison. C'est près de Chimayo. Ah non, quelque part du côté de Tesuque. Mais pas à Tesuque même.

— Angela Hope n'avait pas d'autre famille ?

Ils se tenaient devant la fenêtre, tous les deux debout, et Jury regarda dans la rue : un toit bas faisait office d'auvent au-dessus d'une terrasse pavée où, malgré le froid, on avait disposé quelques tables blanches, qui scintillaient sous le soleil.

— Pas que je sache.

— Que va faire sa sœur, maintenant ?

Sukie Bartholomew haussa les épaules.

— Continuer comme avant, je suppose. Elle est plutôt débrouillarde, d'après le peu que j'en connais.

Personne n'est débrouillard à ce point-là, songea Jury.

Elle fit un signe de tête vers la fenêtre, lui désignant le trottoir d'en face.

— Tenez, Malcolm est justement là, si vous voulez lui parler. Il vient toujours boire un café vers dix heures.

Jetant de nouveau un œil vers les tables, Jury aperçut un homme blond, sans manteau, vautré dans un fauteuil de jardin blanc, le visage tourné vers le ciel. C'est vrai que le soleil était chaud et l'air assez doux, mais on n'était tout de même qu'en février.

— J'en ai froid rien que de le regarder.

Elle ricana.

— Malcolm sacrifie son confort à son souci de la *mise en scène**. Je ne sais pas pourquoi il a quitté la Californie. Il se prend pour un acteur. Il se prend pour un peintre. Affreux, ce qu'il fait, de grandes traînées de n'importe quoi. En tout cas, il vient là tous les jours, vers cette heure-ci. Pour prendre un café.

Un café, un thé : Jury en mourait d'envie. Et une cigarette, alors ! Pas une bouffée du cigarillo de Sukie Bartholomew ne lui avait échappé. Comment voulait-on qu'il se concentre sur son boulot sans en griller une ?

Il remercia Sukie Bartholomew et traversa la rue.

26

Cheveux blonds décolorés par le soleil, coiffés en arrière et légèrement humides. Pantalon coupe italienne, pieds nus dans des tennis, chemisette blanche, bronzage à la lampe.

— Malcolm Corey ?

Le sourire un tantinet suffisant, Corey offrait son visage au soleil comme dans l'attente de sa bénédiction.

— Oui, pourquoi ?

— C'est à propos d'Angela Hope, annonça Jury en présentant son mandat international.

Corey quitta le ciel des yeux et daigna poser son regard sur le document. Ses traits s'affaissèrent légèrement tandis que le front se plissait et que des rides se creusaient, de l'aile du nez aux commissures des lèvres. Hmm, pas si jeune que ça, finalement, se dit Jury.

— Ça ne vous dérange pas que je m'asseye ? Je boirais volontiers un café.

Malcolm Corey retira à contrecœur ses pieds du fauteuil et poussa négligemment le siège vers Jury. A le voir pencher la tête de côté et se composer un visage, il était clair qu'il s'était trouvé un rôle. Et un public.

— J'ai appris la nouvelle. Atroce.

Une jeune serveuse aux cheveux bouclés vint déposer sur la table un cappuccino bien crémeux. Elle portait une jupe brodée et plusieurs rangs de perles de couleur, mais n'avait pas l'air très avenante.

— Merci, ma belle, fit Corey en découvrant ses dents blanches. Vous en voulez un ?

Jury opina du bonnet et la serveuse repartit à grandes enjambées. Tout le monde semblait marcher d'un bon pas, à Santa Fe, allez savoir pourquoi.

— C'était une de vos amies ?

— Judi ? s'étonna Malcolm Corey. Alors, comme ça, vous vous intéressez à mes conquêtes ? Oh, je suis navré, je croyais que vous parliez de la serveuse. Vous voulez dire Angela, je suppose ?

— Oui, Angela.

— Je la connaissais assez bien, en effet. Nous sommes entre gens de Canyon Road, ici, ajouta-t-il en désignant le Héron d'Argent. Angela était orfèvre, selon le terme consacré, bien que dans son cas ce ne soit pas très approprié puisqu'elle travaillait l'argent et la turquoise. De très belles choses.

Il avait à peine bu une gorgée de café que, de nouveau, il offrit son visage bronzé au soleil, les yeux clos.

— C'est ce que j'ai cru comprendre. Ce que je ne comprends pas, en revanche, c'est pourquoi une orfèvre de Santa Fe se retrouverait morte à Old Sarum. Auriez-vous des lumières là-dessus ?

De la lumière, sans doute Malcolm en avait-il, à force de s'en imprégner, mais quelle sorte de lumière ?

— Pour Sarum, ça ne me surprend pas, dit-il en sortant un flacon de pilules de sa poche.

Même réaction que Sukie Bartholomew. Jury soupira.

— Pourquoi donc ?

— Parce qu'Angela était dingue d'archéologie. Les monolithes, les cercles mystiques... tous ces trucs-là, ça la passionnait.

Il ouvrit la fiole et fit glisser dans le creux de sa main un petit cachet jaune, que Jury identifia immédiatement.

— Un petit Valium ? proposa-t-il.

— Non, merci. Déjà pris le mien.

Après avoir écrasé le cachet du dos de sa cuillère, Corey en saupoudra la mousse de son café, comme on ferait avec de la cannelle. Et il conclut, dans un large sourire :

— A Santa Fe !

— Pour en revenir à Angela et vous...

— Qui a fait le lien entre Angela Hope et moi ? Je parierais que c'est Sukie Bartholomew. Quelle salope, celle-là ! dit-il en ouvrant un tube d'aspirine.

— Pas vraiment. C'est l'inspecteur Jack Oñate de la police de Santa Fe. Vous avez eu une conversation avec lui, vous vous souvenez ?

Grognement affirmatif. Puis dégustation de la mousse de cappuccino au Valium. A la petite cuillère.

— Mais vous étiez bien son ami, non ?

— Vous voulez parler de liaison sexuelle ?

Malcolm Corey fourra deux aspirines dans sa bouche et les avala à l'aide du verre de lait posé à côté de lui.

— La nuit a été dure, expliqua-t-il.

Jury compatit avec un petit sourire. Quand même, quels trucs on fait subir à son corps ! songea-t-il. Valium. Aspirine. Puis du lait en guise de pansement pour l'estomac. Jury, lui, n'était guère coutumier des « dures nuits », à cause de son boulot, peut-être. Il n'avait jamais été porté sur l'alcool non plus. Par simple manque de goût. O bénédiction : son envie de cigarette s'était évanouie à la vue du mélange Valium-aspirine-lait ! Enfin... pour l'instant, du moins.

— Pourquoi est-ce que Scotland Yard est sur le coup ?

— Eh bien, voyez-vous, c'est qu'elle est morte sur le sol britannique, expliqua-t-il, pensant que ça devait faire suffisamment sérieux, comme réponse. Alors, on collabore avec la police du Nouveau-Mexique.

— Hmm-hmm. Mais Scotland Yard, tout de même ! Ça fait drôlement grosse artillerie de mettre des gars comme vous sur une affaire pareille.

— Non. Je suis juste venu donner un coup de main ici, à la police du comté. Angela Hope est morte dans des circonstances tout à fait particulières. Et nous n'avons pas encore établi la cause du décès.

Corey parut sidéré.

— Je croyais...

— Que quoi ?

— Je ne sais pas. J'imaginais une cause naturelle.

— Certainement, c'est une possibilité. Si elle s'était effondrée dans la Grand-Rue de Salisbury, disons, elle aurait été emmenée à l'hôpital et on n'en aurait plus parlé. (Sauf si Macalvie s'en était occupé, songea Jury qui sourit à cette pensée.) Mais voilà : elle est morte à Old Sarum et de manière plutôt spectaculaire. D'après ce qu'on a pu établir, elle y serait allée en fin d'après-midi, ou juste avant la fermeture.

Malcolm Corey hocha la tête et regarda le ciel.

— Ça, c'est Angela tout craché ! La fibre spirituelle. Toujours à crapahuter dans des *pueblos*[1], canyon de Chelly, Chaco, des endroits de ce genre.

Il poussa un soupir, de soulagement peut-être, et fit basculer son fauteuil en équilibre sur les pieds arrière. Le Valium devait commencer à agir. Est-ce que le Valium aide à décrocher de la nicotine ? songea Jury.

— Angela était intriguée par les cultures anciennes, celle des Indiens, en particulier. Hopi, Anasazi. Elle passait pas mal de temps à faire la navette entre ici et Mesa Verde, avec Mary.

— Pardon, mais c'est quoi, Mesa Verde ?

Malcolm le regarda avec cette pointe de dédain qu'il devait réserver aux touristes.

— Mesa Verde est très connu pour ses ruines et ses habitations troglodytes.

— Elle s'intéresse aussi à tout ça, Mary Hope ? s'enquit-il, surpris.

Corey confirma d'un signe et se frotta les tempes.

— Parce qu'Angela s'y intéressait et appréciait sûrement qu'elle l'accompagne. Mary adorait Angela. Elle a treize ans mais pourrait aussi bien en avoir cent. Faut se la faire !

— Ce qui veut dire ?

— Elle me regarde comme si j'étais une éclipse totale.

Rire de Jury.

— Elle est jalouse ? De vos rapports avec sa sœur ?

— Ah, nous y revoilà ! Vous ne pensez qu'à ça, vous ! Non, on n'avait pas ce style de « rapports »,

1. Villages indiens. *(N.d.T.)*

dit-il, avant d'ajouter avec un ricanement : Oh, pas faute d'avoir essayé, en ce qui me concerne.

Jury le croyait sur parole. Malcolm n'était apparemment pas le genre de type qui aime avouer un échec en matière de conquêtes sexuelles.

— Et le New Age ?

— Non, Angela n'était pas branchée là-dessus. Ça, c'est le truc de Sukie Bartholomew. Garce ! L'avez rencontrée ? Elle a une boutique juste à côté du Héron d'Argent. Elle vend ces espèces de saloperies qu'elle appelle pompeusement aromathérapie. Des cristaux et tout le bazar.

— Mais elle est allée à Sedona plusieurs fois, non ?

— Qui n'est pas allé à Sedona !

— Moi. Il y a une Américaine et une Anglaise qui sont venues ici et nous croyons qu'il est possible qu'elles aient connu Angela Hope.

— Ah oui ? Et ça a une importance quelconque ?

— Oui, je crois. Elles sont mortes toutes les deux, déclara-t-il en sortant les photos de Nell Hawes et Frances Hamilton. Avez-vous aperçu ces deux femmes dans Canyon Road ?

— Non. C'est bizarre, bien sûr, mais pour moi ce n'est jamais qu'une coïncidence.

— Possible. Sauf qu'à force de « coïncidences », ça commence à ressembler à autre chose, précisa Jury en regardant la petite boutique de bijoux, en face. Mrs. Hamilton a rapporté à Londres un bloc de turquoise serti d'une silhouette de Kokepelli en argent. Et à mon sens, ça ressemble beaucoup à ce que faisait Angela. Ça vous dit quelque chose ?

— L'argent et la turquoise, c'est pas ce qui manque par ici. Ah, ma tête me fait souffrir le martyre ! Et je suis de service, en plus ! geignit-il en grimaçant.

— De service ?

— Pour le film. Vous avez dû voir l'équipe technique sur la grand-place. C'est un rôle insignifiant, mais...

Il haussa les épaules et, comme si le geste avait aggravé son mal, se massa les tempes.

Se rappelant soudain que Wiggins l'avait équipé de toute une provision de remèdes de son cru, Jury sortit le petit sac plastique. Qui en contenait d'autres, plus petits encore. Sept en tout. Chacun identifié par une lettre et une couleur — mais Jury s'était empressé de jeter la feuille explicative. Il posa les sept sachets sur la table.

— Il y a quelque chose là-dedans qui devrait vous soulager.

Jury considéra les sachets d'un air perplexe : certains avaient des lettres de couleur, d'autres des numéros. Bon Dieu, à quoi correspondait le H ? Ça pouvait être le mal de tête, ou la gueule de bois[1]. Mais, après tout, pourquoi s'interroger sur le sens de H, puisque de toute façon aucune de ces poudres de perlimpinpin ne pouvait faire le moindre effet ?

— Je peux vous demander ce que vous avez là, commissaire ?

— Une préparation que m'a faite mon pharmacien. Un seul sachet suffit pour soulager un mal donné, mais, quand on y ajoute un autre remède, qui agit conjointement, ça devient vraiment miraculeux, expliqua Jury.

— J'suis pas très porté sur les remèdes de plantes, déclara Malcolm d'un ton sceptique. Je préfère mes bons trucs chimiques, merci bien. Pourquoi

1. H est l'initiale de *headache*, « mal de tête », et *hangover*, « gueule de bois ». *(N.d.T.)*

les gens refusent-ils de reconnaître que le Valium et le Percodan ont fichu un sacré coup de pied au cul à notre petite Mère Nature ? lança-t-il en agitant son flacon de cachets.

Mais le Valium et le Percodan ne pèsent pas lourd devant l'illusion, le mensonge et le sergent Wiggins.

— Je ne dis pas le contraire, mais ces trucs-là, en les combinant bien, ils vont tout simplement le faire évaporer, votre mal de tête. Faites-moi confiance !

Le hic, c'est que Jury n'arrivait pas à déterminer la bonne combinaison. Les lettres tracées au marqueur de couleur étaient censées aller de pair avec des chiffres, mais lesquels ? Mystère. Oh, et puis, à quoi bon s'acharner à essayer de comprendre ?

— Vous prenez le contenu de ce sachet H et deux doses de celui-ci, dit-il en fixant Malcolm droit dans les yeux. D'un côté, trois milligrammes, de l'autre, cinq. Je sais, ça peut paraître complexe, ajouta Jury d'un ton qui se voulait rassurant.

— Ma parole, votre pharmacien, il devrait être à l'Institut avec le reste de la bande ! Alors, comment ça se prend, votre truc ?

— Le mieux, c'est avec du bouillon.

Comme la serveuse à l'allure provocante leur apportait deux autres cafés, Malcolm en profita pour lui demander s'il pourrait avoir un consommé.

Apparemment ravie de lui annoncer une mauvaise nouvelle, elle rétorqua en faisant danser ses boucles blondes :

— Si c'est pas sur la carte, on peut pas vous en servir.

— Comment ça ? Toi, t'es pas sur la carte, et j'ai...

Deux taches rouges fleurirent sur les joues de la fille qui le fusilla d'un regard furibond.

Elle fit une sortie de diva tandis que Malcolm haussait les épaules.

Jury commençait à bien l'aimer, ce Malcolm Corey. Pas aussi coincé qu'à première vue. Plus sarcastique que méprisant, en fin de compte.

— Parlez-moi encore d'Angela Hope.

— Je ne sais pas grand-chose. Elles habitent en dehors de la ville et je crois qu'elles ont une gouvernante, une vieille Indienne. Comme les parents sont morts il y a des années de ça, Angela a dû prendre quelqu'un pour l'aider à s'occuper de la petite. Et pourtant, s'il y a une personne qui n'a pas besoin qu'on s'occupe d'elle, c'est bien Mary.

— Une sacrée gamine, hein ? Mais on a tous besoin qu'on s'occupe de nous, à un moment ou à un autre. J'ai l'impression que vous n'êtes guère copains, Mary et vous.

Il sembla trouver la remarque désopilante.

— Ah ça, c'est le moins qu'on puisse dire ! Mais je ne suis pas le seul dans ce cas. Quand Mary vous regarde, on dirait que son regard vous transperce, qu'il cherche à voir la chose ou la personne qui a pu avoir la bêtise de vous placer dans son champ de vision. Mais, comme je disais, je ne suis pas le seul. La Sukie Bartholomew, Mary a dû carrément la *pulvériser* sur place. D'un seul regard.

— Mais ce n'est qu'une gamine.

— En tout cas, elle couvait pas mal Angela. Il m'arrivait parfois de me demander laquelle des deux s'occupait de l'autre. Je crois que Sukie représentait une menace pour Mary.

— Elle était jalouse de l'amitié que cette dame portait à sa sœur ?

Malcolm leva les yeux au ciel et hocha la tête en soupirant :

— Pensez-vous ! La jalousie, ça fait partie de ces émotions ordinaires qu'éprouvent les simples mortels et auxquelles Mary ne s'abaisse pas.

— Voyons ! protesta Jury en riant. A vous entendre, elle ne serait quasiment pas humaine.

— Plutôt surhumaine, rectifia Malcolm, songeur. Cette petite communique avec les arbres et les coyotes. En ce moment même, elle en a un qu'elle essaie de faire passer pour un chien.

— Un coyote apprivoisé ?

— Apprivoisé ? J'en ai pas la moindre idée. C'est pour ça que je fais toujours un fameux détour pour éviter cette saloperie de clébard.

La serveuse arriva avec une tasse de bouillon qu'elle posa sans commentaire devant Malcolm avant de s'éclipser.

— Alors, je vide les trucs là-dedans ?

Jury ayant confirmé, Malcolm prépara sa mixture avec application, et la but à petites gorgées.

— Hmm, pas trop mauvais, fit-il en plissant le nez. Ça sent la marjolaine. Ou la sauge. Il faut combien de temps pour que ça agisse ?

— Dix minutes. Plus rapide que le Valium.

— Sukie vend des tas de merdes dans ce genre-là — oh, pardon ! J'ai pas voulu dire que ça en était. Elle croit aux vieux remèdes indiens, Sukie : racines, pierres, écorces, et tutti quanti.

— Des pierres ?

— Ouais, des cailloux et je ne sais quoi encore.

— Quel genre de cailloux ?

Malcolm se baissa pour ramasser un peu de terre entre les dalles.

— Dans ce genre-là, répondit-il en triant quelques petits éclats de pierre.

Puis il se recala en arrière, le visage levé vers le ciel, les yeux fermés.

— Je voudrais vous poser une question, reprit Jury. Si Angela Hope a été assassinée...

Malcolm rouvrit brusquement les yeux, comme si une ribambelle de flashes lui avait crépité sous le nez.

— Angela, assassinée ? Est-ce que vous me demandez si je connais quelqu'un qui la détestait suffisamment pour la tuer ? Non, fit-il en hochant la tête. Non. De toute façon, si c'était quelqu'un d'ici, il ou elle aurait dû prendre l'avion pour aller en Grande-Bretagne. Et la seule personne qui ait fait le voyage, c'est Dolly Schell, sa cousine.

— Pour aller identifier le corps.

— Elle s'y serait donc prise un peu tard pour la trucider, non ? remarqua Malcolm d'un ton ironique.

— Oh, il y a l'argent. L'amour. La vengeance. Comme mobiles, je veux dire. Pas seulement la haine.

— Pour autant que je sache, Angela n'avait pas d'argent. Et je doute sérieusement qu'elle ait pu faire quelque chose qui appelle une vengeance. Quant à dire que Psyché serait capable de la tuer pour les beaux yeux de votre serviteur, je n'y crois pas, conclut-il avec un sourire à l'adresse de Jury.

— Concurrence ?

— Bah... fit-il, laissant traîner la voyelle. L'autre dingue n'a pas cessé de nous observer, vous savez, depuis que vous vous êtes assis là. Une vraie salope !

— Oui, vous l'avez déjà dit.

— Vous avez le Santa Fe Institute sur votre petite liste ? Il y a un scientifique de là-bas qui avait l'air de la connaître assez bien.

— Anders. Je ne lui ai pas encore parlé.

Malcolm se massa la tempe, en se plaignant encore de sa migraine.

— Ça va passer. Faites-moi confiance.

Ils restèrent quelques instants assis là, Malcolm affalé dans son fauteuil, les yeux fermés ; Jury fixant le visage de Sukie Bartholomew collé à la vitre de sa boutique, de l'autre côté de la rue. Il lui adressa un petit signe et elle s'éclipsa aussitôt.

— Hé ! s'exclama Malcolm en rouvrant les yeux. Vous avez raison. C'est presque parti !

— Excellent ! Bon, eh bien, je vais y aller, dit Jury.

Il se leva et empocha les sachets plastique qui restaient sur la table.

— Vous n'auriez pas une cigarette, par hasard ?

— Je ne fume pas.

— Dieu merci !

27

Si jamais il y eut photo qui ne rendait pas justice à son modèle, c'était bien celle de la jaquette du livre de Nils Anders. En vérité, l'homme était d'un abord sympathique et avait belle allure. S'il avait voulu être prêtre, missionnaire ou gourou, il n'aurait eu aucune peine à trouver des disciples. Et s'il était devenu tueur en série, la population n'aurait plus eu qu'à prier Dieu. Quant aux femmes, il devait faire des ravages parmi elles...

De fait, celle qui était en train de lui parler quand Jury entra dans le bureau du Santa Fe Institute était manifestement sous le charme et s'ingéniait à l'inviter à dîner.

— Je ne crois pas que j'aurai le temps, Dolly.

— Mais, même vous, vous êtes obligé de manger, observa-t-elle, comme si Anders passait généralement pour être au-dessus du commun des mortels.

Il était clair que le Dr Anders ne se rendait pas compte de l'effet qu'il produisait sur cette femme, ni de l'impact que son refus eut sur elle. Son visage n'était qu'un masque de désolation lorsqu'elle se leva pour partir. Jury s'effaça pour la laisser passer, lui sourit, mais elle sortit sans le voir.

Ayant offert un siège à Jury, Anders se balança lentement d'avant en arrière dans son fauteuil pivotant pendant que Jury lui expliquait la raison de sa visite. Puis il s'immobilisa.

— Angie ! soupira-t-il avec un petit hochement de tête.

Il releva les yeux et laissa son regard flotter dans le vague, quelque part derrière Jury.

Ce silence surprit Jury : Anders lui apparaissait comme un homme chargé d'une énergie qui ne pouvait se libérer qu'à travers des actes ou des paroles. Et pourtant, il s'était borné à prononcer le nom de la victime, usant d'un diminutif qui indiquait une certaine intimité.

— Vous étiez un très bon ami d'Angela, docteur Anders, d'après ce que je sais ?

— Oui, c'est vrai, répondit-il, avant de regarder Jury avec une pointe d'étonnement, ses yeux aux reflets changeants prenant une couleur sombre. Vous voulez dire un partenaire sexuel ?

— Oh, c'est juste une question. Vous n'êtes absolument pas obligé d'y répondre.

L'expression d'Anders suffisait à éliminer l'éventualité d'une telle liaison.

— Je n'ai guère de temps pour les femmes, monsieur Jury. Les affaires de cœur sont trop prenantes, dit-il, marquant une pause, le regard perdu dans le vide, une fois de plus. J'ai été amoureux dans le temps...

Sa voix traîna un peu sur le mot avant de mourir. Il avait parlé du ton de celui qui s'interroge, qui cherche, qui questionne, comme s'il se rappelait une hypothèse mal formulée, une expérience peu concluante. Un souvenir qu'il lui arrivait peut-être encore de retourner dans sa tête en se demandant ce qui avait cloché.

— Pourquoi les gens ont-ils l'air de croire que vous étiez amants ?

— Je ne sais pas, répondit Anders, amusé. C'est à eux qu'il faut le demander. De toute façon, en quoi est-ce important ?

— En toute bonne foi, je ne sais pas. J'essaie simplement de me faire une idée claire d'Angela Hope. De savoir à quoi ressemblait sa vie.

Anders opina du chef et croisa les mains derrière la tête, qu'il pencha légèrement de côté. C'était un geste de gamin, comme s'il s'apprêtait à se lever pour foncer en imitant un avion.

— C'est une bonne raison, à supposer que vous en ayez une aussi bonne d'être là, dit-il, gratifiant Jury d'un sourire désarmant.

Un point en sa faveur, songea Jury, sensible au fait qu'il n'ait pas cherché à savoir qui avait dévoilé ses liens avec Angela.

Anders poursuivit plus gravement, ses yeux semblant littéralement s'embrumer, le bleu laissant place à un gris hivernal.

— Ne croyez pas que mon attitude rabaisse la mort d'Angela au rang d'un événement ordinaire. Elle m'a laissé un grand vide. Angie était quelqu'un que j'aimais vraiment beaucoup ; j'aimais passer du temps avec elle, discuter avec elle. Il n'y a pas beaucoup de gens dont j'apprécie autant la compagnie. La plupart vous font perdre votre temps en bavardage soûlant. Angela ne faisait pas ça : quand elle parlait, c'était de choses qui comptaient pour elle.

— Puis-je vous demander ce qu'étaient ces choses ?

Il neigeait à présent, et Anders gardait les yeux fixés sur un point au-dehors. Jury éprouva l'irrésistible envie de regarder dans la même direction.

Rien. Sinon de gros flocons de neige tombant sur la route tortueuse. Une route qui avait un jour dû courir en rase campagne et qui serpentait maintenant entre des propriétés valant des millions de dollars.

— Docteur Anders ?

— Oh, excusez-moi. Je regardais la neige. On dirait un contre-jour, vous ne trouvez pas ?

— Ça vous rappelle Angela ?

— Pas directement. Cela dit, il y a peu de choses qui fonctionnent directement. A part la lumière. J'ai écrit un bouquin...

— Je l'ai vu, sur un des rayons d'Angela Hope, précisa Jury, sans mentionner qu'il l'avait emprunté.

— Le titre, c'est juste une autre façon de dire « conscience éclatée ».

— Ce qui signifie ?

— Ce qui signifie... ce qui signifie... Ce serait trop simplifier que de dire « manque de focalisation ». Mais c'est tout ce que je peux trouver pour l'instant, dit-il dans un sourire. Je n'ai pas l'esprit bien clair, aujourd'hui.

— A quel genre de choses s'intéressait Angela ?

— En dehors de son travail, à la culture des Hopi, aux Anasazi, aux mythes, aux rituels, à la terre — à ce pays, je veux dire. Il est très beau, n'est-ce pas ? (Jury opina du chef.) Pour elle, tout ça avait un rapport avec la rédemption individuelle. Avec la sienne.

— De quelle manière ?

— C'est très difficile de comprendre la « manière » d'une autre personne. Ce que je peux vous dire, c'est qu'elle respectait énormément le silence. Aux yeux des gens, ça paraît souvent bizarre, mais pas à moi. Je suis toujours un peu ailleurs, dans un univers ou dans un autre, dans un de mes états seconds. Une habitude énervante, qui m'a été signalée plus d'une fois, et par plus d'une personne. Angie avait une tournure d'esprit mystique... dit-il, marquant une pause, l'air perplexe. Quoique, à dire vrai... bon, je ne voudrais pas avoir l'air de juger, mais c'était plutôt un mysticisme style branché. Du genre réciter des mantras ou prier dans un coin plein d'icônes et de bougies. Pas le mysticisme musclé.

Jury estima que si Anders n'allait pas jusqu'à se gausser ouvertement, c'était parce qu'Angela Hope avait été son amie intime.

— Musclé ? Qu'entendez-vous par là ?

— Le genre de mysticisme qu'il faut pratiquer jusqu'à suer sang et eau. Saint Jean de la Croix. T.S. Eliot. Ce genre-là.

— A ce propos, j'ai remarqué les *Quatre Quatuors* dans sa bibliothèque. Et il semblerait qu'elle l'ait feuilleté plus d'une fois.

Pour tout commentaire, Anders se contenta d'un vague « hmm-hmm ».

— Elle s'intéressait à votre travail ?

— Elle l'aurait sûrement fait si elle y avait compris quelque chose !

— J'ai lu quelques passages de votre livre. Je l'ai ouvert en plein milieu. Mais je dois avouer que c'est trop profond pour moi.

— Il ne faut jamais commencer par le milieu. Jamais.

— Comment regarder un cercle, alors ?

Le rire d'Anders était à la mesure de la sympathie qu'inspirait toute sa personne.

— Là, je dois avouer que vous m'avez eu !

— Si seulement ! J'aimerais bien comprendre cette forme de pensée abstraite.

— Vous n'allez tout de même pas prétendre que

votre réflexion n'est fondée que sur des faits concrets ?

— Si, je suppose que si.

Nils Anders se mit à compter sur ses doigts au fur et à mesure qu'il parlait :

— Vous ne connaissez pas Angela Hope, vous ne savez pas pourquoi elle est morte, vous ne savez pas si vous apprendrez quelque chose à Santa Fe, et pourtant vous êtes là, à plus de huit mille kilomètres de chez vous, assis sur cette chaise.

— Non, vous faites erreur. Il y a des preuves concrètes indiquant qu'en principe je doive me trouver assis là, sur cette chaise, répondit Jury qui sourit et lui expliqua le rapport entre les trois femmes, le carnet, et l'étrange suite d'événements.

— Il ne s'agit pas de preuves mais de déduction. Donc d'abstraction, déclara Anders. Parce qu'il y a une ombre, il doit y avoir un homme. C'est l'histoire de la caverne de Platon.

Jury hocha la tête et sourit, de plus en plus détendu. On allait s'amuser.

— En réalité, la raison de ma présence ici, c'est qu'un de mes amis, lui aussi flic, a réfléchi à trois décès — ceux d'Angela Hope, d'Helen Hawes et de Frances Hamilton — et a émis une hypothèse démente.

— Ouais ! s'écria Anders, en tapant du poing dans sa main avec l'enthousiasme du gosse qui vient de gagner le jack-pot ou de toucher la cagnotte du loto. Les « hypothèses démentes », voilà exactement de quoi je veux parler. La vie est une hypothèse démente, à mon sens. L'ennui, c'est que la plupart d'entre nous répugnent à cette idée, elle fait trop peur. On refuse de voir que cette hypothèse soi-disant totalement irrationnelle est plus fiable que la conclusion à laquelle on parviendrait à partir de prémisses démontrables...

Jury interrompit Anders avant qu'il ne s'envole dans les hautes sphères de la théorie.

— Les mobiles d'un meurtre n'ont rien de si philosophique. Ils sont bien plus simples.

— Ah ? Parce qu'il est question de meurtre ?

— Je pense, oui.

Alors, l'air assez content de lui, Anders croisa les bras et déclara :

— Très bien. Revenons-en donc à vos fameux mobiles « simples ». Quels sont-ils, à votre avis ?

Tendant la main derrière lui, il attrapa un exemplaire de son livre, cueillit un stylo dans sa poche de veston, et se mit à griffonner sur la page de garde. Cela fait, il prit une feuille de papier dont il entreprit de plier soigneusement les coins.

— Argent, vengeance, amour frustré, avidité — bon, ça c'est encore l'argent —, rage. Et ainsi de suite, conclut Jury, un peu mal à l'aise.

Anders le regarda fixement.

— Alors, c'est ça que vous appelez des mobiles qui n'ont « rien de philosophique ». Monsieur Jury, permettez-moi de vous dire que votre terminologie n'a pas exactement la précision d'un ballon de basket qui tombe droit dans le panier. Enfin, oublions pour l'instant votre étrange conception du terme « philosophique », et expliquez-moi en quoi le mot « simple », que vous avez utilisé, est le contraire du mot « philosophique ».

— Écoutez, répondit Jury, conscient que sa voix et son sourire étaient un rien condescendants, je veux dire « clair ». Vous voyez ce que je veux dire.

Dangereuse condescendance ! Jury le comprit quand Anders écrasa le poing sur son bureau, faisant tressauter ses papiers.

— Absolument pas ! protesta Anders, se penchant en avant pour darder sur Jury un regard bleu, si intense qu'il aurait pu le clouer au mur. Les gens passent leur temps à répéter : « Vous voyez ce que je veux dire. » Et comment le pourrais-je, puisque vous-même, vous ne voyez pas ce que vous voulez dire ?

Sur ce, il se renversa dans son fauteuil et sourit ; les trois secondes d'éclat étaient déjà totalement oubliées.

— Ce flic — c'est un divisionnaire —, il vous adorerait.

— Celui qui se livre à des hypothèses démentes ?

— Oui. Ça fait un moment qu'il me rend dingue avec des concepts du genre « temps profond ». Le plus drôle, c'est que je l'ai toujours considéré comme le modèle même du policier rationnel, alors que je me voyais, moi, comme un type qui fonctionne plutôt à l'émotion, à l'instinct. Eh bien, il semble que j'aie eu tort. Et que ce serait moi le plus rationnel et le plus superficiel des deux, dans ma façon de penser.

Nils Anders soupira comme s'il avait devant lui un étudiant qui joue au cancre.

— Monsieur Jury, « rationnel » n'est pas non plus le contraire d'« émotionnel ». Ce que nous qualifions volontiers d'« émotionnel » peut avoir sa propre « logique » sous-jacente. Voyez donc le comportement humain : complètement ambivalent, dit-il en mettant la dernière main au pliage de son avion de papier. J'en suis arrivé à la conclusion qu'il y avait quatre types de comportement : deux sont bénins — on dit « je t'aime » ou « je te hais » et, dans les deux cas, c'est exactement ce qu'on veut dire. Et les deux autres sont malins : le « je t'aime » qui veut dire « je te déteste », et le schéma inverse. Et tous ces comportements ont leur logique propre. Quant à être « superficiel », ce n'est pas votre cas, conclut-il en souriant à Jury. Je le sais.

— Comment ça ?

— Parce que ça fait un quart d'heure que vous êtes assis là à discuter avec moi, dit Anders en lançant son avion de papier par-dessus la tête de Jury. La plupart des gens coupent court et prennent la fuite au bout de cinq minutes. Nous, les chercheurs du Santa Fe Institute, nous ne sommes pas exactement le genre de convive idéal que les maîtresses de maison se disputent à leur table.

— Dommage ! Vous les rendriez sûrement plus supportables, ces satanés dîners !

— Merci, dit Anders, l'air plus sérieux, le ton redevenu grave. Ainsi donc, vous pensez qu'Angie a été assassinée ?

— C'est possible. Bien qu'un accident soit plus vraisemblable. Vous donnait-elle l'impression d'être suicidaire ?

Anders eut un petit rire incrédule.

— Si vous pensiez qu'elle l'était, vous ne seriez pas là, répliqua-t-il en prenant une autre feuille de papier qu'il entreprit de plier, sur le même modèle que la précédente. J'imagine, poursuivit-il comme s'il s'adressait à ses doigts affairés, que Scotland Yard doit bien démystifier les choses, non ?

Il lança son avion qu'un courant d'air fit tournoyer dans la pièce avant qu'il n'atterrisse au pied d'un classeur. Il le regarda tomber avec un soupir, puis tendit à Jury le livre dans lequel il griffonnait tout à l'heure.

— Merci beaucoup. (Jury lut la dédicace et sourit avant d'ajouter :) Le rapport du légiste laisse entendre qu'Angela était de santé délicate. Savez-vous si elle avait des problèmes cardiaques ?

— Non, mais je sais qu'elle ramassait tout ce qui se baladait comme virus dans Canyon Road et qu'elle souffrait régulièrement de violentes migraines.

— Ah bon ? Dans ce cas, elle devait avoir pas mal de médicaments à portée de main.

— Laissez tomber ! A moins qu'on ne puisse faire une overdose de ginseng, de poudre d'orme rouge ou de racines d'*Hydrastis canadensis*. Angela ne prenait pas de médicaments. Une overdose de Tylenol 3 ? Pensez-vous ! Elle ne prenait de médicaments qu'« in extremis », comme elle disait elle-même. La plus mauvaise cliente de Dolly !

Jury perdit momentanément ses repères.

— La plus mauvaise cliente de qui ?

— De Dolly. Celle qui n'a pas attendu que je vous présente. Elle était là tout à l'heure, quand vous êtes arrivé. Dolly Schell, pharmacienne.

— Vous voulez dire Dolores Schell ?

Anders acquiesça d'un signe de tête.

— Je l'ai appelée hier soir, elle n'était pas là. J'aurais aimé lui parler.

— Essayez donc de passer à la pharmacie ; elle se trouve sur l'Old Pecos Trail. Angie était sa « plus mauvaise cliente » parce qu'elle détestait les médecins. Elle leur reprochait de n'avoir pas su dépister à temps un cancer du sein chez sa mère.

— Je croyais que ses parents étaient morts dans un accident d'avion.

— Oui, mais sa mère était déjà condamnée. C'est sans doute ce qui explique qu'Angela et les médecins ne faisaient pas bon ménage, c'est le moins qu'on puisse dire. Bah, c'était probablement aussi une excuse pour éviter d'aller consulter. Beaucoup de gens s'inventent des excuses pour justifier leurs peurs. Vous n'avez pas encore parlé à Mary? demanda-t-il après un bref silence.

Changement instantané de ton et d'ambiance. Une sorte d'électricité dans l'air. Jury ne savait pas à quoi l'attribuer. Il regarda Nils Anders, mais celui-ci avait les yeux baissés.

— Non, pas encore. Je ne sais pas où elle est.

— A l'école.

— Mais on est samedi.

— Sans blague? De toute façon, Mary a son emploi du temps bien à elle. Angela passait pas mal de temps à la chercher, ajouta-t-il avec un sourire amusé. Un jour, elle l'a retrouvée au beau milieu d'une bande de désert, à près de deux kilomètres de chez elles, assise sur un rocher en compagnie de son chien. Et quand elle lui a demandé ce qu'elle faisait là, Mary a répondu : « Rien. » Angie m'a dit qu'elle avait été bien obligée de la croire. Mary a un chien qui s'appelle Suma...

— Mr. Corey m'en a parlé; il pense que c'est un coyote et pas un chien.

— Je parierais que oui. Mary prétend qu'il a surtout du sang de berger allemand, parce qu'elle sait que les gens ne tiennent pas à se balader avec des coyotes aux trousses. Quoi qu'il en soit, il la suit partout. Elle l'a surnommé Sunny. Ça me plaît bien, ça, releva-t-il en éclatant de rire. Je n'en reviens pas qu'on puisse donner un diminutif à un chien.

— Vous l'aimez bien, donc?

Anders parut surpris.

— Mary? Bien sûr! Qui pourrait ne pas l'aimer?

— Je peux vous nommer au moins deux personnes, répondit Jury, qui s'exécuta.

Anders prit un ton moqueur, balayant d'un geste ces deux opinions contraires à la sienne :

— Sukie Bartholomew est une salope, dit-il comme s'il se bornait à énoncer une loi naturelle.

— Eh bien, sur ce point-là, vous partagez l'opinion de Malcolm Corey, constata Jury en riant.

— Mary n'est guère le stéréotype de l'adolescente de treize ans. Je suppose que quand un gosse perd ses deux parents en même temps... Ils avaient de l'argent, les parents : elle par héritage, lui pour en avoir gagné. Ce qu'on ne soupçonnerait pas en voyant Angela ou Mary ; elles vivaient très simplement.

— Angela avait donc une vingtaine d'années de plus que Mary ?

— A peu près. Angie avait... trente et un ans, je crois. Peut-être trente-deux. Mais elles étaient très proches, dit-il, restant un moment silencieux. C'est vraiment un coup dur pour Mary. Avez-vous essayé chez elle ?

— J'ai appelé ce matin, pas de réponse.

Anders plissa le front et se mordilla la lèvre inférieure.

— Rosella, la gouvernante, est presque toujours là, précisa-t-il en se frottant le front d'un doigt distrait. Mary est probablement partie... faire ce qu'elle fait d'habitude. C'est une fille tranquille — non, ce n'est pas ça. « Silencieuse », voilà qui convient mieux. Voyez, poursuivit-il avec un large sourire, je pourrais m'échiner à essayer de tirer deux, trois mots d'elle — oh, juste histoire de faire la conversation —, et elle serait capable de rester plantée là, aussi loquace qu'un monument à la gloire des monosyllabes : oui, non, oui, grognement. Mais, d'un autre côté, elle est très imaginative. Et impressionnable. Il y a des trucs qui sortent d'elle tout d'un coup, comme la lave d'un volcan.

Anders ramena son regard clair sur Jury pour annoncer :

— Au fait, elle pense qu'Angie a été assassinée.

— Pour quels motifs ?

— Je vous l'ai dit : les détails, ce n'est pas le fort de Mary, expliqua Nils Anders en laissant son regard filer par la fenêtre.

Jury éprouva de nouveau la même impression que tout à l'heure : l'atmosphère se chargeait d'électricité.

28

Jury éprouva une pointe de nostalgie en pénétrant dans la pharmacie, qui lui rappelait celles qu'il avait connues gamin, avec ses allées étroites entre les rayons, ses étagères encombrées et les bonnets de douche en flanelle ou en plastique suspendus à un crochet. A ceci près, bien sûr, qu'il n'y avait pas de comptoirs à sodas dans les pharmacies anglaises. Et c'était bien dommage, songea-t-il en admirant le marbre du comptoir, les shakers chromés, les grands tabourets de bois tournants sur lesquels n'importe quel môme aurait adoré tournicoter.

Il trouva Dolores Schell dans l'arrière-boutique, occupée à préparer des ordonnances.

Elle était plutôt petite et mince, avec des lunettes à monture d'écaille. A première vue, une jeune femme pas désagréable à regarder, mais peut-être un peu trop nerveuse, à en juger par sa réaction devant l'arrivée inattendue de Jury.

— Bonjour, miss Schell. Nous nous sommes vus — enfin, entrevus — il y a une heure. Commissaire principal Richard Jury, de Scotland Yard. Pourrais-je vous parler un moment ?

— C'est à propos d'Angela ? Bon, allez-y, dit-elle quand il eut confirmé.

— Cela ne vous dérange pas de parler en travaillant ?

— Pas du tout. Si vous voulez bien m'excuser une minute.

Sur ce, elle se faufila entre les étagères chargées de médicaments, ne laissant voir d'elle que des fragments successifs : un morceau de blouse blanche, une tache de cheveux bruns, des petits doigts fins. Elle s'affairait avec calme, nullement troublée par la présence du policier. Jury devait-il en déduire qu'elle faisait preuve d'une grande maîtrise de soi, ou bien que tout ce qui avait rapport à Angela ne suscitait chez elle aucune émotion particulière ?

Elle réapparut avec plusieurs flacons dans les mains.

— Vous vous êtes rendue dans le Wiltshire pour identifier le corps de votre cousine, n'est-ce pas ?

— Oui, en effet.

— Angela Hope a pourtant une sœur, paraît-il. Pourquoi n'est-ce pas elle qui y est allée ?

— Parce que Mary n'a que treize ans. Et qu'Angela était sa seule famille. Ça m'a paru tellement terrible de lui imposer cette épreuve que je me suis proposée pour y aller à sa place.

— Vous étiez proches, Angela et vous ?

Dolores Schell remplissait à présent une petite fiole en plastique d'un liquide transparent.

— Non, pas vraiment. On ne se voyait pas beaucoup. A vrai dire, je crois qu'elle ne m'aimait pas particulièrement, ajouta-t-elle d'une voix triste.

— Angela Hope était une de vos clientes ?

Dolly leva les yeux sur lui, un sourire ironique aux lèvres.

— Seulement « in extremis ». Angela croyait plus aux plantes et à l'intervention divine, dit-elle, en allant replacer un bocal sur les étagères. Je ne crois pas qu'elle ait jamais mis les pieds dans un cabinet de médecin.

— Et quand est-ce que ça lui arrivait ? demanda Jury en haussant la voix pour se faire entendre de Dolly.

— Quoi donc ?

— De se trouver « in extremis ».

— Oh, ce n'est pas à prendre au sens littéral !

Elle revint près de Jury et introduisit un rouleau d'étiquettes vierges dans une antique machine Underwood. Puis elle tapa l'information requise.

— Angela souffrait de migraines qui ne voulaient pas céder aux racines d'*Hydrastis* ou de sassafras. Alors, poursuivit-elle en le regardant avec un petit sourire coupable, je lui ai donné du Tylenol 3, un médicament qui, normalement, ne se délivre pas sans ordonnance. Vous allez me faire coffrer pour ça ?

— Rassurez-vous, je n'en ai pas l'autorité. Vous avez dit au commissaire Rush qu'elle avait eu un rhumatisme articulaire aigu quand elle était petite.

— Oui, c'est juste. Je ne crois pas que c'était très grave, mais ce genre de maladie peut avoir des séquelles, plus tard, souligna-t-elle en retirant de la machine l'étiquette dûment remplie. Heureusement, elle n'en avait pas trop souvent, des migraines. Vous savez ce que c'est, on peut être très mal fichu.

Jury repensa aux notes du médecin légiste. La migraine, ça peut être épouvantable, c'est vrai, une douleur aveuglante, mais tout de même pas au point de catapulter Angela Hope au fond de ce puits de pierre sombre.

Dolly appliqua l'étiquette sur un flacon de couleur ambre, qu'elle glissa dans une petite enveloppe ;

puis elle prit un récipient contenant un liquide d'un rose saisissant qui aurait certainement beaucoup plu à Wiggins pour réaliser son projet de soigner la terre entière.

— Que voulez-vous savoir au juste ? Je ne suis pas sûre de bien comprendre pourquoi vous êtes là, à me questionner.

La remarque était faite sur le ton de la conversation, sans la moindre agressivité.

— Un certain commissaire divisionnaire pense que la mort de votre cousine pourrait avoir un rapport avec un autre décès sur lequel il enquête.

— Personne ne m'a parlé d'un décès lié à celui d'Angela, dit-elle en le dévisageant d'un air soupçonneux.

— C'est normal, puisque à l'époque où vous avez rencontré le commissaire Rush rien ne laissait supposer qu'il pût y avoir un lien entre Angela Hope et les autres femmes retrouvées mortes, ni même qu'il y eût quelque chose de suspect dans les circonstances du décès. Nous ne sommes d'ailleurs toujours pas totalement certains que ce soit le cas.

— Les autres femmes ? Il y en a donc plusieurs ?

— C'est possible.

Jury lui raconta ensuite ce qu'il pouvait et Dolly Schell oublia un instant ses bocaux et ses flacons pour se concentrer sur ce qu'il était en train de lui dire.

— Mon Dieu ! s'écria-t-elle, épouvantée. C'est... c'est incroyable, non ? Mais pourquoi vous enquêtez ici, au Nouveau-Mexique, plutôt que là-bas, où c'est arrivé ?

— Nous faisons les deux.

Revenant à ses préparations, elle prit la bouteille de liquide rose, puis la reposa.

— Vous ne pensez pas que vous allez peut-être un peu vite en besogne ? demanda-t-elle, en prenant le temps de réfléchir avant d'ajouter : Et si vous aviez pris la chose par le mauvais côté du manche ? Comment savez-vous que ce n'est pas dans l'autre sens que ça s'est passé ? Quelqu'un de chez vous aurait très bien pu vouloir se débarrasser d'une de ces femmes, ou des deux, et Angela se serait malencontreusement trouvée dans sa ligne de mire.

Pas bête, Dolly Schell, pensa-t-il.

— Vous avez raison, c'est une possibilité.

Jury l'observa un moment en silence, espérant qu'elle en aurait bientôt fini avec ses préparations, parce qu'il commençait à trouver les cinq mètres carrés du local un peu trop étouffants à son goût. Wiggins, lui, aurait adoré se retrouver au milieu de ces extraordinaires substances aux propriétés quasi magiques.

— Qu'est-ce qui vous fait sourire ? s'enquit Dolly en revissant un couvercle.

— Je pensais à un de mes collègues. Il aimerait beaucoup cet endroit.

Les bocaux de nouveau bien rangés sur leurs étagères, les flacons dûment préparés dans leurs petits paquets blancs, Dolly survola l'ensemble du regard, l'air satisfait.

— Bon, voilà qui est fait. Maintenant, je peux demander à Billy de surveiller le magasin un moment, dit-elle en allant parler au jeune escogriffe installé au comptoir à sodas, et revenant aussitôt. Si vous voulez, il y a un café, juste à côté.

— Ici, il y a toujours un café juste à côté ! se moqua gentiment Jury.

Le café-librairie d'à côté avait un décor couleur

muscade et cannelle. Ils s'assirent sur un banc garni de coussins à fleurs. Dolly commanda un *latte*, Jury un café noir, serré.

— Vous m'avez dit que vous n'étiez pas très proches, Angela et vous, reprit Jury, dès qu'ils furent servis.

Elle releva la tête.

— Vous voulez savoir la vérité ?

— Je la préférerais au mensonge, lâcha-t-il dans un sourire.

— J'ai dit qu'Angela ne m'aimait pas beaucoup. Vrai ou faux, je n'en sais rien. Mais ce que je sais, c'est que, moi, je n'étais pas folle d'elle.

— Tiens donc ? Et pourquoi ? demanda-t-il, bien qu'il crût avoir une petite idée sur la question.

Quand on a un physique aussi ordinaire et passe-partout que Dolly Schell, c'est difficile d'aimer une femme aussi jolie et talentueuse qu'Angela Hope.

Après un long soupir, elle contempla sa tasse et l'esquisse d'un sourire fleurit aux coins de sa bouche.

— Je suppose que j'étais jalouse d'elle. Je l'enviais d'avoir autant de chance. Laissez-moi vous raconter un peu de mon — de notre — histoire, dit-elle à Jury qui signifia son accord et se cala contre les coussins. J'ai toujours vécu ici, à Santa Fe. Ou à Albuquerque. Mon père était propriétaire de ce drugstore, je n'ai fait que prendre la relève. J'étais son unique enfant. Je ne suis guère aventureuse, j'imagine, et j'ai l'habitude des petites villes. Mais les parents d'Angela et de Mary — j'ai du mal à dire « oncle » et « tante », parce que je les ai à peine connus et que je n'arrive pas à les considérer comme étant « de la famille ». Bon, en tout cas, c'étaient des New-Yorkais grand teint. Je ne crois pas qu'ils se soient jamais aventurés plus à l'ouest que l'Hudson. Ils voyageaient toujours dans la direction opposée : vers l'Europe, les Antilles, Kyoto, la Turquie, des endroits que je ne connais que par les livres. Ils étaient très beaux, tous les deux. Je veux dire, vraiment superbes. Du genre que l'on remarque dans la rue. Ma tante Sylva — on l'appelait comme ça — était la petite sœur de mon père, mais on ne l'aurait jamais cru, à les voir ensemble. Sylvestra Dark Schell : c'était son nom complet. « Dark » était le nom de jeune fille de ma grand-mère — mais Sylva ne lui ressemblait pas, je peux vous le dire ! Maintenant, le coin plairait à Sylva : un nouveau Hollywood. Cela dit, elle détestait le Sud-Ouest et vomissait le Nouveau-Mexique qu'elle appelait Ploucville. Alors, elle est partie pour la côte Est et elle a fini à Manhattan où elle a épousé Martin Hope. Mon père est mort, il y a quatre ans, d'un cancer. Et je suppose que vous savez que les Schell ont été tués quand leur avion — un jet privé ! — s'est écrasé sur une montagne dans un petit pays au nom imprononçable, dit-elle, en jouant avec sa tasse à café. Oh, Santa Fe leur plairait sûrement, maintenant qu'on l'a « découvert » et que c'est devenu le fin du fin. C'était un village un peu endormi, il y a encore vingt ou trente ans. Aujourd'hui, même si ce n'est pas que du rouge à lèvres et des paillettes partout, c'est trop... trop beau dans le style tapageur, si vous voyez ce que je veux dire. Une scène où il faut être vu quand on est branché.

Jury s'interrogea : et elle, se considérait-elle comme une sorte de machiniste, qui change les décors et manipule les poulies en coulisse ? Wiggins était sans doute la seule personne de son entourage capable de reconnaître son pharmacien dans la rue.

En général, ce sont les médecins qui récoltent toute la gloire. Peut-être que Dolly Schell ne se sentait pas appréciée à sa juste valeur sur cette « scène » où elle trouvait qu'on avait tendance à tout trop enjoliver.

— La Mecque à la mode américaine, remarqua Jury. Mais continuez donc votre histoire !

— Bon, Sylvestra a filé sur la côte Est et épousé Martin Hope. C'était un riche entrepreneur en bâtiment, mais je ne sais pas quel genre de choses il construisait. Ils sont morts il y a sept ans, quand Angela avait vingt-cinq ans et Mary six. Angela est bien plus vieille que Mary mais elles s'entendent — ou plutôt, s'entendaient — vraiment bien. Ce qui m'a toujours étonnée parce qu'elles sont très différentes. Mary a le sens pratique et les pieds sur terre, l'obstination d'une vieille dame qui ne s'en laisse pas conter. Comme elles n'avaient pas de famille sur la côte Est, Angela a décidé de s'installer par ici. Elle avait déjà eu l'occasion de venir nous voir plusieurs fois, quand Martin et tante Sylva partaient pour un de leurs fabuleux périples et qu'ils n'avaient pas envie de s'encombrer d'une gamine. Je ne l'aimais déjà pas à l'époque, déclara Dolly qui rejeta ses cheveux bruns en arrière avec la pétulance d'une adolescente.

Jury sourit. Sa franchise lui plaisait.

— Et votre père et votre mère, ils aimaient bien Angela ?

Il comprit qu'il avait touché un point sensible en voyant le rouge lui monter aux joues et ses lèvres se pincer.

— Ma mère est morte quand je n'étais encore qu'un bébé. Quant à mon père, oui, il l'aimait bien. Oh, ce n'était pas difficile d'aimer Angela. Elle était exactement comme ses parents : charmante, parce que apparemment si désarmée devant la vie. Je déteste ces gens à l'air désarmé, d'autant que je pense qu'ils ne le sont pas vraiment ; ils sont juste trop paresseux pour se durcir l'échine, alors ils s'appuient sur le dos des autres. Écoutez, elle avait vingt-six ans quand elle est venue ici, plein d'argent, des tas de relations ; mais cela ne lui suffisait pas, il lui a fallu, en plus, quelqu'un qui la prenne en charge. Et elle a jeté son dévolu sur papa.

— Il s'est réellement occupé d'elle ? demanda Jury d'un ton qui se voulait léger.

Dolly piqua du nez, déclara qu'elle voulait un autre *latte* et resta un moment silencieuse tandis que Jury faisait signe à la serveuse.

— Oui, soupira-t-elle. Angela avait le chic pour inspirer aux gens l'envie de prendre soin d'elle.

— Ça a dû être... plutôt difficile pour vous, releva-t-il, conscient de l'inadéquation des mots pour exprimer un sentiment tel que celui-là.

— Et puis il est mort, poursuivit-elle en laissant filer son regard vers les sombres allées qui couraient entre les rayonnages de livres de la pièce voisine.

Jury se demanda si, quelque part dans le secret de ses pensées, elle faisait un rapport entre ces deux événements : l'entrée en scène de cousine Angela et la mort de son père.

— Angela aimait croire qu'elle était de ces gens du New Age. Vous savez : les cristaux, les vortex, la canalisation de l'énergie. On se veut non matérialiste, spirituel. Naturellement, c'est plus facile de s'imaginer qu'on méprise les biens matériels quand on en possède déjà ou qu'on a l'argent nécessaire pour les acheter, non ? Plus facile de refuser une Mercedes quand on conduit une Jag...

— Oui, je suppose, fit Jury avec un sourire. Et à qui va aller l'argent de l'héritage ? A sa sœur ?

— Probablement.

— Et à vous ?

Dolly parut perplexe et réfléchit, comme si une telle idée ne l'avait jamais effleurée.

— C'est possible. Mais il aurait fallu qu'elle fasse un testament et, souvent, les gens comme Angela n'en font pas. Ça les embête, ou je ne sais quoi, dit-elle en haussant les épaules.

— Elle ne s'intéressait pas aux questions matérielles ?

— C'est tout au moins ce qu'elle essayait de faire croire.

— Drôle de remarque, releva-t-il. Et pourquoi se serait-elle embêtée à faire semblant d'être au-dessus des contingences matérielles ?

— Pour impressionner par son détachement et sa nature poétique.

Le Dr Anders, par exemple, pensa Jury, sachant toutefois que Dolly se fourvoyait complètement si elle s'imaginait que Nils Anders était homme à se laisser charmer par une attitude éthérée et un manque de sens pratique.

— Vous pensez à quelqu'un de précis ?

Dolly rougit et cligna des yeux derrière ses lunettes à grosse monture.

— Euh, non. Personne en particulier.

Jury préféra ne pas insister et amena la conversation sur un autre personnage clé de son enquête.

— Je sais qu'Angela et sa sœur habitaient en dehors de Santa Fe, mais où exactement ? J'aimerais parler à Mary.

— Ah ! Bonne chance, alors ! s'exclama Dolly en sirotant son deuxième *latte*.

— Pourquoi ? C'est difficile de lui parler ?

— Eh bien, c'est plutôt le genre oiseau... rare.

— Qu'est-ce que vous entendez par là ?

— Exactement ce que veut dire le terme. Primo, elle file souvent toute seule quelque part. Secundo, vous lui parlez, ou vous croyez le faire et, pendant ce temps-là, elle, elle est complètement ailleurs. Elle travaille de temps en temps à la pharmacie, pour vendre les produits sans ordonnance ou pour servir les boissons. Cela dit, elle est très intelligente, je le reconnais. Mais elle ne m'aime guère. Elle se rend bien compte que je n'ai jamais été une grande admiratrice d'Angela et comme toutes les deux elles se sont toujours très bien entendues et que Mary est d'une loyauté à toute épreuve...

Elle s'interrompit brutalement, après avoir jeté un coup d'œil à sa montre.

— Il faut que je rentre, s'excusa-t-elle en attrapant son manteau et son sac. Billy n'est pas si fiable que ça.

Elle était déjà presque debout quand Jury la retint d'une main sur le bras.

— Dolly, pensez-vous que quelqu'un aurait pu vouloir la mort d'Angela ?

Elle se rassit, totalement sidérée.

— Mais elle est morte d'un infarctus du myocarde ou quelque chose dans ce goût-là, non ?

— Il y a un policier du Devon qui croit qu'elle a pu être empoisonnée.

— Mais elle ne connaissait personne en Angleterre !

Oh, que si, pensa Jury : elle connaissait Frances Hamilton et Helen Hawes. Et c'était là tout le problème.

— En Angleterre, non, mais ici ? Quelqu'un qui l'aurait connue suffisamment bien pour la suivre en Angleterre ?

Elle le regarda droit dans les yeux.

— Comme moi, par exemple ? Vous voulez voir mon passeport ?

— Je ne pensais pas à vous, Dolly. Ni à personne de précis. C'est pour ça que je vous ai posé la question.

Elle se détendit un peu, s'adossant contre la paroi du box où ils étaient installés, et parut réfléchir. Mais finalement, elle fit non de la tête.

— Je n'arrive pas à voir qui aurait pu lui en vouloir à ce point. Ce serait plus facile d'imaginer quelqu'un se débarrassant de Mary, ajouta-t-elle en souriant.

Jury, lui, ne souriait pas.

— Et pourquoi ?

— Voyons, je plaisantais ! Juste que c'est bien plus difficile de s'entendre avec Mary qu'avec Angela. Angela était un peu... distraite. Bon, ce n'est pas tout à fait le mot qui convient. Mais Mary, elle, elle est tout sauf distraite. J'ai parfois l'impression que son regard me traverse de part en part. Elle a bien plus les pieds sur terre qu'Angela.

— Exactement ce qu'a dit le Dr Anders, remarqua-t-il, conscient que ce nom la mettait mal à l'aise. C'était un bon ami d'Angela, n'est-ce pas ?

Dolly se détourna.

— La plupart des gens l'aimaient bien, Angela, répondit-elle d'un ton évasif.

— Mais il y avait au moins une personne qui ne l'aimait pas.

Jury paya l'addition et se leva.

29

Planté devant le menu affiché à l'entrée du restaurant, Jury hésitait entre les *huevos rancheros* — brouillade d'œufs paysanne — et l'Assiette *Old Santa Fe Trail*, composée d'*enchiladas*, de haricots rouges et de *posole*, avec une sauce aux piments, quand le réceptionniste du La Fonda Hotel lui tendit un message.

— La personne a dit que c'était important, que je devais vous le remettre dès votre arrivée, récita le jeune homme, aussi impressionné par le flic britannique que par un directeur de casting.

Jury le remercia mais continua à hésiter. Le hall était bondé, la salle à manger surpeuplée. Il y avait encore un tournage en cours, et une foule de curieux se pressait sur la place. Inutile d'espérer trouver un petit coin tranquille pour déjeuner.

Le réceptionniste continuait à couver Jury du regard, comme si celui-ci pouvait lui décrocher un rôle dans *Priestly de Scotland Yard* ou *Les Horreurs de Whitechapel*. Il disparut finalement pour s'occuper de clients qui arrivaient.

Jury lut le bref message de Jack Oñate lui demandant de le rappeler tout de suite. A la recherche d'un téléphone public, il survola des yeux le va-et-vient de gens riches, beaux, bronzés au soleil californien, et finit par repérer une cabine près de l'ascenseur. Il enfila une pièce de vingt-cinq cents dans la fente.

— Ça vous dirait, un petit tour au Colorado ?

C'est avec cette question un peu énigmatique que Jack Oñate entama la conversation.

— Non, mais j'ai salement envie d'une Assiette *Old Santa Fe Trail* ! Et je me demande si je ne vais pas être obligé d'aller au Colorado pour pouvoir déjeuner. Tous ces gens qui débarquent ici en février, d'où viennent-ils ? Et qu'est-ce qu'il y a au Colorado ?

— Aspen, Telluride, pour ne mentionner que deux endroits. Vous devriez visiter le Colorado avant de repartir.

Jury soupira. Jack avait clairement l'intention de faire durer le plaisir avant de lâcher sa petite pépite d'information.

— Dites donc, qu'est-ce qu'il y a de si important, Jack ?

— Ça, pour être surpris, vous allez être surpris !

— Parfait. Étonnez-moi ! répondit Jury en examinant les carrelages mexicains qui revêtaient le mur, devant lui.

Il y eut un froissement de cellophane et des bruits divers. Puis Jack reprit la ligne, la bouche pleine. Jury ne comprenait rien. Ça ressemblait aux conversations qu'il essayait parfois d'avoir avec Wiggins, quand celui-ci se mettait des gouttes dans le nez. Il caressa du doigt le motif en creux ornant les carrelages et se rappela qu'il n'avait toujours pas envoyé de fleurs audit Wiggins. Bah, il serait de retour dans deux jours !

— Excusez-moi ! Il y a un flic du Colorado qui

est passé chez nous ce matin et, en taillant une bavette avec deux de mes collègues, ils ont parlé de Mesa Verde...

Jury entendit de nouveau des bruits de mastication.

— ... et des ruines — les plus importantes, comme Spruce Tree House, et les petites, celles qui ne sont recensées que par des numéros. Et devinez quoi ?

— Non, je ne devine pas, soupira Jury. Mais vous devez me surprendre, rappelez-vous.

— Eh bien, des fois, ils donnent quand même un nom aux plus petites ruines, juste histoire de s'amuser un peu, je suppose.

Comme un silence s'installait, meublé par de nouveaux froissements de papier, Jury revint à la charge :

— Et alors ?

— Ben, il y en a une qui s'appelle Coyote Village ! Si vous y allez, prenez l'avion ici et louez une voiture à l'arrivée. Sinon, vous en aurez pour six bonnes heures.

30

Le garde lui tendit une carte de Mesa Verde, à l'entrée du parc, précisant qu'il ne restait qu'une heure pour la visite puisqu'on fermait au coucher du soleil. Tandis que la voiture de location grimpait laborieusement la route en lacet, le soleil dardait ses rayons sur le pare-brise, ignorant superbement l'imminence de son déclin. La température extérieure était plutôt fraîche, l'air limpide et coupant comme du verre. De délicates petites fleurs blanches pointaient le nez entre des touffes d'herbe argentée.

Jury savait exactement comment rejoindre la ruine baptisée du nom baroque de « Coyote Village ». Ce qui lui paraissait nettement moins évident, en revanche, c'est pourquoi il avait entrepris ce voyage éclair. Peut-être trouverait-il quelque chose. Mais plus vraisemblablement, rien.

Il devait avoir raté la pancarte en bois censée se trouver sur sa gauche, car il se retrouva près d'une des principales curiosités, Cliff Palace. Il se gara et descendit de voiture. Du sommet de la mesa, Jury plongea le regard dans le canyon. Bâti sous le rebord de la falaise, dans un espace rappelant un amphithéâtre, se trouvait le *pueblo*. C'était un ensemble complexe d'habitations troglodytes établies sur trois ou quatre niveaux en palier, chaque toit servant de terrasse au niveau supérieur. Les Anasazi avaient édifié ces quelque deux cents habitats avec des bouts de bois et des cailloux. Un travail colossal. Mais que leur était-il donc arrivé par la suite ? Où étaient-ils partis ? Et pourquoi ? Qu'est-ce qui les avait fait fuir en abandonnant tout ce qu'ils avaient construit ? Jury se rendit compte que ses pensées prenaient des voies dangereuses qui le ramèneraient droit à la disparition de Jenny, même s'il était exagéré de parler à son sujet de « disparition ». Un petit vent froid se mit à souffler, balayant des semences de chardon pardessus le bord de la falaise. Il finit par remonter dans sa voiture et repartit en sens inverse, tâchant de garder l'œil ouvert pour repérer Coyote Village.

Debout à côté de la voiture, il tendit l'oreille. Il n'entendit qu'un cri d'oiseau, lointain et amorti, si imperceptible qu'il se demanda s'il ne l'avait pas inventé.

De la musique !

Ce n'était pas un chant d'oiseau qu'il entendait, mais de la flûte. Il arriva dans la clairière et s'arrêta net à la vue d'une jeune femme qui jouait un air lent et triste, comme si elle célébrait un rituel.

Elle était mince et de taille inférieure à la moyenne, avec des allures de garçon. Elle avait des cheveux longs et raides, d'un brun riche d'acajou que rougissait encore le soleil couchant. Et elle était tout en noir. A travers les arbres tombait une lumière laiteuse mais vive, qui perlait sur la flûte et allumait des reflets sur l'étoffe d'une chemise à col montant, boutonné sous le menton. Seuls le visage et les mains étaient nus, lumineux sur le fond sombre des vêtements et des cheveux. Elle s'arrêta de jouer et, tenant la flûte devant elle des deux mains, elle resta un moment à contempler le paysage, avant de tourner la tête pour dévisager Jury.

Il s'aperçut alors qu'elle était maquillée de façon plutôt criarde, ce qui le fit sourire. Rouge à lèvres nacré, tartine d'ombre à paupières pourpre, eye-liner noir. Tout cela formait un étrange contraste avec ses vêtements sombres et avec son âge, sur lequel il s'était manifestement trompé. Car ce n'était pas une jeune femme mais une très jeune fille, presque encore une gamine. Et ce qu'il avait pris pour une maigreur un peu garçonne n'était qu'une silhouette d'adolescente.

Jury resta planté là, désemparé, tandis qu'ils se regardaient. Il n'aurait certainement pas deviné qui elle était si le chien n'avait pas tout à coup surgi du sous-bois. C'est vrai qu'il ressemblait à un coyote avec ses longues pattes maigres, ce long museau pointu de renard, ses babines noires comme du goudron et ourlées de poils blancs et sa fourrure couleur des buissons d'armoise. Il arriva en trottant et s'immobilisa entre eux, les oreilles en avant, ses yeux de glace grands ouverts et braqués sur Jury.

Jury émit une petite toux en guise d'entrée en matière amicale — tout au moins espérait-il qu'elle serait perçue ainsi.

— Que fait votre chien ?

— Rien. Il dit « bonjour », c'est tout.

— Je n'ai jamais vu de chien policier dire bonjour comme ça.

A quoi elle répondit, en toute logique :

— Forcément, ce n'est pas un chien policier. Vous êtes encore un autre policier ? s'enquit-elle, dardant sur lui un regard exactement de la même couleur que celui du chien.

— Un « autre », je ne sais pas, mais policier, oui, j'en suis un.

Ses épaules semblèrent s'affaisser et elle murmura :

— Ah, bon Dieu !

Jury gardait les yeux sur le prétendu chien pour observer le degré de tension de l'animal. Et — à vrai dire — pour mesurer la distance qui le séparait de la bête.

— Vous êtes Mary Hope ?

Sa mine se renfrogna davantage. Elle esquissa une moue, se mordit la lèvre, et rejeta ses longs cheveux en arrière, dans un geste d'inconsciente coquetterie féminine.

— Mary Dark Hope. La voiture est là-bas, ajouta-t-elle dans un soupir.

— La voiture ? s'exclama Jury, qui fit un pas en avant.

Alerté, le chien avança, comme dans un film sur la mafia américaine, quand le garde du corps du petit malin dégaine son flingue. Jury battit en retraite.

— Hé, qu'est-ce qu'il fait, là ?

— Il se montre amical, c'est tout. C'est pour ça que je l'ai appelé Sunny. Ils sont comme ça, les bergers allemands. Mais alors, vous n'êtes pas de la police de l'État ? Vous n'êtes pas là à cause de la voiture ?

— Non. Je suis de Scotland Yard.

Elle pencha légèrement la tête sur le côté, et le considéra en silence. Hormis ce tout petit geste, elle demeurait immobile, la flûte toujours dans les mains. Mary Dark Hope et le coyote formaient un excellent duo.

— Vous n'allez donc pas m'arrêter ?

Jury réfléchit un moment avant de répondre gravement :

— Pas encore.

La réponse lui plut, manifestement.

— Mais j'imagine que vous voulez me parler.

— Ah ça, oui ! fit Jury avec un large sourire.

Le pourquoi de toute cette « tartine » sur le museau, expliqua-t-elle en marchant pour rejoindre les voitures, c'est qu'il fallait qu'elle eût l'air plus âgée, en tout cas assez pour pouvoir conduire. Assez pour franchir l'entrée du parc. Pendant tout le voyage depuis chez elle, elle avait eu peur de se faire arrêter par la police du Colorado.

Ils arrivèrent à la voiture que Mary avait conduite, une vieille Ford poussiéreuse. Jury jeta un coup d'œil à l'intérieur, par la fenêtre du conducteur :

— Des annuaires de téléphone ?

— Pour me rehausser, expliqua-t-elle.

— Et vous avez fait près de cinq cents kilomètres assise sur des annuaires ?

Elle ne se donna pas la peine de répéter ce qu'elle venait de dire à l'instant et s'appuya contre la Ford, le regard rivé sur les montagnes, dans le lointain. Elle avait des yeux pâles comme de la glace. Jury n'avait encore jamais associé l'idée de beauté à celle d'absence de couleur, mais il y avait bien les diamants, l'eau de source, les gouttes de pluie irides-centes...

« Et la vodka, et le gin », crut-il entendre de la voix de Diane Demorney, ajoutant sa contribution à la liste. Ce qui lui arracha un petit rire.

— Qu'est-ce qu'il y a de drôle ? demanda Mary Dark Hope en rougissant un brin, pensant qu'il se moquait d'elle.

— Oh, rien. Rien du tout. Excusez-moi, je pensais à une amie, dit-il avant de marquer une pause. Ça devait être important pour vous, de venir ici.

Elle ne répondit pas. Pourquoi l'aurait-elle fait ? Pour provoquer une fois de plus son hilarité ?

— Et si on allait quelque part discuter un peu ? proposa-t-il. Et manger un morceau, peut-être ?

La proposition dut lui plaire, car elle s'anima.

— Il y a un café à Durango où on allait tout le temps...

Elle s'interrompit, tournant son regard vers la mesa où le soleil couchant lançait ses derniers feux avant de disparaître derrière la ligne d'horizon.

Jury ne lui demanda pas de commentaire sur ce « on ».

— C'est moi qui conduis, annonça-t-il sèchement en ouvrant la portière.

— Et votre voiture ? Elle va rester là ?

— C'est une voiture de location, peut-être que la police du parc voudra bien s'occuper de la ramener à Cortez. Si je leur explique, ajouta-t-il sur un ton qui n'augurait rien de bon.

— Dans ce cas, je conduis, fit-elle, s'apprêtant à monter en voiture.

— Ouste ! lança Jury qui empila les annuaires sur le plancher arrière.

Elle ouvrit la portière, côté passager, et fit monter le chien sur le siège avant.

— Non, décréta Jury. Le chien, à l'arrière.

— Comme vous voudrez, mais vous le regretterez, annonça-t-elle, en prenant la place du chien. Sunny fait un très mauvais passager sur la banquette arrière.

Bien moins mauvais, cependant, que Mary Dark Hope, conclut-il après une quinzaine de kilomètres de route de montagne tortueuse. Les derniers feux du soleil se reflétaient sur les hauts nuages et les coloraient d'un rose intense qui se répandait sur la mesa et les buissons d'armoise. Magnifique, songea Jury.

— On dirait un tableau, remarqua-t-elle avant de reprendre la direction verbale des opérations, négociant chaque virage à la place de Jury, annonçant à l'avance les aires de stationnement et les à-pics, les voitures qu'ils croisaient ou qui les suivaient, sans oublier de critiquer sa conduite.

Sunny, lui, se bornait à donner de temps en temps un coup de patte sur l'épaule du conducteur.

Ils s'arrêtèrent à Durango pour boire un café.

Tous les trois.

Durango, Colorado, est situé dans une cuvette façonnée par les montagnes environnantes. L'air y est si pur qu'on a la sensation de respirer l'atmosphère raréfiée des cimes. Jury s'en emplit les poumons avant de pénétrer dans le café préféré de Mary Dark Hope. Pas étonnant, puisqu'ils toléraient les animaux...

Tout en continuant à commenter les erreurs de conduite de Jury, elle se déplaça le long du comptoir pour regarder les pâtisseries.

— Bon, je prendrai deux *donuts* à la gelée et un pain aux raisins et au fromage blanc. Et un éclair au chocolat.

Le sourcil relevé en une mimique d'interrogation, elle observait Jury comme si elle craignait qu'il lui refuse cette collation et expliqua :

— Le deuxième *donut*, c'est pour Sunny.

— Vous voulez boire quelque chose ? Un chocolat ? Un soda ?

— Non, un cappuccino, fit-elle d'un ton légèrement condescendant.

Mais Jury refusa de commander trois cappuccinos :

— Le chien n'a qu'à boire de l'eau. Qui sait, il sera peut-être obligé de conduire, au retour.

Un trait d'humour qui tomba comme un pétard mouillé, comprit-il à l'expression de Mary.

— Surtout, ne dites rien ! menaça Jury, portant les deux tasses tandis qu'elle suivait avec une assiette de pâtisseries.

Le *donut* ayant disparu sous la table où était couché Sunny, ils purent enfin se concentrer sur ce qu'ils avaient devant eux. Oubliant momentanément la conduite de Jury — ou se réservant le sujet pour plus tard —, elle lui parla de Durango.

— C'est une vraie vieille ville de cow-boys. Y a des grandes rues larges et des tas de saloons.

Jury survola du regard le café — femmes en bottes élégantes, vêtements de cuir souple et écharpes de soie, petites tasses délicates et piles de croissants —, et essaya d'imaginer les lieux, bourrés de cow-boys. Pendant ce temps-là, Sunny s'expliquait avec son *donut* à grand renfort de crocs, comme s'il avait affaire à un os de côte de bœuf.

Puis il s'intéressa de plus près à Mary, subjugué par sa beauté sauvage. Celle-là, elle va faire des ravages, songea-t-il. Oui, des ravages ! Mais cette pensée le perturbait. Mary n'avait que treize ans, et pourtant, il émanait d'elle une sensualité d'une ambiguïté dérangeante, comme si la femme en elle tentait de supplanter la petite fille. Il se demanda comment les hommes réagissaient à sa présence, quelle sorte de sentiments elle éveillait en eux.

Ils n'avaient plus abordé le sujet de la mort d'Angela depuis l'allusion indirecte qu'elle y avait faite : « Je suppose que vous voulez me parler. » Et

Mary ne paraissait guère pressée d'y revenir. Alors Jury décida d'y aller franchement.

— J'aimerais vous parler de votre sœur.

Mary cessa instantanément de déguster la mousse de son café à la petite cuillère. Mais garda les yeux baissés.

— Je sais que vous aimiez bien venir à Mesa Verde, votre sœur et vous. Était-ce l'un de vos coins préférés ?

Opinant du bonnet, elle attaqua le reste de sa mousse et dit :

— Il arrive qu'il y ait des esprits, par là-bas.

— Des esprits ?

— Angela croyait aux esprits. Rosella aussi. Peut-être que c'est pour ça qu'Angela y a cru, parce que Rosella parle tellement de ces choses-là.

— Rosella, c'est la dame qui s'occupe de vous ?

— C'est ça, confirma-t-elle en découpant son gâteau en petits morceaux.

— C'est une sorte de tuteur légal, pour vous ? demanda Jury qui s'inquiétait du sort de Mary Dark Hope.

Elle hocha la tête en signe de dénégation, faisant danser ses cheveux sombres.

— Il y a deux dames des services sociaux qui sont passées avant-hier, dit-elle, remuée à la simple évocation de ce souvenir, et fixant Jury de son regard d'eau limpide.

— Il y a si longtemps que Rosella est chez vous qu'elle pourrait sans doute être considérée comme un tuteur valable, malgré l'absence de liens du sang.

Si Mary éprouva du soulagement, elle n'en laissa rien paraître.

Elle était si indéchiffrable, si indépendante, qu'il comprenait qu'elle pût effrayer les adultes ou les exaspérer.

— C'est pour les esprits que vous jouiez de la flûte ?

— Non, pour les souvenirs, dit-elle, les yeux rivés à son assiette.

— Je suis réellement navré, Mary, pour Angela.

— N'empêche que vous ne m'avez toujours rien dit.

Pendant qu'il lui racontait où et comment on avait trouvé sa sœur, elle contempla son éclair sans y toucher.

— Regardez ça, voulez-vous ? dit Jury, tirant de sa poche intérieure une photocopie qu'il lissa sur la table. C'est une page de carnet d'adresses.

Elle la considéra un moment, le front plissé.

— C'est marqué « Coyote Village ». Et les chiffres, c'est quoi ?

— Des numéros de téléphone, je présume.

— C'est le carnet de téléphone d'Angie ?

— Est-ce que ça ressemble à son écriture ?

— Non.

— Y a-t-il d'autres gens de votre connaissance qui aiment venir à cet endroit-là ?

— Non. Dans l'ensemble, les touristes préfèrent visiter les plus grands sites comme Balcony House, Spruce Tree House et les autres. Une des raisons pour lesquelles Angie...

Elle s'interrompit, piquant du nez. Jury n'arrivait pas à déchiffrer son expression. Elle paraissait aussi lointaine que la lune quand elle releva la tête.

— Angie l'aimait bien parce qu'il n'y avait pratiquement pas d'autres gens qui venaient là et elle... on pouvait en profiter tranquillement. Angie aimait bien réfléchir, conclut-elle en mordant dans son éclair.

Jury replia son papier et le remit dans sa poche.

— L'impression que j'ai de votre sœur, c'est qu'elle s'intéressait plus au spirituel qu'aux choses matérielles.

— C'est pour ça qu'on n'a pas de lave-vaisselle, commenta Mary qui, après ce magistral résumé de la vie spirituelle, entreprit de lécher la crème pâtissière qui débordait de son éclair.

— Elle vous a parlé d'Old Sarum ?

Elle regarda à droite, puis à gauche, comme pour chercher la source de cette étrange question.

— C'est une ancienne excavation ou un truc dans ce genre-là, qui remonte à... (Elle suspendit sa phrase pour consulter ses archives sur Sarum, mais sa mémoire semblait défectueuse.)... à très longtemps, dit-elle, sortant un bout de langue pour attraper une autre coulée de crème pâtissière. C'est un site historique célèbre. Enfin, vous devez connaître, puisque c'est à vous, conclut-elle, ayant fait de Sarum un bien personnel de Jury avant de disparaître sous la table pour donner un bout d'éclair à Sunny.

Jury, pianotant sur le bord de sa tasse, décida de ne pas renoncer et attendit de voir réapparaître sa tête pour demander :

— Est-ce que Sarum représentait quelque chose de spécial pour votre sœur ?

— Pas exactement mais, réfléchissez : si vous aimiez les vieilles pierres et les ruines comme Angie les aimait, vous auriez envie d'aller visiter Sarum, non ? Et Stonehenge ? C'est là-bas aussi, ça. Pas très loin, précisa-t-elle en lui signifiant du regard qu'il aurait bien besoin d'étoffer ses connaissances.

— Oui, bien sûr que je voudrais y aller.

Elle haussa les épaules, but un peu de café et poursuivit :

— Elle n'était encore jamais allée en Angleterre et l'idée d'aller visiter tous ces trucs-là lui plaisait.

Ils sirotèrent leur café en silence un moment.

— On peut occasionner sa propre mort, reprit-elle.

— Plaît-il ? s'exclama-t-il, sidéré.

— Si vous étiez un Zuñi, vous comprendriez.

— Un Zuñi ?

— La tribu, vous savez. Rosella est une Zuñi, expliqua-t-elle, ajoutant après une pause : Elle doit rentrer au *pueblo* zuñi plusieurs fois par an.

— Ah bon. Et pourquoi ?

— Les femmes doivent rester proches du *pueblo*. La plupart des femmes zuñi ne le quittent pas, parce qu'elles gagnent beaucoup de sous avec leurs objets d'argent et turquoise. Mais surtout parce qu'on attend d'elles qu'elles soient de bonnes épouses, qu'elles préparent des festins pour les acteurs des rituels *kachina* et qu'elles constituent un public admiratif lors des danses. Même après sa mort, la femme doit aller au village *kachina* et y faire la même chose. Moi, je trouve que c'est dégueulasse, pas vous ? dit-elle sans attendre la réponse. Enfin... les Zuñi croient qu'on peut causer sa propre mort.

— Vous voulez dire par le suicide ?

Elle fit signe que non, d'un hochement de tête appuyé.

— Non, pas comme ça. On peut *vouloir* sa propre mort sans même le savoir. On peut en avoir l'*intention*. Comme... (Elle hésita, cherchant un exemple.) Tenez, vous pourriez avoir un accident, ou plutôt ce que vous prenez pour tel, mais ce serait vous qui l'auriez causé. Ou encore, vous pourriez causer votre propre mort en prolongeant trop longtemps un deuil, en restant dans la peine.

Elle fit une pause, considérant ses vêtements noirs, et resta silencieuse, le regard à la dérive vers quelque lointain horizon.

— Un immense chagrin qui vous brise le cœur, murmura-t-elle, comme pour elle-même.

Impressionné, Jury ne savait que dire. Il sortit les photos de sa poche et les posa devant Mary.

— Est-ce que le visage d'une de ces femmes vous rappelle quelque chose ? Je crois qu'elles sont passées à la boutique de votre sœur en novembre dernier. Celle-ci, tout au moins, dit-il en désignant la photo de Frances Hamilton.

Elle les examina très attentivement, prenant chaque photo en main et l'étudiant de près avant de la reposer.

— Qu'est-ce qui vous le fait penser ?

— Mrs. Hamilton — c'est le nom de celle-ci — a rapporté une sculpture de turquoise avec un anneau d'argent au milieu. Et Angela avait une façon bien à elle de travailler l'argent.

— C'est Rosella qui lui a appris. C'est pour ça qu'Angie était si douée. C'est le genre de choses que font les femmes au *pueblo*.

— J'ai vu plusieurs blocs de turquoise comme celui-là dans la boutique d'Angela.

— En principe, il faut un mandat pour perquisitionner chez les gens, non ?

— Mais j'en ai un ! Vous voulez le voir ?

— Laissez tomber.

— Une chose que j'ai cherchée chez elle et que je n'ai pas trouvée, c'est une liste d'adresses, ou un livre de comptes dans lequel elle aurait noté les coordonnées des clients.

— Je ne crois pas qu'Angie était très forte pour la paperasse. Elle avait un comptable pour s'occuper de ces choses-là. Ce n'était pas quelqu'un d'organisé. Je ne cessais de lui répéter qu'elle devrait s'agrandir. Elle aurait pu vendre beaucoup plus, mais elle se contentait de répondre que l'argent n'avait pas tant d'importance pour elle, et qu'elle préférait passer son temps dans des endroits comme Sedona. « C'est meilleur pour l'esprit », elle me disait. Eh bien, en ce qui me concerne, l'argent compte beaucoup et je ne peux pas encadrer Sedona. Elle connaît des gens vraiment allumés, là-bas. Qui sortent tous ensemble pour aller traîner près des « vortex », ajouta-t-elle dans un léger haussement d'épaules.

— Mary, qu'avez-vous pensé quand vous avez appris comment était morte Angela ? Je suis désolé de vous poser une telle question, mais vous la connaissiez mieux que n'importe qui. Ça a dû vous sembler complètement incroyable.

Elle resta si longtemps sans répondre que Jury s'en voulut d'avoir autant manqué de tact.

— Pardonnez-moi. Oubliez ce que je viens de dire.

Mais elle devait ruminer encore le problème, puisqu'elle répondit :

— Je me suis demandé comment on avait fait.

— Comment qui avait fait quoi ? demanda Jury, intrigué.

— Comment on l'avait tuée.

— Parce que vous pensez qu'on a assassiné Angela ?

Cette fois, c'est Mary qui le regarda, étonnée.

— Oui, évidemment. Et vous aussi, sinon vous ne seriez pas là.

— Pourquoi est-ce qu'on aurait tué Angela ?

— Rosella dit que c'est de la sorcellerie. Vous

savez, quand on tue quelqu'un à distance, expliqua-t-elle en regardant de nouveau les photos. Vous pensez qu'elles étaient peut-être clientes d'Angela ?

— Je le pense, en effet.

— Bon, mais... qui sont-elles ?

— Celle-ci vient d'Exeter, c'est à environ cent cinquante kilomètres de Salisbury et de Stonehenge. Celle-là, poursuivit-il en prenant la photo de Fanny, elle était de nationalité américaine mais elle habitait Londres. Depuis des années.

— Elle « habitait » ?

— Elles sont mortes toutes les deux, répondit-il en rempochant les photos.

Enfin, il avait dit quelque chose d'intéressant ! Et, comme si la réponse avait surpris même Sunny, Jury le sentit remuer sous la table et rouler sur ses pieds.

Nerveuse, Mary s'humecta les lèvres d'un coup de langue.

— Et vous pensez que ça a un rapport avec Angie ?

— Oui.

— Pourquoi ?

C'est ce qu'on essaie d'établir.

— Elles étaient amies ? Laissez-moi regarder encore les photos.

Jury les ressortit.

— Ça, on ne le sait pas, mais il y a des raisons de croire qu'elles se sont connues ici. Comme elles venaient d'Angleterre toutes les deux, ça n'aurait rien d'étonnant qu'elles se soient liées d'amitié, même superficiellement. Elles ont logé au La Fonda toutes les deux.

Ayant étudié les photos un moment, Mary reprit :

— C'est difficile, avec tout ce qui défile comme gens dans Canyon Road. Peut-être que quelqu'un d'autre les a aperçues. A qui d'autre vous avez parlé ?

— A la dame qui tient la boutique voisine du Héron d'Argent : Bartholomew.

L'expression de Mary ne laissait planer aucun doute sur l'opinion qu'elle avait de Sukie Bartholomew. Elle se montra nettement plus enthousiaste à propos de Nils Anders.

— Il est sympa. Il dit que je suis un « soliton ».

— Un quoi ? s'esclaffa Jury.

— Un « soliton ». C'est un des mots de leur jargon. Ça veut dire « auto... », hésita-t-elle, cherchant le reste de l'expression. Un truc du genre « autosuffisant ». Enfin, quelqu'un qui est capable de se débrouiller tout seul.

— Je veux bien le croire. J'ai l'impression que votre sœur n'avait pas beaucoup d'amis intimes.

— C'est vrai. A part, bien sûr, le Dr Anders. Je ne sais pas ce qu'elle trouvait à Sukie. Et puis, il y a Malcolm. Vous lui avez parlé ?

— Oui.

— Il se prétend acteur, lança-t-elle avec mépris. C'est-à-dire, quand il n'est pas peintre ! Et Dolly ? demanda-t-elle après une pause. Vous l'avez rencontrée ?

La question était posée sur un ton volontairement détaché, qui n'échappa pas à Jury.

— Votre cousine ? Oui.

— Elle est allée en Angleterre pour... identifier Angela, dit-elle sur un ton amer, mais sans regarder Jury, plongeant tout d'un coup sous la table pour y jeter un œil. Sunny s'est endormi, constata-t-elle.

— Il est plutôt tranquille, comme chien, remarqua Jury, remettant la question de Dolly à plus tard.

— Sauf quand on l'énerve.

— Et qu'est-ce qui l'énerve ?

— Bah, je crois qu'il n'apprécierait pas trop qu'on me coure après avec un gros bâton ou une hache. Les gens ont tendance à rentrer se planquer quand il arpente Canyon Road, raconta-t-elle avec une mimique — petit geste de la tête et léger pincement de lèvres — qui en disait long sur ce qu'elle pensait de ça. C'est incroyable, non ? Ils s'imaginent que Sunny est un coyote !

— Faut dire que la ressemblance est frappante.

— Pas du tout, répliqua-t-elle, exaspérée. Vous avez déjà vu un coyote avec des yeux argentés comme ça ?

— Non, mais je ne me suis jamais trouvé entre quat'z'yeux avec un coyote. Où l'avez-vous dégoté ?

— En balade, dit-elle, restant vague.

— Qui se baladait ? Lui ou vous ?

— Il était dans le désert. Un tout jeune chiot qui reniflait une carcasse de vautour. Je me suis dit qu'il devait avoir faim et je lui ai donné mon sandwich au jambon.

— Que faisiez-vous dans le désert avec un sandwich au jambon ?

Oh, ce type-là est vraiment exaspérant ! indiquèrent ses lèvres pincées.

— Probablement la même chose que lui.

— Vous cherchiez des carcasses de vautour ?

— Non, répliqua-t-elle en prolongeant la voyelle, bouche arrondie. Je vais toujours dans le désert le samedi et j'emporte de quoi déjeuner.

Elle n'avait toujours pas expliqué ce qu'elle fabriquait là. Rien, peut-être. Un « soliton », songea-t-il avec un sourire.

— Vous devriez plutôt aller... je ne sais pas, moi... au cinéma avec vos amis. Moi, c'est ce que je faisais, le samedi.

Ah oui ? Il ne se souvenait pas de samedis où... Mais si, il y avait un Odeon dans le coin, non ? Dans King's Road, ou était-ce dans Fulham Road ? Il crut se revoir devant le cinéma, lisant les publicités, les affiches...

Elle le fixait, ou plutôt lui lançait des regards noirs. Une occupation pour laquelle Mary Dark Hope semblait avoir une nette prédilection. Elle déposait les yeux sur lui, puis les détournait. Lui décochait un bref regard avant de le poser ailleurs. A l'instant même, elle hésitait devant cette superbe occasion de lui envoyer une riposte cinglante : voyons, laquelle conviendrait le mieux ? Pour finir, elle renonça, incapable de décider.

Jury esquissa un sourire : il commençait à comprendre pourquoi il se conduisait en véritable trou-du-cul (il en convenait lui-même) : pour s'offrir comme cible à son interlocutrice. Quand on vient de perdre un être cher — et il n'y avait pas de doute dans son esprit que Mary adorait sa sœur —, quel soulagement que d'avoir en face de soi un grand imbécile sur qui faire un carton ! Et a fortiori un crétin de flic !

— De toute façon, ce n'est pas un vrai désert. C'est un désert de peintre. Ça n'a plus rien de vrai, dit-elle sur un ton qui n'était plus ironique mais triste.

Il regarda cette gamine toute de noir vêtue, si réfractaire aux activités enfantines, et se demanda si ce n'était pas elle qui avait « mené la barque », selon l'expression de Nils Anders, plutôt qu'Angela. Mary avait tellement les pieds sur terre qu'on pouvait aisément l'imaginer avec des racines à la place des chaussures, au bout de ses longues jambes. Des images se bousculaient dans l'esprit de Jury : ces prétendus samedis passés avec des amis, avaient-ils vraiment existé ? Le cinéma Odéon en bas de la rue — oui, il était bien dans King's Road, ça lui revenait, maintenant —, le parc où il aidait Amy à peindre ses aquarelles... Lorsqu'il sortit de sa rêverie et releva la tête, Mary avait l'air à la fois soucieuse et triste.

— J'ai fini, déclara-t-elle en repoussant son assiette.

Elle survola la salle du regard, l'air de dire qu'on pouvait rentrer à la maison, maintenant, puis se pencha pour récupérer la laisse de Sunny.

Jury sentit le chien s'ébrouer avant de se dresser sur ses pattes. Une tête émergea de dessous la table et Sunny considéra Jury de ses yeux argentés.

L'effet du « shoot » de gâteaux sur Mary ne fut que de courte durée. Vers neuf heures, ils s'arrêtèrent aux abords de Chama, dans un petit restaurant qui ne payait pas de mine. Ils commandèrent des steaks-frites accompagnés de piment vert et de *posole*. Il lui posa des questions sur Dolly Schell et sur les rapports entre les Schell et les Hope. Il parlait d'un ton aussi neutre que possible. Elle répondait calmement, mais ne lui apprit rien de plus que Dolly.

Ils mangèrent cependant la plupart du temps en silence, sans que cela les gênât, l'un ou l'autre. Un silence naturel.

Le steak était bon mais le *posole* au piment vert n'était pas authentique, décréta Mary. Rosella en faisait du bien meilleur. Le repas fini, elle insista pour aller réclamer des os en cuisine : un pour Sunny — laissé dans la voiture, cette fois —, les autres pour les chiens perdus qu'ils risquaient de rencontrer en chemin. Il y en avait toujours, expliqua-t-elle, et même des chiens morts, maintenant qu'on avait quitté le Colorado pour le Nouveau-Mexique.

Quand ils reprirent la route, la lune s'était levée. Un énorme disque jaune qui naviguait dans le ciel, devant eux. Jury remarqua sans même y penser :

— On appelait ça une « lune de bombardier ».

Mais qu'est-ce qui lui prenait de parler de la guerre ? Pour Mary Dark Hope, ça devait sembler aussi lointain que le débarquement sur la Lune. Sans aucun rapport avec sa vie. Un truc aussi poussiéreux et rasoir qu'un vieux manuel d'histoire. Aussi fut-il légèrement surpris de l'entendre répéter l'expression, et expliquer :

— Quand la lune brillait fort, les bombardiers pouvaient repérer leurs cibles, alors que la ville était plongée dans le noir.

— Exactement.

— Vous êtes déjà descendu dans des abris anti-aériens ?

— Oui.

— Et ça vous est arrivé de vous faire surprendre par une alerte avant d'avoir eu le temps de descendre ?

— Oui, plusieurs fois. Surtout vers la fin, ajouta-t-il.

Mary se cala contre l'appuie-tête, lui donnant l'impression qu'elle en avait fini avec le sujet. Ce en quoi il se trompait.

— Quand vous étiez gamin, ça devait vous paraître affreusement réel.

Le réel semblait avoir du mordant, à l'entendre. Du muscle, aurait dit Nils Anders.

— Mais ce n'est plus comme ça, maintenant. C'est une lune de cinéma, dit-elle, pensive.

Une quinzaine de kilomètres plus loin, ils virent un chien genre berger allemand, étendu raide sur le bas-côté. Et un autre encore, à trois kilomètres de là.

— Le Pays de l'Enchantement, cita Mary Dark Hope.

Et la lune de cinéma continuait à filer devant eux, tout là-haut dans le ciel.

31

1

Le trajet de retour à Long Piddleton et le *boudin blanc** de Martha avaient restauré le moral de Melrose, après Bethnal Green.

Et ce matin, il prenait d'autant plus de plaisir à un petit déjeuner tardif que sa tante n'était pas là pour l'enquiquiner. Il souleva les dômes d'argent qui coiffaient les plats disposés sur la crédence, découvrant des œufs brouillés moelleux à souhait et de petites saucisses bien juteuses. Il commençait tout juste à se servir quand il éprouva la désagréable impression d'être observé. Il se retourna brièvement pour regarder à la fenêtre : celui qui l'espionnait n'était autre que Momaday.

Melrose posa son assiette et traversa la pièce, quelque peu agacé.

— Mais qu'est-ce que vous fichez là, Momaday ?

L'intéressé toucha le bord de sa casquette, saluant Melrose comme si c'était chose parfaitement naturelle que de converser par la fenêtre, et déclara :

— Y a un message, milord !

— Un message ? Mais de qui ?

— Ben, c'est un gamin qu'est venu du village qui

m'l'a donné, raconta le bonhomme qui surveillait les alentours avec toute la ruse d'un espion.

— Où... oh, écoutez. Faites donc le tour et venez à la cuisine, lança Melrose qui se gelait au vent froid s'engouffrant par l'ouverture de la fenêtre à guillotine.

Comme d'habitude, la cuisine embaumait du fumet voluptueux et épicé des préparations destinées aux repas du jour. Il y avait là Martha, de la farine jusqu'aux coudes, et Ruthven, qui mangeait un toast devant l'âtre rougeoyant. Voyant arriver Melrose, Ruthven fut aussitôt debout et atteignit la porte de la cuisine avant lui. Tout cela, pourtant, sans donner l'impression de se presser le moins du monde. Ruthven et Martha affichèrent tous deux un air hautain en voyant entrer Mr. Momaday.

Rien d'étonnant à cela, songea Melrose. Après tout, ces deux-là étaient déjà là du temps du septième comte, bien avant la naissance de Melrose. Eux qui avaient fait partie du noyau dur du nombreux personnel d'alors — femmes de chambre, petites bonnes, chauffeurs, jardiniers —, ils trouvaient normal que leur incombât maintenant la responsabilité de faire tourner la maison tout seuls, juste aidés de deux femmes de ménage du village. L'ancien jardinier, Mr. Peebles, avait fini par prendre sa retraite, officialisant ainsi une situation en réalité déjà vieille de plusieurs années, et laissant la place libre pour Momaday.

Mais délivrer un message à Sa Seigneurie, c'était de toute évidence empiéter sur le territoire de Ruthven. Melrose prit le bout de papier crasseux, plié tout petit, que lui tendait Momaday et demanda :

— Eh bien, pourquoi n'est-ce pas à vous qu'on a remis ce message, Ruthven ?

Momaday continua à marcher sur les plates-bandes du majordome en répondant à sa place :

— N'était point là, s'pas ? dit-il, parvenant à insinuer que Ruthven faisait la noce dès que Sa Seigneurie avait le dos tourné.

— Il s'est avéré nécessaire que j'aille au village chercher la selle d'agneau chez Jurvis, expliqua Ruthven avec raideur. Et Martha était chez sa cousine.

Le message venait de Dick Scroggs. Il l'informait que Mr. Jury, ne pouvant obtenir de réponse d'Ardry End, avait appelé le *Jack and Hammer*, et que ce même Mr. Jury souhaitait qu'il appelle le commissaire Lasko à Stratford-upon-Avon.

Autrement dit souhaitait qu'il y aille...

— Pourquoi n'a-t-on pas de fax ? lança Melrose à Ruthven, avec une pointe d'agressivité qui ne lui ressemblait guère. On n'a même pas d'ordinateur, grogna-t-il, en survolant du regard l'absence desdits équipements dans le bureau.

— Nous venons tout juste d'acquérir la machine à écrire, milord, répondit Ruthven. Qui semble parfaitement adéquate pour la tâche qui nous occupe.

Melrose n'était pas sûr que la réponse lui plût car « la tâche qui nous occupe » voulait dire la frappe du manuscrit de *Gin Lane*, travail auquel Ruthven se livrait avec entrain. Celui-ci adorait s'installer devant le secrétaire ancien en loupe de noix — les manches de chemise retroussées, ses livres de comptes poussés sur le côté —, et taper allégrement sur le clavier. Il le faisait très vite, maintenant, avec deux doigts. Il gardait les pages du manuscrit de Melrose sous clé dans le secrétaire, pour des raisons qui leur échappaient à l'un et à l'autre. Il s'employait présentement à revoir les notes de Sa Seigneurie, relatives à son récent voyage à Londres. Melrose en avait couché quelques-unes par écrit et, quant au reste, il se contenterait de le lui dicter.

La dictée nécessitait d'ordinaire le pilonnage rythmique de Lou Reed au salon. Allez savoir pourquoi, ça avait le don de chatouiller la fibre créatrice de Melrose, qui appréciait particulièrement son interprétation de *Marshall Law*. Il la mettait volontiers quand Agatha venait se vautrer sur le divan et se gavait de petits fours abondamment arrosés de thé. La phrase « *I'm the marshall in this town...* » évoquait invariablement des visions de Clint Eastwood, personnage que Melrose aimait bien. Si Lou Reed savait bouter hors du logis une Agatha qui repartait en poussant des cris d'orfraie, Clint Eastwood, lui, représentait pour Melrose l'incarnation du Silence noir et diabolique. Lorsque Clint se dressait là, devant la cheminée — dans l'imaginaire de Melrose, évidemment —, son silence presque palpable prenait corps et substance, au point que Melrose pouvait se le figurer sous forme de housses qui recouvraient fauteuils et canapés, et notamment le siège d'Agatha. Celle-ci continuait à monologuer, mais sa bouche noircissait à mesure qu'elle aspirait l'air sépulcral et appauvri. Des fois, quand le cerveau fertile de Melrose n'était pas tout à fait assez en forme pour réaliser ces effets spéciaux, Clint se bornait à dégainer et à tirer sur l'envahisseuse. Il y avait des jours comme ça.

Tout en dictant le récit de son dîner à Bethnal Green, Melrose s'animait dans sa description de Béa Slocum — à qui il repensait avec beaucoup de chaleur —, sans toutefois oublier de marquer de temps en temps une pause pour permettre à Ruthven de le rattraper. C'était pour envoyer ces notes-là à Richard Jury, à Santa Fe, qu'il avait besoin d'un fax.

— Alors, qui en a un ?

— Je me demande si Mr. Trueblood n'en aurait pas un, milord. Du fait qu'il est dans les affaires.

— Seigneur Dieu, j'espère bien que non !

Trueblood sévissait déjà suffisamment sans l'aide de la technologie !

Ruthven réfléchissait, pliant et dépliant ses doigts fatigués pour les délasser.

— Vous pourriez peut-être demander au *Wrenn's Nest*. Mr. Browne en a probablement un, dit-il d'un ton qui suggérait son peu d'estime pour le personnage.

— Pas question de lui demander un service !

Ils réfléchirent encore tous les deux.

— Je ne serais pas surpris que vous en trouviez un au *Blue Parrot*. Mr. Sly aime être à la pointe du progrès, comme vous le savez, remarqua Ruthven, les doigts suspendus au-dessus des touches de la machine à écrire telles les ailes d'un oiseau en vol arrêté.

Le *Blue Parrot* n'était qu'à une courte distance d'Ardry End, un fait que Dick Scroggs avait maintes fois souligné en foudroyant du regard les résidents de cette partie du village qui auraient été tentés d'aller boire chez Sly. Le pub était à peu près équidistant de Watermeadows et d'Ardry End. C'est d'ailleurs la pensée de Watermeadows et de miss Fludd, plus encore que le fax, qui fit bondir Melrose de son siège pour gratifier Ruthven d'une grande tape sur l'épaule.

— Génial ! Trouvez-moi le numéro de fax de l'hôtel de Jury. Et si Sly n'a pas de fax, je pousserai jusqu'à Sidbury.

2

Sly avait bel et bien un fax. Et il était ravi que Melrose Plant souhaitât s'en servir.

Debout derrière son bar habillé de cuivre, Trevor Sly ressemblait à ces bonshommes que les gosses dessinent avec des bâtons : grand et maigre comme ce n'est pas permis. Se frottant les mains comme à son habitude, il déclara dans son plus pur style Uriah Heep[1] :

— Ça fera juste trois livres la page.

— Un peu chérot, non ? remarqua Melrose qui ajouta, désignant les manettes de bière d'un signe de tête : Donnez-moi donc une demi-pinte de votre foutue Flamme du Caire, et buvez-en une sur mon compte.

Enserrant un verre de ses longs doigts fins, Sly expliqua :

— Trois livres, c'est à peine plus que ça me coûte, Mr. Plant, vu que ça va aux États-Unis, n'est-ce pas ? Et puis, il faut tenir compte de la commodité de la chose, aussi.

— Quelle commodité ? Vous êtes au diable ! Il y a tellement de nids-de-poule sur les huit cents mètres de chemin que j'ai failli y laisser mon pot d'échappement. Vous devriez le faire arranger, ça améliorerait les affaires !

En fait, Melrose se fichait autant du chemin que des affaires de Sly. Tout ce qu'il espérait, c'était voir apparaître miss Fludd. Mais la salle était désespérément vide.

1. Personnage de *David Copperfield* de Dickens : un affreux hypocrite aux manières onctueuses, qui se vante de son humilité. Prototype du faux humble. *(N.d.T.)*

Trevor Sly avait cependant fourni une entrée en matière pour s'enquérir d'elle.

— Le terme de « commodité » s'appliquerait à la rigueur aux gens qui habitent assez près pour venir à pied et qui ne conduisent pas. Comme les Fludd, par exemple, précisa-t-il d'un ton détaché.

Il marqua une pause, mais Sly ne disait rien, le regard fixé sur quelque chose, derrière Melrose. Qui, lui, revint à la charge :

— Est-ce que miss Fludd est passée récemment ?

— Je ne sais pas, mais je préférais le chameau.

Melrose, qui ne comprenait pas où était la blague, s'écria :

— Mais, tonnerre, de quoi parlez-vous ?

Trevor Sly s'était apparemment abîmé dans la contemplation de sa dernière acquisition car il pointa un index osseux vers la porte :

— De ma fatma, Mr. Plant.

Melrose se retourna pour regarder la statue en plâtre d'une femme arabe peinturlurée qui servait de nouveau présentoir au menu du jour.

— Quelle différence, puisque vous ne les servez jamais, ces plats spéciaux ! se moqua Melrose, ennuyé de cette digression.

Sly esquissa un sourire qui exprimait un mélange d'obséquiosité et de supériorité.

— Voyons, ce n'est pas tout à fait vrai...

— Diable que si ! Il y a de l'agneau dans ces plats-là, en principe, et vous servez invariablement du bœuf haché. Je parie que si je vous commandais un *fatta*, par exemple, vous ne pourriez pas me le servir.

— Naturellement, répondit Trevor Sly en toute sérénité. L'ennui, voyez-vous, c'est que je suis tributaire de Mr. Jurvis, comme vous autres, sauf que pour moi c'est crucial. Son commis devait me livrer ma commande à neuf heures pétantes ; il est déjà plus de... (Il se retourna pour jeter un coup d'œil à la pendule, accrochée entre les épaules d'un sphinx)... plus de onze heures et demie, et il n'est toujours pas arrivé.

Melrose soupira et poussa son verre vide sur le bar pour le faire remplir. Il songea à rester jusqu'à l'arrivée de la camionnette, pour savoir s'il y avait vraiment de l'agneau dans la commande de Sly. Mais il avait les nerfs en pelote, à force de se torturer les méninges pour trouver un moyen de ramener la conversation sur miss Fludd.

— En fait, d'où viennent la plupart de vos clients ?

— De Northampton. Les jeunes aiment bien mes soirées disco. Et puis il y a aussi des gens de Sidbury, bien que le *Jack and Hammer* soit plus proche, pour eux, souligna-t-il avec un sourire benoît.

— Il y a des tas de gens qui raffolent de la viande hachée.

— Ah, vous êtes un sacré numéro, vous, Mr. Plant !

— Il n'y a pas tellement de gens du cru qui viennent ici, hein ?

— Euh... non, concéda Sly, la bouche en cul de poule. La plupart de ceux qui habitent Long Pidd fréquentent le *Jack and Hammer*, évidemment. Plus « commode », comme vous dites.

— Ce qui fait que vous n'avez pas beaucoup de clients réguliers. Je veux dire par là qu'il n'y a pas tellement de maisons dans le voisinage immédiat.

Il y en avait six ou sept, dont quatre étaient à huit kilomètres, au moins.

— Il y a moi, bien sûr... commença Melrose, qui

but sa Flamme du Caire, marqua une pause — en vain — et soupira. Et maintenant, il y a cette famille Fludd...

— Mr. Trueblood s'arrête à l'occasion quand il part faire la tournée des antiquaires. Paraît, à ce propos, qu'il a repéré une belle série de pyramides. Il pensait que je pourrais les disposer aux quatre coins de la pièce, vous voyez, à côté des palmiers. Mais, je ne sais pas. Ça serait peut-être un peu trop, croyez pas ? dit-il, s'éclipsant en entendant sonner le téléphone dans ses appartements.

Resté seul, Melrose parcourut du regard l'étalage d'objets pharaoniques en tout genre, puis examina son verre d'un œil morose : comment avait-il pu avaler près d'une pinte de Flamme du Caire ?

Trevor Sly revint en se faufilant à travers les perles de son rideau et tira jusqu'au bar un téléphone noir muni d'une longue rallonge.

— C'est pour vous, Mr. Plant !

— Pour moi ? Ça doit être Ruthven...

— Non, c'est une femme, dit-il en lui passant le combiné et en ouvrant toutes grandes ses oreilles.

— Allô... Diane ? Comment avez-vous su que j'étais là ?

Melrose soupira : il aurait préféré que Ruthven ne contât pas ses moindres faits et gestes en place publique. Mais Diane lui assura qu'elle avait une nouvelle importante à lui communiquer, et l'incita vivement à passer chez elle boire un verre.

— Désolé, Diane, mais je suis... plutôt occupé. J'attends un fax.

Trevor Sly fit remonter ses sourcils en signe de connivence.

Melrose lui tourna le dos, excédé.

— Jury doit m'envoyer un fax, répéta-t-il avec insistance.

— Melrose, je crois que j'ai compris comment on a fait, révéla-t-elle pour tenter de vaincre ses résistances.

— On a fait quoi ?

— Comment on les a a-ssa-ssi-nées !

Melrose leva les yeux sur le ventilateur qui tournait au plafond, dispersant généreusement la poussière. Eh bien, voilà qui promettait de ne pas être triste !

3

Dans le salon polaire de Diane Demorney, Melrose s'abîma dans un fauteuil de cuir blanc informe qui rappelait un morceau de banquise. Il n'aimait pas ce fauteuil — et l'avait toujours détesté —, mais c'était ça ou le sofa, Diane elle-même régnant en suzeraine incontestable sur le grand canapé. Et s'il s'asseyait sur le sofa, il devrait le partager avec le chat. Or, Melrose méprisait le gros chat blanc de Diane, qui le lui rendait bien.

Comme Diane insistait pour lui servir un apéritif, il accepta un cocktail qu'il n'avait pas l'intention de boire — pas après la Flamme du Caire ! — mais qu'il prit pour se montrer sociable.

Il examina ce salon qui n'en finissait pas d'être blanc — tapis, tissus, housses, jusqu'aux tableaux représentant de mystérieuses compositions de blanc sur blanc. Ce n'était pas le genre de pièce où le soleil s'amuse à dessiner des rhomboèdres dorés sur les tapis, à promener ses rayons délicats sur un bahut ou sur les murs. Ici, il lançait des éclairs et des coups de lame, feintait avec les miroirs, pourfendait les tableaux.

Comme pour ne pas détonner dans ce cadre, Diane portait un ensemble de fin lainage blanc d'une coupe parfaite et d'un drapé subtil. Ses cheveux de jais offraient un superbe contraste avec tout ce blanc. Melrose devait lui reconnaître ce mérite : elle était toujours *habillée*. Toujours. Qu'elle allât au marché, au *Jack and Hammer* ou à Londres. Il admirait qu'elle se donnât tant de mal sans autre raison que d'être satisfaite de son reflet dans le miroir. Et surtout à Long Piddleton, véritable désert de la mode.

Diane avait-elle vraiment quelque chose à lui dire ? Allez savoir ! Peut-être, mais ça pouvait aussi bien être une ruse pour l'attirer chez elle. Quoique, d'ordinaire, elle fût trop maligne pour s'abaisser à ruser. Comme elle éludait soigneusement les questions trop précises, Melrose se trouva obligé de lui conter sa journée à Londres pendant qu'elle mélangeait le cocktail en l'agitant avec une longue baguette de verre en forme de stalactite, remplie d'une huile dans laquelle flottaient des centaines de petites étoiles d'argent.

Il repensait à la Tate Gallery quand il fut frappé par la profusion de lumière qui inondait la pièce.

— Je ne serais pas étonné que Turner ait pu aimer ce salon, remarqua Melrose qui, la voyant hausser ses noirs sourcils en une mimique d'incompréhension, ajouta : le peintre. J.M.W. Turner.

Diane esquissa une petite moue pensive tandis que son regard s'égarait vers la grande baie vitrée, baignée de soleil. Elle explorait son fichier mental, il le savait, elle faisait défiler les cartes l'une après l'autre : Tolstoï... Trieste... Tristan (et Iseult)... Turner... Tyrol... Ah zut, retour en arrière. Ah, voilà !

— Le chien noir de Turner, annonça-t-elle.

— Comment ? dit Melrose, songeant que là, vraiment, elle battait tous ses records !

Ayant pris son temps pour enfiler une Silk Cut dans son fume-cigarette blanc, elle fit signe à Melrose de lui donner du feu. Puis, cigarette, cocktail et Turner bien en main, elle se radossa, contemplant le plafond à travers un ruban de fumée, et reprit :

— Il y a un tableau de lui... j'oublie le titre... dans lequel il a peint un grand terre-plein au bord de je ne sais trop quelle rivière...

La Tamise, la Seine, le Rubicon, le Styx... ?

— ... on y voit des maisons, des arbres... et un grand mur, le tout sous un soleil éclatant. Sur ce mur, il y a un chien noir, debout, face à la rivière, poursuivit-elle avec un sourire de conspiratrice.

— Oui ? Bon, eh bien, quoi ?

— Le tableau fini, Turner le laissait sécher quand est arrivé un de ses amis peintres qui a regardé la toile. Il a découpé un chien de papier noir et l'a collé sur le tableau ! dit-elle en se calant contre le dossier, radieuse. Le chien n'a été rajouté qu'après coup !

Le chat remua la queue.

— Eh bien ! C'est vraiment... vraiment passionnant, dit-il, songeant que ça l'était en effet, d'une certaine manière.

— Je me demande pourquoi son ami n'a pas simplement rajouté le chien au pinceau, conclut Diane, le menton dans la main, l'air pensif.

— A cause du vernis, suggéra Melrose en l'observant. Le tableau... (Il s'interrompit. Oh, bon Dieu, à quoi bon ! pensa-t-il.) Bon, écoutez, Diane, vous m'avez annoncé au téléphone que vous aviez quelque chose d'important à me dire, concernant cette affaire sur laquelle travaille Jury.

Elle remplit son verre, revenant aux choses pratiques.

— J'ai réfléchi...

Ah ça, pour un événement ! Melrose lui tendit son verre pour qu'elle le serve aussi.

— Je me suis mise à penser au rapport qu'il pouvait y avoir entre ces trois femmes. Je veux dire, comment elles ont pu être assassinées. Si tant est qu'elles l'ont bien été, évidemment, ajouta-t-elle en allumant une autre cigarette. Et j'ai trouvé, déclara-t-elle, visiblement fière d'elle. La clé de l'énigme, ce sont les écouteurs.

Melrose eut l'impression que les rouages de sa cervelle se grippaient, comme le moteur d'une vieille guimbarde.

— Je vous demande pardon ?

— Oh, vous savez bien ! Vous m'avez vous-même raconté que vous l'avez fait, à cette exposition de portraits de la Tate. Vous avez loué une cassette, comme l'a sûrement fait... comment s'appelle-t-elle ?

Melrose était trop estomaqué pour répondre. D'autant que la question était sans doute de pure forme. Diane se souciait autant des victimes que de sa dernière chemise.

— Et la seconde, truc-machine, elle était à la cathédrale d'Exeter. Eh bien, je les ai appelés, histoire de vérifier. Et vous savez quoi ? Il y a bien un enregistrement de la visite guidée de ces bidules — comment vous appelez ça ? fit-elle en claquant des doigts pour essayer de raviver sa mémoire. Ah, ces trucs brodés. Ces coussins...

— Les médaillons.

Elle fit oui de la tête. Elle buvait du petit-lait.

— Bon, eh bien, je parierais qu'une des femmes

a loué la cassette de la collection de portraits, et l'autre celle des médaillons.

Melrose n'en croyait pas ses oreilles.

— Diane, c'est un acteur qui lit le commentaire de l'exposition des Portraits de Fanfarons. Alors, vous le voyez hurlant : « TA DERNIÈRE HEURE EST ARRIVÉE ! » ?

Affichant un air de suprême dédain pour cet être borné, elle s'exclama :

— Mon Dieu, Melrose, mais vous ne comprenez donc pas ? L'assassin a changé les cassettes !

Il avala une longue rasade de cocktail et voulut se caler mieux dans le fauteuil, mais celui-ci n'offrant pas de soutien au corps, il se retrouva presque à l'horizontale. Agacé, il se releva, puis se rassit bien droit.

— Et comment ?

— Bah, on a pu s'y prendre de mille façons. Vous devriez pouvoir démêler ça, vous qui écrivez un polar ! Demandez donc à votre commissaire Smithson !

— Ne mélangez pas tout, pour l'amour du ciel !

Tout excitée, Diane se pencha en avant pour parler, les bras autour des genoux.

— Mais Melrose, si quelqu'un a pu faire ça, alors tout s'explique, non ?

— « Si quelqu'un a pu faire ça... » répéta-t-il, avalant une gorgée de son cocktail. Oui, mais c'est le bon vieux « si » qui est gênant... dit-il avec un petit rire. Je veux dire que si je pouvais attraper cette lame de soleil qui est là, sur le mur, je pourrais poignarder votre chat, là !

Le chat agita la queue, fit le gros dos et émit un miaulement de protestation. Diane lui envoya une tape.

— Il y a un autre hic, reprit Melrose. Ça ne marche pas pour la jeune femme qu'on a retrouvée à Old Sarum.

— Et pourquoi pas ?

Il la dévisagea, renversant quelques gouttes du verre qu'elle lui tendait.

— Eh bien... parce qu'il n'y a pas de visite guidée sur cassette dans des endroits comme Sarum et Stonehenge.

Un véritable étonnement se peignit sur le visage de Diane.

— Ce sont pourtant des sites célèbres ! Stonehenge est un des monuments les plus visités du monde entier !

Melrose observa la dague de lumière que le soleil avait déposée sur sa chaussure bien cirée. Et s'il l'attrapait pour s'en flanquer un bon coup, plutôt qu'au chat ?

— Je crois. Je... euh... je crois... dit-il en la regardant d'un air égaré. Je crois que dans un endroit comme Stonehenge, ils s'attendent à ce que les gens pigent tout seuls... ou pas du tout.

Ah bon ? lui signifia l'expression de Diane.

32

1

Sam Lasko soupira, comme s'il portait sur les épaules le fardeau d'une journée qui avait filé en emportant le témoin dont il avait besoin.

— Je lui avais bien dit de ne pas bouger, dit-il, pitoyable, l'air presque aussi malheureux que le père d'un enfant fugueur parti sur un coup de tête. Un témoin matériel, hein. Ça ne fait pas très bon effet, non ?

Marchant dans le froid du crépuscule, ils passèrent devant le *Dirty Duck*. Le pub n'était pas encore ouvert. Lasko s'arrêta pour regarder la façade, comme si ce refus de s'aligner sur les heures d'ouverture londoniennes était un autre coup de poignard qu'on lui envoyait dans le dos. Un de plus.

— J'ai vraiment besoin d'un verre, gémit-il.

Ils se remirent à marcher.

— Mais vous ne savez pas si c'est effectivement le cas, si elle est effectivement partie.

Tout en parlant, il observait de loin une « famille » de canards (le terme était de lui) occupée à fouiller la rive de l'Avon, à la recherche des restes de leur manne quotidienne. Le spectacle était beau, comme toujours. Les réverbères venaient de s'allumer, nimbés de brume, sur le chemin qui mène au Royal Shakespeare Theatre et à la petite église où repose le grand dramaturge.

— Ce qui est sûr, c'est qu'elle n'est pas chez elle. (Sentant peser sur lui le regard de Lasko, il ajouta :) Mais elle a pu aller voir un ami, non ?

— Bien sûr. J'ai vérifié de ce côté-là aussi, qu'est-ce que vous croyez ?

— Excusez-moi, répondit Melrose, songeant que tous les va-et-vient de la journée lui avaient embrumé la cervelle.

— Cette dame, c'est une bonne amie de Richard ?

Il avait l'air inquiet, remarqua Lasko dont le visage se rembrunit à l'idée que cela risquait d'alourdir encore son fardeau.

En tout cas, ça n'arrangeait pas les affaires de Melrose. Ni son humeur, à en juger par le ton un peu sec de sa réponse :

— Apparemment.

Qu'est-ce qu'il a donc avec les femmes, Jury ? Quand elles ne meurent pas, il s'avère que ce sont des criminelles, ou qu'elles ne lui conviennent pas du tout. Et maintenant, celle-là qui disparaît ! Enfin, c'est ce que prétendait Lasko. Melrose, lui, en doutait. Il ne connaissait pas très bien Jenny Kennington ; il ne l'avait vue qu'une fois, et encore, de loin. A un enterrement. Il était cependant parfaitement au courant de son histoire, qui avait joué un rôle important dans une affaire survenue dans le Hertfordshire, où elle habitait alors. Et Jury lui parlait de temps en temps d'elle. Si bien qu'il avait quand même un peu l'impression de la connaître. Et elle ne lui semblait pas du genre à filer sans crier gare.

Ils tournaient le coin de Ryland Street quand Lasko répéta :

— Elle n'aurait pas dû se carapater !

Le but de la promenade était la maison de Ryland Street. Mais comme elle ne se trouvait pas très loin du pub et qu'ils avaient vu que le *Dirty Duck* ouvrait enfin, ils s'étaient arrêtés pour boire un verre et évoquer le bon vieux temps.

Ils parcouraient maintenant la courte distance les séparant de Ryland Street. La brise qui montait de l'Avon avait une odeur forte, presque médicinale, et Melrose repensa à Wiggins lisant Joséphine Tey dans son lit d'hôpital. Il revit la chambre spartiate à la blancheur aseptisée que devait à présent égayer, espérait-il, la touche colorée d'un bouquet de fleurs. Tiens, il avait oublié d'en envoyer. Bah, ce serait pour la prochaine fois.

Ils trouvèrent en entrant un matou noir tout mal en point, décati et poussiéreux, qui décida néanmoins de se hérisser à la vue des intrus.

— Tu veux voir le mandat de perquisition, hein ? Ben, voilà, dit Lasko, dépliant le papier qu'il fourra sous la truffe du félin.

— Heureusement que c'est vous le premier, fit Melrose.

Le chat se leva, raide comme la justice, leur tourna le dos et quitta le hall d'entrée d'un pas qui se voulait majestueux.

Melrose et Lasko le suivirent vers le petit salon, mais Melrose fila aussitôt à la cuisine pour inspecter le sol. A trente centimètres de la poubelle se trouvaient un bol d'eau claire et deux petites assiettes — l'une contenant des aliments frais, l'autre des croquettes. Il se pencha et examina soigneusement la pâtée pour chats.

— Bon ! Soit lady Kennington est dans les

parages et c'est pure coïncidence que vous n'ayez pas réussi à la joindre, soit elle s'est arrangée avec une bonne âme qui vient régulièrement nourrir ce Fidel Castro à quatre pattes. Il n'y a pas longtemps que les assiettes ont été remplies, sinon la nourriture aurait commencé à sécher. De toute façon, elle ne s'est pas « carapatée », commissaire !

Lasko avait l'air de souffrir un brin :

— Mr. Plant, on peut parfaitement s'organiser pour faire nourrir son chat indéfiniment.

Signe de dénégation de Melrose.

— Non. Elle l'aurait éventuellement déposé dans un refuge ou donné à quelqu'un. Ce que je veux dire, c'est qu'il est visible qu'elle a l'intention de rentrer. Et puis, regardez le reste de la maison ! (Ils se trouvaient maintenant dans le séjour.) Un livre ouvert posé sur le bras du fauteuil, un journal, une tasse et une soucoupe là, près d'une chaise. On a l'impression de quelqu'un qui est sorti à l'improviste...

— C'est exactement ce que je dis, non ?

— ... pour faire quelque chose, et qui aura été retenu. Et ce pub dont vous m'avez parlé et qu'elle a l'intention de racheter à la brasserie ?

Lasko jetait un coup d'œil sur le courrier et les prospectus posés sur une table.

— Naturellement, j'ai vérifié là-bas aussi. Il y a deux jours qu'on ne l'a pas vue.

— Elle est peut-être partie quelque part, à Londres ou ailleurs, pour régler cette affaire.

— Hmm-hmm.

Manifestement, Lasko n'y croyait pas. Il s'intéressait maintenant au tiroir d'un élégant secrétaire, près des portes-fenêtres, et farfouillait dans les papiers qu'il contenait.

— Qu'est-ce que vous croyez que vous allez trouver, commissaire ?

— Pas la moindre idée, répondit Lasko, qui haussa les épaules et referma le tiroir. Je vais aller jeter un coup d'œil à l'étage.

Debout au milieu du salon, Melrose parcourut la pièce du regard et la trouva plutôt agréable, bien qu'un tantinet encombrée de meubles anciens rapportés de l'ex-maison du Hertfordshire. Comment s'appelait-elle donc, cette grande demeure entourée d'un haut mur qu'il avait aperçue en passant sur la route de Littlebourne ?

Ah, Stonington ! Oui, c'était ça. Le nom lui revint en mémoire alors qu'il regardait la statuette en biscuit posée sur la table à rallonges. Il essaya de se rappeler à quoi ressemblait Jenny Kennington, mais en vain. Il tenta de faire le compte des années écoulées en se repérant sur les événements survenus depuis les meurtres de Littlebourne, et éprouva un choc : dix ans !

S'il ne parvenait pas à se souvenir de son visage, il revoyait très bien sa silhouette, à l'écart des gens, de l'autre côté de la tombe. Calme et solennelle. Détachée et plutôt élégante. Un autre détail lui revenait : ses mains, qui lui avaient d'abord semblé vides, et dont il fut persuadé, ensuite, qu'elles ne l'étaient pas. Melrose l'avait vue fourrer dans sa poche de manteau ce qu'elle tenait en main. Et il avait compris que c'était uniquement par gratitude pour Richard Jury (voire à cause d'un sentiment plus fort) que le fameux objet qu'elle avait empoché n'était pas parti dans la tombe.

Melrose soupira et s'installa dans un fauteuil. Bien que ne s'estimant pas particulièrement doué pour la détection d'indices, il remarqua sur la table une tasse de café refroidi, à moitié bue, et un journal soigneusement plié à la page des mots croisés. Sa curiosité aiguisée, il s'en saisit et regarda le seul mot inscrit au crayon sur la grille. Ou plutôt un demi-mot, puisque Jenny Kennington n'avait pas fini de l'écrire. Il devait s'agir du mot « *SKULK* », estima-t-il. La définition était la suivante : « Pas une chasse au renard mais des renards en chasse. » Une drôle de définition qui pouvait induire en erreur, *skulk* étant le terme consacré pour désigner une meute de renards. Mais, seules les lettres S, K et U étaient notées alors que, de toute évidence, elle connaissait le mot. Pourquoi s'était-elle arrêtée en plein milieu ? Qu'est-ce qui avait pu l'interrompre brutalement ?

Il regarda par-dessus le journal, l'air perplexe. Le téléphone ? La sonnette ? Tout laissait à penser que la propriétaire était sortie à la hâte, laissant un café à demi bu, un mot à demi écrit. Bizarre, bizarre...

Ayant descendu l'escalier d'un pas pesant, Lasko trouva Melrose qui s'apprêtait à lire le journal. Le voyant confortablement installé dans un fauteuil, il lui lança :

— Surtout ne vous fatiguez pas ! La vie est trop courte. Allons donc boire un verre, vous l'avez bien mérité.

Melrose reposa le journal et se leva, ignorant l'ironie de la remarque.

Le chat réapparut, en majordome stylé, et les regarda sortir.

2

Depuis une heure que le *Dirty Duck* avait ouvert, une petite foule de gens s'y pressait déjà avant d'aller au théâtre, certains installés dans la partie pub, d'autres dans la partie restaurant qui avait sa dénomination propre, le *Black Swan*. Melrose avait invité Sam Lasko à dîner mais celui-ci avait décliné, expliquant qu'il aurait juste le temps d'avaler une bière avant de retourner au commissariat central. Après avoir bu la moitié de sa pinte debout, Lasko s'éclipsa pour appeler le bureau et prendre des nouvelles.

Melrose s'installa à la table que venait de quitter un couple et jeta un œil sur le prospectus des programmes de théâtre qu'ils avaient laissé là. La Royal Shakespeare Company donnait un des *Henri*, mais ça ne le tentait guère. Il était plutôt d'humeur à voir un bon drame de la vengeance. Il nota qu'au petit théâtre astucieusement nommé « L'Autre Endroit », on jouait *La Duchesse d'Amalfi*, mais hélas pas ce soir-là. Ça lui aurait pourtant fait du bien, même si ça donnait un peu dans le sanglant. La dernière fois qu'il était venu à Stratford-upon-Avon, il avait essayé à deux reprises de voir le *Hamlet* de la Royal Shakespeare Company mais, les deux fois, on l'avait arraché au spectacle juste avant les meilleures scènes, comme celle où Ophélie devient folle et se noie. Ah, Ophélie !

Une pensée qui le ramena à la Tate Gallery et aux préraphaélites, à ce portrait de Millais de la pauvre jeune fille bâtarde. Chatterton. Burne-Jones. Rossetti. Les yeux fermés, la tête entre les mains, il surprit tout à coup son reflet dans un miroir marqué de la publicité d'un whisky pur malt. Mais il avait l'air d'un vrai dingue ! Il se rassit bien droit.

Les images continuaient à se bousculer dans sa tête. Se peut-il qu'on résolve une affaire grâce à une association d'idées ? Et pourquoi pas ? Justement, il sentait quelque chose qui flottait gentiment, à la lisière de son périmètre mental. Quelque chose qui planait là, tel un oiseau du grand large, les ailes déployées...

Ses réflexions furent interrompues par la voix de Sam Lasko qui s'assit en poussant un grand soupir et annonça :

— Votre copain vous a appelé.

— J'en ai tellement...

— Le sergent Wiggins. Il est à l'hôpital pour quoi ?

— Je ne sais pas exactement.

— Comment il vous a retrouvé ici ? s'étonna Lasko en finissant sa pinte, le pouce fermement ancré sur l'anse de sa chope.

Melrose haussa les épaules. Ah, si seulement l'oiseau aux ailes noires se décidait à entrer dans son champ de vision !

— Oh, c'est sans doute mon majordome qui le lui a dit, lâcha-t-il, regrettant ses paroles avant même qu'elles fussent sorties de sa bouche.

Lasko émit un grognement indistinct et lui glissa un drôle de regard en coin. Les majordomes, ça hante les salles de banquets et les cryptes des nobles demeures et châteaux en ruine, disait son expression, mais lui, il n'avait encore jamais connu personne qui en possédât un.

— Ruthven fait pratiquement partie de la famille. Il est là depuis bien avant ma naissance.

Oh, et puis quel idiot il faisait ! Pourquoi devrait-il

se justifier ? Parce que Lasko restait là à le fixer d'un œil noir, tel un serf jaloux du baron féodal ? Melrose ne goûtait guère la chose : un majordome ne fait pas un baron, pour l'amour du ciel !

— Écoutez, vous savez qui je suis, non ? On a travaillé ensemble sur cette affaire du groupe de touristes américains. Je ne suis qu'un citoyen ordinaire. Alors, cessez de vous prendre pour un prolétaire et de me regarder comme un révolutionnaire qui s'apprêterait à me faire piétiner par la troupe des *Misérables*.

Sam Lasko se borna à émettre un autre grognement indistinct avant de remarquer :

— Vous avez une flopée de titres, à ce que je sais, ou alors je suis le dernier des crétins.

— *J'avais*, commissaire. *J'avais !* Cessez donc de me draper dans la pourpre et l'hermine, sinon vous risquez bel et bien de passer pour le dernier des crétins.

— Vous savez que cette fameuse Jennifer Kennington en a un, de titre ? Lady Kennington. Probablement de par son mariage. Une femme bien... ajouta Lasko, songeur.

Ravi de voir ses titres oubliés au profit de Jenny, Melrose s'enquit :

— Jury ne m'a pas raconté ce qui s'était passé. Pourquoi la recherchez-vous ?

— C'est un témoin.

— C'est bien vague. Nous le sommes tous, à un titre ou à un autre.

— Mais qu'est-ce qu'il y a donc, entre Jury et cette dame ?

— Je l'ignore.

— Lui, il a l'air de penser que c'est impossible qu'elle ait joué la fille des airs. Comment est-elle, cette femme ?

— Je ne sais pas, répéta Melrose, je n'ai jamais fait sa connaissance.

Lasko parut surpris :

— Mais alors, pourquoi il vous a envoyé ?

— Parce que, mon cher commissaire, je suis un oisif. J'ai du temps à perdre en déjeuners au pub et en mots croisés. Vous, non.

Les mots croisés qu'il venait de mentionner lui rappelèrent le journal soigneusement plié sur la table chez Jenny. Pourquoi diable s'était-elle arrêtée d'écrire au beau milieu d'un mot ?

— Cela dit, vous n'avez pas répondu à ma question : qu'est-ce que c'est que toute cette histoire ?

— Oh, juste une affaire de plus, dit Lasko d'un ton mystérieux.

— Vous ne voulez pas me mettre au courant ?

— Exact.

— On me demande de retrouver lady Kennington, mais je n'ai pas le droit de savoir pourquoi ?

— Non, répliqua Lasko, se drapant dans l'autorité de son rang, le féodalisme définitivement renvoyé aux oubliettes. C'est l'affaire de la police, Mr. Plant. Je ne peux tout de même pas me mettre à en discuter avec le tout-venant.

Il lui décocha un sourire, de cette façon qu'ont les garçons de café de déplier les serviettes en faisant claquer l'étoffe.

— Oh, mais, bon sang, je ne suis pas exactement le tout-venant ! Et je suis là pour vous rendre service. Pour essayer, tout au moins.

— Pour *lui* rendre service, sourit Lasko. C'est à *lui* que vous rendez service.

— Je sais reconnaître la jalousie professionnelle quand je la vois. Bon, vous êtes sûr que vous ne voulez pas dîner avec moi ? On mange bien ici, je suis déjà venu.

— Merci beaucoup, j'apprécie l'invitation mais je dois filer, dit-il en cherchant de l'argent pour régler leurs verres.

— Laissez, c'est ma tournée. Oh, au fait... je me demandais... ce ne serait pas possible de repasser faire un tour dans la maison, non ?

— Non, je ne pense pas, monsieur.

A quoi Melrose rétorqua, exaspéré :

— Je voulais juste vérifier si ce jour...

Il referma la bouche aussi vite qu'il l'avait ouverte. Car, s'il y avait effectivement quelque chose à trouver, si ce journal pouvait fournir un indice susceptible de les conduire à Jenny Kennington, tiendrait-il vraiment à en aviser aussitôt Lasko ?

— Bon, très bien. Dans ce cas, je vais rentrer à mon hôtel. Y a-t-il un marchand de journaux encore ouvert ? Il est passé six heures, remarqua-t-il après un coup d'œil sur sa montre.

— Là, juste au coin de la rue. Et s'il est fermé, il se pourrait que W.H. Smith soit encore ouvert, ajouta Lasko qui vida sa chope. Merci pour la bière, Mr. Plant. Et n'oubliez pas d'appeler votre copain !

C'est un sourire mi-figue mi-raisin que Melrose adressa au dos de Lasko.

3

Équipé de deux quotidiens locaux et d'un national, Melrose retrouva sa suite de l'hôtel Shakespeare, agréablement décorée dans le style Tudor, et téléphona à l'hôpital de Fulham Road. Il était près de sept heures et demie et il n'avait pas encore dîné, mais il se sentait un peu obligé de rappeler ce pauvre

Wiggins, cloué au lit. Il bavarderait quelques instants avec lui avant de prendre un bain.

Pendant que son appel transitait par le standard, il chantonnait en se remémorant le menu affiché devant la salle à manger du Shakespeare. Des blinis en entrée, suivis de *queues de bœuf** ou de *langoustines crème glacée**, arrosées d'une bouteille de châteauneuf-du-pape ou de pouilly fumé. Il en avait déjà l'eau à la bouche, d'autant qu'il mourait de faim. Peut-être même qu'il laisserait tomber le bain.

— Sergent Wiggins ! s'exclama-t-il d'une voix enjouée tout en cherchant la page des mots croisés dans un des journaux. Comment allez-vous ?

— C'est absolument merveilleux, Mr. Plant ; tout le monde est aux petits soins avec moi. On m'apporte du thé quand j'en ai envie — correctement fait, et servi dans une tasse en porcelaine, pas dans un gobelet plastique comme partout. Et il y a une infirmière, Lillywhite, extrêmement aimable.

Melrose, étendu sur le grand lit confortable, ouvrit le journal suivant et le feuilleta. Pas de mots croisés non plus. Il sentit ses paupières s'alourdir tandis que Wiggins ne tarissait pas d'éloges sur la qualité des « services » de l'hôpital. Le troisième quotidien contenait bien des mots croisés, mais une grille visiblement différente de celle qu'avait commencée Jenny Kennington. Il écarta le journal avec un soupir et écouta Wiggins se répandre en compliments sur la *cuisine**. Il ferma les yeux un instant, mais les rouvrit vite, complètement réveillé : ça alors, Wiggins venait de mentionner les médaillons !

— Oui, eh bien ? Quelle sorte d'indice ? demanda-t-il.

— Cette fameuse Helen Hawes, c'était une des tapissières. Et elle est morte en examinant les médaillons, d'après ce que j'ai cru comprendre. Si vous allez à Exeter, eh bien, à votre place, moi, j'irais regarder ces coussins de près.

— Wiggins, vous ne pensez tout de même pas sérieusement qu'il y aurait un message brodé sur les coussins ?

— Une menace quelconque. On a déjà vu des choses plus bizarres !

Non, sûrement pas, pensa Melrose. Sa main libre se mit à explorer son cuir chevelu à la manière d'un crabe, formant de petites touffes de cheveux, çà et là.

— Et quels que soient les documents portés à votre connaissance, j'apprécierais de les voir, reprit Wiggins avec un rien de hauteur.

— Je ne comprends pas de quoi vous voulez parler, répondit Melrose, changeant le téléphone d'oreille. On s'est vus hier, souvenez-vous ? Je vous ai montré les seuls « documents » que j'aie eus sous les yeux. Et je vous ai raconté tout ce que je savais.

Était-ce un petit reniflement condescendant qui se fit entendre dans l'appareil ?

— Mr. Plant, il y a toujours des choses qui s'égarent...

— Ah ça, oui, bon sang ! Elles disparaissent avant qu'on ait le temps de faire ouf. Et c'est le cas.

— J'ai pensé que vous pourriez peut-être me faxer ce que vous avez pu trouver depuis. J'ai quelques idées.

— Rien de nouveau depuis hier.

— Vraiment rien, Mr. Plant ?

Le ton doucereux de Wiggins laissait clairement entendre que sans le soutien du commissaire principal Jury — et, par extension, du sergent Wiggins —, Melrose Plant pouvait aussi bien retourner jouer au cerceau, pour ce qu'il était utile !

Melrose décolla le combiné de son oreille et le posa près de lui sur l'oreiller, en signe de protestation. Quand il le reprit en main, Wiggins terminait juste une phrase :

— ... sionnaire Macalvie. Je lui ai déjà laissé un message au commissariat central d'Exeter. Je suis sûr qu'il va m'envoyer ce qu'il a comme documents de son côté et, si vous pouviez en faire de même de votre côté — quand vous aurez du nouveau —, ça serait très utile. Bon, comme je vous ai dit, j'ai une ou deux théories sur la question. Il se pourrait qu'on les ait droguées.

Comment ? Bon Dieu, qu'est-ce qu'il racontait, ce type-là ? Avait-il perdu la tête, ou quoi ?

— Sergent Wiggins, je ne sais pas de quoi vous parlez !

— Parce que vous n'avez pas bien mené vos recherches, voilà, dit Wiggins, d'un ton de réprimande qui aurait mieux convenu pour des élèves de quatrième, et parlant sur un fond de bruits de papier qu'on feuillette et qu'on remue. D'abord, il y a des tas de plantes vénéneuses dans le sud-ouest des États-Unis...

— Pour l'amour du ciel, sergent, si on les avait empoisonnées, la police le saurait, non ?

Le petit sourire satisfait qui fleurit aux lèvres du sergent Wiggins était presque visible à l'autre bout du fil.

— Si vous aviez l'expérience que j'ai en matière de poisons, monsieur, vous sauriez qu'ils ne sont pas toujours si faciles à détecter. Pour commencer, il faut savoir ce qu'on cherche. Voyons, si ces deux Anglaises avaient rencontré un adepte du peyotl...

— Ah, parce que Carlos Castaneda est aussi mêlé à cette affaire ? se moqua Melrose.

Ignorant la remarque, Wiggins se lança dans une explication aussi laborieuse qu'interminable, racontant à Melrose tout ce qu'il savait sur le peyotl et autres substances hallucinogènes, et ponctuant son récit de petits mots gentils pour miss Lillywhite qui l'avait aidé dans ses recherches.

Le sergent conclut par un bref exposé sur les plantes vénéneuses, avant d'enchaîner sur le sujet suivant.

— Maintenant, pour ce qui est de cette turquoise, peut-être ignorez-vous un détail important. Vous avez entendu parler des Ojibwa ?

Melrose, qui commençait à perdre patience, se mit à mordiller un bout du couvre-lit. Il aurait volontiers tout oublié, en dehors des queues de bœuf et des blinis.

— Les 'oi ?

— Mr. Plant ? Ça va ? Vous n'êtes pas en train de choper ce virus qui circule partout en ce moment, j'espère ? (Il se désintéressa aussitôt de l'état de santé de Plant pour poursuivre :) Les Ojibwa croient que les pierres sont capables de réagir. Enfin, c'est trop simpliste de le résumer comme ça, mais disons qu'ils croient que les pierres sont animées. Oh, pas toutes, bien sûr...

Peut-être que s'il se couchait sur le ventre ? Le combiné lui échappa tandis qu'il enterrait son visage dans le noir intégral des oreillers. Puisque de toute façon il allait perdre conscience, qu'importait la manière !

A l'autre bout du fil, le sergent continuait à pérorer. Sa voix, insistante et entrecoupée de parasites, venait troubler les réflexions de Melrose quant au choix de son dessert : coulis de rhubarbe ou nougat glacé ?

— Passionnant, sergent Wiggins ! dit-il, reprenant le combiné en main.

— Merci. Vous ne savez pas à quel point j'ai apprécié que vous m'ayez apporté ce livre de Joséphine Tey...

Ah, ça, pour une idée géniale, c'en était une sacrée ! Melrose vérifia l'heure à sa montre : il y avait vingt bonnes minutes que Wiggins parlait.

— ... et c'est extraordinaire ce qu'on peut faire, même cloué sur un lit d'hôpital ! En tout cas, son détective à elle, il a résolu l'affaire.

On entendit des bruits dans sa chambre, un rire de femme, du va-et-vient et de l'animation.

— Ça alors ! Je viens encore de recevoir des fleurs, Mr. Plant ! Ça fait plaisir de voir que les gens ne m'oublient pas. (Un bref silence, lourd de sens, puis il ajouta :) Je suppose que vous, vous n'avez pas eu le temps. De vous arrêter chez un fleuriste, je veux dire. Enfin, tant pis, conclut-il avec un soupir qui disait son pardon magnanime.

Melrose promit de lui en faire envoyer au plus vite, puis s'excusa de devoir écourter leur conversation. L'instant d'après, il écrasait bruyamment le combiné sur son socle.

Donnez-moi les documents ! Retrouvez Jenny ! Envoyez-moi des fleurs !

4

Après avoir savouré ses langoustines et son *nougat glacé** arrosé d'armagnac, Melrose était sorti en empochant un petit pain. Chose rare pour lui que cette promenade digestive, car d'ordinaire à Ardry End, après le dîner, il avait plutôt pour occupation de siroter un porto ou de lire au coin du feu, son chien Mindy assoupi à ses pieds.

Après le dîner à Ardry End — eh, mais, minute papillon... Ça a de la classe, ça, non ? « *Après dîner** à Ardry End. » Il pourrait peut-être en faire un livre, une série d'anecdotes sur la vie à la campagne, dans le style d'*Une année en Provence*. Mr. Momaday était sans aucun doute de taille à rivaliser avec n'importe lequel de ces excentriques Provençaux, et lui-même devait bien posséder un certain talent, avec tous ces écrivains — Polly, Ellen, Joanna — qui le traitaient comme s'il était Maxwell Perkins...

Oh, toi, la ferme ! s'exclama son alter ego, la partie plus raisonnable et plus sérieuse de sa personne. Aussi impossible que le sergent Wiggins, rétorqua l'autre soi.

Melrose soupira et descendit la grand-rue. D'accord, il renonçait provisoirement à sa carrière d'écrivain réaliste, mais pas au roman, pas à *Gin Lane*.

Tiens, bizarre : ses pieds l'avaient conduit droit devant les marches du *Dirty Duck*. Gardons ça pour plus tard, se dit il, contournant le bâtiment pour retrouver le chemin qui menait au bord de l'Avon.

La nuit était belle mais brumeuse et les colonnes du petit kiosque à musique se dressaient devant lui, fantomatiques, tels des os blanchis. Quittant le chemin gravillonné, il coupa à travers le gazon jusqu'au bord de l'eau où il resta à contempler les arabesques que la lune décrivait sur les eaux mouvantes. Pas un bruit. Comme les nuits peuvent être calmes, s'étonna-t-il. Même dans certains quartiers de Londres, comme cette partie de Bethnal Green où il était allé faire un tour après le dîner avec Béa. A propos, qu'avait-elle dit ? Que les caresses et les baisers à la Tate n'étaient que du cinéma, que Gabe aimait bien observer les réactions des gens. Béa avait du reste gardé les yeux ouverts parce qu'elle s'ennuyait, assise là. Gabe en avait peut-être fait de même, pour voir la réaction des amateurs d'art ? Et peut-être que son regard s'était posé sur Frances Hamilton ? Bon, c'était un petit détail, mais ça valait la peine de poser la question.

Melrose regarda les herbes ondoyantes qui offraient une sorte de matelas mouillé à une bande de canards flottant comme des bouchons sur l'eau, la tête rentrée sous l'aile. Il sortit le petit pain de sa poche et l'émietta. Aussitôt, un autre détachement de canards — la patrouille de nuit de l'Avon — gagna la berge. Puis, semblant venir de nulle part, illusion causée par la rivière, arrivèrent deux cygnes, un noir et un blanc, qui réclamaient leur part du festin.

Melrose se demanda, tout en leur lançant des bouts de pain, si Jury avait déjà reçu son fax. Dix heures du soir ici... ça devait faire cinq heures de l'après-midi là-bas. Non. Il fallait tenir compte aussi du décalage horaire entre les deux côtes : une heure de différence ? Deux ? Trois ? Et où se trouvait le Nouveau-Mexique ? Quelque part du côté de la Californie, probablement. Deux fois de suite, Melrose déroula mentalement une carte des États-Unis qui resta pratiquement vide puisqu'il n'arrivait à situer que Baltimore, près de New York, et la Californie. La main encore pleine de bouts de pain que les cygnes quémandaient à grand bruit, il essayait de placer le Nouveau-Mexique sur sa carte imaginaire. D'où venait donc ce sans-abri ? Ah, de Baton Rouge, voilà. Baton Rouge, quel nom délicieux !... C'était la faute de Jury, bien sûr, cette carte vide qu'il avait dans la tête. Car si Jury l'avait emmené avec lui, il aurait su où se trouvait ce foutu coin.

Ayant éparpillé le reste des miettes à la surface de l'eau, il s'essuya les mains. Les cygnes impérieux réduisirent à néant les efforts des canards qui tentaient de s'approprier le butin. Ah, les brutes ! se dit Melrose, qui décida de cesser de s'apitoyer sur son sort. Jury avait sans doute raison de penser qu'il serait plus utile ici, à repasser sur ses traces, à parler aux gens qu'il avait déjà interrogés, afin de se forger sa propre opinion. C'est très important d'avoir différents points de vue. Il s'attarda encore un moment sur la berge froide et humide à essayer d'analyser ses premières impressions.

Mais une seule chose lui venait à l'esprit : miss Fludd.

Et le chien noir de Turner.

Quelque part sur sa gauche, assez loin, lui parvinrent des bruits de voix assourdis : les spectateurs qui sortaient du théâtre et se dispersaient, gagnant le parking, les trottoirs et les chemins menant à leurs diverses destinations. Le *Dirty Duck* serait sans doute bondé, alors autant laisser tomber et rentrer directement à l'hôtel, songea-t-il.

Un des itinéraires possibles consistait à suivre Ryland Street et à couper par le raccourci. Il s'arrêta en passant devant la petite maison de Jenny Kennington et inspecta les fenêtres. Tout était noir.

Il crut sentir la pression colossale du temps sur ses épaules. Et, relevant le col de son pardessus pour se protéger du brouillard nocturne, il repensa au Nouveau-Mexique et à ses couchers de soleil.

33

Un soleil de cinéma.

Qu'auraient-ils fait si la lumière n'y avait pas mis du sien ? se demanda Jury en regardant la route, en contrebas. Là-bas, très loin, bien qu'apparemment tout proches, les sommets du Sangre de Cristo se profilaient sur un ciel où la lumière répandait sa palette d'aquarelle et brodait des festons d'or aux nuages.

Voilà à quoi songeait Jury sur le vaste perron de pierre du Rancho del Reposo, en regardant évoluer l'équipe de tournage installée à quelque distance de là.

Le Rancho del Reposo était un ranch, « un grand domaine », comme on dit dans les vieux westerns, dont l'architecture présentait un riche mélange de styles — riche ne signifiant pas nécessairement beau. Style mauresque, western, espagnol et américain. Toits de tuiles rondes, murs d'adobe décorés de carrelages espagnols peints à la main, et une excroissance de verre sur une façade qui aurait pu être un jardin d'hiver, mais qui semblait faire office de salle à manger ou de café. Cette structure était reliée à la maison principale par un portique garni de cactus et de plantes du désert. Les nombreuses dépendances du ranch — des petites maisons basses d'adobe, les *casitas*, abritées sous des pins pignons et des genévriers — étaient dispersées sur plusieurs hectares autour de la demeure principale. L'ensemble faisait extrêmement cossu. A l'intérieur, des feux de bois pétillaient dans les cheminées, qui jetaient une lueur sur les carreaux Saltillo, visibles entre les tapis de couleurs vives. Parmi les convives installés là à prendre le café, beaucoup avaient une caméra, un talkie-walkie ou quelque autre élément de la panoplie cinématographique qu'ils portaient en bandoulière au bout d'une lanière de cuir.

Les deux femmes assises à la réception, près de l'entrée, étaient de dignes représentantes de l'esprit de Santa Fe : outre leur bonne humeur professionnelle — relations publiques obligent —, elles arboraient ce petit air suffisant qui semblait dire : « Quelle chance on a, de vivre ici ! »

Jury leur adressa un sourire chaleureux et s'informa, histoire de briser la glace :

— Qu'est-ce qui se passe en bas ? Ils sont en train de tourner une scène ?

Il avisa une grande porte en verre qui ouvrait sur un patio où il y avait aussi des gens installés à des tables, et plus nombreux qu'il ne l'aurait imaginé pour un mois de février.

— Oui, c'est ça. On a l'habitude, hein, Patsy ? ajouta la réceptionniste à l'adresse de sa compagne, plutôt du genre lourd et chevalin, qui sourit et fit oui de la tête avant de se remettre à trier des fiches de clients. Il y a souvent des tournages ici, que ce soit pour le cinéma ou la télévision. Ils viennent pour le paysage. Magnifique, non ?

Jury se demanda si elle croyait vraiment qu'il avait pu ne pas s'en apercevoir.

— Grandiose ! surenchérit-il en sortant sa carte de police.

— Vous désirez une chambre, monsieur... ? demanda-t-elle, ses sourcils soigneusement épilés remontant sur le front en une mimique interrogative.

— Jury. Commissaire principal Jury. De Scotland Yard.

Plutôt satisfait de l'air sidéré de la réceptionniste, il montra son mandat international, aussi tape-à-l'œil qu'une carte de presse.

— Je suis ici pour enquêter, précisa-t-il.

Patsy, la deuxième hôtesse d'accueil, était un peu plus rapide à la détente que sa collègue.

— Angela Hope ! Vous êtes là à cause d'Angela Hope, c'est bien ça, non ?

— Ah, vous la connaissiez ?

— Non, pas vraiment, répondit Patsy, soulignant son propos d'un hochement de tête. Bien sûr, je l'avais vue dans sa boutique à Canyon Road, mais nous ne ne connaissions pas plus que ça.

— En fait, je suis là à cause de deux femmes qui, pensons-nous, seraient descendues au La Fonda, expliqua Jury, posant côte à côte les photos de Fanny Hamilton et de Nell Hawes. Vous les reconnaissez ?

Patsy tapota la photo de Frances Hamilton.

— Celle-ci, oui. Tu t'en souviens, Em ? C'était une Américaine avec un accent anglais.

Em se pencha sur les photos, de manière à mieux voir. Elle avait sans doute besoin de lunettes mais soignait trop son apparence pour les porter en permanence. Elle en sortit néanmoins une paire d'un étui en peau de porc et les chaussa. Puis elle confirma à son tour.

— Oui. Elle est passée ici — voyons, en octobre ? Novembre ? Oui, c'est ça, avant Thanksgiving. Elle a logé dans une des *casitas*. Je ne pourrais pas vous dire laquelle, comme ça, de but en blanc, mais ça peut se retrouver, assura-t-elle en se retournant vers les étagères où Patsy avait classé ses fiches.

— Vous souvenez-vous qu'elle ait eu des visites ? demanda Jury à Patsy.

— Oh, là, vous m'en demandez trop ! J'ai bonne mémoire, mais tout de même pas à ce point. Laissez-moi réfléchir un peu... Attendez une minute — oui, j'y suis ! C'est l'autre femme qui est là en photo qui est venue la voir et elles ont mangé ensemble. Je m'en souviens parce qu'elles avaient toutes les deux l'accent anglais.

Em brandit une grande fiche blanche, qu'elle agita comme un mouchoir :

— La voilà, je l'ai trouvée ! Mrs. Frances Hamilton, Belgravia, Londres SW1, annonça-t-elle, posant le bristol devant Jury.

— Tu te souviens de cette autre dame, Em ? Elles ont dîné ici toutes les deux.

— Hum... Non, je ne crois pas que j'étais de service à ce moment-là.

Jury écrivit quelque chose au dos d'une de ses cartes.

— Pouvez-vous me contacter s'il vous revient un détail à propos de l'une ou l'autre de ces femmes ? Je suis au La Fonda.

Em prit la carte en opinant du chef. Jury les remercia, tourna les talons mais fit aussitôt volte-face.

— Vous auriez les numéros de téléphone et de fax de l'hôtel ? Je suppose qu'il y a plusieurs lignes.

Jury prit la carte que lui tendait Patsy et y jeta un bref coup d'œil. Non, ce n'était pas le numéro noté dans le carnet d'adresses. Non qu'il s'y fût attendu, à vrai dire...

— J'étais en train de me dire que... Si elles ont dîné ici, je pourrais peut-être dire un mot au personnel de salle à manger, non ? Peut-être qu'il y aurait moyen de retrouver la personne qui les a servies ?

Patsy vérifia un des reçus agrafés à la fiche :

— C'était un vendredi soir, et la table treize... ça devait être Johnny ou Sally. Je crois qu'ils sont là tous les deux. Voyez donc ça avec Chris, là-bas, expliqua Patsy en désignant d'un signe de tête une grande arche voûtée, à l'autre bout du hall dallé.

Chris, jeune femme fort séduisante — qualité sans doute indispensable à une hôtesse —, se tenait derrière un pupitre sur lequel était posé le registre des réservations. Elle avait le bas du visage illuminé par la petite lampe qui éclairait le livre. La requête de Jury parut l'exciter.

— Sally Weeks ? Elle est par là, quelque part. (Elle scruta la douce pénombre de la salle à manger et finit par désigner une jeune fille, tout au fond, qui essuyait une table.) Oui, elle était probablement de service, ce vendredi-là. Je veux dire que c'est normalement un de ses jours, sauf maladie ou autre chose.

Sally Weeks était une jeunette plutôt maigrichonne. Cheveux bruns, yeux bruns, uniforme brun — une vraie feuille morte. Mais cette apparence automnale était vite démentie par l'énergie qu'elle dégageait.

Comme on n'avait pas encore commencé à servir le déjeuner et que la salle était vide, elle déclara qu'elle avait le temps de s'asseoir un moment — dans la partie fumeurs, parce qu'elle mourait d'envie d'en griller une. De fait, c'était une des raisons pour lesquelles elle se souvenait des deux femmes, expliqua-t-elle tandis que Jury lui allumait sa cigarette. Parce qu'elles étaient les seules fumeuses, donc les seules à s'être installées dans ce coin de la salle à manger.

— Mais ce qui m'a surtout frappée, ajouta-t-elle en réfléchissant bien, c'est qu'elles voyageaient seules — ni en groupe organisé ni avec un homme — et qu'elles avaient vraiment l'air de bien profiter de leur séjour.

Elle demanda à Jury s'il ne fumait pas.

Quand il lui répondit qu'il essayait d'arrêter, elle écrasa tout de suite le reste de sa cigarette.

— Oh, je suis vraiment navrée ! Vous auriez dû le dire. Vous voulez vous asseoir ailleurs ?

— Non, Sally, ça va, dit-il, amusé par tant de considération. Continuez donc.

— Bon, eh bien, c'est pas souvent qu'on voit deux dames d'un certain âge — je crois qu'elles devaient avoir la soixantaine bien sonnée, au moins — qui voyagent partout librement, comme ça. Vous sauriez de quoi je parle si vous aviez travaillé ici depuis aussi longtemps que moi !

Jury avait du mal à imaginer qu'elle ait travaillé très longtemps où que ce fût, vu qu'elle ne faisait guère plus de dix-sept ans. Mais il s'abstint de commentaire.

— Dites-moi, qu'est-ce que vous entendez par « bien profiter de leur séjour » ?

Sally se frotta les tempes d'un geste de vieille dame qui essaie de faire remonter ses souvenirs.

— Eh bien, elles avaient vraiment envie de voir des choses. Alors que pour la plupart des gens, voyager, c'est juste une façon de... faire quelque chose ensemble. Je dis pas d'être ensemble, parce que j'ai bien l'impression que beaucoup s'en fichent comme de l'an quarante, ils ne s'aiment pas spécialement. Quant aux familles, bon, c'est la même chose. « On est une famille, n'est-ce pas, puisqu'on voyage ensemble ? »

— Plutôt subtiles, vos distinctions, remarqua Jury dans un sourire. Vous les avez entendues parler de leurs projets ?

— A vrai dire, par moments, elles discutaient avec moi. Elles ont parlé de Mesa Verde, un endroit intéressant, et je leur ai dit que ça valait la peine d'être vu.

— C'est vrai, j'en reviens tout juste.

— Ça a vraiment quelque chose de mystique. Pas comme Sedona : d'ailleurs, je leur ai conseillé de ne pas perdre leur temps à y aller. C'était quand je leur servais le potage. A la citrouille.

Jury se tut pour ne pas déranger Sally qui se concentrait, ça se voyait à son expression. Il finit néanmoins par lui demander :

— Pourquoi leur avez-vous dit ça ?

— Sincèrement, je pensais qu'elles feraient mieux d'aller dans l'Utah. Il y a plein de roches rouges dans l'Utah, bien plus qu'à Sedona. Et la foule en moins. On peut faire des kilomètres et des kilomètres de route sans voir un chat, ni croiser une voiture. J'en ai carrément ras le bol de Sedona, dit-elle, ponctuant sa déclaration d'un hochement de tête et d'un regard entendu à l'adresse de Jury.

— Je n'y suis jamais allé, dit-il dans un sourire, en reprenant son manteau.

— N'y allez pas ! C'est juste une ville ordinaire qui s'est agrandie parce que les gens n'en finissent pas de raconter que c'est un haut lieu du New Age, vous savez. Avec les cristaux, les pierres et les vortex. Un vortex, à ce qu'ils disent, c'est un endroit de la planète où se trouve une énorme concentration d'énergie.

En voyant la flamme qui dansait dans ses yeux bruns, Jury songea que Sally elle-même pourrait rivaliser avec tous les vortex du monde.

A peine sorti de la salle à manger, il aperçut Malcolm Corey et se souvint que celui-ci lui avait expliqué qu'il était « de service » aujourd'hui. Corey lui adressa un petit signe et lui montra une chaise vide, à côté de lui.

— Ça fait plaisir de vous revoir. Vous avez déjà fait votre petit numéro ?

— Petit, c'est bien le mot ! Une ligne de texte, dans mon cas. Ça va faire deux heures que je poireaute ici avec ce putain de maquillage sur la figure. Vous allez voir qu'ils vont me faire revenir demain, si ça se trouve. Quelle tête j'ai ? demanda-t-il, se tournant vers Jury en rectifiant sa tenue.

— Superbe, répondit Jury.

— J'attends un ami. Mon agent, expliqua-t-il. Il doit venir me rejoindre ici. Benny Betts. Vous connaissez ? demanda Malcolm, étirant le cou pour survoler la salle du regard.

— Je ne crois pas. Qu'est-ce qu'ils tournent comme film, en ce moment ?

— Ça s'appelle *Le Soleil du matin*. Épouvantable, comme titre. (Il bâilla d'ennui, haussa les épaules et fit un petit bonjour de la main à une femme, toute de dentelles, volants et paillettes.) C'est un de ces westerns « révisionnistes », qui copient le style de Clint, évidemment. Depuis le jour où Clint... Ah ! Le voilà ! s'exclama-t-il en faisant signe à celui qui se dirigeait vers leur table.

Benny Betts continuait à parler dans son téléphone portable, un deuxième attendant dans l'étui de cuir qu'il portait en bandoulière. Il était vêtu d'un costume si fin, si loin du corps, qu'on l'aurait cru sorti des ateliers du vent, et d'une chemise bleu délavé à col montant qui, chose étonnante, allait bien avec le costume de prix. Sans cravate, naturellement. Avec des chaussures si bien cirées qu'on aurait pu s'y mirer.

Benny Betts se débrancha du téléphone pour se brancher sur son client — « Mac, comment va ? » — et sur l'ami de son client, à qui il serra la main avec une force qui surprit Jury. Un Jury plus étonné encore par le contact d'une main calleuse, alors qu'il s'attendait à une main légèrement moite, molle comme du duvet. Benny Betts pivota sur lui-même pour s'asseoir, demandant à Jury :

— Quelqu'un vous représente ?

Jury sortit son portefeuille.

— Oui, le CID, répondit-il en souriant.

— Comme ICM ?

— Non, à moins que ça ne veuille dire enquêtes criminelles, dit-il en poussant négligemment sa carte vers Betts.

— Bon Dieu ! Vous êtes flic ?

— C'est ce qu'on dit, bien que certains le contestent.

Malcolm Corey éclata de rire :

— Pas de chance, Ben, tu ne peux pas le prendre sous contrat. Benny n'en rate pas une, *pas une* ! Je l'adore ! ajouta-t-il à l'adresse de Jury.

— Adore toujours. Mais t'es pas bien positionné, coco, pas pour un *package*[1]. J'ai *sans cesse** des

1. Ensemble de biens ou de services proposés au client qui doit tout accepter en bloc. Dans le contexte du cinéma, cela

options câble à l'étude — oh, excusez-moi, fit-il, attrapant un de ses téléphones avant même que la sonnerie ait eu le temps de retentir. Ici Betts... oui. Mets-le... Bobby, Bobby ! Tu m'as bien entendu... je te parle du *Magicien*[1], Bobby. Un remake... Qu'est-ce que tu m'chantes, bordel ?... j'ai déjà le *package* en route, pour *Casa'*. Je vois déjà Alec et Isabella. Alors, qu'est-ce qu'on... Sacré ? Mais c'est d'Hollywood qu'il est question, là, Bobby, pas de Lourdes ni des grottes de Luray, alors...

Benny, se contenant à grand-peine, écouta son interlocuteur quelques instants, soupira, puis interrompit des commentaires manifestement trop peu intelligents à son goût :

— Bobby, Bobby, mais qu'est-ce que je vais faire de toi ! OK, OK, je te pousse pas, pourquoi je le ferais ? Mais même Woody s'y intéresse. Il est formidable pour ces trucs genre *noir**... Une version tragique, du tragique, c'est sûr. Sans brique jaune, sans émeraudes[2]. Alors tu réfléchis, d'accord ? Mais j'attendrai pas des siècles que tu décolles de l'œilleton de ta putain de caméra... Bon, d'accord... Salut.

A peine son téléphone raccroché, Benny composa aussitôt un numéro.

— Incroyable, ce mec, s'indigna-t-il en regardant Jury et Malcolm, puis, frissonnant, il plaqua l'appareil contre son oreille et demanda Jim. Allô ! Jim, y a

inclut notamment le scénariste, les acteurs, le réalisateur, tout le personnel technique. *(N.d.T.)*

1. *The Wizard of Oz*, « Le Magicien d'Oz ». Film musical réalisé en 1939 par Victor Fleming, avec Judy Garland en vedette. *(N.d.T.)*

2. Il est dit dans *Le Magicien d'Oz* qu'il faut suivre la route de brique jaune pour parvenir à la Cité d'Émeraude, la ville du magicien. *(N.d.T.)*

une éternité... Oui, je t'avais bien dit que je t'appellerais. Alors, ce que j'ai là, sûr, c'est que Neil fait le script, Sean et Miranda l'ont pratiquement supplié... Hmm-hmm. Dans trois semaines il aura fini, il a promis... Le lire ? s'étonna Benny dans un rire silencieux. T'as pas besoin de le *lire*, mon pote... Trois semaines, je te dis. Terminé, *fini**, tout cuit, tout rôti sur la table. Et je pense à Vanessa pour le rôle de la mère... Bien sûr qu'y a une mère. C'est d'Irlande qu'il est question, là ; y a toujours une mère... Non, je peux pas lui promettre ça, elle est pas de mon écurie. Faut que j'aie le truc entièrement ficelé avant d'aller voir... Écoute, ces gens-là refusent les scripts aussi facilement que toi t'écrases les mouches, tu sais, soupira Benny qui se cala dans sa chaise et parut contempler le Sangre de Cristo, au loin. Jim, ce *package* dont je te parle, c'est la beauté incarnée, c'est comme... fit-il, plissant les yeux à la recherche d'une métaphore, mais y renonçant avec un haussement d'épaules pour revenir au concret. Je peux pas attendre indéfiniment. Mamet parle d'une collabor... D'accord... Super... Super... Fantastique... Absolument... Demain... Salut, conclut Benny qui composa illico un autre numéro et se remit à débiter ses histoires à une secrétaire.

Jury survola du regard la terrasse qui semblait s'être animée de tout un va-et-vient : des gens du tournage se levaient tandis que d'autres arrivaient par les grandes portes vitrées, comme au signal d'un régisseur. Du moins Jury supposait-il que ces gens-là travaillaient sur le tournage, à les voir se balader tout bardés de talkies-walkies, des mètres de fil enroulés autour du corps, ou en costumes. Car ça devait être des costumes, non, ces habits qui rappelaient le Far West : jeans crasseux, bottes crottées, foulards noués autour du cou, moustaches et rouflaquettes ? Les femmes portaient pour la plupart de longues jupes de laine grise ou d'un brun éteint, mais on voyait de temps en temps briller une robe de satin richement colorée... Telle celle qui passait justement près de leur table avec un froissement soyeux : une robe aux chaudes couleurs d'abricot et de bleu vif pailleté d'argent, qui habillait une blonde d'une beauté si parfaite que Jury retint son souffle pour mieux se pénétrer de cette vision. Personne d'autre ne semblait faire attention à elle. La beauté était-elle donc marchandise si commune par ici que nul ne se donnait plus la peine de l'admirer ? Les portes vitrées s'ouvrirent alors sur une rousse vêtue de velours bordeaux, d'une beauté égale à celle de la blonde aux allures de statue, elle-même bientôt suivie d'une petite brune parée de taffetas bleu lavande. Et ces reines du bal (puisque tel semblait être leur costume) se groupèrent près d'une des colonnes. On aurait dit un énorme bouquet de fleurs. Mais personne ne les remarqua.

Une hôtesse arriva, un téléphone à la main. Benny Betts était demandé sur une autre ligne. Sans s'énerver le moins du monde, il raccrocha son portable et s'empara du combiné de l'hôtel.

— Neil ! Tu me hais, si, je le sais, ne mens pas. Mais tu ne me détesteras plus quand tu vas entendre ça : j'ai l'accord définitif de Jim pour la production, Sean et Miranda dans les rôles principaux. Définitif. Mais ils ne marchent que si c'est toi qui fais le script. David le voudrait bien mais j'ai dit non, naturellement. On l'aurait entendu pleurnicher jusqu'à Killarney, tu vois le genre ? Oui, bien sûr que t'as déjà trop d'engagements, c'est toujours pareil avec toi... Et Vanessa dans le rôle de la mère... Comment je sais qu'il y aura une mère ? s'écria Benny qui posa brièvement le combiné sur sa poitrine, prenant Jury et Malcolm à témoin : Vous avez entendu ça ? dit-il, avant de revenir au téléphone : Alors, combien de temps, tu penses ? Hmm-hmm... Trois mois ? Un peu longuet, *mon cher**. Non que les gens ne seraient pas prêts à attendre, bien sûr. C'est juste que Sean a un autre contrat... Deux mois ? Hmm-hmm... Tu crois que tu pourrais réduire d'un poil : disons, hmm, six semaines ?... T'essaieras, super, fit Benny avec un clin d'œil complice à Jury. T'es mon héros, Neil, comme toujours... D'accord... Bon... A plus tard.

Les yeux fermés, le visage tourné en l'air dans sa posture d'adoration du soleil, Malcolm Corey sourit et remarqua :

— Je t'adore, Benny, mais t'as aucun idéal. Pas l'ombre d'un petit idéal.

— C'est quoi, un idéal ? Le genre de conneries qui se pratiquent là-bas, dit-il, en suivant des yeux l'équipe du tournage qui s'activait comme des abeilles dans une ruche.

Le silence revint, mais l'air restait tout vibrant d'un tel flot de paroles.

— Ça ne vous dirait rien, les enquêtes policières ? s'enquit Jury.

Benny Betts regardait tout autour de lui, apparemment en quête d'événements intéressants :

— Dieu sait que j'adorerais pouvoir décrocher quelque chose d'un peu stimulant, répondit-il avant de taper sur l'épaule de Malcolm : OK, Mac ! Il faut qu'on te repositionne et l'idéal pour ça, c'est le câble. Ou alors une série.

— La télé, je l'emmerde !

— Bien sûr, tout le monde l'emmerde. Mais c'est

pas une raison, non ? Je suis en train de travailler la question. J'explore les possibilités du câble, comme je t'ai dit.

— Et cet autre truc ?

— Ça se fera quand ça se fera. Tu me connais. J'attends mon heure.

— Mais je ferai pas de sitcom, Benny. Un point c'est tout. Tu me croiras peut-être pas, ajouta Malcolm avec un sourire signifiant qu'il ne pensait pas vraiment que Benny ne le croirait pas, mais je me considère comme un acteur. Un artiste.

— Bon, eh bien, si tu tiens à être dans le film de Clint, je te suggère de bouger ton petit cul d'artiste et d'accepter cette série que j'ai pour toi. Tu fais partie du *package* Tooley : je lui ai dit que s'il voulait Clare Tooley, fallait prendre aussi ce jeune talent lumineux que je venais de découvrir.

— Et Clare Tooley, elle est d'accord pour jouer le rôle ?

— Oui, mais elle ne le sait pas encore.

Petit rire de Malcolm Corey.

— T'es vraiment un sacré magouilleur, Benny !

— Riche et magouilleur, ce qui est plus qu'on ne peut en dire de *vous**, monsieur, répliqua-t-il en composant de nouveau un numéro sur son téléphone portable.

— Stevie ! Bon Dieu, où est-ce... Tu peux tout de même pas déjeuner chez Sal, pas après la dernière... Ouais... Ouais... Hmm-hmm... J'ai un projet, du tout cuit, sur un plateau d'argent... Le *Magicien* ? Où t'as entendu parler... Non, pas un remake, pour l'amour du ciel ! Y a donc rien de sacré ? Pas une suite, mais ce qui vient avant... Oui... Quand elle a peut-être huit ans, ou même six. J'ai un nouveau talent étonnant, ah mais, pas de nom pour l'instant, dit Benny, agitant l'index pour souligner son désaccord. Tu crois que j'ai envie de me la faire souffler sous le nez ? C'est ça. Creuser la psychologie des personnages, une *pièce noire**... Le chien, qu'est-ce que tu m'chantes là ? Le putain de clebs, il est même pas encore né à ce moment-là, Steve !... Est-ce que j'écris des scripts ? Je dis pas... Attends, attends, mon vieux ! Je t'ai pas appelé pour parler de ça. Non, c'est à propos du projet de *Casa'*, tu te souviens ? J'ai ce qu'il faut pour le rôle de Bogart, un acteur-né : une gueule inédite, un talent monstrueux. Pour le rôle d'Ingrid, eh ben, Isabella le voudrait, naturellement, mais je pensais que Mélanie... Oh, et puis, j'ai un vrai *acteur* pour le rôle de Louis, ajouta-t-il en adressant un clin d'œil complice à Corey. Où je suis ? A Santa Fe... tu sais bien, cette banlieue de Los Angeles... J'sais pas, attends une seconde. (Il obtura d'une main l'émetteur du combiné et demanda à Corey :) Comment s'appelle ce navet qu'ils sont en train de tourner ?

— *Le Soleil du matin.*

— Lourd. Quel est le génie qui a trouvé ça ? dit-il avant de répéter le titre à Steve. Bon, alors tu me rappelles. Mais traîne pas trop, sinon c'est Woodsman qui l'aura. (Exaspéré, Benny leva les yeux au ciel et hocha la tête.) Mais qui te parle d'Alger ?... Oui, c'est bien là que ça se trouve, et je le sais, mais depuis quand ça veut dire que c'est là que ça doit se passer ? Bon Dieu, Stevie, t'as remis le nez dans des livres ou quoi ? Tu prends tout au premier degré. Il faut faire preuve de vision dans ce jeu-là. *De vision**, répéta-t-il, avant de mettre fin à la conversation.

Après quoi il se rassit et pianota sur la table, les lèvres toujours animées d'un mouvement imperceptible, comme si, dans sa tête, il était toujours au téléphone.

— Ce film qu'on est en train de tourner, commença Malcolm qui changea légèrement de voix, imitant un rythme de chanson pour ajouter : Ta pe-tite a-mie, elle joue dedans !

Benny le regarda comme s'il parlait chinois.

— Tiens, elle est là-bas. (Malcolm se tourna vers les trois belles jeunes femmes tandis que l'une d'elles se détachait du groupe.) Ah ! La voilà justement ! s'exclama-t-il, ajoutant à l'intention de Jury dans une imitation d'aparté : Benny a eu une relation avec elle, à une époque.

Benny protesta, de nouveau branché sur son portable :

— Je n'ai pas de « relations ». Je laisse ça au reste de ce monde de cons. Allô, Jock ! Où est-ce que t'étais donc fourré, mon vieux ?

La rousse à la peau laiteuse se trouvait maintenant tout près de leur table. Elle avait un grain de beauté au coin de la bouche, un autre sur le sein — bien qu'elle n'eût pas besoin de ces marques pour prouver sa beauté. La superbe blonde repassa près d'eux en ondulant ; le regard de Benny parut la traverser sans même enregistrer sa présence. Il se remit à feuilleter son carnet d'adresses.

Il cherchait quelque chose, ou plutôt faisait mine de chercher, pensa Jury. N'importe quoi. Sourire de Jury.

Deux autres coups de fil, et par deux fois il tomba sur la secrétaire. Sean était absent, mais Miranda était là. Non, personne ne voudrait faire le film sans elle, Sean insistait là-dessus, Neil aussi. Le rôle de la sœur, c'est ça. Autant dire que sans elle l'affaire capoterait, parole !

Malcolm le crut.

Jury aussi.

Peut-être bien que Miranda aussi.

34

On aurait dit qu'il avait surgi de nulle part, presque comme Sunny.

En ouvrant la porte de la maison d'adobe, Mary Dark Hope trouva le commissaire principal Jury assis là, devant le feu du *kiva*[1]. En train de boire le café préparé par Rosella, aux petits soins comme d'habitude. Jury se leva.

Mary s'étonna de voir un homme se lever à son entrée. Comme si elle était une personne importante. Comme on fait pour une femme, en tout cas. Quelle élégance dans un tel geste ! En plus, il souriait, comme s'il était vraiment content de la revoir.

— Bonjour, fit-elle, la surprise l'empêchant d'en dire davantage.

Elle aurait volontiers ajouté autre chose, un petit mot amical, une remarque intelligente, mais tout ce qu'elle pouvait faire, c'était restée plantée là, bouche bée, à avaler de l'air. Occupation plutôt désagréable et qui la fit tousser. Elle s'éclaircit la gorge un peu trop bruyamment, pour dissimuler son incapacité à

1. Atre servant au rituel des Indiens Pueblos, généralement creusé dans le sol et de forme ronde. *(N.d.T.)*

articuler une parole. Au point que Rosella, en gouvernante inquiète, toujours attentive au moindre risque de maladie, se précipita vers Mary pour lui tâter le front.

Mary aurait bien aimé envoyer balader cette main sur son front, mais ça n'aurait pas été « cool » comme geste, et elle tenait beaucoup à rester cool. Elle afficha alors un air de patiente docilité. Un air qui suggérait que Rosella traitait tout le monde avec cette même sollicitude d'infirmière, comme s'ils étaient tous ses enfants. Y compris le commissaire principal, pour peu qu'il se mouche ou qu'il attrape le hoquet.

— Je me sens tout à fait bien, Rosella, lâcha-t-elle, le « bien » sonnant comme une faible plainte.

— Tu restes assise dehors dans le froid de février avec ce coyote fou que t'appelles un « chien » ? Ne me regarde pas comme ça, miss ! Un coyote. Je sais ce que je vois.

Mary s'assit, feignant d'être physiquement épuisée et émotionnellement vidée.

— Flûûûte ! s'indigna-t-elle, laissant traîner la voyelle. T'as déjà vu un coyote aussi docile que Sunny ? Non, bien sûr.

Rosella le prit de haut :

— Tu l'as dressé quand c'était qu'un petit chiot et il t'obéit, mais pas à moi, ni à personne d'autre, dit-elle, ajoutant pour Jury : Ce qu'ils fabriquent en plein désert tous les deux, j'en sais rien. Regardez-le donc...

Le chien, ou le coyote, en question était paisiblement couché devant le feu. Il émit des petits couinements et autres bruits typiquement canins.

— ... Jamais vu un chien avec des pattes courbes comme ça. Et tellement maigres qu'on dirait des pattes de poule.

Mary prit un air de demeurée pour regarder Jury :

— Rosella pense que Sunny est *heyoka*. Qu'il joue des tours aux gens ou qu'il les pousse à agir bizarrement.

— Tu sais même pas ce que ça veut dire ! se moqua Rosella. T'as jamais appris les légendes. Tu n'as pas de respect.

— Rosella est zuñi. Enfin, un peu, précisa Mary, un petit sourire en coin.

Rosella se frappa la poitrine :

— Pas qu'un peu, miss, presque entièrement, quasiment à cent pour cent. Toi, t'as jamais appris la différence entre les Navajo et les Zuñi, t'as jamais appris les légendes.

Mains sur les hanches, Rosella se dressait près du *kiva* dont les flammes jetaient des ombres mystérieuses sur son visage presque plat. Elle portait des vêtements colorés qui flottaient librement autour de son corps. Apparemment, elle raffolait du violet — qui ne lui allait guère pourtant, car il donnait une teinte boueuse à sa peau olivâtre. Elle avait de longs cheveux noirs, tressés, qu'elle portait parfois roulés en macarons ou simplement tombant dans le dos, comme aujourd'hui.

— Laisse-moi te dire, miss, que la prochaine fois que je vais au *pueblo* zuñi, je risque d'y rester. T'es si grande et si capable de te débrouiller toute seule que t'as plus besoin de personne, c'est ça ?

Rosella ajouta, oubliant que Jury était un policier, ou parce que peu lui importait qu'il le fût, parlant d'adulte à adulte :

— Je suis venue à Santa Fe pour enseigner à l'Institut...

— Celui des Arts indiens, elle veut dire, coupa Mary.

— Je sais ce que je veux dire, rétorqua-t-elle vivement, poursuivant à l'intention de Jury : Je suis venue ici enseigner, mais mes mains se sont tellement abîmées que je ne pouvais plus travailler l'argent. J'ai appris le travail à Angela. Elle était bonne, très bonne ; elle aurait pu être la meilleure si elle avait pas été une telle rêveuse. (Elle alla prendre une boîte sur une petite table et l'ouvrit, révélant de très jolies pièces ouvragées.) Regardez ce collier. C'est de la dentelle de turquoise, très difficile à faire.

Il y avait aussi un bracelet et une broche du même style, ainsi qu'une grosse tresse d'animaux et d'oiseaux miniatures, sculptés.

— Un collier fétiche, expliqua-t-elle. Les gens de mon peuple en font de très beaux. Mais cette grosse broche ornée d'une seule turquoise, c'est pas bon ! C'est du calcaire mélangé à du plastique. Voyez, ça donne cette surface toute dure, conclut-elle avant de ranger la boîte doublée de feutrine.

— Je vois que tu as sorti tes cristaux, dit Mary, prenant un morceau de quartz rose pour l'examiner. Il signifie quoi, celui-là ?

— Pour toi, rien. Tu crois qu'à ce que tu peux voir et sentir dans ce monde. Donc, rien, répéta Rosella en remettant la demi-douzaine de cristaux dans une pochette de cuir, comme si elle voulait les soustraire à une contamination. Ta sœur a pu être tuée par des mauvaises pensées, tu le sais ?

Mary soupira comme quelqu'un qui entend répéter quelque chose pour la énième fois. Elle se tassa sur sa chaise et ferma les yeux. Il était clair qu'à son avis elle avait déjà dit à Jury tout ce qui pouvait avoir une importance quelconque. En tout cas plus qu'il n'en apprendrait grâce à une poignée de cailloux.

Jury se demandait si Angela était vraiment aussi pleine de bonté que Rosella le prétendait, ou bien si cette présumée « sainteté » qu'elle lui attribuait n'était qu'une vague religiosité sans profondeur. Il avait l'impression que Rosella surestimait l'une des sœurs et sous-estimait l'autre.

Il se fiait plus à la description d'Angela que lui avaient faite Malcolm Corey et Nils Anders qu'à celles de Dolly Schell et de la fameuse Bartholomew, car l'opinion de l'une d'elles au moins — Dolly — devait être teintée de jalousie. Rosella avait confirmé les dires de Malcolm Corey, selon qui Angela était le genre de personne qui fait le bonheur des gourous de la nourriture diététique et des traitements par les plantes. Sauf qu'aux yeux de la gouvernante, ce penchant d'Angela n'était pas preuve de crédulité mais de spiritualité. Angela n'avait qu'une seule faiblesse, à en croire Rosella : son tabagisme effréné. Jury, lui, croyait en la faiblesse humaine, y voyant souvent une grâce rédemptrice. Cela dit, l'image d'Angela Hope qui s'élaborait peu à peu dans son esprit était celle d'une femme charmante, mais un peu trop portée sur ses plaisirs, une girouette prête à tourner à tous les vents. Alors que l'idée qu'il se faisait de la cadette était exactement l'inverse : une fille aussi constante qu'une boussole indiquant le nord.

Pour l'heure, Mary, assise là tout en noir, semblait pourtant moins affligée par son deuil que par l'absence d'un six-coups.

Car Rosella avait remis le pedigree de Sunny sur le tapis, déclarant d'un ton dédaigneux — qui devait être celui qu'elle prenait normalement avec Mary :

— C'est un paresseux de coyote, voilà ce que c'est !

— Pas plus paresseux qu'Angela, murmura Mary depuis les profondeurs du fauteuil dans lequel elle s'était terrée.

Jury y vit une remarque plus qu'une critique, mais Rosella déchaîna sur Mary la pleine force de sa colère :

— Tu n'as pas le droit de parler de ta sœur comme ça ! Mon Dieu ! Elle est morte ! gémit-elle, en larmes.

Sentant la réalité de son chagrin, Jury se leva et lui offrit un Kleenex, qu'elle attrapa à l'aveuglette et se colla sur la figure pour essayer d'étouffer ses sanglots.

Le pâle visage de Mary avait perdu toute couleur. A en juger par la façon dont elle parlait de sa sœur, on aurait dit que, dans son for intérieur, elle pensait qu'Angela n'était pas morte. Peut-être qu'au fond d'elle-même elle se refusait simplement à croire à sa mort.

Jury aurait pu s'excuser, dire qu'il était désolé d'avoir forcé Rosella à parler, à se souvenir. Mais non, mieux valait s'abstenir. Plus il y aurait de larmes versées, mieux ce serait. A plus forte raison si ces pleurs coulaient devant témoins. Car Jury était d'avis que ceux pour qui il faut s'inquiéter, ce sont ceux qui se maîtrisent. Comme Mary.

Dans ses mains tremblantes, Rosella tournait et retournait un étui à cigarettes grossièrement orné de pierres de couleur. Un souvenir d'Angela, plus évocateur encore qu'une photo, peut-être.

— Maintenant, elle n'a plus besoin de se soucier du mal que fait le tabac ! soupira-t-elle en se frottant les yeux avec ses paumes. J'ai pourtant bien essayé de la convaincre, vous savez, de faire comme dit la publicité : « Faites-le, c'est tout ! »

Mary bombarda Sunny avec un projectile qui pouvait être une boulette de papier.

— Moi, j'aime autant refaire que faire. A d'autres d'essayer en premier.

Rosella releva la tête pour la regarder :

— N'importe quoi, vraiment n'importe quoi, miss je-sais-tout !

— Justement, je ne sais rien. C'est bien ce que je voulais dire.

A se demander si Mary ne faisait pas exprès de se montrer odieuse pour fournir un exutoire au chagrin de Rosella en lui donnant l'occasion de se mettre en colère. Peut-être un peu subtil pour une simple gamine de treize ans, non ? se demanda Jury. Mais qu'est-ce qui l'autorisait à penser que Mary Dark Hope était une « simple » gamine ?

Il se leva.

— Bon, il faut que j'y aille, dit-il en échangeant avec Rosella une poignée de main amicale. Mary...

L'intéressée était déjà debout, devant la porte. Elle sortit avec Jury et ils marchèrent jusqu'à sa voiture. Mary lui demanda où il allait.

— Dîner avec le Dr Anders. Et je suis en retard, ajouta-t-il tout en jetant un coup d'œil à sa montre, tandis que Mary restait là, appuyée contre la portière de la voiture de location.

— Vous avez une Le Baron, remarqua-t-elle en caressant la carrosserie, un rien admirative.

Jury regarda l'auto comme s'il ne l'avait encore jamais vue. Ce qui n'était pas très loin de la vérité dans la mesure où ce n'était jamais qu'un engin rouge doté de quatre roues.

— C'est ce qu'on m'a donné.

— Décapotable, précisa-t-elle, écœurée de voir que Jury ne savait pas apprécier les bonnes choses. Vous n'avez pas ouvert le toit ?

— On est en février.

Elle haussa les épaules.

Il lui fallait une cigarette. Ou quelque chose. Il sentait la réticence de Mary à le voir partir, dans la nuit bleue. Il leva les yeux : pourquoi n'avait-il jamais vu d'étoiles comme celles-ci dans le ciel anglais ? Il y en avait tant que le ciel paraissait presque trop petit pour les contenir toutes.

Mary Dark Hope avait le nez en l'air, elle aussi.

— « Roches-étoiles », c'est comme ça que les appellent les Navajo, dit-elle, et ils restèrent un moment à les contempler. Des fois, Rosella dit que moi aussi, je suis *heyoka*. C'est quelqu'un qui fait tout le contraire de ce que font les gens normaux. Moi, je prends ça pour un compliment, déclara-t-elle en caressant le capot de la Le Baron. Vous avez trouvé ce qu'il vous fallait, ce que vous cherchiez ?

— Non, répondit Jury, hochant la tête.

— Peut-être que vous devriez partir en « quête de vision » ? Je serais pas contre, ajouta-t-elle avec un soupir.

— Que je le fasse, ou que vous le fassiez ? demanda-t-il en lui souriant.

— Les deux. On pourrait y aller ensemble.

Sa remarque laissa place à un long silence.

— Je vais devoir rentrer en Angleterre d'ici deux jours, annonça finalement Jury. Je crois avoir parlé aux gens que votre sœur connaissait le mieux.

— A Dolly Schell ?

— Bien sûr. Votre cousine.

Mary resta un moment silencieuse, le regard perdu dans le lointain.

— Elle ne s'entendait pas bien avec Angela. Elle ne l'aimait pas.

— C'est ce qu'elle a dit.

— Elle a dit ça ?

Jury confirma d'un signe de tête.

Elle se serra dans son anorak matelassé.

— Très astucieux de sa part ! remarqua-t-elle avant de tourner les talons.

35

— Qu'est-ce qu'elle a voulu dire ? demanda Jury.

Nils Anders le regarda par-dessus son verre de bourbon et sourit :

— Je vous ai dit qu'elle n'était guère portée sur les détails.

Ils s'étaient retrouvés dans un des restaurants préférés des gens du cru, où il était impossible d'avoir une table sans réservation.

— Elle a juste dit ça et elle est partie, rapporta Jury qui sirotait son whisky et mourait d'envie d'en griller une.

Anders ne fumait pas, Dieu merci, et ils étaient installés dans la partie non-fumeurs.

— Eh bien, on dirait que Mary n'aime guère sa cousine.

— Et vous ?

Anders parut surpris.

— Est-ce que moi j'aime la cousine Dolly ? Bah, c'est quelqu'un de pas mal, je suppose, dit-il en prenant dans la corbeille un morceau de pain au maïs et au piment.

— Mary ne vous a rien dit à propos de Dolly Schell ?

— Dans quel genre ? s'étonna Nils, qui hocha la tête en beurrant son pain. Mary n'est guère loquace.

— Quels étaient les sentiments d'Angela pour Dolly ?

— Je ne sais que vous répondre. Je ne crois pas qu'on ait jamais parlé d'elle. De Dolores, je veux dire. D'ailleurs, je ne trouve pas que « Dolly » lui aille très bien, ajouta-t-il avec un léger sourire, prenant un second morceau de pain. Ah, si seulement ils pouvaient se dépêcher de servir !

— Je soutiens la motion !

Nils Anders n'était peut-être pas l'interlocuteur idéal pour parler de « sentiments », songea Jury. Trop rationnel. Ou trop pris par ses théorèmes et axiomes sur la lumière et l'espace. Le garçon arriva avec leurs assiettes bien garnies. Peut-être était-ce l'air d'ici qui vous donnait cette faim de loup ? Quoi qu'il en soit, Jury prit sa fourchette et attaqua le *fajita* à l'instant même où l'assiette corail atterrissait devant lui. Il s'aperçut qu'Anders contemplait la sienne au lieu de manger.

— Alors, vous ne prenez pas ça au sérieux ? s'enquit-il.

— Ça quoi ?

Oh, tant pis, se dit Jury qui hocha la tête et changea de sujet, évoquant son aller-retour au Colorado :

— Je suis sûr qu'elle pleure sa sœur, mais elle ne manifeste pas grand-chose. C'est une fille très autonome.

Ayant passé un moment à faire de ses haricots noirs un petit tas bien net, Anders remarqua :

— Vous savez, il y avait peut-être des problèmes de ce côté-là.

— Des problèmes ? Entre Angela et Mary ?

Maniant la fourchette avec adresse, Anders prit

quelques secondes de plus pour parfaire l'arrangement des mets disposés sur son assiette : flan de citrouille, *tamale*, épinards sautés.

— Ambivalence, dans le meilleur des cas. Jalousie, dans la pire hypothèse.

— C'est tout à fait naturel qu'une gamine soit jalouse de sa grande sœur, dit Jury avec un haussement d'épaules.

— Je ne parlais pas de Mary, mais d'Angela.

La surprise coupa net le rire de Jury.

— Vous voulez dire qu'Angela était jalouse de Mary ?

— Ce qui se passe avec Mary, c'est qu'elle a tellement les pieds sur terre et la tête sur les épaules que, des fois, elle finit par en avoir marre.

— Je comprends ce que vous voulez dire, nota Jury, se rappelant l'impression d'enracinement que lui avait donnée Mary.

— Elle adore le Sud-Ouest, le désert, la roche rouge, le... tout le truc. Mais le reste, c'est du bidon, à ses yeux : Santa Fe, ou ce qu'il est devenu, ce restaurant où nous nous trouvons, tout le battage artificiel, les galeries, les fêtes. Il y a chez Mary quelque chose d'étrangement libre de toute sophistication. Quelque chose qui brûle tout ce qui n'est pas essentiel, poursuivit-il, repoussant le maïs d'une micromesure. Ce qui enveloppe les idées ou les personnes... Mary n'hésite pas à l'arracher, tout simplement. De toute façon, ce n'est pas une chambre de commerce ambulante, à la différence de la plupart des gens que vous rencontrerez ici.

— De tous les gens, rectifia Jury qui sourit en repensant à sa promenade matinale.

— Oui, vous avez raison. Et Sedona, l'endroit qu'Angela adorait le plus, eh bien, c'est encore pire, aux yeux de Mary. « Pourquoi y aurait-il des endroits au monde plus puissants que les autres ? » : voilà sa position. Un jour, on a discuté de « vortex » ; on parlait de Sedona, tous les trois, et des cercles de monolithes. Mary lit beaucoup, ça ne m'étonnerait pas qu'elle en ait appris beaucoup plus par ses lectures qu'Angela. Si une personne à qui elle tient s'intéresse de près à un sujet donné, elle ira lire un livre dessus pour pouvoir se joindre à la conversation. Bon Dieu, elle doit les rendre fous, ses profs ! Tout au moins pendant le peu de temps qu'ils la voient, parce qu'elle fait pas mal l'école buissonnière, dit Anders qui pencha la tête de côté pour juger du nouveau rapport qu'il avait établi entre le maïs et le flan à la citrouille. Enfin, ce jour-là à la boutique, on était tous les trois à boire de la camomille ou je ne sais quoi d'aussi dégoûtant, quand Angela s'est mise à parler d'Avebury et des courants telluriques. C'était assez peu de temps avant son voyage, précisa-t-il, l'air triste, prenant son verre de vin et le gardant en main. Oui, Angela parlait des courants telluriques quand Mary lui a lancé : « Autant croire aux OVNI ! » Angela a répondu que ce n'était pas la même chose. Mais ça l'avait profondément énervée.

— Une femme qui s'énerve contre une gamine de treize ans à cause de ses idées puériles ? Ça paraît difficile à croire.

— Peut-être, mais il faut dire qu'elle se pose là, comme gamine de treize ans !

Le rire nerveux de Nils aiguisa la curiosité de Jury, qui releva prestement la tête. Mais Anders avait déjà repiqué du nez dans son assiette.

— Ah, comme j'aimerais qu'elle ait dix ans de plus ! soupira Nils, perdu dans ses pensées.

Le voyant profondément perturbé par cet aveu, Jury confessa à son tour :

— Moi aussi, et alors ? (Anders le regarda, étonné.) Je viens de passer sept ou huit heures avec cette gosse, et j'ai comme l'impression que c'était sept ou huit ans. Il y a quelque chose d'extrêmement complexe et dérangeant chez elle. Je vois exactement ce que vous voulez dire quand vous parlez de « brûler tout ce qui n'est pas essentiel ». Ça vient peut-être d'avoir grandi sans parents. Ou d'être restée des heures dans le désert, à réfléchir. Ou encore d'avoir vu des tas de charlatans faire des tas de trucs bidon. Je ne sais pas. Mais pour autant que j'aie pu m'en rendre compte, Mary Dark Hope n'a guère le profil type de l'adolescente en pleine puberté.

Anders avait l'air un peu moins tendu. Il eut un petit rire.

— Je commençais à me demander si je n'étais pas un peu pédophile !

— Le sentiment est une chose, les actes en sont une autre, déclara Jury, survolant du regard la salle bondée. Vous savez, il y a quelques semaines, j'étais à Baltimore, à peu près au moment de la date anniversaire de la naissance d'Edgar Poe. Eh bien, si nous vivions de son temps, au XIXe siècle, personne ne trouverait rien à redire à une relation entre une jeune fille de treize ans et un homme mûr. Mais aujourd'hui ? Ce serait un scandale, on crierait à l'abus sexuel. Un sujet brûlant, et c'est tout à fait justifié. Que serait-il arrivé à Edgar Poe et à Virginia de nos jours ? Ils n'auraient pas eu l'ombre d'une chance. Poe se serait fait boucler, ajouta Jury avec une telle tristesse qu'il en fut le premier surpris, et *Annabel Lee* n'aurait jamais été écrit.

Anders continuait à déplacer sur son assiette des mets sûrement froids, à présent.

— Nils, dit Jury, pourquoi ne pas manger, au lieu de vous acharner à percer le mystère des rapports entre les épinards et le maïs ?

Anders eut un pauvre petit sourire et chargea sa fourchette de haricots, abandonnant son compagnon à ses réflexions. Jury eut donc tout le temps de repenser à sa propre réaction, la veille au soir, quand il s'était retrouvé attablé avec Mary, à boire des cappuccinos. Il ajouta alors, espérant alléger la culpabilité d'Anders :

— Sexuellement dérangeante, aucun doute là-dessus.

— Je la connais ? Ou bien vous parliez des tortillas, peut-être ? susurra une voix de femme derrière lui.

Surpris, Anders leva la tête et Jury se retourna.

— Ah, bonjour, Clare, dit Nils sans grand enthousiasme.

C'était une des actrices — les reines du bal — que Jury avait entrevues quelques heures plus tôt. Elle se tenait là, plus éblouissante que jamais dans la soie verte de sa robe. Tout étincelait chez elle — sourire, dents, robe, cheveux — et de nombreux convives se retournaient sur elle.

Clare rejeta sa chevelure rousse en arrière avec ce geste que Jury avait toujours détesté car si empreint de coquetterie, si manifestement calculé pour mettre les seins et le cou en valeur. Puis elle se faufila à travers les tables pour retrouver l'homme qui l'attendait.

— Avec elle, en tout cas, pas de risque de se retrouver en prison pour détournement de mineure ! dit Jury qui la suivit du regard avant de reporter son attention sur son compagnon.

Nils Anders continuait à jouer avec le maïs.

Il n'avait rien remarqué.

36

1

Melrose avait déjà eu plusieurs fois l'occasion de goûter la compagnie du commissaire divisionnaire Macalvie : à Brighton, dans le Dartmoor et à l'Hammersmith Odeon. Et l'avait trouvée aussi stimulante que l'air marin de Brighton, que les pluies incessantes de la lande de Dartmoor et que les tonnerres d'applaudissements du théâtre.

Stimulante, elle l'était sans doute aussi pour la personne qui se trouvait en ce moment dans son bureau — une femme, à en juger par le timbre de la voix.

Comme si elle lisait les pensées de Melrose, la secrétaire de Macalvie expliqua, en désignant de la tête le bureau de son chef :

— C'est l'inspectrice Thwaite. Elle n'en a que pour une minute.

Thwaite. Melrose crut se souvenir que Jury lui avait parlé d'elle... Oui, Gilly Thwaite. Une des rares personnes de la police du Devon et de Cornouailles que Macalvie respectait. Pour qui il éprouvait de l'affection. De l'amour, qui sait ?

Mais le cours de cette relation, quelle qu'elle fût,

n'était pas des plus tranquilles : la voix féminine allait crescendo, imitant les arpèges d'une diva aux prises avec un morceau autrement coriace qu'une aria.

— ... son foutu sque... fit la voix, redescendant dans les graves.

La secrétaire de Macalvie, avec qui Melrose se trouvait présentement dans la petite antichambre du bureau du patron, était nettement plus aimable que celle de Lasko. Elle se contenta de hocher la tête d'un air entendu, comme si tous ceux qui fréquentaient le poste central d'Exeter savaient à quoi s'en tenir sur Macalvie et sur cette femme avec qui il s'entretenait à huis clos. Elle leva les yeux au ciel.

Macalvie parlait d'os et de squelette, apparemment.

— Les vertèbres correspondent... radio d'il y a vingt ans. C'est elle !

— Mais non !

— Mais si, bon sang ! Parfaite corresp...

— ... vous expliquez ça, hein ?

Melrose perçut un tintement, un bruit de métal, comme celui de pièces de monnaie qui tomberaient sur une surface dure. Le grand air de la soprano avait pris fin, laissant place à une sorte de plainte qui s'arrêta net, tel ce fragment de mélodie que Melrose avait entendu un jour sur un vieux disque de jazz. Il y eut un autre échange staccato, suivi d'une nouvelle plainte avortée... qui, cette fois, semblait traduire l'indignation. L'instant d'après, Melrose vit une femme sans doute plus pâle qu'à son arrivée quitter le bureau du patron d'un air digne. Elle lui fit l'effet d'être plus intelligente que jolie, mais l'énergie et la vitalité qu'elle dégageait lui tenaient largement lieu de beauté. Un jugement que Melrose dut même réviser lorsqu'elle passa devant lui, car elle avait un maintien des plus gracieux et une masse de cheveux noirs, courts et bouclés, qui adoucissaient la sévérité des lunettes d'écaille. Son rouge à lèvres corail suscita un plaisir irrationnel chez Melrose, ravi de voir qu'elle n'avait pas laissé déflorer sa féminité (façon de parler !) par le patron du commissariat du Devon et de Cornouailles.

L'inspectrice Thwaite partie, la secrétaire adressa un petit signe de connivence à Melrose et, désignant la porte du bureau, l'invita à entrer.

Brian Macalvie l'accueillit avec un large sourire et lui tendit la main. Ils s'étaient toujours parfaitement bien entendus, ce qui surprenait Melrose, Macalvie n'étant pas le genre de policier qui accepte facilement les amateurs. Macalvie était en imperméable : Melrose se souvint que le divisionnaire ne se défaisait jamais de ce vêtement, dont la vue lui était familière, jusqu'au petit accroc au coude. Ça donnait toujours l'impression que Macalvie venait d'arriver ou qu'il était sur le point de partir. Une vie entière à entrer et sortir. Personne ne pouvait rivaliser avec Macalvie, question énergie, pas même l'inspectrice Thwaite. Cheveux cuivrés, yeux d'un bleu intense, Macalvie paraissait exister à l'intérieur d'un champ magnétique.

Il se colla une cigarette au coin de la bouche et tapota ses poches à la recherche d'un briquet, avec les gestes qu'il aurait eus pour fouiller un suspect. Il attrapa finalement une petite boîte d'allumettes coincée sous une pile de papiers, avant de se rappeler les règles de la courtoisie et d'offrir son paquet à Melrose.

— Non merci, dit Melrose, examinant les pièces de monnaie remisées sur un coin du bureau et se demandant quel genre d'indice elles avaient pu fournir à Gilly Thwaite pour son enquête.

Il regarda aussi le cendrier qui débordait, un énorme cendrier, aussi gros qu'une assiette.

— Vous avez décidé de fumer moins, à ce que je vois ? lança-t-il sur le ton de la plaisanterie.

— Ah, ça ? Ce sont les mégots de Jury.

— Il s'est arrêté de fumer.

Macalvie eut un sourire ironique et leva les yeux au ciel, avant de désigner un autre coupable.

— Il doit y en avoir plein de Gilly Thwaite.

— Non, impossible.

La cafetière en main, Macalvie releva les sourcils en signe d'interrogation.

— Qui a dit ça ?

— Moi. Parce qu'elle porte du rouge à lèvres.

— Ha ! Un vrai petit détective, hein !

— « Petit », c'est bien le mot. Si ce café est pour moi, non merci. En passant sur la route, il y avait des travaux et j'ai vu des gars qui auraient pu se servir de votre breuvage pour combler les nids-de-poule !

— C'est vrai, il est plutôt mauvais, convint Macalvie qui décocha un regard soupçonneux à la cafetière en la reposant sur le réchaud, derrière lui.

Puis il farfouilla dans la paperasse qui jonchait son bureau et, trouvant enfin les papiers qu'il cherchait, il les poussa vivement vers Melrose, comme s'ils lui brûlaient la main.

— Jury a envoyé ça.

Melrose parcourut les notes de Jury : un compte rendu détaillé de ses rencontres, des sujets abordés, de ce que les gens avaient dit ou passé sous silence. Puis il retira ses lunettes et déclara :

— Cette Mary Dark Hope, elle a l'air intéressante.

— La petite sœur. Mais ce n'est pas elle qui a identifié le corps, c'est sa cousine, précisa Macalvie, le front plissé, comme si ça le perturbait. Mary Hope a treize ans. Rush — ou la cousine ? — a décidé que ce serait traumatisant pour la petite de faire le voyage. Bien que, si l'on en croit ce qui est écrit là, la gamine ne semble pas facilement impressionnable.

Melrose reprit sa lecture et Macalvie le fil de ses pensées.

— Il s'avère en fin de compte que Coyote Village fait partie des ruines anasazi à Mesa Verde.

Macalvie défit l'unique bouton de la veste de velours côtelé qu'il portait sous son imperméable. Seule concession au fait qu'il s'installait pour un moment.

— C'est donc une certitude absolue que l'une d'elles — Frances Hamilton ou Helen Hawes — a parlé avec Angela Hope. Sinon les deux.

— Pourquoi ça ?

— Parce que cette ruine-là n'est pas sur la liste des visites incontournables. En réalité, elle n'est désignée que par un chiffre. Non, pas celui qui figure dans le carnet d'adresses ! ajouta-t-il en lisant un espoir dans le regard de Plant. Ce qui veut dire que la personne qui a noté les coordonnées du village les a forcément apprises de la bouche de quelqu'un. Les sœurs Hope allaient là-bas assez souvent. Pourquoi Nell Hawes aurait-elle inscrit...

Macalvie laissa sa phrase en suspens, haussant les épaules et retournant les mains, paumes vers le ciel, en signe d'ignorance.

— Vous savez donc que c'est Nell Hawes qui a écrit ça ?

— L'analyse graphologique a révélé que l'écriture des références de Coyote Village et du numéro n'était pas la même que celle du reste des annotations qui sont au crayon, et écrites très lisiblement. Maintenant, reste à savoir si c'est la même personne qui a écrit le fameux numéro *et* les coordonnées du village. En tout cas, c'est Nell Hawes qui a rapporté le carnet, ce qui établit clairement qu'elle l'a eu quelque temps en sa possession. Hamilton a dû le lui passer à un moment donné, pour y noter au moins l'une des deux choses.

— Est-ce que ça a vraiment une importance de savoir laquelle des deux a écrit ça ?

— Je n'en saurai rien tant que je ne saurai pas à quoi correspond le numéro.

— Et Angela Hope ?

Macalvie leva un sourcil interrogateur :

— Il se pourrait que ce soit elle qui ait noté ces choses-là, vous savez, comme on fait quand on donne une adresse, un itinéraire ou un renseignement quelconque.

— C'est plutôt ténu, non ? remarqua Melrose.

— Ah vous, vous êtes exactement comme votre copain ! Jury aussi, il n'avait que ce mot-là à la bouche quand il est passé. « Ténu. » « C'est drôlement "té-nu", ce rapport entre les trois femmes, Macalvie ! »

Melrose sourit. Il avait rarement vu le divisionnaire perdre du temps à se congratuler mais, là, Macalvie avait manifestement l'air assez content de sa personne.

Une expression si fugitive, pourtant, qu'elle avait déjà disparu lorsque Macalvie s'enquit :

— Vous avez trouvé quelque chose à Londres ?

— Pas grand-chose. De fait, rien du tout, ou tout au moins, rien de certain, sinon...

— J'adore les « sinon » ! Continuez donc !

— Oh, juste des impressions. Pensez-vous que la cause de la mort de Frances Hamilton puisse être différente de celle de la mort des deux autres ? (Il marqua une pause pour donner à Macalvie le temps de dire non, ce qu'il ne fit pas.) Je veux dire par là qu'il se pourrait qu'elle soit morte de mort naturelle, sans que son décès ait été précipité par une intervention extérieure. Après avoir parlé avec lady Cray, Frances Hamilton ne m'est plus du tout apparue comme une femme superficielle et un peu bête. Lady Cray a d'ailleurs avoué qu'elle avait été injuste en faisant une telle description de Fanny Hamilton au commissaire principal. En réalité, Hamilton devait être femme à éprouver des sentiments puissants, mais elle n'avait personne à qui les confier. Elle n'avait pas de famille à part son neveu, qu'elle adorait. Elle est allée aux États-Unis, elle s'est rendue au chalet où il avait été tué, elle a parlé à la police de Pennsylvanie. Même si on ne lui a pas montré les photos du corps *in situ*, elle a entendu dire où et comment ça s'était passé. Il y avait de quoi la tuer, je pense, si elle avait le cœur fragile, dit Melrose avec un soupir. Ce tableau de Chatterton jeune, étendu de tout son long sur son lit étroit, comment aurait-il pu ne pas lui rappeler l'image de Philip, gisant dans le chalet ?

« Le jour où elle est allée visiter la Tate, elle y a passé un certain temps. Béatrice Slocum m'a dit qu'elle avait vu Mrs. Hamilton après avoir elle-même visité la galerie Clore, là où sont exposés les Turner. Béa aime particulièrement les Turner. A cause de la lumière. Mais je suppose que la lumière est toujours capitale en peinture, non ?

Melrose avait encore tellement dans l'œil la lueur

spectrale de cette lumière brumeuse et dorée qui nimbe Venise dans les toiles de Turner qu'il s'attendait presque à la retrouver en posant son regard sur le rectangle de grisaille que découpait la fenêtre du bureau.

— L'art, je suppose, n'est pas toujours un baume pour le cœur, reprit-il. Qui sait s'il ne peut pas provoquer une overdose d'émotion, à défaut de poison ?

Macalvie, qui n'avait pas bougé, le considérait à travers ses paupières mi-closes.

— Vous ne me croyez pas ? insista Melrose.

— Oh, je vous crois, si ! Mais je ne crois pas que ce soit de Frances Hamilton que vous parlez.

Melrose se tut. Macalvie le fixait toujours. Nervosité ou gêne, Melrose finit par ramener son regard sur la fenêtre et sur le ciel qui avait viré du gris pâle à la couleur de l'étain. Il resta un long moment pensif. C'est peut-être quand les crimes évoquent une résonance dans notre vie privée qu'on arrive à les « résoudre », songeait-il, parce qu'en fin de compte, ils n'ont rien qui nous soit étranger ou inconnu. Peut-être était-ce ce qu'il avait pressenti en suivant, plus ou moins, l'itinéraire de Fanny Hamilton dans les différentes salles de la Tate. Mais comment expliquer ça à Macalvie, alors que lui, Melrose, ne pouvait même pas se l'expliquer ?

Quelle ne fut pas sa surprise de constater, au sortir de cette rêverie sur fond de ciel, que Macalvie le fixait toujours, assis exactement dans la même position que tout à l'heure ! Macalvie, l'énergie faite homme et sa légendaire impatience. Quoique... Melrose entendait encore Jury lui raconter que Macalvie pouvait rester immobile sur le lieu d'un crime pendant un temps infini, enregistrant le plus petit détail au point de rendre folle toute son équipe. Preuve que le terme « impatience » ne convenait pas vraiment à Macalvie, ou bien seulement quand il avait affaire à des incompétents ou à des imbéciles — ce qui était trop souvent le cas à ses yeux. Et pour le malheur des autres, songea Melrose avec un sourire.

Un sourire qui fit émerger Macalvie de sa propre rêverie. Il tenait en main neuf ou dix photos, qu'il disposa en éventail pour les montrer à Melrose :

— Jury a aussi envoyé ça. Des clichés de la boutique d'Angela Hope.

Melrose les examina soigneusement, l'un après l'autre. Il s'agissait principalement de bijoux d'argent, bracelets, pendentifs, pris en plan serré sur l'établi, et de gros plans de vitrines contenant des objets de turquoise et d'argent — en particulier trois pièces qui ressemblaient fort au bloc de turquoise de lady Cray. Pas de doute possible quant à l'auteur de ce travail. Il y avait également deux photos des étagères, plus une autre où figuraient deux fauteuils autour d'une table.

— Pas de listes de clients, d'après lui. Il semblerait qu'Angela n'était pas très portée sur les envois de circulaires pour promouvoir sa marchandise auprès de la clientèle. Bon, on sait en gros à quel moment elles ont pu se rencontrer. Mais ce serait bien d'en avoir une idée plus précise. En tout cas, on est pratiquement sûrs que Mrs. Hamilton et Angela Hope se sont vues. Mais j'aimerais bien avoir la même certitude pour Nell Hawes. Regardez ça !

Macalvie lança à Melrose un rapport technique de plusieurs pages qui ressemblaient à des tracés d'électrocardiogrammes : zigzags, lignes de différentes longueurs barrant les pages. Un chromogramme du sang d'Angela Hope, expliqua-t-il.

— J'ai réussi à le piquer dans le rapport de la

police du Wiltshire, en profitant d'une courte absence du commissaire Rush. Le document indique ce qu'on a trouvé, et en quelles quantités. L'ennui, c'est que tout ne laisse pas de traces : voilà le problème, avec les poisons et les drogues. Le légiste estime que c'est une insuffisance valvulaire qui aurait tué Angela. D'après sa cousine, Dolores Schell, elle a fait un rhumatisme articulaire aigu quand elle était petite.

— Mais vous n'êtes pas convaincu que le trouble cardiaque se soit déclenché tout seul.

— Non, dit Macalvie qui enleva ses pieds du bureau et se leva. Venez, on va aller ensemble au labo !

Un hall verdâtre débouchait sur une enfilade de pièces blanches où les sous-produits du crime venaient échouer entre les mains d'experts chargés de les examiner. Macalvie, précédant Melrose, hésitait parfois devant une porte, marmonnait de temps en temps un commentaire ou lançait un mot du genre « sérologie », « électrophorèse » ou « spectrométrie », comme si la médecine légale n'avait pas de secret pour son compagnon. Il y avait une pièce pleine de milliers de dossiers identifiés par des codes de couleur, et d'un plus grand nombre encore de microfiches. Une autre pièce était apparemment consacrée à l'analyse de peinture car toutes les surfaces utilisables étaient couvertes de diagrammes, d'éclats de peinture et d'échantillons. Seules les fenêtres y échappaient, mais elles risquaient fort de se voir condamner à leur tour si les techniciens venaient à manquer de place. Sol, murs, plans de travail : tout était d'une propreté immaculée : « On aurait pu manger par terre ! », comme aimait dire sa cuisinière, Martha. Ils aperçurent au passage des gens qui s'affairaient à leurs microscopes, à leurs ordinateurs, et à des machines qui ressemblaient à des hachoirs. Melrose n'avait pas le vocabulaire pour désigner les outils de la profession mais trouva que la plupart de ces objets n'auraient pas eu l'air déplacés dans un atelier de carrosserie de Mercedes ou dans les cuisines de Brillat-Savarin. Macalvie s'arrêta enfin devant une porte et il le suivit à l'intérieur.

Melrose étudia la pièce d'un regard circulaire : du matériel rutilant, deux techniciens équipés de lunettes du genre de celles qu'on met pour la plongée, plusieurs écrans d'ordinateur géants, et l'expert à qui s'adressa Macalvie. Melrose, occupé à examiner une série de boîtes de Pétri, ne saisit que quelques bribes de phrases, par-ci par-là.

Macalvie vint le rejoindre et lui rapporta que Sloane avait encore besoin de vingt-quatre heures pour se prononcer.

Melrose écouta ensuite le Dr Sloane parler à Macalvie de sérum, d'analyse d'urine et de l'impossibilité d'une absorption par voie orale dans le cas présent, puisque l'analyse exhaustive avait déjà éliminé au moins une centaine de produits possibles, tels les barbituriques, les phénothiazines, les tricycliques. Et, à cause des sucs gastriques, on pouvait écarter l'éventualité d'une ingestion accidentelle.

— Elle n'a donc pas avalé de soude caustique, conclut Melrose.

La blague — facile — n'eut pas l'air d'amuser le Dr Sloane.

— Tout est dans mon rapport. Quelques heures après réception des prélèvements, on en avait déjà confirmation.

— N'empêche que la chromatographie par couches fines n'est pas assez sensible pour détecter certaines substances. La cocaïne, par exemple. L'usage de drogues, remarqua Macalvie.

— Mais il ne s'agit pas de drogues. Sans doute plutôt d'un médicament, bien qu'on n'ait rien trouvé non plus de ce côté-là. Pourtant, nous avons effectué différents tests. Mais avez-vous lu mon rapport, Mr. Macalvie ?

— Mot à mot.

— Alors pourquoi me posez-vous ces questions ?

Macalvie se gratta la nuque en affichant un air dubitatif.

— Il arrive que des détails se perdent.

— De toute évidence, c'est plutôt quelque chose qui s'est perdu dans le cas qui nous occupe : à savoir la substance qui a tué cette femme. Pas nécessairement un médicament. Il y a aussi les insecticides, ajouta le Dr Sloane en tournant les talons. Relisez mon rapport !

— Merci, dit Macalvie.

Ils refirent le chemin en sens inverse pour gagner le hall.

— Angela Hope, je comprends, dit Melrose. Mais Nell Hawes, pourquoi êtes-vous si sûr qu'elle ait été empoisonnée ?

— Parce qu'elles sont mortes toutes les trois.

Melrose eut une mimique d'incompréhension. Lui tendait-on la perche pour qu'il pose une autre question ?

En attendant l'ascenseur, il repensa à l'étrange univers de ce laboratoire. Un monde sans énigmes. Qu'il n'appréciait pas outre mesure. Non seulement ces gens-là savaient vous mettre à nu complètement, mais ils étaient en plus capables de lire toute votre histoire dans les habits qu'ils vous avaient enlevés.

2

Melrose ne put s'en empêcher.

Il profita que Macalvie discutait avec les femmes dans le chœur pour inspecter la longue rangée de coussins brodés, à la recherche de messages.

Quel extraordinaire travail que ces médaillons ! L'Écolier au manteau bleu ne recelait sans doute pas de secret car il avait aussi sa statue non loin de la cathédrale, à Princesshay. La plupart des mots brodés étaient on ne peut plus simples : des noms, des dates, des détails historiques concernant des personnages tels que l'évêque Baldwin, l'histoire de l'église et de la région, les règnes des rois et les professions de foi, ou le *Te Deum*.

Mais que voulait donc dire cette inscription-là :

« Les puits se sont taris
Ils ont servi du vin qui a été épuisé... »

Pouvait-il s'agir d'un message codé ? Oh, pour l'amour du ciel ! Dire qu'il en avait le plaisir presque gâché, à cause de Wiggins et de Joséphine Tey ! Il aurait dû se pointer à l'hôpital avec un livre d'Elizabeth Onions : le parfait antidote à une imagination enfiévrée.

Il s'attarda sur la petite silhouette de saint Cuthbert, s'intéressant à des gouttes de sang exécutées avec un fil écarlate. Melrose étudia le motif de broderie rouge. Les voix qu'il entendit dans sa tête au bout d'un moment n'étaient pas celles des anges mais celle d'Ellen Taylor parlant de Maxim, le héros de son roman : « Qui dit que c'est du sang ? » Il fit la grimace : elle le rendait fou, cette voix ! Maxim, qui, apparemment, gisait dans une mare de sang à la fin de *Fenêtres*, avait — apparemment, toujours — ressuscité dans le deuxième tome, *Portes*. Décidément, « apparemment » devait être le mot clé de l'histoire.

Maxim Redux revenu à la vie ! Maxim exposait à Sweetie un de ses raisonnements aussi obscurs que fallacieux. Sweetie était l'héroïne, la protagoniste qui figurait sans doute son alter ego. Melrose sortit le manuscrit de sa poche intérieure, enleva l'élastique qui maintenait le rouleau de feuilles, lissa les pages pour les aplatir et lut : « Je peins votre portrait : qui — ou que — devenez-vous ? »

Nom d'un chien, quelle idée impossible ! Maxim et Sweetie attablés dans la salle à manger, à l'endroit même où avait *apparemment* été retrouvé le héros, baignant dans son sang, à la fin de *Fenêtres*.

Melrose s'arrêta devant la statue de basalte noir d'un évêque et réfléchit à la situation dans laquelle se trouvaient Maxim et Sweetie. Puis, remontant la nef, il s'assit sur une chaise et leva le visage vers la voûte. Il adorait voûtes et plafonds, les corniches rehaussées de couleurs, les ogives de pierre.

— Qu'est-ce que c'est que ça ? s'enquit Macalvie, venu le rejoindre.

— Oh, quelques pages d'un manuscrit qu'une amie m'a envoyé. Drôle d'histoire, dit-il, en la lui résumant brièvement avant de conclure par : Maxim dans son petit numéro d'embrouille.

Il eut soudain envie de sortir de là, de se retrouver au *Jack and Hammer* en train de vider une pinte ou chez lui, attablé devant un des fameux rosbifs de Martha. Mais lorsque son imagination lui fit entrevoir la perspective d'un dîner avec sa tante, il se dit qu'après tout Maxim n'était peut-être pas de si mauvaise compagnie.

— Ça a un rapport avec la différence entre l'apparence et la réalité, expliqua-t-il à Macalvie.

— Comme la plupart des choses.

Melrose lui décocha un regard noir et préféra changer de sujet.

— Vous avez eu de la chance avec les brodeuses ?

— Non. Mais qui sait si l'une d'elles ne se rappellera pas un détail utile ? dit Macalvie en se croisant les bras sur la poitrine comme s'il voulait se protéger du risque d'une renaissance spirituelle. En tout cas, Rush ne sait que dalle, voilà ce que je pense. Ah, que j'aurais aimé pouvoir interroger cette cousine qui a identifié le corps ! Ça va faire plus de quarante-huit heures que Jury est parti, ajouta-t-il sur un ton d'impatience.

— Pourquoi n'y êtes-vous pas allé vous-même, à Santa Fe, puisque vous avez toujours voulu voir les États-Unis ?

— Trop de boulot. Et puis, il se débrouille mieux que moi pour faire parler les gens.

Melrose s'étonna d'une telle remarque dans la bouche de Macalvie. S'étonna aussi de le voir rester tranquille. Pas même assis, mais penché en avant, les coudes en appui sur les genoux, les mains jointes dans une attitude qui, chez tout autre, eût suggéré la prière. Mais Macalvie ne priait pas, il réfléchissait. Taquinant sa lèvre inférieure du bout des doigts, il avait le regard fixé droit devant lui. Peut-être contemplait-il l'imposant jubé, le maître autel. Ou le Néant.

— C'est la cousine qui me préoccupe, déclara-t-il.

— Comment ça ? s'étonna Melrose.

— Elle a rappliqué ici en quatrième vitesse.

— Et alors ? Il fallait bien que la police fasse identifier le corps par un parent le plus vite possible, non ?

— Elle a mis moins de vingt-quatre heures. Pour faire le trajet entre Albuquerque et Londres. Ce qui veut dire qu'elle a dû battre des records de vitesse et se torturer l'esprit pour trouver des correspondances entre les vols.

— C'est vrai que ça fait un peu précipité. Et ça signifie quoi, à votre avis ?

— Rien. Enfin, pour l'instant...

Ils restèrent un moment silencieux, puis Melrose demanda :

— Si vous êtes sûr qu'elles se connaissaient, cette dame Hope et Helen Hawes, se pourrait-il qu'Angela Hope ait gêné quelqu'un ? Qu'elle ait été tuée par... euh... par accident ?

Le mot accident ne faisait guère partie du vocabulaire habituel de Macalvie, en matière d'enquête criminelle. Il tourna la tête pour regarder Melrose pardessus son épaule.

— Ce qui compte, c'est qu'elles se connaissaient. Par conséquent, il y a un rapport entre leurs deux morts. On a aussi bien pu ne viser qu'une d'entre elles ou les trois. L'une d'elles — ou les trois ? — possédait peut-être une information ou un objet qu'une tierce personne voulait s'approprier, ou du moins leur soustraire. Ce qui se passe, voyez-vous, c'est qu'en tirant sur un fil, on fait forcément sortir les deux autres en même temps. Et pour le moment, c'est ça qui importe.

Melrose rumina la chose un instant.

— Finalement, vous raisonnez plutôt comme Maxim.

Macalvie se leva.

— Alors on y va, Sweetie ? J'ai vraiment besoin d'un petit verre.

3

Récemment débarrassée de son bouchon, la bouteille de châteauneuf-du-pape « respirait » à son aise, imitée par Melrose qui attaquait le saumon fumé sorti des cuisines du Royal Clarence Hotel. Il repensait au salon de lady Kennington et au journal régional soigneusement plié près du fauteuil. Lady Kennington avait vécu un certain nombre d'années dans un tout petit coin, près de Hertford, un village bien trop petit pour avoir son propre quotidien. Ce journal trouvé chez elle pouvait donc être celui d'Hertford ou une feuille de chou locale imprimée à Horndean.

Melrose posa sa serviette sur la table pour monter dans sa chambre téléphoner, demandant au passage au maître d'hôtel de lui garder son entrée et de faire chambrer le vin dans une carafe.

Son amie Polly habitait justement Littlebourne, le village où avait vécu lady Kennington.

« Allô », grommela ladite Polly d'un ton grognon. Elle se fichait pas mal qu'il ne fût que vingt heures trente ; elle s'était promis de se coucher tôt et venait de s'assoupir quand il avait eu le front de téléphoner ! Ignorant la question de Melrose à propos des journaux, elle lui demanda s'il avait fini de lire son manuscrit.

— Non, je n'ai pas fini. Et de toute façon ce n'est pas pour ça que j'appelle, précisa-t-il, s'arrangeant pour glisser le nom de Richard Jury dans le flot de remontrances de Polly qui, du coup, se montra nettement plus coopérative.

— Ah ! Il s'agit d'une de ses affaires ?

Melrose voyait déjà les battements de cils s'accélérer sur les yeux couleur lavande.

— Oui. Tout ce que je voudrais savoir, c'est si tu as par hasard chez toi un exemplaire récent du journal local.

— C'est du *Braillard d'Hertford* ou de la *Pipelette d'Horndean* que tu veux parler ?

— Je ne sais pas, Polly, c'est toi qui habites là, pas moi.

Rassuré à l'idée que son vin était en train d'atteindre tranquillement la température idéale, Melrose trouva la patience de laisser Polly se répandre en reproches : depuis le temps qu'il promettait de venir la voir et qu'il ne l'avait pas fait, alors que, pensez, elle avait prévenu tout Littlebourne de sa visite, et s'était retrouvée bien embêtée.

— Polly, s'il te plaît, peux-tu chercher le journal ! Pas le dernier numéro, celui d'il y a quelques jours.

— Je l'ai là sous les yeux ; c'est un hebdomadaire.

— Eh bien, regarde s'il y a des mots croisés.

— Il y en a, j'essaie toujours de les faire. Ceux du *Times* sont trop difficiles pour moi, ajouta-t-elle sur fond de froissement de papier. Bon, ça y est, qu'est-ce que tu veux ?

— Qu'est-ce qu'il y a en deux, horizontal ?

— *Shout*. S.H.O.U.T[1].

— *Shout ?* s'étonna Melrose, qui réfléchit un instant avant de demander : Tu es sûre ?

1. Cri. *(N.d.T.)*

— Pour le T, en tout cas, parce que le mot en cinq, vertical, est « *tired* » — « fatigué », comme je le suis d'ailleurs.

— Polly, c'est quoi, la définition ? (Silence.) Polly ?

— Hein ? Excuse-moi, j'étais en train de me dire que je m'étais peut-être trompée, qu'après tout, ce n'est peut-être pas « *tired* ». Ça pourrait être « *trial* ».

— Écoute, je te demande la définition du deux, horizontal. Lis-la-moi !

— « Pas une chasse au renard mais des renards en chasse. »

C'était donc bien ça !

— Et maintenant, Polly, qu'est-ce qu'il y a d'autre sur cette page de journal ? A part les mots croisés ?

— Pas grand-chose. Enfin, beaucoup de pubs. C'est la page... hmm... des annonces immobilières.

Melrose se rembrunit : voilà qui n'était guère prometteur.

— Lis-la-moi, veux-tu ?

— Toute la page ? Mais c'est juste des listes de biens immobiliers.

— Bon, eh bien, lis tout ce qui se trouve, disons, dans un périmètre de deux ou trois centimètres autour de la grille de mots croisés.

Polly Pread poussa un profond soupir — et voilà : Melrose Plant la mettait à contribution, une fois de plus !

— Il y a une kermesse paroissiale — oh zut, je devais leur faire un gâteau ! —, ils ont mis l'annonce au milieu de celles des ventes de domaines. Et puis il y a un cottage en vente, près du *Bold Blue Boy* : je crois bien qu'il l'était déjà il y a des années, quand tu es passé. Tu n'avais pas parlé de l'acheter ?

— Certainement pas. Bon, continue.

Elle lut une bonne douzaine de petites annonces assorties de ces descriptions prometteuses dont les agents immobiliers ont le secret — panorama superbe, vue imprenable, prestations de qualité. Melrose soupira à son tour avant de lui poser directement la question :

— Polly, tu te souviens de lady Kennington ?

— Naturellement. D'ailleurs, elle est là.

Melrose faillit laisser tomber le combiné.

— Comment ?

— Elle est descendue au *Bold Blue Boy*. Ah ! Voilà donc où tu voulais en venir ? Mais pourquoi ne me l'as-tu pas dit plus tôt au lieu de me faire lire toutes ces petites annonces débiles ? C'est écrit là, tout en haut de la page : le domaine des Kennington, Stonington, est de nouveau en vente. Je suppose que c'est pour ça qu'elle est là. Elle a toujours adoré — eh, attends une minute ? C'est toi qui... ?

— C'est moi qui quoi ? demanda Melrose qui n'y comprenait plus rien.

Qui essaie de lui souffler le domaine sous le nez ? C'est pour ça qu'elle est venue si vite. A cause du salopard sans scrupules...

— Bien sûr que non, ce n'est pas moi, ne sois pas ridicule ! Écoute, Polly, je ne sais comment te remercier. Tu es une vraie perle !

Il y eut un bref silence : Polly toussa, reconsidérant la question de l'absence de scrupules de Plant.

— Bon... euh... et pour lady Kennington ? Tu veux que je lui parle ou...

— Non, non. Il vaudrait même mieux que tu ne lui dises pas que j'ai demandé de ses nouvelles.

— Pourquoi ?

Après tout, Jenny Kennington était une femme disponible, et sans aucun doute séduisante.

— C'est en rapport avec... dit-il, s'interrompant pour enchaîner d'un ton onctueux... à vrai dire, il se peut que je sois moi-même obligé de venir à Littlebourne.

Voilà qui plairait à Polly. Ou tout au moins le supposait-il, car elle ne risquait pas de le lui dire.

— Et quand est-ce que ce serait ? demanda-t-elle d'un ton dégagé, ajoutant : Viens donc avec mon manuscrit, on pourra en discuter en buvant un verre.

— D'accord. Bonne nuit, Polly.

Melrose exultait quand il s'en retourna à la salle à manger où l'attendait son dîner. Ça, pour un exercice de détection, c'en était un fameux ! Il s'arrêta devant la réception, et demanda s'il pouvait envoyer un fax. Mais comment donc !

Tirant de son portefeuille le petit bout de papier sur lequel figuraient les numéros de téléphone et de fax de l'hôtel de Santa Fe, Melrose les inscrivit en haut d'une feuille de papier à en-tête du Royal Clarence, puis sourit, décidant de s'accorder un brin de licence littéraire. Il avait toujours bien aimé ce passage d'un roman de John Fowles dans lequel le pauvre diable de protagoniste reçoit un télégramme du détective à propos de la femme de sa vie, que le fin limier a passé des années et des années à chercher.

Et c'est avec un petit rire machiavélique que Melrose traça son message en lettres altières et richement calligraphiées :

Elle est retrouvée !

PLANT

Et si Richard Jury voulait savoir où diable on

l'avait trouvée, il n'avait qu'à rentrer, crénom, et la retrouver lui-même !

C'est d'un pas victorieux que Melrose s'en fut retrouver son châteauneuf-du-pape chambré à point et un repas qui promettait d'être délicieux.

Et que tu n'as pas volé, mon vieux ! se dit-il.

37

1

Melrose s'arrêta au *Welcome Break* — la « Pause Bienvenue ».

Contrairement à ce que leur flatteuse appellation laisse supposer, les cafétérias d'autoroute ne sont guère propices à la détente. On dirait plutôt des camps retranchés, dévastés et piétinés par l'invasion soudaine de toute une population ayant fui la ville suite à un bombardement ou une attaque aux gaz. Une trentaine de motards aux allures de guerriers interstellaires dans leurs combinaisons de cuir noir passèrent devant Melrose en faisant pétarader leurs grosses cylindrées au moment où il franchissait la porte.

Il but un café à la hâte, nullement tenté par l'étalage de pains au lait, de tartes et desserts sous cellophane, ou les scones durs comme du granit qui trônaient sur le présentoir. Si seulement il y avait des *Happy Eaters* sur les autoroutes : il partageait la préférence du sergent Wiggins pour ces restaurants à l'enseigne orange vif, avec leur ambiance feutrée, leurs serveuses affables, et leurs flageolets sauce tomate sur canapé. Il reposa sa tasse et quitta rapidement les lieux.

En marchant vers la sortie, il eut l'œil attiré par un distributeur comme il n'en avait encore jamais vu. C'était une machine qui permettait d'imprimer ses propres cartes de visite. On pouvait choisir entre deux tailles de carte et douze sortes de caractères. Vingt-cinq cartes de visite pour trois livres seulement ! N'avait-il pas besoin de renouveler les siennes, frappées aux armes familiales et mentionnant ses titres nobiliaires ? Non, pas vraiment. Melrose n'avait pratiquement jamais besoin de cartes, puisqu'il ne faisait de nouvelles connaissances qu'une fois tous les deux ans, environ. Sauf quand il voyageait, à Baltimore par exemple. Et encore devait-il convenir que les gens qu'il y avait rencontrés — un chauffeur de taxi, des sans-logis — ne se préoccupaient pas tellement de ce genre de mondanités. Pourtant, ce serait très amusant de remplacer ses anciens bristols élégants et démodés par de nouvelles cartes bon marché, sur lesquelles on pourrait peut-être aussi inscrire un numéro de fax — après tout, Trueblood allait en acheter un, de fax, non ? Le plus délicieux dans cette affaire, c'est qu'Agatha deviendrait dingue en découvrant qu'elle n'appartenait plus à une lignée de comtes et vicomtes qui posent négligemment sur des plateaux d'argent un lourd bristol crème, gravé à leur nom, mais à une famille de bons à rien, réduits à se rabattre sur des cartes mal encrées, si minces qu'on pourrait carrément lire le *Times* à travers...

Melrose introduisit des pièces dans la fente. Il se demandait quel caractère choisir quand lui vint une idée parfaitement rocambolesque : il pouvait écrire absolument ce qu'il voulait sur ces cartes-là !

Pianotant allégrement, il entreprit de taper son texte en ne s'arrêtant que brièvement pour réfléchir — la machine ne laissait pas beaucoup de temps pour ça. Quelques minutes plus tard, il empochait ses vingt-cinq cartons et regagnait le parking.

2

Melrose prit la précaution de se munir de fleurs avant de monter dans la chambre du sergent Wiggins. Cela dit, on pouvait difficilement qualifier de « florale » la composition qu'il apportait aujourd'hui, puisque le grand pot de terre cuite contenait des herbes et un ou deux méchants trucs qui se voulaient des racines et qu'il était prêt à parer de toutes sortes de vertus curatives de son invention.

Il était sûr que le sergent apprécierait et ce fut bien le cas :

— Ça compense le fait qu'ici je n'ai pas mes propres remèdes sous la main.

Wiggins était enclin à considérer ses fioles comme des remèdes spécialement concoctés pour lui — et lui seul — par d'habiles apothicaires. Il examina les herbes dans leur pot, poussa un soupir d'aise et interrogea Melrose sur une plante qu'il ne parvenait pas à identifier.

Melrose n'en savait fichtre rien. Cette chose rose, là, avec des sortes de piquants, ça doit être un cactus, pensa-t-il. C'est alors qu'il se souvint d'un entrefilet qu'il avait lu dans un magazine sportif, *The Field*, peut-être bien. Et il répondit avec une belle assurance :

— C'est de la bardane. Absolument souverain pour nettoyer les reins.

— Ah, vraiment ? J'en ai entendu parler, mais je ne l'ai jamais essayée.

Melrose approcha une chaise du lit et s'installa confortablement — enfin, autant qu'on le peut dans un hôpital. Il avisa le signet qui dépassait de *La Fille du temps* : Wiggins avait presque terminé le livre.

— Vous méritez bien de prendre un peu soin de vous, sergent Wiggins, après tout le travail de réflexion que vous avez consacré à cette affaire. Vous m'avez épaté, parole !

Avec autant de révérence que s'il manipulait un bréviaire, Wiggins prit *La Fille du temps* et pressa le livre sur son cœur. Pas sur ses lèvres, quand même, nota Melrose.

— Plutôt moche pour lui, non, d'être condamné par l'Histoire et accusé du meurtre de ses neveux à la Tour, dit-il à propos de Richard III, le héros du roman à suspense de Tey, ajoutant avec un regard triste : Et le pauvre, avec cette bosse sur le dos !

Naturellement, il fallait que Wiggins mette la bosse au centre de l'histoire, le handicap physique lui tenant bien plus à cœur que l'intrigue politique.

— Oui, bon, d'accord, mais à votre place, répliqua Melrose, je ne prendrais pas la version de Tey pour parole d'évangile. Richard était sans doute fichtrement coupable ! Dites donc, on m'a dit que vous alliez bientôt sortir d'ici ?

La plupart des gens se seraient exclamés : « C'est pas trop tôt, mon vieux ! », mais le sergent Wiggins ne semblait pas du tout ravi.

Et, apparemment, il n'était pas le seul à s'attrister de son départ. C'était aussi le cas de la garde-malade dont Melrose avait loué les services. Aimable et gaie, miss Lillywhite aurait pu être exceptionnellement jolie si ses yeux vert tendre et bridés — exotiques en diable ! — avaient regardé dans la même direction.

C'est debout près du bureau des infirmières, une pile de livres calée contre sa hanche, qu'elle lui avait déclaré :

— Il va nous quitter dans deux ou trois jours. Franchement, si tous les patients étaient comme lui... Il est si gentil, si complaisant, et intelligent, avec ça ! Parce que c'est drôlement intéressant, ces recherches que mène Mr. Wiggins ! s'était-elle écriée, ajoutant *sotto voce* après avoir jeté un regard à la ronde : Il travaille sur une affaire — oh, non qu'il m'ait raconté quoi que ce soit sur l'enquête de la police, mais je trouve que c'est extraordinaire d'arriver à faire toutes ces déductions dans sa tête, alors qu'il est cloué au lit, sans autre paysage que les quatre murs et la télé. Bon, eh bien, vous savez quoi ? Il n'aura pas besoin de ces bouquins-là tout de suite, puisqu'il a de la visite, alors allez-y donc et je passerai dans un petit moment apporter du thé.

— Ce serait bien aimable de votre part. En attendant, miss Lillywhite, je tiens à vous remercier de tout ce que vous avez fait pour lui, avait conclu Melrose en glissant le chèque qu'il avait préparé à son intention dans la poche de sa blouse blanche.

Et, lui adressant un petit salut de la tête tandis qu'elle se confondait en remerciements, il était parti vers le bout du couloir.

Wiggins baissa la voix au niveau d'un murmure pour demander :

— Vous avez fait ce que j'avais suggéré, Mr. Plant ? Vous avez soigneusement examiné les médaillons de la cathédrale ?

— Oui. Mais je n'ai rien vu qui puisse ressembler à un message, même obscur.

— S'il y en avait eu un, je suppose que le coussin en question aurait déjà été enlevé.

Melrose se frotta le front. L'idée même d'un message brodé au petit point lui donnait mal au crâne. Et puis Wiggins voulut savoir s'il y avait du neuf « côté States », comme il disait. Melrose, qui ne voulait pas lui ouvrir trop de nouvelles perspectives, résuma succinctement le rapport qu'avait reçu Macalvie.

Wiggins y réfléchit avec un air d'application douloureuse.

— Ainsi donc, cette dame Hope était portée sur le mysticisme ?

— Oh, je ne crois pas que quelques visites à Mesa Verde et une poignée de cristaux suffisent pour parler de mysticisme.

— Pas pour un sceptique comme vous, bien sûr.

Melrose eut l'air étonné : lui, sceptique ? Lui qui s'était toujours trouvé plutôt crédule, trop enclin à gober tout ce qu'on lui racontait, ou presque.

— Ce qui ressort du rapport de Mr. Jury, reprit Wiggins, c'est qu'Angela Hope était portée sur le « spirituel », si vous préférez ce terme-là. Moi, je la verrais bien en passionnée des traditions indiennes.

— Je ne crois pas vraiment...

Mais Wiggins, qui se fichait pas mal de ce que croyait Melrose, avait déjà extrait un livre de la pile placée à son chevet et le feuilletait allégrement.

— Vous savez que les Indiens d'Amérique croient à la possibilité de jeter des sorts aux gens ? Ce livre s'appelle *Paroles d'Élan Noir*, fit-il en montrant la couverture à Melrose. Laissez-moi juste vous lire ce petit passage-là...

Melrose n'avait pas la moindre envie d'écouter les paroles d'Élan Noir. Mais il laissa Wiggins débiter son baratin monocorde et en profita pour jeter un regard circulaire sur la chambre : les bouquets dans les vases avaient triste mine et il en prit note. Il faudrait penser à en faire livrer d'autres. Quel nom n'avait-il pas encore utilisé ? Qui restait-il, comme expéditeur plausible... Ah ! Vivian ! Elle avait suffisamment de délicatesse pour envoyer des fleurs et elle avait fait la connaissance de Wiggins deux ans plus tôt. Des roses : voilà ce que Vivian enverrait. Le bruit d'un livre qu'on referme rappela Melrose à la réalité et il y alla d'un hochement de tête approbateur.

— Eh bien, voilà qui est intéressant, en effet. Mais vous ne trouvez pas que c'est un peu tiré par les cheveux, comme méthode pour tuer, de jeter un sort à quelqu'un ?

— Rien de tiré par les cheveux là-dedans, pas si on est indien.

— Mais ça voudrait dire *trois* sorts, Wiggins. Si on compte Nell Hawes et Frances Hamilton.

Wiggins avait remis Élan Noir à sa place et fouillait dans une autre pile posée par terre.

— Que savez-vous des Anasazi, Mr. Plant ?

— Assez pour me débrouiller, répondit Melrose, les yeux rivés à la porte.

Pourvu que miss Lillywhite se grouille d'apporter le thé !

3

Ayant ainsi contribué à soulager le malade, Melrose quitta l'hôpital, descendit Fulham Road et traversa Old Brompton Road, s'arrêtant au passage pour regarder une vitrine où était présentée la mode dernier cri. Qu'est-ce qui poussait donc les femmes à vouloir s'affubler de robes informes ? Le mannequin de la vitrine aurait eu la même allure debout ou sur la tête.

Au Victoria and Albert Museum, Melrose se vit remettre un petit badge métallique en échange de son argent, et se dirigea vers les salles d'exposition.

Il éprouva une certaine déception devant le Stonehenge de Constable. Certes, la toile était assez grande pour son imposant sujet, mais le tableau lui-même aurait frisé le banal s'il n'y avait eu le ciel. Les monolithes avaient l'air si raides, dressés sous un ciel de masses grises, pareilles à de la roche éclatée, qu'on avait l'impression qu'un bon vent suffirait à les renverser. Ils ruisselaient sous le soleil matinal. Certains penchaient assez fort, d'autres gisaient à terre. Mais la scène avait quelque chose de trop dilué, de trop flou, comme si la lumière avait dissous les pierres. Ce paysage fragile, brumeux et spectral, balayé par un grand arc-en-ciel pastel, ne correspondait pas à l'image de Stonehenge que Melrose trimballait dans sa tête depuis tant d'années. Le tableau faisait romantique, presque sentimental, ravalant les monolithes au rang d'une noble ruine qui s'intégrait aisément au paysage alentour. Alors que, justement, un des grands charmes de Stonehenge, aux yeux de Melrose, tenait à la façon dont le site tranchait sur son environnement, au lieu de s'y fondre. Sombre, décharné, impénétrable, voire ironique. Mais sûrement pas sentimental.

Le tableau de Constable était superbe, malgré tout. Melrose s'approcha de la toile : en bas, dans un coin, il avisa un lapin. Qui faillit le faire éclater de rire.

Melrose déambula sans but particulier dans des salles où l'air était froid comme du marbre. Il finit par échouer dans la galerie de la mode où était exposée une collection de vêtements féminins des décennies, voire des siècles passés. Tiens, cet ensemble de lainage vert pâle, sans fioriture mais d'une fort belle coupe, serait du plus bel effet sur Vivian, se dit-il. Et celui-là, sur miss Fludd. La voilà qui se remettait à envahir ses pensées, alors qu'il ne la connaissait même pas !

Ce mannequin vêtu de jaune citron, il se l'imaginait partant prendre le thé au Ritz ou à l'hôtel Brown. Cet autre, habillé de velours bleu nuit et tenant un sac du soir tout en petites perles, il le voyait au foyer du Royal Albert Hall, le soir de la première du *Lac des cygnes* (le seul ballet que Melrose eût jamais vu de sa vie). La femme en bleu serait là avec une amie, le mannequin aux atours abricot, chacune étant escortée de son chevalier servant. La vitrine suivante montrait une dame habillée pour un après-midi à Lord's ou à Wembley ou, peut-être plutôt, pour les courses de Newcastle, où elle se régalerait d'un luxueux pique-nique de chez Fortnum, en compagnie de son amie parée de lin gris et de coton bleu pâle. Melrose les voyait déjà toutes attroupées derrière le hayon ouvert de leur Range-Rover.

Ce qui lui donna une idée : non, ce ne serait pas des fleurs que Vivian enverrait à Wiggins, mais un panier garni de chez Fortnum.

Bon Dieu ! Mais il devenait fou, ou quoi, planté devant ces mannequins androgynes dans leurs cages de verre, à s'inventer des petits mondes ? Il ferait mieux de se préoccuper de ses relations avec les femmes de chair et d'os. Vivian, Ellen, Polly, miss Fludd. C'est vrai qu'il nourrissait les plus tendres sentiments pour elles, mais il n'avait pas la moindre idée de ce qu'elles éprouvaient à son égard. Pour Vivian Rivington, il devait être une bonne vieille paire de pantoufles, bien confortables. Aux yeux de Polly Praed et d'Ellen Taylor, il faisait probablement office de réservoir d'idées, de conseiller littéraire qui soutenait leur ego. Et pour miss Fludd, il n'était rien, de toute évidence.

Oui, elles étaient toutes merveilleuses, chacune à sa façon, et pourtant... pourtant. La vraie question était peut-être celle-ci : pourquoi toutes ces femmes l'évitaient-elles, d'une certaine manière ? Comment avait-il fait son compte, lui qui évoluait parmi tant de femmes bien vivantes, pour se retrouver là, devant des répliques de bois ? Difficile d'avouer — de s'avouer, même — qu'il se cramponnait à une vieille croyance de l'adolescence : le coup de foudre. Il croyait au cœur qui bat la chamade, à l'estomac noué, aux mots qui vous font défaut, au temps qui suspend son vol. La raison fait naufrage quand résonne le chant de la Lorelei. Et plus il essayait de se détacher de cette idée, de se défaire de cette attitude immature, et plus elle s'accrochait à son cœur, telle une patelle à son rocher.

Pourquoi la passion l'avait-elle délaissé ? Était-il aveugle à ses propres sentiments ? Melrose regarda la femme en jaune et sa compagne, vêtue de soie ambrée, qui se saluaient, mains levées en un geste arrêté, et il ne trouva rien de chaleureux chez elles. Rien qui pût l'inciter à quitter son coin du feu.

Il soupira, s'attardant un moment devant la femme en noir d'allure sportive, qui ne semblait guère à sa place parmi ses sœurs aux airs solennels. Melrose pensa à Ellen Taylor. Puis, regardant les yeux vides des mannequins, il sentit l'énorme indifférence des lieux.

38

Melrose se souvenait que quelques années auparavant, les gosses Cripps avaient réussi à grimper sur sa Bentley comme une armée de limaces. Aussi préféra-t-il se garer dans la rue voisine, près de chez Perkins, le boucher des « Viandes et Gibier de qualité ». Or, c'est de cette boutique que sortirent justement les petites terreurs de l'East End. Ils descendirent Catchcoach Street en hurlant à pleins poumons, porteurs de deux paquets emballés de papier blanc et, sans doute, du paiement de leurs « frais de protection ».

Melrose ne s'attarda pas sur le spectacle du cochon de lait trônant dans la vitrine du boucher, mais plongea son regard dans la pénombre de la boutique. Les gosses étaient sans doute venus là dans un but parfaitement innocent, tel que d'acheter de la viande hachée pour le dîner. Cependant, sachant que l'innocence et les Cripps n'allaient pas ensemble, Melrose fit tinter la clochette au-dessus de la porte, et pénétra dans l'établissement. Devait-il aller inspecter la chambre froide ? A supposer qu'il y en eût une... car à Catchcoach Street, on pouvait s'attendre à voir des vaches et des porcs arriver dans l'arrière-boutique en pleine santé et ressortir par la porte de devant sous cellophane, après s'être frottés au couperet de Mr. Perkins. Melrose frissonna : c'était les miasmes des Cripps qui suscitaient de telles visions dans son esprit.

Mr. Perkins finit par émerger de l'arrière-boutique, le tablier relativement propre, les joues aussi roses que le petit cochon de la vitrine.

— Et pour monsieur, qu'est-ce que ce sera ?

Melrose, qui n'avait pas du tout réfléchi à la raison apparente de sa présence, eut une petite hésitation.

— Je pensais apporter quelque chose pour le dîner à une famille qui habite la rue. Les Cripps, vous connaissez ?

— Qui les connaît pas ! s'exclama Mr. Perkins en riant. T'nez, les gosses, z'étaient justement dans l'magasin à faire un raffut de tous les diab' ; même qu'y z'ont essayé d'piquer c'te sauce brune qu'est là, dit-il en désignant un rayon garni de condiments en tout genre.

— Eh bien, vous pourriez peut-être m'indiquer ce qu'ils aiment. L'agneau ? Un rôti de quelque chose ? s'enquit-il, espérant que Perkins ne foncerait pas sur le cochon de lait.

— Le lard ! annonça-t-il, visiblement fier de l'intime connaissance qu'il avait de sa clientèle. Ouais, Ash Cripps, il adore le lard, y préfère ça au filet, à tous les coups.

Bien que cela lui parût un piètre cadeau, Melrose demanda à Mr. Perkins de lui en mettre deux livres.

Le boucher, sachant Ash Cripps encore plus intime avec le violon qu'avec lui, commenta :

— Sûr que Ash, des fois, y fricote avec de la vraie sale engeance !

A ce tarif-là, dans quel genre d'engeance fallait-il

classer Ash ? se demanda Melrose en regardant Mr. Perkins manier le couteau de main de maître.

— Lui et Eddie Debens, y se sont mis dans une affaire d'voitures. Pour s'met' dans quèqu'chose avec Eddie, faut êt'un peu, vous savez... fit le boucher en décrivant un cercle sur sa tempe avec l'index.

— Pas très fiable, je suppose ? Où se trouve-t-elle, leur affaire, alors ?

— Oh, y z'ont pas d'endroit spécial, répondit Mr. Perkins en posant les tranches de lard sur la balance. Y prennent ce qui se trouve là-dehors, dit-il avec un geste en direction de la rue.

Melrose, bouche bée, prit son paquet de lard et finit par demander :

— Vous voulez dire qu'Ash Cripps et ce soi-disant associé... ils vont simplement prendre des voitures dans la rue pour les revendre ?

— Et même qu'ils les revendent dans la rue. Mais m'demandez pas comment c'est que ça marche ! Tout ce que j'sais, moi, c'est qu'y a un Paki qu'a gueulé com' un veau quand il est rentré, un soir, et qu'il a vu que sa Vauxhall, ben, elle avait disparu, raconta-t-il, ajoutant *sotto voce* : Voyez, c'est surtout à ceux-là, qu'y font le coup, aux Pakis et aux aut' gens de couleur. Ah, c'est que l'quartier, il a drôlement dégringolé d'puis qu'y se sont mis à acheter par ici, « ceux-là » ! remarqua Mr. Perkins d'un ton méprisant. Bon, ça fera quatre livres et dix pence, en vous remerciant.

Melrose lui mit un billet de cinq livres dans la main, prit sa monnaie, répondit « je vous en prie » au « merci bien » du boucher et sortit de la boutique. En regardant la rue avec ses portes de maison à la peinture écaillée, ses jardinets pelés, ses ordures sur le trottoir, ses tricycles et ses chaînes rouillées, il se demanda comment un tel quartier pouvait *dégringoler*...

Il parcourut les quelques mètres qui le séparaient de chez les Cripps et trouva les gosses occupés à une sorte de jeu fatalement voué à laisser une ou deux victimes sur le carreau. Melrose s'arrêta sur le trottoir et observa : trois d'entre eux, l'aîné des garçons et deux des plus petites filles, étaient en train d'attacher Pete le Pisseur à un arbre squelettique. Un arbuste si frêle qu'il ployait sous le poids du corps. Pete le Pisseur sanglotait, naturellement : un amusement n'a droit à l'appellation officielle de « jeu Cripps » que s'il s'accompagne de force pleurs et cris. Deux autres mioches collectaient des débris épars. La plus grande des filles fourra un paquet de linge, ou une couverture, dans les bras de Pete, insistant pour qu'il le prît. Du linge ? Melrose s'inquiéta : pouvait-il s'agir du bébé, réquisitionné pour l'occasion ? Un gamin éparpilla des bouts de bois et du papier au pied de l'arbre chétif. Mais, c'est qu'il était capable d'y mettre le feu, ce petit chenapan ! Voyant que personne dans la maison ne semblait se soucier des cris et des hurlements, Melrose fit ce qu'il y avait à faire.

— Eh là, dites donc ! cria-t-il avec autorité.

Ils se retournèrent vers lui comme un seul homme, bouches béantes, yeux ronds entre les paupières sans cils. A peine l'eurent-ils reconnu qu'ils abandonnèrent leur jeu et se précipitèrent sur lui tandis qu'il cherchait fébrilement des pièces dans sa poche, tout en écartant leurs sales pattes crasseuses à grands gestes, comme s'il chassait des mouches. Cela fait, il prit le bébé des bras de Pete le Pisseur puis leur conseilla de détacher leur frère, sous peine de ne jamais voir la couleur de ses pièces de monnaie.

Tout grisé du bonheur d'avoir retrouvé la liberté, Petey baissa son short et célébra sa libération de la seule façon qu'il connaissait.

Melrose distribua les pièces d'une livre et de cinquante pence, et toute la marmaille se rua vers la porte d'entrée, criant à qui mieux mieux :

— V'là Elroy ! M'man, Elroy est revenu !

Le tumulte était tel qu'Ellie la Blanche arriva à peine à faire entendre son bonjour.

— La ferme, vous aut' ! S'appelle pas Elroy, bande d'abrutis, mais Melrose ! hurla-t-elle, gratifiant d'une fessée sonore tous ceux qu'elle pouvait attraper au passage, avant d'accueillir Melrose comme un fils prodigue. Un duc ou un comte, qu'il est. Un de la haute, quoi, et, de toute façon, faut pas y dire son nom de baptême ! C'est « Mr. Plant », qu'y faut y dire.

Melrose allait lui passer le bébé dans ses langes mais elle lui demanda d'attendre une minute, le temps qu'elle ôte le chat roux de la poussette et qu'elle y remette un peu d'ordre.

Les mioches en profitèrent pour aller s'affaler devant la télé que Béa Slocum regardait déjà, flanquée d'un côté d'un petit homme râblé et, de l'autre, d'un jeune qui, selon toute vraisemblance, devait être Gabe Merchant. Bon, se dit Melrose, me revoilà en concurrence avec la télévision. Mais ça devait être la pause pour la pub car il vit l'image d'une énorme bouteille de Cola. Les spectateurs, eux, ne regardaient plus l'écran.

Ellie la Blanche émit un nouveau hurlement pour appeler Gloria qui répondit en hurlant « hein-hein », déclenchant l'hilarité du reste de la nichée qui forma un cercle et se mit à tourner en sautillant et en scandant : « hein-hein, hein-hein, hein-hein, hein-hein ».

— Arrive ici, toi, et nettoie-moi un peu c'te poussette ! cria la mère qui accourut — avec une célérité dont Melrose ne l'aurait pas crue capable — et colla une fessée à une gamine, sans doute Gloria. Attention vous aut', je vais vous en ficher, moi, des « hein-hein », sur vos petits culs !

Évidemment, les gosses prirent ça pour un autre jeu à la Cripps, chacun tentant d'échapper à la main leste d'Ellie tout en se gondolant comme une baleine.

Ash Cripps présenta le garçon assis d'un côté de Béa comme étant Gabriel, et l'autre petit râblé comme : « mon partenaire en affaires, Edgar Debens ».

Mr. Debens se leva et prit l'astucieuse initiative de venir serrer la main de Melrose et de lui glisser une carte qui proclamait : « LES AUTOS D'OCCASION DEBENS : "PAS AUSSI VIEILLES QUE VOUS CROYEZ". »

Melrose, toujours chargé du bébé, dégagea un bras pour serrer la main d'Eddie et offrit le lard à Ellie la Blanche. Celle-ci, extatique, annonça à la cantonade qu'on mangerait du lard pour le dîner — ce qui déclencha un concert d'alléluia chez les gosses qui reformèrent aussitôt leur ronde de lutins et se mirent à tourner en sautillant et en scandant :

« Du-bon-lard, du-bon-lard, du-bon-lard, du-bon-lard ! »

De fait, c'était presque louable, songea Melrose, la façon dont ces gosses arrivaient à s'enthousiasmer pour la moindre vétille. Tout leur était prétexte à amusement, et ils auraient sans doute applaudi à grands cris en voyant s'écrouler sur eux leur maison en flammes. Ash Cripps remercia copieusement Melrose, prit le paquet blanc et annonça qu'il allait à la cuisine mettre la friture en route.

Ellie la Blanche, apparemment en pleine discussion avec Eddie Debens, continua à raconter son histoire, la voix haut perchée et nasale :

— Alors, que j'y dis comme ça, s'il a la bougeotte, l'a qu'à s'faire la malle tout d'suite, bon sang de bois ! Là-bas au pub, qu'c'était. Avec l'aut' gourdasse, juste au coin...

Mais de quoi parlait-elle ? Melrose n'en avait pas la moindre idée. Espérant toujours parler à Béatrice et à Gabe, il finit par s'asseoir avec le bébé dont il avait toujours la charge dans un fauteuil à ressorts déglingué, recouvert d'un vieux couvre-pieds. Mais quand il mentionna le nom de Frances Hamilton, précisant à l'intention de Gabe qu'il s'agissait de la dame de la Tate, le jeune homme se rembrunit et lui lança :

— Pourquoi vous posez des questions ? Z'êtes pas de la police.

— Génial, dit Béa, qui posa la tête sur l'épaule de Gabe en adressant un petit sourire entendu à Melrose.

— Vous avez parfaitement raison, je n'en suis pas. Je suis une anomalie, sans foi particulière ni but précis.

Voilà qui volait un peu trop haut pour Gabe. Il plissa les yeux pour aiguiser son regard.

— Vous voulez dire un détective privé, quoi ?

— Génial ! répéta Béa.

— Un ami du commissaire principal à qui vous avez parlé. Béatrice et vous, vous êtes — à notre connaissance — les seuls à avoir remarqué Mrs. Hamilton. Vous êtes-vous souvenu de quelque chose, à son propos ?

— Ouais, ben, je lui ai dit ce que je savais, à vot'pote. Que dalle, quoi ! Hé, Éléphant, t'as rien d'aut' à boire qu'du thé ? cria-t-il à l'intention d'Ellie la Blanche avant de se lever.

Béa le fit rasseoir en le tirant en arrière.

— Au moins réponds à c'te foutue question, tu veux ?

— J'l'ai déjà dit, grogna-t-il en se rasseyant à contrecœur.

Melrose berça un peu le bébé avant de reprendre :

— Vous avez dit à Béatrice que vous aviez vu cette Mrs. Hamilton à l'exposition de portraits de la Tate, ce jour-là.

— Eh ben oui, elle regardait les putains de tableaux. C'est bien un foutu musée de peintures, non ?

Derrière Melrose, un ou deux moutards avaient entrepris d'en démolir un troisième. Béa leur cria :

— Taisez-vous, la marmaille !

Le bébé, dans les bras de Melrose, était animé de mouvements aussi légers que les battements d'ailes d'une mite. Une odeur de lard frit envahit le salon. Melrose demanda à Béa s'il y avait un magasin de *fish and chips* dans le coin.

— Ouais, là-bas, vers Circular Road.

Melrose changea de fauteuil et s'assit dans le rocking-chair. Ayant confortablement installé Robespierre au creux de son bras, il tira son portefeuille de sa poche. Puis il appela les gosses, les fit mettre à la queue leu leu, et leur distribua la valeur de vingt livres en petites coupures. Ils le regardèrent d'un œil aussi étonné que s'il était le Père Noël.

— Bon, leur dit-il, vous allez acheter du poisson pané et des frites pour tout le monde, c'est-à-dire pour nous, les six grandes personnes, et pour vous six. Compris ?

Transportés de joie à l'idée du double plaisir qui les attendait — du lard *et* du poisson-frites ! —, ils répondirent tous en chœur :

— Hein-hein, hein-hein !

Sans doute la seule réponse qu'on tirerait d'eux, maintenant qu'ils avaient découvert à quel point c'était drôle de scander ça.

— Allez, bougez-vous, la marmaille ! dit Gabe.

Et ils se bougèrent. Gloria ouvrant la marche, ils la suivirent, les bras en l'air comme des plongeurs qui s'apprêtent à faire le saut de l'ange, bien qu'avec un jeu de jambes qui rappelait plutôt les rassemblements des Jeunesses hitlériennes. Et ils sortirent en procession en scandant : « Hein-hein / El-roy / Hein-hein / El-roy. »

Pete le Pisseur fermait la marche. Ses fesses nues allaient disparaître par la porte quand Ellie déboucha de la cuisine et attrapa son pantalon en appelant :

— Ton froc, Petey, ton froc !

Robespierre ouvrit les yeux, les fixa sur Melrose et fourra son minuscule poing dans sa petite bouche. Pour arrêter une soudaine montée de vomi ? Pour étouffer un cri ? s'inquiéta Melrose. Non, apparemment, le poing faisait tout simplement office d'objet à mâchonner. Les yeux bleus dévisagèrent Melrose, si tant est qu'un regard vide puisse « dévisager ». Puis se refermèrent.

— Pour en revenir à cette Mrs. Hamilton, Gabe, comment se fait-il que vous vous souveniez d'elle ?

— Comment ça se fait ? Ben, j'sais pas, moi. De toute façon, à quoi ça rime, tout ça ? Pourquoi est-ce que tout le monde s'intéresse tant à c'te dame ?

— Parce qu'il y a eu deux autres décès dans des circonstances analogues.

Ce n'était pas tout à fait vrai, mais il fallait bien trouver moyen de fixer l'attention de Gabe.

— Il semble que ces trois personnes, toutes des femmes, se connaissaient, reprit Melrose. Et il se pourrait qu'elles aient été assassinées, toutes les trois. Alors, y a-t-il quelque chose qui vous revienne, même un petit détail qui aurait l'air sans importance ?

Gabe mâchouilla son pouce. Il avait vraiment l'air de faire son possible pour se rappeler.

Béatrice releva la tête :

— Tu m'as dit qu'elle avait le teint crayeux, qu'elle était blanche comme quand on va vomir.

— Ouais. Ouais, ça se peut. Plantée là, qu'elle était, toute blanche, dans le genre qui s'apprête à dégobiller, et elle essayait d'arracher un truc.

Melrose le dévisagea :

— Qu'est-ce que vous entendez par « truc » ?

— Ben, comme un bout de sparadrap, dit-il, levant la main pour que Melrose puisse voir le pansement de gaze et de sparadrap qu'il avait au doigt.

— Sur sa main ?

— Non. Sur son bras, quoi.

Melrose repensa à sa conversation avec lady Cray.

— Mrs. Hamilton avait des troubles cardiaques pour lesquels elle était traitée avec des timbres diffuseurs de nitroglycérine. Mais elle devait plutôt les mettre sur la poitrine, non ?

— Comment j'saurais, j'en ai jamais vu, de ces trucs-là, moi ! Et puis, j'ai pas reluqué son décolleté ! ajouta-t-il avec un regard entendu.

Béatrice se dressa sur son séant.

— Oh, mon Dieu, vous croyez qu'elle aurait eu une trop forte dose de ce produit et que ça l'aurait rendue vraiment malade ou quelque chose comme ça ?

— C'est possible. Mais peu plausible, à mon avis.

« Un spécialiste de Harley Street », avait dit la fiancée d'Andrew à propos du médecin de Frances Hamilton. Il faudrait que Jury aille lui parler. A moi, il ne me dira sans doute rien, réfléchit Melrose toujours assis dans le rocking-chair et se balançant d'avant en arrière, avec force craquements. Cric-crac, cric-crac. Mais le bruit ne le dérangeait pas dans ses pensées. Il songeait à « J.M.W. » (Turner) et à ce que Diane lui avait raconté à propos du chien noir du tableau : « Il n'a été rajouté qu'après coup. » Melrose plissa le front.

Et s'il n'y avait eu qu'une seule mort prévue — une seule sur les trois — et que les deux autres décès aient été accidentels ? Qu'ils aient figuré au tableau final, oui, mais sans avoir été prévus à l'origine ? Non pas une coïncidence, mais un concours de circonstances malheureux. Frances Hamilton et Helen Hawes se rencontrent par hasard à Santa Fe, où elles croisent Angela Hope, encore par hasard. Une seule mort était programmée. Si c'était, par exemple, Angela Hope la cible : Nell Hawes et Fanny Hamilton seraient mortes — métaphoriquement parlant — des balles perdues du terroriste. La mort de Nell et de Fanny ne serait que de l'« après coup ».

— Feriez une chouette m'man, vous ! remarqua Gabe avec son premier sourire de l'après-midi.

39

Dire que Rosella croit que je viens là, en plein désert, pour communier avec la nature, pour méditer ! Laissez-moi rire, songeait Mary. La dernière chose que veut la nature, c'est communier avec le monde des hommes, surtout à la saison touristique.

Simplement, Mary réfléchissait mieux là, dans ce plat pays qui s'étirait à perte de vue. Assise sur un rocher lisse, près d'une touffe d'« herbe à riz », elle regardait du côté de l'arroyo. Sunny était couché près d'elle, la tête sur les pattes, ses yeux mobiles fouillant les amas de rochers et les pins pignons à la recherche de souris ou de rats à bourses[1]. Mary aimait à laisser croire que Sunny était moitié berger allemand argenté, moitié autre chose. Mais Sunny était bel et bien un coyote. Elle l'avait trouvé tout petit, n'en croyant pas ses yeux quand elle l'avait vu émerger d'un terrier à flanc de colline. Qu'était-il arrivé à sa famille ? Car jamais les coyotes n'abandonnent leurs petits. Les gens savent qu'on ne peut

1. Nom vulgaire du spermophile, rongeur nord-américain de la taille d'un écureuil, caractérisé par des abajoues extérieures recouvertes de fourrure. *(N.d.T.)*

pas apprivoiser les coyotes, qu'au plus profond d'eux-mêmes reste enfouie leur nature sauvage, toujours capable de se déchaîner. Rosella appelait ça « *attani* », danger.

Mary se rappelait être passée un jour devant un ranch où l'on élevait des moutons et elle avait vu une centaine de peaux de coyotes accrochées tout le long de la clôture. Un vieux Navajo lui avait raconté une fois que, quand on dépiaute un coyote, on libère un esprit puissant. Et elle voulait bien le croire. Sunny avait quelque chose de magique. Une minute, il était là ; et l'instant d'après, plus personne. Il revenait toujours mais, bon sang, elle aurait été incapable de dire comment il réalisait son petit tour de passe-passe ! Rosella prétendait que « ce coyote » avait été magicien dans sa vie antérieure. Angela l'avait surnommé le « chien fantôme », et Rosella l'appelait le Tricheur. Que deviendrait Sunny si elle devait être placée dans une famille d'accueil ?

Et cette assistante sociale ! Comment prendre au sérieux une femme qui répond au nom de « Bibbi » ? Quelle sorte d'adulte tolérerait de se laisser affubler d'un surnom aussi ridicule ? Dire que son avenir dépendait d'une femme qui s'appelait Bibbi et qui posait des questions du genre : « Qu'est-ce que tu veux être quand tu seras grande ? »

Vivante ! Voilà ce qu'elle voulait être, et elle l'avait dit à l'assistante sociale. Car Mary considérait quant à elle qu'elle était née adulte. La preuve : qui est-ce qui alertait les services de l'électricité quand on n'avait plus de lumière ? Mary. Rosella faisait les cent pas en se tordant les mains et en priant, Angie se bornait à sortir les bougies et à rester dans le noir à méditer.

Non, pas question. Elle n'irait pas vivre chez des inconnus.

Mary Dark Hope se prit la tête dans les mains.

Depuis la mort d'Angela, elle venait ici plus souvent, et y passait plus de temps. Le jour où on lui avait annoncé la nouvelle, elle était entrée dans une sorte d'état second, un état de suspension du sentiment.

Parfois, elle la voyait, Angela. La voyait venir vers elle. Il lui arrivait d'être réveillée par une voix et Angela lui apparaissait, comme si elle se trouvait à quelque distance de là. Angela marchait vers elle et s'approchait de plus en plus, mais jamais assez pour qu'on la touche. Elle portait toujours la même robe — la bleu-vert qui ressemble à une eau mouvante à cause de l'effet de vague produit par la technique de teinture à la ficelle — et ce bracelet à la cheville, avec des petites clochettes qui tintent. D'autres fois, Mary la voyait ici, qui semblait s'avancer vers elle, toute ruisselante de lumière, à la chaleur électrique du soleil.

Mary n'avait jamais raconté ça à personne. Primo, parce que nul n'y croirait, à part Rosella qui, elle, l'interpréterait de travers. Rosella pleurait toujours, triste à la pensée que le corps d'Angela était allongé sur une table d'opération en pays étranger, alors qu'elle aurait dû être enterrée le lendemain de sa mort. Sans compter que « l'esprit-vent » d'Angela, son *pinane*, aurait dû rester chez elle pendant les quatre jours suivant sa mort. Rosella était malheureuse comme les pierres. Mary, qui ne croyait pas un mot de tout ça, avait essayé de lui remonter le moral en suggérant que le *pinane* de sa sœur pourrait facilement revenir d'Angleterre en volant jusqu'ici, bien plus vite qu'un 747. Mais la remarque n'avait guère réconforté Rosella. Secundo, Mary n'avait rien dit parce qu'elle savait que tout ça n'était que le produit de son imagination. Un désir pris pour une réalité. Qu'elle en parle, et Rosella aurait vite fait de prendre ses herbes, ses racines et son encens sacré, de les faire bouillir ou brûler, et d'aller s'agenouiller devant son petit autel.

Non, Mary ne voulait pas jeter de l'huile sur le feu de l'imagination visionnaire de Rosella.

L'arroyo était flanqué d'un bois de pins de petite taille où Sunny se glissa, à pas furtifs. Dans quel but y allait-il, elle l'ignorait. Apparemment, rien n'avait bougé par là. Imaginez ce que ça doit être d'avoir la capacité d'attention d'un chien, ou d'un chat. Surtout d'un chat. Les chats savent rester parfaitement immobiles pendant des siècles et se concentrer sur des choses dont les êtres humains n'ont même pas conscience.

Comme les scientifiques du Santa Fe Institute, qui peuvent rester concentrés sur un concept des heures durant, songea Mary. Ça lui plaisait, l'idée d'un endroit entièrement et exclusivement réservé à la pensée, un lieu où les gens ne font que réfléchir. Stupéfiant, non, pensait Mary, quand on sait l'absence de réflexion qui caractérise la majeure partie de l'humanité ! Imaginez-vous gagnant votre vie à passer la sainte journée à réfléchir, comme le Dr Anders !

Le menton dans les mains, Mary se mit à penser au Dr Anders. Et à Angela. Il devait être amoureux d'elle — avait dû l'être —, à voir le temps qu'il passait à la boutique. Angie, en tout cas, était amoureuse de lui, c'est certain. Mary s'en était rendu compte. Et ça ne l'avait pas étonnée. Ce qui l'avait surprise, en revanche, c'est qu'il partageât ce sentiment, car Angela n'était pas à proprement parler une penseuse. Même si elle en donnait l'impression, avec sa méditation, ses lectures, ses voyages à Sedona. Toutes ces histoires de « centre de la Terre » avaient à peu près autant de sens que de se balader avec une baguette de coudrier en espérant trouver de l'eau. Quoique les sourciers aient leur utilité, il faut bien le reconnaître, puisqu'il leur arrive de trouver ce qu'ils cherchent. Mais Angie, elle, n'avait pas une once de sens pratique. Elle ne savait pas vraiment se débrouiller seule et elle préférait laisser venir les choses, plutôt que d'aller au-devant d'elles.

Mary eut honte du tour critique que prenaient ses pensées et y coupa court. Poussée par un vague désir de réparer sa faute, elle décida de fabriquer un bâton à prières — oh, juste un très simple — et ramassa deux bouts de branche par terre. Il aurait fallu du saule, mais il n'y en avait pas par ici. Puis elle chercha une plume et n'en trouva qu'une de vautour : bah, ça irait comme ça. Il serait un peu minable, son bâton à prières, mais, de toute façon, il n'aurait pas de pouvoir, puisque seuls les hommes étaient habilités à les faire — au dire de Rosella. Alors elle concocta une croix. La croix était maintenue au sol par une petite pierre. Puisqu'elle ne croyait pas au pouvoir de la prière, elle laisserait le bâton faire le travail à sa place — à supposer qu'il eût le moindre pouvoir.

Tout le mysticisme d'Angela — avec ses équilibreurs d'aura et autres canaliseurs d'énergie — était passé à côté de Mary sans même l'effleurer. Mais les croyances des Indiens, c'était autre chose. Comme eux, Mary Dark Hope considérait la nature d'un point de vue matérialiste. Tout ce qui était esprit avait son prolongement dans le monde matériel. Ainsi, les Zuñi font preuve de sens pratique dans leurs offrandes : des vêtements et de la nourriture. Mary trouvait plus facile d'adhérer à l'idée de dons de biens essentiels et utiles qu'à la démarche d'Angela, adressant ses prières à une statue de Notre-Dame de Guadalupe, qui ressemblait à une poupée. Mary tira de sa poche un petit sac contenant un peu de « farine de joyaux » de Rosella : de la farine de maïs, mêlée d'éclats de turquoise et de corail. Elle ne savait pas quoi en faire mais aimait bien la regarder.

Puis elle s'étendit de tout son long sur le rocher, les pieds en contact avec la terre, la tête renversée en arrière et touchant terre aussi. Elle aimait la sensation du sang qui afflue à la tête, elle aimait regarder le monde à l'envers. De quoi aurait-elle l'air aux yeux de quelqu'un qui viendrait à passer par là (comme si ça se pouvait, ici, en plein désert) ? La prendrait-on pour une acrobate ? Une danseuse ? Non merci. Ou bien croirait-on qu'elle avait des convulsions, une crise d'épilepsie ? Non, sûrement pas. Elle étira aussi les bras, de façon que les paumes de sa main touchent le sol. Ça, ça devait être une posture de gymnaste, non ? Elle espérait que Sunny n'allait pas s'inquiéter de la voir ainsi et se précipiter pour lui lécher le visage. Elle l'entendit gratter quelque part et se demanda quels trésors il avait encore bien pu dénicher. Sunny était toujours en train d'enterrer des choses et d'aller les rechercher.

Ça lui rappela Angie et ses fouilles quand elle avait suivi son fameux cours d'anthropologie. Non, d'archéologie. Bah, anthropologie, archéologie : aussi rasoir l'une que l'autre ! Cependant, il lui plaisait bien, ce rocher-là. A rester ainsi immobile, le corps arc-bouté sur la pierre, ça lui libérait l'esprit, ça évacuait les pensées ou les images douloureuses. Le rocher la soutenait bien, en bas des reins. Elle releva les bras et les croisa sur sa poitrine. Presque confortable. Enfin, autant que puisse l'être un rocher. Mais, décidément, elle l'aimait bien, celui-là. C'était le sien. Elle finissait toujours par s'y installer quand elle venait là avec Sunny. Elle aimait ses gris changeants, ses rides, ses creux, sa rivière microscopique — il y avait une fissure qui courait tout autour du rocher et, depuis qu'elle y avait vu couler la pluie, un jour, elle se l'imaginait comme un minuscule lit de rivière, aussi mince qu'une aiguille par endroits, puis s'élargissant vers le bas. Elle aurait bien aimé pouvoir se dire que c'était elle qui, à force de s'asseoir là, avait poli le dessus du rocher, mais bien sûr que non, ce n'était pas elle. C'était l'œuvre du temps et des intempéries.

Puis elle se mit à penser aux rochers. Les rochers, les arbres, les pins pignons possédaient-ils une manière d'intelligence ? Était-ce là ce que le Dr Anders appelait un problème « profond » ? Il y a en effet plusieurs sortes de problèmes, comme il le lui avait expliqué : ceux du premier type, que peut résoudre n'importe quel scientifique formé dans la discipline concernée. Ceux du second type, qui vous rendent célèbre et vous font gagner des prix. Au-delà de ces deux types, il y a les problèmes « profonds » : ceux qui sont de nature à déconcerter même les plus brillants chercheurs et qu'il faut énormément de temps pour résoudre. Car ils touchent au plus profond de l'univers.

Le Dr Anders était le seul à Santa Fe à traiter Mary en être intelligent. Il ne lui parlait pas comme à une enfant, même lorsqu'il lui arrivait d'évoquer ses théories ou son travail. Et ça, c'était drôlement dur à comprendre ! Trop complexe. Or, c'était exactement de ça qu'il s'agissait : de la complexité. Tous les scientifiques de l'Institut de Canyon Road passaient leur temps à réfléchir à la Complexité et au Chaos. Le bord du chaos. Mary avait lu le livre que le Dr Anders avait donné à Angela. Deux fois, d'ailleurs, mais sans comprendre plus que quelques phrases, par-ci par-là. « C'est déjà plus que la plupart des gens ! » avait-il déclaré en riant. Angela, elle, n'avait lu que les premières pages avant de renoncer : « Trop intellectuel pour moi. » Sa réaction avait surpris Mary : puisque c'était le livre du Dr Anders, Angela n'aurait-elle pas dû faire un effort pour essayer de comprendre ? Ce qui avait de nouveau poussé Mary à se demander pourquoi il était amoureux d'Angela, d'autant qu'il semblait bien connaître ses défauts et ne se privait pas de le lui faire savoir. Quand Mary avait remarqué que sa sœur passait pour être « trop rêveuse », le Dr Anders avait ri et rectifié : « Trop paresseuse, tu veux dire ! »

Il était tout le temps là : à la boutique de Canyon Road, ou parfois chez elles, pour dîner. Ce qui ne gênait pas Mary le moins du monde. Elle espérait seulement que sa gentillesse à son égard n'était pas qu'une façon de s'attirer les faveurs d'Angela. Mais non, il était trop sincère pour ça. Trop *vrai*. Un peu comme Sunny, posté là-bas, attendant avec une patience incroyable que quelque chose débouche des bosquets. Alors que d'autres gens qu'elle connaissait semblaient sans consistance — tel Malcolm Corey, par exemple.

Quoique, chez Malcolm Corey, c'était plus de la tristesse que de la bêtise qu'on sentait. Il avait vraiment désespérément envie de devenir une star de cinéma, mais il ne décrochait jamais que des petits rôles de figuration qui ne débouchaient sur rien. Et par-dessus le marché, c'était un peintre exécrable. Il avait quand même pour lui d'essayer de faire autre chose, même si cet « autre chose » était aussi peu prometteur que ses talents de comédien. Apparemment, le moindre barbouilleur capable de tenir un pinceau venait échouer à Santa Fe. Et ça se comprenait, que les peintres accourent, car Santa Fe et ses environs possédaient une beauté essentielle que rien ne pouvait gâcher — ni les galeries clinquantes, ni les coyotes sculptés, ni la pléthore de bijoux de turquoise. Mary adorait ces grands espaces de désert ocre, les montagnes alentour, les couchers de soleil sublimes, la lumière aussi diaphane que le verre le plus fin.

Mary, elle, n'avait aucune envie d'être une artiste. Ce qu'elle voulait, à terme, c'était travailler au Santa Fe Institute. Sauf qu'il fallait être une sorte de génie pour y entrer. Certes, elle avait d'excellentes notes au lycée, mais ça ne suffisait pas à ses yeux pour faire d'elle un génie. Si elle avait des « A » partout, c'est qu'elle avait compris depuis longtemps qu'il est aussi facile d'avoir de bonnes notes que des mauvaises. Ça ne coûte pas plus cher de rendre ses devoirs à temps — de toute façon, il faudra bien les rendre un jour ou l'autre —, et comme ça, les gens vous fichent la paix. Pas d'ennuis avec le directeur, pas de profs sur le dos, pas de famille qui râle pour vous obliger à mieux faire.

Mary quitta sa posture et se rassit. Tiens, Sunny avait encore disparu, mais où ?

Elle travaillait à la pharmacie Schell deux jours par semaine, au salaire minimum, tantôt servant à boire au comptoir à sodas, tantôt livrant les ordonnances à bicyclette, en fin de journée. C'était rasoir et elle n'aimait pas Dolly Schell — qui le lui rendait bien.

L'assistante sociale allait-elle essayer de la caser chez Dolly sous prétexte que celle-ci était sa seule « famille » ? Seigneur ! A ce propos, pourquoi Dolly avait-elle proposé de se rendre en Angleterre en lieu et place de Mary ? Après l'ultime insulte de s'entendre dire par la police qu'elle était trop jeune pour aller identifier le corps de sa sœur morte, elle avait réussi à ravaler sa rage lorsque Dolly lui avait annoncé que c'était elle qui partait. Mary savait bien masquer ses sentiments. Il fallait reconnaître que Dolly lui avait proposé de l'accompagner — sachant pertinemment qu'elle refuserait.

Elle se redressa, furieuse, et posa ses mains fraîches sur son visage en feu. Dans une minute, ça irait mieux. Elle siffla pour rappeler Sunny, sachant bien que son appel resterait sans effet, sauf s'il signalait au coyote une activité à son goût. Elle balaya du regard les alentours. Chien fantôme.

Le fait de penser au policier de Scotland Yard la rasséréna considérablement. A l'instar du Dr Anders, il la traitait en personne raisonnablement intelligente, la prenait au sérieux. C'était déjà assez affreux qu'Angie soit morte. Mais *assassinée* ?

Mary regardait le soleil décliner. Ces splendides couchers de soleil, voilà une chose qu'elle aimait dans ce pays ! Le ciel brûlait au loin, hérissé de flammes d'un rouge orangé, parant l'horizon d'un camaïeu de rose et de bleu lavande.

Pendant ce temps-là, le soleil se levait quelque part ailleurs, sur le globe. Les bâtisseurs de lieux tels que Stonehenge prenaient-ils le soleil pour un dieu ? Un dieu qui les abandonnait régulièrement et à qui il fallait offrir des sacrifices pour le faire revenir ? Et qui revenait parce qu'on avait accompli le rituel ? Ainsi allaient les choses, en une sorte de cycle ininterrompu, sans pourtant qu'on comprît jamais vraiment.

Évidemment que sa sœur avait été attirée par un lieu aussi mythique et mystérieux. Car Angie semblait avoir choisi de voir dans la vie un mystère et un sacrifice. Encore faut-il y croire, songeait Mary, hochant la tête et pinçant les lèvres à la manière d'une vieille fille. Oh, elle aurait bien voulu être encline à la prière, mais c'était trop dur. Vivre, pour elle, c'était rendre sa dissert' à temps et livrer des ordonnances à vélo, pour des clopinettes ou presque. Y a qu'à demander à Dieu de vous donner un coup de main pour ces trucs-là, et le silence se fera assourdissant.

De nouveau, elle eut honte : n'était-ce pas trahir sa sœur que d'avoir de telles pensées ? Mary replia les jambes et posa le menton sur ses genoux. Ce qu'elle ne pouvait vraiment pas expliquer à quelqu'un — et pourtant, elle aurait bien voulu ! — c'était son absence de sentiments. Une sorte d'insensibilité. Insensible, elle l'avait été quand l'inspecteur de police l'avait mise au courant, pour Angie, et elle l'était restée pendant toute la semaine qui venait de s'écouler. Elle ne profitait pas bien du congé que lui avait donné l'école pour « faire son deuil ». C'était comme quand ses parents étaient morts, sauf qu'à ce moment-là elle n'avait que cinq ans, ce qui changeait tout. Elle s'était réjouie pour eux, bien qu'elle n'en eût jamais rien dit à quiconque. Imaginez un peu : mari et femme qui meurent ensemble, qui partent en fumée avec leur jet privé, sans jamais devoir vieillir, ni regarder l'autre mourir en vous laissant tout seul ! Ils avaient eu une mort qui leur ressemblait : spectaculaire et fulgurante. Sylvestra... Elle se disait souvent qu'elle aurait bien aimé s'appeler Sylvestra, un nom digne d'une déesse.

Mary Dark Hope se renversa de nouveau en arrière sur le rocher, arc-boutée, les paumes des mains touchant la terre, et laissa couler ses pleurs. Quand soudain, venu de nulle part, Sunny réapparut devant elle, elle leva une main et lui caressa le museau. Ah, si seulement elle n'avait pas laissé son cœur s'endurcir à ce point, en grandissant !

C'était comme si, en chemin, elle avait ignoré l'avertissement, s'était retournée pour regarder en arrière et s'était changée en pierre.

40

Jury entra dans le Rancho del Reposo avec quelques flocons de neige sur son pardessus. Il vit les deux mêmes femmes que la dernière fois à la réception, occupées à trier les mêmes fiches, semblait-il. Elles levèrent les yeux et lui sourirent. Et comme l'autre fois, le bar était chauffé par un feu d'enfer dont les flammes projetaient sur le dallage des ombres pareilles à de longs doigts invitant le visiteur à prendre place.

Debout à la porte du salon-café situé dans une sorte de cour intérieure à parois de verre où le soleil se reflétait et jetait des confettis de lumière au visage des clients, Jury cherchait des yeux Malcolm Corey. Il aurait juré que les gens attablés là étaient les mêmes que deux jours plus tôt. Pas de Malcolm Corey en vue mais, là-bas, sous une rangée de poupées *kachina*, il y avait Benny Betts, toujours à jongler avec ses deux téléphones.

Ça bourdonnait comme dans une ruche autour de Jury. De temps en temps fusait un rire aigu, aussi perçant qu'un aiguillon. Benny Betts lui fit signe de venir s'asseoir, comme il l'aurait fait avec n'importe quelle personnalité du show-business. Décontraction et sourire éclatant de rigueur.

— Salut ! Richard Jury, commissaire principal Poulaga ! dit-il en lui tendant la main.

— Ça me surprend de vous trouver encore là mais j'en suis content. Vous connaissiez Angela Hope ?

— Qui ça ? s'enquit Benny, le sourcil relevé, regardant Jury avec des yeux étonnés.

— Voyons, monsieur Betts, vous savez fort bien de qui il s'agit !

— Appelez-moi Benny. Pourquoi tant de formalisme ?

— Parce que c'est plus sûr, je suppose. Sinon je risque de me retrouver avec un agent artistique et un rôle de figuration dans un remake de *The Bill*[1], répliqua Jury en rompant un muffin. (Pourquoi mangeait-il tant en ce moment ?) Où est passé Malcolm Corey, aujourd'hui ?

Betts fit un geste vers l'extérieur, là où la route et les minuscules silhouettes qui s'y trouvaient étaient en train de disparaître sous un épais manteau de neige.

— Il est là-bas. Je lui ai décroché une ou deux répliques dans ce film. Il est fou de joie.

— J'imagine ! Vous devez être un génie du marketing.

— Plutôt. Pourquoi êtes-vous surpris que je sois encore là ?

— Parce que vous me semblez le genre de personne qui ne se pose jamais très longtemps quelque part.

Benny haussa les épaules et se versa du café.

— Peu importe où je suis. Ici ou là, n'importe où, c'est du pareil au même.

1. *The Bill*, « Les Flics », série policière de la télévision anglaise. *(N.d.T.)*

Jury mangea son muffin. A la carotte. Qui le fit penser à la boulangerie de Betty Ball.

— Ça semble plutôt fataliste, venant de vous. Comme si vous n'aviez aucun contrôle sur les choses.

Benny sourit, se croisa les mains derrière la nuque. Comme il doit faire quand il est assis dans son super fauteuil de PDG, dans son bureau à lambris d'acajou, songea Jury.

— C'est effectivement le cas.

— Entendre ça de la bouche d'un homme qui veut faire un remake du *Magicien d'Oz*, voilà qui m'étonne.

— Dorothy, elle se fait avoir dans les grandes largeurs. Et la fin est une véritable supercherie.

— Comment ça, elle « se fait avoir dans les grandes largeurs » ? Ça veut dire quoi ?

— Eh bien, elle se décarcasse pour trouver le magicien et, quand elle le trouve, elle s'aperçoit que c'est un faux ! expliqua Benny en brossant des miettes tombées sur sa veste haute couture. N'empêche que c'est le plus grand film de « gossepéril » de tous les temps. Un classique.

Jury afficha une grimace d'incompréhension.

— Gosse quoi ?

— « Gosse en péril. » Une bonne histoire de « gossepéril », et vous ramassez un box-office de première ! Garanti, ajouta Benny en traçant en l'air un énorme symbole du dollar.

— Alors, à ce compte-là, Toto[1] est un « clebspéril » ?

— Ha, ha ! rit Benny, lorgnant ses téléphones

1. Toto est le nom du chien qui partage les péripéties de Dorothy, l'héroïne du *Magicien d'Oz. (N.d.T.)*

comme pour les inciter à sonner. Dites, je ne voudrais pas vous vexer, mais je vous trouve l'air plutôt abattu.

— Vous ne me vexez pas. Et, oui, c'est vrai, je suis contrarié.

— Comment ça se fait ?

Jury se versa une autre tasse de café.

— Je repars demain. Et, apparemment, sans avoir trouvé de réponse. Angela Hope...

Benny Betts l'interrompit, le front plissé.

— Des réponses ? Mais vous vivez au paradis des imbéciles heureux, ou quoi, Richard Jury ?

Rire de l'intéressé.

— Malheureusement, je fais le genre de métier qui exige plus ou moins des réponses.

— Vous voulez dire que vous en cherchez une *vraie* ?

— En tout cas, bon sang, je n'en cherche pas de *fausse* !

Benny repoussa sa tasse sur le côté pour faire de la place à ses bras qu'il croisa sur la table.

— Où avez-vous appris la vie : sur les genoux d'une bonne fée ? demanda-t-il, penché vers Jury.

— Probablement.

— Parce que, si vous me permettez, vous êtes un peu trop porté sur la rationalité.

— Vous savez, dans mon pays, on s'occupe des faits. De la réalité.

Benny éclata de rire, faisant se retourner et sourire pas mal de gens autour de lui.

— Là, j'me marre, Richard ! pouffa-t-il, mais il redevint très vite sérieux. Tout ce que vous pouvez espérer, c'est une réalité virtuelle. Il vous faut une « solution », hein ? Eh bien, merde, je peux vous en donner une. Ou une douzaine. Tout ce qu'on peut espérer faire de mieux dans la vie, c'est un *package* bien ficelé. Peu importe ce qu'on met dedans : on prend X ici, Y là-bas, Z ailleurs, dit-il en mimant le geste d'attraper des choses à droite et à gauche, et puis on mélange le tout. Peu importent les ingrédients. C'est le *package* qui fait le box-office.

— Il faut quand même qu'il y ait un rapport entre X, Y, Z ?

Benny semblait prêt à cracher de dégoût.

— J'en ai rien à foutre qu'il y ait ou non un rapport ! Si on vous disait : « magicien-gossepéril-émeraude », vous en verriez un, de rapport ?

Jury fronça les sourcils devant la faille d'une telle logique.

— Hé, minute ! Vous ne pouvez pas prendre ça comme exemple, puisque c'est déjà posé *a priori*, c'est déjà un *fait accompli**.

— Bon Dieu ! Et en plus, il sait le français, s'exclama Benny à l'intention des chaises vides.

— Je parle de faits concrets, Benny...

— De « faits » ?

— Un mot grossier, pour vous. Mais je suis policier, pour l'amour de Dieu...

— La pire engeance !

— Ce n'est tout de même pas une *invention* que trois femmes soient mortes...

Hochement de tête de Benny.

— ... ce n'est pas non plus une *invention* qu'elles aient pu être assassinées...

Trois hochements de tête.

— ... et ce n'est pas une *invention* qu'on ait retrouvé le corps d'Angela Hope à Sarum, dans le Wiltshire...

Encore des hochements de tête. Puis, tout d'un

coup, Benny claqua des doigts et dessina un drapeau dans l'air.

— Bon Dieu, je vois déjà ça d'ici ! Pas vous ? Sarum. Au lever de soleil, ou peut-être au couchant. Des couleurs, l'orange qui vire au rouge. M'suivez ? Rouge sang, peut-être des gouttes de peinture qui dégoulinent sur le générique qui défile ? Je vois Michelle — non, Mélanie... je peux pas l'encadrer, cette petite conne, mais elle serait fantastique en macchabée... Le cadavre sur une dalle de pierre au milieu... Hé, fit-il en attrapant le bras de Jury, on fait un retour en arrière de quelques douzaines de siècles... Ça remonte à quand, de toute façon ?

La main de Benny cessa de mimer le geste de dérouler un parchemin pour se tendre vers...

Allait-il *vraiment* attraper son téléphone ? Jury lui immobilisa le poignet : il refusait de se laisser entraîner dans ses élucubrations.

— NON ! s'écria Jury, regardant aussitôt autour de lui, gêné d'avoir élevé la voix. Non, répéta-t-il en murmurant, tandis que Benny souriait avec la sérénité la plus exaspérante qu'il eût jamais vue. Il arrive que les faits vous échappent, mais ils n'en demeurent pas moins des faits. Des preuves. Des preuves indiscutables. Et si c'était ça, le chaudron plein d'or, au bout de l'arc-en-ciel ?...

Benny le regarda en hochant tristement la tête, jeta un œil sur sa Rolex et se mit à ranger ses téléphones portables dans leurs étuis.

— Eh bien, vous risquez pas d'en trouver, de chaudron d'or au bout de l'arc-en-ciel, mon petit Richard ! Faites-moi confiance !

Jury lui sourit.

— Alors, qu'est-ce qu'il y a au bout de l'arc-en-ciel ?

Il s'attendait à une réponse d'une ironie cinglante de la part de Benny, mais celui-ci lui retourna sa question :

— Pour commencer, qu'est-ce qui vous fait croire que l'arc-en-ciel a un bout ?

41

1

Ce n'est que le lendemain matin en se brossant les dents que Jury comprit qu'il s'était fait avoir par Benny Betts. Penché au-dessus du lavabo, il fut pris d'un tel fou rire qu'il faillit s'étouffer avec le dentifrice.

— Espèce de débile ! lança-t-il à son reflet dans la glace.

Puis il s'essuya le visage et sortit se promener.

Marchant doucement dans l'hôtel endormi, il se dirigea vers les ascenseurs et monta jusqu'au toit-terrasse, pour assister au lever du soleil. L'astre émergea de derrière le Sangre de Cristo, d'abord simple lueur, suivie de l'apparition de couleurs, pâles et miroitantes comme de l'or repoussé, puis rose, et bleu. C'était si beau qu'on aurait cru un spectacle orchestré par un cinéaste sachant faire de la magie avec sa caméra. A cent lieues d'une aurore londonienne, il fallait bien le reconnaître !

« Qu'est-ce qui vous fait croire que l'arc-en-ciel a un bout ? » Il repensa à ces paroles de Benny Betts et y trouva un certain réconfort.

Il alla se promener autour de la grand-place où

rien n'était ouvert encore, et but la lumière du petit matin. Ah, si l'esprit pouvait être illuminé par pareille clarté ! Peut-être était-ce le cas pour un homme du calibre de Nils Anders. Quelle déception néanmoins de rentrer à Exeter les mains vides, même s'il avait faxé un rapport quotidien à Macalvie, notant ce qu'il avait vu et entendu, avec autant de détails que le permettait sa mémoire. Sans rien modifier, sans émettre d'opinions. Ça pouvait attendre, ses opinions. Libre à Macalvie d'inventer ses théories. Dire qu'il était même resté ici un jour de plus, alors qu'il mourait d'envie de se retrouver à Stratford-upon-Avon. Sans parler de ce foutu fax de Plant : « Elle est retrouvée ! » Mais où ?

Sa grogne le soulagea un peu de son sentiment d'impuissance. (Comme c'est généralement le cas lorsqu'on rejette la faute sur les autres.) Tout de même, il ne devrait pas en vouloir à Melrose, qui l'avait retrouvée alors que la police de Stratford en semblait incapable.

Jury se mit à siffloter et traversa le Paseo de Peralta, s'avouant qu'il devait tout simplement être jaloux.

« Elle est retrouvée ! » Oui, mais voilà : pas par lui.

2

Les lampadaires orange à vapeur de sodium étaient éteints autour du petit centre commercial, et on allumait tout juste les lumières à l'intérieur de la pharmacie Schell. L'écriteau « Fermé », accroché à la porte vitrée, n'avait pas encore été tourné du côté « Ouvert ». Jury attendit. Dolly Schell ne l'aperçut qu'au moment où elle venait faire jouer dans la serrure une clé de son gros trousseau. Elle resta bouche bée en le voyant, et recula d'un pas, les yeux ronds.

— Excusez-moi ! Je ne voulais pas vous effrayer, dit Jury en ouvrant la porte.

Dolly retourna la pancarte et sourit.

— Je suis simplement surprise de vous voir si tôt. Mais, entrez donc.

— Je me suis levé aux aurores, je voulais voir le soleil levant. Quel spectacle ! dit-il en la suivant dans le magasin.

— Presque trop beau pour être vrai.

Elle s'arrêta pour ranger des bouteilles en plastique contenant Dieu sait quoi et s'engagea dans l'allée centrale. Jury lui emboîta le pas, s'étonnant au passage de la quantité de produits de soins capillaires. Prenant une bombe de mousse en main, il éprouva l'envie puérile d'écrire sur la vitrine, mais finalement y renonça et remit la bombe à sa place. Puis il examina un tube de plastique blanc contenant soi-disant du « gel à sculpter ». Qu'est-ce que c'était encore que ce machin là ? Il se demanda si on en trouvait à Londres et si Fiona en avait. Il fut tenté de lui en rapporter. Et en passant devant le rayon du maquillage, il pensa à Carole-Anne : mais là, ça revenait carrément à vouloir peindre de l'or en doré. Alors à quoi bon s'encombrer ? De toute façon, il avait déjà un cadeau pour elle. Des boucles d'oreilles, de petites cascades de coyotes en argent.

— Je vais prendre de la Dramamine, dit-il en rejoignant Dolly Schell. J'ai eu un peu envie de vomir dans l'avion de New York.

— Beaucoup de gens m'ont dit la même chose. Ça a quelque chose à voir avec la masse d'air au-dessus des montagnes, expliqua-t-elle, en appuyant sur les touches de sa caisse enregistreuse. Alors vous partez ? demanda-t-elle, prenant l'air déçu lorsqu'il fit signe que oui. A quelle heure est votre vol ?

— L'avion pour New York décolle à trois heures, cet après-midi. Ensuite, il faudra que j'attende deux heures pour attraper celui de Londres. Quelle calamité, ces vols de nuit !

Dolly lui rendit sa monnaie et demanda :

— Vous avez trouvé ce que vous cherchiez, à propos d'Angela ?

— Non. Peut-être qu'il n'y a rien à trouver, dit-il en haussant les épaules. Apparemment, personne, en tout cas personne à qui j'ai parlé ne voit pourquoi quelqu'un d'ici lui aurait voulu du mal.

Dolly Schell le regarda avec un sourire ironique :

— A part moi ?

Jury réfléchit un instant.

— Vous la détestiez donc à ce point ? Assez pour la tuer ?

— Je ne peux pas répondre un non catégorique, dit-elle après un long silence.

« Très astucieux de sa part ! », comme l'avait remarqué Mary.

— Et Mary ?

— Eh bien, quoi, Mary ?

— Elle travaille chez vous de temps en temps, non ?

— Oh, elle porte des ordonnances quand les clients veulent qu'on les livre. Celles-ci, par exemple, auraient dû partir hier après-midi, mais elle n'est pas venue. Plutôt gênant. Il va falloir que je prenne quelqu'un d'autre, je suppose. Mary n'est pas très fiable.

— Ne l'accusez pas, c'est moi le coupable. J'étais en train de parler à sa gouvernante quand elle est arrivée et j'en ai profité pour m'entretenir quelques instants avec elle. Ensuite, je suis allé dîner avec le Dr Anders...

Le visage de Dolly se radoucit.

— Nils l'aime beaucoup, remarqua Jury d'un air détaché tout en ramassant sa monnaie.

— Angela ? Sans doute.

— Non, Mary. Je ne suis pas sûr qu'il ait tellement tenu à Angela.

Trop tard pour ravaler ses paroles ! Il avait parlé sans réfléchir, bien qu'en toute innocence.

Elle l'interrogea du regard.

— Mary ?

— Je voulais juste dire... bafouilla Jury, ne sachant plus comment camoufler sa gaffe.

— Est-ce que Nils tient vraiment à qui que ce soit ? demanda-t-elle dans un sourire.

— C'était agréable, la conversation qu'on a eue, enchaîna Jury, maladroit. Ça m'a appris beaucoup de choses.

Il eut droit à un autre sourire ironique.

3

— Partie au diable ! lui avait vivement dit Rosella à la Casita de Hope en lui montrant une fenêtre qui donnait à l'ouest. Elle et ce satané coyote fichent le camp là-bas dès que j'ai le dos tourné !

Jury marchait depuis une bonne dizaine de minutes quand, au sortir d'un bosquet de cactus, il avait repéré Mary Dark Hope assise sur un rocher, à une trentaine de mètres de là. Mais pas de Sunny.

Elle avait les jambes repliées, le menton sur les genoux. Elle tourna la tête vers Jury et lui dit bonjour en rejetant ses cheveux en arrière avec un geste qui aurait pu paraître aguicheur chez une femme, mais qui n'exprimait apparemment chez Mary que le désir d'enlever ses cheveux de son visage.

— Comment avez-vous trouvé, ici ?

— « Ici » ? répéta-t-il avec un sourire. J'ai trouvé « ici » en suivant les indications de Rosella.

— Vraiment ? Je ne pensais pas qu'elle savait.

Jury s'assit à côté d'elle sur le rocher.

— Elle ne sait pas. Simplement, d'habitude, c'est en gros dans cette direction que vous partez, dit Jury en regardant les montagnes violettes dans le lointain, sous un ciel dur, d'un bleu vif. Vous venez beaucoup ici.

— Oui, j'aime voir le soleil se coucher.

Il hocha la tête, puis ajouta :

— J'ai de nouveau parlé avec Dolly Schell. Après votre remarque d'hier soir.

— Hum.

— Vous aviez trouvé « astucieux » de sa part d'admettre quelque chose que j'aurais sûrement découvert de toute façon.

Mary se contenta de continuer à regarder droit devant elle, considérant sans doute que la question était de pure forme.

— Ça paraît assez improbable. En admettant même qu'elle ait trouvé le moyen de tuer Angela, c'est peu probable que ça ait concerné aussi les deux touristes anglaises.

— Sherlock Holmes, fit Mary.

— Comment ça ?

— Il a dit qu'on commence par éliminer l'impossible et que, si ce qui vous reste après est improbable, eh bien, tant pis, on fait avec.

— Eh bien, Sherlock avait le cerveau qui fonctionnait mieux que le mien.

Mary fut la première à briser le silence qui suivit :

— Quand est-ce qu'ils vont renvoyer... Angie ? demanda-t-elle, sa voix se brisant sur le nom de sa sœur.

Douloureuse question.

— Dès qu'ils auront établi la cause de sa mort.

— Ils y mettent le temps !

— C'est difficile, quand on ne connaît pas... toutes les éventualités.

Mary tourna vers lui ses yeux couleur de cristal, couleur d'eau vive.

— Ce qui revient à dire : « S'ils savaient, ils sauraient. »

Jury lui sourit.

— C'est un peu l'impression que ça donne, je suppose. Mais c'est trois fois plus compliqué, à cause de ces deux autres femmes dont le décès pourrait avoir un rapport avec celui d'Angela. Se sont-elles vues toutes les trois en Angleterre ? C'est possible. Ont-elles dîné toutes ensemble ? Auraient-elles pu ingérer une substance qui aurait eu des effets différents sur chacune d'elles ? Ou bien leur mort est-elle accidentelle ? Peut-être bien, pour ce qui concerne deux d'entre elles. Fanny Hamilton est morte en janvier.

— Il se pourrait aussi qu'elles aient toutes été assassinées, ajouta Mary, en lançant une pierre plate sur un cactus.

— C'est encore plus difficile à prouver. Mais si ça traîne tellement en longueur, c'est parce que c'est devenu une triple enquête.

Elle ramassa une autre pierre plate.

— J'arrive pas à comprendre pourquoi elle les aurait tuées aussi, les Anglaises.

Les sentiments qu'elle éprouvait pour Dolly

Schell pouvaient peut-être lui servir à canaliser son chagrin. Ça aide parfois de se mettre en colère. Imaginez son avenir entre les mains d'une assistante sociale ! Non seulement elle n'avait plus de famille, mais le fait que Dolly Schell fût sa seule parente devait rendre cette prise de conscience particulièrement horrible.

Mary grattait la poussière avec un bâton.

— Vous repartez, n'est-ce pas ? dit-elle tristement.

— Dans quelques heures.

— Vous reviendrez ?

— On se reverra.

— Comment le savez-vous ?

— Je le sais.

Ils restèrent assis côte à côte à contempler le paysage désolé. Jury en perdit toute notion du temps. Depuis quand sommes-nous là ? se demanda-t-il soudain en entendant une série d'aboiements brefs mais distincts, une sorte de plainte si triste qu'il sentit un frisson le parcourir.

— C'est Sunny ?

— Sûrement, confirma Mary d'un hochement de tête.

— Bizarre, ça ne fait pas tellement berger allemand.

Elle resta un moment silencieuse avant de répondre :

— Je n'ai pas dit que c'était un berger allemand *pure race*.

42

Après sept heures de voyage sans fermer l'œil, Jury s'assura qu'il serait dans le premier groupe de passagers à débarquer du vol British Airways pour rejoindre le Terminal 3, où la police des frontières s'apprêtait à en faire salement baver aux voyageurs qui n'avaient pas de passeport de l'Union européenne. Heathrow se colletait avec son habituel cortège de problèmes et de vicissitudes : avions en retard, passagers égarés, gosses braillards, et les sempiternelles queues de gens à l'air aussi inquiet que s'ils craignaient de rater le dernier avion pour le paradis. Vol annulé...

L'avion avait atterri à six heures du matin ; il était maintenant six heures quarante et Jury ne voulait qu'une chose : rentrer à Islington, appeler Plant et Macalvie et se mettre au lit. Mais il lui fallait d'abord honorer sa promesse.

Il la retrouva là où il l'avait laissée, assise sur un grand tabouret derrière sa caisse.

— Bonjour, Des ! dit-il en posant sa valise au sol.

Il venait sans doute de la tirer de la contemplation de quelque paysage intérieur car elle le regarda d'un air absent, avant de sursauter, ravie :

— Ah, c'est vous !

— Oui, moi. Revenu de l'enfer de la nicotine. J'aime autant vous dire que je me suis senti drôlement fier de moi, assis dans la section non-fumeurs. Cinq jours et pas l'ombre d'une sèche ! J'ai bien cru que j'allais y passer.

— Moi aussi. Mais j'ai tenu bon. N'empêche que j'ai pensé qu'à ça. En plus, quand on travaille à ce comptoir et qu'on a tout le temps ces saletés sous les yeux...

Comme en réponse à un signal donné, un client se manifesta au même moment, lui tendit un billet de dix livres et demanda deux paquets de Marlboro. Il en rangea aussitôt un dans sa sacoche. L'autre, il le tapota cinq ou six fois sur le comptoir, défit la petite bande de cellophane dorée, arracha le papier d'argent ; puis il prit une cigarette, se la colla dans la bouche, sortit son Zippo et l'alluma. Il aspira longuement la fumée.

— Foutus vols non-fumeurs ! dit-il, un peu gêné d'avoir dû en passer par tout ce rituel avant de pouvoir prendre en compte la présence de tierces personnes.

— Je sais ce que c'est, renchérit Jury. Nous, on essaie d'arrêter, ajouta-t-il en désignant Des d'un signe de tête.

— Arrêter ? Bon Dieu, j'aimerais bien ! J'ai tout essayé, tout : les fume-cigarettes, le chewing-gum, les pilules, la thérapie de groupe, les timbres diffuseurs de nicotine ; la thérapie individuelle, qui vous coûte la peau des fesses. Bref, j'ai tout fait. Y a rien qui marche.

A le voir avaler la fumée jusqu'au tréfonds de lui-même, Jury était sûr que pas un centimètre carré de poumon ne raterait son bain de nicotine.

— Alors, comment vous avez fait ? demanda l'inconnu.

— Eh bien, ce n'est pas encore vraiment « fait », vous savez. J'ai juste réussi à ne pas en toucher une pendant cinq jours, euh, sept, en comptant les deux jours avant mon départ. Et pareil pour Des.

Le fumeur contempla d'un œil songeur la cigarette qu'il tenait en main et fit non de la tête, l'air triste :

— Cinq jours, eh ben merde, moi qui ne peux pas même tenir *cinq heures* sans ! Aucune volonté. Pas un poil.

— Oh, je ne crois pas que ce soit affaire de volonté.

— Ah bon ? dit-il, surpris. Et de quoi, alors ?

Le type semblait prendre la chose très à cœur. Il avait devant lui deux personnes qui avaient en somme entrepris leur quête du Graal, combattu le Minotaure ou descendu des rapides bouillonnants ; qui en étaient ressortis indemnes et qui pouvaient en parler. C'était comme si deux âmes sœurs lui offraient une sorte de sanctuaire dont ils auraient été les grands prêtres, et lui, le pénitent.

— Je crois qu'il faut se trouver un truc, quelque chose qui compte plus pour vous que la cigarette. Faire un pacte avec une autre personne qui essaie aussi de s'arrêter. Votre femme, un ami, n'importe qui. Mais il faut aussi se fixer un but réaliste, se dire par exemple que c'est juste pour deux ou trois jours.

— Un peu comme les Alcooliques Anonymes. « Un jour à la fois. » Ce genre de truc.

— Oui, ce genre-là.

L'homme jeta un regard sur sa montre et lui tendit la main.

— Merci. Ça soulage de savoir qu'on a quelque chose en commun, tous les trois, non ?

« Tous les trois. » Un petit rouage se mit en

marche dans le cerveau de Jury qui se revit au Héron d'Argent.

— C'est vrai, ce qu'il a dit, reprit Des. J'ai un ami aux Alcooliques Anonymes. C'est incroyable les liens que ça crée entre les gens, d'essayer d'arrêter de boire. Je suppose que c'est pareil pour la cigarette, fit-elle, ajoutant avec un sourire : Au fait, je vous dois un baiser.

Fidèle à sa parole, elle se pencha par-dessus le comptoir, passa ses bras autour du cou de Jury et lui donna un baiser un peu maladroit mais assez prolongé.

— Et moi, je vous dois un bracelet, dit-il en quittant la caisse pour s'approcher du comptoir.

— Il n'est plus là. Je l'ai vendu, expliqua Des, un peu triste. Mais ce n'est pas grave.

Mais si, s'insurgea Jury en lui-même. Ce bracelet représentait une récompense, une victoire. Ensemble, ils regardèrent la vitrine où tournait un présentoir capitonné de satin qui marquait de temps en temps un arrêt brusque avant de repartir.

— Oh, je ne sais pas pourquoi il me plaisait tant, finalement. Il n'était pas vraiment plus joli que ceux-là, dit-elle en pointant le doigt vers une rangée de bracelets d'argent.

— L'important, c'est qu'il vous plaisait. C'est ça qui compte, affirma-t-il en la regardant. Et vous n'êtes même pas allée en griller une, quand c'est arrivé ? (Elle fit non de la tête, l'air résolu et fier.) Ça, c'est vraiment fantastique !

Il se baissa pour ouvrir sa valise, et dénicha les boucles d'oreilles destinées à Carole-Anne.

— Regardez, ce n'est pas votre bracelet mais j'ai trouvé ça à Santa Fe ; elles sont typiques de ce qui se fait là-bas. Je les ai prises au cas où...

Jury haussa les épaules sans finir sa phrase, répugnant à alourdir son mensonge. Naturellement, Carole-Anne le tuerait : oser rentrer sans cadeau !

Des en eut presque le souffle coupé, tant elle était contente. Elle sortit une des boucles d'oreilles de l'emballage. La petite grappe de coyotes tintinnabulait comme de minuscules clochettes au vent.

— Oh, mais c'est adorable, vraiment adorable ! Bien mieux que le bracelet, franchement. Oh, c'est tellement chouette de savoir que quelqu'un a pensé à vous, voyez ce que je veux dire ?

En un clin d'œil, elle avait enlevé les boucles d'oreilles qu'elle portait pour les remplacer par les nouvelles.

— Merci. Vraiment, merci.

— Je vous en prie, c'est un plaisir, dit Jury en empoignant sa valise. Bon, il faut que j'y aille. On se reverra, j'en suis sûr.

Elle le regarda, l'air grave.

— Vous croyez ?

— Je le sais.

Exactement ce qu'il avait dit à Mary Dark Hope.

43

1

— Nicotine.

Jury avait attrapé le combiné à tâtons. Il se demanda s'il dormait encore, en proie à une vision de cauchemar : Islington noyé dans ses vieux brouillards jaunâtres, du temps où Londres répondait au sobriquet de la Fumée. Et toute cette fumée dans son rêve ne venait pas des cheminées londoniennes mais de cigarettes, des Silk Cut et des Players. Son inconscient lui envoyait un message. Ou un avertissement. Probablement le cerveau qui craquait sous l'effet du manque. Mais le rêve se fondit peu à peu avec la réalité. Si son premier geste avait été d'attraper le combiné, son deuxième fut de tendre sa main libre vers la table de nuit et d'y chercher son paquet de Players. Rien. Jury retomba sur l'oreiller, ses terminaisons nerveuses torturées par le manque. La seule personne qu'il aurait voulu avoir au bout du fil, c'était le ministre de la Santé qui avait déclenché tout ça, pour l'entendre annoncer qu'il s'était trompé, qu'on avait maintenant établi de façon certaine l'absence de tout lien entre la nicotine, l'emphysème et la mort. Mais Jury se rappela ce pauvre type au terminal, désespérément dépendant, ensorcelé. Et tous les trois...

— Tu es là ?

En fait de ministre de la Santé, c'était Macalvie.

— J'ai bien pensé que tu avais pris le vol qui donne les yeux rouges, alors je t'ai laissé dormir. Mais maintenant, il est presque midi.

Jury essaya de lire l'heure à sa montre dans la pénombre.

— Chez moi, dix heures et demie, ce n'est pas « presque midi », Macalvie !

— Peu importe. Tu as entendu ce que j'ai dit ? Empoisonnement par la nicotine. Ma petite dame...

(Il voulait dire Angela Hope.)

— ... est morte empoisonnée à la nicotine. Nell Hawes, c'est possible aussi. Quant à ta petite dame...

(Il parlait de Frances Hamilton.)

— Toutes les trois, interrompit Jury comme s'il parlait dans un rêve.

Et il comprit pourquoi ses pensées étaient reparties vers Santa Fe, vers l'atelier d'Angela Hope.

— Oui, c'est ça, toutes les trois. Ou au moins deux. J'ai fait une demande de permis d'exhumer. On ne se tue pas en fumant, Jury, tout au moins pas comme ça. Tu sais qu'un cigare renferme entre dix et quarante milligrammes de ce truc-là ? Je suis bien content de ne pas fumer le cigare !

— Comme un alcoolique qui dirait : je suis content de ne boire que de la bière !

Macalvie ignora ce coup porté à ses bonnes raisons.

— Ces photos que tu as prises. J'en ai justement une sous les yeux : Angela était une sacrée fumeuse, à en juger par les marques de brûlures qu'il y a sur son établi.

Jury se dressa sur son séant.

— Le voilà, leur point commun ! s'écria-t-il. D'après la fiancée de son neveu, Frances Hamilton aurait été incapable d'arrêter, même pour tout l'or du monde. Elle était obligée de cacher ses problèmes cardiaques à lady Cray pour que celle-ci ne l'embête pas. Nell Hawes... (Jury s'interrompit, entendant un coup discret à sa porte.) Écoute, il y a quelqu'un à la porte, tu peux attendre une seconde ?

— Non. (Macalvie n'aurait même pas attendu Dieu.) A quelle heure on te voit ?

— En fin d'après-midi. Je dois d'abord passer chercher Wiggins à l'hôpital.

— Zut, j'ai oublié de lui faire envoyer des fleurs. Achète-lui quelque chose de ma part, veux-tu ? Un respirateur, un truc qui lui fera plaisir. Au fait, on ne m'a jamais dit pourquoi il était à l'hosto.

— Oh, un petit bobo à la Wiggins, répondit Jury d'un ton évasif. Tu le connais...

— Dis-lui qu'il ferait mieux de ne pas trop traîner au lit, ça affaiblit.

— Serait-ce une insinuation ?...

Mais le divisionnaire avait déjà raccroché.

A la porte se tenait Mrs. Wassermann, radieuse, un bol à la main.

— Je vous ai apporté du porridge. Je sais que vous en raffolez !

Jury n'avait jamais aimé ça, même quand il était gosse. Il la remercia néanmoins chaleureusement et lui dit qu'il s'arrêterait chez elle en sortant.

Posant le bol près du téléphone, il appela Ardry End. Non, lui apprit Ruthven, Sa Seigneurie n'était pas là, elle était à Londres.

Un petit espoir, pensa Jury.

— A Londres mais où, Ruthven ?

— Je ne pourrais pas vraiment dire, monsieur. Je sais qu'il avait l'intention de passer à l'hôpital. Mais je n'ai pas de nouvelles de lui depuis hier, tard dans la journée.

L'espoir s'envola. Jury remercia Ruthven et raccrocha.

« Elle est retrouvée ! » Mais où, bon Dieu ?

2

Si jamais il y eut deux choses aussi parfaitement faites l'une pour l'autre qu'une main et son gant, c'était bien le sergent Wiggins et son fauteuil roulant.

— C'est le règlement de l'hôpital, expliqua Wiggins à Jury. Mais ne vous inquiétez pas, je vais parfaitement bien. Je suis en pleine forme, assura-t-il avant de lui présenter miss Lillywhite.

Lillywhite, déjà radieuse, adressa à Jury un sourire plus rayonnant encore, sous l'effet conjugué des louanges de Wiggins et des mérites propres du commissaire. Jury l'aida à emballer les livres et à refaire les bouquets, car Wiggins avait insisté pour emporter ses fleurs. Jury se reprochait justement de ne pas lui en avoir envoyé quand Wiggins le remercia pour ses lis et ses œillets. N'y comprenant rien, Jury se dit que le sergent lui rappelait gentiment son oubli. Mais non, réfléchit-il aussitôt, Wiggins usait de l'ironie aussi souvent que du gin. C'est-à-dire jamais.

Et puis il crut comprendre comment il se faisait que Wiggins avait reçu tant de bouquets. Tiens, par exemple, les prétendues roses de Vivian Rivington : elle ne savait même pas que Wiggins était hospitalisé. Idem pour Marshall Trueblood. Sans compter qu'ils ne le connaissaient ni l'un ni l'autre, hormis une brève rencontre déjà vieille de plus de dix ans. Et cet arrangement compliqué d'orchidées et de dahlias censé venir de Fiona était bien trop cher pour son salaire de misère. Plus une petite violette africaine de la part du chat Cyril. Jury sourit. Rien de Racer. Racer vous enverrait plutôt de la ciguë que des œillets !

Ils sortirent dans le couloir, Jury poussant le fauteuil roulant, Wiggins avec son sac de livres sur les genoux, Lillywhite fermant la marche avec les vases de fleurs et éternuant à qui mieux mieux. Sans doute une allergie.

— Je ne savais pas que vous étiez un lecteur si acharné, sergent.

— Ben, voyez, la plupart de ces bouquins ont un rapport avec l'enquête. Mr. Plant m'a apporté celui-ci, dit-il, brandissant *La Fille du temps*, vu que ça s'appliquait assez bien à la situation de votre humble serviteur — c'est l'histoire d'un détective cloué sur son lit d'hôpital.

— Et mon humble serviteur a-t-il réussi à percer le mystère ?

— Comme vous le savez, ou peut-être pas, c'est moi qui ai pratiquement éliminé la possibilité que ce fameux numéro de téléphone en soit un... Ah, au revoir, Mr. Innes ! dit-il à un vieillard fragile sorti de sa chambre pour lui dire adieu. Ce qui est, j'ose le dire, un modeste progrès.

— Absolument, acquiesça Jury, bien qu'à sa connaissance Macalvie n'eût toujours pas établi la nature du fameux numéro.

— Évidemment, cette Joséphine Tey avait un atout que je n'ai pas, moi, vu que son coupable, il était déjà mort — c'était Richard III, vous savez — et qu'il y a eu des tonnes de trucs écrits sur lui. Alors que moi, tout ce que j'ai eu comme information, c'est ce que Mr. Plant a bien voulu me raconter. Au revoir, miss Grissip, au revoir, Mrs. Nutting, et bon rétablissement.

Et ce fut comme ça tout le long du corridor : un à un, les malades pointaient le nez à la porte de leur chambre au passage du sergent Wiggins. Diable, comment se pouvait-il que tous ces gens se fussent tellement attachés à lui en l'espace de cinq jours ? Jury hocha la tête en entendant Wiggins débiter ses histoires de malédictions indiennes, d'Hovenweep, d'Indiens Navajo et Hopi.

— ... il se pourrait que cette dame Hope qui, rappelez-vous, s'intéressait à l'archéologie et à l'anthropologie, soit tombée par hasard sur un objet de grande valeur au cours d'une des fouilles — une de ces poteries noir et blanc qui ont fait la renommée des Anasazi...

Les portes de l'ascenseur s'ouvrirent et se refermèrent sur eux.

— Mais alors, qu'est-ce que vous faites des deux autres, là-dedans ? objecta Jury. De toute façon, le commissaire divisionnaire Macalvie m'a appelé ce matin : il paraît que ce serait un empoisonnement à la nicotine, d'après le labo du poste central d'Exeter.

La nouvelle excita tant Wiggins qu'il faillit décoller du fauteuil que miss Lillywhite poussait justement hors de l'ascenseur.

— Bon Dieu, monsieur !... s'exclama-t-il, farfouillant dans son sac de livres jusqu'à ce qu'il eût trouvé celui qu'il voulait. Voilà ! Ed McBain ! Je l'ai juste fini hier soir, dit-il en agitant le livre de poche à bout de bras, comme un drapeau. *Kiss*, ça s'appelle. Et c'est justement le produit dont se sert McBain. Je vous ai toujours dit que c'était un sacré auteur. La nicotine est mortelle, sous sa forme pure. On peut prendre le tabac des cigarettes et en extraire le truc. C'est à la portée de tout le monde. Une autre façon de procéder, c'est de le mettre sous forme liquide et de l'introduire dans ce que la victime boit ou mange...

Les portes automatiques s'ouvrirent devant eux ; ils sortirent sur le trottoir et Jury demanda :

— Eh bien, comment Mr. McBain s'y prend-il pour l'administrer ?

Miss Lillywhite partit chercher un taxi à la station toute proche.

— Je ne pense pas que je devrais vous le dire. Vous aurez peut-être envie de le lire, un jour.

Jury ferma les yeux et serra les dents.

— Je ne le lirai pas, Wiggins ! Je ne suis pas fou de polars. Alors, comment ?

— Vous devriez lire un peu plus, monsieur, si vous me permettez la remarque. Trop de télé, ça pourrit le cerveau.

— Je suis sûr qu'il y a un remède contre les cerveaux pourris dans votre trousse de toilette, là, dit Jury en brandissant la trousse et en l'agitant, comme l'avait fait Wiggins avec le livre. Alors, comment ?

Wiggins n'en démordait pas :

— Je ne veux pas dévoiler l'intrigue.

Jury songea que s'il n'avait pas croulé sous un véritable jardin fleuri, il eût volontiers caressé les oreilles de Wiggins, fauteuil roulant ou pas.

Sur ces entrefaites arrivèrent heureusement le taxi et miss Lillywhite. Le patient et son infirmière se firent des adieux larmoyants, Jury se tenant discrètement à l'écart tandis que se jouait cette nouvelle version de *L'Adieu aux armes*. Il ne savait pas laquelle de ses envies était la plus pressante : griller une cigarette ou avoir enfin des nouvelles de Plant à propos de ce message exaspérant. A Londres, peut-être, mais où ? Comme si la réponse se trouvait dans la trousse de toilette de Wiggins, Jury ouvrit la fermeture Éclair. Il éprouvait une certaine fascination pour les remèdes du sergent, il fallait bien l'avouer. Bon, on ne sait jamais ce qu'on peut trouver... Tiens, il avait fait rentrer en douce à l'hôpital deux des médicaments préparés par son pharmacien. Les autres fioles contenaient d'étranges bouts de machin poussiéreux, des morceaux d'une plante dont Jury souhaitait ne jamais visiter la terre d'origine. Il examina de plus près les préparations du pharmacien. Bon Dieu, mais qu'est-ce que... ?

C'est alors qu'il avisa le numéro : 431455. Jury regarda Fulham Road d'un air absent. Et s'il s'agissait d'un numéro d'ordonnance ? Et si... ? Il fut tiré de ses réflexions par la voix de miss Lillywhite qui lui faisait signe de rejoindre le taxi.

Wiggins était installé dans le taxi, les fleurs, les livres et autres menus objets rangés dans le coffre. Jury s'installa à son côté et la voiture démarra, Wiggins faisant toujours de grands signes à Lillywhite par la lunette arrière. Une Lillywhite qui rapetissa de plus en plus, pour n'être bientôt plus qu'une tache blanche et floue.

— Plus de fils électriques dans l'eau, hein, Wiggins ? Entendu ?

Wiggins se tourna vers la vitre de sa portière, refusant de répondre.

44

1

Étonnant de voir à quel point un village anglais change peu, au fil du temps. A part Theo Wrenn Browne et sa librairie et Mr. Jenks et son agence immobilière, Long Piddleton n'avait pas bougé d'un poil depuis que Melrose y habitait. Autant dire depuis de nombreuses années, puisqu'il y avait passé toute sa vie.

C'était vrai aussi de Littlebourne, comme il put le constater tandis qu'il fumait une cigarette, debout près de sa Bentley, à regarder la brume qui flottait au-dessus du square de Littlebourne, semblait se dissoudre, puis s'installait. On n'était pas à la même saison que la dernière fois qu'il était venu, et le square, autour duquel courait la rue principale, n'était pas vert, mais nimbé d'un blanc scintillant sous la lumière des réverbères qui bordaient la rue et dessinaient de pâles arcs dorés sur le trottoir sombre. Malgré l'obscurité, Melrose vit que les commerces étaient toujours situés aux mêmes emplacements, comme dans son souvenir. Le garage, la poste, les magasins. Et cette silhouette qu'il avait vue sortir de la poste tout à l'heure, c'était bien celle de Miles

Bodenheim, toujours occupé à troubler la quiétude du village. De ce côté-ci du square, il y avait le pub, un marchand de bonbons, une agence immobilière. Melrose traversa la rue et s'arrêta pour regarder le cottage de Polly Praed qui se trouvait près de la croix de granit dressée au carrefour avec la route d'Hertford. Les murs de pierre blanchis à la chaux portaient la trace d'une vigne vierge, et le jardinet devant la maison était toujours en friche, les hautes herbes rivalisant avec les haies pas taillées.

Melrose s'immobilisa au milieu du square pour rallumer son cigare avant de poursuivre sa route. Une chaude lumière brillait aux carreaux du cottage de Polly Praed et, tandis que Melrose rempochait son briquet, il vit s'écarter les voilages d'une des fenêtres du rez-de-chaussée. Polly apparut. Elle épiait la nuit, les mains placées en entonnoir autour du visage, s'imaginant sans doute qu'on ne pouvait pas la voir. Elle scruta l'obscurité, tournant la tête de droite à gauche, puis de gauche à droite, et elle s'éloigna et les rideaux retombèrent. Melrose attendait, fasciné. Le même manège reprit alors à une autre fenêtre du rez-de-chaussée : voilages écartés, nez collé à la vitre, regard à droite, à gauche, et nouvelle éclipse derrière les rideaux. Melrose attendait toujours, appuyé sur son parapluie fermé. Ah, voilà qu'elle réapparaissait, mais cette fois à la fenêtre de l'étage. A décrypter les ombres de la nuit, encore et toujours.

A la recherche de Melrose, évidemment. Il était sept heures un quart. Il lui avait dit qu'il arriverait *probablement* vers sept heures mais qu'il risquait d'être en retard parce qu'il n'était pas sûr de l'état des routes. Mais Polly ne devait déjà plus l'écouter depuis longtemps, peu encline à s'occuper de détails et, encore moins, de probabilités. Et pas du genre à se montrer compréhensive. Melrose traversa la rue, prit la courte allée menant chez Polly et souleva le heurtoir de cuivre. Pas de réponse. Il recommença. Toujours pas de réponse. Quand la trotteuse de sa montre eut fait un tour de cadran, il alla frapper avec son parapluie au carreau de la fenêtre, sur le côté du porche.

Enfin la porte s'ouvrit et Polly mit le nez dehors.

— Ah, c'est toi !

— Eh oui, bonjour Polly.

— Bonjour, répondit-elle avec un bâillement étudié. Viens, entre.

Melrose n'était pas encore dans l'entrée qu'elle lui avait déjà tourné le dos et s'éloignait. Tendant son parapluie droit devant lui, il réussit à en accrocher la poignée à l'encolure de la robe de Polly. Et il la tira doucement en arrière.

Elle fut forcée de faire quelques pas à reculons, permettant ainsi à Melrose de passer un bras autour de sa taille et de l'embrasser. Le baiser atterrit dans le creux de son épaule, puisqu'elle était toujours de dos.

— Mais qu'est-ce qui te prend ? rouspéta-t-elle, l'air grincheux.

— Je te fais un baiser. Ça fait quatre ans que je ne t'ai pas vue !

Elle le planta là et partit au salon, rectifiant sa tenue comme s'il avait osé bien plus qu'un simple baiser.

Polly était plutôt jolie mais ne savait pas s'habiller. Et ce soir-là, elle portait justement un pull-over brun citrouille, sur une jupe aubergine ! Quelle combinaison, idéale pour vous faire un teint de suif et des cheveux d'un brun terne comme la boue !

Cependant, rien ne pouvait faire oublier ses yeux superbes qui variaient, selon la lumière, du bleu lavande au violet profond. Des yeux d'améthyste.

Melrose s'installa, songeur, dans le fauteuil offert du bout des lèvres : pourquoi les femmes allaient-elles jusqu'au déni total pour bien lui montrer qu'elles se souciaient de lui comme de leur première chemise, alors qu'au même moment elles se donnaient tant de mal pour le faire venir ? Ce n'était pas le genre de désagrément auquel Jury risquait d'être confronté. En sa présence, Polly perdait l'usage de la parole. Mais ce mutisme passager ne signifiait pas forcément « amour », si ?

Cela dit, elle était tout sauf muette en présence de Melrose. Pas timide, non plus. Ni effacée. Elle s'adressa à lui en fronçant les sourcils.

— Où loges-tu donc ?

— Au *Bold Blue Boy*.

Le seul endroit où l'on pût loger, elle le savait bien.

Elle lui servit un whisky à l'eau, lui passa une assiette de petits bouts de fromage qui auraient parfaitement convenu à une souris, et s'assit sur le divan, en face de lui.

— Alors, qu'est-ce que c'est que toute cette histoire à propos de lady Kennington ?

— Richard Jury m'a demandé de la chercher.

— Il n'est pas capable de la trouver tout seul, non ? Il est devenu bête ou quoi ?

— En fait, c'est la police de Stratford qui la recherche...

Polly attendait la suite, haletante.

— Mon Dieu ! Qu'a-t-elle donc fait ?

— Rien, je suis désolé de te l'apprendre. Rien, si ce n'est d'avoir été témoin de quelque chose.

— « Quelque chose » ? Quel genre de « quelque chose » ?

— Je ne connais pas les détails. Jury est aux États-Unis pour une enquête, et j'ai juste reçu un message de lui par l'intermédiaire de son ami de la police de Stratford-upon-Avon.

Melrose aurait eu plaisir à inventer une histoire d'auteur de meurtres en série, mais il se dit que ce n'était peut-être pas une bonne idée, vu qu'il connaissait un des protagonistes de l'affaire.

— Vraiment, Polly, je ne sais rien là-dessus, conclut-il avant de changer de sujet. En tout cas, c'est formidable de te revoir, ça fait si longtemps...

— Tu pourrais peut-être t'arranger pour ne pas parler du temps qui passe ? répliqua-t-elle vertement.

— Ne t'inquiète pas, dit-il en riant. Tu as de longues, longues années d'écriture devant toi.

— Mais je n'ai guère de longues, longues *journées* d'écriture devant moi avant l'avant-dernière date limite de remise de mon manuscrit.

— Ah, c'est pour ça que tu es de si mauvaise humeur ?

Polly était un écrivain qui collectionnait les dates limites. Il y avait celles qu'on peut ignorer, celles à ne pas prendre trop au sérieux, celles du dernier carat, et enfin, les incontournables. Ces dates limites, elle se les imposait à elle-même, lui avait-elle expliqué, pour s'obliger à travailler. Melrose ne se souvenait pas que le système eût jamais marché.

— J'ai une amie à Baltimore qui s'enchaîne à son bureau, si ça peut t'être utile.

— Mais c'est merveilleux !

Le fait qu'il s'agît d'une femme s'effaçait devant son statut d'écrivain, car Polly oubliait volontiers la jalousie pour avoir le plaisir de parler d'écriture et d'auteurs.

— Mais comment fait-elle ? Bien sûr, on pourrait *tous* en faire autant, mais l'ennui, c'est qu'on peut tout simplement se détacher et sortir.

Elle prenait ça très au sérieux, comme d'habitude.

— Elle range la clé dans un endroit auquel elle ne peut pas accéder.

Polly s'étant plongée dans une profonde réflexion, Melrose lui expliqua comment Ellen s'y prenait.

— Mon Dieu ! s'exclama Polly en se radossant contre le divan. Je suppose que j'ai de la chance, en comparaison.

Elle ne demanda pas si Ellen Taylor était un bon écrivain. C'était les tourments qui l'intéressaient, pas la qualité. Polly adorait parler d'écriture. C'était presque une jouissance sensuelle chez elle, un élan de passion. Ça l'excitait. Melrose en profita donc pour lui annoncer qu'il écrivait un policier.

Ce qui tarit illico la fontaine d'enthousiasme de Polly.

— *Toi ?*

— Et pourquoi pas ? Je passe suffisamment de temps à lire tes manuscrits froissés, non ?

C'était sans doute ce qui lui avait valu ce dédain car, s'il s'essayait lui-même au genre littéraire, il ne serait plus disponible pour relire ses œuvres à elle.

— Quel livre es-tu en train d'essayer de terminer pour ta dernière date limite ?

— Tu te souviens de *Mort d'un doge* ?

— Si seulement je pouvais l'oublier !

— Dis donc, merci beaucoup ! Bon, en tout cas, c'est la suite.

— Pardon ? s'étonna-t-il, car s'il y avait un livre qui n'appelait pas de suite, c'était bien celui-là. Tu ne te rappelles donc pas l'enfer que tu as vécu pendant que tu l'écrivais ?

— Si, mais j'aimais bien Aubrey.

Melrose non. Allait-il devoir suivre une fois de plus les tribulations d'Aubrey Adderly fuyant à travers les ruelles brumeuses de Venise ?

— Je croyais qu'Aubrey s'était fait zigouiller là-bas ?

— Non, tu penses à quelqu'un d'autre.

— Justement, c'est à tous les autres que je pense, si c'est bien le livre dont je me souviens, dit-il, sachant que Polly n'hésitait pas à liquider une douzaine de personnages en autant de pages. Polly, pourquoi ne pas choisir un autre cadre que Venise ? Portsmouth ou Bury St Edmunds, par exemple.

— Oh, ne fais pas l'idiot ! Jamais on ne se sert d'endroits pareils.

— Mais c'est bien ce que je veux dire. Et, tant qu'à faire, pourquoi pas *ici même* ? Tu continues à occire des Bodenheim ?

Un autre sujet de prédilection de Polly.

— Je viens de liquider Julia pour la dix-huitième fois.

Julia Bodenheim était la fille. Qui ne se contentait pas d'être une snob, mais une snob à cheval.

— Elle chevauchait derrière la meute quand sa monture l'a envoyée valser de l'autre côté d'une haie, dans un pré plein de chevaux qui l'ont piétinée jusqu'à ce que mort s'ensuive. A vous faire tourner les sangs ! conclut-elle avec un soupir de satisfaction.

— J'ai vu Miles Bodenheim qui sortait de la poste, raconta Melrose en se calant plus profondément dans son fauteuil.

Polly ne connaissait peut-être rien aux vêtements, mais elle s'y entendait en matière d'ameublement. Son petit cottage était très joliment arrangé.

— Je n'arrive pas à croire que ça fait dix ans. Dix ans ! songea-t-il en étudiant les moulures du plafond. On est complètement hors du temps, ici.

— Non, pas du tout, remarqua Polly pour qui discuter, c'était contredire.

Elle lui passa le fromage et les crackers.

— En tout cas, je jurerais que Bodenheim avait le même air satisfait, celui qu'il prenait toujours quand il avait réussi à empoisonner la vie de quelqu'un. La postière en l'occurrence — comment s'appelle-t-elle donc ?

— Pennystevens.

S'ils ne parlaient plus de ses livres, eh bien, elle allait feuilleter un magazine.

— Miss Pennystevens ! Dire qu'elle paraissait déjà mûre pour la retraite quand je l'ai vue il y a dix ans. Eh bien, elle est toujours là. Ils sont toujours là. Dieu sait que Bodenheim a exactement la même allure, jusqu'aux taches d'œuf sur son gilet !

— Toi, tu es un grand sentimental. Tu aimes sans doute Housman : « Que sont ces montagnes bleues de mon souvenir ? » Ce genre de truc.

— Et toi, on peut dire que tu es attachée à ton truc vénitien.

Pour toute réponse, elle se contenta de bâiller.

— Bon, je ferais mieux de partir, observa Melrose. Tu es fatiguée.

— Non ! Non, pas du tout... protesta-t-elle, finissant sur une note pleurnicharde.

— On se verra demain, Polly. On pourrait peut-être déjeuner ensemble ?

Elle semblait pensive, soupçonneuse.

— Tu l'as vue ?

— Lady Kennington, tu veux dire ? Non, elle n'était pas au pub.

— Si, elle y est. Je l'y ai vue.

— Je veux dire qu'elle était partie quelque part.

— Sans doute dans son ancienne propriété. Pour rôder un peu dans le domaine.

Dans le sinistre univers de Polly, on ne se contentait pas de regarder et de marcher : on épiait et on rôdait.

Melrose n'avait pas envie de lui dire que, justement, il allait à Stonington.

— Je crois que je vais faire un tour dans le village. Pour voir si j'ai tort. Pour voir si tout n'est pas exactement pareil qu'avant.

— On ne retrouve jamais ses racines.

Tiens, un des clichés les plus juteux de son répertoire, songea-t-il.

— Mais si. Bonne nuit, Polly.

2

Melrose n'était jamais passé de l'autre côté du mur de pierre mais il se rappelait la petite plaque de cuivre qui y était fixée, gravée au nom de Stonington.

Pour avoir regardé à travers les grilles de fer forgé, un jour d'été, il se souvenait d'un jardin en friche et d'arbres mal taillés. Aujourd'hui, en février, il n'y avait pas de feuilles, et l'on voyait mieux la maison, qui était immense. Examinant les piliers de pierre du portail, à la recherche d'un interphone ou d'un dispositif électronique permettant d'entrer, il ne trouva rien, mais s'aperçut que les grilles n'étaient pas fermées, et qu'il suffisait de pousser pour les ouvrir.

Il remonta l'allée de gravier, en évitant les nids-de-poule. Depuis combien de temps la propriété était-elle inoccupée ? Il n'avait encore jamais vu d'endroit plus silencieux, plus à l'abandon. Un véritable paradis pour les oiseaux, avec les troènes qui avaient grand besoin d'une bonne taille, les parterres de plantes herbacées tout négligés. Et pourtant, il n'y avait pas d'oiseaux. Melrose se dit qu'il devait être encore sous l'influence de Baltimore et d'Edgar Allan Poe, à voir le plaisir que lui donnaient les paysages désolés et les maisons abandonnées.

Il gravit les larges marches du perron et, arrivé en haut, plaça ses mains en entonnoir de chaque côté de son visage, pour regarder à l'intérieur, comme avait fait Polly tout à l'heure pour épier son arrivée.

Qu'allait-il trouver ?

Quelle question stupide ! Lady Kennington, bien sûr, voilà ce qu'il trouverait. La secrétaire de l'agence immobilière, bavarde comme une pie, lui avait dit que lady Kennington serait sans doute dans la maison parce qu'elle y passait beaucoup de temps, à regarder les choses, à prendre des mesures, peut-être. Savait-il qu'elle avait possédé le domaine, à une époque ? Et même que son mari, lord Kennington, lui avait fait le coup de mourir, et qu'elle était restée là aussi longtemps qu'elle avait pu. Eh bien, moi, je pourrais pas, non, pas seule, et surtout pas après ces horribles meurtres. Il était au courant, non ? Cette femme qu'on avait trouvée...

Oui, Melrose était au courant. Il avait donc remercié la secrétaire et il était parti.

La statue érigée au milieu de la cour avait dû faire office de point d'ancrage autour duquel gravitaient les activités de la maisonnée, car elle était visible depuis toutes les pièces de la maison.

Il avait constaté la chose en regardant par les hautes fenêtres d'une grande salle vide, après avoir observé une silhouette féminine — pas celle de la statue, mais celle d'une femme qui tantôt se tenait près de la sculpture, tantôt se courbait vers la terre du jardin. Et pour quoi faire ? Enlever des mauvaises herbes ? De nuit ? Apparemment oui, car lorsqu'elle se releva, Melrose aperçut des sortes de tiges noires dans ses mains gantées. Ça l'amusa de la voir survoler du regard cette friche qu'était le jardin autour de la statue. Et elle se baissait encore, poursuivant sa tâche ingrate. Elle a beau ne plus être la propriétaire en titre des lieux, songea-t-il, elle est toujours chez elle, ici. Comme la statue. Un élément inamovible du décor.

Bon. Que faire ? Comment s'y prendre pour se montrer, sans lui coller une frousse de tous les diables ? Il traversa la pièce et pénétra dans la suivante : il sortirait par les portes-fenêtres pour qu'elle puisse le voir venir.

Et elle le vit. Elle se releva, abandonnant son inutile labeur, le regarda longuement, la tête légèrement penchée sur le côté, et lui sourit.

— Je me souviens de vous, dit-elle comme si elle avait enfin la réponse à une question qui la travaillait depuis longtemps, comme si quelque destin venait enfin de s'accomplir.

Ou bien était-ce ainsi que Melrose voulait l'interpréter ?

— Nous n'avons jamais vraiment fait connaissance.

— Non, mais vous étiez... à l'enterrement, dit-elle, détournant les yeux.

— C'est vrai. Il y a dix ans. Je suis stupéfait que vous puissiez vous en souvenir.

— Si longtemps que ça ! s'exclama-t-elle. Le temps nous joue de sacrés tours. On ne croirait jamais que cette maison était habitée, n'est-ce pas ? Elle a été louée pendant des années et, maintenant, elle est à vendre, expliqua-t-elle, ajoutant vivement : Vous n'êtes pas... ?

Il s'empressa de la rassurer :

— Non, je ne suis pas un acheteur potentiel, lady Kennington.

— Oh, ne m'appelez pas comme ça ! protesta-t-elle avec ce sourire radieux qui était le sien. Je n'ai jamais aimé toutes ces histoires de « lady ». Et maintenant que mon mari est mort, je n'ai pas envie... Jenny, tout simplement. Mais, si vous n'êtes pas venu visiter, alors pourquoi... ?

— Je vous cherchais.

Et comment !

45

— Numéro de prescription, dit Jury.

Il se trouvait au poste principal d'Exeter, dans le bureau de Macalvie et l'heure du dîner avait sonné depuis longtemps. Le troisième homme présent, un certain Dr Sloane, faisait une tête qui donnait à penser qu'il eût préféré se trouver n'importe où ailleurs. Y compris au fond d'une tombe fraîchement creusée. *N'importe où*, sauf là, assis dans ce bureau avec deux flics.

Macalvie se radossa contre sa chaise pivotante qui émit un craquement. Il sourit.

— Je savais bien que ça valait le coup d'aller au Nouveau-Mexique !

Jury tripotait la photocopie du carnet d'adresses.

— Reconnais le mérite de Wiggins ! C'est sa prescription.

— J'ai appelé ton amie lady Cray pour lui demander de regarder dans les armoires à pharmacie. Et elle a trouvé quelques timbres diffuseurs de nitroglycérine.

— Troubles cardiaques, je sais.

— C'est fort, ces trucs-là. Faut pas plaisanter avec ça. Elle prenait un sacré risque, Mrs. Hamilton, en continuant à fumer. Après notre conversation, j'ai téléphoné au médecin de Frances Hamilton. Il lui a fait une ordonnance avant son départ pour les États-Unis, en tenant compte de la durée de son voyage : il ne voulait pas qu'elle se trouve à court. Et à son retour, elle a fait renouveler sa prescription. Autrement dit, elle n'avait pas besoin de voir un médecin aux États-Unis.

— Donc, la prescription — à supposer que ce soit bien à ça que corresponde le fameux numéro — n'était pas pour elle, bien qu'elle ait été inscrite dans son carnet d'adresses.

Le Dr Sloane jeta un coup d'œil appuyé à sa montre :

— Il faut que je retourne au labo, commissaire.

Macalvie esquissa un geste d'excuse dépourvu de sincérité.

— Dites-lui donc ce que vous m'avez raconté !

Sloane soupira.

— Tout est dans le...

— Dans le rapport, je sais. Mais c'est tellement mieux venant de votre bouche.

Le Dr Sloane ne broncha pas mais Jury sourit. Le Dr Sloane était de toute évidence un Macalvite, une de ces rares personnes qui avaient droit à l'admiration de Macalvie.

— Une dose toxique de nicotine provoque de la tachycardie, de la confusion mentale, des convulsions, et d'autres symptômes, tels que de violentes nausées. Dans le cas de la victime en question, dit Sloane avec un geste en direction de l'avalanche de papiers qui jonchait le bureau de Macalvie et contenait les photos du corps d'Angela Hope, ça expliquerait un point resté obscur, à savoir comment elle a pu tomber dans le trou d'Old Sarum. La police du Wiltshire avait raison : il est impossible qu'elle ait simplement glissé. Mais le risque de glisser ou de tomber devait être le cadet de ses soucis, dans l'état où l'avait mise l'empoisonnement à la nicotine. C'est dommage que personne ne l'ait *vue* et que je n'aie pas de témoignage sur les symptômes avant-coureurs, mais je peux parfaitement me la représenter. Je veux bien croire que la confusion mentale et les convulsions l'aient acculée à tomber dans le trou, pour ne pas dire carrément catapultée dedans. Et si ses mains ont labouré quelque chose, ce n'est sûrement pas de l'herbe mais son propre corps...

— Vous êtes donc certain qu'il s'agissait bien d'une dose toxique de nicotine ? s'enquit Jury qui comprit, à peine ces mots lâchés, qu'il aurait mieux fait de se couper la langue.

Le Dr Sloane marqua une pause, pas plus longue qu'un battement de cœur, mais lourde de sous-entendus. Mais comme il avait eu la même réaction avec Macalvie, Jury n'en fit pas une affaire personnelle. Sloane sortit alors une feuille de papier qu'il lui tendit. C'est avec une certaine dose de perplexité que Jury considéra les graphiques en dents de scie, les pourcentages et les noms de médicaments.

— Résultats du chromatogramme de la phase gazeuse qui vous indiquent ce qu'on a trouvé dans le prélèvement sanguin. Le niveau de nicotine mesuré là n'a rien de surprenant chez une grosse fumeuse.

C'est à ce moment-là que Macalvie, tel l'assistant d'un magicien qui fait son tour, sortit une cartouche de cigarettes Marlboro qu'il posa sur son bureau avec un claquement sonore.

Le regard de Jury hésitait entre Sloane et Macalvie.

— Navré, mais je n'y suis pas du tout ! Moi aussi,

je suis un gros fumeur — ou plutôt, *je l'ai été*, rectifia-t-il avec un sourire serein, mais je ne suis pas à deux doigts de faire des convulsions, du moins, je l'espère.

— Espérons-le, en effet, dit Sloane, toujours rassurant. Bon, j'ai été interrompu, reprit-il, fustigeant Macalvie d'un regard aussi toxique qu'une overdose de nicotine. Si vous pouviez vous dispenser de vos effets pyrotechniques, commissaire ? Tout au moins tant que je suis là ?

Macalvie eut un petit sourire : difficile à arrêter, celui-là, quand il était lancé.

— La dose mortelle de nicotine pour un être humain se situe entre trente et soixante milligrammes, poursuivit Sloane. Un paquet de cigarettes en contient à peu près trois cents milligrammes.

Là, il laissa peser un regard appuyé sur le cendrier débordant, releva les yeux pour les poser sur Macalvie qu'il gratifia d'un sourire à vous dessécher sur place.

— La majeure partie est brûlée ou transformée par le métabolisme, bien entendu. La mort peut intervenir en quelques minutes. Dans le cas qui nous occupe, par infarctus du myocarde résultant d'une insuffisance valvulaire, probablement due à ses antécédents de rhumatisme articulaire aigu.

— En quelques minutes ? Mais alors pourquoi à Old Sarum ?

— La mort *peut* intervenir en quelques minutes, mais ça peut prendre jusqu'à quatre heures, le délai le plus vraisemblable étant de l'ordre de (haussement d'épaules)... disons une heure. Tout dépend de la dose et de la victime.

Macalvie opina du bonnet.

— Lorsque Plant a parlé avec ce petit gars du

nord de Londres, Gabriel Merchant, celui-ci a mentionné une chose dont il n'avait rien dit précédemment, un détail qui n'avait pas dû lui paraître important. Quand il l'a vue à l'exposition de peinture, elle « essayait d'arracher quelque chose », a-t-il dit. Un genre de sparadrap...

— Le timbre diffuseur de nitroglycérine ? s'étonna Jury. Je croyais qu'on parlait de nicotine...

Macalvie leva la main.

— Primo, il est écrit sur le mode d'emploi de ces machins-là de les *enlever* immédiatement en cas de symptômes anormaux. Et il paraît qu'elle avait vraiment sale mine, d'après ce que ce Gabe a raconté à Plant. Elle est sortie dare-dare de l'exposition de portraits. Secundo, elle se pointe peu après dans la salle des préraphaélites. L'air toujours aussi malade. Malade à crever, on pourrait dire.

Macalvie se pencha plus avant sur son bureau, des velléités incendiaires dans ses yeux bleus et jusque dans sa tignasse cuivrée.

— Jury, si tu voulais arrêter de fumer... et que tu aies déjà à peu près tout essayé...

Des détails se mirent en place dans la tête de Jury, avec la précision d'une combinaison de coffre-fort. « J'ai tout essayé, bon Dieu, pilules... timbre... thérapie... »

— ... et que rien n'ait marché, tu n'irais pas voir un médecin pour qu'il te donne des timbres diffuseurs de nicotine ?

Le Dr Sloane croisa les bras sur la poitrine comme si la neige fondue de février tombait aussi dans ce bureau.

— Ce qui la rendait malade, cette dame, c'est la nicotine. Administrée par voie transcutanée.

— Il faut une prescription pour les timbres de

nicotine, aux États-Unis du moins, remarqua Jury. On ne peut pas en acheter en pharmacie sans ordonnance. Mais aucun médecin n'aurait prescrit un traitement de *nicotine* à une femme qui prenait déjà de la *nitroglycérine*.

— Bon, on a là une autre fumeuse invétérée qui ne peut pas s'arrêter mais qui déteste les médecins...

— Tu veux dire Angela Hope.

Macalvie enchaîna.

— ... et ces timbres ne peuvent s'obtenir que par l'intermédiaire d'un médecin.

— A moins, bien sûr...

Macalvie fit oui de la tête, sourit.

— ... qu'on n'ait une pharmacienne dans la famille...

Ils restèrent assis là tous les trois, à se regarder sans mot dire.

— Avec une aiguille bien fine, un pharmacien pourrait facilement injecter une dose de nicotine toxique à travers le papier qui recouvre le timbre, expliqua le Dr Sloane. Un des poisons les plus violents que je connaisse, quand il est administré par voie cutanée. Et même si la victime arrive à arracher le timbre, il faut impérativement laver la peau à grande eau pour éliminer tout le produit, sinon, le processus d'absorption continue. Pas un truc avec lequel on peut rigoler, messieurs, conclut-il en se levant. Je laisse la partie moins technique de la question au commissaire Macalvie.

— Merci bien ! A coup de monosyllabes, j'arrive à peu près à me débrouiller. De justesse.

Le Dr Sloane sortit du bureau.

— Elle avait raison, dit Jury au bout d'un moment.

— Qui ça ?

— Mary Dark Hope.

— Ah, la petite sœur. Mais espérons qu'elle ne va pas aller s'en vanter. Du moins, pas à Dolores Schell. Maintenant, procédons à un de mes géniaux petits raccourcis : les timbres de nicotine sont passés entre les mains de Nell et — pure supposition de ma part — entre celles de Frances Hamilton. Une hypothèse, mais peut-on supposer que le numéro figurait dans le carnet d'adresses parce que Angela Hope avait demandé à l'une d'elles, ou aux deux, d'aller chercher l'ordonnance ? En auraient-elles juste pris pour « essayer » ? Plus probablement, Angela leur en a donné, rectifia-t-il en prenant la cartouche de cigarettes et en l'agitant plusieurs fois. On a trouvé ça dans la chambre d'Angela au *Red Lion*. Dolores Schell s'est rendue utile, elle a rassemblé les affaires d'Angela, se disant que la police était peut-être passée à côté de quelque chose. Et c'était le cas : des cigarettes. Tiens, on dirait que tu ne me suis plus, Jury ?

— En effet. Qu'est-ce qu'elle fabriquait avec une cartouche de cigarettes, alors qu'elle se traitait avec des timbres à la nicotine ?

— Mais rien, justement, et c'est ça l'important. Les cigarettes n'étaient qu'un accessoire fourni par Dolly. Elle les a fourrées dans la chambre d'Angela, au cas où des examens de routine révéleraient la présence de nicotine. S'il n'y avait pas eu de cigarettes là, Rush risquait de se poser des questions, puisque tout le monde savait qu'Angela était une grosse fumeuse. Alors Dolly a imaginé la solution : si elle « trouvait » des cigarettes, la présence de nicotine dans le système d'Angela n'aurait rien de surprenant. Même si Angela n'avait pas réussi à arracher le fichu timbre, la police aurait supposé qu'elle avait continué à fumer malgré le timbre. Ce qui est une chose très dangereuse et ça expliquerait fort bien l'arrêt cardiaque, conclut Macalvie qui se renversa en arrière et contempla le plafond. Mais quel est le mobile de Dolores Schell ?

— Elle m'a dit qu'elle n'aimait pas Angela, mais je suis persuadé qu'elle a minimisé l'intensité de la haine et de la jalousie qu'elle éprouve. Si elle me l'a elle-même avoué, c'est qu'elle a pensé que je l'apprendrais de toute façon de quelqu'un d'autre et que ça ferait mauvaise impression. Au fil des ans, Dolly a vu Angela Hope et son charme lui « voler » tous ceux qui comptaient pour elle, y compris son propre père.

Macalvie étudiait un des rapports que Jury lui avait envoyés.

— Y compris aussi ce fameux Dr Nils Anders ?

— Absolument. Quand elle a vu Nils Anders passer tant de temps en compagnie des sœurs Hope, ça a été la goutte d'eau qui fait déborder le vase. Elle le connaissait bien avant qu'Angela ne le rencontre. Je suppose que ça a été trop pour elle. Nils Anders... commença Jury qui s'interrompit et se pencha pour attraper un des téléphones. Qu'est-ce qui va se passer quand Dolly Schell s'apercevra qu'elle s'est trompée de sœur ?

— En tout cas, ça m'a tout l'air d'être une pharmacienne sacrément tordue.

Jury composa un numéro.

— On dirait plutôt un « gossepéril ».

Macalvie afficha une grimace d'incompréhension.

— Un *quoi* ?

46

Mary était bien décidée à le trouver, fût-ce au péril de sa vie.

Ce numéro, elle l'avait déjà vu quelque part, elle le savait. Mais elle n'en avait pas le souvenir précis, sauf pour les trois premiers chiffres qu'elle se rappelait parce que c'était un numéro d'Española — tous les numéros commencent par 753, là-bas. Donc ça voulait dire qu'il y avait sept chiffres en tout, ce qui était utile. Quant à savoir où elle aurait pu voir ce numéro, c'était une autre histoire. Peut-être sur une des prescriptions qu'elle avait livrées ? Ou bien sur le comptoir de la pharmacie où Dolly Schell aurait posé la préparation, en attendant l'arrivée du client ?

Pour éviter d'allumer, elle tenait une petite lampe-stylo coincée entre ses dents, ce qui lui laissait les mains libres pour chercher parmi les fiches. Le souvenir qui lui était revenu était si vague qu'il devait s'agir d'une ordonnance préparée et livrée depuis un certain temps déjà. Abandonnant les fiches, elle ouvrit le gros registre des prescriptions, celui dans lequel elle avait vu Dolly inscrire les numéros. Noms, dates, adresses. Mary avait sa torche braquée sur la section des « Produits soumis à contrôle », le dernier document à inspecter après les fiches et la

« Liste des prescriptions ». Mais elle ne pensait pas trouver quoi que ce fût là-dedans. Tout en parcourant lentement la liste des numéros en s'aidant d'un doigt, elle entendit un bruit étouffé qui venait du devant de la pharmacie. Sunny. Mais où était donc Sunny ? Il avait encore filé ! Faudrait qu'elle le dresse, qu'elle lui apprenne à obéir à des ordres, à s'asseoir, à rester en place. Ha, ha ! Elle pensa au mot « coyote ». Coyote, ça avait toutes sortes de sens différents selon les tribus. On disait même : « Ne regardez jamais le coyote droit dans les yeux ! » Mais encore fallait-il pouvoir l'approcher d'assez près !

Sunny ? Mary arrêta son doigt sur la liste et tendit l'oreille. De nouveau un léger sifflement, un bruit de succion. Elle reporta son attention sur le registre, son doigt suivant la colonne bien nette que formaient les inscriptions. Dolly avait une écriture méticuleuse, très lisible et toute petite. De toute façon, Dolly était une personne méticuleuse. Tout était disposé avec le plus grand soin dans la pharmacie, des shampooings au présentoir de poupées *kachina*.

Le registre de « Produits soumis à contrôle » semblait plus intéressant. Tiens, voilà l'arsenic délivré à Mrs. Rudolph Seese. Mary la connaissait. Restait à espérer que quelqu'un gardait un œil sur Mr. Seese ! Apparemment, on avait prescrit le Percaset et le Percodan — le Valium aussi — à tour de bras : à des tas de gens, et en grandes quantités. Sans compter que la moitié de la ville devait carburer au Prozac. Était-ce à cause de toutes ces drogues que les habitants de Santa Fe avaient toujours le moral au beau fixe ? Mary poursuivait ses recherches, parcourant les pages sous le faisceau lumineux de la petite torche.

Enfin, ayant vérifié la dernière inscription, elle fit non de la tête : le fameux numéro n'y était pas. Les deux premiers chiffres — 75 — ne figuraient même pas dans les numéros de prescription. Il y avait bien des 78, des 79 et des 71, mais pas de 75. Mary referma le registre et poussa un soupir. Peut-être, après tout, s'était-elle trompée et ne s'agissait-il pas d'un numéro de prescription. Est-ce que Dolly exécutait des ordonnances pour les habitants d'Española ? Une fois de temps en temps, oui...

Mary sursauta violemment quand retentit la sonnerie stridente du téléphone. Qui sembla résonner bien plus fort encore dans le noir. La personne qui appelait devait insister car ça n'en finissait pas de sonner. Au moins, ça avait eu le mérite de tirer Sunny de sa cachette ou de le ramener dans le monde visible. Il avait dû interpréter l'explosion sonore comme un danger pour Mary. Du haut du tabouret où elle était juchée, elle tendit la main pour le caresser derrière les oreilles. Sacré coyote, va !

Le numéro. Mary ferma les yeux pour y réfléchir encore. Elle restait persuadée qu'il y avait un rapport avec une prescription. Et pourtant, il n'était pas là. Il fallait donc bien faire machine arrière et revenir à l'idée que ce n'était pas un numéro d'ordonnance. Ou bien alors... Dolly *n'avait pas voulu* qu'il figure au registre.

Assise dans le petit local où se faisaient les préparations, Mary laissait flotter son regard au-delà de la table de travail, vers une obscurité où se profilaient à peine les silhouettes fantomatiques des rayonnages. Elle les connaissait toutes, ces étagères, pour avoir dû les ranger plus souvent qu'à son tour. Car Dolly Schell était une obsédée de l'ordre qui poussait à des extrémités ridicules le vieux dicton « Chaque chose à sa place ». Combien de fois n'avait-elle pas demandé à Mary de vérifier les rayons ? « Tu sais comment font les gens, disait-elle, ils prennent une chose, ils l'emportent ailleurs et la déposent n'importe où. » Mary était donc chargée d'arpenter les allées entre les rayons, de prendre les articles laissés çà et là sur le dessus des présentoirs en verre, et de les remettre à leur place. Clairol. Neutrogena. White Rain. Mary pouvait en réciter la litanie, telle une dévote égrenant son chapelet. Elle aurait su les retrouver dans le noir, tant elle connaissait bien la place de chaque chose.

C'était peut-être bête et sentimental, mais Mary envisageait les produits comme appartenant à des « familles ». La famille des produits Revlon, la famille Clairol, la famille Prell — toute petite, celle-là. Ça devenait un jeu sympathique qui lui faisait oublier tout ce que le rangement peut avoir d'ennuyeux. Qui lui faisait oublier le mordant de la voix perçante de Dolly Schell. *Cousine* Dolly, se rappela-t-elle avec un frisson.

La famille Hope était désormais réduite à un seul membre : Mary. Car elle refusait d'inclure Dolly dans ce cercle restreint.

Si elle n'avait pas été aussi décidée à retrouver la prescription, Mary aurait craqué, là, tout d'un coup. Elle s'en sentait à deux doigts. Elle allait poser la tête sur la table, sur ses bras croisés, quand elle se redressa vivement : Sunny avait encore disparu !

Et le bruit de succion qu'elle avait entendu tout à l'heure se reproduisit : c'était un bruit de porte qu'on ouvre ou qu'on ferme. Mais Sunny n'était certainement pas capable d'ouvrir une porte. Aiguisant son regard, elle scruta la pénombre vers l'avant de la boutique (là d'où était venu le bruit). Rien que des ombres. Mais cette silhouette nerveuse qu'elle apercevait là, sans pouvoir distinguer son visage, elle l'aurait reconnue n'importe où : c'était celle de sa cousine.

Mary avait peur. Elle ne pouvait pas rester dans ce local, derrière la vitre coulissante, comme un poisson dans un bocal. Elle se baissa légèrement pour passer sous la porte au linteau bas, et avança à pas feutrés jusqu'au comptoir où trônait la caisse et devant lequel se dressaient des rayons garnis d'aspirine, de bromure, de poudres contre les maux de tête, de pilules et de gélules contre le rhume.

Il y eut une première détonation, suivie d'une brève traînée lumineuse. Mary comprit que Dolly n'était pas venue là juste pour vérifier que tout allait bien. La balle avait sifflé juste au-dessus de sa tête, déchirant l'air, et avait fait voler en éclats la vitre du local. Elle resta d'abord figée, accroupie, puis, sous le couvert d'un abattant du comptoir, gagna l'un des rayons et se tapit précautionneusement entre le rayon et le présentoir des poupées. Juste derrière les produits capillaires. Piètre cachette, bien sûr, puisqu'on aurait pu la voir en allumant la lumière, mais elle s'y sentait un peu plus en sécurité qu'à découvert. Et s'il y avait une once de vrai dans la philosophie de Rosella, elle était protégée par toutes les divinités que représentaient les poupées *kachina*. Mais elle n'aurait pas parié là-dessus...

Tout d'un coup, quelque chose s'effondra dans un épouvantable vacarme, suivi d'un bruit de verre cassé. Une autre balle fut tirée en direction du comptoir du fond. Qu'est-ce qui avait causé pareille avalanche ? Dolly ne connaissait-elle pas assez bien sa pharmacie pour éviter de se cogner aux présentoirs ?

Badaboum ! Un autre présentoir renversé. Cette fois, il pouvait s'agir de celui des livres de poche, parce que sa chute s'accompagna d'un bruit sourd au lieu d'un fracas de verre brisé. Le coup de feu qui suivit semblait dirigé vers l'avant de la boutique.

Sunny ! Mais bien sûr, c'était Sunny qui s'ingéniait à faire tomber tout ce qu'il pouvait pour protéger sa maîtresse. Dolly Schell avait-elle un revolver ou un automatique ?

De combien de coups disposait-elle ? Il y a six balles dans un magasin, mais dans un automatique ?

Très vite, Mary sortit de sa position de repli, fit un pas, attrapa une bouteille de la famille Neutrogena — un flacon en plastique de savon liquide, modèle économique —, et revint aussi vite à sa place. Trois coups, c'est ce qu'elle avait entendu. Cela dit, Dolly pouvait avoir apporté un autre chargeur, mais c'était peu probable puisqu'elle avait dû penser qu'une balle suffirait, voire deux.

Une balle suffirait... songea Mary, dévissant le bouchon du flacon de savon. Dolly était peut-être dingue, mais elle n'était pas stupide. A l'heure qu'il était, elle avait dû comprendre qu'elle tirait à l'aveuglette et que les bruits de casse n'étaient qu'une diversion.

Eh bien, non, elle n'avait pas compris. Dans les deux ou trois secondes de répit qui suivirent le quatrième coup de feu, Mary se glissa prestement dans l'allée et répandit le contenu du flacon en zigzag, sur près d'un mètre de largeur. Elle en profita aussi pour attraper une bombe de produit capillaire sur la deuxième étagère et revint illico se tapir derrière le présentoir des poupées *kachina*.

Sunny. Sunny. Mary Dark Hope attendait, la bombe à la main, et priait. Il allait falloir, comment dire... orchestrer la manœuvre. Elle se rendit compte qu'elle avait l'ouïe si affinée, dans cet état de tension nerveuse exacerbée, qu'elle aurait entendu une souris respirer. Elle perçut alors des pas assourdis. Quelqu'un approchait. Remontait l'allée.

Sunny! Mary était aussi tendue qu'un arc bandé. La tentation était grande d'attendre là où elle se trouvait, cachée derrière cet étalage de poupées en équilibre précaire, en espérant qu'on ne la verrait pas et que les poupées ne tomberaient pas. Mais non, c'était idiot : Dolly l'avait forcément repérée. Le silence pesait des tonnes, jamais elle n'aurait pu imaginer un silence aussi lourd. Comme dans une caverne. Et elle *sentait* la présence de l'autre, qui se rapprochait dangereusement.

Un long cri retentit, puis le rayon entier se mit à vaciller sous la pression d'un corps qui tentait de s'y raccrocher, mais il finit par pencher un peu trop et bascula. Il ne s'abattit pas sur Dolly mais de l'autre côté. Mary émergea de nouveau de sa cachette, visa, et appuya sur sa bombe : le jet de mousse frappa Dolly en pleine figure, l'empêchant de viser. Sunny en profita pour se mêler à la bagarre : il bondit sur Dolly, la fit tomber à la renverse sur le carrelage savonneux et l'immobilisa à terre en posant les pattes sur sa poitrine. La queue raide, les oreilles dressées, Sunny montrait les crocs, sa gueule à deux doigts du visage de Dolly. Mary n'avait jamais rien vu — ni entendu — de plus effrayant, que ce fût de la part d'un chien ou d'un coyote. Dolly tenait toujours l'arme dans sa main plaquée au sol, mais Sunny lui aurait déchiré la gorge avant qu'elle ait eu le temps d'esquisser le geste de lever le bras.

Mary observait la scène à la lueur du jour naissant qui filtrait par les vitres de la devanture. Perçant l'aube grise, une lame d'or mat s'étirait par-dessus les toits des maisons basses et illuminait les feuilles jaunies des peupliers de Caroline. Et là, dans la lumière incertaine du petit matin, Mary put discerner tous les détails du tableau apocalyptique qu'elle avait sous les yeux : le magasin dévasté, l'assassin et le coyote.

— Le Pays de l'Enchantement, commenta-t-elle dans un murmure.

47

— Je ne pense pas qu'elle croyait qu'on viendrait à son secours, dit Nils Anders.

Jury venait de parler à la police de Santa Fe. Jack Oñate lui avait raconté ce qui s'était passé.

— Je ne pense pas qu'elle croie à quoi que ce soit, remarqua Jury, le téléphone coincé entre l'épaule et la mâchoire parce qu'il avait les mains occupées à tenter de décoincer un bout de soie pris dans la fermeture Éclair de Carole-Anne.

Comme si elle n'était pas assez grande pour s'habiller seule !

Tournant la tête pour regarder par-dessus son épaule, Carole-Anne interrogea Jury, assis dans son fauteuil.

— C'est qui, « elle » ?

— Bouge pas ! protesta-t-il.

A l'autre bout du fil, à Santa Fe, Nils Anders s'étonnait :

— Comment ?

— Non, pas vous, s'excusa Jury en riant. J'aide une voisine à s'habiller. Pourquoi diable les femmes portent-elles des robes avec des fermetures Éclair dans le dos ?

— Pour donner à des maladroits comme toi l'occasion de se rendre utiles, répondit Carole-Anne.

Joli dos, au demeurant, reconnut Jury. Pas trace d'un soutien-gorge. Le parfait maintien de Carole-Anne lui venait sans doute de la confiance qu'elle avait en son ascendant naturel.

Nils Anders poursuivit le récit des événements survenus ce matin-là.

— Quand ils ont emmené Dolly Schell pour l'incarcérer, elle protestait vigoureusement dans un flot de paroles ininterrompu.

— Elle a parlé d'Angela Hope ?

— Oh oui, mais elle n'a rien dit qui puisse constituer des aveux. Mais ça n'aurait rien changé : le fait d'avoir essayé de tuer Mary, dit-il, toussant pour s'éclaircir la voix, ça suffit à l'envoyer à la potence.

— On lynche encore les gens, chez vous dans l'Ouest ?

— Vous savez bien ce que je veux dire.

Enfin, la fermeture se décoinça et il put la remonter jusqu'en haut. Ce fut presque à regret qu'il vit ce dos magnifique lui échapper quand Carole-Anne alla s'asseoir sur le canapé où elle entreprit de fourrager dans sa trousse de maquillage.

Nils continuant à parler, Jury se cala dans son fauteuil pour l'écouter. Il savait déjà tout ce que Nils racontait, mais savait aussi que son interlocuteur avait besoin d'en parler. Il regarda Carole-Anne peindre ses ongles avec un vernis de couleur vive, le front plissé par la concentration.

— Je ne me rappelle pas l'avoir jamais encouragée à s'imaginer que... (Nils Anders marqua une pause, cherchant une manière de dire, sans que sa modestie en souffrît, que Dolly Schell avait nourri pour lui un amour obsessionnel)... à croire que j'avais pour elle... Je ne l'ai jamais incitée à croire que je ressentais autre chose que de l'amitié pour elle. (Nouvelle pause.) Je n'arrive pas à imaginer que j'aie pu être la cause de tout ça.

— Mais non, affirma Jury d'un ton qu'il espérait pas trop brusque. Son plan était bien trop élaboré pour qu'on puisse l'attribuer à une déception amoureuse. Vous n'avez pas été la cause, Nils, mais le catalyseur. Dolly Schell a passé la moitié de son existence à accumuler de la jalousie envers Angela Hope.

Nouveau silence : Nils réfléchissait.

— Mary va bien ?

Rire de Nils :

— Mieux que moi, en tout cas, ça c'est certain ! Quand je suis entré dans le drugstore et que j'ai vu le carnage — Sunny avait du sang sur les pattes — j'ai été épouvanté. Et je le suis toujours. Je pense que je ferais mieux de m'en tenir à mes axiomes et à mes théories.

— Non. Vous êtes la seule personne pour qui Mary Dark Hope ait du respect. La seule et unique, que je sache. Et ça vous donne des obligations envers elle.

Jury ignorait pourquoi il avait dit ça. L'idée d'obligation lui était venue de nulle part. Un peu comme la responsabilité que ressent un sauveteur envers la personne qu'il a sauvée.

Il y eut un nouveau silence. Nils avait sans doute la même conception des coups de fil que des conversations face à face : un échange ponctué de silences. A ce moment même, il devait être dans son fauteuil pivotant, en train de fixer la guirlande de petites lumières qui encadrait la vitrine d'en face, dans Canyon Road. Jury, lui, regardait Carole-Anne lever les mains, doigts en éventail, pour examiner ses ongles peints.

— Pas le seul qu'elle respecte, répondit enfin Nils. Il y a vous. Mary a dit qu'elle regrettait votre départ. Et Mary n'exprime jamais de tels sentiments.

— Dites-lui que je l'appellerai.

— Oui, mais faites-le, sinon... !

Jury s'amusa du ton autoritaire, presque impérieux, qu'avait pris Anders.

— Je le ferai.

Tandis qu'ils mettaient le point final à leur conversation, Jury s'aperçut que Carole-Anne était maintenant vautrée sur le divan, ayant dûment sacrifié aux dieux de la beauté.

Jury se leva, s'étira, marcha jusqu'à la fenêtre et regarda la pluie ruisseler au carreau. Il mourait toujours d'envie d'une cigarette, malgré le déprimant sermon du Dr Sloane à Macalvie. Bon Dieu, mais où donc était passé Plant ? Fallait-il rappeler Ruthven ? Lasko ? Bah, il leur avait déjà passé une bonne demi-douzaine de coups de fil. Quittant la fenêtre, il se mit à faire les cent pas. Seigneur, s'en griller une petite, qu'est-ce que ça soulagerait ! Et puis il repensa à Des, avec tous ces paquets de cigarettes autour d'elle et qui, malgré tout, n'avait pas succombé à la tentation. Et lui, il avait laissé tomber ces saletés, mais y avait-il seulement quelqu'un qui appréciât ? Non.

— Tu remarques quelque chose de différent chez moi ? demanda-t-il sur un ton de défi.

Carole-Anne renversa la tête en arrière pour le regarder à l'envers, déversant la cascade d'or rouge de sa chevelure sur le tapis.

— Chez toi ? Non.

Le chapitre clos, elle remit sa tête sur l'accoudoir capitonné du divan et reprit la lecture de son magazine. Jury n'avait pas le droit de changer.

Il en sourit d'abord mais redevint vite maussade. Personne n'allait le féliciter, compatir à ses difficultés. Qui plus est, Carole-Anne était de ces gens qui peuvent tout aussi facilement fumer que s'en passer.

— Alors, où vas-tu ?

— Au *Nine-One-Nine*. Avec Stone.

Le *Nine-One-Nine* était l'endroit où se produisait Stan Keeler. Toujours bourré de monde. C'était le seul club, le seul lieu où l'on pût voir Stan Keeler. Jury décocha un regard noir à Carole-Anne qui ne le vit même pas. Il n'était pas sûr d'approuver. Approuver ? Mais en quoi avait-il le droit d'approuver ou de réprouver les fréquentations de Carole-Anne ? Il s'apprêtait à dire quelque chose quand on frappa à la porte. Ou plutôt, il y eut un coup amorti contre la porte.

— Ah, c'est Stone, annonça Carole-Anne, les yeux toujours rivés sur son magazine de mode.

Jury regarda la porte puis Carole-Anne, toujours à l'horizontale et qui n'avait pas l'air pressée de se lever.

Tournant une page d'un doigt négligent, elle dit :

— Alors, tu le fais entrer ou quoi ?

— Ah, parce que c'est à *moi* de le faire entrer ? Je finis en beauté, hein ? Portier pour chien !

— Il est en avance, se contenta-t-elle de remarquer.

Jury leva les yeux au ciel et ouvrit la porte d'un geste excédé. C'était bien Stone.

— Vous êtes en avance, mon cher, mais entrez quand même.

Stone remua la queue, puis il entra, s'arrêta pour renifler quelque odeur qui échappait à Jury, et regarda Carole-Anne.

— On ne part qu'à neuf heures. Il est seulement moins le quart, dit-elle.

Stone se coucha, croisa les pattes et y posa le museau.

Jury soupira, hocha la tête et attrapa son téléphone.

Ce qui éveilla la curiosité de Carole-Anne.

— Encore un coup de fil ? s'enquit-elle en levant les yeux de son magazine.

Ostensiblement, il jeta un regard circulaire sur l'appartement :

— Oui, je crois bien que c'est ma piaule, ici. J'en suis même carrément sûr. Et voilà mon petit téléphone à moi, dit-il, en caressant affectueusement l'appareil.

— Ha, ha, ironisa Carole-Anne, replongeant le nez dans son magazine. On ne peut même plus s'informer ? Tu as l'air drôlement de mauvais poil.

Soudain, elle vérifia l'heure à sa montre minuscule, fit glisser ses jambes hors du divan et se mit à explorer la moquette avec ses doigts de pied, tentant d'attraper ses chaussures.

— Je r'viens dans une seconde. Oublié mon parfum. Stone, tu restes là, déride-moi un peu ce grognon !

A peine fut-elle sortie que Stone vint se coucher près du fauteuil de Jury. Sans doute pour dérider le grognon, se dit-il en composant le numéro de Stratford. Encore un coup de fil à Lasko, ça ne gêne personne. Lasko passe pratiquement sa vie au poste.

Mais apparemment, l'appel gênait Lasko qui poussa un grand soupir en entendant la voix de Jury :

— Rien, Richard ! J'ai que dalle comme nouvelles.

Jury s'assit sur le bord du fauteuil, se pencha et caressa la tête de Stone, autour des oreilles.

— Écoute, Sammy, ça ne tient pas debout ! Il m'envoie son fameux fax et il disparaît. Pourquoi ? Il y a deux jours, il était à Stratford.

— Et puis il est allé à Exeter, poursuivit Lasko.

— Alors, il était à Exeter il y a deux jours et il a envoyé le fax...

— Exact. Exact aussi pour Stratford.

— ... ensuite, il a quitté Exeter pour aller... où ? Il n'est pas rentré dans le Northamptonshire. Accorde-moi un instant...

— J'accorde, j'ai déjà accordé.

— Il y a un truc qui nous échappe, là...

— Ce qui m'échappe, moi, c'est mon dîner ! Je ne sais pas pour toi, Richard, mais il est neuf heures et moi je suis affamé !

— Vous êtes allés chez lady Kennington, Plant et toi.

— Hmm-hmm.

— Écoute, il a dû voir quelque chose.

— Eh bien, si c'est le cas, il n'a pas partagé sa vision avec ton humble serviteur.

— Qu'est-ce qu'il faisait ?

— Faisait ?

— Il a bien dû faire quelque chose pendant que tu te livrais à ta perquisition illégale des lieux, non ?

— Très drôle. Mr. Plant était assis. A lire le journal ou à faire les mots croisés.

— Quel journal ?

— Je ne sais pas, bon Dieu ! Il m'a demandé si c'était un journal de Stratford.

Jury se percha tout au bord de son fauteuil, vivement intéressé.

— Pourquoi poserait-il une question pareille ?

— Est-ce que je sais, moi ! C'est ton ami, pas le mien.

— C'est tout de même une drôle de question, non ?

— A mourir de rire.

— Et c'en était un ?

Lasko avait dû se détourner du téléphone, car Jury entendit des froissements de papier.

— C'en était un de quoi ?

— Oh, fais un peu attention ! soupira Jury. Un journal local ?

— Merde, comment tu voudrais que... non, c'en était pas un. Oh, et plus tard, il m'a demandé où il pourrait acheter un journal.

— Peut-être qu'il avait vu quelque chose. Dans le journal.

— Je suis assis là à finir les restes de chips de Clarrisa. Je crève de faim, je t'ai déjà dit ! Je t'appelle illico presto si j'ai des nouvelles.

Sur ce, il raccrocha. Après tout, Jury pouvait difficilement lui en vouloir.

Déprimé, il se pencha et se remit à caresser Stone. Il revisita en esprit la maison de Jenny, de fond en comble. Plant avait sûrement repéré quelque chose.

Il entendit les talons aiguilles de Carole-Anne marteler les marches de l'escalier et, un instant plus tard, elle entra, enveloppée d'un halo de senteurs délicieuses... ou écœurantes.

— Allez, on y va, Stone, c'est l'heure. Salut, commissaire.

— Amusez-vous bien, tous les deux !

Stone se leva et s'ébroua. C'était un beau chien, incroyablement agile et intelligent. Jury se demanda pourquoi Stan Keeler l'avait appelé comme ça. A cause des drogues, sans doute. Stone...

Jury bondit de son fauteuil.

Stonington !

Grands dieux, Stonington !

48

1

Par politesse, ou en contrepartie des renseignements obtenus, Jury avait engagé la conversation avec le propriétaire du *Blue Bold Boy*. Mais hélas pour lui, il s'avéra que Mr. Ribblesby avait la fâcheuse tendance de discuter les sujets les plus anodins. Le bonhomme, un vrai pinailleur, poussait le vice jusqu'à discuter les remarques de Jury sur le temps.

— Oh, je ne crois pas que ça tombe plus fort ; non, ça ralentirait plutôt, je dirais. Oui, pas de doute, ça ralentit.

Tout cela pour un simple commentaire de Jury sur la neige qui devenait plus abondante et sur la taille des flocons qui tombaient dru.

Mr. Ribblesby hocha la tête d'un air dubitatif en grimaçant pour essayer d'y voir quelque chose à travers les petits carreaux des fenêtres à croisillons de plomb. Des carreaux de verre à l'ancienne, épais et irréguliers qui, de toute façon, déformaient tout. Il continua à hocher la tête en essuyant un verre, l'air solennel.

Mais Jury était disposé à la patience, maintenant

qu'il avait obtenu les renseignements qu'il voulait sur Jenny Kennington. En fait, il n'avait pas vraiment envie de son demi de *bitter*[1] — ça ne pouvait qu'aggraver son envie de fumer —, mais il l'avait commandée en guise de rétribution pour l'information qu'on lui avait fournie.

Jury était tranquillement assis, content de savoir qu'il avait enfin retrouvé Jenny. Il se sentait renaître à l'espoir, et aurait frôlé l'optimisme pour peu que le patron du pub y eût mis un peu du sien. Au moins un silence compréhensif. Mais non. Mr. Ribblesby continuait à disserter sur la neige et Jury attendait qu'il s'arrête pour reprendre son souffle, afin de lui poser sa question suivante.

Finalement, Jury interrompit le récit de la Grande Chute de neige de 1949 qu'on lui narrait flocon par flocon :

— Lady Kennington, est-ce qu'elle a dit où elle allait ? Elle n'aurait pas, par hasard, mentionné Stonington ?

Il aurait peut-être mieux fait de scinder la question en deux, Mr. Ribblesby ayant déjà assez de mal à répondre à une seule à la fois. Il fallut un moment de réflexion au patron avant qu'il déclare :

— Non.

Ça ne rate jamais : les gens vous tiennent la jambe pendant des heures, vous ennuient à vous raconter des choses dont vous préféreriez ne rien savoir, mais ils se ferment comme des huîtres dès qu'il s'agit de parler de ce qui vous intéresse, *vous*.

Jury enfila son pardessus.

— Bon, eh bien, je vais y aller, dit-il, laissant

1. La *bitter* est une bière brune amère. *(N.d.T.)*

plusieurs pièces sur le bar et se tournant vers la porte.

— Elle est partie avec le monsieur.

Jury fit demi-tour, instantanément.

— Comment ?

— Le monsieur qui a réservé une chambre, voyons voir...

Il tira à lui le registre des clients d'un geste précautionneux, mais ne l'ouvrit pas, préférant discuter dans le vide plutôt que tomber sur des preuves.

— Mais ça, c'est ce qu'a dit ma femme, comprenez. Je veux dire que c'est elle qui lui a fait remplir la fiche, dit-il, l'air sceptique et le ton dubitatif, comme si l'opération avait quelque chose de louche pour avoir été faite par sa femme. C'est elle qui l'a vu, ajouta-t-il, en daignant enfin consulter le registre.

Pourquoi ne commençait-il pas par les inscriptions les plus récentes ? Le *Bold Blue Boy* pouvait difficilement avoir reçu le nombre de clients que suggéraient ces pages tournées avec une lenteur d'escargot. Jury n'allait tout de même pas rester là à attendre que Ribblesby apprît le braille, non ?

— Ce monsieur, il était grand, d'allure aristocratique ? Cheveux blonds, yeux très verts ? A peu près de ma taille ?

Portant ses doigts à ses lèvres, Mr. Ribblesby affecta un air de profonde concentration et s'employa à toiser Jury avec le plus grand soin, comme si les unités de mesure des tailles étaient, elles aussi, matière à débat. Et, au lieu de répondre par un simple « oui » qui aurait clos le chapitre, le patron se crut obligé de broder sur la description initiale.

— A peu près de votre taille, mais « un monsieur qui a fière allure », voilà ce qu'a dit ma femme.

Mais! Ça ne suffisait pas de subir une telle description de Plant, il fallait en plus que Mr. Ribblesby prît Jury comme étalon de mesure de la beauté masculine. Et mon poing dans la figure ! pensa-t-il. D'ailleurs, il reviendrait sans doute lui faire la peau. S'il ne massacrait pas Plant d'abord. Ses doigts, qui avaient leur propre façon de penser, se mirent à fouiller sa poche à la recherche d'un paquet de Players absent. Et merde ! Il décida de transiger en demandant si cet homme-là s'appelait Plant, et quand il était arrivé.

Les doigts du patron se portèrent de nouveau à sa bouche, tapotant la lèvre supérieure :

— Voyons, ça devait être... voyons, voyons... avant-hier soir, je dirais. Ou bien c'est le jour où elle est arrivée, elle ? Non. Non, elle, elle est là depuis... dit-il en comptant sur ses doigts, quatre nuits, au moins. Y a qu'eux comme clients, en ce moment.

Quelle intimité ! songea Jury.

— Et ils sont partis ce matin, ensemble ? Ils ont rendu les chambres ?

— Oh non ! Ils sont juste partis faire un tour dans sa Bentley. Ou ça serait-y une Rolls ? Quoique, ça change rien, en réalité. C'est du pareil au même, ou presque. Je crois bien que c'est une Silver Shadow.

— Ghost ! Silver Ghost ! rectifia Jury avec un sourire un peu contraint.

Il ouvrit la lourde porte et sortit sur le trottoir où la neige avait cessé de tomber, conformément aux prévisions de Ribblesby. Il resta planté sur le trottoir, les yeux dans le vague. Pourquoi ne pas simplement prendre sa voiture et aller droit à Stonington ? C'est là qu'elle devait se trouver. Ou plutôt qu'*ils* devaient se trouver.

Peu à peu, l'image du square de Littlebourne,

l'espace vert du village, se précisa sous ses yeux. Après deux ou trois battements de paupières pour s'en assurer, il se rendit compte qu'il regardait le petit cottage blanc à volets jaunes de Polly Praed, de l'autre côté du square. Non, Melrose Plant ne viendrait pas à Littlebourne sans aller voir Polly. Peut-être n'était-il pas à Stonington, mais ici...

— Commissaire ! Hou-hou !

Jury connaissait cette voix. Il ferma les yeux pour protester contre un dieu sans merci et les rouvrit pour voir arriver à grands pas la silhouette de l'Honorable Miles Bodenheim. Sir Miles.

— Vous ai tout de suite reconnu ! claironna sir Miles, qui représentait ce que Littlebourne avait de mieux à offrir en guise d'aristocrate.

Il gratifia Jury d'une grande bourrade sur l'épaule et d'une ferme poignée de main, puis déclara :

— Voilà qui compense le supplice d'une matinée gaspillée avec la dénommée Pennystevens.

Mrs. Pennystevens était la postière d'âge avancé qui aurait déjà dû trépasser depuis longtemps sous le coup des exigences tonitruantes de Miles Bodenheim. Ces gens-là ne mouraient-ils donc jamais ? Miles Bodenheim était déjà septuagénaire la première fois que Jury l'avait rencontré, et quant à Mrs. Pennystevens... Dieu seul savait quel âge elle avait. Peut-être était-ce la présence de Miles, toujours à récriminer, à discuter et à lui empoisonner la vie pour des histoires de timbres à vingt centimes, qui la maintenait sur terre et en vie.

— Dix ans, constata Jury, plus en aparté que pour Miles.

Dix ans depuis sa première rencontre avec Jenny Kennington. Comment était-ce possible ? Toutes ces années...

— Eh oui, une autre décennie d'envolée ! On vieillit, n'est-ce pas, commissaire, oui, je vois ça, ça grisonne un peu sur les tempes, ça ne trompe pas, ça, hein ! dit-il en riant, complètement grisé par cette occasion de vexer autrui.

Jury porta une main à la tempe, par réflexe. Non seulement il était moins beau que Plant, mais il grisonnait, par-dessus le marché ! Pourtant, il ne se souvenait pas d'avoir détecté dans la glace des cheveux blancs.

— Mais vous, vous n'avez pas du tout changé, sir Miles.

Ce n'était pas une politesse diplomatique mais une constatation : Miles Bodenheim avait exactement la même allure de momie embaumée que dix ans auparavant. Peau tendue, joues roses. Cheveux gris gominés, plaqués sur le crâne, moustache si bien taillée et pommadée qu'elle en paraissait fausse.

— Devinerez jamais qui j'ai vu ! Ici même, là où vous vous trouvez à l'instant.

Jury ne se donna pas la peine de dire que si, il pouvait parfaitement deviner.

— Votre dingue d'ami, ce Mr. Plant ! Exactement à cet endroit-là, que je l'ai vu ! répéta Miles Bodenheim en tapant trois fois par terre avec sa canne, comme pour invoquer quelque monde des esprits d'où aurait surgi Melrose Plant. Jamais compris pourquoi vous étiez si copains, tous les deux. Un peu bêta sur les bords, lui, j'ai toujours pensé.

Un peu comte sur les bords, vous voulez dire. Et un peu marquis, un peu vicomte aussi. C'est pour ça que vous ne pouvez pas le sentir !

— Il a été fait chevalier, répliqua Jury en fixant les yeux couleur huître de Miles pour observer sa réaction à ce nouvel honneur qui venait s'ajouter à tous ceux qui couronnaient déjà la chevelure d'or de Plant.

Pourquoi racontait-il de pareilles salades ? Avoir envie de tabasser Melrose Plant qui ne lui avait pas dit où se trouvait Jenny, c'était une chose. Mais rester là à écouter le plus bel emmerdeur de Littlebourne casser du sucre sur le dos de Plant, c'en était une autre.

Miles, nettement moins guilleret que tout à l'heure, se creusait la cervelle pour trouver une riposte à ce titre de chevalier qui ne pouvait être qu'illégitime, quand Jury eut l'œil attiré par une silhouette qui traversait le square de Littlebourne. C'était Polly Praed qui arrivait, vêtue de ces inévitables couleurs d'automne qui ne la flattaient guère : brun citrouille, vert foncé et roux.

Elle avançait, le visage durci, le regard rivé sur ce Miles Bodenheim qu'elle exécrait, Jury le savait. Mais quand elle vit à qui parlait sir Miles, elle s'arrêta net au milieu de la rue, ouvrit la bouche, la referma, puis se remit en marche pour gagner le trottoir.

Jury ne put s'empêcher de sourire en la voyant si troublée.

— Ça me fait terriblement plaisir de vous voir, Polly !

Miles Bodenheim marmonnait des semblants d'amabilités pour qu'on n'oubliât pas sa présence, mais il aurait aussi bien pu être un arbre, pour toute l'attention que lui accordait Polly.

— Melrose est passé, dit-elle à Jury. Il est peut-être encore dans le coin. Il recherchait lady Kennington...

— Kennington ! s'exclama sir Miles, stupéfait : il

s'était passé quelque chose et il n'était pas au courant.

— Vous vous souvenez d'elle, n'est-ce pas? demanda Polly à Jury. Mais... évidemment! Puisqu'il a dit que c'était *vous* qui essayiez de la retrouver, dit-elle, adoptant un ton un rien impérieux pour ajouter : Je ne comprends pas pourquoi tout le monde vient *me* voir pour s'informer...

— Moi non plus, coupa Miles, vu que vous restez claquemurée dans votre petite baraque jour après jour! Quant à lady Kennington...

Jury vit les yeux de Polly, toujours posés sur lui, virer au violet foncé. Une couleur de tempête qui lui fit penser à un ciel d'orage au-dessus d'une dernière lueur violette, attardée sur les montagnes. Pas de doute, l'orage était proche, connaissant Polly.

— ... Elle est à Stonington, termina Polly d'un ton coupant.

— Stonington! Bon sang, mais qu'est-ce que la bonne femme fabrique à Stonington! Seigneur, elle ne pense tout de même pas le louer? Enfin, elle ne risque pas d'acheter. Elle n'a plus le sou, maintenant que lord Kennington est parti. Sylvia le dit toujours : « Les fiers, ce sont eux qui dégringolent le plus vite. » Certainement vrai dans son cas. Qu'est-ce que vous voulez, la bonne femme n'a pas de talent particulier, pas de métier... dit Miles en battant une haie à coups de canne.

— Vous pourriez demander à Freddie Mainwaring, c'est toujours son agence qui s'occupe de la propriété, enchaîna Polly. Elle a dû aller le voir. Ça vous dit de passer au *Magic Muffin*? J'allais justement...

Jury s'apprêtait à décliner gentiment l'invitation quand Miles Bodenheim répondit à sa place :

— Ho ho ! Miss Pettigrew n'a sans doute rien d'autre que des aubergines au menu, aujourd'hui, mais puisque j'ai quelques minutes devant moi, autant les passer là-bas qu'ailleurs, non ?

— Je suis assez pressé, Polly.

La déception parut l'écraser, mais elle retrouva tout son allant pour demander :

— Qu'est-ce qu'elle a fait ? Melrose a dit que la police la recherchait.

— Comment ? s'écria Miles, revenant sur ses pas, alors qu'il se dirigeait déjà vers le *Magic Muffin*, croyant que les autres suivaient. La Kennington ? La police aux trousses ? Ça ne m'étonne guère, et Sylvia n'en sera pas surprise non plus. Eh bien, commissaire, comment vous expliquez ça, hein ? lança-t-il, buvant du petit-lait.

— Je ne l'explique pas, figurez-vous, dit-il, saluant Polly avant de se diriger vers sa voiture.

2

Pas plus de Bentley que de Silver Ghost devant les hauts murs gris de Stonington.

De fait, aucun signe de vie nulle part : pas un chat, pas même une taupe ou une souris. Rien.

Jury gravit les larges marches du perron et souleva le pesant heurtoir en forme de poisson, jadis en cuivre, mais maintenant couvert de vert-de-gris, oxydé par les intempéries. Le geste avait suffi à entrouvrir la porte qui n'était pas fermée à clé et qu'il poussa de la main.

La porte s'ouvrit sur un silence et un vide encore plus grands que ceux qu'il avait ressentis en marchant dans le parc. Il s'arrêta dans le vaste hall d'entrée. Il y avait un sol de marbre en damier noir et blanc, des commodes de marbre vert contre les murs, et une statue de marbre blanc près de l'escalier à la courbe ample. La sculpture était une abominable reproduction de ce qui avait sans doute été un abominable original, sans goût ni grâce : une femme au bras tendu dont Jenny se servait comme portemanteau. La tête faisait aussi office de porte-chapeau. « Au moins, elle sert à quelque chose, comme ça », avait-elle déclaré. Aujourd'hui, il n'y avait ni manteau ni chapeau sur la statue.

Mais on entendait des voix. Comme elles étaient atténuées par la distance, Jury n'arrivait pas à en établir la provenance. Il pénétra dans la première pièce, un petit bureau avec des portes-fenêtres entrouvertes, puis passa dans la suivante. Toutes les pièces de la maison communiquaient par des portes et l'on pouvait aller de l'une à l'autre en gardant toujours la vue sur la cour intérieure. L'architecte avait conçu la maison comme un couvent.

La pièce où Jury se trouvait maintenant était immense. Il se souvint de s'être trouvé là avec Jenny, bien des années plus tôt. La pièce était tout aussi nue qu'aujourd'hui. Jenny déménageait. Et maintenant, elle était là à parler avec Melrose Plant, dans la cour. A regarder la maison : elle pointait le doigt vers quelque chose, à l'étage, et lui riait.

Jury les aurait sans doute rejoints, s'il les avait vus du bureau, d'où l'on pouvait accéder à la cour par les portes-fenêtres. Mais comme ce n'était pas possible depuis la salle à manger, il passa dans la pièce suivante, un salon. Où il s'arrêta pour les observer encore, sous un angle un peu différent. Et puis il poursuivit vers la galerie de portraits qui courait sur toute la longueur de l'aile ouest mais qui était à présent vide. La tapisserie rouge sombre était décolorée autour des marques rectangulaires laissées par les tableaux. Il y avait trois portes-fenêtres le long de la galerie et Jury aurait pu emprunter n'importe laquelle pour sortir.

Mais non. Il restait planté là à regarder Melrose et Jenny, toujours absorbés dans leur conversation. Ils ne le remarquèrent ni l'un ni l'autre — pas plus lui que son reflet sur les vitres.

Jury continuait à arpenter les pièces, l'une après l'autre, ignorant à quoi elles servaient puisque plus rien ne permettait de les identifier, à part la vaste bibliothèque avec ses rayonnages qui allaient du sol au plafond, et sa cheminée monumentale. Ayant fait le tour de la maison, il arriva dans la dernière pièce, une petite chambre à laquelle on accédait par le hall de marbre. Il s'y attarda, apercevant maintenant le dos de Jenny, le visage de Melrose Plant. Un visage joyeux. Pourquoi ai-je fait ça, s'interrogea Jury, pourquoi ai-je joué au voyeur ? Il n'en savait rien et eut un peu honte. Et puis non, pourquoi aurait-il honte : après tout, il était parfaitement visible, sous le regard de deux témoins. Ou bien était-ce lui, le témoin ? Lui seul.

Il sortit par la porte-fenêtre et suivit le chemin dallé qui entourait la cour intérieure.

Bizarrement, ce fut Jenny qui sentit sa présence, bien qu'elle lui tournât le dos. Plant ne le vit même pas. Elle se retourna :

— Richard !

Il se sentit momentanément ragaillardi : elle avait pratiquement chanté son nom, presque applaudi avec une joie enfantine. Il ne s'était pas rendu compte à quel point il était irrité, sans raison valable, et n'en prit conscience que lorsque le sentiment s'estompa. Et puis Plant le salua à son tour et lui fit signe.

Jury les rejoignit, incapable d'endiguer la colère qui montait de nouveau en lui. Contre eux deux. Il fusilla Plant du regard :

— Ah, alors « elle est retrouvée », hein ?

Les yeux de Jenny allèrent de l'un à l'autre, sans comprendre.

Plant avait la mine contrite. L'ennui, c'est qu'une mine contrite chez Plant, avec ce petit sourire de travers sur les lèvres, avait quelque chose d'irrésistible.

— Excuse-moi, dit-il simplement, en haussant les épaules.

Et rien d'autre. Pas de questions sur l'affaire, sur le voyage, sur Macalvie, sur Wiggins. Ni sur quoi que ce soit.

Jury prit un ton glacé :

— Sam Lasko, de la police de Stratford-upon-Avon, si vous vous souvenez...

Jenny porta les mains à son visage.

— Oh, mon Dieu ! On aurait dû le prévenir immédiatement, dit-elle en regardant Melrose.

On aurait dû, ah oui ?

— Je l'ai fait, dit Melrose. Ce matin. Je lui ai dit que vous étiez là. Je croyais vous l'avoir dit...

Jury contempla le ciel tandis qu'ils se chamaillaient pour savoir qui avait dit quoi et à qui. Jury repensa à la veille au soir, à la conversation — ou plutôt le semblant de conversation — qu'il avait eue avec Sammy Lasko. Et au sang d'encre qu'il s'était fait.

— Ce n'est pas grave, dit-il sur un ton qui se voulait détaché. Tu n'aurais pas dû partir, Jenny.

Elle le regarda, sérieusement troublée. Mais il n'aurait su dire ce qui causait son trouble. Alors, il s'efforça de prendre un peu de recul par rapport aux événements.

— Bon, eh bien, je vais y aller. Il doit y avoir une pile de papiers qui m'attend sur mon bureau, depuis cinq jours que je suis parti.

— Reste donc un peu, Richard ! insista-t-elle.

Melrose renchérit avec une sincérité évidente :

— On allait justement partir déjeuner. Il y a un petit restaurant entre ici et Horndean...

Jury fit non de la tête et réussit à sourire :

— Retour à Londres, pour moi. Comme dit toujours mon patron, la vie d'un policier n'est qu'un long tissu de chagrins.

Et son patron avait raison — pour une fois.

3

Déchiré, lacéré, mal en point, le pauvre coyote en peluche n'était plus que l'ombre de lui-même. C'était la énième fois que le chat Cyril le traînait dans le bureau de Racer.

Les sévices subis par l'animal n'étaient pas le fait de Cyril qui, à en croire Fiona, adorait le coyote, mais du commissaire divisionnaire Racer. Selon Fiona, toujours.

— L'a dit que si jamais il le retrouvait encore dans son bureau, il le mettrait en lambeaux et il lui arracherait le cœur — celui du coyote, je suppose. L'a bien essayé de le jeter à la poubelle mais, comme j'y ai dit, sauf si vous le flanquez par la fenêtre, Cyril ira le récupérer, expliqua Fiona qui se limait les ongles.

Jury l'écoutait, perplexe. Était-il voué à passer la moitié de sa vie à regarder les femmes se ravaler le portrait ?

Fiona leva la main pour examiner ses ongles soigneusement limés, et reprit :

— Cette petite languette de Velcro qu'il a dans le dos, je vois pas à quoi elle sert, et vous ? Enfin, « il » (signe de tête désabusé vers le bureau de Racer) est rentré de son club en pétard, hier. Paraît que tout le monde s'est fichu de lui là-bas, qu'on lui a demandé pourquoi il portait un coyote dans le dos, sur son pardessus. Z'imaginez un peu ? Pourquoi que vous l'avez pas jeté dans une poubelle sur le trottoir ? j'y ai demandé. « Oh non, oh non ! » qu'il a dit, avec un de ces sourires — méchant, fallait voir ! On sait tout de suite qu'il trame un sale coup, conclut-elle en soupirant.

Jury observait Cyril par la porte ouverte. Le coyote dans la gueule, il avait sauté sur le bureau de Racer et déposé la peluche sur le fax.

— Racer trame peut-être un sale coup, mais Cyril en mitonne un bien plus sale encore !

Jury sourit à Fiona et repartit.

— Oh, je prends les choses tranquillement, bien sûr, pour le premier jour au boulot, dit Wiggins en versant une poudre quelconque dans sa tasse de Viandox. Je ne tiens pas à rechuter ! ajouta-t-il avec l'ombre d'un sourire.

Jury était assis sur son bureau remarquablement peu encombré, les pieds sur un tiroir de classeur ouvert.

— Vous avez bien raison. Des fois que vous activeriez une charge électrique en veilleuse !

Ayant fini de remuer le breuvage, Wiggins tapota doucement la cuillère sur le rebord de la tasse et se cala dans son siège pour siroter le mélange avec un soupir d'aise.

— Une chose que je dois vous dire, monsieur. C'est plutôt génial, la manière dont Mr. Macalvie et vous, vous avez débrouillé toute cette affaire ! Plutôt.

— Oh, guère de génie de mon côté, répondit Jury qui s'assit, l'air sombre.

Wiggins fronça les sourcils.

— Ne devriez pas garder votre pardessus à l'intérieur. De quoi attraper froid en ressortant.

— Ce que je m'apprête à faire à l'instant, dit-il en se relevant lentement.

Il se sentait lent et lourd depuis qu'il était rentré de Littlebourne.

— Mais il n'y a pas une demi-heure que vous êtes là ! Où allez-vous maintenant, monsieur ?

— Nulle part.

49

« Nulle part » s'avéra être Salisbury et Old Sarum.

La voiture qui conduisait Jury (c'était son impression, comme s'il avait appuyé sur le pilote automatique) ne l'amena pas dans le Northamptonshire, ni à Stratford-upon-Avon (de toute façon, elle n'y serait pas). Pas plus qu'en quelque autre lieu vaguement déterminé, tel que le poste central d'Exeter où l'on aurait pu s'attendre à le voir.

Il faisait nuit quand Jury se gara dans le parking vide d'Old Sarum et il resta assis là un moment à se demander comment il avait pu se taper deux heures d'autoroute pour arriver dans un endroit qui, primo, était fermé, et que, secundo, il ne pourrait pas voir puisqu'il était huit heures du soir et qu'il faisait noir. Ce noir intégral et déprimant des nuits d'hiver.

Il sortit de la voiture en claquant la portière et s'aperçut qu'il y avait quand même une autre auto, là-bas au fond. Sans doute occupée par un couple d'ados en train de se bécoter. Ce qui le fit penser à Béa et à Gabe, et à sa propre jeunesse enfuie. Une fuite qui devait remonter à une centaine d'années, estima-t-il en franchissant le pont de bois.

Du haut de la colline, Jury scrutait les profondeurs

noires et informes — le Palais de l'Évêque devait se trouver par là, si sa mémoire était exacte. Il n'aurait su dire depuis combien de temps il était là à regarder autour de lui sans rien voir quand il entendit quelque chose, sur sa gauche.

Une voix. Il plissa les yeux pour aiguiser son regard : une lueur. Une voix et une cigarette, une forme noire indéfinie qui avançait vers lui. Le diable, sans doute, surgi des vieilles pierres. Oh, pour l'amour du ciel, arrête ton cinéma ! se dit-il, écœuré. La voix — qui appartenait en réalité à un mortel ordinaire — et le bout incandescent de la cigarette se rapprochaient.

— Police ?

— Non, dit Jury.

La réponse avait jailli de ses lèvres spontanément. Pourquoi ?

— Sécurité ? interrogea-t-il à son tour.

Les deux hommes se voyaient clairement à présent. Ils affichaient tous les deux un sourire — un peu gêné, peut-être. Marrant, non, de se balader ici quand c'est fermé aux visiteurs ?

— Ce qu'y a, voyez, dit l'homme, c'est qu'ils viennent juste d'enlever les rubans autour du lieu de l'accident qui en interdisaient l'accès. Les flics, je veux dire, ajouta-t-il, son haleine se glaçant au contact de l'air froid tandis qu'il jetait sa cigarette par terre.

Jury regarda la cascade d'étincelles argentées que produisit le mégot avant de finir écrasé sous un talon de chaussure.

— Ah bon, parce qu'il s'est passé quelque chose, par ici ?

— C'te pauv'dame ! Une Américaine. Même que c'est moi qui l'ai trouvée, précisa-t-il sans parvenir à cacher sa satisfaction. Voyez, je travaille pour le Trust, deux jours par semaine. Alors j'étais là. Seul, en fait. Et c'est là en bas, qu'elle était, elle, dans une des latrines. Des « garde-robes », comme ils appelaient ça dans le temps. Drôle de nom pour le petit coin, non ? On s'assied une minute ? Y a un banc par ici.

Ils firent quelques pas et s'assirent. Trevor Hastings se présenta, Richard Jury aussi. « Ravi de faire votre connaissance », dirent-ils tous deux.

Et puis, comme pour sceller un pacte, à la manière de quelque ancien rituel de poignée de main secrète ou d'échange de sang prélevé sur le pouce, Trev offrit son paquet de cigarettes à Jury.

Jury considéra le paquet blanc qui luisait doucement. Des Marlboro, des Silk Cut ? Comme si ça importait : ça aurait pu être un paquet de pop-corn, il aurait eu le même réflexe de tendre la main.

— J'ai arrêté, Trevor. Merci quand même !

— Arrêté ! Brave p'tit gars ! Ça fait des années que j'essaie !

— Il y a seulement une semaine que j'ai arrêté, alors, ne me félicitez pas trop vite.

— Je me rationne, dit-il, en allumant sa cigarette.

— A combien ? Une toutes les trois minutes ?

Trev rit, ce qui le fit tousser.

— On dirait ma femme ! Des fois, je sors de la maison rien que pour pouvoir en griller une en paix, pour pas l'entendre me sermonner. Marié ?

— Non.

Petit grognement éloquent.

— Comment vous avez arrêté ?

— Eh bien, j'ai plus ou moins fait un pacte avec une amie. Une fille que je connais qui travaille dans un kiosque de tabac-journaux à Heathrow.

— Sale boulot pour quelqu'un qu'essaie d'arrêter !

— Oui. Alors je suppose que si Desdémone peut le faire, eh bien, moi aussi.

— Desdémone, hein ? Shakespeare. *Othello ?*

Jury opina du bonnet.

— Moi et ma bonne femme, on l'a vu. Oh, doit y avoir dix, douze ans de ça. On est montés à Stratford-upon-Avon...

Soupir de Jury. Fuyez un problème, et il revient au galop.

— ... et c'était ça qu'ils jouaient. Au Royal Theatre, ou què'que chose dans ce goût-là.

— Le Royal Shakespeare Theatre. En fait, la Royal Shakespeare Company, ça s'appelle.

— Oui, c'est ça. Ça m'revient ! C'est cette histoire de roi — un beau salopard, çui-là ! — qui tue sa femme... Desdémone, c'est ça, hein ?... parce qu'il croit qu'elle a flanqué des coups de canif dans le contrat. Et v'là-t-y pas que c't'andouille, lui, il va croire c'que raconte... comment qu'c'est déjà son nom à çui-là ?

— Iago.

— Oui, c'est ça, Iago. Un drôle de coco, çui-là ! Suffit qu'il agite un mouchoir sous l'nez du roi, qu'y lui raconte qu'il a trouvé ça dans le pieu de vous-savez-qui, et c'est parti ! Au revoir, Desdémone ! Si les flics s'y prenaient comme ce salopard pour examiner les indices, eh ben, on se retrouverait tous en tôle. L'avait pas une chance de s'en tirer, Desdémone. La jalousie, voilà quoi. « Gardez-vous du monstre aux yeux verts » et tout le tremblement, cita Trevor qui soupira et tira sur sa cigarette. Comme quoi... conclut-il.

Assis là, ensemble dans le noir, le col relevé

contre le froid, le même souhait leur venait à tous deux : ah, si seulement ils avaient un lever ou un coucher de soleil à se mettre sous les yeux, un spectacle justifiant cette attente dans le noir ! La Nature qui compatirait, pour une fois, et leur dirait : « Vous en avez vu des vertes et des pas mûres, mes petits salopiots, eh bien, maintenant, regardez-moi un peu ça ! » Et elle leur en ficherait plein la vue.

Jury sourit.

— Comme quoi...

Cet ouvrage a été réalisé par la
SOCIÉTÉ NOUVELLE FIRMIN-DIDOT
Mesnil-sur-l'Estrée
pour le compte des éditions Pocket
en octobre 1999

POCKET - 12, avenue d'Italie - 75627 PARIS CEDEX 13
Tél. : 01-44-16-05-00

Imprimé en France
Dépôt légal : août 1999
N° d'impression : 48597